Mara Volkers
Die Tore der Geister

Zu diesem Buch

Anfangs scheint es nur ein harmloser Unfall zu sein: Ein amerikanischer Satellit gerät in einen Sonnensturm und wird beschädigt. Doch dadurch leitet er einen unvorstellbar starken Energiestrom auf die Erde – und die Folgen sind katastrophal: Autos, Flugzeuge und U-Bahnen verunglücken, Erdbeben und Flutwellen rollen über die Kontinente. Die junge Manuela erlebt die verhängnisvollen Ereignisse hautnah mit und wird fortan von erschreckenden Visionen heimgesucht: Die Tore zur Totenwelt haben sich geöffnet und die Geister wandeln auf der Erde. Bald entbrennt der Kampf um die Vorherrschaft auf der Erde. Und Manuela kommt dabei eine entscheidende Rolle zu ...

Mara Volkers wurde im Rheinland geboren. Sie studierte Medizin, brach aber das Studium ab und arbeitete als Angestellte in einem weltweit operierenden Konzern. Zur gleichen Zeit erschienen ihre ersten Kurzgeschichten in verschiedenen Fantasy-Anthologien. Gemeinsam mit ihrem Ehemann schreibt sie Romane verschiedener Genres. Nach »Die schwarze Königin« ist »Die Tore der Geister« ihr neuer Mystery-Thriller. Mara Volkers und ihr Ehemann leben als freie Schriftsteller in der Nähe von München.

Mara Volkers

Die Tore der Geister

Roman

Piper München Zürich

Entdecke die Welt der Piper Fantasy:

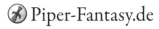 Piper-Fantasy.de

Von Mara Volkers liegen bei Piper vor:
Die schwarze Königin
Die Reliquie
Die Tore der Geister

FSC
MIX
Papier
FSC® C083411

Originalausgabe
Oktober 2011
© 2011 Piper Verlag GmbH, München
Umschlagkonzeption: semper smile, München
Umschlaggestaltung: www.guter-punkt.de
Umschlagabbildung: Julius Kramer / Fotolia
Satz: Satz für Satz. Barbara Reischmann, Leutkirch
Druck und Bindung: CPI – Clausen & Bosse, Leck
Printed in Germany
ISBN 978-3-492-26805-9

Personen

Deutschland

Annette	Begabte
Brun, Lieselotte	Pater Fabians Tante
Felgenhauer, Nils	Manuelas Exfreund
Frater Siegfried	Mönch
Gabriel	Begabter
Hennry	Pilot
Hufnagel, Josef	Beamter der Staatskanzlei
Hufnagel, Jutta	Josef Hufnagels Ehefrau
Hufnagel, Martin	Jutta und Josef Hufnagels Sohn
Husser, Agnes	alte Frau
Knacke, Deta	Spiritistin
Kodinger, Jürgen	Ganove
Lydia	Manuelas Exkollegin
Maierhammer	Beamter in der Staatskanzlei
Nadja	Begabte
Pater Fabian	Exorzist
Dr. Rautenberg	Antarktisforscher
Rossner, Manuela	selbst ernannte Hexe
Sandra	begabtes Kind
Vezelios, Eleni	Wahrsagerin

Nordamerika

George Dancing Bear	Begabter
Jane Buffalo Woman	Begabte
Matthew	Begabter

Südamerika

Quidel	Begabte

Asien

Bai	Begabte aus China
Chaoling Kun	Begabter aus China
Kumanake, Hanako	Begabte aus Japan
Ji	Begabte aus Korea
Pratibha	Begabte aus Indien
Tongsem	tibetische Schamanin

Afrika

Lesedi	Medizinfrau der San

Eins
Sonnensturm

1

Manuela kämpfte schon den ganzen Tag mit dem Gefühl drohender Gefahr. Als sie am Marienplatz mit der Rolltreppe in den S- und U-Bahnhof hinabfuhr, wurde es so stark, dass sie sich am liebsten umgedreht und gegen die in die Tiefe gleitenden Stufen nach oben gerannt wäre. Doch hinter ihr drängten sich die Menschen und blockierten den Weg.

Unten angekommen dachte sie an die Kundin, die auf sie wartete, und beschloss, nicht umzudrehen. Manuela war auf das Geld angewiesen, das die Frau ihr für die Séance zahlen würde. Zudem reizte es sie, wieder einmal Kontakt zur Geisterwelt aufzunehmen. Die meisten Kunden erwarteten von ihr, dass sie ihnen die Karten legte oder im Kaffeesatz las, und das war eigentlich unter ihrer Würde.

Während sie diesen Gedanken nachhing, erreichte sie die nächste Rolltreppe und ließ sich weiter nach unten tragen. Ein junger Mann im Nadelstreifenanzug mit gegelten Haaren hastete an ihr vorbei, um ja noch die nächste U-Bahn zu erreichen, und schlug ihr dabei mit seinem Trolley gegen das Schienbein. Es tat weh und Manuela schimpfte hinter ihm her. »He, Sie da, können Sie nicht aufpassen?«

Sich zu entschuldigen gehörte jedoch nicht zum Verhaltensmuster des Nadelgestreiften, der gerade zwei junge Frauen, die nebeneinanderstanden, rüde beiseitestieß und zwei Stufen der Rolltreppe auf einmal nahm.

»Rowdy!«, rief ihm eine der Frauen nach und erntete ein »dumme Kuh!« dafür.

Der Ärger über den Zwischenfall hatte Manuela abgelenkt. Doch als sie den Bahnsteig erreichte, kehrten ihre Ängste mit doppelter Wucht zurück. Gewohnt, auf ihre Intuition zu vertrauen, lauschte sie in sich hinein. Nach wie vor empfand sie ein tiefes Grauen, konnte aber keinen Grund für dieses Gefühl entdecken.

Sie schüttelte den Kopf und trat nach vorne, da die U-Bahn gerade einfuhr. Es handelte sich um eine der alten Zuggarnituren aus einzelnen Wagen und nicht um den langen Wurm, durch den man von einem Ende bis zum anderen gehen konnte.

Aus den sich öffnenden Türen quollen so viele Menschen heraus, als hätte man sie innen bis unters Dach gestapelt. Manuela zwängte sich hinein und ließ sich auf den nächsten freien Sitz nieder. Ein anderer Passagier, der um den Bruchteil einer Sekunde zu spät kam, knurrte sie verärgert an. Manuela blickte zu ihm hoch und erkannte den Rüpel von der Rolltreppe. Er hatte also doch keine frühere Bahn erwischt. Das freute sie ebenso wie die Tatsache, dass er jetzt stehen musste.

Als sie sich zurücklehnte, streifte ihr Blick die Zeitung des Mannes, der ihr schräg gegenübersaß. »Erhöhte Sonnenaktivität – Starker Sonnenwind erwartet«, lautete die Schlagzeile, darunter waren reißerisch die Probleme aufgelistet, die dieser Sonnenausbruch auf der Erde verursachen könnte. Eine Störung des Münchner U-Bahnbetriebs gehörte nicht dazu, wie Manuela noch feststellen konnte, bevor der Mann die Zeitungsseite umschlug und sich anderen Artikeln widmete.

Möglicherweise ist der Sonnensturm an meinen negativen Gefühlen schuld, fuhr es Manuela durch den Kopf. Seit jeher reagierte sie sehr sensibel auf kosmische Ereignisse. Die Supernova, die von dem Weltraumteleskop Hubble im letzten Jahr entdeckt worden war, hatte sie bereits Tage zuvor gespürt. Aber so schlecht wie jetzt hatte sie sich damals nicht gefühlt.

Mit einem Mal wurde ihr schwindelig, und ihr Blick trübte sich. Dann war es ihr, als schwebe sie hoch über der Erdoberfläche im Orbit. Das ewige Licht der Sterne umfing sie, doch sie kam nicht dazu, diesen Anblick zu genießen, denn ihr Blick richtete sich auf die Sonne.

Fassungslos starrte Manuela den Glutball an, der ganz anders aussah als auf den Fotos in den Wissenschaftsmagazinen. Es war, als würde die Sonne von innen heraus erschüttert. Wellen liefen über ihre Oberfläche, und es bildeten sich Wirbel, die Fontänen von Sonnenplasma ins All spien. Ungeheure Mengen an Energie rasten in Wellenform auf die Erde zu und hüllten den Planeten in ein goldenes Licht, das ohne nennenswerten Widerstand das schützende Magnetfeld durchdrang und die Tagseite des Planeten bombardierte.

Manuela krümmte sich, als die Strahlung sie traf, die nur für ihre besonderen Sinne sichtbar war, und ihre Vision erlosch so schnell, wie sie gekommen war. Unvermittelt fand sie sich in der U-Bahn wieder. »Nächster Halt Giselastraße«, meldete der Fahrer gerade in breitem, bayrisch gefärbten Dialekt.

Also hatte sie zwei Stationen durchfahren, ohne es wahrzunehmen. Sie hatte schon öfter Visionen gehabt, doch noch nie waren sie so bedrohlich gewesen wie dieser Sonnensturm. Manuela schüttelte sich und wollte zu dem Mann mit der Zeitung hinüberschauen. Doch dieser war inzwischen ausgestiegen. Nun saß eine schlanke Frau auf dem Platz und las ebenfalls Zeitung.

»US-Militärs wollen neuen Satelliten testen – Wissenschaftler warnen«, konnte Manuela entziffern. Der Text darunter war jedoch zu klein, als dass sie hätte weiterlesen können.

Bis zu diesem Zeitpunkt hatte Manuela sich weder um das US-Militär noch um irgendwelche Satelliten gekümmert. Ihr Metier war die Welt des Übersinnlichen, nicht die der Technik, mit der sie zugegebenermaßen nicht besonders gut zurechtkam. Zwar hatte ein geduldiger Freund sie mit deren Tücken versöhnen wollen, aber ohne großen Erfolg. »Mein Handy, mein Feind«, dachte sie und lachte über sich selbst. Über das Ding hatte sie sich schon oft geärgert. Auch mit der Kaffeemaschine, die ihre Großmutter ihr vor zwei Jahren geschenkt hatte, war sie nicht warm geworden. Das Ding hatte bereits nach zwei Tassen den Geist aufgegeben und lag nun im hintersten Eck ihres kleinen Kellers. Daher rührte sie weiterhin Kaffeepulver in heiße Milch und genoss den cremigen Geschmack.

Sie wunderte sich, weshalb ihr all diese nebensächlichen Dinge durch den Kopf gingen, während die Erde von winzigen Sonnenteilchen bombardiert wurde und die Amerikaner einen anscheinend gefährlichen Weltraumtest vollführten.

Kaum hatte sie das gedacht, konnte sie den Satelliten vor ihrem inneren Auge sehen. Das Ding war mindestens so groß wie ein Stadtbus. Sie war selbst nicht sicher, ob sie wieder eine Vision hatte oder ob nur die Erinnerung an Fernsehberichte in ihr auftauchte. Aber das Gebilde, das sie vor sich sah, glich keinem der Objekte, die sie kannte, weder der russischen Station MIR noch der ISS, der International Space Station. Anders als jene eher filigranen Gebilde wirkte der Satellit mit seinem gepanzerten Rumpf und dem wie eine Schale geformten Sonnensegel von der Größe einer Fußballarena auf sie aggressiv. An der Unterseite des künstlichen Himmelskörpers ragte ein dickes Rohr aus der glatten Hülle und zeigte wie eine Kanone auf den Planeten.

Im nächsten Augenblick schwebte Manuela neben dem Satelliten und blickte auf den riesigen blauen Erdball herab. Unter ihr lag Amerika, und das Rohr zielte auf eine Gegend im Südwesten, etwa auf Colorado, Arizona oder Utah. Gleich würde etwas Entsetzliches passieren, dessen war sie sicher. Immerhin war sie eine Hexe – und eine sehr gute dazu, auch wenn die übrige Menschheit, insbesondere ihre Nachbarn und Bekannten, sie als Spinnerin bezeichneten und einige von ihnen nicht immer freundliche Scherze mit ihr trieben.

Ein Blick auf die Anzeige der U-Bahn machte Manuela darauf aufmerksam, dass sie während der letzten Visionen bereits über ihre Zielstation hinausgefahren war. Aber sie vermochte nicht aufzustehen, sondern saß wie erstarrt und richtete ihr geistiges Auge wieder auf das, was über der Erde geschah.

2

Etwa um die gleiche Zeit stand Pater Fabian in einer prachtvoll eingerichteten Wohnung in Bogenhausen und haderte mit sich selbst. Ein Exorzismus war eine ernste Sache, die mit hoher Konzentration betrieben werden musste. Doch an diesem Tag schweiften seine Gedanken immer wieder ab, und er hatte sogar schon Teile seiner Litanei durcheinandergebracht. Es gelang ihm einfach nicht, sich auf die junge Frau in dem eleganten Kostüm zu konzentrieren, die vor ihm auf einer Ottomane lag. Möglicherweise störten ihn die beiden älteren Damen, welche auf Stühlen an der Wand dem Exorzismus als Zeuginnen beiwohnten. Sie wirkten so entsetzt, als müsse jeden Augenblick der Teufel aus ihrer Nichte herausfahren.

Doch dann begriff er, dass es nicht die Frauen waren, die ihn irritierten, sondern etwas, was sich außerhalb dieser vier Wände befinden musste. Im nächsten Moment sah er wie in einer Vision den Himmel über sich, der in einem ungewohnt goldenen Licht strahlte und gleichzeitig zu brennen schien. Das Gefühl von Hitze wurde so intensiv, dass seine Haut prickelte.

Im nächsten Moment gaukelte seine Phantasie ihm Bilder

eines monströsen Satelliten vor, der eben damit begann, den Sonnenwind mit einem riesigen Parabolspiegel einzufangen. Kleine Blitze zuckten über die Außenhaut des Zylinders, der den Hauptteil des künstlichen Himmelskörpers bildete, drangen an seiner Unterseite, wo die Hülle dünner war, in das Innere ein und ließen elektronische Bauteile wie Butter schmelzen. Die Energie, die der gewaltige Spiegel des Satelliten einfing, wurde durch Prismen geleitet, die der Zerstörung standhielten, und schossen als gebündelter Strahl durch ein Rohr, das auf die Erde gerichtet war.

Unter dem Eindruck dieser Bilder verhaspelte Pater Fabian sich und bemerkte, dass die beiden Zuschauerinnen unruhig wurden. Sie waren schon mehrmals bei einem Exorzismus zugegen gewesen und spürten, dass etwas ganz und gar nicht stimmte.

Bevor der Pater seine Gedanken ordnen konnte, machte sein Geist sich erneut selbstständig, und er fand sich in einem hermetisch abgeschirmten Kommandostand wieder. Dutzende Uniformierte ließen die Computerbildschirme vor ihnen nicht aus den Augen. Andere, darunter auch Zivilisten, starrten auf eine Großbildleinwand. Darauf war der Monstersatellit zu sehen, der tausendfach verstärkte und durch keine Atmosphäre gefilterte Sonnenenergie auf die Erde schickte. Weitere Zuschauer drängten sich vor Sichtluken aus Panzerglas und richteten Ferngläser auf Gebäude, die in etwa drei Kilometer Entfernung zu erkennen waren.

»Gleich geht es los!«, hörte Fabian einen der Männer sagen und richtete seine Aufmerksamkeit ebenfalls auf die Häuser, die zu einem nicht mehr benützten Teil des Militärstützpunkts zu gehören schienen.

Im nächsten Moment schoss ein greller Strahl vom Himmel, schlug mit der Gewalt einer Atombombe in den Boden ein und pulverisierte die Gebäude. Die Erde schmolz in einem Umkreis von mehr als einem Kilometer und verwandelte sich in glühenden Brei, der wie Lava aufspritzte und nach allen Seiten floss.

Mit dieser Wirkung hatten die Militärs offensichtlich nicht gerechnet. Einige schrien durcheinander, und einer hieb mit der Faust auf den Alarmschalter. Die meisten aber starrten fassungslos auf die Zone der Zerstörung, die immer größer wurde und bereits gegen die Abschirmung des Kommandostands anbrandete.

Im gleichen Augenblick erschütterte eine gewaltige Explosion weiträumig das Land um den Stützpunkt, und eine gleißende Welle raste wie ein Tsunami aus Licht und Feuer über den Erdball. Noch während Pater Fabian fassungslos zusah, spürte er einen heißen Windstoß auf der Haut. Die Kerzen, die er entzündet hatte, erloschen, und er stand mit drei schreienden Frauen in völliger Dunkelheit.

3

Manuela schrak hoch, als die U-Bahn mit einem Schlag stehen blieb. Um sie herum purzelten die Fahrgäste durcheinander. Sie selbst wurde vom Sitz gerissen und prallte auf ihr Gegenüber. Schreie ertönten, ein Mann schimpfte wie ein Rohrspatz und jemand versuchte, in Manuelas Handtasche zu greifen. Sie merkte es früh genug und zog dem Taschendieb mit den Fingernägeln Furchen in den Handrücken.

Während der Kerl mit einem gepressten Stöhnen zurückzuckte, sah Manuela sich um. Es war so düster, dass sie im ersten Moment nur Umrisse erkennen konnte. Langsam aber gewöhnten sich ihre Augen an das spärliche Licht. Seltsamerweise war die Welt um sie herum ganz in Rot getaucht, als gäbe es keine anderen Farben mehr. War ihr das schon unheimlich, so ließ das Benehmen der übrigen Fahrgäste die Situation geradezu grotesk erscheinen. Der Mann im Nadelstreifenanzug kniete auf dem Boden und tastete hilflos herum, ohne der blutenden Platzwunde auf seinem Kopf Beachtung zu schenken. »Wo ist mein Trolley?«, schrie er immer wieder, obwohl er die Hand nur etwas weiter hätte ausstrecken müssen, um das Ding packen zu können.

»Ich kann nichts sehen! Mach doch mal einer Licht!«, kreischte die Frau mit der Zeitung.

Ein Dritter hämmerte gegen die Tür und fluchte mit überschnappender Stimme.

»Warum macht der Fahrer denn keine Durchsage?«, hörte Manuela eine Frau jammern.

»Wahrscheinlich sind wir mit einer anderen U-Bahn zusammengestoßen«, mutmaßte jemand.

»Schmarrn! Das hätte ganz anders gekracht«, gab eine Männerstimme zurück. »Wahrscheinlich ist der Strom ausgefallen. Darum kann der Fahrer auch keine Durchsage machen. In ein paar Minuten ist alles wieder in Ordnung. Also, Leute, bleibt ruhig sitzen …«

»Wenn wir einen Sitzplatz hätten!«

»Dann bleib eben ruhig stehen!«

»Und passt auf eure Geldbeutel und Handtaschen auf! Eben wollte mich jemand beklauen«, rief Manuela dazwischen.

Zwar begriff sie nicht, was hier geschehen war, doch eines war ihr mittlerweile klar geworden: Die Menschen um sie herum bewegten sich wie in absoluter Finsternis, während sie selbst dieses eigenartige rote Licht wahrnahm, das nicht von dieser Welt zu stammen schien.

Ihr Verantwortungsgefühl zwang Manuela aufzustehen und zu zwei kleinen Kindern zu gehen, die offenbar allein in der U-Bahn saßen und vor Angst weinten. Zu anderen Zeiten hätte sofort jemand die Chance genützt und sich auf den frei gewordenen Platz gesetzt. In der herrschenden Dunkelheit wagten die Leute jedoch nicht, sich von der Stelle zu rühren. Nur der Nadelgestreifte suchte immer noch seinen Rollkoffer, der jetzt, da jemand ihn beiseitegestoßen hatte, ein Stück von ihm entfernt lag.

»Macht doch endlich Licht! Ich brauche meinen Trolley. Da sind wichtige Sachen drinnen«, rief er verzweifelt.

Manuela kämpfte einen Augenblick mit sich selbst, dann riet sie den beiden Kindern, sich aneinander festzuhalten, und schob den Trolley in Richtung seines Besitzers. »Hier ist er. Passen Sie das nächste Mal besser auf und fahren Sie den Leuten nicht mehr mit dem Ding über die Füße!«

Danach blieb ihr nicht mehr, als die weinenden Kinder zu beruhigen und zu warten. Vor ihrem geistigen Auge sah sie den U-Bahn-Fahrer, der hektisch sämtliche Knöpfe in seinem Führerstand drückte und nach der Leitstelle rief, ohne dass eine Antwort kam.

Schließlich gab der Mann auf und öffnete die Tür zum Fahrgastraum. Die Leute bemerkten ihn jedoch erst, als er zu sprechen begann. »Wie es ausschaut, haben wir ein Problem. Ich habe keine Verbindung zur Leitstelle, und ich weiß auch nicht, was passiert ist. Ich warte jetzt noch …«, er blickte kurz auf die Leuchtziffern seiner Uhr und stieß einen Fluch aus. »Sakra, jetzt ist das Ding auch stehen geblieben. Wisst ihr was, Leute? Wir schauen, dass wir zum nächsten Notausstieg kommen. Hat jemand von euch eine Taschenlampe? Die, die im Führerstand sein sollte, hat wohl bei der letzten Inspektion Beine bekommen.«

»Nein, aber ein Feuerzeug!« Ein junger Fahrgast zog es aus der Tasche und zündete. Die Leuchtkraft der Flamme reichte nicht einmal einen Meter weit, genügte dem Mann aber, sich bis zum Schaffner vorzuarbeiten und diesem zu helfen, die erste Tür zu entriegeln.

»Und rennt bitte nicht alle nach draußen! Wenn der Stromabnehmer wieder Saft kriegt, wird derjenige, der gerade draufsteht, wie ein Brathendl gebrutzelt«, warnte der U-Bahn-Fahrer und ließ sich dann von dem Mann mit dem Feuerzeug zur nächsten Tür lotsen.

Manuela sah, wie mühsam das ging, und kämpfte sich zu dem Mann durch. »Es ist besser, wenn ich Ihnen helfe. Ich kann nämlich noch etwas sehen!«

»Sie wollen bei dieser Dunkelheit was sehen können? Da haben Sie wohl Röntgenaugen«, fuhr der Mann mit dem Feuerzeug sie an. Da auch der U-Bahn-Fahrer ihr erklärte, sie solle sich nicht so aufspielen, kehrte Manuela zu den Kindern zurück, setzte sich zwischen die beiden und schlang die Arme um sie.

4

Mit zitternden Händen tastete Pater Fabian in der Innentasche seiner Soutane nach den geweihten Streichhölzern und brannte eines davon ab, um die Kerzen wieder anzuzünden. Sein Kopf schmerzte, als hätte ihm jemand eine Holzkeule über den Schädel geschlagen, und selbst die kleine Flamme tat ihm in den Augen weh.

»Was war das?«, fragte die Frau, deren bösen Geist er hätte austreiben sollen.

»Ich weiß es nicht«, antwortete der Geistliche leise.

»Es brennt keine Lampe mehr! Also muss es im Haus einen Kurzschluss gegeben haben«, erklärte eine der älteren Frauen und trat, als die Kerzen wieder brannten, zum Lichtschalter. Obwohl sie ihn mehrmals betätigte, gingen die Zimmerlampen nicht an.

»Ich versuche, den Hausmeister zu erreichen«, erklärte ihre Schwester, nahm das Handy und wollte die Nummer eintippen. Doch schon nach zwei Ziffern blickte sie den Geistlichen fassungslos an. »Schauen Sie sich das Display an! Das Ding ist absolut tot. Dabei war der Akku vollgeladen.«

»Da muss mehr passiert sein als nur ein lumpiger Kurzschluss hier im Haus.« Pater Fabian dachte an die leuchtende Energiewelle, die er in seiner Vision über die Erde hatte rasen sehen, und ihm dämmerte, dass das keine Einbildung gewesen war.

»Können wir die Rollläden hochfahren?«, fragte er. Die Nichte der beiden älteren Damen eilte zum Fenster und drückte zwei Schalter. Doch es tat sich nichts.

»Leider nicht! Die sind ebenfalls elektrisch«, entschuldigte sie sich.

Pater Fabian hob beschwichtigend die Hand und verließ das Zimmer. Im Flur war es stockdunkel. Er entzündete eine weitere Kerze und ging hinüber in die Wohnküche der großen Dachgeschosswohnung. Hier waren die Jalousien zu seiner Erleichterung noch nicht geschlossen worden, und so konnte er das Fenster öffnen und hinaussehen.

Auf den ersten Blick wirkte alles ganz normal. Dann aber sah er nach unten und erstarrte. Kein einziges Auto fuhr mehr. Die Leute saßen entweder steif wie Puppen im Innern der Fahrzeuge oder rannten kopflos durch die Gegend. Einige Männer hatten die Motorhaube ihres Wagens geöffnet und zupften darin herum.

»Ich begreife das nicht!«, entfuhr es dem Priester.

»Da muss etwas Größeres passiert sein! Möglicherweise ist das Stromnetz in ganz Oberbayern zusammengebrochen.« Die junge Frau war ihm gefolgt und trat nun an den Kühlschrank, um eine Dose Cola herauszuholen.

»Für Sie auch eine, ehrwürdiger Vater?«, fragte sie.

Pater Fabian nickte gedankenverloren. Während er die Dose entgegennahm, aufriss und durstig trank, glaubte er zu fühlen, dass sich dieser Stromausfall nicht auf Oberbayern beschränkte. Außerdem würde das nicht erklären, warum die Autos betroffen waren.

»Haben Sie ein batteriebetriebenes Transistorradio?«, fragte er die Frau.

Diese schüttelte lachend den Kopf. »So etwas Primitives kommt mir nicht ins Haus. Ich habe eine Stereoanlage mit Radio und CD-Player und den Fernseher mit allem, was dazugehört.«

»Da die Geräte auf elektrischen Strom angewiesen sind, helfen sie uns nicht weiter«, antwortete Pater Fabian verärgert.

»Dir wird bald überhaupt nichts mehr weiterhelfen«, behauptete die Frau mit völlig veränderter Stimme.

Pater Fabian fuhr herum und starrte sie an. »Was sagen Sie?«

»Dass du dir deinen lächerlichen Exorzismushumbug an den Hintern nageln kannst!« Die Frau lachte nun in tiefer, männlicher Tonlage und musterte ihn mit unnatürlich glühenden Augen.

»Sie sind tatsächlich von einem bösen Geist besessen!«, rief der Priester.

Die Frau – oder vielmehr der Geist in ihr – amüsierte sich. »Du merkst aber auch alles! Doch du kennst nur einen Zipfel der Wahrheit. Daher werde ich so gnädig sein und dich erleuchten. Ihr Menschen seid am Ende! Ein für alle Mal erledigt! Ihr habt euch eben selbst den finalen Fangschuss verpasst. Ich habe zwar keine Ahnung von technischen Dingen, aber ich konnte in deinem Kopf mit ansehen, wie ihr euch mit jenem Experiment in Amerika selbst lahmgelegt habt. Dabei – und das werdet ihr noch zu spüren bekommen! – wurden die Tore zur Geisterwelt geöffnet. Die waren bisher nur schwer zu durchdringen. Selbst ich habe das meiste von meiner drüben erworbenen Macht und sogar einen Teil meiner selbst beim Durchgang in diese Welt zurücklassen müssen. Aber jetzt habt ihr Menschen mir die Chance gegeben, ganz herüberzukommen! Daher kann ich diese Tussi hier endlich so beherrschen, wie es mir passt. Sieh her, was ich mit ihr mache!«

Bevor der Priester entscheiden konnte, ob das, was er eben erlebt zu haben glaubte, seiner Phantasie entsprang oder doch die Wahrheit war, begann die junge Frau, sich mit eckigen Bewegungen auszuziehen.

»Bitte tun Sie das nicht!«, flehte Pater Fabian, wagte aber nicht, sie zu berühren.

»Kommen Sie rasch, Ihre Nichte dreht durch«, rief er stattdessen ihren Tanten zu.

Diese stürzten herein, sahen ihre Verwandte, die sich bereits bis auf Höschen und BH entblättert hatte, und schlugen die Hände über dem Kopf zusammen. »Was haben Sie mit ihr gemacht, ehrwürdiger Vater?«

»Ich? Nichts! Sie ist von einem unreinen Geist besessen.«

»Beleidige mich nicht!«, schimpfte dieser. »Als Geist bin ich allemal sauberer als ihr Menschen mit euren ganz und gar überflüssigen Körpern. Andererseits kann man mit denen so einiges anstellen. Willst du mir nicht den BH aufmachen? Dann wird dir einiges geboten!«

»Ziehen Sie sich wieder an«, befahl der Pater, als hätte er nur eine verwirrte Frau vor sich.

Der Geist dachte jedoch nicht daran, ihm diesen Gefallen zu tun, sondern streifte den BH über den Kopf und schob dann das Höschen hinab.

»Gefällt dir, was du siehst, Paterchen? Du könntest ein paar Kerzen in den Flur stellen, damit ich mich im Spiegel betrachten kann.«

Pater Fabian antwortete ihm nicht, sondern wandte sich an die beiden älteren Damen. »Wenn wir verhindern wollen, dass Ihre Nichte zu Schaden kommt, müssen wir sie mit Gewalt ankleiden und festbinden.«

»Wenn Sie es sagen, Hochwürden«, antwortete die Ältere der beiden zögernd.

Da ihre Nichte Anstalten machte, die Wohnungstür zu öffnen, zerrte sie sie zusammen mit ihrer Schwester zurück und schleifte sie ins Schlafzimmer. Die Besessene wehrte sich wie der Teufel, und so musste auch Pater Fabian eingreifen. Er hielt sich nicht mit so Kleinigkeiten wie Höschen und BH auf, sondern streifte der jungen Frau ein T-Shirt über und zwang ihre Beine in eine Jeans. Zuletzt fesselten sie die Besessene mit zwei Seidenschals an ihr Bett.

Als dies geschehen war, trat Pater Fabian aufatmend zurück. Noch während er sich fragte, weshalb die Frau sich zuletzt nicht mehr gewehrt hatte, ließ ihn ein erstickter Ruf aufhorchen. Er drehte sich um und sah eine Schwester mit ausgestreckter Hand auf die Ältere zeigen, die sich gerade sämtlicher Kleider entledigte und dabei in ebenso hämischem Tonfall lachte wie zuvor ihre Nichte.

5

Endlich war es dem Fahrer gelungen, bis zum letzten Wagen vorzudringen und alle Fahrgäste zu informieren. Zwei Männer hatten Taschenlampen bei sich, einer ein älteres Modell, der andere eine soeben gekaufte, die mit einer elektronischen Steuerung versehen war. Der Mann musste lachen, weil er in der Aufregung nicht daran gedacht hatte, die Batterien in seine Lampe zu schieben und seine Neuerwerbung einzuschalten. Als er das jetzt nachholte und versuchte, Licht zu machen, erlebte er eine Enttäuschung.

»Das Ding funktioniert nicht! Die haben mir ein kaputtes Teil verkauft!«, rief er empört.

»Vielleicht haben Sie die Batterien falsch eingelegt«, wandte der zweite Mann mit Taschenlampe ein und richtete den Lichtkegel auf ihn. Doch auch, als er die Batterien wieder herausnahm und neu einsetzte, tat sich nichts.

Während er fluchte und hinten im Wagen eine Frau einen hysterischen Anfall erlitt, wurde Manuela endgültig bewusst, dass etwas Entsetzliches geschehen sein musste. Ihre Gedanken drifteten davon und sie sah das Cockpit eines Flugzeugs vor sich. Einen der Piloten kannte sie. Es war Henry, mit dem sie im letzten Jahr zwei Monate lang zusammengelebt hatte. Wegen seiner beleidigenden Sprüche, mit denen er ihre »Esoteriktrips« ständig bedacht hatte, war die Beziehung schließlich in die Brüche gegangen.

Daher wunderte sich Manuela, ausgerechnet ihn in einer Vision zu sehen. Da fiel ihr Blick auf die Uhr im Cockpit und sie erstarrte. Diese zeigte genau eine Minute vor dem Augenblick an, an dem – laut ihrer Armbanduhr – die U-Bahn ausgefallen war. Sie begriff, was gleich passieren würde, und versuchte, die Bilder mit aller Kraft aus ihren Gedanken zu vertreiben. Doch es war vergebens.

»Noch eine halbe Stunde, dann sind wir in München«, erklärte der Copilot eben.

»Noch eine halbe Minute, und ihr seid tot«, dachte Manuela entsetzensstarr.

»Ich habe zwei freie Tage vor mir«, antwortete Henry, während die Sekundenanzeige der Borduhr unbarmherzig weiterzählte. »Schade, dass es mit Martina und mir auseinandergegangen ist ..., äh, nein, Manuela hieß sie. Im Bett war sie eine Rakete, aber im Kopf so crazy, dass ich mir manchmal das Lachen verkneifen musste. Stell dir vor, die hat beim Bumsen einen besonderen Stein in der Hand gehalten, weil sie damit einen extra starken Orgasmus bekommen würde.«

»Weiber gibt es ...«, antwortete der Copilot lachend und

schrie im nächsten Moment auf, denn eine leuchtende Wand raste auf das Flugzeug zu. »Was ist das?«

Die Maschine tauchte in das Licht, erzitterte wie unter einem harten Schlag, und sämtliche Kontrollleuchten fielen aus. Dann neigte sich die Nase des Flugzeugs nach unten.

»Verdammt, tu doch was!«, schrie der Copilot und wiederholte die Griffe, die er im Flugsimulator gelernt hatte.

Henry zog das Steuer auf sich zu, doch die Maschine reagierte nicht, sondern setzte zum Sturzflug an. Unter ihnen war eine Stadt zu erkennen.

»Der Bordcomputer ist ausgefallen. Ich starte ihn neu!« Nun begann auch Henry, wie wild auf Knöpfe zu drücken und Schalter umzulegen. Doch die Kontrolltafel blieb dunkel.

Eine Stewardess stolperte herein. »Was ist los?«

»Wir stürzen ab«, hörte Manuela Henry noch sagen, dann schwebte sie über dem Flugzeug und sah es mitten in der Stadt gegen ein großes Gebäude prallen und in einem riesigen Feuerball vergehen.

Das Nächste, was Manuela spürte, waren ihre schmerzenden Wangen und ein weiterer Hieb. Sie riss die Augen auf und sah den Mann im Nadelstreifenanzug über sich. Er hielt jetzt ebenfalls ein Feuerzeug in der Hand und setzte gerade zur nächsten Ohrfeige an.

»He! Halt! Das tut doch weh«, beschwerte Manuela sich.

»Sie sind ohnmächtig geworden. Wahrscheinlich der Schock! Es ist aber auch eine große Sauerei, was hier läuft. Ich werde mich beim Oberbürgermeister beschweren. Ich müsste längst bei meiner Besprechung sein. Da nimmt man ein Mal die öffentlichen Verkehrsmittel, und schon passiert so was. Hoffentlich kriege ich gleich ein Taxi, wenn wir aus diesem elenden Rattenbau heraus sind!«

Da Manuela die Tiraden des Mannes nicht interessierten, kämpfte sie sich wieder auf die Beine und suchte nach den beiden Kindern. Inzwischen hatten sich andere Fahrgäste ihrer angenommen und ließen sie nicht mehr zu ihnen. Ein Paar mittleren Alters gab sogar einige bissige Kommentare von sich, und ein junger Mann murmelte etwas von einer hysterischen Ziege.

Manuela achtete nicht darauf, denn ihre Gedanken galten immer noch dem Flugzeugunglück. Das, was sie in der Vision miterlebt hatte, war kein Phantasiegebilde gewesen, sondern ein Absturz, der sich tatsächlich ereignet hatte. Dessen war sie sich sicher. Also war nicht nur die U-Bahn ein Opfer dieser unerklärlichen Kraft geworden, sondern auch andere Fahrzeuge und wahrscheinlich noch vieles mehr. Bei der Vorstellung, wie viele Flugzeuge sich in jener Sekunde, in der die Katastrophe die Erde erfasst hatte, in der Luft befunden hatten, wurde ihr übel.

6

Pater Fabian fragte sich, ob er ein Rauschmittel zu sich genommen hatte, ohne es zu wissen, und deswegen halluzinierte, oder ob sein Geist durch die Belastungen der vielen Exorzismen aus den Fugen ging. Beide Möglichkeiten wären ihm lieber gewesen als die Erkenntnis, dass das, was um ihn herum geschah, Realität war. Inzwischen tanzte auch die dritte Frau vor ihm und entledigte sich lachend ihrer Kleidung. Ihre Bluse flog an seinem Kopf vorbei, dann der Rock ihres Kostüms und schließlich traf ihn ihr BH mitten im Gesicht.

»Bitte, lassen Sie das!«, rief er verzweifelt. Doch die Frau wiegte sich wie eine Schlange, zog dabei ihren Slip aus und ließ ihn um den Finger kreisen.

»Sieht sie für ihr Alter nicht noch erstaunlich gut aus?«, fragte der Dämon spöttisch aus ihrem Mund und brachte sein Opfer dazu, sich niederzulegen und die Beine zu spreizen.

Der Kerl hatte nicht unrecht, gab der Pater im Stillen zu. Die Frau mochte um die sechzig sein, doch ihre leicht füllige Gestalt mit festen Brüsten und dem feinen, dunklen Flaum zwischen den Beinen war immer noch attraktiv.

Plötzlich fand Pater Fabian sich von der anderen Tante und der Nichte eingekeilt. Beide waren ebenfalls nackt, und während die Ältere ihm mit der Rechten unter die Kutte griff und nach seinem Penis fasste, zog die Jüngere seinen Kopf herab und presste ihn gegen ihren Busen. Er spürte eine der beiden tiefrot nach vorne ragenden Spitzen an seinen Lippen und stöhnte. Er hätte schon sexuell auf Männer ausgerichtet sein müssen, um von dem Geschehen nicht erregt zu werden.

»Ist es wirklich so schlimm, ein bisschen mitzumachen?«, hörte er sich selbst sagen und begriff im nächsten Moment, dass der Dämon auch ihn zu beeinflussen begann.

»Verschwinde!«, schrie er und stieß ein paar exorzistische Formeln aus.

Die Frau, die sich als Letzte ausgezogen hatte, zuckte zusammen und raffte rasch ihre Kleidung an sich. Doch bevor sie diese überstreifen konnte, hatte der Dämon sie bereits wieder unterworfen und sie begann, sich keuchend selbst zu befriedigen.

Mit viel Mühe gelang es Pater Fabian, sich aus der Umklammerung der beiden anderen Frauen zu lösen, und er wich bis an die Wand zurück. Die Nichte warf ihm eine Kusshand zu und begann dann, ihre Tante sanft zu streicheln. Diese sank wie in Zeitlupe nieder und spreizte die Beine. Der Kopf der Jüngeren beugte sich über sie, und während der Pater wie erstarrt zusah, lachte ihre Schwester mit der Stimme des Dämons laut auf. »Etwas Besseres als das hätte dir auch Sappho auf Lesbos nicht bieten können, findest du nicht auch, Paterchen? Und jetzt komm und mach mit. Ich spüre doch, wie es dich zwischen den Beinen juckt. Das, was dir hier geboten wird, kommt so schnell nicht wieder. Oder stehst du mehr auf Chorknaben? Kein Problem, dazu könnte ich dir auch verhelfen.«

Dieser Spott war zu viel. Mit einem Schlag war der sexuelle Reiz, mit dem der Dämon ihn zu ködern versuchte, verschwunden.

Es muss etwas geben, das diesem Wahnsinn ein Ende bereiten kann, durchfuhr es den Pater. Schließlich war er Exorzist! Rasch eilte er in den Raum, in dem das Buch mit den Anweisungen und Gebeten für Teufelsaustreibungen lag, doch als er damit zurückkehrte und die ersten Worte zu sprechen begann, sprang die Frau, in der der dämonische Geist gerade steckte, auf ihn zu, entriss ihm das Buch und warf es aus dem Küchenfenster.

»Und was machst du jetzt, Kuttenheini?«, fragte sie spöttisch.

Der Pater wünschte sich ein Fass voll Weihwasser, etliche Kilo Weihrauch und ein Lichtermeer aus geweihten Kerzen. Doch das wenige, das er mitgebracht hatte, war bei dem abrupt unterbrochenen Exorzismus verbraucht worden. Außerdem verfügte der Dämon, der in diesen Frauen steckte, augenscheinlich über weitaus stärkere Kräfte als all diejenigen, welche er bereits aus verzweifelten Menschen ausgetrieben hatte.

Schließlich gab Pater Fabian es auf und verließ unter dem Gelächter des Dämons die Wohnung. Draußen drückte er aus Gewohnheit auf den Fahrstuhlknopf, merkte aber rasch, dass dieser nicht kommen würde, und eilte die Treppen hinab. Unterwegs traf er auf verstörte Frauen, die ihre Einkäufe heraufschleppten, fluchende Männer und Kinder, die entweder vor Angst weinten oder sich ganz cool gaben und über das Chaos spotteten, das in der Stadt herrschte. Keiner von ihnen war an einem Gespräch mit einem katholischen Ordensgeistlichen interessiert.

Zum ersten Mal in seinem Leben als Seelsorger war Pater Fabian ganz froh darüber, ignoriert zu werden. Das eben Erlebte hatte ihn zutiefst erschüttert, und er sah sich nicht in der Lage, auch nur eine Antwort auf die vielen Fragen zu geben, die die Menschen um ihn herum und nicht weniger ihn selbst beschäftigten.

Was ihn auf der Straße erwartete, war noch weitaus schlimmer als befürchtet. Etliche Autos waren ineinandergefahren, Verletzte saßen oder lagen blutend auf dem Asphalt und warteten auf Notdienste, die vielleicht nie kommen würden.

Noch während Pater Fabian darüber nachdachte, wie er den Menschen helfen könnte, traf es ihn wie ein Schlag und er fand sich im Führerstand eines ICE wieder. Den Fahrer kannte er. Er hatte ihm Beistand geleistet, als dessen Frau ihn gemeinsam mit den Kindern verlassen hatte. Der Zug fuhr mit hoher Geschwindigkeit, und auch sonst schien alles intakt zu sein. Der Pater wollte bereits aufatmen, als sein Blick auf die Digitaluhr der Kontrollleiste fiel. Obwohl er selbst nicht auf die Zeit geachtet hatte, wusste er instinktiv, dass die Szene, die er wahrnahm, sich vor dem Zeitpunkt abgespielt hatte, an dem die Stromversorgung zusammengebrochen war. Während der Pater zu begreifen versuchte, was mit ihm und um ihn herum geschah, fegte eine glühende Wand über den Zug hinweg, die der Lokführer nicht zu bemerken schien, und im selben Augenblick fielen sämtliche Anzeigen aus. Normalerweise hätte der Zug jetzt von der Notabschaltung gebremst werden müssen, doch es tat sich nichts. Der ICE raste mit unvermindert hoher Geschwindigkeit dahin, obwohl in der Ferne bereits die Skyline von München in Sicht kam.

Der Lokführer schaltete panikerfüllt an seinen Knöpfen herum und griff, als sich nichts tat, zur Notbremse. Erst beim dritten Versuch gelang es ihm, diese zu lösen. Der Mann atmete bereits auf, als der Zug langsamer wurde. Dann aber begann er zu schreien und streckte abwehrend beide Hände aus.

Als Pater Fabian den Blick hob, sah er einen schwer beladenen Sattelschlepper, der etwa hundert Meter weiter auf einem Bahnübergang quer über den Gleisen stand, und begriff, dass der Zug niemals rechtzeitig zum Stehen kommen würde. Der nicht enden wollende Schrei des Lokführers gellte ihm noch in den Ohren, als er einen gewaltigen Schlag fühlte. Dann schien die Welt zu erlöschen.

Als er erwachte, lag er auf dem Gehsteig, während ein paar halbwüchsige Burschen, vom Schimpfen einer älteren Frau verfolgt, johlend davonrannten.

Sie drehte sich um und beugte sich über ihn. »Es tut mir leid, aber ich habe die Kerle nicht daran hintern können, Ihnen den Geldbeutel abzunehmen, während Sie bewusstlos waren. Geht es Ihnen wieder besser? Sind Sie verletzt?«

Pater Fabian schüttelte den Kopf. »Es geht schon, danke. Außerdem werden die Diebe keine große Freude an meinem Portemonnaie haben, denn es sind gerade mal fünf Euro drinnen sowie eine Tageskarte für die U-Bahn. Aber ich glaube nicht, dass die Burschen den Fahrschein heute noch benutzen können.«

»Was ist eigentlich passiert?«, fragte die Frau. »Ich habe einen grellen, kurz aufflackernden Schein am Himmel gesehen. Dann sind alle Lichter ausgegangen und die Autos stehen geblieben. Mein Mobiltelefon funktioniert nicht, ebenso wenig meine Uhr. Es geht rein gar nichts mehr.«

»Wenn ich wüsste, was los ist, wäre mir wohler. So aber können wir nur hoffen, dass unsere Techniker die Sache bald in den Griff bekommen.«

»Das hoffe ich auch«, antwortete die Frau. »Geht es Ihnen auch wirklich gut? Ich wohne gleich um die Ecke. Wenn Sie wollen, koche ich Ihnen einen Kaffee.«

Pater Fabian begriff, dass die Frau nicht allein sein wollte.

Da er ebenfalls das Bedürfnis hatte, mit jemand zu reden, nickte er. »Danke! Ein Kaffee käme mir gerade recht. Es ist wirklich viel passiert.« Er sah noch einmal den Zug vor sich, der sich mit über einhundertzwanzig Stundenkilometer in den Sattelschlepper gebohrt hatte. Es musste viele Tote gegeben haben und Verletzte, die vielleicht lange auf Hilfe warten mussten. Er schüttelte sich bei dem Gedanken und betete erneut, dass er nur in einem wirren Albtraum gefangen war, aus dem er bald erwachen würde.

7

Manuela war erleichtert, als sie wieder den Himmel über sich sah. Sie hatte das Gefühl, stundenlang durch die U-Bahn-schächte geirrt zu sein. Ein Blick auf die von ihrer Großmutter ererbte Uhr zeigte ihr jedoch, dass seit dem Versagen der U-Bahn keine fünfundvierzig Minuten vergangen waren.

»He, Sie da! Können Sie meinen Trolley nach oben ziehen?«, hörte sie den Nadelgestreiften unter sich rufen.

Manuela drehte sich um und sah ihn keuchend und verschwitzt im Ausstiegsschacht auftauchen. Seinen Rollenkoffer schleppte der Mann immer noch mit sich und hatte nun Schwierigkeiten, das sperrige Ding über die steile Metallleiter zu bringen.

Obwohl Manuela sich auf der Rolltreppe über den Mann geärgert hatte, bückte sie sich und fasste den Griff des Trolleys. Als sie den schweren Koffer nach oben gezogen hatte, stellte sie diesen kopfschüttelnd ab. »Was haben Sie da eingepackt, Ziegelsteine?«

»Steigen Sie endlich weiter. Andere Leute wollen auch hinaus«, blaffte jemand von unten den Mann an.

Der antwortete mit einer nicht allzu feinen Bemerkung, verließ aber den Schacht und packte seinen Koffer. »Ich hoffe, die MVG hat Ersatzbusse bereitgestellt«, äußerte er kiebig, ohne sich bei Manuela zu bedanken.

»Ihr Wort in Gottes Ohr! Aber ich fürchte, darauf können Sie lange warten. Es sei denn, der Herr im Himmel zaubert das da weg!« Manuela deutete auf die Autos, die überall auf der Straße herumstanden. Teilweise waren sie ineinandergefahren, andere waren auf dem Gehsteig oder gar in Schaufenstern gelandet. Überall gab es jammernde Verletzte, die von Passanten notdürftig versorgt worden waren. Über andere, die regungslos dalagen, stiegen manche einfach hinweg.

»Was ist denn hier los?«, fragte der Mann mit dem Trolley, der jetzt erst begriffen hatte, dass es hier um mehr ging als um eine liegen gebliebene U-Bahn. Ohne eine Antwort abzuwarten, zog er sein Handy aus der Tasche. Doch schon beim ersten Tastendruck begann er zu fluchen. »Das Scheißding funktioniert auch nicht. Das ist ja zum Kotzen! Wie komme ich jetzt zu meinem Meeting?«

»Wenn Sie sich nicht geistig versetzen können, müssen Sie wohl zu Fuß gehen«, antwortete Manuela und drehte dem Mann den Rücken zu. Dabei wurde ihr klar, dass auch sie die eigenen Beine bemühen musste, wenn sie an ihr Ziel kommen wollte. Doch im Gegensatz zu dem Nadelgestreiften hatte sie nur ihre Umhängetasche mit ihren wichtigsten Utensilien bei sich und keine Kofferladung Ziegelsteine.

Vorher sah sie noch einmal nach den anderen Passagieren der U-Bahn, ob jemand Hilfe brauchte. Dies schien jedoch nicht der Fall zu sein, denn die Leute verliefen sich rasch. Manuela sah noch, wie ein älteres Paar die beiden Kinder mitnahm, dann stand sie allein neben dem Notausgang. Mit einem Achselzucken setzte auch sie sich in Bewegung und marschierte in die Richtung, in der die Wohnung der Frau lag, die sie zu sich bestellt hatte.

Manuela war schon oft durch Münchner Straßen geschlendert, doch der Anblick, der sich ihr nun bot, war so krass, dass sie hoffte, nur zu träumen und bald wieder aufzuwachen. Dann würde sie ihre größte Tasse mit Milch füllen, diese in der Mikrowelle heiß machen und mehrere Löffel Kaffeepulver einrühren, damit sie richtig wach wurde.

Während sie sich zwischen einem auf dem Gehsteig stehenden Wagen und der Hauswand durchzwängte, traf es sie wie ein Schlag, und sie fand sich auf einem riesigen Kreuzfahrtschiff wieder. Passagiere ruhten auf Liegestühlen an Deck, tranken Cocktails, die ihnen von dienstbeflissenen Stewards serviert wurden, und genossen den schönen warmen Tag. Mitten unter den Urlaubern entdeckte Manuela ihre Exkollegin Lydia, die gerade mit einem gut aussehenden Mann flirtete und diesem Einblicke bot, die ihn sichtlich aufheizten. Wie es aussah, würden die beiden in kürzester Zeit im Bett landen.

Manuela beneidete Lydia um die Leichtigkeit, mit der diese ihre Liebhaber wechselte wie sie ihre Unterwäsche. Sie selbst tat sich mit Männern eher schwer und wurde zumeist schnell abserviert, weil sie, wie man ihr schon unfreundlich gesagt hatte, einen Hirnschuss hätte. Bisher hatte nur Nils, ein junger Ingenieur, ihre Art und ihr Auftreten als moderne Hexe akzeptiert, und der war ein halbes Jahr nach Beginn ihrer Beziehung tödlich verunglückt.

Bei dem Gedanken an Nils spürte sie, wie ihr die Tränen kamen. Sie hatte noch nie einen Menschen kennengelernt wie ihn und damals gehofft, ihr Glück würde ewig dauern. Doch es war anders gekommen. Im Gegensatz zu Lydia fiel es ihr schwer, eine Beziehung zu einem Mann aufzubauen, denn ihrer Ansicht nach gehörte dazu mehr als nur guter Sex.

Während Manuela ihren Gedanken nachhing, klang die Stimme eines Schiffsoffiziers aus dem Lautsprecher. »Meine sehr geehrten Damen und Herren! Da wir uns einer Sturmfront nähern, bittet der Kapitän Sie, die äußeren Decks zu verlassen und sich nach innen zu begeben. Von den Panoramasalons aus werden Sie einen ausgezeichneten Blick auf das Unwetter haben. Ein Aufenthalt im Freien ist wegen der zu erwartenden starken Böen zu gefährlich.«

Manuela richtete ihr Augenmerk wieder auf Lydia, die der Durchsage sichtlich gelangweilt zugehört hatte. »Jetzt in eine der Bars zu gehen, hat wahrscheinlich wenig Sinn, weil sich alle dort tummeln werden. Aber ich habe noch eine Flasche Prosecco im Kühlschrank meiner Kabine. Wollen wir die zusammen leeren?«, fragte sie den sportlichen jungen Mann.

Der nickte siegessicher. »Aber gerne. Am liebsten würde ich den Prosecco hieraus trinken!« Er wies auf Lydias Bauchnabel.

»Warum nicht?«, antwortete diese mit einem girrenden Lachen, führte ihren Lover ins Schiffsinnere und dort die Treppe hinunter, die zu den Kabinendecks führte.

Unwillkürlich folgte Manuela den beiden und sah, wie sie sich unterwegs noch eine Flasche Wodka im Bordshop besorgten und anschließend in Lydias luxuriös eingerichteter Kabine verschwanden. Während ihre ehemalige Kollegin zwei Wassergläser mit Prosecco und zwei mit Wodka füllte, verspürte Manuela auf einmal Neid. Die Erbschaft eines reichen Onkels bot Lydia die Möglichkeit, so aufzutreten. Eine Kabine wie diese hätte sie selbst sich niemals leisten können.

Sie sah zu, wie der junge Mann hinter Lydia trat, die Arme um sie schlang und seine Hände auf die vollen Brüste legte.

»Warte! Wenn das Bikinioberteil weg ist, geht es besser.« Lydia öffnete den Verschluss des winzigen Kleidungsstücks. Dabei kamen zwei volle Brüste mit keck nach vorne ragenden Spitzen zum Vorschein. Der Mann massierte sie zärtlich und stöhnte dabei, als würde es ihm bereits kommen.

Mit einem Mal fragte die junge Hexe sich, was sie eigentlich hier tat. Um sie herum ging die Welt in Scherben, und ihr Geist betätigte sich als Spanner.

Gerade trank Lydia beide Gläser aus, füllte sie erneut und stieß beidhändig mit ihrem Liebhaber an. »Cheers!«

»Cheers!« Auch er leerte sein Glas und stellte es auf den Tisch. Seine Badehose beulte sich mittlerweile verdächtig aus, und als er diesmal die Arme nach Lydia ausstreckte, war sein Griff fordernd. Er fuhr ihr mit beiden Händen unter ihr Bikinihöschen und schob es nach unten.

Obwohl Manuela nicht glaubte, unattraktiv zu sein, sagte sie sich, dass sie mit Lydia nicht mithalten konnte, die wahrlich Idealmaße aufwies. Dazu war sie rothaarig, ohne von Sommersprossen geplagt zu werden. Sogar die zu einem schmalen Streifen ausrasierte Schambehaarung war von dieser Farbe.

Der junge Mann glich einem griechischen Gott in Goldblond. Gerade zog er die störende Badehose aus und zeigte, was er an dieser Stelle zu bieten hatte.

Lydias Augen leuchteten auf, denn der Bursche war wirklich gut bestückt. »Hältst du auch durch?«, fragte sie ihn, während ihre Fingerspitzen über seine Brust nach unten strichen und dabei wie zufällig sein bestes Stück berührten.

»Wir können es ausprobieren«, antwortete er ohne falsche Bescheidenheit, hob die Frau auf und trug sie zum Bett. Dort kam er nicht sofort zur Sache, sondern schnappte mit seinem Mund nach ihrer rechten Brustwarze, wechselte dann zur anderen, um wieder zur ersten zurückzukehren.

Lydia keuchte vor Erregung und zog den Mann an sich, weil sie ihn endlich in sich spüren wollte. Mit einem zufriedenen Lächeln glitt er auf sie, suchte die richtige Stelle und drang langsam, aber unaufhaltsam in sie ein.

Manuela fragte sich derweil, ob jetzt die Welt oder sie selbst verrückt geworden war. Da fiel ihr Blick auf die Kabinenuhr, und sie erstarrte. Bis zur großen Katastrophe würde es nur noch wenige Sekunden dauern. Kaum hatte Manuela das gedacht, befand sie sich wieder an Deck und sah eine glühende

Wand auf das Schiff zurasen. Auch diesmal hatte sie das Gefühl, als würde sie in Feuer getaucht, doch die Passagiere des Kreuzfahrtschiffes schienen nichts zu bemerken.

Einen Augenblick später lief ein Ruck durch das Schiff, und ein Teil der Passagiere stürzte zu Boden. Noch während die sich wieder aufrafften, drehte sich der Bug des Schiffes nach links und begann im Takt der immer höher werdenden Wellen zu stampfen und zu schaukeln.

»Was ist denn jetzt los?«, rief eine Passagierin empört.

Dann entdeckte sie einen Steward und winkte heftig. »He, Sie da! Warum schaukelt das Schiff so?«

»Keine Ahnung und keine Zeit! Ich muss zu unserem Sammelpunkt für Katastrophenfälle«, rief der Mann und rannte davon.

»Was meint der Kerl mit Katastrophe?«, fragte die verärgerte Frau ihre Begleiterin.

»Ich weiß es nicht. Gehen wir lieber nach unten. In der Bar ist das Schaukeln gewiss besser zu ertragen als hier«, antwortete diese und versuchte, durch eine Tür ins Innere des Schiffes zu gelangen. Dort aber ballten sich immer noch die Passagiere, die zunächst nur träge auf die Durchsage reagiert hatten. Viele wollten wie gefordert hinein, andere wiederum drängten an Deck, weil die heftigen Bewegungen des Schiffes sie erschreckt hatten.

Manuela begriff, dass sie hier nicht mehr erfahren würde, und strebte der Steuerzentrale zu. Dabei versuchte sie, Klarheit zu gewinnen, als was sie hier weilte. Körperlich war sie auf jeden Fall nicht anwesend, denn als sie an sich herabblickte, nahm sie nicht einmal einen durchscheinenden Astralleib wahr, wie sie es halb und halb erwartet hatte.

Erschrocken über den Zustand, den sie an diesem Tag das erste Mal erlebt hatte, tastete Manuela mit ihren unsichtbaren Händen um sich. Dabei entdeckte sie einen leuchtenden Faden, der sie mit ihrem eigenen Körper verband und einen starken Zug auf sie ausübte. Im ersten Moment wollte sie diesem folgen, denn alles in ihr schrie danach, sich in Sicherheit zu bringen. Aber es interessierte sie viel zu sehr, was hier geschehen würde. Aus diesem Grund riss sie sich zusammen und schwebte zur Brücke hoch.

Der Raum, von dem aus das Schiff gesteuert wurde und der sich über seine gesamte Breite erstreckte, wimmelte von Offizieren, Technikern, Stewardessen und Stewards. Die meisten waren so bleich, als sähen sie bereits dem Tod ins Auge. Einer der Männer schraubte an einer Konsole herum, während der Kapitän neben ihm stand und seine Mütze mit den Händen knetete.

»Wie lange dauert es denn noch?«, fragte er mit vor Anspannung heiserer Stimme.

Der Mann an der Konsole fuhr auf. »Zaubern kann auch ich nicht! Ich muss erst diese Scheißschrauben lösen, und die sitzen fest, als hätte ein Hirnkranker sie angezogen!«

Ohne den Kapitän weiter zu beachten, fuhr er mit seiner Arbeit fort. Kurz darauf stieß er einen erleichterten Ruf aus und stellte die Verkleidung zu Boden. Nach dem ersten Blick ins Innere der Konsole fluchte er jedoch. »Die verdammte Elektronik scheint tot zu sein! Es riecht wie durchgebrannt.«

»Dann ersetzen Sie das defekte Zeug! Schließlich haben wir genügend Ersatzteile an Bord. In spätestens einer halben Stunde erreicht uns das Zentrum des Sturms, und bis dahin muss die Steuerung wieder funktionieren. Wenn wir das Schiff nicht auf Kurs halten können, bleibt uns nicht einmal die Zeit, ein Testament zu machen!«

Der Kapitän vernahm das aufbrandende Gemurmel und begriff, dass seine Worte nicht dazu geeignet waren, seinen Leuten Mut zu machen.

Während der Erste Offizier zunehmend verzweifelt an den nutzlosen Kontrollen hantierte und eine der Stewardessen einen Heulkrampf bekam, machten seine Kollegen gut klingende Vorschläge. Doch die waren, wie der Kapitän bissig kommentierte, höchstens dafür geeignet, ein Segelschiff oder einen kleinen Ausflugsdampfer auf sicherem Kurs zu halten, aber nutzlos für ein Kreuzfahrtschiff, auf dem mehr als zweitausend Menschen Platz fanden.

»Was ist nun? Tut sich was?«, fragte der Kapitän seinen Ingenieur zum x-ten Mal.

Dieser hatte sich so tief in die Konsole hineingeschoben, dass sein Oberkörper darin verschwunden war. Nun tauchte er mit einigen Platinen in der Hand auf und wollte diese mit einem Kontrollgerät testen. Nach drei Versuchen trat er den Kasten, der ebenfalls viel empfindliche Elektronik beherbergte, mit einem wüsten Fluch durch den Raum.

»Das Ding ist genauso erledigt wie die Schiffskontrollen«, erklärte er und stand auf. »Tut mir leid, Kapitän, aber da ist nichts zu machen. Die gesamte elektronische Anlage ist im Eimer, und wir haben höchstens für ein Viertel der Platinen Ersatz. Damit kann ich Ihnen vielleicht in einer Woche eine primitive Steuerung hinzaubern, aber nicht in einer halben Stunde.«

»Können Sie nicht einzelne Teile überbrücken? Es reicht, wenn das Steuerruder wieder funktioniert«, antwortete der Kapitän beschwörend.

»Nicht auf die Schnelle! Ich muss erst einmal die Pläne studieren, dann ein paar neue Platinen zusammenbasteln und schließlich in der Steuerkonsole herumlöten. Dafür brauche ich Strom – aber die Generatoren, die ihn erzeugen, sind ebenfalls hinüber.«

»Dann bringen Sie die verdammten Dinger wieder zum Laufen!« Der Kapitän schäumte, während seine Blicke immer wieder nach Steuerbord schweiften. Dort türmten sich bereits hohe Wellen auf, die mit zunehmender Wucht gegen das Kreuzfahrtschiff brandeten und es wie einen Korken in einer riesigen Badewanne tanzen ließen.

»Können wir nicht um Hilfe funken?«, fragte eine Stewardess.

Der Kapitän wurde laut: »Haben Sie es denn immer noch nicht begriffen? Die Funkanlage hat ihren Geist ebenso aufgegeben wie alle anderen Geräte hier an Bord!«

In dem Augenblick stürzte ein Matrose herein. »Herr Kapitän, wir haben ein Problem! Mehrere Passagiere stecken in den Aufzügen fest, und ohne Motorwinden können wir sie nicht herausholen. Aber für die fehlt uns der Strom!«

»Wir haben für diesen ganzen Scheißkahn keinen Strom! Die Kacke ist am Dampfen«, brüllte der leitende Ingenieur.

Der Kapitän stierte auf die anrollenden Wellen und schlug unwillkürlich das Kreuz. Nun blickten auch die anderen nach Steuerbord und erstarrten. Hinter einigen bereits recht hohen Wellenkämmen ragte ein Kaventsmann auf, dessen Scheitel das oberste Deck des Schiffes überragte.

Manuela, die dem Ganzen als unsichtbare Zeugin gefolgt war, erkannte wahrscheinlich als Erste, dass diese Monsterwelle und ihre beiden Schwestern das Ende dieses Schiffes bedeuten würden. Sie richtete ihre Gedanken noch einmal auf ihre Exkollegin und sah Lydia und deren Lover in der Kabine der Frau. Das Gesicht ihrer ehemaligen Kollegin war grün, und sie wankte Richtung Toilette. Alles, was sie je an Lust verspürt hatte, war wie weggewischt.

Während Lydia sich geräuschvoll erbrach, schwebte Manuela hinauf, bis sie das Schiff tief unter sich sah und beobachten konnte, wie die Monsterwelle dessen Steuerbordseite traf. Unter der Wucht des Anpralls legte sich das Kreuzfahrtschiff nach Backbord. Wasser floss von oben durch die nicht gesicherten Eingänge in den Rumpf, und dann barsten sogar die Panzerscheiben der Kommandozentrale. Tausende Liter fanden ihren Weg in das Schiff, das nun Schlagseite bekam und seitlich in das Wellental hinter dem Kaventsmann herabglitt.

Nun begriffen auch die Menschen an Bord, dass ihr schwimmendes Hotel dem Untergang geweiht war, und strömten an Deck, um in einem der Rettungsboote Platz zu finden. Doch als die zuständigen Matrosen das erste ausschwingen und zu Wasser lassen wollten, wurde ihnen klar, dass dies Handarbeit bedeutete. Hektisch begannen sie zu kurbeln. In der Zwischenzeit näherte sich die zweite Riesenwelle dem Schiff, und hinter dieser tauchte schon die dritte auf.

Manuela sah innerlich erstarrt zu, wie das Kreuzfahrtschiff überrollt wurde, einige Atemzüge lang noch kieloben trieb und dann über das Heck in die Tiefe sank. Vor ihren Augen wurden zweitausend Menschen in den Tod gerissen, und Manuela hatte das Gefühl, als höre sie ihre Seelen im Todeskampf weinen. Dann fand sie sich an einer Hauswand lehnend wieder. Ihr Magen rebellierte, als wäre sie selbst von der Seekrankheit gepackt worden, und sie erbrach unter schmerzhaften Wellen ihr Frühstück.

Als sie wieder einen klaren Gedanken fassen konnte, tat ihr Kopf so weh wie bei einem Migräneanfall, und sie zitterte vor Schwäche. Zweimal in kurzer Zeit hatte sie den Tod von Menschen miterlebt, die ihr Leben eine Zeit lang begleitet hatten, und nun wuchs in ihr die Angst, dies noch öfter durchmachen zu müssen. Vielleicht würde sie schon beim nächsten Mal nicht mehr in ihren Körper zurückkehren können. Dann würde ihr Leichnam ebenso wie die toten Körper einiger Verunglückter neben den Müllcontainern aufgestapelt werden, wie dies gerade an der vor ihr liegenden Straßenecke geschah.

8

Pater Fabian sah zu, wie die alte Frau den Wasserhahn aufdrehte, und hörte sie schimpfen. »Da kommt kein Wasser! Heute ist aber wirklich alles im Eimer! Dann brühe ich den Kaffee halt mit Mineralwasser auf.« Sie füllte den Wasserkocher aus einer Flasche.

Bevor sie das Gerät einschalten konnte, hob der Pater die Hand. »Ich glaube, wir werden auf Kaffee verzichten müssen. Es gibt doch keinen Strom.«

»Da haben Sie auch wieder recht. Auf die Münchner Stadtwerke ist einfach kein Verlass. Erst letztens...« Die alte Dame begann ein Klagelied über die Unzuverlässigkeit der städtischen Versorgung, was allerdings gänzlich an dem Priester vorüberging.

Pater Fabian fand sich mit einem Mal in einem modernen Operationssaal wieder. Eine Schwester in einem grünen Kittel, einer gleichfarbigen Haube auf dem Kopf und Mundschutz beugte sich über ihn. »Sie brauchen keine Angst zu haben, Hochwürden. Unser Roboter operiert besser als jeder Mensch. Wir haben ihm alle Daten einschließlich Ihrer Röntgenbilder eingegeben. Nun weiß er ganz genau, wo er schneiden und sägen darf und wo nicht.«

»Ich danke Ihnen, Schwester! Aber Sie werden verstehen, dass mir die Vorstellung ein wenig unheimlich ist, von einem seelenlosen Gerät operiert zu werden und nicht von einem Menschen aus Fleisch und Blut«, hörte Pater Fabian eine Stimme antworten, die er als die seines Mitbruders Johannes identifizierte.

Nun erinnerte er sich. Pater Johannes lag im Klinikum rechts der Isar und sollte ein künstliches Hüftgelenk erhalten. Eigentlich hatte er am Abend bei ihm vorbeischauen wollen, um zu sehen, ob alles gut verlaufen war. Stattdessen wurde er – oder, besser gesagt, sein Geist – Zeuge der Operation.

Sein Mitbruder wurde gerade in Narkose versetzt und dann zu dem medizinischen Robot-Operateur gefahren. Die Ärzte und ihre Helferinnen arbeiteten mit aller Sorgfalt, um die Operation vorzubereiten. Kurz darauf lag die Hüfte frei, die Adern wurden abgeklemmt, und dann traten die Ärzte zurück, um den schwierigsten Teil der Arbeit ihrem mechanischen Kollegen zu überlassen. Dieser begann nun, den Oberschenkel abzusägen.

Halb angewidert, halb fasziniert, beobachtete Pater Fabian den Vorgang und sah dabei eher zufällig auf die Leuchtziffern, die die genaue Uhrzeit anzeigten. Es war eine Minute vor der Katastrophe.

Der Pater wollte die Ärzte und die Schwestern warnen, doch sein Geist formulierte nur unhörbare Worte, und als er den Chefarzt packen und schütteln wollte, griff er durch den Mann hindurch. Hilflos musste er mit ansehen, wie die Energiewelle durch den Operationssaal raste und alle elektronischen Elemente zugleich den Dienst aufgaben.

Die Schwester, die mit ihren Instrumenten die Lebensfunktionen des Patienten überwachte, stieß einen erschrockenen Ruf aus, als die Anzeigen erloschen und die Säge des Roboterarms mitten im Knochen stecken blieb. Mit einer winzigen Verzögerung erloschen auch die Lampen.

»Was ist los?«, fragte der Chefarzt ungehalten.

»Stromausfall!«, gab die Schwester zurück, während sie wie ein hypnotisiertes Kaninchen in die Richtung starrte, in der sich das nun dunkle Kontrollpaneel befand.

»Was ist mit dem Notstromaggregat? Warum springt das nicht an?« Der Chefarzt nestelte in seinen Taschen und zog sein Handy heraus. Doch als er es einschalten wollte, war es genauso tot wie die Instrumente im Raum.

»Wir brauchen Licht, damit wir uns um den Patienten kümmern können!«, rief er drängend.

Erst als einer der Ärzte ein Feuerzeug aus seiner Hosentasche hervorkramte und die Flamme zündete, konnten die Anwesenden wenigstens den Operationstisch sehen. Der Chefarzt beugte sich über den Patienten, betastete ihn und sah dann die anderen erschüttert an. »Der Geistliche ist tot!«

Nein!, wollte Pater Fabian schreien. Das darf nicht sein! Oh Herr, warum musstest du ihn zu dir nehmen? Bruder Johannes war sein Freund gewesen, ein grundanständig fröhlicher Mönch, der in geselliger Runde gerne mal das eine oder andere Bier getrunken und die Jugend der Pfarrgemeinde mit seinem Wesen für die Kirche gewonnen hatte. Wie hatte es Johannes vor der Operation durch einen unbeseelten Roboter gegraust! War das eine Vorahnung gewesen? Er hörte, wie die Ärzte und Schwestern diskutierten, ob der Patient wegen der ausgefallenen Beatmung oder durch den Schock beim Ausfall aller Geräte gestorben war, und empfand dieses Geschwätz als unangebracht.

Nachdem er den ersten Schock überwunden hatte, tat er seine Pflicht, trat neben den Toten, malte symbolisch ein Kreuz auf dessen Stirn und sprach ein inniges Gebet für den verlorenen Freund, das nur er und Gott hören konnten. Dann richtete er seine Gedanken wieder auf die Altbauwohnung in Berg am Laim und fand sich unvermittelt auf dem Kanapee im Wohnzimmer der alten Dame wieder.

»Hochwürden, was ist mit Ihnen?«, fragte diese gerade.

Pater Fabian strich sich über die Stirn und schüttelte dann den Kopf. »Bloß ein kleiner Schwächeanfall.«

»Soll ich den Arzt rufen oder wollen Sie gleich ins Krankenhaus?«

Der Gedanke an den verstorbenen Pater Johannes ließ den Geistlichen erschreckt abwinken. »Nein, danke! Ich brauche keinen Arzt! Außerdem wüsste ich nicht, wie Sie einen erreichen wollen.«

Er bat seine Gastgeberin um ein Glas Mineralwasser, und während er langsam trank, sann er über all das nach, was er erlebt hatte. Die Katastrophe, die zunächst wie ein simpler Stromausfall ausgesehen hatte, musste von ungeheurem Ausmaß sein. Wahrscheinlich waren bereits in den ersten Minuten unzählige Menschen durch das Versagen der gewohnten Technik umgekommen. Dieser Gedanke drückte ihm schier das Herz ab, und für einen Augenblick haderte er mit Gott. Dann aber fragte er sich, ob dies nicht eine neue Prüfung des Herrn für eine Menschheit war, die den Glauben an ihn zum größten Teil verloren hatte. War die Energiewelle, die er gesehen hatte, vielleicht die Sintflut der modernen Zeit? Doch wo war die Arche für diejenigen, die Gott auserwählt hatte? Oder wollte Er, der Himmel und Erde geschaffen hatte, die Menschheit wegen der Schwere ihrer Sünden ganz vom Angesicht der Welt tilgen?

Niemand beantwortete seine Fragen, und so gelang es Pater Fabian nur mühsam, die Fassung zurückzugewinnen. Noch lebten er und viele andere. Vielleicht gab es doch einen Weg, die Menschheit zu retten. Da erinnerte er sich an den misslungenen Exorzismus und an den Geist, der ihn so fürchterlich genarrt hatte, und es lief ihm kalt den Rücken hinunter.

9

So weit wie an diesem Tag war Manuela noch nie auf hartem Pflaster gegangen. Als sie endlich in der Ainmillerstraße das Haus erreichte, in dem ihre Kundin wohnte, schmerzten ihr die Füße, als hätte sie sie bis auf die Knochen wund gelaufen. An der Haustür wurde sie noch einmal daran erinnert, dass an diesem Tag nichts mehr war wie zuvor. Sie drückte wie gewohnt auf die Klingel, und erst, als sich nichts tat, erinnerte sie sich wieder daran, dass der Strom in der ganzen Stadt ausgefallen war. Daher griff sie zum Handy, das sie beim Verlassen ihrer Wohnung in den Korb gesteckt hatte, und klappte es auf. Doch das Display blieb dunkel.

Mit einer ärgerlichen Bewegung steckte Manuela das nutzlose Ding wieder weg und starrte hilflos auf die Tür. Da kam ihr der Zufall zu Hilfe. Ein Mann trat schimpfend aus dem Haus. »Wozu zahlen wir eigentlich unsere Steuern, unsere Stromrechnungen und die Rundfunkgebühr, wenn nichts mehr geht?«

Manuela schlüpfte an ihm vorbei, bevor die Tür wieder ins Schloss fallen konnte, und fragte sich dann erst, wie sie ihre Kundin finden sollte. Die Türschilder waren in dem Halbdunkel des Hausflurs trotz des roten Lichtscheins, der ihr die Orientierung erleichterte, kaum zu erkennen. Schließlich fasste sie sich ein Herz und klopfte an die nächste Tür.

Es dauerte ein paar Augenblicke, dann rumpelte es innen, und die Tür schwang auf. In dem Schein der Kerze, die er in der Hand hielt, erkannte Manuela einen Mann in einem T-Shirt, das sich über einen stattlichen Bauch spannte. Unten herum trug er Hosen, die knapp über dem Knie endeten, sowie Badelatschen.

»Entschuldigen Sie, können Sie mir sagen, wo ich Frau Knacke finde?«, fragte Manuela.

Der Mann winkte mit der freien Hand ab. »Keine Ahnung! Was ist, Schwester, willst du nicht hereinkommen? Allein wird es mir ohne die Glotze langweilig. Wir könnten …«

»Besser nicht«, unterbrach Manuela ihn, wich seinem Griff aus und sauste die Treppe hoch.

»Dumme Kuh!«, rief der Kerl, kam aber nicht hinter ihr her. Trotzdem hielt Manuela erst inne, als sie zwei Stockwerke nach oben gestiegen war. An der Frontseite des Flures war ein schmales Fenster eingelassen, durch das ein Sonnenstrahl auf eine Tür fiel. Als Manuela das Schild »Knacke« entdeckte, trat sie erleichtert auf die Türe zu und klopfte.

»Wer da?«, fragte eine Stimme ängstlich.

»Manuela Rossner, Frau Knacke. Sie haben mich für heute zur Séance bestellt!«

»Sie kommen fast zwei Stunden zu spät!« Mit diesen tadelnden Worten öffnete eine ältere Frau in einem violetten Kostüm die Tür und ließ Manuela ein. In der Wohnung duftete es nach dem schmelzenden Wachs der Kerzen, die die Frau im Wohnzimmer angezündet hatte. Die Jalousien waren geschlossen.

Als Deta Knacke Manuelas verwunderten Blick bemerkte, hob sie mit einer hilflosen Geste die Hände. »Ich hatte die Fenster schon für die Séance verdunkelt, damit keine unerwünschten Geister eindringen können. Dann fiel der Strom aus, und da die Rollladen elektrisch angetrieben werden, habe ich sie nicht mehr hochfahren können. Das wird mir eine Lehre sein. Bei den nächsten Rollläden werde ich darauf achten, dass die Dinger auch mit der Hand bedient werden können.«

»Die Abhängigkeit des Menschen von der heutigen Technik ist wirklich erschreckend«, stimmte Manuela zu.

Frau Knacke bat ihren Gast, Platz zu nehmen, und schenkte Fruchtsaft in zwei Gläser, den sie mit Mineralwasser verdünnte.

»Bedienen Sie sich! Sie sehen ganz verschwitzt aus.«

»Danke! Ich kann es brauchen. Ich musste vom U-Bahnhof Studentenstadt zu Fuß hierherlaufen.«

Während Manuela das Glas ergriff und durstig trank, schüttelte ihre Gastgeberin den Kopf. »Sagen Sie bloß, die U-Bahn ist ebenfalls ausgefallen.«

»Das und noch vieles andere mehr.« Manuela dachte an die beiden Visionen und schauderte bei dem Gedanken, dass die grausamen Ereignisse, die sie miterlebt hatte, nur ein winziger Teil all der Katastrophen sein mochten, welche über die Welt hereingebrochen waren.

»Ich weiß nicht, was sonst noch passiert ist, aber ich habe Angst«, setzte sie leise hinzu.

»Dann wollen wir hoffen, dass es nicht ganz so schlimm ist, wie Sie befürchten. Vielleicht hilft Ihnen die Séance, all die schlimmen Gedanken zu vertreiben. Ich würde Ihnen ja gerne einen Kaffee anbieten, doch ohne Strom tut es die Maschine nicht.«

Da war er wieder, dieser Hinweis auf die Katastrophe. Manuela spürte, wie sich ihr Magen verknotete, und schüttelte den Kopf. »Danke schön, aber vor einer Séance trinke ich ohnehin niemals Kaffee.«

»Sie sind sehr professionell, wenn man das bei der Beschäftigung mit der Geisterwelt überhaupt sagen kann. Ich habe Sie bei den Séancen beobachtet, die Sie mit zwei Freundinnen von mir gehalten haben. Niemals habe ich mich dem Tor zur Geisterwelt nähergefühlt als in jenen Stunden. Andere, die behaupten, Kontakt mit Geistern aufnehmen zu können, machen nur ein wenig Humbug und tun so, als bekämen sie Botschaften von Verstorbenen. Dabei sind es Scharlatane, die leichtgläubige Menschen ausnehmen – und wer an Geister glaubt, ist meist vertrauensselig. Sie aber sind anders, meine Liebe. Sie sind das, was man eine echte Hexe nennt – ein ideales Medium!«

Frau Knacke strich Manuela über das Haar und kam ihr so nahe, dass diese den Atem ihrer Kundin auf der Wange fühlte. Vor der Katastrophe hätte sie sich über das Lob der alten Frau gefreut, doch nun erschien es ihr belanglos. Letztlich interessierte sie nur noch, was tatsächlich passiert war. Hatte sie sich den Flugzeugabsturz und den Untergang des Kreuzfahrtschiffes nur eingebildet oder war es wirklich geschehen?

Angespannt trank Manuela die Fruchtschorle und stellte das leere Glas auf den Tisch. Sofort nahm Frau Knacke das Gefäß und brachte es zur Spülmaschine.

»Ich hoffe ja nur, dass es bald wieder Strom und Wasser gibt. Sonst habe ich bald sehr viel schmutziges Geschirr«, sagte sie, um ihren Gast ein wenig abzulenken. Aber sie erreichte nur das Gegenteil. Manuela standen immer noch die Bilder der beiden Katastrophen vor Augen, und sie kämpfte mit der Angst vor denen, die sich noch ereignen mochten.

Mit schmerzendem Kopf setzte sie sich an den Tisch, sah zu, wie Deta Knacke mit roter Kreide ein Pentagramm auf die schwarz polierte Platte zeichnete und fünf weiße Kerzen in die jeweiligen Spitzen stellte. Nachdem sie diese angezündet hatte, fasste die alte Frau nach Manuelas Händen.

»In meiner Jugendzeit war ich ebenfalls ein ausgezeichnetes Medium und habe in meinen Séancen die Tore der Geisterwelt erreicht. Mittlerweile benötige ich dazu jedoch Hilfe – und die erhoffe ich mir von Ihnen.«

»Was wollen Sie erreichen?«, fragte Manuela.

Die Frau zögerte. Ihr war jedoch klar, dass sie dem Medium wenigstens einen Anhaltspunkt geben musste. »Es geht um Geld. Genau gesagt, um sehr viel Geld. Es ist irgendwo versteckt. Sie bekommen ein Viertel davon, wenn ich es mit Ihrer Hilfe finde. Damit werden Sie in Ihrem ganzen Leben nicht mehr arbeiten müssen.«

Verwundert kniff Manuela die Augen zusammen. »Das wäre aber eine ziemlich große Summe. Haben Sie ein Recht auf dieses Geld?«

»Ein Recht?« Frau Knacke lachte leise auf. »Kindchen, wer dieses Geld findet, dem gehört es. Oder glauben Sie, ich will den Staat damit füttern und mich mit dem Bettel von Finderlohn zufriedengeben? So viel haben die hohen Herrschaften wahrlich nicht für mich getan.«

Manuela ahnte, dass dies eine zweifelhafte Angelegenheit war, und wollte den Auftrag zunächst ablehnen. Doch wenn sie nicht schon bald von ihrem Vermieter auf die Straße gesetzt werden wollte, musste sie in der Lage sein, ihre Mietschulden zu zahlen. Außerdem brauchte sie Geld zum Leben. Das gab den Ausschlag.

»Also gut, fangen wir an. Da Sie früher selbst als Medium gearbeitet haben, wissen Sie, wie es geht. Allerdings haben Sie ja schon miterlebt, dass ich etwas anders arbeite als sonst üblich. Das sollte Sie jedoch nicht beunruhigen. Der Weg zum Geistertor ist immer der gleiche!«

10

Manuela versuchte, alle störenden Gedanken aus dem Kopf zu verbannen und sich auf ihre Aufgabe zu konzentrieren. Bisher hatte sie stets einen gewissen Anfangswiderstand überwinden müssen, doch diesmal wurde ihr Geist gepackt und davongetragen, bevor sie sich richtig auf die Séance eingestimmt hatte.

Als sie auf München hinunterblickte, wirkte die Stadt so tot wie ein Stück verendetes Vieh. Autos, Busse und Straßenbahnen standen still, und in den Straßen irrten Menschen ziellos umher, als suchten sie jemand, der ihnen sagen konnte, was geschehen war.

Sie sah Menschen, die die Scheiben liegen gebliebener Autos einschlugen und diese ausräumten. Geschäfte wurden geplündert, und es kam zu Szenen von erschreckender Gewalt. Wie es schien, hatten die wenigen Stunden bereits ausgereicht, um bei vielen sämtliche Hemmungen zu beseitigen.

Neugierig, was die Stadtspitze gegen dieses Chaos unternehmen wollte, wandte Manuelas Geist sich der Innenstadt zu. Auf dem Marienplatz und den angrenzenden Straßen hatte sich eine unüberschaubare Menschenmenge versammelt, um von den Stadträten und Beamten im Rathaus Antworten einzufordern.

Manuela sah den Oberbürgermeister von Zimmer zu Zimmer eilen und dort zu den Telefonen greifen, in der irrigen Hoffnung, irgendeines würde vielleicht doch noch funktionieren. In einem der Säle saßen städtische Spitzenbeamte mit Fachleuten zusammen, um die Ursache des totalen Zusammenbruchs herauszufinden. Die Wissenschaftler widersprachen einander jedoch heftig. Der eine hielt einen gezielten terroristischen Angriff für den Grund, während andere einen Hackerangriff auf zentrale Computersysteme verantwortlich machten. Als ein Mann die Möglichkeit erwähnte, das Ganze könnte außerirdische Ursachen haben, zum Beispiel den heftigen Sonnensturm, der vorausgesagt worden war, lachten seine Kollegen ihn aus.

»Ein noch so starker Sonnensturm hätte höchstens einzelne Systeme gestört, aber niemals solche Auswirkungen haben können. Ich bin immer noch der Ansicht, dass jemand die Stadt absichtlich gelähmt hat.«

»Und was ist mit den Autos? Warum fahren die nicht mehr? Diese Fahrzeuge hängen doch nicht an irgendwelchen Computersystemen! Dafür sind sie mit genug Elektronik vollgepackt, um von einem Sonnensturm außer Gefecht gesetzt werden zu können!« Der Sprecher sah sich triumphierend um, als wachse seine wissenschaftliche Bedeutung mit dieser Katastrophe.

»Es muss eine andere Erklärung geben«, wandte ein anderer ein. »Ich …«

In dem Augenblick platzte der Oberbürgermeister mit hochrotem Gesicht herein. »Haben Sie schon etwas herausgefunden?«

Er erntete allgemeines Kopfschütteln und begann von einer Zimmerseite zur anderen zu laufen. »Meine Herren, es muss etwas geschehen! Es treffen immer mehr Horrormeldungen im Rathaus ein. Die medizinische Versorgung in den Kliniken ist zusammengebrochen! In einigen Stadtvierteln brennt es, ohne dass die Feuerwehr eingreifen kann. Sämtliche U- und S-Bahnen scheinen ausgefallen zu sein, und auf den Straßen herrscht das Chaos. Wir müssen die Lage so rasch wie möglich wieder unter Kontrolle bringen!«

»Wir können erst dann etwas tun, wenn die Stromversorgung wieder funktioniert«, erklärte einer seiner Beamten.

»Und wann wird das sein?« Diese Frage des Oberbürgermeisters galt dem Chef der Stadtwerke.

Dieser zuckte unschlüssig mit den Achseln. »Ich habe bis jetzt noch keinen Kontakt mit den Leuten vor Ort. Offensichtlich sind die Computersysteme, mit denen die Energie- und die Wasserversorgung gesteuert werden, samt den Reserverechnern ausgefallen. Die gesamte Notstromversorgung der Stadtwerke funktioniert nicht mehr! Wir müssen erst herausfinden, woran das liegt. Dann wird sofort repariert.«

Der Oberbürgermeister wollte etwas entgegnen, doch die nächsten Sätze des Stadtwerkers erschreckten ihn noch mehr. »Allerdings brauchen wir Ersatzteile aus anderen Städten. Ein Techniker, der mit dem Fahrrad zum Rathaus gekommen ist, hat berichtet, dass sämtliche elektronischen Bauteile, die wir vorrätig hatten, ebenfalls defekt sind.«

»Ich sagte doch die ganze Zeit, das war der Sonnensturm!«, trumpfte der Vertreter dieser Theorie auf.

Der Oberbürgermeister fuhr herum. »Es ist ja wohl vollkommen gleichgültig, wodurch unsere Anlagen kaputtgegangen sind. Wichtig ist, dass alles so bald wie möglich wieder funktioniert. Also, meine Herren, sehen Sie zu, dass Sie alle Ersatzteile herbekommen, die Sie brauchen!«

»Wie stellen Sie sich das vor? Die Straßen sind so verstopft, dass selbst ein Radfahrer kaum einen Weg durch dieses Chaos findet. Wir benötigen mehrere Lastwagenladungen mit neuen Computern und passenden elektronischen Bauteilen für unsere speziellen Anwendungen!«

»Dann nehmen Sie einen Hubschrauber!«, schlug der Oberbürgermeister vor.

»Wenn Sie mir einen geben, der noch fliegen kann, her damit!« Der Mann von den Stadtwerken war so genervt, dass er aufstand und den Raum verließ.

Doch als er draußen automatisch zum Hörer greifen und seine untergeordneten Dienststellen anrufen wollte, wurde er wieder mit der Tatsache konfrontiert, dass eine handgeschriebene Nachricht, die von einem Fahrradboten überbracht wurde, die derzeit schnellste Kommunikationsmöglichkeit innerhalb Münchens darstellte.

»Was machen Sie da? Sie sollen doch das Tor zur Geisterwelt suchen!« Der scharfe Zwischenruf riss Manuela aus ihrer Versenkung.

Sie öffnete die Augen und sah eine verärgerte Deta Knacke vor sich, der das gesuchte Geld augenscheinlich wichtiger war als die üble Lage, in der sich die Menschen dieser Stadt befanden. Mit einem unguten Gefühl machte Manuela sich wieder auf den Weg in die Geisterwelt und strebte nun mit aller Kraft von München weg.

Zunächst schien alles nach Wunsch zu laufen. Manuela entdeckte in der Ferne einen riesigen Ring aus Feuer und bewegte sich darauf zu. Doch schon bald merkte sie, dass sie nicht allein war. Um sie herum schwebten unzählige Geister in dieselbe Richtung, und sie brauchte ein paar Augenblicke, um zu begreifen, dass es sich um jene Menschen handelte, die während der Katastrophe ums Leben gekommen waren. Die meisten wussten nicht, was mit ihnen geschehen war, und strebten instinktiv auf das Tor der Geisterwelt zu.

Einzelne Geister hätten Manuela eine Hilfe sein und ihr das Ziel weisen können. Dieser ungeheure Strom aus Seelen aber löste schiere Panik in ihr aus. Sie versuchte sich aus der

Masse zu lösen, die sie mittlerweile eng umschlossen hatte, und sah auf einmal das flache Land unter sich. München musste bereits mehr als hundert Kilometer hinter ihr liegen. Auch in dieser Gegend waren alle Lichter erloschen, und auf den Straßen standen überall gestrandete oder verunglückte Autos. Das war auch auf einer Autobahn in der Ferne der Fall. Etliche Geister, die von dort kamen, wiesen darauf hin, dass es zu schweren Unfällen gekommen sein musste und immer noch Menschen in den verunglückten Autos starben, weil es keine Hilfe gab.

In einer Kleinstadt brannte ein ganzes Viertel nieder, ohne dass die Männer der freiwilligen Feuerwehr mehr tun konnten, als das Wasser zum Löschen mit Eimern aus einem Bach zu schöpfen. Auch von dort strebten Totengeister in die Richtung, in der der Feuerring des Geistertors erstrahlte.

»Das Tor! Das Geld!«, erklang Deta Knackes drängende Stimme in Manuelas Kopf.

Am liebsten wäre sie in ihren Körper zurückgekehrt, um der gierigen Person zu sagen, was sie von ihr hielt. Auf den wenigen Séancen, denen Frau Knacke als Zuschauerin beigewohnt hatte, war ihr die ältere Frau als kultivierte, zurückhaltende Dame erschienen. Nun aber kehrte die Frau ihre schlechtesten Charakterzüge heraus.

Manuela versuchte, sich gegen den Strom der Seelen zu stemmen, die dem Geistertor zustrebten, doch es war unmöglich. Einige Augenblicke befürchtete sie, sie sei ebenfalls gestorben und gehöre nun zu diesen Geistern, doch dann spürte sie wieder den Faden, der sie mit dem eigenen, allerdings schwächer werdenden Körper verband.

Auf ihrem Weg passierte sie weitere Städte, die offensichtlich das Schicksal Münchens teilten. Sie sah Fabriken und Raffinerien, die von gewaltigen Explosionen zerstört worden waren, entgleiste Züge und Sattelschlepper, die in ihrem Todeskampf andere Autos überrollt und zerquetscht hatten.

Das Land lag in Agonie, aber Frau Knacke interessierte sich nur für ein paar Millionen, die irgendjemand vor seinem Tod auf die Seite gebracht hatte. Dies erfüllte Manuela mit grenzenloser Wut, aber auch mit Ratlosigkeit. Daher wollte sie die Sache so schnell wie möglich hinter sich bringen. Sie bewegte sich schneller, überholte etliche Geister und schwebte zuletzt wie ein Luftballon vor dem gewaltigen Feuerring, der ihrer Schätzung nach mindestens zehn Kilometer durchmaß. Im Zentrum des Rings befand sich etwas, das wie die Pupille eines riesigen Auges wirkte. Die Stelle war pechschwarz und strahlte eine Kraft ab, die Manuela ebenso wie die anderen Geister, die hier versammelt waren, immer wieder zurücktrieb.

Die Szene erinnerte Manuela unwillkürlich an die Bilder von Hieronymus Bosch, in denen die diesseitige und die jenseitige Welt miteinander verwoben worden waren. In früheren Séancen hatte das Tor niemals einem gleißenden Feuerring geglichen, sondern war selbst für sie kaum wahrnehmbar gewesen. Nun aber schreckte sie vor dem Flammenkranz zurück und es drängte sie umzukehren.

Da spürte sie, wie Frau Knacke, die offensichtlich immer noch über starke geistige Kraft verfügte, nach ihr griff. »Weiter! Du musst den Geist rufen, den ich brauche.«

Unwillkürlich gehorchte Manuela, musste aber gegen Widerstände ankämpfen, als ginge von dem Tor ein magnetisches Feld aus, das sie abstieß. Nur unter Aufbietung aller Kräfte gelang es ihr, die Seelen, die sich vor dem Tor ballten, hinter sich zu lassen und das Zentrum des Tores zu berühren.

Sofort hämmerten tausend Gedanken und Empfindungen in ihrem Kopf. Sie spürte Hass, Gier und eine seltsame Vorfreude, die sie sich nicht erklären konnte. Dafür aber nahm sie jenseits des Tores Geister wahr, deren Ziel das Tor war und die immer näher kamen.

Mit einem Mal begriff sie, dass das, was sie fühlte, von diesen schemenhaften Wesen ausging. Sie wollten das Tor passieren und in die normale Welt zurückkehren. Da die Wand zwischen den Welten dünn geworden war, würden die ersten Geister diesen Schritt bereits in Kürze tun können.

Manuela konnte sehen, wie sich gespenstische Heere um Anführer sammelten, die längst alles Menschliche abgestreift und wie missgestaltete Ungeheuer wirkten. Andere Geister strebten auf eigene Faust dem Tor zu, um das unheimliche Totenreich zu verlassen und in die Welt der Lebenden zurückzukehren.

Was dann geschehen mochte, wollte Manuela sich nicht einmal vorstellen. Das Grauen sämtlicher Horrorgeschichten, die die Menschen sich je ausgedacht hatten, würde nicht ausreichen, das Kommende zu beschreiben. Es würde das Ende von allem sein, nicht nur das der Menschen, sondern auch das der gesamten Erde.

»Dummes Ding! Such endlich den Geist, den ich brauche!«, hörte sie Deta Knacke schimpfen.

»Wie soll ich das, wenn ich keine Ahnung habe, wie er aussieht?«

Sie erhielt ein spöttisches Lachen als Antwort. »Ich werde ihn dir zeigen! Vorwärts jetzt, sonst kannst du was erleben!«

Allmählich schien sämtliche Tünche guter Erziehung von der Dame abzufallen. In dem Moment kam ein Geist in Manuelas Nähe und starrte sie an. Das irritierte sie, und als sie sich ihm zuwenden wollte, wurde sie prompt vom Tor weggetrieben.

»Nein!«, bellte Frau Knacke.

Obwohl Manuela hier nur geistig anwesend war, schüttelte sie sich wie ein Hund, der aus dem Wasser gekommen war, und drang noch einmal bis zum Geistertor vor. Da fiel ihr eine Gestalt unter den Myriaden von Geistern auf, welche sich in ihrer Gier, das Tor zu erreichen, gegenseitig behinderten.

»Gut so«, lobte ihre Auftraggeberin und wies sie an, ihre übersinnlichen Kräfte auf diesen Mann zu richten. Kaum hatte Manuela sich auf den Geist konzentriert, zuckte dieser zusammen und blickte in ihre Richtung.

»Er ist es!«, rief Deta Knacke erleichtert. »Frage ihn, wo das Geld ist. Er kann es sowieso nicht mehr brauchen.«

»Das denkst auch nur du!«, gab der Geist lachend zurück und machte eine obszöne Handbewegung. »Verschwinde, du kleine Hexe, und sag dem alten Drachen, dass ich zurückkomme und ihr alles heimzahlen werde! Sie hat mich damals nicht umsonst an die Bullen verpfiffen.«

»Das ist nicht wahr!«, rief Deta Knacke empört.

»Und ob es wahr ist! Ich habe mich mit dem Bullen ausgetauscht, den ich damals erschossen habe, bevor seine Kumpel mich erwischt haben. Du alte Hexe wolltest, dass ich verhaftet werde! Dann wolltest du mich unter dem Vorwand, einen guten Rechtsverdreher für mich zu besorgen, dazu bewegen, dass ich dir das Geldversteck verrate. Dabei ging es dir die ganze Zeit nur darum, die Kröten in die Pfoten zu bekommen und dir ein schönes Leben mit ihnen zu machen. Mich aber hättest du im Knast verrecken lassen. Das werde ich dir schon bald heimzahlen!«

Manuela spürte, dass ihre Auftraggeberin heftig erschrak, es aber nach außen zu verbergen suchte, indem sie höhnisch auflachte. »Was kannst du mir schon anhaben, du versumpfst in der Geisterwelt. Ich hingegen habe ein starkes Medium aufgetrieben, durch das ich nicht nur mit dir Kontakt aufnehmen, sondern dich auch beherrschen kann. Also verrate mir jetzt, wo das Geld ist!«

In den Worten der alten Frau lag eine Macht, die Manuela vorher nicht gespürt hatte. Selbst der Geist, der in seinem früheren Leben das Geld geraubt und verborgen hatte, wurde davon erfasst, und er öffnete wie unter Zwang den Mund, um das Versteck zu verraten. Doch nach wenigen Worten schüttelte er Frau Knackes Einfluss ab und zeigte Manuela den Mittelfinger. »Sag der alten Hexe, sie kann mich mal! Und teil ihr noch was mit: Die Geistertore haben sich umgepolt. Man kommt jetzt von euch aus nicht mehr herein, aber wir können schon bald zu euch zurückkehren und all die Rechnungen begleichen, die noch offen sind. Dann ist auch die Knacke fällig!«

Manuela sah vor ihrem inneren Auge, wie der Geist eine Gestalt als ungeschlachter Riese annahm und Deta Knacke mit einem Ruck seiner massigen Hände das Genick brach.

Dann wurde es schwarz um sie.

11

Als Manuela erwachte, lag sie auf dem Sofa und hatte ein nach aromatischen Kräutern riechendes Tuch auf der Stirn. Ihr war übel, und sie fühlte sich wie zerschlagen. Im Augenblick wünschte sie sich nur noch, wieder wegzudämmern, um nichts mehr hören, fühlen und denken zu müssen.

So leicht aber ließ Deta Knacke sie nicht aus den Klauen. Kaum hatte sie bemerkt, dass Manuela wach war, packte sie sie bei den Schultern und schüttelte sie. »Was hast du alles erlebt? Ist mir etwas entgangen? Du musst mir jede Einzelheit berichten!«

Die Stimme der Frau verriet Panik. Mühsam richtete Manuela sich auf, nahm das Tuch, das ihr ins Gesicht gerutscht war, und schleuderte es durch den Raum. Dann sah sie ihre Auftraggeberin durchdringend an.

»Ich habe gehört, was der Geist des Mannes gesagt hat! Das Geld, auf das Sie aus sind, gehörte weder ihm noch Ihnen, sondern wurde gestohlen.«

»Es gehörte der Bank, die mich um meine gesamten Ersparnisse gebracht hat«, zischte Deta Knacke. »Der Kerl sollte es mir nur zurückholen, aber er hat mich betrogen und wollte es für sich behalten.«

»Dafür haben Sie die Polizei auf ihn gehetzt und sind damit schuld am Tod eines Beamten und des Bankräubers. Sie ekeln mich an!« Manuela stieß die Frau zurück, stand auf und nahm ihre Umhängetasche an sich.

»Was wollen Sie jetzt tun?«, fragte Deta erschrocken.

»Ich gehe nach Hause und sehe nach, was dort los ist.«

»Das dürfen Sie nicht! Sie haben doch gesehen, dass das Tor der Geisterwelt offen steht. Er wird kommen und seine Drohung wahr machen.«

Deta Knackes Stimme bebte vor Angst, doch Manuela empfand kein Mitleid. Dafür war ihr Kopf viel zu sehr mit dem beschäftigt, was geschehen würde, wenn die Geister ihre Welt verlassen und zurück zu den Menschen kommen würden. Die Gedankenfetzen, die sie während ihrer mentalen Reise aufgenommen hatte, ließen ihr die Katastrophe, die eben erst über die Menschen hereingebrochen war, als das kleinere Übel erscheinen.

Zwei

Chaos

1

Die Dunkelheit war erdrückend. Noch mehr aber setzte Pater Fabian die Einsamkeit zu. Verzweifelt tastete er nach der Schaltleiste des Aufzugs und drückte sämtliche Knöpfe. Doch es tat sich nichts.

»Warum hilft mir denn keiner?«, fragte er mit einer Stimme, die nicht die seine war. Er kannte sie gut, brauchte aber einen Augenblick, um sie einordnen zu können.

»Tante Lieselotte?«, fragte er erschrocken.

Im selben Augenblick vertrieb rötlich-düsteres Licht die Dunkelheit, und er sah seine Verwandte in einem stecken gebliebenen Fahrstuhl kauern. Als er jedoch auf sie zugehen und ihr aufhelfen wollte, glitten seine Arme durch sie hindurch wie durch ein Nebelgebilde. Anhand der vertrauten Wandkritzeleien konnte er wenigstens feststellen, dass sie sich im Fahrstuhl ihrer eigenen Wohnanlage befand. Er war wohl während der Katastrophe stecken geblieben.

Es musste fürchterlich für sie gewesen sein. Gewesen? Pater Fabian stieß einen Fluch aus, der einem katholischen Geistlichen nicht anstand. Seine Tante steckte noch immer im Fahrstuhl und wartete vergebens auf Hilfe. Wenn nicht bald etwas geschah, würde sie in dieser Metallschachtel sterben.

Noch während er panisch überlegte, wie er ihr helfen könne, spürte er, dass ihn jemand an der Schulter packte. Im nächsten Moment erlosch das Bild seiner Tante vor dem inneren Auge, und er fand sich in der kleinen Wohnung wieder, in die er jene ältere Frau begleitet hatte, die sich ihm als Agnes Husser vorgestellt hatte.

»Hochwürden, was ist mit Ihnen? Sie waren fast zwei Stunden nicht ansprechbar. Ich habe zuletzt nicht gewusst, was ich machen soll«, sagte sie besorgt.

Pater Fabian richtete sich auf und schüttelte sich, um den Schrecken loszuwerden, der ihm in die Glieder gefahren war. »Es geht schon«, sagte er und wusste doch, dass eben gar nichts ging.

»Draußen ist es bereits Nacht«, berichtete Agnes. »Aber so etwas habe ich noch nie erlebt. Es ist stockdunkel. Nur in Richtung Ostbahnhof sieht man einen roten Lichtschein, als würde dort etwas brennen. Ohne Taschenlampe wird man draußen nicht weit kommen.«

»Haben Sie eine?«

»Ja, natürlich.«

»Können Sie mir das Ding leihen?«

Agnes zögerte. Zwar hatte sie ihr Wohnzimmer mit Kerzen ausreichend erleuchtet, doch brauchte sie die Taschenlampe selbst, wenn sie in den Keller gehen wollte, wo neben einem Träger mit Mineralwasser auch einige Konservendosen standen. Andererseits wollte sie den Wunsch des Paters nicht abschlagen. »Ich könnte Ihnen die Taschenlampe schon leihen. Aber vorher müssten Sie mir helfen, ein paar Lebensmittel aus dem Keller heraufzutragen. Ich täte es ja selber, aber ...« Agnes brach ab, denn sie wollte nicht zugeben, dass sie Angst hatte, alleine hinunterzugehen.

Doch Pater Fabian hatte längst verstanden. Es war einer alten Frau wahrlich nicht anzuraten, allein durch ein dunkles Treppenhaus zu gehen, wo man ihr nur allzu leicht ihre Lebensmittel entreißen konnte. Bei diesem Gedanken begriff er vollends, dass die Katastrophe erst der Anfang der Schrecken gewesen war, der auf die Menschen in dieser Stadt, wenn nicht sogar im ganzen Land, wartete. Ohne Strom- und Wasserversorgung würde der Kampf um jede Flasche mit etwas Trinkbarem entbrennen.

»Ich muss zwar dringend los, aber vorher bringe ich Ihnen die Sachen noch herauf. Sie bekommen auch die Taschenlampe zurück. Ich muss nur ein Stück durch die Stadt, um nach jemand zu schauen, der sich möglicherweise in Schwierigkeiten befindet.«

Die alte Frau nickte, obwohl ihr bei der Vorstellung graute, allein zu bleiben. »Dann bringen wir es hinter uns. Umso schneller können Sie Ihrem Bekannten helfen.«

Sie holte eine altmodische Taschenlampe aus einer Schublade, ersetzte die Batterien gegen neue und reichte sie dem Pater.

»Werfen Sie die alten Batterien nicht weg. Vielleicht brauchen Sie sie noch«, riet dieser ihr.

»Sie meinen doch nicht, dass dieser Zustand lange anhalten wird?« Agnes erschrak bei dem Gedanken, legte aber die Batterien zurück in die Schublade. Dann atmete sie tief durch und sah Pater Fabian auffordernd an. »Kommen Sie, Hochwürden. Sonst traue ich mich vielleicht gar nicht mehr.« Mit den Worten ging sie zur Wohnungstür und legte kurz das Ohr dagegen.

»Draußen ist keiner«, meldete sie und öffnete.

Pater Fabian leuchtete mit der Taschenlampe den Flur aus. Während Agnes die Tür hinter sich absperrte, wartete er am Treppenabsatz. Dann schlichen beide nach unten. Obwohl Pater Fabian sicher war, dass sich in den meisten Wohnungen Menschen aufhielten, war es gespenstig still. Kein Fernseher lief und kein Jungspund ließ die Bässe seiner Stereoanlage durch das Haus wummern. Es war, als hätte die unwirkliche Situation den Menschen selbst die Sprache verschlagen. Nur einmal hörten sie ein Geräusch, als würde jemand einen schweren Sessel über den Fußboden ziehen, dann verstummte auch das.

Pater Fabian öffnete die Kellertür und sah einen Schatten vorbeihuschen. Erschrocken zuckte er zusammen, doch dann wurde ihm klar, dass es sich nur um eine zierlich gebaute Katze mit gestromtem Fell handelte, die nun kläglich miauend um Agnes' Füße strich.

»Na, was ist denn mit dir?«, fragte die Frau, als erwarte sie eine Antwort von dem Tier.

Da die Katze sich ängstlich an sie drückte, hob sie diese schließlich auf und seufzte: »Ich kann das arme Viecherl nicht hierlassen. Das ist ja ganz verschreckt.«

Pater Fabian hielt es durchaus für möglich, dass die Tiere mehr von der Katastrophe begriffen hatten als die Menschen, deren Sinne viel zu abgestumpft waren. Außerdem war ihm bewusst, dass Agnes die Katze bei sich behalten wollte, um nicht allein zu sein.

Als sie den Keller öffnete, atmete Pater Fabian erleichtert auf. In dem nicht gerade großen, aber dicht mit Regalen bestückten Raum befanden sich genug Konserven, um Monate davon leben zu können. Dazu gab es zwei volle Kästen mit Mineralwasser, ein Dutzend Weinflaschen und sogar einen Träger Bier.

»Wollen Sie das alles nach oben bringen?«, fragte der Pater, der sich schon zigmal die Treppe hinauf- und wieder heruntersteigen sah.

»Natürlich nicht. Ich brauche jetzt bloß ein paar Wasserflaschen und vielleicht zwei oder drei Konserven, die man essen kann, ohne sie vorher kochen zu müssen.«

Dennoch musste der Pater sich eine Last aufbürden, an der er schwer zu schleppen hatte. Daher war er froh, als er Agnes' Wohnung erreicht hatte und den Korb im Wohnzimmer abstellen konnte. Während er sich den Schweiß von der Stirn wischte, starrte die Frau zweifelnd auf ihre Taschenlampe und presste sie sich für einen Augenblick gegen die Brust. Dann aber atmete sie tief durch und streckte sie ihm entgegen.

»Hier, Hochwürden! Ich wünsche Ihnen Glück.«
»Ich Ihnen auch. Möge der Herr Sie beschützen!« Pater Fabian lächelte ihr aufmunternd zu, nahm die Taschenlampe an sich und verließ die Wohnung. Auf dem Weg noch unten eilten ihm seine Gedanken voraus und er flehte seine Tante an, auszuharren, bis er bei ihr war.

2

Der Angriff erfolgte so überraschend, dass Manuela die Luft abgeschnürt wurde, bevor sie begriff, was geschah. Im nächsten Moment sah sie die weit aufgerissenen Augen Deta Knackes über sich, blutunterlaufen und ebenso von Panik wie von Hass erfüllt.

»Du darfst mich nicht im Stich lassen! Er wird mich umbringen«, kreischte die Frau und drückte noch fester zu.

Manuelas Lungen rangen nach Luft, und alles drehte sich um sie. Verzweifelt schlug sie um sich, traf ein-, zweimal das Gesicht ihrer Gegnerin, konnte sie aber nicht abwehren. Die Alte war stark, und die Angst verdoppelte ihre Kräfte.

»Wenn du mich umbringst, kann ich dir auch nicht mehr helfen«, fuhr es Manuela noch durch den Kopf. Dann verlor sie das Bewusstsein.

Als sie wieder aufwachte, schmerzte ihr Hals entsetzlich, und jeder Atemzug fühlte sich an, als flösse heißes Blei durch ihre Luftröhre. Verwundert, dass sie noch lebte, richtete sie sich auf und sah die alte Hexe in einer Ecke des Raumes kauern und vor sich hin wimmern. Dünne Blutfäden rannen der Frau aus Nase und Ohren, und von den Mundwinkeln zog sich eine rote Spur bis zum Hals.

»Was ist denn los?«, fragte Manuela mit krächzender Stimme und versuchte, die Schmerzen zu ignorieren.

Deta Knacke drückte sich noch tiefer in die Ecke. »Du hast mich fast umgebracht.«

»Ich? Sie?« Manuela glaubte, nicht recht zu hören.

»Du hast in meinen Kopf gegriffen und mich wehrlos gemacht, du verdammte Hexe. So etwas wie dich hätte man bei der Geburt ersäufen sollen!« Deta Knacke schüttelte sich, wagte aber nicht, ihr Gegenüber anzublicken.

Manuela begriff nicht das Geringste. Ihre letzte Erinnerung vor ihrer Ohnmacht war ein verzweifelter Schrei, den sie nur in Gedanken ausgestoßen hatte. Damit konnte sie die andere wahrlich nicht verletzt haben. Oder doch? Manuela erinnerte sich daran, wie sie beim Joggen im Englischen Garten von einem Mann gepackt und in die Büsche geschleift worden war. Während ihr Angreifer versucht hatte, ihr die Jeans auszuziehen, hatte er plötzlich aufgeschrien, sich an den Unterleib gegriffen und war schreiend herumgehüpft. Dabei hatte sie ihm gar nicht in die Hoden treten können. Allerdings hatte sie ihn in Gedanken verflucht und sich gewünscht, dass er nie mehr in der Lage sein solle, einer Frau Gewalt anzutun. Mühelos war sie so ihrem Angreifer entkommen. Bei Deta Knacke hatte es sich augenscheinlich ähnlich abgespielt, wenn nicht noch erstaunlicher, denn die verrückte Hexe hatte in ihrer Panik versucht, sie zu erwürgen.

»Verfügte sie über Kräfte, die weit über die eines schlichten Mediums hinausgingen?«, fragte Manuela sich. Allerdings war das im Augenblick zweitrangig. Zuerst musste sie weg von hier. Mühsam rappelte sie sich auf, streifte Deta Knacke, die beinahe ihre Mörderin geworden wäre, mit einem bitterbösen Blick und zischte: »Kommen Sie mir nie mehr zu nahe!«

Mit dieser Warnung verließ sie die Wohnung ihrer unangenehmen Kundin und eilte die Treppe hinab. Im Treppenhaus war es stockdunkel, aber da sie auf eine seltsame Art alles in einem roten Licht sah, kam sie unbeschadet die Treppe hinab. Erst auf der Straße wurde ihr bewusst, dass es inzwischen Nacht geworden war. Nur wenige Menschen waren im dünnen Schein von Taschenlampen unterwegs. Dank des rötlichen Scheins benötigte Manuela kein Hilfsmittel, sie konnte die Umgebung in allen Einzelheiten wie am hellen Tag erkennen.

Mit strammen Schritten ging sie in die Richtung ihrer Wohnung, die nicht mehr als zwei Kilometer Luftlinie entfernt war. Allerdings kannte sie den kürzesten Weg nicht und musste sich daher an die Hauptverkehrsstraßen halten.

Unterwegs nahm sie die Folgen der Katastrophe deutlicher wahr. Noch immer blockierten die liegen gebliebenen Autos Fahrbahnen und Gehsteige. Irgendwo lag ein Toter, der offensichtlich verblutet war und über den einige einfach hinwegstiegen. Dann entdeckte sie eine Gruppe Jugendlicher, die mit Baseballschlägern und Stangen bewaffnet die Fensterscheiben von Geschäften einschlugen und alles mitnahmen, was sie packen konnten.

Manuela brauchte anderthalb Stunden, um ihr Domizil zu erreichen. Dabei trieb ein seltsames Gefühl für Gefahr sie zweimal dazu, die Hauptstraße zu verlassen und ein Stück durch stille Gassen zu schleichen. Als sie die Treppe zu ihrer Wohnung hochstieg und endlich die Tür zu ihren vier Wänden hinter sich schließen konnte, war es ihr, als sei sie einem gefährlichen Dschungel entronnen.

Ihr erster Griff galt dem Lichtschalter. Als es klickte, ohne dass etwas geschah, musste sie über sich selbst lachen. Antrainierte Reflexe ließen sich wohl selbst dann nicht unterdrücken, wenn man wusste, wie sinnlos die Handgriffe waren. Zum Glück herrschte auch hier dieses düstere, rötliche Licht, das nirgendwoher zu kommen schien und keinerlei Schatten warf. Daher konnte sie an den Schrank treten, in dem sich Kerzen und Streichhölzer befanden, ohne sich durch die Wohnung tasten zu müssen. Sie wählte eine dicke, schwarze Kerze aus, zündete diese an und stellte sie auf den Tisch. Obwohl sie so kaum mehr sah als mit ihren magischen Sinnen, vermittelte ihr das Kerzenlicht ein Gefühl von Normalität. Jetzt hätte sie sich nur noch ein Bad gewünscht, doch ohne eine funktionierende Wasserversorgung war das unmöglich.

Ihr wurde bewusst, dass sie dringend etwas zu trinken brauchte, und begann, ihre Vorräte zu kontrollieren. Im Kühlschrank, der bereits warm zu werden begann, fand sie einen Tetrapack Apfelsaft und eine Flasche Mineralwasser. Sonst war er genau wie die anderen Küchenschränke beängstigend leer. Sie mischte Wasser und Saft in einem Glas und stürzte die Flüssigkeit durstig hinunter. Dann setzte sie sich mit einem Stück altbackenen Brotes an den Tisch, riss es in Stücke und stopfte es sich gierig in den Mund. Nebenbei zeichnete sie ein Pentagramm mit bunten, angeblich magischen Kreidestiften, die sie in einem Esoterikladen erstanden hatte, auf die Platte. Dabei ließ sie die Ereignisse der letzten Stunden Revue passieren. Was war wirklich geschehen?

Die bequemste Lösung wäre gewesen, sich zu sagen, sie sei verrückt geworden und habe sich alles nur eingebildet. Allerdings glaubte sie das nach alledem, was sie allein bei ihren Fußmärschen durch München erlebt hatte, ausschließen zu können. Die Stadt war so tot wie ein überfahrenes Wildschwein. Da neben der Wasserversorgung auch der Strom ausgefallen war, hatte sie keine Möglichkeit herauszufinden, ob die Fernseh- und Radioanstalten noch sendeten.

Was war mit der Stadtverwaltung? Dort würden die Leute bestimmt wissen, was geschehen war, ebenso in der Staatskanzlei und im Maximilianeum. Außerdem gab es doch die Polizeiinspektionen. Auch wenn die Streifenwagen ausgefallen waren, würden die Beamten gewiss alles tun, um für Ruhe und Ordnung zu sorgen.

»Die Überlegungen sind müßig«, schalt sie sich. Wenn sie

nur die nähere Umgebung betrachtete, würde sie niemals die wahren Zusammenhänge erkennen, die zu den Ereignissen geführt hatten.

Wieder lenkte der Durst sie ab, zu gerne hätte sie etwas Warmes getrunken. Kurz entschlossen bastelte sie aus einer großen Kerze und einem Fondueset, das sie geschenkt bekommen, aber nie benützt hatte, einen Wasserkocher, der ihr im Lauf einer Stunde eine Tasse warmen Kräutertees bescherte.

Die aromatische Flüssigkeit tat gut, und sie konnte sich nun halbwegs entspannt zurücklehnen. Doch bevor sie ihre Überlegungen weiterspinnen konnte, spürte sie, wie ihr Geist erneut ihren Körper verließ, und sie fragte sich, welche Schrecken sie nun wieder mit ansehen musste.

3

Pater Fabian fand die Stille bedrückend. Hatten ihn sonst die Geräusche vorbeifahrender Autos, Musik aus den Fenstern der umliegenden Häuser oder viel zu laut dröhnende Fernseher auf seinen Spaziergängen begleitet und manchmal auch fröhliches Lachen, Weinen oder Schimpfen, so lag nun Schweigen wie ein erstickender Teppich über der Stadt. Brandgeruch lag in der Luft, und an einigen Stellen färbte sich der Nachthimmel rot. Wie es schien, waren die Feuerwehren nicht in der Lage, der ausgebrochenen Feuer Herr zu werden. Es schauderte ihn bei der Vorstellung, dass hier mehr als eine Million Menschen auf Hilfe hofften.

Noch während der Pater diesen Gedanken nachhing, hörte er laute Stimmen und gleich darauf einen Hilfeschrei. Ohne sich zu besinnen, lief er darauf zu und sah kurz darauf im

Schein seiner Taschenlampe mehrere Jugendliche, die eben einen älteren Mann herumstießen und nach ihm traten.

»Wollt ihr nicht aufhören, ihr Rotzbengel?«, entfuhr es ihm unwillkürlich.

Der Anführer der Gruppe, ein baumlanger Bursche mit kahl geschorenem Kopf, drehte sich langsam zu ihm um. Als er einen Geistlichen vor sich sah, verzog sich sein Gesicht zu einem höhnischen Grinsen.

»Du bist anscheinend auch auf Prügel aus, Kuttenbruder. Die kannst du haben!« Auf seinen Wink kamen drei Kerle mit ihm, während der vierte dem älteren Mann einen heftigen Tritt versetzte.

Der Anführer zog ein Butterflymesser aus der Tasche und hielt es Pater Fabian vor die Nase, während sein Komplize eine Fahrradkette über den Kopf schwang. Chancen gegen diese Kerle brauche ich mir keine auszurechnen, durchfuhr es den Pater. Sie würden ihn zusammenschlagen, bis er blutend und reglos am Boden lag, und ihn vielleicht sogar umbringen.

Für einen Augenblick dachte er, dass der Tod vielleicht gnädiger war, als in dieser erstarrten Stadt zu vegetieren. Dann aber packte ihn die Wut. »Verschwindet, ihr Lumpenhunde, oder der Teufel soll euch in die Glieder fahren!«, brüllte er und hörte seine Stimme von weit entfernten Wänden widerhallen.

Zu seinem eigenen Schrecken sah er, wie rot leuchtende, schemenhafte Wesen auftauchten und einen Augenblick lang die Körper der Kerle umschlossen. Im nächsten Moment waren sie verschwunden. Die jungen Männer aber stürzten zu Boden und wälzten sich schreiend.

Pater Fabian rieb sich verwirrt die Augen. Hatte er das wirklich selbst getan, oder waren ihm unbekannte Kräfte zu Hilfe gekommen? Da er nicht wusste, wie lange die Kerle außer Gefecht sein würden, eilte er zu dem älteren Mann, der

immer noch auf dem Boden lag, und half ihm auf die Beine.
»Wie geht es Ihnen? Brauchen Sie einen Arzt?«

»Nein, ich ...« Der Mann verstummte und starrte auf die fünf Kerle, die nun wild umhersprangen, aber blind zu sein schienen. Gerade rannte der Anführer mit gesenktem Kopf gegen ein Auto und zog sich eine Platzwunde zu.

»Ich brauche niemand«, rief er, warf dem Pater noch einen misstrauischen Blick zu und humpelte so rasch davon, als seien böse Geister hinter ihm her.

»Der tut ja fast so, als fürchte er sich mehr vor mir als vor diesen Lumpen«, dachte Pater Fabian verwundert und setzte seinen Weg nachdenklich fort.

Kurz darauf erreichte er die Krottenmühlstraße und stand hilflos vor der verschlossenen Haustür. Wie er ohne die Möglichkeit, zu klingeln, hineinkommen sollte, wusste er nicht. Er wollte schon laut rufen, um auf sich aufmerksam zu machen, da schloss sich seine Rechte wie von selbst um den Schlüsselbund, der sich in der Tasche seiner Kutte befand.

Daran musste noch der Schlüssel hängen, den ihm seine Tante vor ein paar Wochen gegeben hatte, damit er während ihres Urlaubs auf Sylt ihre Blumen gießen konnte. Er zog den Bund aus der Tasche und probierte die Schlüssel im Schein seiner Taschenlampe aus. Bereits der dritte passte.

Erleichtert trat er ins Haus und eilte drei Treppen hoch. Irgendetwas sagte ihm, dass seine Tante zwischen dem zweiten und dem dritten Geschoss gefangen saß. Weshalb sich bislang niemand um sie gekümmert hatte, konnte er nur vermuten, denn sie hatte sicher um Hilfe gerufen.

Vor der Aufzugtür angekommen, fragte er sich, wie er sie öffnen sollte. Das ging jedoch leichter, als er erwartet hatte. Durch den Stromausfall war die elektrische Verriegelung ausgefallen und die Tür ließ sich aufschieben. Er blickte in den Schacht und leuchtete nach unten.

Tatsächlich steckte das Dach des Aufzugs eine Handbreit

unter dem Fußbodenniveau fest. Er wollte schon darauftreten, als ihm einfiel, dass sein Gewicht möglicherweise ausreichen würde, den Lift in die Tiefe stürzen zu lassen. Daher legte er sich flach auf den Boden und schob den Oberkörper so weit nach vorne, dass er mit der rechten Hand die Deckenklappe fassen konnte. Als er daran rüttelte, hörte er seine Tante rufen. »Ist da wer?« Es klang so ängstlich, als nähme sie an, sie hätte sich das Geräusch nur eingebildet.

»Ich bin es, Fabian!«, antwortete er.

»Wirklich?« Nun klang ihre Stimme schon deutlich kräftiger.

»Ich hole dich jetzt heraus! Hast du irgendetwas, was wir als Seil verwenden können? Ich traue mich nicht, auf den Lift zu steigen. Mein zusätzliches Gewicht könnte ihn abstürzen lassen, und wenn wir in den Keller sausen, sähen wir danach nicht mehr sehr gesund aus.«

In dem Augenblick durchdrang sein geistiges Auge das Metall der Aufzugdecke, und er konnte erkennen, dass seine Tante sich auszog.

»Wir müssen mein Kleid nehmen. Meinst du, dass das geht?«, fragte sie. Die Angst schien von ihr gewichen zu sein, denn entschlossen drehte sie den Stoff zu einer Wurst. Als es ihm gelang, die Klappe zu öffnen, warf sie ihm wie selbstverständlich ein Ende zu.

Beim zweiten Versuch konnte er das Kleidungsstück auffangen. Allerdings war das provisorische Seil zu kurz, um die alte Frau daran hochziehen zu können. Er schalt sich einen Narren. Immerhin trug er selbst einen aus Seide und Wolle geflochtenen Strick als Gürtel doppelt um die Hüften geschlungen. Zusammen mit dem Kleid würde es ausreichen, Lieselotte aus ihrer schlimmen Lage zu befreien.

Pater Fabian knotete beide Teile zusammen und erklärte seiner Tante dabei seinen Plan. »Am besten binde ich mir das Kleid um die Brust«, schlug seine Tante vor.

»Tu das!« Pater Fabian ließ das Seil wieder zu ihr hinab, musste sich dabei aber mit einer Hand auf dem Fahrstuhl stützen. Sofort spürte er einen Ruck und sah, dass sich der Aufzug um ein paar Zentimeter gesenkt hatte.

»Beeil dich!«, forderte er seine Tante auf und zog sich vom Fahrstuhldach zurück.

Sein magisches Sehvermögen zeigte ihm, dass Lieselotte hastig die Enden ihres Kleides zusammenband und sich dann an den Stoff klammerte.

Erneut bewegte sich der Lift, und diesmal sackte er mehr als eine Handbreit ab. Der Pater zerrte mit aller Kraft an dem primitiven Rettungsseil, und der Kopf seiner Tante erschien in der Luke. Die Öffnung war so eng, dass sich ihr Unterkleid an einer Stelle verhakte und sie festhing. Im nächsten Moment sank der Fahrstuhl erneut ein Stück.

Lieselotte stieß einen Schmerzensruf aus, schaffte es aber, freizukommen. Noch während ihr Neffe sie zu sich hochzog, verlor der Lift den Halt und stürzte in die Tiefe. Dabei geriet sie in Gefahr, von den Seilen, an denen der Fahrstuhl hing, mitgerissen zu werden. Doch Pater Fabian gelang es, seine Tante aus dem Schacht zu ziehen.

Etliche Sekunden lagen Tante und Neffe erschöpft auf dem Boden des Flurs und rangen nach Luft. Lieselotte fand schließlich als Erste die Sprache wieder und auch die Kraft aufzustehen. »Das war Rettung im letzten Augenblick.«

Ihr Neffe nickte, sah sie aber fragend an. »Warum hat dir niemand hier aus dem Haus geholfen?«

»Wer hätte es tun sollen? Im Erdgeschoss wohnt niemand mehr, seit der griechische Gemüseladen pleitegegangen ist. Die jungen Leute aus dem ersten und zweiten Stock sind nicht von der Arbeit zurückgekommen, und in meinem Stockwerk steht eine der Wohnungen leer. In der anderen lebt nur eine alte Frau, die sich selbst nicht mehr zu helfen weiß, und in den Stockwerken über mir sind die Erwachsenen meines Wissens auch unterwegs. Nur die kleine Sandra ist daheim, weil es ihr gestern Morgen so schlecht geworden war. Ich war gerade auf dem Weg, um nach ihr zu sehen, als der Fahrstuhl ausfiel.«

»Dann sollten wir nachschauen, wie es der alten Dame und dem Mädchen geht«, erklärte der Pater. Er löste seinen Gürtel von Lieselottes Kleid und reichte es ihr.

Im Schein der Taschenlampe betrachtete sie das an den Nähten aufgeplatzte Kleidungsstück und verzog das Gesicht. »Das kann ich nicht mehr anziehen. Warte einen Augenblick! Ich hole mir rasch etwas anderes. Dann kann ich auch gleich etwas trinken. Ich habe fürchterlichen Durst.« Sie trat auf den Lichtschalter zu, drückte ihn und schüttelte dann den Kopf.

»Da ist anscheinend weit mehr kaputt als nur der Aufzug. Irgendwie habe ich mir das schon gedacht, zumal auch der Notruf nicht funktioniert hat.«

»In der Stadt ist der Teufel los! Es scheint nichts mehr zu funktionieren, was mit Elektrizität betrieben wird. Zum Glück geht wenigstens die Taschenlampe noch. Warte, ich leuchte dir!« Pater Fabian schlang sich rasch den Gürtel um die Taille und ging voraus. In der Wohnung seiner Tante angekommen, überließ er ihr die Taschenlampe, sodass sie sich im Schlafzimmer umziehen konnte. Er selbst stand für einige Augenblicke in der Dunkelheit. Schon bald stellte er fest, dass seine Umgebung in einem seltsamen Rot leuchtete, welches ihn die Konturen des Zimmers erkennen ließ. Nachdenklich trat er ans Fenster und blickte hinaus. Auch draußen herrschte dieses seltsame, düstere Rot, dank dessen er etwa so viel erkennen konnte wie an einem nebeligen Tag.

Unten auf der Straße war niemand zu sehen. Nur eine streunende Katze huschte mit gesträubtem Schwanz von einem Versteck ins andere. Die meisten Fenster der Häuser ringsum wirkten wie blinde Augen. Hie und da sah man einzelne Kerzen flackern. Nach Norden hin war der Widerschein brennender Gebäude zu erkennen, und der Pater fürchtete, dass das Feuer sich weiter ausbreiten und auch andere Stadtteile erfassen könnte.

Im nächsten Augenblick wurde ihm schwindlig. Er konnte sich gerade noch am Fenstergriff festhalten, sonst wäre er zu Boden gestürzt. Gleichzeitig erschien das Bild einer Stadt vor seinem inneren Auge, die er liebte und schon oft besucht hatte. Dort standen die Häuser weitaus enger zusammen als in München, und sie boten den gierigen Flammen, die an ihnen leckten, kaum Widerstand. Entsetzt musste er zusehen, wie der Rauch der Brände in den nächtlichen Himmel über Rom stieg und die Feuer Gebäude verzehrten, die teilweise mehr als zwei Jahrtausende überstanden hatten.

4

Was genau sie suchte, wusste Manuela selbst nicht. Zunächst ging es ihr schlicht darum, sich einen ungefähren Überblick über die Folgen der Katastrophe zu verschaffen. Schon am Tag hatte sie ihren magischen Blick schweifen lassen und war überall auf Chaos gestoßen. Daran hatte sich nichts geändert. Ohne die gewohnte Technik glichen die Menschen in der Stadt Ratten, die sich in ihren Löchern, also in ihren Wohnungen und Häusern verkrochen. Im Gegensatz zu ihnen waren Ratten jedoch an ein verstecktes Leben gewöhnt und wussten die neue Situation zu ihren Gunsten zu nutzen. Da die Kühlhäuser der Supermärkte und Lagerhallen nicht mehr funktionierten, breitete sich jenseits der menschlichen Riechfähigkeiten ein verführerischer Duft über die Stadt aus, der die bepelzten Langschwänze hervorlockte.

In der Dunkelheit waren sie kaum zu sehen, und es achtete im Grunde auch niemand auf sie, es sei denn, sie tauchten im Schein einer Taschenlampe oder Kerze in der eigenen Wohnung auf.

Manuela kamen die Tränen, als sie sah, wie viel wertvolle Nahrung von den Nagern gefressen und unbrauchbar gemacht wurde. Es war ihr nicht einmal möglich, die Menschen zu warnen, denn als Geist konnte sie zwar hören und sehen, wurde aber von anderen nicht wahrgenommen.

Einige Wesen spürten ihre Gegenwart, dies waren die Geister von Menschen, die während und nach der Katastrophe gestorben waren und hilflos umherirrten, weil der Sog des Tores zur Geisterwelt erloschen war.

Manuela wagte es nicht, in die Richtung zu schauen, in der das Tor sich befand, denn ihr schoss immer noch der Schrecken in alle Glieder, wenn sie an ihre Reise dorthin dachte. Die Erinnerung an den Geist des Bankräubers und Mörders, den sie in Deta Knackes Auftrag hatte befragen sollen, bereitete ihr sogar im Wachen Albträume, besonders seine Ankündigung, die Geister derer, die seit Anbeginn der Zeiten gestorben waren, würden auf die Erde zurückkehren. Welche Macht würden die Wiedergänger besitzen, die in der Anderswelt teilweise zu Dämonen geworden waren, und was würden sie in der Welt der Lebenden alles anrichten? Der Mörder hatte nicht so geklungen, als wolle er als schemenhaftes Wesen durch die Nacht streifen und nichts weiter tun können, als hypersensible Menschen zu erschrecken.

Manuela schüttelte sich bei dem, was ihre Phantasie ihr an Schrecken vorgaukelte, und versuchte, sich auf das zu konzentrieren, was hier in der Stadt geschah. Unwillkürlich schwebte sie auf die Staatskanzlei zu und durchdrang deren Mauern, als wären sie nicht vorhanden. In dem Gebäude hatte sich alles versammelt, was Rang und Namen hatte. Auch der Oberbürgermeister war vom Marienplatz herübergekommen und saß nun in einer Runde mit den wichtigsten Politikern des Landes.

Der Ministerpräsident hing wie ein gefällter Koloss auf seinem Sessel, rieb sich mit der rechten Hand ein ums andere Mal über die Stirn und setzte immer wieder zum Sprechen an, ohne einen einzigen Satz zu Ende zu bringen. Auch die Minister um ihn herum wirkten fahrig und überfordert. Gewohnt, sich in jeder Sekunde ihres Lebens auf ihre Staatssekretäre, Beamten, Chauffeure, Leibwächter und anderes Gefolge zu verlassen, sahen sie sich mit einer Situation konfrontiert, für die ihre Vorstellungskraft nicht ausreichte. Zwar machte der eine oder andere Vorschläge, wie man die Ordnung im Land und vor allem in München wiederherstellen könnte, doch diese krankten alle daran, dass man zu ihrer Durchführung technische Hilfsmittel benötigte.

Um die Straßen frei zu räumen, standen nun einmal keine Abschleppwagen oder Bergepanzer der Bundeswehr zur Verfügung. Alles, was getan werden musste, ging nur mit Handarbeit. Diese sinnvoll einzusetzen, schienen die Menschen jedoch verlernt zu haben.

»Kümmert euch um das, was ihr tun könnt, und hängt keinen Hirngespinsten nach!«, wollte Manuela den Herren und den paar Damen, die diesem exklusiven Zirkel angehörten, zurufen. Doch keiner vernahm ihre Geisterstimme. Nur ein einzelner, nachrangiger Beamter ruckte unruhig auf seinem Stuhl hin und her und machte sich ein paar Notizen. Als Manuela ihm über die Schulter schaute, sah sie, dass er den Einsatz von Polizei und Bundeswehr zum Schutz der Bevölkerung vor Plünderern und randalierenden Horden und eine gerechte Verteilung von Lebensmitteln und Trinkwasser vorschlagen wollte. Er zog sogar eine Evakuierung einzelner Stadtteile in Betracht, sodass die Bewohner an Orten zusammengefasst werden konnten, in denen die Versorgung sichergestellt war.

Doch als er es wagte, diesbezügliche Vorschläge zu machen, bügelte der Ministerpräsident ihn nieder. »Das alles führt doch noch weiter ins Chaos, Herr Hufnagel. Wir müssen zusehen, dass die Elektrizitätswerke wieder arbeiten. Außerdem müssen wir dringend Kontakt zu den Bezirksregierungen und Landkreisen aufnehmen. Gibt es denn kein Auto, das noch fährt?«

Während der gerügte Beamte beleidigt schwieg, hob ein anderer den Arm. »Mein Zweitwagen ist ein Oldtimer und funktioniert noch, Herr Ministerpräsident. Es hat mir zwar ein paar Sicherungen herausgehauen, aber die konnte ich ersetzen.«

»Dann fahren Sie mich umgehend nach Berlin, damit ich mit der Bundeskanzlerin sprechen kann«, erklärte der oberste Bayer.

Um die Mundwinkel des Beamten zuckte es. »Gerne, Herr Ministerpräsident, wenn Sie mir vorher die Straßen freiräumen. Ich sagte zwar, dass mein Auto noch funktioniert, aber ich komme nicht einmal aus unserer Einfahrt, weil ein Lkw davor liegen geblieben ist. Wie es auf den Autobahnen aussieht, wissen wir durch Berichte von Kollegen, die versucht haben, sie mit ihren Fahrrädern zu benützen. Derzeit sind sie die größten Schrottplätze der Nation. Auch hier in der Stadt sind alle Straßen verstopft.«

Die Antwort bestand aus einem Fluch, der von einer hilflosen Geste begleitet wurde. Beinahe hätten der Ministerpräsident und seine Berater Manuela leidtun können, doch da diese Menschen, die mit der Wahl die Verantwortung für die Bevölkerung und das Land übernommen hatten, ihre Energie in undurchführbare Pläne steckten, unterdrückte sie diese Regung. Diese Herren und Damen Politiker konnten nicht einmal sich selbst helfen.

Enttäuscht wandte sie sich ab und glitt wieder nach draußen. Es musste doch eine Möglichkeit geben, das Chaos in der Stadt zu beseitigen. Um in Erfahrung zu bringen, wie es außerhalb des Molochs München zuging, schwebte sie nach Osten und ließ die Staatskanzlei und schließlich auch die Großstadt hinter sich.

5

Die alte Frau lag mit schmerzverzerrtem Gesicht auf ihrem Bett, die rechte Hand um den Rosenkranz gekrallt, und rührte sich nicht. Pater Fabian konnte nur feststellen, dass sie tot war, vermochte aber nicht zu sagen, ob sie bereits bei der Katastrophe gestorben war oder später vor Angst, weil weder die Stromversorgung noch der moderne Rollstuhl neben ihrem Bett funktioniert hatten.

Mit einer resignierenden Geste drückte er ihr die Augen zu und wandte sich zu seiner Tante um. »Unser Herr im Himmel sei ihrer armen Seele gnädig.«

Lieselotte bekreuzigte sich. »Hat das wirklich sein müssen?«

Der Pater lachte bitter auf. »Es geschieht auf der Welt so vieles, was nicht hätte sein müssen.«

Er dachte an Rom und die Brände, die große Teile der Innenstadt verwüsteten. Selbst die Kirche Santa Maria in Cosmedin mit dem Mund der Wahrheit war ihnen zum Opfer gefallen. Wehmütig erinnerte er sich daran, wie er als junger Student die Rechte in das Maul der Dämonenfratze gesteckt und dies als großen Spaß angesehen hatte.

»Was machen wir jetzt?«

Es dauerte einen Augenblick, bis Pater Fabian seine Gedanken von Rom gelöst hatte und auf die Frage seiner Tante antworten konnte. »Was können wir schon tun? Wir beide sind nicht in der Lage, die alte Dame zu beerdigen. Wir werden sie hier liegen lassen müssen, bis die Situation sich ändert.«

»Zum Besseren oder zum Schlechteren?«, fragte Lieselotte schaudernd.

»Zum Guten! Zumindest wollen wir das hoffen. Darauf wetten würde ich allerdings nicht. Ich fürchte, die Apokalypse ist über uns hereingebrochen, und das Ende der Menschheit ist nahe.«

»Du verstehst es wahrlich, einem Mut zu machen.« Lieselotte zeigte nach oben. »Wenn wir hier nichts mehr tun können, sollten wir uns um Sandra kümmern. Sonst stirbt uns die Kleine ebenfalls vor lauter Angst.«

Ihr Neffe verzog das Gesicht. »Verschreie es nicht! Wir haben schon eine Tote im Haus, und mein Bedarf ist gedeckt.«

»Dann solltest du anfangen zu beten!« Lieselotte griff nach der Taschenlampe und ging zur Tür. »Was ist? Kommst du nicht mit?«

Der Pater schlug das Kreuz und beugte kurz das Knie, dann folgte er ihr.

Als sie vor der Wohnung standen, in der das Kind lebte, klopfte Lieselotte gegen die Tür. »Sandra, hörst du mich? Ich bin es, Lieselotte!«, rief sie laut genug, dass es in jedem Zimmer zu hören sein musste.

Alles blieb still.

»Hoffentlich ist ihr nichts passiert!« Voller Sorge steckte Lieselotte den Schlüssel ins Schloss und öffnete die Tür.

Die Räume waren dunkel und doch von jener rötlichen Düsternis erfüllt, die den Pater immer noch irritierte. In dieser Fast-Finsternis glaubte er, geisterhafte Schatten wahrzunehmen, die mit grauenhaft entstellten Gesichtern umherschwirrten, und unwillkürlich sprach er eine seiner exorzistischen Formeln. Sofort verschwanden die Schatten, und die

Luft, die ihm wie von einem üblen Dunst erfüllt vorgekommen war, ließ sich wieder normal atmen.

»Sandra, wo bist du?«, rief seine Tante.

Es dauerte einige Sekunden, dann klang ein dünnes Stimmchen auf. »Hier, Tante Lieselotte.«

Sowohl die alte Frau wie auch ihr Neffe atmeten auf. »Sie lebt!«

Lieselotte lief zum Kinderzimmer hinüber und riss die Tür auf. Im ersten Moment schien es leer zu sein. Dann fand sie Sandra in der Ecke hinter dem Kleiderschrank, in die die Kleine sich verkrochen hatte. Das Mädchen hielt einen großen Stoffeisbär wie einen Schild vor sich.

»Gott sei Dank geht es dir gut!« Lieselotte streckte die Arme nach dem Kind aus und hob es auf.

»Es waren so viele böse Leute da!«, sagte das Mädchen weinend. »Aber sie sahen nicht aus wie richtige Menschen. Ich konnte nämlich durch sie hindurchsehen. Sie sagten, sie würden mich umbringen, sobald das Tor ganz offen ist.«

Pater Fabian sah Sandra durchdringend an. Hatte sie die Dämonen bemerkt, die eben vor seinen Exorzismus-Formeln geflohen waren? Als er sie danach fragte, kauerte sie sich zusammen.

Liselotte strich ihr über den Kopf. »Das ist mein Neffe. Er ist Geistlicher, ein Pater. Darum hat er auch diese komische Kutte an. Du hast ihn doch schon gesehen, wenn er bei mir zu Besuch war!«

»Es waren Leute wie er dabei, mit Kutten und Kreuzen«, flüsterte die Kleine. »Sie sagten ebenfalls, dass sie kommen und mich holen würden.«

»Sandra phantasiert.« Lieselotte lächelte traurig. »Das ist aber auch kein Wunder. Immerhin ist sie seit über einem halben Tag allein hier eingesperrt gewesen und hat sich das in ihrer Angst eingebildet.«

Fabian schüttelte den Kopf. »Ich glaube nicht, dass Sandra

sich etwas eingebildet hat. Es gehen Dinge in der Stadt vor, die sich nicht mit dem normalen Verstand begreifen lassen.«

»Rede du nicht auch noch von Geistern. Oh, entschuldige, ich vergaß. Du bist ja der beste Exorzist der letzten Jahrhunderte!« Lieselotte lachte hysterisch auf und schüttelte sich, um die Vorstellung von teuflischen Gespenstern abzustreifen. Dann riss sie sich zusammen und fragte ihren Neffen mit ruhiger Stimme, was sie nun tun sollten.

»Das überlege ich gerade«, antwortete der Pater, der sich so unsicher fühlte wie niemals zuvor. Etwas lauerte im Dunkeln auf die Menschheit, um sie zu vernichten, das glaubte er deutlich zu fühlen.

6

Manuela wollte wissen, wie die Situation außerhalb Münchens war, und löste daher erneut ihren Geist vom Körper, um sich umzusehen. Bald schon stellte sie erste Unterschiede fest. Zwar hatte es auch hier einige Brände gegeben, doch in den kleineren Gemeinden waren die Menschen mehr miteinander verwachsen und halfen einander. In dem Ort Poing machten sich die Einwohner bereits daran, die auf den Hauptstraßen liegen gebliebenen Autos und Lastwagen mithilfe eines uralten Traktors zur Seite zu räumen. Es war das erste Fahrzeug, das Manuela in Aktion erlebte, und sie fragte sich, warum es noch fuhr. Um das zu begreifen, hätte sie jemand gebraucht, der etwas von Technik verstand – wie ihr damaliger Freund Nils. Sie schob den Gedanken an den Toten beiseite und konzentrierte sich wieder auf das, was sie sah.

Die Menschen hier kamen offensichtlich recht gut mit der Katastrophe zurecht. Verderbliche Lebensmittel wurden aus den Geschäften geholt und in kühle Keller geschafft, die Mineralwasserflaschen an zentralen Orten gesammelt und dort einzeln ausgegeben. Manuela sah den Bürgermeister geschäftig umhereilen und Anweisungen erteilen. Die Feuerwehr, die Polizisten der hiesigen Dienststelle sowie die Männer und Frauen des Schützenvereins bildeten eine Art Ordnungsmacht, die von anderen Vereinen unterstützt wurde. Es gab mit Holzfeuern geschürte Suppenküchen, und irgendwo wurde sogar Brot gebacken. Dabei war es noch Nacht, wenngleich Manuela im Osten bereits die Vorboten des kommenden Tages zu erkennen glaubte.

Es erleichterte sie, dass es Menschen gab, die mit der Katastrophe umgehen konnten, und sie wollte bereits in die Stadt zurückkehren, als ihr Blick von den ersten Sonnenstrahlen des Tages eingefangen wurde.

Das Licht stach ihr so giftig in die magischen Sinne, mit denen sie ihre Umgebung wahrnahm, dass ihr übel wurde, obwohl sie derzeit körperlos war. Etwas Böses tat sich am Himmel, das spürte sie unmissverständlich, und sie richtete ihren Blick nach oben. Im nächsten Moment schwebte sie in der Nähe jenes eigenartigen Satelliten, den sie schon einmal in einer Vision gesehen hatte, ein amerikanisches Army-Produkt mit riesiger Parabolantenne, die das Sonnenlicht einfing und gebündelt zur Erde schickte. Obwohl die Steuerung ausgefallen war, funktionierten die Prismen, die das Licht bündelten, immer noch und bombardierten den Planeten mit konzentrierter Sonnenenergie. Doch das, was als kleiner, lokal einzusetzender Strahl geplant gewesen war, durchschlug zwar das Magnetfeld und die äußersten Luftschichten, verstreute sich dann aber in der Atmosphäre und bildete ein von Pol zu Pol reichendes Band aus Sonnenregen.

Manuela musste wieder an ihren Freund Nils denken, der nach einem starken Sonnensturm auf Montage gefahren war, um in den chemischen Werken Burghausen und Gendorf defekte elektronische Bauteile zu ersetzen. Noch wochenlang hatte er besorgt darüber nachgedacht, was bei einem stärkeren Strom von Sonnenteilchen geschehen könnte.

Nun waren seine Prophezeiungen von der Wirklichkeit überholt worden. Manuela vermutete, dass kein elektronisches Bauteil mehr funktionierte und es auch keine neuen mehr geben würde, solange dieser Satellit sein unheilvolles Werk fortsetzte.

»Man müsste ihn ausschalten«, schoss es ihr durch den Kopf. Doch wie sollte ihr das gelingen? Oder sonst jemand auf der Welt?

Verzweifelt wandte sie sich ab und blickte zur Erde. Dort, wo die Sonne schien, sah der Erdball fast aus wie immer. Allerdings waren selbst von hier oben Rauchsäulen zu erkennen, die auf ausgedehnte Brände hindeuteten. Einige davon standen über dem Meer, wahrscheinlich waren Ölplattformen in Brand geraten. Die Folgen all dieser im Vergleich zu dem globalen Unglück eher kleineren Katastrophen waren nicht auszudenken. Wie viele Strände würden verschmutzt werden, wie viele Tiere sterben?

»Verflucht sollen die sein, die diesen Satelliten gestartet haben!«, schrie sie mit ihrer unhörbaren Stimme aus sich heraus.

Dabei wusste sie natürlich, dass die amerikanischen Wissenschaftler diese Auswirkungen weder vorhergesehen noch wissentlich in Kauf genommen hatten. Doch die Natur hatte all diese superklugen Spezialisten in ihre Grenzen gewiesen, und das Schlimme daran war, dass die gesamte Menschheit die Folgen ausbaden musste.

Ein Blick auf die Nachtseite der Erde zeigte Manuela, dass tatsächlich alle betroffen waren, ganz gleich, wo sie lebten. Früher hatten große Teile der Nordhalbkugel und etliche Stellen der südlichen Hemisphäre nachts hell geleuchtet. Jetzt gab es nur noch einzelne rötliche Lichtpunkte, die auf brennende Städte, Waldbrände oder zerstörte Industrieanlagen hinwiesen.

Mit einem Mal befand sie sich wieder auf der Erde. Eine kleine Gruppe von Menschen, die in einfache Lendentücher aus Leder gekleidet waren, saß um ein Feuer. Die braune Hautfarbe und die kurzen, wie Pfefferkörner aussehenden Haare verwirrten Manuela zunächst, bis sie begriff, dass es sich um San handeln musste, um Buschleute aus der Kalahari im Süden Afrikas. Eben begann ein Mann zu sprechen, doch sie konnte ihn nicht verstehen. Eine Frau antwortete ihm, und Manuela entnahm beider Tonfall, dass sie zutiefst besorgt waren und Angst hatten.

Bevor Manuela mehr erfahren konnte, befand sie sich wieder hoch über der Erde und schwebte in der Nähe des Geistertors im westlichen Deutschland. Von oben glich es einer riesigen Blase, die zum Bersten gespannt war und jeden Augenblick platzen und ihren tödlichen Inhalt freisetzen konnte. Noch während sie sich erschüttert vorzustellen versuchte, was dann geschehen würde, erstarrte sogar ihr Geist vor Entsetzen. Das Geistertor vor ihr war nicht, wie sie angenommen hatte, das einzige. Obwohl sie von ihrem Standort aus nur die Hälfte des Erdballs überblicken konnte, entdeckte sie noch drei weitere Erscheinungen, die dem europäischen Geistertor glichen und ebenso bedrohlich wirkten.

»Wenn es dort genauso zugeht wie bei uns, dann gute Nacht«, sagte sie zu sich selbst. Bevor sie sich die Tore näher ansehen konnte, erfasste der Sonnensturm ihren Astralkörper und trieb sie auf die Erde zurück.

7

Früher hatte Pater Fabian den Sonnenaufgang geliebt. Nun aber erfüllte ihn das stechende Licht, das aus dem Osten aufzog, mit Grauen. Obwohl er sich im Zimmer aufhielt, hatte er das Gefühl, als werde er mit siedendem Wasser übergossen. Neben ihm wimmerte Sandra und barg ihr Gesicht in den Händen.

»Es tut so weh«, flüsterte sie.

Der Pater nickte unwillkürlich und sah im nächsten Moment, wie das scharfe, goldene Leuchten nach Westen weiterzog und schließlich in der Ferne verschwand. »Was zum Teufel war das?«, rief er erschrocken.

Sandra richtete sich auf und sah ihn ängstlich an. »Es ist alles so anders als früher.« Sie wollte noch mehr sagen, doch da weiteten sich ihre Augen, und sie kreischte auf.

»Was ist?«, fragte Pater Fabian. Dann sah er es selbst. Eine weiße Hand ragte aus der Wand des Zimmers, dazu ein Fuß, und nun kam auch noch ein Kopf hinzu, der Ähnlichkeiten mit der toten Frau in Lieselottes Nachbarwohnung aufwies.

Es dauerte einige Augenblicke, bis er begriff, dass er deren Geist vor sich sah. Der zuckende, zahnlose Mund bewegte sich, als wolle er etwas sagen. Als der Pater sich konzentrierte, vernahm er einige Wortfetzen.

»Keiner hat mir geholfen ..., habt mich krepieren lassen ... verfluche euch ...« So ging es eine ganze Weile weiter, bis es ihm zu bunt wurde und er einige exorzistische Formeln ausstieß.

Der Geist der Toten wand sich wie unter Peitschenhieben und verschwand schließlich mit einem schrillen Heulen, das Pater Fabians und Sandras Ohren so peinigte, dass sie unwillkürlich die Hände gegen den Kopf pressten.

Lieselotte starrte die beiden verwundert an und tippte sich gegen die Stirn. »Was ist denn mit euch los?«

»Nichts«, murmelte Pater Fabian, dem es noch immer heiß und kalt den Rücken hinablief.

Laut den Lehren seiner Kirche sollten die Seelen der Toten ins Himmelreich aufsteigen oder sich im Fegefeuer sammeln. Der Geist der alten Frau hatte nichts dergleichen getan, sondern Verwirrung, vor allem aber Hass ausgestrahlt. Was würde passieren, wenn mehr von diesen Geistern den Weg ins Jenseits nicht fanden und hasserfüllt durch die Welt streiften? Zum Glück bemerkten nur wenige Menschen ihre Anwesenheit, sonst würde es zu noch schlimmeren Zwischenfällen kommen.

Mit dem Gefühl, ein Zipfelchen des Geheimnisses um die schrecklichen Ereignisse in der Hand zu halten, drehte er sich zu seiner Tante um. »Ich glaube, wir sollten das Haus hier verlassen und zu einer Dame gehen, die ich gestern kennengelernt habe. Sie heißt Agnes und ist etwa in deinem Alter. Wir nehmen alles mit, was wir an Lebensmitteln tragen können, und sperren den Rest in deiner Wohnung ein.«

Im Stillen sagte er sich, dass seine Entscheidung eine Kapitulation vor dem Geist der Toten war, den er eben verscheucht hatte. Doch er konnte nicht sicher sein, dass dieser nicht trotz seines Exorzismus zurückkehren und hier im Haus sein Unwesen treiben würde.

Sandra stimmte ihm eifrig zu, obwohl sie immer noch hoffte, dass ihre Eltern bald zurückkämen.

»Wir schreiben Mama und Papa einen Zettel, dass es dir gut geht und Tante Lieselotte auf dich aufpasst. Außerdem hinterlassen wir Agnes' Adresse, damit sie ebenfalls zu uns kommen können«, versprach der Pater und erklärte, dass sie neben Mineralwasser und den Nahrungsmitteln, die am schnellsten verdarben, auch die notwendigsten Kleidungstücke mitnehmen sollten. »Agnes' Wohnung hat einen Balkon, auf dem wir Feuer machen und kochen können. Das Feuerholz besorgen wir uns später. Jetzt sollten wir uns erst einmal auf den Weg machen. Es wird schon hell, und bald werden eine Menge Leute auf den Straßen sein, denen ich lieber nicht begegnen möchte.«

»Du meinst Plünderer?« Lieselotte schauderte bei dem Gedanken an Zustände, von denen sie bisher nur in den Nachrichten aus fernen Ländern gehört hatte und die nun auch in Deutschland Einzug halten würden.

Pater Fabian nickte ernst. »Es hat bereits angefangen. Mir hat man, als ich gestern nach der Katastrophe auf der Straße kurz bewusstlos geworden bin, das Portemonnaie gestohlen, und auf dem Weg hierher habe ich in der Nacht eine Bande gesehen, die liegen gebliebene Autos und Geschäfte geplündert hat.«

»Hoffentlich bekommen die Stadtverwaltung und die Regierung alles bald wieder in Griff, sonst sehe ich schwarz«, rief Lieselotte aus.

»Ich würde es uns wünschen. Aber ich habe ein schlechtes Gefühl dabei. Wenn wir Pech haben, wird es noch schlimmer werden.«

»Herr im Himmel, nur das nicht! Man könnte fast glauben, das Ende der Welt steht uns bevor!«

Trotz ihrer düsteren Worte machte Lieselotte sich an die Arbeit und brachte auch alle Vorräte, die in der Wohnung der Toten zu finden waren, in ihre eigene. Aus Sandras Wohnung nahm sie nur eine Flasche Mineralwasser und ein paar Tafeln Schokolade mit, denn wenn ihre Eltern zurückkamen, benötigten sie Lebensmittel. Nachdem sie alles zusammengepackt hatte, funkelte sie ihren Neffen auffordernd an. »Was ist jetzt? Wollen wir gehen?«

Pater Fabian hatte sich in der Zeit vergeblich darauf konzentriert, auf übernatürlichem Weg mehr über die Katastrophe und ihre Folgen in Erfahrung zu bringen. Nun starrte er betroffen auf die beiden großen Pakete, die seine Tante ihm präsentierte.

»Entschuldige! Ich hätte dir helfen sollen.«

»Mir ist lieber, du nimmst zu deinem obersten Chef Kontakt auf, damit er uns hilft. Das haben wir nämlich dringend nötig!« Lieselotte lachte freudlos, stopfte dann Sandras Rucksack voll, sodass diese ebenfalls etwas tragen konnte, und warf sich ihr Bündel über.

»Auf geht's! Gebe der Herrgott, dass wir gesund wieder hierher zurückkehren können!«

8

Manuela erwachte mit fürchterlichen Kopfschmerzen auf dem Fußboden ihrer Wohnung. Ihr war, als hätte sie einer Mannschaft von Riesen als Fußball gedient. Mühsam kam sie auf die Beine und taumelte ins Badezimmer. Automatisch griff sie zum Wasserhahn, doch als sie diesen öffnete, hörte sie nur ein fernes Gurgeln.

»Es hat sich also nichts geändert«, murmelte sie.

Dann blickte sie in den Spiegel und erschrak. Aus Augenwinkeln, Nase und Mund war Blut ausgetreten und klebte als eingetrocknete Rinde auf ihrem Gesicht. Jetzt hätte sie eine heiße Dusche gebraucht. Doch mehr, als ein Handtuch mit ein wenig Mineralwasser anzufeuchten und ihr Gesicht damit abzureiben, konnte sie nicht tun. Den Rest des Wassers, der in der Flasche war, trank sie durstig und schimpfte sich gleichzeitig selbst, weil es sich um ihre vorletzte Flasche handelte. Sie würde sich Nachschub besorgen müssen. Die Frage war, wo und wie. Einfach in ein Geschäft zu gehen und welches zu kaufen, würde in der jetzigen Situation kaum möglich sein. Wenn wirklich jemand Wasser verkaufte, dann sicher zu Preisen, die für sie unerschwinglich waren.

Wütend maß sie eine Tasse Wasser ab, erhitzte sie mühsam mit ihrem improvisierten Kocher und kaute dann auf dem Rest des altbackenen Brotes herum.

Sie fühlte sich hilflos ausgeliefert wie ein Blatt im Wind. Um sie herum ging die Welt zugrunde, und niemand war in der Lage, sich dagegenzustemmen.

»Die Politiker sollten sich mehr über die Menschen vor Ort Gedanken machen als zu überlegen, wie die ausgefallenen Stromgeneratoren wieder in Gang gesetzt werden können oder wie sie nach Berlin kommen, um in der Hauptstadt die eigene Wichtigkeit zu demonstrieren!« Manuela wusste, dass sie den meisten Politikern und Beamten in diesem Land damit unrecht tat, doch das, was sie bisher auf magische Weise gesehen hatte, verbesserte ihre Meinung über die Männer und Frauen an der Spitze der Stadt- und Staatsregierung nicht.

Sie fragte sich, was sie an deren Stelle tun würde, und merkte rasch, dass auch ihre theoretischen Ansätze immer wieder daran scheiterten, dass die Mittel dazu nicht vorhanden waren. Mittlerweile war ihr bewusst geworden, dass der Ausfall der Elektrizität und der Wasserversorgung nicht einmal die größte Katastrophe war, die die Menschheit heimsuchte. Noch weitaus gefährlicher erschien ihr die Tatsache, dass sich die Tore der Geisterwelt in wenigen Tagen öffnen würden. Dann ergossen sich Abermillionen von Geistern auf die Erde und würden sie zur Hölle machen. Die Versorgung mit Nahrung und Wasser vermochte die Menschheit gewiss bald wieder sicherzustellen, doch gegen die Wiedergänger gab es keinen Schutz.

»Wenn niemand einen Weg findet, die Geister zurückzuhalten, wird die Welt untergehen«, flüsterte sie vor sich hin. Sie sah keine Möglichkeit zur Rettung und bezweifelte auch, dass Politiker und ihre Beamten einen finden würden.

»Dann ist es wohl am besten, du kaufst dir einen Strick und erschießt dich da, wo das Wasser am tiefsten ist«, sagte sie im bittern Spott zu sich selbst und erinnerte sich im nächsten Moment daran, dass es derzeit in München überhaupt nichts zu kaufen gab. Außerdem wollte sie nicht sterben, weder an Hunger oder Wassermangel noch durch die Dämonen der Geisterwelt.

»Dann solltest du deinen Hintern hochwuchten und etwas tun«, tadelte sie sich. Es war zwar interessant – wenn auch grässlich –, geistig auf die Reise gehen und sich die Verheerungen anzusehen, die die Katastrophe mit sich gebracht hatte, doch das half ihr nicht weiter. Sie musste sich erst einmal für die nächsten Tage versorgen und dann die Behörden über das informieren, was sie herausgefunden hatte. Immerhin hatte sie mit ihrem magischen Auge einen besseren Überblick gewonnen als alle Politiker, Beamte und Angestellte in den ausgefallenen Versorgungswerken zusammen.

9

Manuela merkte rasch, dass es tatsächlich unmöglich war, an Wasser und Lebensmittel zu kommen. Die Geschäfte in ihrem Stadtviertel waren nach den Plündereien der vergangenen Nacht entweder leer oder so verrammelt worden, dass niemand mehr hineinkam.

Der große, vierschrötige Mann, der mit einer Eisenstange vor ihrem Stammgeschäft Wache hielt, riet ihr, sich an die Stadtteilverwaltung zu wenden.

»Die werden sicher wissen, wo Sie was bekommen, Frau Rossner«, setzte er hinzu.

Manuela wunderte sich, dass er ihren Namen kannte, während sie ihn bei ihren Einkäufen mehr als einen Einrichtungsgegenstand denn wie einen Menschen wahrgenommen hatte.

»Danke«, sagte sie und zog mit hängenden Schultern ab.

Als sie sich dem Stadtteilbüro näherte, merkte sie, dass sie nicht die Einzige war, die hier auf Hilfe und Unterstützung hoffte. Der Vorplatz war von Menschen übersät. Wenn da jeder nur fünf Minuten brauchte, würde sie frühestens übermorgen an die Reihe kommen, und das auch nur, wenn die Angestellten im Büro nicht nach acht Stunden Arbeit Feierabend machten.

Nach einer Weile wurde die Menge unruhig. Zuerst flogen nur Schimpfworte, dann auch Steine und andere Gegenstände gegen das Gebäude des Bezirksreferats. Als ein Fenster zerbrach, kam eine Angestellte heraus und forderte die Wartenden auf, Ruhe zu bewahren.

»Wir tun doch alles, was wir können!«, rief sie. »Aber wir wissen selbst nicht, was geschehen ist.«

»Das kann ich Ihnen sagen«, brüllte ein Mann zurück. »Der Strom ist ausgefallen. Es gibt kein Wasser, und die Abwasserleitungen funktionieren auch nicht mehr.«

»Von den Autos ganz abgesehen. Wir wollen, dass endlich etwas geschieht!«

»Ja, genau!« Andere fielen in seine Forderungen ein, und für Augenblicke sah es so aus, als würde die Situation eskalieren. Da drängte Manuela sich ein Stück nach vorne und stieg auf einen Verteilerkasten. »Leute, es geht jetzt nicht darum, ob und wann die Strom- und Wasserversorgung wieder funktioniert, sondern wie wir die nächsten Tage überstehen sollen. Wir brauchen Wasser und Nahrung. Warum sorgt die Stadtverwaltung nicht dafür, dass die Lebensmittel und Wasservorräte eingesammelt und gerecht verteilt werden? Außerdem brauchen wir Schutz vor Plünderern und anderen Rabauken. Das sollten unsere dringendsten Sorgen sein! Gejammer, weil in den Häusern nichts mehr funktioniert, nützt uns allen nichts!«

»Wir brauchen auch einen Toilettenwagen, da die Klos in den Wohnungen nicht mehr zu benützen sind«, setzte ein älterer Mann hinzu.

»Was glauben Sie, wie schnell so ein Toilettenwagen voll ist, wenn die Einwohner eines ganzen Stadtviertels dort ihr Geschäft verrichten?«, spottete ein jüngerer Mann.

»Außerdem werden wir kaum einen Toilettenwagen hierherbringen. Dafür sind die Straßen zu verstopft.«

»Dann müssen sie geräumt werden!«, rief Manuela. »Leute, es gibt so viel zu tun. Warum packen wir es nicht an?«

Sie sah sich erwartungsvoll um, doch keiner schien bereit zu sein, den Anfang zu machen. Schließlich wandte sie sich der Angestellten des Stadtteilbüros zu.

»Warum tut die Stadt nichts? Es hätte längst der Ausnahmezustand verhängt werden müssen. Warum wurden die meisten Polizeikräfte vor dem Rathaus, der Staatskanzlei, den Ministerien und dem Landtagsgebäude zusammengezogen, anstatt in den einzelnen Stadtvierteln für Ordnung zu sorgen?«

»Das möchte ich auch wissen. Heute Nacht wurden in meinem Geschäft die Scheiben eingeschlagen und die meiste Ware gestohlen. Den Rest haben die Schurken zertrampelt und unbrauchbar gemacht«, beschwerte sich ein Ladenbesitzer lautstark.

Die städtische Angestellte hob hilflos die Arme. »Leute, wir können den Ausnahmezustand doch nicht von uns aus erklären. Das muss schon die Regierung tun. Und selbst wenn sie es tut, hilft es nichts, weil keiner die Information weitergeben kann.«

»Gibt es in München keine Fahrräder mehr?«, spottete eine Frau, während ihre Begleiterin, die ein Kleinkind auf dem Arm trug, zu schimpfen begann.

»Womit soll ich mein Baby füttern, wenn ich die Milch nicht warm machen kann?«

»Leg es doch an die Brust«, schnaubte der Besitzer des ausgeplünderten Ladens und wurde sofort von einer ganzen Reihe von Frauen attackiert.

Manuela begriff, dass sie hier keine Hilfe erwarten durfte, und stieg wieder von ihrem Podest herab. Ein Mann half ihr dabei und schüttelte dann den Kopf. »Ihre Vorschläge sind schon richtig, aber ohne Anweisung von oben trauen sich diese Kasperl nicht einmal, ein Stück Toilettenpapier zu benützen. Es ist zum Kotzen! Alles geht drunter und drüber, und die hier verschanzen sich hinter ihren Paragraphen. Wenn kein Wunder geschieht, kommt es noch zu Mord und Totschlag. Aber das ist denen da doch ganz egal!«

Die Stadtangestellte fauchte ihn an. »Ich bin seit gestern hier, weil ich nicht in meine Wohnung zurück kann, denn die liegt am anderen Ende der Stadt. Ich bräuchte den halben Tag, um hinzulaufen.«

Die Antwort, die sie darauf erhielt, ging an Manuela vorbei, denn sie hatte es endgültig aufgegeben, wie ein geduldiges Schaf hier herumzustehen und auf ein Wunder zu warten. Stattdessen wandte sie sich in die Richtung, in der sie die Staatskanzlei wusste. Irgendjemand musste den Ministerpräsidenten über die Lage aufklären, und da niemand anderes zur Verfügung stand, würde eben sie es tun.

10

Die drei Männer tauchten so plötzlich hinter einer Hausecke auf, dass Pater Fabian und seine beiden Begleiterinnen erschrocken zusammenfuhren. Sie trugen zwar normale Kleidung, hatten sich aber blaue Schals um den linken Arm gebunden und hielten Gewehre in der Hand. Zwei zielten auf den Pater, während der Dritte sich nicht ganz wohl in seiner Haut zu fühlen schien. »Lasst doch den Scheiß!«, forderte er seine Kumpane auf. »Das sind doch keine Plünderer.«

»Und woher haben sie die Sachen, die sie mit sich tragen?«, fragte der Mann neben ihm giftig, während er mit seiner Kleinkalibersportwaffe vor Pater Fabians Gesicht herumfuchtelte.

»Die haben wir aus meiner Wohnung mitgenommen, weil wir zu einer Freundin wollen«, antwortete Lieselotte verärgert.

»Und das sollen wir euch glauben?«

»Jetzt hör dir doch erst mal an, was sie zu sagen haben«, wies ihn sein Kamerad zurecht.

»Vielleicht wäre es eher für euch an der Zeit zu erzählen, weshalb ihr hier Straßenräuber spielt?« Pater Fabian stellte sich so, dass er zwischen den Banditen und seiner Tante mit dem Kind stand.

»Wir sind keine Straßenräuber«, wies ihn der Kerl, der ihn bedrohte, zurecht, »sondern Angehörige der Bürgerwehr von Berg am Laim. Wir tragen Sorge, dass in unseren Straßen nichts Unrechtes geschieht.«

»Damit tut ihr ein gutes Werk. Es treiben zurzeit verdammt viele Schurken in der Stadt ihr Unwesen. Bei uns war es besonders schlimm. Die haben alle Läden ausgeräumt. Deswegen wollen wir ja auch zu unserer Bekannten ziehen.« Lieselotte lächelte, obwohl sie sich über das Auftreten der drei nach wie vor ärgerte.

Doch einer der Männer war immer noch nicht zufrieden und zeigte auf ihre Traglasten. »Ich will sehen, was ihr bei euch habt!«

»Lebensmittel, die sonst verderben, ein paar Flaschen Mineralwasser und drei Tafeln Schokolade für die Kleine«, gab Lieselotte zu Antwort, während Pater Fabian dem Kerl in Gedanken ein paar prachtvolle Ohrfeigen versetzte.

Dieser trat drohend auf die alte Frau zu, stöhnte dann aber auf und ließ beinahe sein Gewehr fallen.

»Was ist denn jetzt los?«, fragte einer seiner Begleiter verärgert.

»Ich habe auf einmal so Kopfweh, dass mir fast das Hirn herausspringt«, jammerte der Angesprochene und brach in die Knie.

Pater Fabian starrte ihn verdattert an. Dabei fielen ihm die jungen Burschen wieder ein, die er in der Nacht abgewehrt hatte, ohne zu wissen, wie ihm geschah. Was ging hier vor?

»Geht weiter!«, sagte jetzt einer der Bürgerwehrmänner und beugte sich über seinen Kameraden. »Hast du gestern zu viel getrunken?«

»Keinen Tropfen!«, wimmerte der Mann.

»So ganz kann das nicht stimmen. Du hast gestern in der Dönerbude eine Flasche Raki mitgehen lassen, ohne sie zu bezahlen.«

»Pfui Teufel! Das Gesetz vertreten wollen und selbst lange Finger machen. So hab ich es gern!« Pater Fabian machte aus seiner Empörung keinen Hehl.

Die beiden anderen Männer der Bürgerwehr wurden kleinlaut. »Nichts für ungut, Hochwürden. Aber in einer solchen Situation reagiert man halt manchmal nicht so, wie man sollte. Haben Sie vielleicht eine Ahnung, was gestern passiert ist? Wir begreifen gar nichts. Es gibt kein Radio, keinen Fernseher, und die Handys kannst du wegschmeißen.«

»Ich weiß auch nicht mehr als ihr«, erklärte der Pater und begriff selbst nicht, warum er log.

Er hatte schon immer über übernatürliche Sinneswahrnehmungen verfügt, und die Katastrophe schien diese extrem verstärkt zu haben. So war er Zeuge grauenvoller Ereignisse geworden, von denen die Männer vor ihm keine Ahnung hatten. Er empfand das, was vorgegangen war, und auch die jetzige Situation als bizarr und unwirklich und kämpfte dennoch mit dem unheimlichen Gefühl, dass die Geschehnisse nur das Vorspiel für etwas noch weitaus Entsetzlicheres waren. Bedrückt fasste er Sandra um die Schulter und ging weiter.

Die Kleine zitterte vor Angst – und das nicht nur der Kerle wegen, die sie eben aufgehalten hatten. Auch sie spürte etwas, was sich dem normalen Verstand entzog und was sie noch weniger einzuordnen vermochte als ihr Begleiter. Mit Augen so dunkel wie ein Kratersee in der Dämmerung sah sie zum Pater auf. »Um uns herum sind furchtbar viele Leute, Onkel Fabian. Aber sie sehen ganz anders aus als richtige Menschen. Einige sind hell und durchscheinend, andere gleichen hässlichen Schatten und sind so schwarz wie Tante Liselottes Scherenschnitte. Vor denen fürchte ich mich am meisten.«

»Keine Sorge, ich bin bei dir!«, antwortete er mechanisch. Doch das, was aufmunternd hätte klingen sollen, missriet zu einem schrillen Ausruf, der an beider Nerven zerrte, und als Pater Fabian sich konzentrierte, nahm er ebenfalls die geisterhaften Gestalten wahr, die durch die Straßen strichen und die Lebenden mit bösen Blicken bedachten. Das mussten die Geister der Menschen sein, die während und nach der Katastrophe ums Leben gekommen waren und den Weg in ihr Reich nicht fanden.

Der Geistliche hatte solche Totengeister schon früher bemerkt, aber noch nie waren es so viele gewesen und selten so voller Hass wie diese.

11

Als Manuela endlich die Staatskanzlei erreicht hatte, sah sie sich mehreren Hundert Demonstranten und einer ganzen Armee von Bereitschaftspolizisten gegenüber. Letztere waren sichtlich angespannt und hielten ihre Waffen schussbereit. Irgendwo stieg sogar schon die weißliche Rauchfahne einer gezündeten Tränengasgranate auf, und Manuela sah Frauen und Kinder, aber auch etliche Männer Rotz und Wasser heulen.

»Wir wollen Antworten!«, rief eine stämmige Frau in einem schmutzigen T-Shirt und Jogginghosen.

»Warum tut die Regierung nichts?«, brüllte ein Mann weiter hinten.

Die Menschen waren außer sich vor Zorn. Immerhin gab es seit vierundzwanzig Stunden kein Wasser, keinen Strom und keine Nachrichten. Manuela begriff, dass das Ausmaß der Katastrophe die Spitzen im Staat und in der Stadt gelähmt hatte. Weder der Ministerpräsident noch der Oberbürgermeister wussten eine Lösung, und ihre Berater und Referenten, die oft mehr ihrer politischen Linientreue als ihrer Sachkenntnis wegen ausgewählt worden waren, zeigten sich ebenso hilflos wie ihre Vorgesetzten. Manuelas Eindruck, dass Hilfe nur von unten nach oben erfolgen konnte, verstärkte sich. Doch auch dafür mussten die Herren in der Regierung die Weichen stellen.

Manuela schlüpfte zwischen den Demonstranten hindurch.

Zwar fing sie sich etliche böse Blicke ein, doch die Leute machten ihr Platz, bis sie schließlich in der ersten Reihe stand. Sie trat auf einen Polizisten zu. »Ich muss mit dem Ministerpräsidenten oder einem der Herren sprechen, die hier zu entscheiden haben. Ich bringe Informationen, wie es im Umland aussieht.«

Der Mann starrte sie an, ohne eine Miene zu verziehen. Eine Frau in violetten Jeans und einem T-Shirt mit einem von Flammen umgebenen Pentagramm auf der Brust, die den Ministerpräsidenten zu sprechen wünschte, war ihm nicht geheuer. Dann aber trafen sich ihre Blicke, und Manuela sah, wie seine Pupillen sich weiteten und starr wurden.

»Also gut, kommen Sie herein!« Seine Stimme klang schleppend, als hätte er diesen Satz gegen seine innere Überzeugung gesprochen.

Manuela schlüpfte rasch durch die Lücke, die sich für sie öffnete und hinter ihr wieder schloss, und ging aufatmend auf den Eingang zu. Ein anderer Polizist vertrat ihr dort den Weg.

»Wer sind Sie und was wollen Sie?«

»Mein Name ist Manuela Rossner und ich bringe wichtige Informationen!«

Dies genügte. Der Polizist ließ sie in das Gebäude, übergab sie dort einem Mann im Anzug, der sich ihr als einer der Beamten in der Staatskanzlei vorstellte und sie die Treppe hoch in die Arbeitsräume des Ministerpräsidenten führte.

Kurz darauf stand Manuela vor dem mächtigsten Mann Bayerns. Sie hatte ihn schon oft im Fernsehen erlebt oder sein Bild in der Zeitung gesehen, und damals war er ihr wie ein Elefant erschienen, der ungerührt von den Fliegen, die ihn umschwärmten, seinen Weg ging und sich von nichts beeindrucken ließ. Jetzt aber wirkte er eingefallen. Das Gesicht war fleckig und in den Augen las sie dieselbe Furcht, die derzeit jeden Menschen in diesem Land erfüllte.

Als der Beamte Manuela vorstellte, sah der Ministerpräsident erwartungsvoll zu ihr auf. »Sie bringen Neuigkeiten?«

Manuela nickte. »Ich habe einiges über die Katastrophe herausgefunden, die uns gestern heimgesucht hat. Sie wurde durch eine Fehlfunktion eines amerikanischen Militärsatelliten ausgelöst und hat die gesamte Welt in Mitleidenschaft gezogen. Die elektronischen Bauteile wurden komplett zerstört. Damit sind alle Maschinen und damit auch Autos, Schiffe und Flugzeuge ausgefallen, in denen elektronische Bauteile wichtige Funktionen übernehmen. Man kann sie auch nicht reparieren, weil die Wirkung des Satelliten noch immer anhält.«

»Und woher wissen Sie das alles? Es funktionieren doch auch keine Nachrichtenverbindungen mehr!«, fragte einer der Berater des Ministerpräsidenten misstrauisch.

»Ich habe es gesehen! Wissen Sie, ich bin eine Art Medium. Ich kann Dinge wahrnehmen, die für andere Menschen unsichtbar sind. Daher weiß ich über das Ausmaß der Katastrophe Bescheid.«

Die Mienen der meisten Umstehenden wurden abweisend, und einer fasste seinen Unglauben in Worte. »Wollen Sie wirklich behaupten, Sie wüssten mehr als wir, nur weil sie irgendeinen Hokuspokus gemacht haben? Das ist doch lächerlich!«

Einzig Hufnagel, jener Beamte, der in der vergangenen Nacht vom Ministerpräsidenten niedergebügelt worden war, wirkte höchst interessiert. Aber er wagte nicht, etwas zu sagen.

»Ich habe es gesehen! Ich weiß auch, dass die Gemeinden im Umland mit der Bewältigung der Krise besser zurechtkommen als wir hier in München. Sie müssen …«

»Wir müssen gar nichts! Halten Sie den Mund und verschwinden Sie. Oder bilden Sie sich ein, wir nehmen Ratschläge von einem Weibsbild an, das nicht ganz richtig im Kopf ist? Wir werden doch unsere Zeit nicht mit so einem

Geschwätz vergeuden.« Der Ministerpräsident gab seinen Leibwächtern einen Wink, und bevor Manuela sich versah, hatten zwei Kerle sie gepackt und schleppten sie aus dem Zimmer.

Wenig später warfen die Männer sie wie einen Sack Lumpen auf die Straße. Manuela schürfte sich das Knie auf und fuhr wütend herum, um gegen diese Behandlung zu protestieren. Da nahm einer der Kerle einem der Polizisten das mit Reizgasmunition geladene Gewehr ab und feuerte das Geschoss direkt vor ihre Füße. Manuela wollte noch die Luft anhalten, doch es war zu spät. Wasser lief ihr aus Augen und Nase, dann schien ihr Magen zu explodieren. Sie hörte die Leibwächter des Ministerpräsidenten lachen und wünschte allen dreien die Pest an den Hals. Danach hatte sie genug mit sich selbst und ihrem von Krämpfen geschüttelten Körper zu tun.

Einer der Leibwächter warf ihr noch einen letzten höhnischen Blick zu und wandte sich dann an die Demonstranten, die das Ganze verwirrt verfolgt hatten.»Geht nach Hause, Leute! Die Staatsregierung tut alles, was in ihrer Macht steht, um die Situation in den Griff zu bekommen. Der Krisenstab tagt in Permanenz und wird bald zu Ergebnissen gelangen. Bis dorthin bewahrt Ruhe. Damit ist uns allen am meisten geholfen.« Mit diesen Worten drehte er sich um und ging wieder ins Haus.

Die Polizisten kümmerten sich nicht um Manuela, sondern rückten wieder enger zusammen und richteten ihre Waffen auf die versammelte Menge. Den Demonstranten war anzusehen, dass sie die Ansprache des Leibwächters als Zumutung empfanden. Doch angesichts der Behandlung, die der jungen Frau widerfahren war, blieben sie friedlich.

12

Agnes war froh, Pater Fabian wiederzusehen, und nahm seine Tante und Sandra mit offenen Armen auf. »Ihr macht euch keine Vorstellung davon, wie entsetzlich es ist, in dieser Situation allein zu sein«, sagte sie, während sie jedem ein Glas mit Wasser versetzten Fruchtsaft auf den Tisch stellte. »Unser größtes Problem ist die Toilette. Ohne Wasser zieht die nicht ab, und das Wasser, das wir noch haben, ist zu schade, um es dafür zu opfern. Wie wir das lösen sollen, weiß ich nicht.«

»Wenn die Wasserleitungen nicht bald repariert werden, wird es in München bald ziemlich stinken«, seufzte Lieselotte. »Eigentlich könnte man meinen, dass die Verantwortlichen lange genug Zeit gehabt haben, um wenigstens die nötigsten Einrichtungen wieder in Gang zu setzen.«

»Ich glaube nicht, dass das so einfach ist.« Pater Fabian trank einen Schluck, stellte das Glas wieder ab und sah die beiden alten Frauen und das Mädchen nachdenklich an. »Hinter diesen Vorfällen steckt mehr, als wir uns alle vorstellen können.«

Agnes zuckte zusammen. »Glauben Sie, der Dritte Weltkrieg sei ausgebrochen? Wenn jetzt ein Feind in Deutschland einmarschiert, hält ihn keiner auf!«

Der Pater schüttelte den Kopf. »Ich bin davon überzeugt, dass kein einziger Panzer auf der Welt rollen kann, es sei denn, er stammt aus einem Museum.«

»Aber was kann es sonst sein? Und kommen Sie mir ja nicht mit der Strafe des Himmels! So religiös, um daran zu glauben, bin ich nicht«, konterte Agnes in dem Versuch, spöttisch zu klingen.

»Das kann ich weder bejahen noch abstreiten. Ich habe zwar Bilder gesehen – Visionen, wenn man sie so nennen will –, aber das waren nur Fragmente, die noch keinen Sinn ergeben.«

Während ihn die beiden Frauen ungläubig musterten, hob Sandra interessiert den Kopf. »Ich habe auch Bilder gesehen.«

»Und was für welche?«, fragte der Pater gespannt.

»Schreckliche Dinge. Flugzeuge, die vom Himmel gefallen sind, Autos, die ...« Das Mädchen schrie auf. »Jetzt sehe ich wieder etwas! Wasser, das von einer Mauer gehalten wird ... Aber nicht mehr lange!«

Pater Fabian fasste nach Sandras Schulter und legte ihr dann sanft die flache Hand auf die Stirn. Sofort glomm ein Bild in seinen Gedanken auf, verschwommen, aber doch erkennbar. Er sah den Staudamm eines riesigen Sees, der sich immer mehr füllte und an einer Stelle bereits überlief. Der Druck, der in den letzten Stunden auf der Mauer gelastet hatte, musste ungeheuer sein. Wenn das Bauwerk nicht hielt, würde es eine gewaltige Flut geben. Unwillkürlich richtete sich der magische Blick des Mädchens flussabwärts und genau wie der Pater sah sie auf die Stadt, die keine zwanzig Kilometer unterhalb des Sees lag. Im Vergleich mit dieser Metropole wirkte München wie ein größeres Dorf. Wenn die Staumauer brach, würden Millionen sterben.

»Nicht, Sandra! Du darfst nicht länger hinsehen«, befahl er ihr und zog sie an sich.

Tränen liefen ihr über die Wangen, und er spürte ihre ungeheure Angst und Verzweiflung. Solche Dinge sollte ein Kind ihres Alters niemals miterleben müssen. Zum ersten Mal in seinem Leben haderte er aus tiefstem Herzen mit seinem Gott.

13

Als Manuela erwachte, war es um sie herum so dunkel wie in einer Gruft. Es dauerte ein paar Sekunden, bis ihre Augen wieder das rötliche Licht wahrnahmen, in das ihre Umgebung für sie getaucht war. Sie lag ein Stück von der Staatskanzlei entfernt unter einem Gebüsch im Englischen Garten und wusste nicht, wie sie dorthin gekommen war. Entweder hatten die Polizisten sie hierhergeschleppt und einfach liegen gelassen, oder sie hatte den Weg halb betäubt vom Reizgas zurückgelegt und war hier zusammengebrochen.

Noch immer war ihr übel, und an ihrem T-Shirt und der Jeans klebten Überreste von Erbrochenem. Außerdem schmerzten das aufgeschlagene Knie und die linke Wange. Als sie ihr Gesicht berührte, spürte sie Blutschorf unter ihren Fingern.

»Das ist der Lohn dafür, dass ich helfen wollte«, sagte sie stöhnend. Warum nur war sie zur Staatskanzlei gelaufen, anstatt für sich selbst zu sorgen. In der Zeit hätte sie sicher irgendwo Wasser und Lebensmittel auftreiben können. Vor allem Ersteres hätte sie dringend gebraucht, denn sie fühlte sich wie ausgetrocknet und ahnte bereits, dass sie das erste Wasser, das sie trank, wieder erbrechen würde.

Mühsam raffte sie sich auf und versuchte, sich zu orientieren. Hier in der freien Natur war das nicht so einfach wie in den Straßen, an deren Verlauf sie die Richtung erkennen konnte. Sie ging los, stolperte über einen Ast, der am Boden lag, und fiel hin. Sie wollte vor Wut, Enttäuschung und Schmerz schreien, ahnte aber, dass sie, wenn sie sich gehen ließ, die Grenze zum Wahnsinn erreichen und vielleicht sogar überschreiten würde. Für einen Moment erschien es ihr verlockend, in eine irreale Welt abzudriften und nicht mehr an das denken zu müssen, was um sie herum geschah. Dann aber zwang sie sich zur Ruhe. Wenn sie durchdrehte, würde dies nicht das Geringste an ihrer Situation ändern.

Doch was sollte sie tun? Ihr graute davor, durch die nächtliche Stadt nach Hause zu gehen. Andererseits konnte sie nicht hier im Englischen Garten bleiben. Da machte sie in der Ferne ein hell loderndes Feuer aus und wollte sich schon dorthin wenden, als sie das Lachen und die Stimmen von betrunkenen Männern hörte. Gleichzeitig kreischte eine Frau durchdringend auf.

Ihr Bauchgefühl riet Manuela, schnellstens zu verschwinden. Trotzdem schlich sie sich vorsichtig näher, blieb aber außerhalb des Lichtscheins des Lagerfeuers stehen und verbarg sich hinter einem Busch.

Als sie einen Blick riskierte, erstarrte sie. Ein gutes Dutzend Männer bildeten einen Kreis um eine nicht mehr ganz junge Frau, die verzweifelt versuchte, aus der Umzingelung auszubrechen. Sie war bis auf ihren nur noch an einem Träger hängenden BH nackt und wurde immer wieder in die Mitte des Kreises zurückgestoßen. Plötzlich packte einer der Kerle sie, stieß sie zu Boden und warf sich auf sie.

Entsetzt sah Manuela, wie die Frau brutal vergewaltigt wurde. Ihrem Aussehen nach war es nicht das erste Mal in dieser Nacht, und es würde wohl auch nicht das letzte Mal bleiben. Warum tun Menschen so etwas?, schoss es Manuela durch den Kopf. Sie wünschte sich, die Frau aus deren Kreis herausholen zu können. Doch selbst wenn sie tatsächlich besondere Kräfte besaß, würden diese ihr nicht gegen eine ganze Gruppe betrunkener Kerle helfen.

»Es ist das Beste, ich verschwinde jetzt«, sagte sie sich und wollte dem Geschehen den Rücken zukehren. Da fühlte sie plötzlich eine Berührung auf der Haut. Es war unangenehm und sie schauderte. Gleichzeitig hörte sie die Stimme eines Mannes aufklingen.

»Da ist ja noch so eine Hure! Los, Freunde, die holen wir uns ebenfalls!«

Als Manuela sich umblickte, sah sie einen der Männer auf sich zukommen. Eine flackernde schwarze Aura umgab ihn wie eine zweite Haut, die Augen glühten wie brennende Kohlen. Außerdem empfand sie für einen Augenblick ein ekelhaftes Gefühl, das sie bis in ihr Innerstes zu durchdringen schien. Also besaß der Kerl ebenfalls übernatürliche Kräfte und hatte sie magisch wahrgenommen. Jetzt hetzte er seine Kumpane in ihre Richtung. Diese konnten sie zwar nicht sehen, doch die Stimme ihres Anführers lenkte sie auf sie zu.

Erst im letzten Moment begriff Manuela, dass sie Gefahr lief, eingekreist zu werden. Auf zittrigen Beinen rannte sie los, sah plötzlich einen der Schufte vor sich und konnte gerade noch seinen zugreifenden Händen ausweichen. Doch schon vertrat ihr der Nächste den Weg. Sie hieb nach ihm und wünschte ihm alles Böse. Im gleichen Moment stöhnte dieser vor Schmerzen auf, griff aber dennoch zu und hielt sie fest, bis die anderen herangekommen waren.

Die Kerle stanken nach billigem Schnaps. Zuerst hatte Manuela sie für Stadtstreicher gehalten, doch aus der Nähe wirkten sie eher wie Arbeiter oder Angestellte, die nach der Katastrophe nicht mehr nach Hause gefunden und sich hier getroffen hatten. Die Schurken schleiften sie zum Feuer und jubelten dann auf. »Die ist ja weitaus knackiger als die alte Schlampe, die wir zuerst gehabt haben. Das wird ein noch viel größerer Spaß«, rief einer.

Schreckensstarr fragte Manuela sich, wie ein normaler Mensch innerhalb von wenigen Stunden zu einer wilden Bestie werden konnte. Sie ahnte, dass der magisch begabte Mann dafür verantwortlich sein musste. Er hatte diese Kerle um sich versammelt und beherrschte sie wie ein Hypnotiseur. Nun starrte er sie an, und sie spürte, dass er sie mit seinen Kräften sezierte, um herauszufinden, welche Hexenfähigkeiten sie besaß. Er schien zu schwanken, ob er erst mit ihr reden oder sie gleich seinen Begleitern überlassen sollte. Dann machte er eine wegwerfende Handbewegung, und Manuela wusste, dass sie mehr Glück als Verstand brauchte, um heil aus dieser entsetzlichen Situation herauszukommen.

Drei
Windmuehlen

1

Sandra schreckte aus dem Schlaf hoch und starrte auf die ungewohnte Umgebung, die von einem schwachen roten Licht erleuchtet wurde. Erst nach einigen Sekunden erinnerte sie sich daran, dass sie sich nicht zu Hause, sondern in Agnes' Wohnung befand. Doch das war im Augenblick unwichtig. Noch im Nachthemd eilte sie ins Wohnzimmer, wo Pater Fabian auf der Couch schlief, und rüttelte ihn wach.

»Wir müssen helfen, rasch!«, rief sie, während er brummelnd den Kopf hob.

Pater Fabian fühlte sich müde und zerschlagen. Doch etwas in Sandras Stimme ließ ihn seine Schwäche vergessen.

»Hattest du eine Vision?«

»Jemand braucht dringend unsere Hilfe. Das fühle ich.«

»Und wo?«

»Im Englischen Garten, gleich hinter dem Haus der Kunst!«

»Das ist ja der nächste Weg«, stöhnte der Pater und gab dann Sandra einen leichten Klaps. »Los, zieh dich an! Ich würde zwar lieber allein gehen, aber ich brauche dich, um die Stelle zu finden.«

Während die Kleine davonsauste, schlüpfte der Pater in seine Kutte und zog die Sandalen an. Ihm war nicht wohl dabei, in der Nacht durch die dunkle Stadt gehen zu müssen, und er fragte sich, ob das, was ihnen bevorstand, nicht zu groß für sie war. Andererseits vertraute er Sandras Sinnen. Das, was sie ihm am Abend über ihre Visionen erzählt hatte, deckte sich mit seinen eigenen Erfahrungen. Wie es aussah, verfügten er und das Kind über Kräfte, die es eigentlich nicht geben durfte.

»Diese Totalkatastrophe dürfte es auch nicht geben«, sagte er unwirsch zu sich selbst und schrieb rasch einen Zettel für seine Tante und Agnes.

Kaum hatte er den Kugelschreiber weggelegt, tauchte die Kleine bereits wieder auf. »Ich bin fertig, Onkel Fabian. Hast du eine Waffe?«

»Nur das Kreuz«, antwortete er und schluckte dann. »Brauchen wir denn eine?«

Sandra zuckte unschlüssig mit den Achseln. »Ich habe viele böse Männer gesehen.«

»Dann wird mein Gottvertrauen allein nicht ausreichen.« Pater Fabian seufzte, nahm die Taschenlampe und bemerkte verwundert, dass Sandra schon an der Tür war, bevor er diese angeleuchtet hatte. Auch auf dem Flur bewegte sich das Mädchen, als erkenne es seine Umgebung. Sie war so flink, dass er Mühe hatte, mit ihr Schritt zu halten.

Auf der Straße wurde der Ausfall der Straßenbeleuchtung zum Problem. Der Mond hing als dünne Sichel am Himmel, die kein Licht zu spenden vermochte, und war zudem von einem Dunstschleier verhüllt, der vermutlich von den zahlreichen Bränden in der näheren und weiteren Umgebung verursacht wurde.

Sie kamen etwa einhundert Meter weit, da schälte sich eine Gestalt aus der Dunkelheit und richtete eine Taschenlampe auf sie. Wieder war es ein Mann der Bürgerwehr, der seine Waffe senkte, als er Fabian erkannte.

»Wo geht es denn hin, Pater?«, wollte er wissen.

»Ich bin zu einem Kranken gerufen worden!« Der Pater wollte sich auf keine Diskussion einlassen und antwortete daher mit einer schlüssig klingenden Ausrede. Der Mann trat auch gleich beiseite.

Doch da blieb Sandra vor ihm stehen und streckte die Hand aus. »Gib uns dein Gewehr. Es ist vielleicht gefährlich!«
»Dann muss der Pater eben auf seinen obersten Chef vertrauen, damit der ihm hilft. Ich brauche meine Knarre selbst.«
»Gib uns dein Gewehr!« Die Stimme des Mädchens wurde drängender.

Der Pater sah zu seinem Erstaunen, wie der Mann kurz den Kopf schüttelte, dann aber Sandra mit einer seltsam mechanischen Bewegung sein Gewehr hinhielt.

Das Mädchen nahm die Waffe und reichte sie Pater Fabian. »Sie können sicher besser damit umgehen als ich.«

Er wollte schon sagen, dass er höchstens in seiner Jugendzeit bei dem einen oder anderen Volksfest mit einem Gewehr geschossen hatte. Doch er sah selbst ein, dass er eine Siebenjährige nicht mit so einem Ding herumlaufen lassen konnte, und klemmte sich die Waffe unter den Arm.

2

Sie erreichten den Friedensengel und die Luitpoldbrücke ohne weitere Zwischenfälle. Auf der anderen Isarseite angekommen hob Sandra warnend den Arm. »Wir müssen jetzt vorsichtig sein, damit uns niemand hört, Onkel Fabian. Das sind furchtbar böse Männer.«

Pater Fabian fragte sich, was das Mädchen gesehen haben mochte und warum er selbst nichts davon erfahren hatte. Kurz entschlossen legte er die Rechte auf Sandras Stirn und fand sich unwillkürlich zwischen dunklem Gebüsch im Englischen Garten wieder. Etwa ein Dutzend Männer standen wie verzerrte Schatten in einem lockeren Kreis, während im

Zentrum des Geschehens zwei Schemen aufleuchteten. Einer gehörte zu einem Mann, der trotz seiner Ausstrahlung wie eine pechschwarze Silhouette wirkte, die von einem dünnen, grellroten Rand umgeben war. Der Pater hatte diesen Menschen noch nie in seinem Leben gesehen, dennoch kam er ihm seltsam bekannt vor.

Das andere Licht stammte von einer jungen Frau, die abwehrend die Arme ausgestreckt hielt und wellenartige Energie verströmte, die die Kerle zurückhielt. Pater Fabian fühlte jedoch, dass sie nicht mehr lange durchhalten konnte. Dann würde sie der düsteren Gestalt und deren Handlangern ebenso hilflos ausgeliefert sein wie die andere Frau, deren Schatten er am Rande des Geschehens wahrnahm und die Schmerz und Verzweiflung ausstrahlte.

Voller Zorn eilte er weiter und ließ Sandra ein ganzes Stück hinter sich. Als er in den Englischen Garten hineinstürmte, entdeckte er die beiden so ungleichen magischen Lichter mit seinen eigenen Sinnen. Die junge Frau war am Ende ihrer Kraft, und er hörte den düsteren Mann lachen. Beim Klang der Stimme zuckte er zusammen. Es handelte sich um denselben Dämon, der seinen Exorzismus vor zwei Tagen hatte scheitern lassen. Zu jenem Zeitpunkt hatte der Ungeist ihn vertreiben können. Diesmal aber, so schwor sich der Pater, würde er nicht weichen.

Alle Gebete vor sich hinmurmelnd, die gegen böse Geister helfen sollten, trat Pater Fabian auf die Gruppe zu und streckte dem Dämon sein Kreuz entgegen.

Dieser drehte sich zu ihm um und lachte noch lauter. »So sehen wir uns wieder, Paterchen. Willst du bei uns mitmachen? Du kannst die Hexe da als Erster haben. Oder bevorzugst du die andere Schlampe? So oft dürftest du in deinem Job nicht die Gelegenheit haben, einer Frau zwischen die Beine zu steigen!«

Pater Fabian spürte mehr, als dass er sah, wie eine dunkle

Wolke von dem Dämon ausging und ihn einhüllte. Im gleichen Moment erfasste ihn ein so starkes sexuelles Verlangen, dass er sich am liebsten auf die nackte Frau gestürzt hätte, die halb ohnmächtig und blutend am Rand der Wiese lag.

Der Dämon grinste bereits erwartungsvoll, und Pater Fabian begriff, dass sein Feind dieses Verlangen in ihm ausgelöst hatte. Daher zwang er sich zur Selbstbeherrschung und kehrte sowohl der nackten Frau wie auch der jungen Hexe den Rücken zu.

Gleichzeitig hob er das Gewehr und zielte auf den Dunklen. Der lachte erneut, nur klang es jetzt ein wenig gepresst. »Du kannst mich nicht töten. Du würdest nur meinen derzeitigen Wirt umbringen. Ich habe hier genügend Leute, die ich übernehmen kann. Du hast keine Chance.«

»Da wäre ich mir nicht ganz so sicher!« Pater Fabian bemühte sich, zuversichtlicher zu klingen, als er sich fühlte. Gegen diesen Feind hatte er schon einmal verloren. Noch während er sich überlegte, was er gegen ihn ausrichten konnte, tauchte Sandra auf, huschte zu der jungen Hexe und kniete sich neben sie.

In dem Augenblick, in dem das Mädchen Manuela berührte, flammte das magische Feuer, das nur noch schwach geglüht hatte, wieder zu voller Stärke in ihr auf. »Verschwindet!«, schrie sie die Männer an.

Diese wichen mit erschrockenen Mienen zurück, und der Erste drehte sich um und rannte davon.

»Verschwindet!« Diesmal war Manuelas Ruf so stark, dass selbst Pater Fabian dagegen ankämpfen musste, die Beine in die Hand zu nehmen. Für die übrigen Kerle reichte es, und ehe der Dämon sich versah, stand er allein gegen Manuela, Sandra und den Pater. Der Geistliche zielte jetzt mit dem Gewehr auf den Wirtskörper des Ungeistes. »Gleich werden wir sehen, ob dir eine Kugel wirklich nichts ausmacht!«

Der Dämon zischelte wie eine Schlange und wich zurück.

Doch er gab noch nicht auf. »Du könntest mich nicht einmal mit einer silbernen Kugel töten!«

»Die Kugeln sind vielleicht nicht aus Silber, aber ich habe sie in Weihwasser getaucht«, log der Pater, ohne mit der Wimper zu zucken.

»Wasser ist Wasser«, versuchte der Dämon zu spotten. Der Pater spürte jedoch die Zweifel seines alten Feindes. Und noch bevor er begriff, was vorging, schlüpfte der Dämon aus dem Mann, den er beherrscht hatte, und schoss als schwach glühender Punkt davon.

Manuela atmete auf. »Den sind wir los!«

»Ich fürchte, mit dem werden wir auch weiterhin unsere Freude haben«, erklärte der Pater bissig. »Aber ich bin froh, dass er erst einmal verschwunden ist.« Er versuchte ein Lächeln. »Ich bin Pater Fabian und das hier ist Sandra. Sie können sich bei ihr bedanken, denn sie hat Ihre Verzweiflung gespürt und mich hierhergeführt.«

Manuelas Miene verdüsterte sich. »Pater Fabian? Ihnen habe ich die Anzeige wegen Betrugs zu verdanken! Dabei ist es nirgends verboten, einer Frau zu helfen, die durch eine Séance in Kontakt mit ihrem verstorbenen Ehemann treten will.«

Die Anzeige war zwar wegen Geringfügigkeit im Sand verlaufen, dennoch war die Wut auf diesen Geistlichen noch nicht gänzlich verflogen. Dann aber sagte Manuela sich, dass er sie immerhin davor bewahrt hatte, brutal vergewaltigt und vielleicht sogar getötet zu werden, und streckte ihm lächelnd die Hand hin. »Es tut mir leid. Ich bin Manuela Rossner, derzeit als Hexe tätig.«

»Das habe ich nicht vergessen!«

Der Pater klang ebenfalls nicht so, als freute er sich über die Begegnung. Doch davon ließ sich Manuela nicht beirren. Sie trat zu der Frau, die missbraucht worden war, und beugte sich über sie. »Kommen Sie! Es ist vorbei!«

Dann drehte sie sich zu Pater Fabian um. »Sie könnten inzwischen die Kleider der Dame suchen. Sie müssten hier irgendwo sein!«

Der Ordensmann nickte, musste dann aber Sandra bitten, nach den Sachen zu suchen. »Du kannst weitaus besser in der Dunkelheit sehen als ich«, sagte er zu dem Mädchen. Es klang fast ein wenig neidisch.

»Sie etwa nicht?« Manuela wunderte sich, denn sie glaubte, auch an ihm besondere Kräfte wahrzunehmen.

»Ich nehme Bilder von Geschehnissen wahr, die sich irgendwo ereignet haben, und gelegentlich wirkt meine Umgebung wie in rotes Licht getaucht, sodass ich Dinge und Menschen erkennen kann. Aber so gut wie Sandra bin ich nicht. Sie haben es ihr zu verdanken, dass wir noch rechtzeitig gekommen sind.«

»Ich habe ebenfalls häufig Visionen von Ereignissen, die mir leider ganz und gar nicht gefallen. Die ganze Welt liegt in Scherben, und ihr droht noch Schlimmeres …« Manuela machte eine wütende Handbewegung. »Es wird noch knüppeldick kommen! Dabei sind unsere Behörden nicht einmal in der Lage, die bisherige Lage zu meistern. Die verweigern sich allem, was ihren engen Horizont übersteigt, verharren stupide in den gewohnten Denkmustern.«

»Mich brauchen Sie nicht zu überzeugen: Ich habe in den letzten sechsunddreißig Stunden zahlreiche Dinge erlebt, die ich vorher als Spinnerei abgetan hätte.« Der Pater atmete kurz durch, hob dann den Rock der Frau auf, der Sandra entgangen war, und kehrte Manuela den Rücken, weil diese begann, die Verletzte wie ein kleines Kind anzuziehen. Noch immer kämpfte er mit den erotischen Gefühlen, die der Dämon in ihm geweckt hatte. Daher war er froh, als Manuela ihm meldete, dass sie aufbrechen könnten.

»Ich gehe mit der Taschenlampe voraus. Warnen Sie mich aber, wenn Sie etwas bemerken«, erklärte er ihr.

Zum ersten Mal seit vielen Stunden huschte der Anflug eines Lächelns über Manuelas Gesicht. »Haben Sie keine Angst, dass ich Sie betrügen könnte, so wie Sie es mir schon einmal vorgeworfen haben?«

»Ich glaube kaum, dass unsere jetzige Situation noch einen Anlass für Betrug bietet. Wir sitzen, um es derb auszudrücken, bis zum Hals in der Scheiße und wissen nicht, ob wir noch Boden unter den Füßen finden.«

»Das haben Sie ebenso drastisch wie treffend gesagt. Jetzt sollten wir aber schauen, dass wir diesen Ort verlassen. Der Dame hier geht es nämlich gar nicht gut!«

3

Die Morgendämmerung war im Osten bereits zu erahnen, als sie die Grenzen ihres Stadtteils erreichten. Hier gab es erneut Schwierigkeiten. Der Mann von der Bürgerwehr, dem Sandra die Waffe abgenommen hatte, hatte mittlerweile Verstärkung erhalten und sah alles andere als freundlich aus.

»Am liebsten würde ich Sie ja einsperren«, schnauzte er den Pater an.

»Und warum?«

»Wegen Verlassens Ihrer Wohnung und unseres Stadtteils bei Ausgangssperre!«

»Und wer hat die Ausgangssperre verhängt?«

»Wir in unserer Funktion als Bürgerwehr von Berg am Laim«, antwortete der Mann und grinste.

Pater Fabian beschloss, sich nicht provozieren zu lassen, sondern antwortete mit sturer Freundlichkeit. »Eine vernünftige Maßnahme. Aber da Sie die Ausgangssperre verhängt haben, werden Sie sicher auch die Ausnahmen kennen!«

»Welche Ausnahmen?«

»Polizeikräfte, Feuerwehr, medizinisches Personal und Seelsorger dürfen trotzdem raus. Übrigens herzlichen Dank, dass Sie uns Ihr Gewehr zur Verfügung gestellt haben. Es treiben sich wirklich üble Typen in der Stadt herum. Da kann man froh sein, dass Männer wie Sie uns beschützen. Aber jetzt gute Nacht – oder vielmehr guten Morgen!«

Mit diesen Worten wollte Pater Fabian weitergehen. Doch so rasch gab der Mann nicht auf. »Sie und das Mädchen können passieren. Die zwei aber sind fremd und haben daher keine Berechtigung, unseren Stadtteil zu betreten.«

Zum ersten Mal hob die Frau, die von den Männern des Dämons gequält worden war, den Kopf. »He, Sie da! Ich wohne in der Josephsburgstraße. Wenn das nicht Berg am Laim ist, was dann?«

»Haben Sie einen Ausweis?«, fragte der Mann scharf.

Die Frau suchte in ihren Taschen und brachte dann eine schon arg mitgenommene Plastikkarte zum Vorschein. »Reicht Ihnen das?«

»Sie können passieren. Aber was ist mit der?« Dabei zeigte der Mann auf Manuela.

»Wie war das mit medizinischem Personal?« Manuela versuchte, einigen Nachdruck in ihre Stimme zu legen, und es gelang ihr, den Mann zu verunsichern.

Der starrte ihre Kleidung an, die nicht gerade der einer Krankenschwester oder Ärztin entsprach, und wollte sie schon abweisen. Doch ein Blick in Manuelas aufflammende Augen brachte seinen Entschluss ins Wanken. »Also gut! Sie können herein. Aber Sie bekommen keine Bezugsmarken für Wasser und Lebensmittel hier in Berg am Laim!«

Es war eine kleinliche Rache, doch Manuela sah darüber hinweg. Für sie war es erst einmal wichtig, die gequälte Frau an einen Ort zu bringen, an dem diese sich sicher fühlen konnte. Außerdem interessierte sie sich für das kleine

Mädchen und, wie sie sich eingestand, auch für Pater Fabian, den sie bislang für einen stockkonservativen Kleriker gehalten hatte.

4

In Agnes' Wohnung nahmen sich die beiden alten Frauen der Verletzten an. Seitdem diese ihre Sprache wiedergefunden hatte, jammerte sie nahezu ununterbrochen, nach Hause zu müssen.

Manuela blieb im Wohnzimmer stehen und starrte an ihrer ruinierten Kleidung herab. »Ich sollte auch nach Hause gehen und etwas Sauberes anziehen.«

»Das würde ich Ihnen nicht raten«, antwortete Pater Fabian, der mit der jungen Frau über ihre Visionen reden wollte. »Ich weiß nicht, ob diese selbst ernannten Ordnungswächter Sie noch einmal in dieses Stadtviertel lassen.«

»Die Kerle nehmen sich verdammt viel heraus«, stellte Manuela verärgert fest.

Der Pater nickte. »Auf die Dauer dürften die Männer eine fast ebenso große Plage sein wie die Chaoten und Plünderer, vor denen sie uns beschützen wollen, nämlich dann, wenn ihnen die angemaßte Bedeutung zu Kopf steigt. Sie mutieren zu kleinen Tyrannen, die unter dem Vorwand von Recht und Ordnung die Leute unter Druck setzen und ausplündern. Wir können nur hoffen, dass die ganzen Probleme bereinigt werden, bevor es so weit kommt.«

Manuela trank von dem Tee, den Agnes auf einem offenen Feuer auf dem Balkon gekocht und ihr hingestellt hatte, und seufzte. Die alte Frau hatte bereits ihr Nachtkästchen geopfert, um Brennholz zu gewinnen, und machte sich daran, auch eine alte Kommode zu diesem Zweck auszuräumen. Für einen Augenblick sah Manuela ihr zu, doch dann musste sie wieder an ihre Bilder und Visionen denken. Diese ließen die Hoffnung des Paters reichlich unrealistisch erscheinen.

»Die Kerle werden uns leider erhalten bleiben, es sei denn, die Regierung nimmt endlich Vernunft an und setzt eigene Ordnungskräfte ein.«

»Sie wissen offensichtlich mehr als ich!« Pater Fabian hatte mittlerweile fast vergessen, dass er in ihr einmal eine Betrügerin gesehen hatte.

»Ich weiß nicht, wie viel Sie wissen. Auch bin ich mir nicht sicher, wie viel von dem, das ich gesehen habe, der Wahrheit entspricht. Ich würde mir wünschen, es wäre nicht so. Auf alle Fälle hängt die Katastrophe vorgestern mit diesem starken Sonnensturm und dem amerikanischen Weltraumexperiment zusammen. Gemeinsam haben diese Ereignisse eine Schockwelle erzeugt, die über die Erde gelaufen ist und sämtliche elektronischen Bauteile zerstört hat. Ich kenne mich da nicht so aus, aber ein früherer Freund von mir sagte, dass nur Maschinen, Autos und so weiter, die vor dem Jahr 1960 oder 1970 gebaut worden sind, ohne diese Elektronik auskamen.«

Der Pater rieb sich über die Stirn. »Dann muss man die Maschinen reparieren. Es muss doch in den Lagern der Industrie genug fertige Bauteile geben.«

»Die sind ebenfalls defekt. Außerdem nützt es nichts, neue zu erzeugen. Der Satellit strahlt immer noch seine Schockwelle auf die Erde ab. Die ist zwar nicht mehr so stark wie die erste, reicht aber aus, um jede Reparatur hinfällig werden zu lassen.«

Pater Fabian schüttelte den Kopf. »Es muss doch eine Möglichkeit geben, die wichtigsten Geräte wieder zum Laufen zu bringen! Die Menschheit darf einfach nicht wegen eines dummen Weltraumspielzeugs in die Steinzeit zurückfallen.«

»Dafür müsste man den Satelliten abschießen, und da liegt der Hund begraben. Ohne elektronische Steuerung kann keine Rakete ein Ziel im Orbit erreichen. Die Menschheit wird sich daran gewöhnen müssen, in den nächsten Jahrzehnten etwas einfacher zu leben. Vielleicht kann man altmodische Traktoren für die Landwirtschaft und einfache Autos und Lastwagen für den Verkehr bauen und dazu dampfgetriebene Eisenbahnen einsetzen. Die modernen Zeiten sind fürs Erste vorbei.«

Manuela gefiel das, was sie beinahe wie in Trance sagte, selbst nicht besonders. Aber es musste stimmen. So viel technisches Verständnis hatte sie ihrem verstorbenen Freund Nils zu verdanken. Zudem hatten die geistigen Ausflüge ins All ihr deutlich gezeigt, was der Menschheit bevorstand.

»Sie machen einem wahrlich Mut!« Der Pater schnaubte und griff zur Rumflasche, deren Inhalt Agnes eigentlich für den Tee bestimmt hatte. Nun aber brauchte er einen kräftigen Schluck, um den Vortrag zu verkraften.

Da ergriff Manuela schon wieder das Wort. »Da ist noch etwas, was mir fast noch mehr Angst macht. Ich habe in meinen Visionen die Tore der Geisterwelt gesehen. Sie funktionieren ebenfalls nicht mehr richtig. Oder, besser gesagt, sie funktionieren jetzt anders als früher. Normalerweise sind die Seelen der Toten durch sie hindurch in eine andere Welt gegangen. Doch der Weg ist ihnen jetzt versperrt. Dafür aber werden sich die Tore bald zu uns hin öffnen und Millionen und Abermillionen Geister in diese Welt zurückschicken. Einer dieser Geister, mit dem ich bei einer Séance gesprochen habe, sagte, sie würden wieder Gestalt annehmen und die Erde beherrschen.«

Mit einem Mal war es im Raum so still, als halte die Welt den Atem an. Pater Fabian erinnerte sich an seinen letzten misslungenen Exorzismus. Hatte der Dämon, der in die drei Frauen gefahren war, nicht dasselbe behauptet?

»Wenn das wirklich geschieht«, sagte er nach einer Weile, »wird hier die Hölle ausbrechen! Sollten die Wiedergänger sich dann auch noch in richtige Menschen zurückverwandeln, wird die Erde in wenigen Tagen wie von einem riesigen Heuschreckenschwarm leer gefressen. Danach geht alles zugrunde, und unsere Erde wird zu einem lebensfeindlichen Planeten, der vielleicht nicht einmal mehr von Geistern bewohnt werden kann. Dann ist der Jüngste Tag gekommen – aber anders, als wir geglaubt haben.«

»Was schlagen Sie vor? Sollen wir Gift nehmen oder uns aufhängen, damit es schneller geht?«

Manuela klang so mutlos, dass der Pater mit der flachen Hand auf den Tisch schlug. »Ich bin nicht bereit, so einfach aufzugeben. Ich werde kämpfen, solange noch Leben in mir ist.«

»Gegen Geister?«

»Auch gegen die!« Pater Fabians Augen blitzten entschlossen auf. »Ich habe schon einige Dämonen, die sich in unsere Welt verirrt hatten, dorthin zurückgeschickt, woher sie gekommen waren. Das werde ich auch weiterhin tun!«

»Damals standen die Tore zur Geisterwelt noch offen. Jetzt können die Geister der Toten nicht mehr hinein, so als hätten die Tore die Richtung gewechselt«, wandte Manuela ein.

Der Pater ballte die Rechte zur Faust. »Wenn die ein Mal geändert werden konnten, muss es möglich sein, sie ein zweites Mal umzupolen. Das sollte jetzt unsere vordringliche Aufgabe sein. Aber dafür müssen wir den Rücken freihaben. Das heißt, als Allererstes sollten wir Sorge dafür tragen, dass unsere Politiker endlich die entsprechenden Maßnahmen ergreifen. Solange sie darauf hoffen, dass doch noch jemand den richtigen Schalter findet und alles wieder wie auf Knopfdruck funktioniert, versinkt das Land nur weiter im Chaos.«

»Viel Glück, Hochwürden! Als ich den hohen Herrschaften genau das vorgeschlagen habe, bin ich im hohen Bogen aus der Staatskanzlei geflogen und bekam noch eine kräftige Portion Reizgas verpasst. Nur deswegen habe ich mich gänzlich umnachtet in den Englischen Garten verirrt. Wenn Sie nicht gekommen wären, wäre es mir schlecht ergangen.«

Manuela war immer noch so zornig, dass sie sich schwor, dem Ministerpräsidenten und seiner Kamarilla diese Behandlung nicht zu vergessen.

Auch dem Pater war klar, dass es nicht einfach sein würde, zu den Spitzen des Staates vorzudringen und diese von Dingen zu überzeugen, die sie normalerweise für die Ausgeburt einer kranken Phantasie hielten. Doch um der Zukunft des Landes, vielleicht sogar der ganzen Menschheit willen war er bereit, diesen Weg auf sich zu nehmen.

»Vielleicht habe ich mehr Glück als Sie«, sagte er zu Manuela. »Immerhin habe ich Ihnen zwei Dinge voraus. Zum einen bin ich ein Mann, und das zählt bei diesen Chauvinisten doppelt, und zum anderen Geistlicher. Sie werden mir zuhören müssen, wenn ich mit ihnen rede.«

»Ich würde es Ihnen und uns wünschen. Aber wie ich diese borniete Bande kenne, setzen die Sie ebenfalls vor die Tür und versammeln sich um ein Telefon, um auf den Anruf aus Berlin zu warten.«

Trotz der bedrückenden Situation musste der Pater lachen. »Sie stellen unseren Politikern ja ein entsetzlich schlechtes Zeugnis aus. Dabei sind es auch nur Menschen wie wir alle mit all ihren Hoffnungen und Ängsten. Wenn man vernünftig mit ihnen redet, hören sie einem auch zu.«

»Womit Sie wohl sagen wollen, dass ich nicht vernünftig mit ihnen geredet habe«, antwortete Manuela beleidigt.

Pater Fabian hob beschwichtigend die Hand. »Das habe ich so nicht gemeint. Ich wollte nur andeuten, dass man bei diesen Männern nicht mit der Tür ins Haus fallen darf. Sie nehmen sich nun einmal sehr wichtig und wollen nicht wie kleine Jungs behandelt werden.«

»Sie stellen sich aber wie kleine Jungs an!« Allein schon der Gedanke, dass man ihr nur deshalb nicht zugehört hatte, weil sie eine Frau war, brachte Manuela erneut auf die Palme. Dennoch wünschte sie dem Pater von Herzen Glück. Dann legte sie sich auf die Couch, um ein wenig Schlaf nachzuholen.

Pater Fabian blickte auf die junge Frau hinab, die zu seiner Verbündeten geworden war, und sagte sich, dass die Wege des Herrn einem Menschen wahrlich seltsam erscheinen mochten. Eine Esoterikerin wie Manuela und er als katholischer Priester bildeten ein bizarres Team.

5

Während Manuela in visionäre Träume versank, verließ Pater Fabian die Wohnung und ging in Richtung Innenstadt. Wie nicht anders erwartet wurde er erneut von einem Posten der Bürgerwehr von Berg am Laim aufgehalten. Der Anführer trat ihm in den Weg und schnauzte ihn an. »Diesmal bringen Sie niemand mehr mit, verstanden! Wir wissen nicht einmal, wie wir die eigenen Leute ernähren sollen.«

Der Ausdruck ›die eigenen Leute‹ missfiel dem Pater sehr, offenbar waren die Männer, die hier für Ruhe und Ordnung sorgen wollten, bereit, diesen Kreis immer enger zu ziehen, bis nur noch sie und ihre engsten Angehörigen damit gemeint waren. Was mit dem Rest der Bewohner dieses Stadtteils geschah, würde sie dann nicht mehr interessieren. Man bräuchte wirklich dringend geschulte Polizeikräfte oder auch an Disziplin gewöhnte Soldaten der Bundeswehr. Diese würden alle Bewohner gleichbehandeln. Zwar würde es wenig geben, aber für jeden etwas. Im Moment dagegen sah es so aus, als würde eine gewisse Gruppe gut leben und der Rest …

Der Pater brach den unerfreulichen Gedankengang ab und sagte sich, dass er den Ministerpräsidenten oder wenigstens den Oberbürgermeister dazu bringen musste, diese selbst ernannten Ordnungshüter in ihre Schranken zu weisen.

Mit einem freundlichen Lächeln, das ihn viel Kraft kostete, sah er den Mann der Bürgerwehr an. »Es ist meine Aufgabe, mich um die Mühseligen und Beladenen zu kümmern.«

»Sie können ruhig Beladene mitbringen, wenn sie mit den richtigen Sachen beladen sind!« Der Sprecher stieß einen seiner Kameraden an, als erwarte er dessen Zustimmung. Doch dieser hatte keinen Sinn für Späße, sondern musterte Pater Fabian grimmig. Am liebsten hätte er ihm gesagt, er sollte sich hier nicht mehr blicken lassen. Immerhin stellte der Geistliche mit seinen Aktionen ihre angemaßte Autorität infrage und würde auch in Zukunft als unangenehmer Mahner auftreten.

Pater Fabian las den Männern die Gedanken von der Stirn ab. Sie hatten ihre Bürgerwehr vor kaum mehr als vierundzwanzig Stunden gegründet, waren aber bereits jetzt von der Macht berauscht, die sie damit errungen hatten. Ihm war klar, dass er sich trotz seiner Kutte vor ihnen hüten musste. Daher nickte er ihnen scheinbar freundlich zu und ging weiter.

Kurze Zeit später kam die Staatskanzlei in Sicht und er begegnete den ersten Polizisten. Diese waren dabei, die Umgebung um das Regierungsviertel weiträumig abzusperren. Nicht weit davon entfernt wurde eine Gruppe von Demonstranten von der Bereitschaftspolizei zurückgetrieben. Die Beamten setzten Gummigeschosse und Reizgasgranaten ein, als hätten sie es mit Randalierern zu tun. Dabei hatten diese Menschen nur eine Antwort auf die Fragen eingefordert, die alle hier bewegten.

Der Pater schüttelte verständnislos den Kopf. Es brachte wenig, wenn die Spitzen des Staates sich hier einigelten. Damit bewiesen sie dem Volk nur ihre Hilflosigkeit und bestätigten sowohl die Randalierer und Plünderer wie auch die aus dem Boden schießenden Bürgerwehren, so weiterzumachen wie bisher.

Ein Polizist wurde auf Pater Fabian aufmerksam und sah ihm mit verkniffenen Gesichtszügen entgegen. Bevor er etwas sagen konnte, hob der Geistliche die Hand und schlug das Kreuz in die Luft.

»Gottes Segen sei mit dir, mein Sohn, und mit all deinen Kameraden.«

Verblüfft hielten die Polizisten mit dem Aufrichten der Barrikaden inne.

»Was wünschen Sie?«, fragte der Ranghöchste von ihnen.

»Mein Name ist Pater Fabian. Ich möchte Herrn Maierhammer sprechen.« Absichtlich nannte der Pater keinen der hohen Herren an der Spitze des Staates, sondern einen Beamten mittlerer Bedeutung, den er vor einigen Monaten bei einer kirchlichen Veranstaltung kennengelernt hatte.

»Sie werden verstehen, dass wir hier nachfragen müssen. Wenn Sie so lange warten wollen!« Der Staffelführer bestimmte einen seiner Männer, in die Staatkanzlei zu gehen und Herrn Maierhammer zu fragen, ob dieser den Besucher empfangen wollte. Pater Fabian übte sich derweil in Geduld.

6

Der Polizist kam so rasch zurück, als habe er Flügel. »Herr Maierhammer freut sich, dass Sie gekommen sind«, rief er Pater Fabian schon von Weitem zu.

Dieser wartete, bis andere Polizisten das Barrikadenelement vor ihm beiseitegeräumt hatten, und schritt dann auf den Eingang der Staatskanzlei zu. Noch war es zu früh aufzuatmen, denn so weit war Manuela auch gekommen. Für ihn galt es jetzt, Maierhammer von ihren Erkenntnissen zu überzeugen.

Ein Leibwächter nahm den Pater in Empfang. »Heben Sie die Arme und strecken Sie diese waagrecht zur Seite«, befahl er und klopfte den Besucher ab. Dabei ging er äußerst gründlich vor und scheute selbst vor dessen intimsten Körperteilen nicht zurück. Als er endlich beiseitetrat, hatte Fabian fast das Gefühl, der Leibwächter bedaure, nichts gefunden zu haben.

»Sie können passieren. Herr Maierhammer sitzt im Büro 3/3.«

»Und wo finde ich dieses Drei Strich Drei?«, fragte der Pater freundlich, obwohl er innerlich die Zähne zusammenbeißen musste.

»Büro Nummer drei im dritten Stock!«

»Höflich klingt anders«, dachte der Pater, hielt aber dem Mann den Stress zugute, dem dieser ausgesetzt war. Er vollzog eine segnende Geste und wandte sich unwillkürlich dem Aufzug zu. Noch bevor er die Hand nach der Tür ausstrecken konnte, begriff er die Sinnlosigkeit seines Tuns und stieg die Treppe hinauf.

»Die großen Bosse, die ihre Büros stets ganz oben haben, müssen in diesen Tagen einiges für ihre Kondition tun«, dachte er mit einem leicht boshaften Lächeln. Möglicherweise verkrochen sie sich aber auch dort oben vor dem Volk. Damit verloren sie den letzten Kontakt zu den Bürgern, die sie gewählt hatten und die auch in dieser Situation nicht behandelt werden wollten wie Leibeigene.

Beinahe wäre er am dritten Geschoss vorbeigestiegen, besann sich aber noch rechtzeitig und trat in den Flur. Dort war es beängstigend still. Nur weiter vorne, wo er die Kaffeeküche vermutete, unterhielten sich zwei Frauen leise miteinander. Der Pater fühlte ihre Angst und hätte ihnen gerne Mut zugesprochen. Da öffnete sich die Tür des Büros Nummer drei und Maierhammer schaute heraus.

»Ich habe mir doch gedacht, dass ich etwas höre. Herzlich willkommen, Hochwürden! Ich hoffe, Sie bringen gute Nachrichten. Schlechte haben wir nämlich selbst mehr als genug.« Der Beamte lachte darüber wie über einen guten Witz, konnte seine Anspannung aber nicht übertünchen. Er führte den Pater ins Büro und bat diesen, Platz zu nehmen.

»Darf ich Ihnen einen Kaffee anbieten?«, fragte er.

»Gerne, wenn Sie unter diesen Umständen so etwas haben.«

»Derzeit haben wir noch Kaffee und Trinkwasser. Unsere Vorräte reichen für ein paar Wochen, müssen Sie wissen.«

»Damit sind Sie besser dran als die Masse der Bevölkerung. Deren Vorräte werden viel früher aufgebraucht sein!« Der Pater sah, wie der Mann betroffen den Kopf abwandte, eilig aufstand und auf dem Flur verschwand.

Allein bei dem Gedanken an einen heißen Kaffee lief dem Pater das Wasser im Mund zusammen. Agnes, die ihre Kaffeebohnen stets frisch mit der Maschine gemahlen hatte, konnte derzeit nur Tee kochen. Nun fragte er sich, durch welches Wunder die Leute in der Staatskanzlei an heißen Kaffee kamen.

Neugierig sah sich der Pater um. Maierhammer zählte zu den vielen mittleren Beamten in der Staatskanzlei, verfügte aber über ein imponierendes Büro mit modernem Schreibtisch und bequemen Bürosesseln. Auch die Computeranlage hätte noch vor wenigen Tagen das Herz der meisten Fachleute höherschlagen lassen. Nun hatte man sie in eine Ecke geschoben, während auf dem Tisch mehrere Landkarten und Stadtpläne sowie etliche dicht mit Kugelschreiber beschriebene Blätter lagen. Wie es aussah, hatte Maierhammer sich bereits Gedanken gemacht, wie man die Bevölkerung in dieser Situation versorgen und Plünderungen unterbinden konnte.

Ein Geräusch auf dem Flur brachte den Pater dazu, sich hinzusetzen und so auszusehen, als habe er gelangweilt gewartet.

Maierhammer trat ein und jonglierte dabei ein Tablett mit zwei Kaffeetassen, einer Zuckerdose und Kondensmilch. Mit einem zufriedenen Lächeln stellte er es auf eine ausgebreitete Landkarte. »Einer unserer Hausmeister hat einen alten Kanonenofen im Keller gefunden, und irgendwo gab es sogar noch Kohlen. Die gehen uns wahrscheinlich als Erstes aus. Immerhin wird damit für die Spitzen des bayrischen Staates und der Stadt München gekocht. Nachrangige Chargen bekommen nur kaltes Essen, aber sie werden mit einigen Tassen Kaffee ruhig gehalten.«

Maierhammer lachte erneut, als hätte er einen Witz gemacht, und gab dann Milch und Zucker in seine Tasse.

Pater Fabian tat es ihm gleich, rührte seinen Kaffee mit einem Edelstahllöffel um und blickte dann dem Beamten direkt ins Gesicht. »Was haben Sie beziehungsweise die Staatsregierung über diese Katastrophe herausgefunden?«

»Im Grunde nur, dass sie geschehen ist. Auf gut Deutsch: Wir wissen rein gar nichts. Das macht die Sache ja so schlimm.« Diesmal lachte Maierhammer nicht, und die Furchen in seinem Gesicht ließen ihn mit einem Mal zehn Jahre älter erscheinen.

Ganz hatte er seinen Humor jedoch nicht verloren. »Der persönliche Referent des Ministerpräsidenten schreibt zwar eine Rede nach der anderen, doch ohne Radio und Fernsehen kann der Chef sie nicht halten. Jetzt wartet er verzweifelt auf ein Zeichen aus Berlin.«

»Darauf kann er möglicherweise sehr lange warten«, sagte Pater Fabian in gedehntem Tonfall.

Maierhammer ruckte hoch. »Wissen Sie mehr als wir?«

»Wenn Sie es Wissen nennen wollen – ja! Haben Sie sich schon überlegt, dass die Sache auch eine übernatürliche Ursache haben könnte, die nicht nur uns in Deutschland, sondern die ganze Welt betrifft?« Der Pater behielt sein Gegenüber scharf im Auge, um jede Regung sofort wahrzunehmen. Jetzt galt es: Entweder ließ Maierhammer ihn weiterreden, oder er war ebenso wie Manuela umsonst hierhergekommen.

»Mein lieber Pater Fabian, ich weiß zwar, dass Sie als Exorzist arbeiten. Aber Geister gibt es doch nur in der menschlichen Phantasie.« Maierhammer lachte leise, brach dann aber ab und musterte den Besucher nachdenklich. »Was genau wollen Sie sagen?«

»Die Katastrophe ist die Folge des unglücklichen Zusammentreffens zweier Faktoren: Es gab einen besonders starken Sonnenwind, und dazu kam das missglückte Experiment mit einem amerikanischen Satelliten. Beides zusammen hat einen weltweiten Ausfall sämtlicher elektronischer Anlagen erzeugt, und zwar so total, dass kein einziger Chip diesen Energiestoß überstanden hat.«

»Das hat aber nichts mit Geistern zu tun!«, wandte Maierhammer ein.

»Das nicht, aber die Art, wie wir auf diese Verkettung der Ereignisse aufmerksam geworden sind. Das geschah nämlich durch Visionen, die nicht nur ich hatte, sondern auch eine junge Frau und ein begabtes Kind«, erklärte der Pater.

Sein Gegenüber pfiff durch die Zähne. »Läuft die junge Frau vielleicht in violetten Jeans und einem T-Shirt mit Pentagramm durch die Gegend?«

»Jetzt nicht mehr, nachdem sie ihre Sachen durch die liebevolle Behandlung hier vollgespuckt hat!« Pater Fabians Stimme klirrte. Auch wenn man Manuela für überdreht gehalten hatte, war dies unverzeihlich.

Maierhammer zog den Kopf ein. »Die Leute hier sind halt nervös, und das ist angesichts dessen, was passiert ist, doch kein Wunder.«

»Das ist noch lange kein Grund, harmlose Leute zu verprügeln und mit Reizgas vollzupumpen! Die Männer können übrigens von Glück sagen. Die junge Hexe hat nämlich Kräfte, mit denen sie sich hätte wehren können. Ich habe erlebt, wie ein Dutzend Kerle vor ihr davongelaufen ist!« Pater Fabian wollte noch mehr sagen, doch da klatschte sich der Beamte mit der flachen Hand gegen die Stirn.

»So viel Glück haben die Leibwächter, die sie hinausgeschafft hatten, auch wieder nicht gehabt. Einer ist bei der Rückkehr auf der obersten Treppenstufe ausgerutscht und hat sich beim Sturz schwer verletzt. Und der andere hatte einen Herzanfall und ist dem Tod nur knapp von der Schippe gesprungen.« Er schüttelte den Kopf, als könnte er das Geschehene selbst nicht begreifen. »Übrigens hat der Ministerpräsident, nachdem die Hexe, wie Sie sie nennen, fortgeschafft worden ist, starke Magenkrämpfe bekommen und heftig erbrochen. Glauben Sie wirklich, dafür wäre die junge Frau verantwortlich gewesen?«

»Sicher nicht bewusst! Aber ihr Ärger darüber, wie sie hier behandelt worden ist, hat möglicherweise ihre Kräfte unwillkürlich freigesetzt, sodass diese auf die drei Personen zurückgeschlagen haben. Wie es aussieht, werden diese Fähigkeiten bei ihr, aber auch bei der kleinen Sandra immer stärker. Und das ist gut so, denn wir werden die beiden noch dringend brauchen.«

Maierhammer öffnete bereits den Mund, als wolle er ihn unterbrechen, hörte dann aber doch weiter zu. Als Pater Fabian die Tore der Geisterwelt erwähnte, verzog er sein Gesicht zu einem überlegenen Lächeln. »Sie erwarten doch nicht, dass ich Ihnen so ein Ammenmärchen abnehme. Das geht nun wirklich zu weit. Trotzdem will ich Ihnen eine Chance geben! In dieser Situation kann ich es mir einfach nicht leisten, Sie wegzuschicken. Ihre Erklärung der Katastrophe klingt nämlich logisch. In jedem Fall ist es eine Theorie, die man ins Auge fassen sollte.« Er ließ Pater Fabian nicht zu Worte kommen. »Ich werde Ihnen und Ihren Bekannten ein Gebäude im Staatsbesitz als vorläufiges Quartier anweisen und Ihnen Lebensmittel zuteilen lassen. Außerdem bekommen Sie Polizisten als Personenschutz. Als Gegenleistung verlange ich, dass Sie mir ein möglichst genaues Bild der Lage in unserem Land erstellen und – wenn irgend möglich – Kontakt mit der Bundesregierung in Berlin aufnehmen. Ich weiß zwar nicht, wie Sie das schaffen wollen, aber jemand, der angeblich bis ans andere Ende der Welt schauen kann, ist wohl alles zuzutrauen. Wenn ich weiß, was dort veranlasst wurde, kann ich auch hier in Bayern die entsprechenden Maßnahmen anleiern. Es gibt außer mir einige Beamte und Politiker, auch in der Nähe des Ministerpräsidenten, die es leid sind, dass nichts geschieht. Sind Sie damit einverstanden?«

Im ersten Augenblick war Pater Fabian enttäuscht, sagte sich dann aber, dass Manuela, das Kind und die beiden Frauen damit erst einmal aus dem Machtbereich der Bürgerwehr von Berg am Laim herauskamen und versorgt sein würden. Trotzdem hatte er das Gefühl, gegen Windmühlen ankämpfen zu müssen.

»Sie haben Augen, doch sie sehen nicht, sie haben Ohren, doch sie hören nicht, auch hat der Herr ihnen Verstand gegeben, doch sie benützen ihn nicht«, murmelte er leise vor sich hin.

»Was haben Sie gesagt?«, fragte Maierhammer.

»Nichts! Nur ein wenig laut gedacht. Wenn Sie nichts dagegen haben, werde ich jetzt meine Mitstreiterinnen holen. Ich bräuchte nur noch die Adresse, an die wir uns wenden sollen.«

»Die gebe ich Ihnen gleich. Außerdem besorge ich Ihnen

ein paar Leibwächter.« Maierhammer griff automatisch zum Telefon, schüttelte dann lächelnd den Kopf und schrieb ein paar Zeilen auf einen Zettel.

»Geben Sie das dem nächsten Polizeibeamten. Er wird das Weitere veranlassen. Und damit auf baldiges Wiedersehen!«

»Auf Wiedersehen.« Der Pater wusste nicht so recht, was er von Maierhammer halten sollte. War der Mann nur ein ehrgeiziger Beamter, der mithilfe der Informationen, die Manuela und er diesem besorgen sollten, die Karriereleiter emporsteigen wollte? Oder plante er gar einen Putsch gegen die Spitzenpolitiker des Landes, die in dieser Situation kein besonders gutes Bild abgegeben hatten?

7

Von vier Polizisten begleitet kehrte Pater Fabian nach Berg am Laim zurück und amüsierte sich insgeheim über die verdatterten Mienen der Bürgerwehr, die die Grenze des Stadtteils überwachte. Bevor auch nur einer von ihnen ein Wort sagen konnte, stellte sich einer der Polizisten breitbeinig vor sie hin.

»Ich teile Ihnen mit, dass ich damit beauftragt worden bin, die Ordnung in Berg am Laim aufrechtzuerhalten, und freue mich, dass sich so viele Bürger bereit erklärt haben, dabei mitzuhelfen. Sorgen Sie dafür, dass sich alle Mann der Bürgerwehr heute Nachmittag um fünfzehn Uhr in der Ludwig-Thoma-Realschule einfinden. Dort werden Sie vereidigt und erhalten Ihre Aufgaben zugewiesen.«

Die Männer schluckten. Bis jetzt hatten sie einen leichten Job gehabt. Aber das klang nicht so, als würden sie weiterhin gemütlich zusammensitzen und Schnaps und Bier aus den in Supermärkten konfiszierten Vorräten trinken können.

Der Pater war froh, dass die selbst ernannten Ordnungshüter an die Kandare genommen wurden. Damit konnten endlich die dringend notwendigen Arbeiten in Angriff genommen werden.

Während zwei Polizeibeamte bei der Bürgerwehr zurückblieben, begleiteten die beiden anderen Pater Fabian zu Agnes' Wohnung.

Die alte Frau blinzelte ein wenig, als sie die in den letzten Tagen doch arg vermissten grünen Uniformen sah, und warf dem Pater einen fragenden Blick zu. »Was ist los?«

»Wir werden umziehen, und zwar auf Staatskosten. Packen Sie alles zusammen, was wir brauchen. Lieselotte und Manuela sollen Ihnen helfen. Ich werde derweil ...«

»Ebenfalls beim Packen helfen!«, unterbrach Manuela ihn. Es hätte ihr noch gefehlt, dass der Pater jetzt den Macho herauskehrte und den Frauen die ganze Arbeit überließ.

Pater Fabian lächelte sanft. »Natürlich helfe ich mit. Ich wollte nur vorher ein kurzes Gebet sprechen.«

»Das können Sie. Das heißt, wenn es kurz genug ist!« Manuela lächelte ironisch. »Aber vorher erzählen Sie mir, wie es in der Staatskanzlei gelaufen ist. Haben Sie den Ministerpräsidenten überzeugen können?«

»Den Herrn habe ich nicht zu Gesicht bekommen. Aber ein paar Beamte wollen mit uns zusammenarbeiten. Deshalb ziehen wir auch um. Doch nun wollen wir beten und dann packen.«

Manuela blieb misstrauisch, fand aber danach nichts an Pater Fabian auszusetzen. Zwar kniete er sich im Wohnzimmer hin und betete, stand aber zwei Minuten später wieder auf und packte tatkräftig mit an.

Mittendrin aber stutzte er und sah sich suchend um. »Wo ist die verletzte Frau aus dem Englischen Garten?«

Agnes hob hilflos die Hände. »Sie wollte unbedingt nach Hause und hat sich nicht zurückhalten lassen. Angeblich wohnt dort eine Schwester, die ihr hilft.«

»Hoffen wir, dass sie recht hat. Ich werde die Frau in meine Gebete einschließen.« Pater Fabian schlug das Kreuz.

Nach einer guten halben Stunde konnten sie sich auf den Weg machen. Da Manuelas Kleidung zu stark verschmutzt war, steckte sie nun in einem knielangen Rock, der ihr um die Hüften zu weit war, und einer Bluse mit zu kurzen Ärmeln. Beides stammte aus Agnes' Kleiderschrank.

Manuela sah den fragenden Blick des Paters auf sich gerichtet. »Zu meiner Wohnung wollte ich nicht, da mich die Bürgerwehrheinis sicher nicht mehr in diesen Stadtteil gelassen hätten, und es war nicht möglich, hier etwas zu kaufen«, erklärte sie.

Da der Pater verwirrt wirkte, schaltete sich seine Tante ein. »Während du unterwegs warst, haben wir ein Modegeschäft aufgesucht. Obwohl es dort wirklich hübsche Sachen gab, wollte die Besitzerin uns nichts für Geld verkaufen, sondern Lebensmittel oder Mineralwasser haben. Aber davon haben wir selbst nicht genug.«

Der Pater dachte an das Versprechen, das Maierhammer ihm gegeben hatte, und fragte. »Wie viel will die Frau?«

»Mehr als zwei Drittel von dem, was wir haben.«

»Nehmt die Sachen und bringt sie ihr. Dann müssen wir sie nicht so weit schleppen. Es gibt zwar genug Esel in Bayern, doch leider steht gerade keiner vor unserer Haustür!« Pater Fabian lachte ähnlich wie Maierhammer und entschuldigte sich dann. »Mit den Eseln sind keine Anwesenden gemeint. Aber jetzt sollten wir uns auf den Weg machen. Es gibt einiges zu tun.«

»Die Herren haben Ihnen also tatsächlich geglaubt?« Manuela war der bittere Zug auf Pater Fabians Gesicht nicht entgangen.

»Ganz hat man mir unser Wissen nicht abgenommen. Aber darüber sollten wir reden, wenn wir umgezogen sind. Auf jeden Fall sind wir jetzt besser dran als vorher. Was danach kommt, müssen wir sehen. Windmühlen gibt es leider nicht nur in Holland und Spanien. Zumindest habe ich das Gefühl, gegen einige davon kämpfen zu müssen. Aber wir dürfen nicht aufgeben!«

Die Stimme des Paters nahm einen beschwörenden Klang an, dem sich Manuela nicht entziehen konnte. »Also gut. Wandern wir! Allerdings brauchen wir entweder Sie oder wirklich einen Esel zum Tragen. Allein können Lieselotte, Agnes und ich nicht alles schleppen.«

»Keine Sorge, ich nehme auch einen Teil. Zur Not haben wir ja auch noch unsere beiden Vollzugsbeamten.«

Die beiden Polizisten sahen zwar nicht so aus, als würden sie sich freuen, dreißig bis vierzig Kilo Gepäck durch die Stadt tragen zu müssen, aber sie griffen ohne Murren zu.

Als Erstes suchten sie das Modegeschäft auf. Dort reduzierte die durch die Polizeibeamten eingeschüchterte Besitzerin ihre Forderungen so weit, dass Manuela sogar noch Ersatzkleidung mitnehmen konnte.

Danach ging es auf kürzestem Weg zur Maximiliansbrücke. Als sie diese passierten, sah Pater Fabian auf der anderen Seite einen Mann, der sie mit düsteren Blicken anstarrte. Es war der Wirt des Dämons, den Manuela und er in der vorigen Nacht im Englischen Garten vertrieben hatten. Hass schlug aus seinen Augen, aber auch Hohn, und Pater Fabian, Manuela und Sandra vernahmen seine lautlose Stimme in ihren Köpfen.

»Freut euch nicht zu früh! Das Tor öffnet sich bereits, und die Ersten kommen herüber. In ein paar Wochen geht es euch an den Kragen. Dann werde ich mir für euch drei etwas ganz Besonderes einfallen lassen.«

Während Manuela und das Mädchen sich angewidert abwandten, fixierte der Pater den Dämon. »Verschwinde!«

Er sagte es nicht laut, sondern dachte es nur und setzte eine seiner Erfahrung nach wirksame Formel hinzu. Zwar hatte diese bei dem geplanten Exorzismus vor zwei Tagen versagt. Aber nun spürte Pater Fabian, dass seine Kräfte gewachsen waren und dem Dämon zusetzten.

Dieser wich bis in die Steinsdorfstraße zurück, drehte sich um und eilte davon. Doch er sandte der Gruppe noch einen letzten Gruß. »Glaubt ja nicht, dass ihr eine Chance habt. Wir werden euch alle vernichten!«

»Nicht, wenn ich es verhindern kann!«, dachte der Pater intensiv, damit der Dämon es noch wahrnahm.

Er bedauerte, dass das kurze, geistige Duell völlig an den beiden Polizisten vorbeigegangen war, denn sie wären gute Zeugen gewesen und hätten Maierhammer ihre Eindrücke schildern können. So aber würden Manuela, Sandra und er das Vertrauen des Beamten auf andere Weise gewinnen müssen.

8

Manuela und ihre Begleiter wurden in der Oberforstdirektion an der Maximiliansstraße untergebracht, deren größter Luxus eine im Hof ausgehobene Latrine war. Zumindest machte diese Errungenschaft es unnötig, sich ein nicht einsehbares Eckchen zu suchen, um sich dort zu erleichtern. Zwar mussten sie mit Luftmatratzen und Schlafsäcken vorliebnehmen, doch abgesehen davon war die Versorgung nicht schlecht. Maierhammer hatte ihnen aus den geheimen Vorräten des Staates mehrere Dutzend Zehnliterkanister mit Trinkwasser sowie Konservendosen für einige Monate zukommen lassen. Dazu stapelten sich in den ihnen zugewiesenen Räumen Pakete mit Schokolade und Kaffee, ein paar Kisten Wein und sogar Zigaretten. Letztere fanden keinen Abnehmer, da niemand rauchte.

Sie nützten die Gelegenheit, zum ersten Mal seit zwei Tagen genug zu trinken und auch den nagenden Hunger zu stillen. Als sie satt waren, versammelten sie sich in dem Raum, den Pater Fabian zum gemeinsamen Arbeitszimmer bestimmt hatte. Während er Agnes und Lieselotte bat, etwas weiter hinten Platz zu nehmen, rief er Manuela und Sandra zu sich.

»Ist sie nicht noch zu jung?«, fragte Manuela mit einem Seitenblick auf die Kleine.

»Sandra ist für ihr Alter sehr verständig, vor allem aber verfügt sie ebenso wie wir über besondere Fähigkeiten. Wir können nicht auf sie verzichten!« Der Pater wollte noch mehr sagen, wurde aber von Manuela unterbrochen.

»Endlich geben Sie zu, dass ich tatsächlich übernatürliche Kräfte habe. Das ist ein gewaltiger Fortschritt zu damals, als Sie mich als Betrügerin vor Gericht bringen wollten.«

»Müssen Sie unbedingt diese alten Kamellen aufwärmen?«, fragte Pater Fabian verärgert. »Ich habe nach meinem damaligen Wissensstand gehandelt. Vorwerfen muss ich mir höchstens, dass ich nicht das Gespräch mit Ihnen gesucht habe. Vielleicht hätten Sie mich von Ihren besonderen Kräften überzeugen können. Aber jetzt kommen Sie! Unsere Freunde im Ministerium haben dafür gesorgt, dass es uns im Gegensatz zur Masse der Bevölkerung recht gut geht. Dafür müssen wir aber Leistungen erbringen.«

»Was für Leistungen?«, fragte Manuela misstrauisch.

»Informationen! Unser Gönner erwartet, dass wir unseren magischen Blick über das Land schweifen lassen. Er hofft, mit unseren Berichten das in der Stadt und wahrscheinlich auch im ganzen Freistaat herrschende Chaos in den Griff zu bekommen.«

Manuela schüttelte den Kopf. »Wie es im Umland aussieht,

kann ihnen jeder sagen, der mit dem Fahrrad hinausfährt. Mir ist es wichtiger herausfinden, wie wir die Geistertore wieder in Ordnung bringen können – zumindest das hier in Deutschland.«

»Das gehört nicht zu unseren Aufgaben. Oder anders gesagt, wir müssen es im Geheimen herausfinden. Die Beschäftigung mit dem Geistertor darf uns nicht daran hindern, Maierhammer Ergebnisse zu liefern. Sonst setzt er uns auf die Straße, und wir dürfen wieder nach Berg am Laim zurückkehren.«

»Also gut! Was will unser edler Spender von uns wissen?«, fragte Manuela mit einem traurigen Lächeln.

»Erst einmal verlangt er einen allgemeinen Überblick über das Land und eventuell Informationen über das, was die Bundesregierung in Berlin veranlasst hat.«

»Wenn es sonst nichts ist!« Manuela fühlte bitteren Spott in sich aufsteigen, doch der vorwurfsvolle Blick des Paters brachte sie dazu, sich zusammenzunehmen. »Und wie soll das gehen?«

»Entweder schauen wir einzeln, ob wir Visionen bekommen, oder wir veranstalten so etwas wie eine Séance«, schlug er vor.

»Eine Séance wäre mir lieber. Wenn jeder das Gleiche sieht, wissen wir wenigstens, dass es stimmen kann.« Manuela bat einen Polizisten, rote und blaue Kreide sowie verschiedenfarbige Kerzen zu besorgen, und bereitete in der Zwischenzeit den Tisch für die Beschwörung vor.

Eine gute Stunde später kam der Beamte zurück und brachte das Verlangte. Manuela bedankte sich bei ihm, bemerkte dann seinen sehnsüchtigen Blick zu den Zigaretten und reichte ihm eine Schachtel. »Hier! Damit Sie nicht umsonst gelaufen sind!«

»Danke!« Der Polizist nickte Manuela freundlich zu und riss noch im Hinausgehen die Packung auf.

»Das Zeug ist zwar nicht gesund, aber wenigstens macht es ihn glücklich«, spöttelte Manuela, konzentrierte sich dann und zeichnete ein Pentagramm auf den Tisch. Nachdem sie die Kerzen aufgestellt und angezündet hatte, streckte sie die Arme aus.

»Wir müssen uns an den Händen fassen und versuchen, an nichts zu denken. Sobald einer von euch etwas sieht, soll er mit dem rechten Fuß dreimal auf den Boden klopfen. Habt ihr verstanden?« Manuela sah den Pater und das Mädchen auffordernd an.

Obwohl Sandra noch viel zu jung für eine Séance war, war Manuela damit einverstanden, sie von Anfang an mit einzubinden. Die Sinne des Mädchens waren noch unverfälscht, während die des Paters durch seine einseitige Ausbildung arg abgestumpft waren. Sandra hatte trotz ihrer Angst einflößenden Visionen keine Scheu davor mitzumachen und beteuerte, sie habe alles verstanden.

»Sehr gut!« Manuela nahm die rechte Hand des Mädchens und die linke des Paters und seufzte, als sie die Ausstrahlung der beiden spürte. Eigentlich waren sie nicht in der Verfassung für eine Séance. Das Mädchen bebte innerlich vor Angst, während der Mann wie eine zu straff gespannte Klaviersaite wirkte.

»Ihr müsst euch entspannen!«, bat Manuela leise, schloss die Augen und schaute in sich selbst hinein.

Auch sie war stark aufgewühlt, doch dank ihres langen Trainings gelang es ihr, alle Gedanken beiseitezuschieben, bis ihr Kopf so leer war wie ein frisch gebrannter Tonkrug. Es war, als spränge ihr eigenes Befinden auf ihre beiden Partner über, denn sie wurden ebenfalls ruhig. Daher brauchten sie nicht lange zu warten, bis sich etwas tat.

9

Manuela schwebte auf einmal hoch über München und blickte auf eine Stadt hinunter, die in großen Teilen wie ausgestorben dalag. Nur an vereinzelten Stellen regte sich Leben. Hie und da versuchten Polizisten zu Fuß, Ruhe und Ordnung wiederherzustellen, und einzelne Menschen waren auf der Suche nach Essbarem und Trinkwasser. Die Knüppel, Fahrradketten und Pistolen, die einige bei sich trugen, verrieten deutlich, dass sie sich das, was sie brauchten, auch mit Gewalt nehmen würden.

»Wir müssen uns die Straßen und Stadtviertel merken, in denen Plünderer herumstreifen, um sie melden zu können«, vernahm Manuela Pater Fabians Stimme in ihrem Kopf.

Also war sie nicht allein auf die geistige Reise gegangen. Nun spürte sie auch Sandras Nähe. Die ungewohnte Situation hatte das Kind in Panik versetzt. Besorgt richtete Manuela ihre Gedanken auf die Kleine und atmete erleichtert auf, als sie deren Frage vernahm: »Manuela, bist du es?«

»Ich bin bei dir, Schätzchen. Du brauchst keine Angst zu haben.«

»Ich habe keine Angst«, antwortete Sandra nicht ganz wahrheitsgetreu, beruhigte sich aber zusehends. Daher widmete Manuela sich jetzt ihrer Umgebung und begann, ihren magischen Blick zu steuern.

Zu Beginn war ihr, als müsse sie gegen starke Gummibänder ankämpfen, die ihren Geist immer wieder in den Körper zurückziehen wollten. Doch sie gab nicht auf. Nach einer Weile entdeckte sie den Mann, den der noch namenlose Dämon sich als Wirtskörper ausgesucht hatte. Er saß am Ufer der Isar und kaute auf etwas herum, das wie das Bein eines Schwans aussah. Das Fleisch war roh und so blutig, dass Manuela übel wurde.

»Lass den Kerl«, befahl Pater Fabian, bevor sie ihre Konzentration verlieren konnte.

»Danke! Aber ich teile nun deine Sorge, dass dieser Dämon uns noch einigen Ärger bereiten wird.« Obwohl sie als magischer Geist unterwegs war, atmete Manuela tief durch und wandte sich dann dem Haus zu, in dem Deta Knacke von ihr gefordert hatte, Verbindung mit der Geisterwelt aufzunehmen.

Sie nahm die magische Ausstrahlung der alten Hexe auf Anhieb wahr und spürte, dass diese ihre Wohnung mit einem Schutzwall aus Abwehr- und Bannsprüchen gesichert hatte. Zwar glaubte sie, diesen Wall durchbrechen zu können, wollte es aber nicht auf einen Kampf ankommen lassen. Daher stieg sie wieder in die Höhe, schwebte stadtauswärts und begann, in immer größeren Schleifen um München zu kreisen.

Während im größten Teil der Stadt Willkür und Faustrecht herrschten, war es den meisten Gemeinden der Region gelungen, Plünderungen zu unterbinden und die Versorgung der Bewohner so weit sicherzustellen, wie es mit den begrenzten Hilfsmitteln möglich war.

Es gab aber auch dort kritische Situationen. Als Manuelas geistige Existenz weiter nach Norden schweifte, entdeckte sie unter sich einen Bauernhof, der von etwa achtzig Leuten belagert wurde. Die Angreifer waren bewaffnet und zu allem bereit, wie die Leichen zweier ländlich gekleideter Menschen bewiesen. Manuela zuckte zusammen, als sie eine der toten Gestalten als Frau erkannte. Im Wohnhaus befanden sich ein alter Mann mit einem Jagdgewehr, mit dem er die Plünderer bis jetzt noch auf Abstand hielt, und drei verängstigte Kinder, von denen das Älteste noch jünger zu sein schien als Sandra.

Triumphierendes Geschrei lockte Manuela wieder nach draußen. Dort hatten die Angreifer den Stall erreicht und machten sich daran, die erste Kuh mit Messern und Beilen in

Stücke zu hacken. Sie tranken ihr Blut und verschlangen das rohe Fleisch.

Obwohl es Manuela grauste, taten ihr auch diese Menschen leid. Alleingelassen in einer Situation, die sie nicht zu verantworten hatten, waren sie zu wilden Tieren geworden. Vielleicht hatten sie sogar um Nahrung gebeten und waren von den Bauersleuten abgewiesen worden. Doch war Hunger ein Grund, zum Mörder zu werden?

»Kannst du auf das Ortsschild des nächsten Dorfes achten, damit wir melden können, wo sich diese Plünderer herumtreiben?« Dank Pater Fabians ruhiger Stimme gelang es Manuela, ihren Abscheu fürs Erste wegzuschieben. Wie gewünscht flog sie auf das Dorf zu. Dort hatte sich bereits eine erregte Menge versammelt. Männer deuteten in die Richtung des Hofes, und aus den Häusern wurde alles herausgeschleppt, was als Waffe verwendet werden konnte.

»Dort wird es bald gewaltig krachen. Aber ohne Telefon und Funk haben wir keine Möglichkeit, ein Blutbad zu verhindern. Das dauert alles viel zu lange. Verschwinden wir besser von hier. Sandra sollte nicht sehen, was da geschieht«, klang die geistige Stimme des Paters auf.

»Das will ich mir ebenfalls ersparen.« Manuela ließ das Dorf hinter sich zurück.

»Schaffst du es bis nach Berlin?«, wollte Pater Fabian wissen.

»Ich weiß es nicht. Es ist verdammt weit und ich kenne den Weg nicht.«

»Wir könnten die Autobahn als Anhaltspunkt nehmen«, schlug der Pater vor.

»Das wäre eine Möglichkeit.« Es gelang Manuela, ihr magisches Auge so hoch aufsteigen zu lassen, dass sie die Autobahn nach Nürnberg erkennen konnte, und flog darauf zu. Nach kurzer Zeit sah sie unten die verlassenen Autos, aber auch die Opfer der zahllosen Unfälle, um die sich niemand gekümmert hatte, und schoss davon. Tod und Verderben hatte sie reichlich gesehen.

»Nach Norden! So kommst du zu weit ab«, drängte Pater Fabian.

Manuela bremste ihren rasenden Flug und fand sich über unbekanntem Gelände wieder. »Wo ist Norden?«, fragte sie verwirrt.

»Dreh dich einmal um die Achse, such die Sonne, und überlege, wie viel Uhr es ist«, riet Pater Fabian.

Es war nicht so einfach, an dem von Wolken verhangenen Himmel, der zusätzlich durch Rauch und Ruß verdunkelt wurde, die Stelle zu finden, an der die Sonne stehen musste. Einem gewöhnlichen Mensch wäre dies wohl nicht gelungen, und Manuela entdeckte das Tagesgestirn auch nur anhand der immer noch ungewohnt harten Ausstrahlung.

»Wie viel Uhr ist es?«, fragte sie den Pater.

»Tut mir leid, aber als Geist trage ich keine Uhr«, antwortete dieser zerknirscht.

»Dort unten ist ein Dorf mit einem alten Kirchturm. Vielleicht geht dessen Uhr noch!« Es waren die ersten Worte, die Sandra sprach, seit sie den Bauernhof gesehen hatten.

»Die hat gewiss eine elektronische Steuerung und ist wie alles andere beim Teufel!«

»Die Uhr geht! Anscheinend wird ihr Werk noch mit der Hand aufgezogen.« Manuela, die als Einzige in der Lage war, die drei Geister zu lenken, zog eine Schleife und blieb vor dem Zifferblatt stehen.

»Halb sechs. Feierabend!« Mit einem bissigen Lachen steuerte sie nach Norden und nahm Geschwindigkeit auf.

Als sie schließlich so schnell wie ein Überschalljet über das Land flog, versuchte der Pater sie zu bremsen. »Sollten wir nicht auch nachsehen, wie es unterwegs aussieht?«

»Du kannst dich ja abkoppeln. Ich fliege weiter. Wenn wir zu spät nach Berlin kommen, ist es dort dunkel, und ich habe keine Lust, meinen Körper die ganze Nacht allein zu lassen. Wer weiß, was er alles anstellen würde.«

Sandra kicherte, während der Pater fluchte. »Tut mir leid! Das galt nicht dir oder Sandra«, entschuldigte er sich sofort, »sondern der verdammten Situation, in der wir stecken.«

»Wenn du genau wissen willst, wie tief wir in der Scheiße sitzen, dann schau nach Westen!« Manuela selbst warf nur einen kurzen Blick in die Richtung und erschauderte.

Das Geistertor lag mehrere Hundert Kilometer entfernt, leuchtete aber für ihre magischen Augen wie der Lichtbogen eines riesigen Schweißgeräts und glich einem überdehnten Luftballon, der jeden Augenblick platzen konnte. Auf dieser Seite des Tores hatten sich dichte Trauben von Geistern versammelt, die hinüberwollten, aber nicht konnten. Manuela schätzte ihre Zahl auf mehrere Millionen, und ihr wurde schmerzhaft klar, dass dies alles Menschen waren, die während und nach der großen Katastrophe ums Leben gekommen waren. Zwar stammten nicht alle aus Deutschland, sondern aus sämtlichen europäischen Ländern, aber das war kein Trost.

Sandra wandte ihren Blick ab, während der Pater den seinen nicht von der Erscheinung lösen konnte und sich fragte, ob er noch bei Verstand war. Er nahm nun auch die dichten Schwärme von Geistern wahr, die sich jenseits des riesigen Rings drängten und versuchten, ihn zu durchbrechen. Einzelnen gelang dies bereits, und sie zogen wie glühende Funken davon.

»Finis terrae, das Ende der Welt«, flüsterte er. Was konnten Manuela, Sandra und er angesichts dieser Gewalten noch ausrichten? War es da nicht besser, nach München zurückzukehren, noch einmal gut zu essen und sich dann zu jenen zu gesellen, die bereits gestorben waren?

»Wegen mir können Sie Selbstmord begehen, aber ich werde es nicht tun!« Manuelas Stimme klang aggressiv, da der depressive Anfall des Paters sie ebenfalls niederzudrücken drohte. Obwohl sie sich mittlerweile duzten, sprach sie ihn nun wieder mit »Sie« an, um ihm zu zeigen, dass sie sich über ihn ärgerte.

Pater Fabian antwortete mit einem misstönenden Lachen. »Im Grund ist es egal, ob wir heute sterben, morgen oder erst dann, wenn die Erde von den Geistern so kahl gefressen worden ist, dass sie als wüster Planet durch den Äther zieht.«

»Lieber wäre es mir, sie würde gar nicht erst kahl gefressen«, antwortete Manuela und flog mit den beiden anderen im Schlepptau schnell weiter.

10

Auch in Berlin waren die Schäden nicht zu übersehen. Ganze Straßenzüge lagen in Schutt und Asche. In einigen Stadtteilen waren sämtliche Autos angezündet und die Schaufenster der Geschäfte eingeschlagen worden.

Allerdings waren die Bewohner hier anders als in München tatkräftig dabei, die ärgsten Schäden zu beheben. Die Autowracks und die liegen gebliebenen Wagen waren zur Seite geschafft und die Straßen so weit geräumt worden, dass überall eine Fahrspur frei war, auf denen sich nun Fahrzeuge bewegten.

Manuela ging tiefer. Als sie über einem der Autos schwebte, hörte sie den Pater lachen. »Das ist ein Trabant!«

Jetzt erkannte Manuela es auch. Vor über zwanzig Jahren war der letzte Wagen dieses Typs gebaut worden, und es fuhren nur noch ein paar Oldtimerfans damit herum. Auf diesen aber war auf den Seiten und der Motorhaube das Wort »Polizei« aufgemalt worden.

Es blieb nicht der einzige Trabi, den sie in den nächsten Minuten entdeckten. Auch alte Wartburgs, Ladas und andere Fahrzeuge, die von der elektronischen Entwicklung unbeleckt geblieben waren, taten hier ihren Dienst. An einer Stelle fuhr sogar ein alter Panzer, der noch den Sowjetstern auf dem Turm trug.

Sie entdeckten auch mehrere echte Oldtimer wie einen Maybach Zeppelin. Die Deutschland-Stander auf dessen vorderen Kotflügeln wiesen darauf hin, dass jemand Wichtiges darinsaß. Manuela folgte dem protzigen Wagen bis zum Reichstag und sah die Kanzlerin aussteigen. Diese wurde sofort von Dutzenden Männern und Frauen umringt.

»Gibt es Neuigkeiten aus anderen Landesteilen?«, fragte die Kanzlerin, bevor jemand anders zu Wort kam.

»Unsere Motoradstreifen haben inzwischen Cottbus, Leipzig, Halle, Wolfsburg und Schwerin erreicht. Es sieht überall so übel aus wie hier oder sogar noch schlimmer. Allerdings brauchen wir mehr Brieftauben, wenn wir den Kontakt zu allen Außenstellen halten wollen«, meldete ein junger Mann, der nicht wie ein Beamter, sondern eher wie ein Schrebergärtner aussah.

»Kümmern Sie sich darum! Wie sieht es mit den Eisenbahnverbindungen aus?«

»Wir haben mit dem Abtransport der liegen gebliebenen Züge in Berlin begonnen. Allerdings dauert es seine Zeit, weil uns nur wenige einsatzfähige Dampflokomotiven zur Verfügung stehen. Die meisten, die wir aus den Schuppen und Museen holen, müssen noch durchgecheckt werden«, meldete ein anderer.

Die Kanzlerin zeigte sich trotzdem zufrieden. »Machen Sie weiter und holen Sie alles aus den Museen, was auch nur entfernt fahrtüchtig ist. Außerdem brauchen wir mehr Motorräder und Mopeds aus dem mittleren Drittel des zwanzigsten Jahrhunderts. Die Motorräder, die wir bis jetzt aufgetan haben, haben sich als sehr wertvoll erwiesen. Solange die Landstraßen nicht geräumt sind, kommen unsere Leute mit ihnen besser durch als mit Autos. Wie steht es mit den Sicherheitskräften?«

Ein Mann in der Uniform eines hohen Beamten der Bundespolizei schob sich nach vorne. »Wir haben mittlerweile fünftausend Polizisten und zwanzigtausend Bundeswehrsoldaten zusammenrufen können. Wir benötigen jedoch weitere Sicherheitskräfte, da in einigen Landesteilen lokale Gruppen die Herrschaft ergriffen haben und die Bevölkerung ausrauben und drangsalieren. Aber ohne Rundfunk und Telefon dauert es eben.«

»Stellen Sie Truppen zusammen, die gegen Aufrührer vorgehen können, und sorgen Sie dafür, dass wir das Land so schnell wie möglich unter Kontrolle bringen. Jeder Tag, den wir verlieren, kostet weiteren Menschen das Leben. Wie sieht es mit der Versorgung der Bevölkerung aus?«

Diesmal erstattete eine junge Frau Bericht. »Leider immer noch sehr schlecht. Die Ware in den Kühllagern ist zum größten Teil verdorben. Wir haben versucht, zu retten, was zu retten ist, sind aber auf Konservendosen und auf frische Ware angewiesen. Ohne Maschinen können wir nichts ernten.«

»Dann schickt Leute hin, die bei der Ernte helfen. Es gibt genug Menschen ohne Arbeit.«

»Es wird den Betroffenen nicht gefallen, hundert oder zweihundert Kilometer zu Fuß zu gehen und dann als Knecht oder Magd für ein paar Kartoffeln am Tag arbeiten zu müssen«, wandte einer ein.

Die Kanzlerin bedachte ihn mit einem vernichtenden Blick. »Es wird ihnen noch weniger gefallen, hier in Berlin zu verhungern. Und jetzt gehen Sie an Ihre Arbeit! Wenn Sie es noch nicht wissen sollten: Wir stehen am Rande eines Abgrunds, und wenn wir nicht alles Menschenmögliche tun, wird unser ganzes Land in die Tiefe stürzen und wir mit.«

Mit einem tiefen Seufzer brach die Frau ab und wandte sich an einen weiteren Mitarbeiter. »Gibt es schon Nachrichten aus dem Ausland?«

Der Mann schüttelte den Kopf. »Wir haben bis jetzt nur Kontakt zu ein paar polnischen Gemeinden jenseits der Oder, und dort sieht es genauso aus wie bei uns. Aus Warschau haben auch diese Leute nichts gehört.«

Für einen Augenblick wirkte das Gesicht der Kanzlerin grau, und die Schultern sanken herab. Dann aber riss sie sich zusammen. »Sind die Plakate gedruckt worden, die der Bevölkerung anzeigen, dass der Ausnahmezustand über das Land verhängt worden ist und wie sie zu reagieren haben?«

»Ja. Wir konnten mehrere alte Druckmaschinen in Gang setzen. Ein paar Kollegen hatten sogar noch alte Spiritusdruckgeräte und Matrizen im Keller. Wir haben die Plakate einigen unserer Motorradfahrer mitgegeben, die sie aufhängen. Aber ohne eine staatliche Ordnungsmacht vor Ort ist leider nicht viel zu machen.«

»Wir sind dabei, sie aufzustellen. Auf alle Fälle sind erst einmal alle Polizisten, Soldaten, Feuerwehrleute und die Männer des Technischen Hilfswerks zwangsverpflichtet. Sie sollen die Schäden dieser Katastrophe so weit wie möglich beseitigen. Wie sieht es bei unseren Technikern aus? Schaffen sie es, die Kommunikationsleitungen wiederherzustellen?«

Diesmal erntete die Kanzlerin ein Kopfschütteln. »Da ist alles tot. Allerdings haben wir inzwischen eine Morseverbindung nach Potsdam eingerichtet. Wenn wir die Überlandleitungen der Stromkonzerne dafür verwenden, können wir rasch weitere Verbindungen aufbauen. Einige Wissenschaftler sind der Meinung, sie könnten sogar nach den Originalplänen von Philipp Reis und Alexander Graham Bell Telefone zusammenbasteln, die sicher funktionieren.«

»Dann sollen sie es tun. Wir brauchen alles und jeden, um mit dieser Sache zurande zu kommen!«

Mit der Kanzlerin an der Spitze verschwand ein Teil der Gruppe im Reichstag, während die anderen sich zerstreuten.

»Anders als in München sind die Leute hier auf Zack«, sagte Manuela zu Pater Fabian und Sandra.

»Kein Wunder! Hier standen ja noch genug Trabants in irgendwelchen Ecken herum!« Der Pater ärgerte sich, weil bei ihnen zu Hause kaum etwas getan wurde, während man in der Hauptstadt die Dinge tatkräftig anging. Dabei gab es auch in München alte Autos und Museen, in denen Dampflokomotiven und dergleichen standen. Man musste sie nur herausholen und einsetzen. Irgendwie aber schien für die Spitzen im Freistaat zwischen Lederhose und Laptop nichts anderes mehr zu existieren. Dabei hatten einige Gemeinden im Umland gezeigt, dass mit Eigeninitiative viel zu erreichen war.

11

Auf dem Rückweg wurde es dunkel, und Manuela verlor die Orientierung. Keine Stadt war beleuchtet, und zu allem Überfluss begann es auch noch zu schneien. Obwohl sie nur geistig anwesend waren, spürten alle drei, dass es kalt geworden war.

»Wie kann das sein? Es ist doch Sommer«, entfuhr es dem Pater.

»Keine Ahnung! Es interessiert mich derzeit auch nicht. Ich wüsste lieber, wie ich nach München zurückfinde.« Manuela antwortete harscher als gewollt, denn sie sah sich die ganze Nacht auf der Suche nach ihrem Körper umherirren.

Pater Fabian konnte ihr nicht helfen, und Sandra begann zu weinen.

»Sei still!«, schimpfte der Pater.

»Du solltest sie besser beruhigen als anschnauzen!«, fuhr Manuela ihm in die Parade. »Immerhin ist sie ein Kind, das Dinge erleben muss, die ihm in seinem Alter niemals zugemutet werden dürften. Außerdem ist ihr Geist vom Körper getrennt, und ich weiß nicht, wie lange das gut geht. Was ist, wenn unsere Körper in der Zwischenzeit sterben?«

Als Sandra das hörte, schluchzte sie laut auf. Manuela ahnte, dass der Pater eine harsche Bemerkung machen wollte, und fiel ihm ins Wort. »Keine Sorge, das schaffen wir schon. Ihr wisst ja, Unkraut vergeht nicht!« Kurz entschlossen änderte sie den Kurs und steuerte auf das Geistertor zu.

»Was tust du da?«, rief der Pater entsetzt.

»Das Geistertor ist der einzige Punkt, an dem ich mich orientieren kann. Ich war schon einmal dort und hoffe, von dort aus den Weg nach München zu finden.« Manuela war selbst nicht wohl dabei, sich diesem strahlenden Ding zu nähern, das sich jederzeit öffnen und den Weg für Abermilliarden Geister freigeben konnte. Doch sie durfte ihren Körper und die der beiden anderen nicht viel länger allein lassen.

Obwohl Manuela so schnell flog, wie sie es vermochte, hatte sie das Gefühl, Stunden zu brauchen, bis das Geistertor vor ihnen auftauchte. Die Seelen der während und nach der Katastrophe gestorbenen Menschen umgaben es nun als dichten, weit ins Land reichenden Ring. Vielen war es gelungen, mit den hinter dem Tor wartenden Geistern Kontakt aufzunehmen, und sie wussten nun, dass diese zu ihnen kommen und sie in ihre Scharen aufnehmen würden.

Manuela spürte die Hoffnung der Toten, auf eine ihnen unerklärliche Weise wieder ins Leben zurückkehren zu können. Nicht wenige von ihnen strahlten die gleiche Wut aus wie die hinter dem Tor versammelten Geister. Sobald diese Toten stark genug waren, würden sie mit den noch Lebenden auf grausame Weise abrechnen, um sich für echte und eingebildete Kränkungen und Demütigungen zu rächen. Manche wollten Sühne für ihren Tod einfordern, andere einfach nur dafür sorgen, dass die jetzt noch lebenden Menschen zu ihresgleichen wurden, zu Geistern, die von einer unheimlichen Kraft wieder ins Leben gerufen wurden und die doch keine richtigen Menschen mehr waren.

Manuela zitterte bei dieser Vorstellung und legte etliche Kilometer zwischen sich und den Flammenring. Als sie sich umblickte, um sich zu orientieren, spürte sie deutlich, dass es gerade einem weiteren Geist gelang, das schon recht brüchig gewordene Tor zu durchdringen. Dieser schoss genau auf sie zu. Obwohl sie versuchte, ihm auszuweichen, kollidierte er mit ihr – und war im gleichen Moment spurlos verschwunden.

Einige Augenblicke lang hatte sie den Eindruck, ihre eigene Ballung bestände aus vier und nicht nur aus drei Geistern, doch dieses Gefühl verlor sich rasch. Dafür nahm sie jetzt die anderen Geister wahr, die hinter dem Geistertor darauf warteten, dass es sich öffnete und sie in die Welt der Lebenden zurückkehren konnten. Manuela spürte die Gier und den Hass, den diese ausströmten, und wollte nur noch weg von diesem Ort. Sie schätzte die Richtung, in der München ihrer Ansicht nach lag, und ließ das Tor zur Geisterwelt rasch hinter sich zurück.

Es wurde ein eigenartiger Flug. Unter ihnen lag ein erloschenes Land in endloser Schwärze. Die Atmosphäre war mit Wolken, Rauch und Schwebstoffen geschwängert, sodass sie das Licht der Sterne auch in größerer Höhe nicht mehr wahrnehmen konnten, und der Mond war ebenfalls nirgends zu sehen. Dafür schneite es noch heftiger.

»Das wird einige kalte Monate geben. Hoffentlich dauert es nicht zu lange, denn ich weiß nicht, wie die Menschen dies überstehen können. Die meisten Heizungen funktionieren nicht mehr, und in den wenigsten Wohnungen gibt es die

Möglichkeit, einen Ofen mit Holz oder Kohle zu schüren«, erklärte Pater Fabian düster.

»Weißt du, wie sehr ich deinen grenzenlosen Optimismus liebe?«, fragte Manuela sarkastisch.

»Ich sage nur die Wahrheit, hoffe aber, dass sich meine Befürchtungen nicht erfüllen.« Der Pater versuchte ein beruhigendes Lachen, war aber zu angespannt. Er wurde den Gedanken nicht los, dass man in Deutschland gerade dabei war, die Spuren der ersten großen Katastrophe zu beseitigen, und noch nichts von jener noch viel größeren Katastrophe ahnte, die sich bereits am Horizont auftürmte.

»Wenigstens einen Vorteil hat die Sache«, hörte er Manuela murmeln.

»Was meinst du?«

»Da bei uns zu Hause bis jetzt nichts gegen die Schäden getan worden ist, müssen wir nur die dunkelste Stelle im Land suchen und dort niedergehen. Bei der kann es sich nur um München handeln!« Damit gelang es Manuela tatsächlich, den Pater zum Lachen zu bringen.

Als sie tiefer ging, war sie wieder von jenem rötlichen Lichtschimmer umgeben, der ihre Umgebung recht weit erhellte. Nun konnte sie auf dem Rest ihrer magischen Reise Orts- und Straßenschilder ablesen und fand leichter nach München zurück, als sie erwartet hatte. Ein wenig ärgerte sie sich, weil sie zu Beginn der Nacht in Panik geraten war und nicht an diese Fähigkeit gedacht hatte. Gleichzeitig hatte sie das seltsame Gefühl, der Ausflug zum Geistertor wäre nicht vergebens gewesen.

12

Als Manuela wieder in ihren Körper schlüpfte, verspürte sie eine lähmende Kälte und begann mit den Zähnen zu klappern.

»Endlich! Wir sind vor Sorge fast vergangen«, hörte sie jemand sagen und sah Lieselotte über sich gebeugt.

»Wir sind also wieder zu Hause. Habt ihr eine Wärmflasche für mich?«

»Ich könnte auch eine brauchen! Kümmert euch aber als Erstes um Sandra. Sie ist schon ganz blau!« Pater Fabians Stimme brachte Manuela dazu, sich dem jüngsten Mitglied ihrer kleinen Gemeinschaft zuzuwenden. Sandra lag wie leblos auf einer Liege, und ihr Gesicht war dunkel angelaufen. Auch schien sie kaum noch zu atmen.

Obwohl ihr selbst alles wehtat, kämpfte Manuela sich hoch und trat mit wackeligen Beinen auf die Kleine zu. »Was können wir für sie tun?«, fragte sie besorgt.

»Erst mal ganz warm einpacken, am besten wirklich mit einer Wärmflasche. Außerdem braucht sie dringend etwas Heißes zu trinken.« Noch während sie es sagte, begann Lieselotte die Glieder des Mädchens zu reiben, um es zu wärmen. Ihre Bemühungen wurden belohnt, denn nach kurzer Zeit begann Sandra zu husten und sog heftig Luft in die Lungen.

»Sind wir nach Hause gekommen?«, fragte sie mit einem dünnen Stimmchen.

»Das sind wir!«, antwortete Manuela, die aus Sorge über das Kind ganz ihre eigene Schwäche vergessen hatte.

Agnes legte ihr eine Decke um die Schultern und drückte ihr eine Plastiktasse mit dampfendem Kaffee in die Hand. »Hier, das wird dir guttun!«

»Habt ihr auch eine Tasse für mich?«, fragte Pater Fabian und leckte sich unwillkürlich die Lippen.

»Natürlich!«, antwortete seine Tante und reichte ihm einen Becher, aus dem ebenfalls Dampf aufstieg.

Der Pater führte das Gefäß zum Mund und zuckte zurück, als die Flüssigkeit seine Lippen berührte. »Beim Teufel, damit verbrennt man sich ja den Mund!«

»Für einen Diener des Herrn nimmst du den Namen des Satans arg oft in den Mund«, spottete seine Tante. »Aber da wir nicht wussten, wann ihr wieder aufwacht, haben wir den Kaffee ganz heiß in Thermosflaschen gefüllt. Die funktionieren wenigstens noch, weil sie nicht elektronisch gesteuert werden.«

»Schon gut! Ihr habt ja richtig gehandelt. Ich hätte besser aufpassen müssen.« Der Pater trank nun ganz vorsichtig und atmete auf. »Nicht übel, die Brühe. Die gibt einem das Gefühl zurück, ein lebendiger Mensch zu sein. Kümmert ihr euch um Manuela und Sandra? Die beiden müssen spätestens morgen wieder in Form sein. Ich gehe inzwischen zur Staatskanzlei hinüber und erstatte Maierhammer den ersten Bericht. Hoffentlich kann er etwas bewirken. In Berlin haben sie es ja auch geschafft!«

Er trank den Becher leer, stellte ihn ab und schritt mit wehender Kutte davon.

Seine Tante sah ihm kurz nach und drehte sich dann zu Manuela um. »Seid ihr wirklich in Berlin gewesen?«

In ihrer Stimme lag so viel Zweifel, dass Manuela lachen musste. Bevor sie etwas sagen konnte, glaubte sie einen Schatten im Raum wahrzunehmen, und als sie genauer hinsah, entdeckte sie einen Geist, der angespannt in einer Ecke stand. Ihr Herz zog sich zusammen, und sie sah genauer hin. Nein, sie hatte sich nicht getäuscht. Es handelte sich tatsächlich um Nils, den einzigen Freund, der sie nicht freiwillig verlassen hatte, sondern durch einen Unfall ums Leben gekommen war.

Also war er der Geist gewesen, der das Tor passiert hatte und mit ihr kollidiert war. Nun fragte sie sich, wie er sich an sie und ihre Freunde hatte heften können, ohne dass es ihr aufgefallen war.

Auch wusste sie nicht, was sie von dem unerwarteten Gast halten sollte. Am Geistertor hatte sie den Hass und die Gier der dort eingesperrten Geister gespürt und diese instinktiv als Feinde erkannt. Doch Nils als solchen zu betrachten, fiel ihr schwer.

Vier

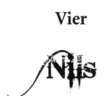

1

Maierhammer musterte Pater Fabian mit einer Mischung aus Unglauben und Hoffnung.»Ist das tatsächlich wahr?«

»Wir haben es alle drei gesehen. Sie werden jetzt möglicherweise behaupten, wir hätten es im Drogenrausch geträumt oder es uns im stillen Kämmerlein ausgedacht. Aber ich sage Ihnen bei allem, was mir heilig ist, dass es die Wahrheit ist. Wir sind bis an unsere Grenzen gegangen und haben unser Leben riskiert, um diese Informationen zu bekommen. So eine weite Geisterreise werde ich so bald kein zweites Mal bewältigen können!«

Der Pater war zutiefst erschöpft und trotz des heißen Kaffees innerlich total ausgekühlt. In diesem Zustand brachte er nur wenig Geduld für den Beamten auf.

Maierhammer hob beschwichtigend die Hand.»Ich zweifle nicht an Ihren ehrlichen Absichten, aber Sie müssen verstehen, dass es mir schwerfällt, diese übernatürlichen Dinge zu akzeptieren.« Er wies den Polizisten an, der Pater Fabian eskortiert hatte, eine Flasche Cognac und zwei Gläser zu bringen.»Sie sehen so aus, als könnten Sie einen Schluck vertragen – und ich habe ebenfalls einen nötig«, sagte er zu Pater Fabian, hielt dann den Polizisten aber noch einmal auf.

»Holen Sie drei Gläser mehr und informieren Sie Hufnagel, Schmitt und Rombach, dass sie in das Besprechungszimmer kommen sollen. Den Cognac bringen Sie auch dorthin. Sehen Sie zu, dass Sie irgendwo ein paar Schnittchen auftreiben. Wir werden aus dem Ganzen ein Arbeitsabendessen machen.«

Während der Polizist mit einer Miene den Raum verließ, die verriet, wie sehr er es hasste, den Lakaien spielen zu müssen, huschte ein Lächeln über Pater Fabians Gesicht. »Arbeitsabendessen ist nicht ganz richtig. Es müsste eher Arbeitsmitternachtsessen heißen!«

Maierhammer blickte erschrocken auf die Uhr und wirkte fast erleichtert, als er feststellte, dass es schon zwei Uhr nachts war. »Wenn Sie auf die Geisterstunde anspielen, Hochwürden – die ist bereits vorbei. In diesen Tagen verliert man wirklich jedes Zeitgefühl. Ich habe noch nicht geschlafen, als Sie mir gemeldet worden sind. Aber kommen Sie! Das Wichtigste können Sie mir unterwegs erzählen. Ich möchte vor den anderen im Besprechungsraum sein, sonst kassiert noch ein anderer den Chefsessel.« Er lachte, wie er es meist tat, wenn er seine Unsicherheit überspielen wollte, nahm einen dicken Stapel Papier und mehrere Kugelschreiber an sich und verließ das Zimmer.

Pater Fabian folgte Maierhammer, obwohl die Müdigkeit ihn beinahe überwältigte. Doch zum Schlafen hatte er vorerst keine Zeit.

2

Zwei Herren sahen arg verschlafen aus, als sie das Besprechungszimmer betraten, doch allen war die Erwartung anzusehen, endlich etwas Neues zu erfahren. Ein Mann in der Kutte eines Ordenspriesters versprach Informationen, verfügte der Vatikan doch über mehr Verbindungen als selbst der Präsident der Vereinigten Staaten von Amerika.

»Na, Maierhammer, was gibt es?«, fragte Hufnagel forsch.

»Pater Fabian hat Informationen aus Berlin, die uns alle interessieren sollten.« Maierhammer wies auf den Geistlichen. Dieser war so hungrig, dass er über den Teller mit belegten Broten herfiel.

»Dürfen Sie heute überhaupt Schinken essen? Immerhin ist seit Mitternacht Freitag«, versuchte Hufnagel zu witzeln.

»In der Not verzeiht der Herr auch diese Sünde«, antwortete Pater Fabian und griff nach dem nächsten Schinkenbrot.

»Sie kommen aus Berlin?«, wollte Maierhammers Kollege Schmitt wissen.

»Gewissermaßen ja«, antwortete Maierhammer anstelle des Paters. »Auf alle Fälle wird dort nicht palavert wie hier, sondern in die Hände gespuckt. Die Kanzlerin hat den Ausnahmezustand über das ganze Land verhängt. In der Hauptstadt sorgen Polizei und Einheiten der Bundeswehr für Ruhe und Ordnung. Gleichzeitig wird das von der Regierung kontrollierte Gebiet kontinuierlich ausgeweitet. Laut meinen Informationen werden die ersten Voraustrupps in zwei oder drei Tagen die Grenzen des Freistaats erreichen. Meine Herren, Sie können sich vorstellen, was es für einen Eindruck macht, wenn die Leute der Kanzlerin das Chaos mitbekommen, das derzeit in Bayern herrscht.«

Maierhammer verhielt sich so, als hätte er die Informationen auf normalem Weg erhalten, und stellte sich gekonnt in den Mittelpunkt. Einen Moment fragte Pater Fabian sich, ob er die Sache richtigstellen sollte. Doch ehe er sich dazu durchringen konnte, sah ihn Ministerialrat Rombach fragend an.

»Können Sie Herrn Maierhammers Bericht bestätigen?«

Diese Frage brachte den Pater in eine Zwickmühle. Wenn er jetzt zugab, alles nur ›geträumt‹ zu haben, würden die anderen ihm nicht glauben, und dann unterblieben Arbeiten, die für die Bewohner der Stadt überlebenswichtig waren. Daher nickte er. »Ich kann seine Aussagen nur unterstreichen!«

Maierhammer schenkte ihm einen zufriedenen Blick und gab in der folgenden Stunde vieles von dem, was er von Pater Fabian erfahren hatte, wortreich als eigene Vorschläge aus.

»Wir werden jedes Fahrzeug, das noch funktioniert, beschlagnahmen und dafür verwenden, die Bevölkerung zu versorgen. Dazu müssen unsere Leute in jedem erreichbaren Museum nach brauchbaren Autos, Lokomotiven und sonstigen motorisierten Fahrzeugen suchen. Vor allem aber müssen wir sämtliche Motorräder und Mopeds einsetzen, die noch fahren können. Die kommen am besten durch, und deren Fahrer können unsere Anweisungen an die Landratsämter und Rathäuser im Umland weitergeben. Außerdem brauchen wir Flugblätter, auf denen die Bevölkerung aufgefordert wird, mit anzupacken und die liegen gebliebenen Autos von den Straßen zu räumen. Es müssen Suppenküchen eingerichtet und Latrinen gegraben werden. Meine Herren, es gibt viel zu tun. Daher sollten wir uns sofort ans Werk machen.«

Als Maierhammer seinen Vortrag beendete, hob einer der Zuhörer abwehrend die Hände. »Aber wir können keine Flugblätter drucken lassen! Die Druckereien stehen doch alle still.«

»Der alte Gutenberg hatte auch keinen Strom und konnte trotzdem seine Bibel drucken. Wir müssen aus den Museen holen, was noch zu verwenden ist, und zum Einsatz bringen. Das gilt auch für die Brauereigäule in München. Die können ebenfalls mithelfen, hier aufzuräumen. Die Bevölkerung wird verpflichtet, mit anzupacken. Notfalls gibt es Essen nur gegen Arbeit«, erklärte Maierhammer mit Nachdruck.

Während Schmitt und Rombach nickten, schien Josef Hufnagel nicht einverstanden zu sein. »Ihre Vorschläge mögen ja gut sein. Aber wir können den Chef nicht übergehen, und der wird ohne eine schriftliche Aufforderung aus Berlin gar nichts unternehmen.«

Maierhammer verzog das Gesicht und blickte dann Pater

Fabian an. »Sie haben doch das Flugblatt gesehen, in dem die Bundeskanzlerin den Ausnahmezustand verhängt hat?«

Der Pater nickte. »Es hängt überall in Berlin aus.«

»Hufnagel, Sie besorgen eine alte Druckerpresse und jemand, der sich damit auskennt. Pater Fabian wird eine Kopie des Berliner Aushangs erstellen, und die legen wir dem Chef vor. Wenn er das sieht, muss er reagieren.«

Dem Pater war nicht wohl bei der Sache. Wie es aussah, sollte der Ministerpräsident schlichtweg belogen werden.

»Kann ich vorher noch ein wenig schlafen?«, fragte er Maierhammer.

Der wechselte einen Blick mit Hufnagel. »Gehen Sie ruhig. Es wird sicher ein paar Stunden dauern, bis das notwendige Equipment und Know-how zusammengetragen ist. Hufnagel wird die Druckerpresse in die Oberforstdirektion bringen. Es wäre mir nicht recht, wenn sie hier benutzt würde. In diesen vier Wänden gibt es nämlich ein paar Arschkriecher, die gleich nach oben weitermelden würden, wenn wir hier auf eigene Faust etwas unternehmen.«

Damit war die Entscheidung gefallen. Noch während die vier Beamten ihre nächsten Schritte absprachen, verließ Pater Fabian die Staatskanzlei und wanderte erschöpft den Karl-Scharnagl-Ring entlang zur Oberforstdirektion. Zwei Polizisten begleiteten ihn und sahen sich immer wieder achtsam um. Doch hier im Regierungsviertel gab es zurzeit niemand, der auf Ärger aus war. »Noch nicht«, dachte der Pater, als er in der Ferne den Kerl entdeckte, der von seinem persönlichen Feind unter den Dämonen besessen war. Als dieser begriff, dass er trotz der herrschenden Dunkelheit bemerkt worden war, zog er sich zurück, und der Pater verlor ihn rasch aus den Augen.

Inzwischen schneite es noch heftiger. Dabei war es laut Kalender Sommer. Als Pater Fabian die Hand ausstreckte und einige Schneeflocken einfing, sah er, dass der Schnee schwarz gefärbt war. Außerdem stanken die Flocken, wenn sie tauten. »Nun hat sich auch die Natur gegen die Menschheit verschworen«, dachte der Pater. Es erschien ihm wie ein Menetekel. Dann aber sagte er sich, dass es besser war, der in die Atmosphäre aufgestiegene Ruß kam als Schnee herunter, als weiterhin dort oben zu schweben und die Sonnenstrahlen auf ihrem Weg zur Erde zu blockieren.

3

Manuela und Sandra schliefen, als der Pater in die Oberforstdirektion zurückkehrte. Auch er hätte sich gerne hingelegt, aber er wollte vorher noch eine Abschrift des Plakats anfertigen, mit dem die Bundeskanzlerin ihre Maßnahmen veröffentlicht hatte.

Während er schrieb, hatte er das Gefühl, als schaue ihm jemand über die Schulter. Er blickte auf, nahm aber niemand wahr. Erst auf den zweiten Blick bemerkte er eine durchscheinende Gestalt, die interessiert seine Notizen las. Als der Geist begriff, dass der Pater auf ihn aufmerksam geworden war, wich er ein paar Schritte zurück und machte eine beschwichtigende Geste.

Pater Fabian wusste nicht, was er von der Erscheinung halten sollte. Dieser Geist wirkte ganz und gar nicht bedrohlich. Nun erinnerte er sich an einen kleinen Zwischenfall beim Geistertor. Dort hatte er das Gefühl gehabt, als dränge sich einer der Geister zwischen ihn, Manuela und Sandra. Kurz darauf war der Eindruck jedoch geschwunden, und er hatte nichts Ungewöhnliches mehr wahrnehmen können.

»Anscheinend hätte ich besser aufpassen sollen«, murmelte er. Dennoch zögerte er, den Geist mit ein paar exorzistischen Formeln zu vertreiben. Sie brauchten dringend Informationen über das, was hinter dem Tor vor sich ging, und deswegen sollte er versuchen, mit dem Eindringling Kontakt aufzunehmen.

Beherzt sprach er den jungen Mann an. »Wer bist du und was willst du hier?«

Der Geist wiegte unsicher den Kopf.

Der Pater klopfte ungeduldig mit dem Knöchel auf den Tisch. »Was ist jetzt? Kannst du sprechen oder nicht?«

»Nicht so wie du!«, hörte er eine Stimme in seinem Kopf. Sie klang so, als käme sie aus weiter Ferne.

»Wenigstens etwas«, murmelte der Pater und fixierte den Geist, als wolle er ihn festnageln. »Bist du auf Ärger aus? Dann solltest du schleunigst verschwinden!«

»Um Gottes willen, nein! Ich will keinen Ärger machen.«

»Gut! Allerdings bereitet uns schon deine Anwesenheit Schwierigkeiten. Ich halte nicht viel von deinesgleichen, musst du wissen.« Der Pater dachte an die Begegnungen mit seinem persönlichen Dämon.

Der durchscheinende junge Mann zuckte hilflos mit den Achseln. »Dafür kann ich nichts! Ich war lange in der Masse der anderen Geister eingekeilt. Dann aber habe ich vor dem Tor ein helles Licht gesehen, das mich anzog, habe aber das Bewusstsein verloren. Als ich wieder zu mir gekommen bin, war ich hier bei Manuela und hatte im ersten Moment den Eindruck, als läge sie im Sterben.«

»Du kennst Manuela?«, fragte der Pater verwundert.

»Wir waren vor zwei, nein, vor drei Jahren ein Paar. Wegen mir hätte es länger dauern können, doch ein betrunkener Autofahrer ist in der Bayerstraße bei Rot durchgefahren und hat mich mit über achtzig Stundenkilometern auf dem Zebrastreifen erwischt. Da es sich um den Sohn eines stadtbekannten Bonzen gehandelt hat, wurde ihm von einem Richter nur ein halbes Jahr auf Bewährung aufgebrummt. Ich will mich zwar nicht darüber aufregen, aber ärgern darf es einen doch.«

Der Geist klang so menschlich, dass der Pater schmunzeln musste. Rasch wurde er wieder ernst. »Ich weiß nicht, was ich von dir halten soll. Alle anderen Geister, mit denen ich bis jetzt zu tun hatte, wollen nur vernichten.«

»Nicht alle!«, rief Nils erschrocken. »Eigentlich sogar die wenigsten. Aber es gibt einige Großmäuler, die die anderen aufhetzen. Sie wollen alte Rechnungen begleichen, obwohl diese teilweise über tausend Jahre alt sind. Für mich sind die Kerle nicht richtig im Kopf. Ich bin harmlos! Das müssen Sie mir glauben.«

»Müssen muss ich überhaupt nichts, außer gelegentlich zur Toilette zu gehen«, antwortete der Pater bissig. »Aber weiter zu dir. Du warst doch jenseits des Tores. Berichte mir, was drüben los ist.«

»Gerne!« Nils schwebte ein wenig näher, setzte sich wie ein Lebender auf die Couch und begann zu erzählen.

Pater Fabian notierte sich die wichtigsten Punkte und zog die Stirn kraus, als sein geisterhafter Besucher darauf zu sprechen kam, dass einige Geister aus alter Zeit versuchen wollten, ihre frühere Stellung wiederzuerringen.

»Wissen Sie«, erklärte Nils, »das sind ziemlich rücksichtslose Männer und machtgierige Frauen. Die werden sich, wenn sie auf dieser Seite sind, gegenseitig nichts schenken.«

»Heißt das, die Geister werden nicht nur gegen uns Menschen vorgehen, sondern sich auch untereinander bekämpfen?« Pater Fabian sah Nils hoffnungsvoll an, denn wenn die Geister gegeneinander ins Feld zogen, würden sie die Welt vielleicht verschonen.

Nils erstickte die Hoffnung im Keim. »Das wird ein sehr einseitiger Kampf werden, denn die starken Geister haben die Fähigkeit, andere Geister und auch lebende Menschen zu beherrschen. So können sie sie wie Marionetten einsetzen. Was danach kommt, ist wahrscheinlich ein Krieg der Supermänner und –frauen gegeneinander. Wenn die endgültigen Sieger feststehen, wird die Erde öder und lebensfeindlicher sein als die Sahara.«

»Wie lange, schätzt du, wird das dauern?«, bohrte der Pater nach.

»Ein paar Tage werden vergehen, bis sie die geistige Herrschaft über andere Wiedergänger errungen haben, und eine weitere Woche, bis sie auch Menschen unter ihren Bann zwingen können. Nach gut einem Monat werden sie selbst so weit Gestalt angenommen haben, dass sie in eigener Person handeln und beispielsweise auch essen können. Ein Vierteljahr danach dürfte der Erdball lebensfeindlich geworden sein.«

Nils sah den Pater mit traurigen Hundeaugen an und rieb sich in einer sehr menschlich wirkenden Geste über die Stirn.

»Für Manuela tut es mir leid. Ich hätte ihr viele glückliche Jahre gewünscht.«

»Die wünsche ich mir auch!«, erklärte der Pater bissig. »Und jetzt zu dir. Hat Manuela dich schon wahrgenommen?«

»Ja, aber sie war zu müde, um mit mir zu reden. Dabei wollte ich ihr sagen, dass ich alles tun würde, um ihr zu helfen!«

»So? Das würdest du?« Fabian machte eine verächtliche Handbewegung, spürte aber, dass er vor Müdigkeit kaum noch denken konnte. »Meinetwegen kannst du bei uns bleiben.«

»Gute Nacht! Oder vielmehr erholsamen Schlaf!« Nils verließ die Couch, sodass Pater Fabian sich darauflegen konnte, und zog sich in seine Ecke zurück. Noch war der Schock, sich wieder in der Welt der Lebenden zu befinden, zu groß, als dass er hätte Pläne schmieden können. Er wunderte sich immer noch, wie es ihm gelungen war, als einer der Ersten das nicht gänzlich geöffnete Tor zu durchbrechen. Dabei war es ganz leicht gewesen. Er hatte Manuela entdeckt und sich nichts mehr gewünscht, als wenigstens für kurze Zeit wieder bei ihr zu sein. In dem Augenblick war er von ihr wie von einem Magneten angezogen worden.

»Für irgendetwas muss das doch gut sein«, dachte er und musterte den Pater. Dieser war bereits eingeschlafen und schnarchte leise. Obwohl Nils' Geisterohren nicht empfindlich waren, störte ihn das Geräusch. Er durchdrang die Wand und ließ sich neben Manuelas Bett nieder, die ebenfalls in tiefem Schlaf lag.

»Sie sieht erschöpft aus und ist ganz dünn geworden«, dachte Nils. Das wunderte ihn nicht, denn sie hatte mit ihren Kräften Raubbau getrieben. Er hätte gerne mehr getan, als nur neben ihr zu sitzen, aber er sah keine Möglichkeit, ihr zu helfen.

4

Manuela wurde vom Knurren ihres Magens geweckt. Mühsam schlug sie die Augen auf und sah zum Fenster hinaus. Es musste bereits später Nachmittag sein, und sie fragte sich, weshalb sie so lange geschlafen hatte. Erst als sie aufstand und ins Badezimmer wollte, begriff sie, dass sie nicht zu Hause in ihrer Wohnung war.

»Ach ja, das ist die Oberforstdirektion!«, stöhnte sie und versuchte sich zu erinnern, wo die nächste Toilette war. Oder musste sie tatsächlich ins Freie zu der im Hof ausgehobenen Latrine gehen? Während sie sich anzog, fragte sie sich, welche Einschränkungen wohl noch auf sie alle zukommen mochten. Bevor sie das Zimmer verließ, schaute sie nach Sandra, die auf einer anderen Luftmatratze schlief. Der Kleinen schien es besser zu gehen, doch man würde dem Mädchen nicht noch einmal eine solche Anstrengung zumuten dürfen wie jene Geisterreise nach Berlin.

Vor der Tür traf sie Agnes, die ein großes bedrucktes Stück Papier in der Hand hielt. »Was ist das?«, fragte sie. »Gibt es wieder Zeitungen?«

Agnes schnaubte verächtlich. »Nein, bloß eine Ankündigung der Regierung. Angeblich wollen die jetzt durchgreifen. Zeit genug haben sie sich ja gelassen. Wenn ich daran denke, was da alles passiert ist, ohne dass einer geholfen hat!«

»Eine besonders gute Figur haben unsere Politiker wirklich nicht abgegeben«, musste Manuela zugeben. Aber im Augenblick war ihr anderes wichtiger. »Gibt es was zum Essen? Ich habe ein Loch im Bauch, in das ein ganzes Schwein hineinpasst!«

»Ein ganzes gewiss nicht. Aber ich hätte Rouladen aus der Dose anzubieten – oder Wiener Würstel aus dem Glas.«

»Gegen eine Roulade und zwei oder drei paar Wiener hätte ich nichts. Gibt es Semmeln?«

»Nein, aber Kartoffeln. Ich kann auch ein paar Pfannkuchen als Beilage machen.«

»Tu das! Ich muss jetzt nach draußen, und das bei dieser Kälte. Hier im Haus ist es übrigens auch nicht gerade warm!«

»Die Heizungen funktionieren doch nicht mehr! Zum Glück haben wir zwei kleine Öfen erhalten, die wir mit ein bisschen Kohle und Holz schüren. Der eine ist in der Küche, sodass wir auf ihm kochen können, und der andere in dem Zimmer, in dem ihr euren Hokuspokus macht.« So ganz hatte Agnes sich mit den übernatürlichen Fähigkeiten der drei noch nicht angefreundet.

Manuela wollte etwas erwidern, doch ihre Blase drängte. Daher verschwand sie durch die Tür und erreichte kurz darauf das Zelt, das im Hof über den Latrinen errichtet worden war. Eine Plane teilte es in zwei Bereiche. Der eine war den Männern vorbehalten, der andere den Frauen. Mehr Intimität gab es nicht. Es kostete Manuela Überwindung, ihre Hose herunterzuziehen und sich auf den plump zusammengezimmerten Kasten mit dem Loch in der Mitte zu setzen.

Das Wasser, mit dem sie sich danach die Hände wusch, sah so grau aus wie Spülwasser. Sie ekelte sich davor, aber sie wusste, dass man für solche Zwecke Regen und Schnee auffing, weil Trinkwasser viel zu wertvoll war, um auf diese Weise vergeudet zu werden. Dennoch hatte sie das Gefühl, ihre Hände wären schmutziger als zuvor.

Seufzend kehrte Manuela in das Gebäude zurück. Als sie durch den Flur schritt, wunderte sie sich über die rege Betriebsamkeit, die auf den Fluren herrschte. Beamte kamen mit Bündeln von Papier aus einem der Zimmer, verließen das Haus und fuhren mit Fahrrädern davon. Als auf einmal das Knattern eines Motorrads erklang, stürzte Manuela zum nächsten Fenster.

Tatsächlich machte sich gerade ein Motorradfahrer auf den Weg. Allerdings hatte sein Gefährt nichts mit den schicken, chromglänzenden Bikes dieser Tage gemein. Es war alt, grau und hatte einen einfachen Sitz, der an den eines Fahrrades erinnerte.

»Hast du das Motorrad gesehen? Wo haben die denn den Kasten ausgegraben?«, fragte sie Agnes, als sie in ihren Bereich zurückkehrte.

»Aus irgendeinem Museum. Alte Autos, Motorräder und Lastwagen funktionieren nämlich noch. Am besten laufen die mit Dieselmotoren. Benzinmotoren mucken immer wieder, aber sie lassen sich ebenfalls verwenden«, erklärte die alte Frau, ohne von dem Topf auf dem Kohleherd aufzusehen.

Als sie schließlich das Essen auftischte, glaubte Manuela, es müsse für eine ganze Familie reichen. Doch als sie das erste Stück Roulade in den Mund steckte, überkam sie eine Gier, als hätte sie wochenlang gehungert.

Agnes beobachtete sie eine Weile und schüttelte dann den Kopf. »Wenn du so weitermachst, platzt du noch.«

»Ich habe Hunger!« Manuela stopfte sich ein Würstchen in den Mund und wickelte das nächste in einen Pfannkuchen ein.

»Du isst schneller, als ich kochen kann!«, stellte Agnes fest und gab den nächsten Löffel Teig in die Pfanne. Das brutzelnde Geräusch des heißen Fettes verhinderte eine Weile jedes Gespräch.

Als der Pfannkuchen fertig war, sprach Manuela sie auf die Unruhe auf dem Korridor an. »Was ist da draußen eigentlich los?«

»Heute haben ein paar Leute eine Druckerpresse hergebracht – ein uraltes Ding, das mit der Hand bedient werden muss. Jetzt drucken sie auf Teufel komm raus Flugblätter, damit die Menschen erfahren, wie es weitergeht.«

Agnes klang so erleichtert, dass Manuela den Kopf senkte, um ihre Miene zu verbergen. So einfach, wie die alte Frau es sich vorstellte, war die Sache nun einmal nicht. Auch wenn die Behörden sich mit ihren bescheidenen Möglichkeiten gegen die Folgen der Katastrophe stemmten, würden noch viele Menschen sterben und der Hungertod in Deutschland reiche Ernte einfahren.

Schlimmer noch war die Gefahr, die von den Geistertoren ausging. Gegen die gab es keine Abwehr. Wenn die dort eingesperrten Geister die Erde überfluteten und über kurz oder lang Gestalt annahmen, war das Ende der Menschheit gekommen.

Als Manuela jeglicher Mut und alle Zuversicht abhandenzukommen drohten, vernahm sie eine seltsam vertraute Stimme in ihrem Kopf.

»Kämpfe dagegen an! Das ist einer der Tricks der Geister. Sie vereinigen ihre mentalen Kräfte und versuchen, die Menschen so zu beeinflussen, dass diese sich nicht mehr wehren können.«

Mit einer heftigen Bewegung fuhr Manuela hoch und sah

sich um. Da war niemand. Oder doch? Mit einem Mal entdeckte sie eine durchscheinende Gestalt, die vor der hinteren Wand des Raumes stand und eine Miene zog, die sie als ein ihr wohlvertrautes, wenn auch nun ein wenig ängstlich wirkendes Grinsen interpretierte.

»Nils?« Sie erinnerte sich, in der Nacht geglaubt zu haben, ihn in ihrer Nähe zu sehen. Aber sie war viel zu müde gewesen, um darüber nachzudenken. Nun erkannte sie ihren einstigen Freund.

»Hallo, Manuela!« Nils winkte beschwichtigend und kam ein paar Schritte näher.

Sofort schreckte Manuela zurück. »Wie kommst du hierher?«

»Wenn ich das wüsste! Ich war am Tor, aber drinnen. Plötzlich habe ich dich auf der anderen Seite gesehen und wurde auf dich zugezogen. Dann hast du mich genau wie die beiden anderen mitgeschleppt. Ich bin erst hier wieder zu Bewusstsein gekommen.«

Agnes tippte Manuela auf die Schulter und sah sich unruhig um. »Mit wem redest du?«

Manuela musste sich erst ins Gedächtnis rufen, dass der alten Frau jedes magische Talent abging und diese Nils weder sehen noch spüren konnte. Für sie selbst war der Kontakt mit der Geisterwelt in den letzten Tagen so zur Gewohnheit geworden, dass sie den Bezug zur Realität zu verlieren drohte. Daher atmete sie tief ein und schenkte Agnes ein Lächeln.

»Es ist nichts. Hast du vielleicht noch einen Kaffee für mich? Danach wäre ich wunschlos glücklich!«

»Du lügst!«, hörte sie Nils' Stimme in ihrem Kopf. »Du vergehst fast vor Sorge, was werden wird, wenn die sechs Tore der Geisterwelt sich öffnen. Leider habe ich nichts Gutes zu berichten. Die Geister drüben merken, dass sie stärker werden, und drängen danach, hierher zurückzukehren und Gestalt anzunehmen. An die Folgen denken sie nicht. Es ist eine

Gier wie bei einem Drogensüchtigen, der ohne seinen Stoff nicht mehr leben kann.«

»Das sind ja Aussichten!« Manuela schüttelte es bei dem Gedanken. Da Agnes sie erneut seltsam ansah, verließ sie die Küche und suchte den zweiten beheizten Raum auf. Kurz darauf kam Agnes mit einer Tasse Kaffee herein.

»Danke!« Manuela setzte sich und trank einen Schluck. Erst als die alte Frau den Raum verließ, drehte sie sich erneut zu Nils um. »Ich habe nicht vor zu warten, bis die Geister kommen und so stark werden, dass sie mich fressen können!«

»Aber welche Chance haben wir denn?«

»Wir?« Sie lachte hart auf. »Du gehörst doch zu denen!«

»Nur über meine Leiche! Obwohl – tot bin ich ja schon.« Nils versuchte zu lachen, brachte aber nur ein paar klägliche Töne zustande.

Sie sah ihn fragend an. »Also gut! Nehmen wir an, du stehst auf unserer Seite. Welche Garantie habe ich, dass dich die anderen Geister nicht mir an den Hals gehetzt haben, damit du unseren Willen zur Gegenwehr mit deinem Gejammer untergräbst?«

»An eine solche Möglichkeit habe ich noch nicht gedacht. Aber nein! Das ist sicher nicht der Fall. Das würde nicht funktionieren. Mir wäre es am liebsten, die sechs Geistertore würden wieder so werden, wie sie waren, sodass die Toten hinübergehen, aber nicht mehr zurückkehren könnten.«

»Einige müssen bereits früher immer wieder in diese Welt gelangt sein. Sonst hätte Pater Fabian nicht als Exorzist arbeiten müssen«, wandte Manuela ein.

»Daran sind Hexen wie du nicht ganz unschuldig«, erklärte Nils. »Immer, wenn ihr eine Séance abgehalten und mit den Geistern Verstorbener Kontakt aufgenommen habt, wurde ein kleines Schlupfloch geöffnet, durch das ein flinker Geist entkommen konnte. Nach einer Weile sind diese von Exorzisten oder durch andere Umstände wieder vertrieben worden. Aber sie haben die Sehnsucht nach der diesseitigen Welt mit nach drüben gebracht und andere damit angesteckt. Jetzt warten Millionen und Abermillionen darauf, endgültig hierherzukommen.«

»Gibt es einen Weg, das zu verhindern?« Manuelas Frage klang wie ein Peitschenhieb und erschreckte Lieselotte, die ihre Stimme gehört hatte und neugierig hereinkam, um zu erfahren, mit wem sie redete. Zum Glück erschien jetzt auch Pater Fabian. Dieser bemerkte Manuelas Gesprächspartner und nickte ihm kurz zu. Dann rieb er sich über die Stirn und stöhnte.

»Habe ich einen Hunger! Dabei habe ich in der Nacht zwei Drittel der belegten Brote gegessen, die Maierhammer besorgt hatte.«

»Ich kann dir etwas machen!« Lieselotte sah sich noch einmal um, sah aber außer Manuela und ihrem Neffen niemand und sagte sich, dass sie geträumt haben musste. Da sie den Pater nicht warten lassen wollte, zog sie sich wieder in die provisorische Küche zurück.

Manuela wartete, bis die Frau die Tür hinter sich geschlossen hatte, und stellte dann ihre Frage erneut. »Gibt es eine Möglichkeit, zumindest das Öffnen des europäischen Tores zu verhindern?«

»Dafür müsste man es genauer untersuchen. Aber selbst dann, wenn wir dieses eine Tor schließen könnten, gäbe es fünf weitere, die immer noch offen stünden.« Nils klang alles andere als zuversichtlich und fürchtete plötzlich selbst, dass ihn einer der mächtigeren Geister beeinflusst und als fünfte Kolonne auf die Welt zurückgeschickt haben könnte.

»Also werden wir unser Tor genauer unter die Lupe nehmen! Vielleicht erfahren wir dabei, ob wir das Öffnen noch verhindern können oder wie es sich schlimmstenfalls wieder schließen lässt«, erklärte Manuela so kämpferisch, dass weder Nils noch der Pater einen Einwand wagten.

5

Im nächsten Moment allerdings spürte Manuela, wie erschöpft sie war. Auch der Pater schien außer Form, und Sandra schlief wie ein Murmeltier. Daher riet Nils ihnen, noch einen Tag zu warten. »Es ist besser, ihr geht frisch an die Sache heran. Es wird nämlich kein Honigschlecken werden. Ich passe inzwischen auf. Wenn ich etwas Auffälliges bemerke, wecke ich euch!«

Manuela dachte kurz nach und schüttelte den Kopf. »Mir brennt die Sache zu sehr unter den Nägeln, als dass ich noch warten könnte.«

»Aber Sandra ist noch nicht einsatzfähig«, wandte Pater Fabian ein.

»Auf diese Reise will ich sie nicht mitnehmen. Sie hat schon zu viel gesehen, ich will ihr das nicht auch noch zumuten. Wenn ich jetzt noch einen Kaffee bekäme, könnten wir loslegen.«

Manuela versuchte, munter zu klingen, doch der Pater und Nils spürten ihre Müdigkeit. Da es sinnlos schien, sie umstimmen zu wollen, überlegten sie gemeinsam, wie sie das Geistertor am einfachsten untersuchen konnten.

»Wir bekommen nur diese eine Chance!«, warnte Nils düster.

»Da bin ich ganz deiner Meinung. Das Ding gleicht einer Atombombe, die jederzeit explodieren kann. Wenn es sich öffnet, wird die Erde nicht mehr wiederzuerkennen sein. Vielleicht kommt dann wirklich die Apokalypse, das Ende der Welt!« Pater Fabian war mit einem Mal so mutlos, dass er drauf und dran war, sich zurückzuziehen und zu erklären, dass alle Versuche ohnehin sinnlos seien.

In dem Augenblick fauchte Nils wie ein gereizter Hund. »Da ist jemand!«

Der Pater fuhr herum, sah zunächst nichts, doch als er Nils' Fingerzeig folgte, entdeckte er einen schwach schimmernden Geist, der ihm bekannt vorkam. Es war sein Dämon, der es noch immer nicht aufgegeben hatte, ihn zu bekämpfen. Mit Schrecken dachte er daran, was dieses Wesen hier anrichten konnte. Dabei ging es dem Pater vor allem um die Beamten, die Maierhammer geschickt hatte. Wenn der Dämon ein paar von diesen unter seinen Bann zwang, würden diese Flugblätter mit Anweisungen unters Volk bringen, die zu Mord und Totschlag führten.

»Bevor wir irgendetwas tun, müssen wir den Kerl da drüben loswerden«, raunte er Manuela und Nils zu.

Der Dämon hörte ihn und begann zu lachen. »Wie willst du mich loswerden, du grandioser Exorzist? Genauso wie das letzte Mal? Ich kann mir vorstellen, dass deine Tante dir einen tadellosen Striptease hinlegen wird.«

Pater Fabian hatte mittlerweile begriffen, dass es die Ausstrahlung des Dämons war, die ihn zur Aufgabe verleiten wollte, und stemmte sich mit aller Macht gegen den unheilvollen Einfluss. Er rief sich in Erinnerung, dass es ihm gemeinsam mit Manuela gelungen war, das Geisterwesen im Englischen Garten zu vertreiben.

Noch während der Geistliche überlegte, was er gegen diesen Dämon unternehmen konnte, fühlte er Manuelas Hand auf seiner Schulter. Sofort fiel alle Unsicherheit von ihm ab, und er reckte seinem Feind das Kreuz entgegen, das auf seiner Brust hing.

»Verschwinde, du unreiner Geist, und komm nicht wieder!«

Zuerst lachte der andere, dann aber verzerrte sich sein Geisterleib zu einer Karikatur, die nur einem wahnsinnigen Gehirn entsprungen sein konnte. Trotz aller Anstrengung gelang es dem Dämon nicht, seine Form beizubehalten, und während er gegen seine Auflösung ankämpfte, überschüttete er den Pater und Manuela mit Schimpftiraden und Drohungen.

Mit einem Mal änderte er die Taktik und wandte sich an Nils. »Du bist doch einer von uns. Hilf mir, und ich sorge dafür, dass dein größter Wunsch in Erfüllung geht und du wieder einen richtigen Körper erhältst.«

Nils tippte sich mit seinem geisterhaften Finger gegen die Stirn. »Du hältst mich anscheinend für vollkommen doof, was? Sobald das Geistertor offen ist, erhalte ich automatisch einen eigenen Körper. Da brauche ich dich Großmaul nicht dazu.«

»Wir können es aber auch verhindern!«, zischte der andere. »Dann bleibst du ein Geisterwesen und wirst immer schwächer, bis nichts mehr von dir übrig bleibt.«

Damit waren die Fronten geklärt. Nils wusste, dass er nur auf einer Seite stehen konnte. Entweder hielt er zu Manuela und ihren Freunden und machte sich dadurch die Dämonen der Geisterwelt zum Feind, oder er half den anderen Geistern, die Welt und damit auch die Frau, die er einmal geliebt hatte, zu vernichten.

Obwohl er körperlos war, durchlief es ihn heiß und kalt. Nicht einmal mehr als Geist existieren zu können, erschien ihm das Schlimmste, was es gab. Doch er traute dem Dämon des Paters nicht und wollte sich auch nicht von dem Kerl vereinnahmen lassen. Allerdings schätzte er die Chancen der Menschheit nicht besonders hoch ein. Auf jeden Lebenden kamen Hunderte von Wiedergängern mit Kräften, die weit über die Talente und Fähigkeiten gewöhnlicher Menschen hinausgingen. Nur besonders Begabte wie Manuela, Pater Fabian und Sandra vermochten die Geister überhaupt wahrzunehmen, zumindest, bis diese feste Körper angenommen hatten.

Trotzdem war Nils nicht bereit, einfach aufzugeben, und grinste den Dämon herausfordernd an. »He, Kumpel, da musst du dir schon etwas anderes einfallen lassen. Außerdem glaube ich nicht, dass du im Konzert der Großen überhaupt das Maul aufreißen darfst. Die wirklich mächtigen Dämonen stehen nämlich noch hinter dem Tor und warten darauf, dass es sich öffnet. Also zieh Leine!«

Der Dämon setzte mehrmals zu einer Antwort an, doch da fixierte Manuela ihn scharf mit ihrem Blick und sprach einige Formeln aus, die den Überlieferungen zufolge helfen sollten, Geister zu unterwerfen und zu willigen Helfern zu machen.

Den Dämon zerriss es beinahe. Er heulte auf und wand sich wie unter harten Schlägen. Dann raste er wimmernd durch die Decke und verschwand mit einem letzten abscheulichen Fluch.

Für einige Augenblicke herrschte Stille. Schließlich stieß Manuela die angehaltene Luft aus den Lungen. »Wir haben ihn verjagt!«

Nils nickte mit angespannter Miene. »Zumindest fürs Erste. Aber er wird wiederkommen und eine andere Taktik einschlagen. Schade, dass wir seinen Namen nicht kennen, sonst könntet ihr ihn endgültig packen. So aber wird es ihm immer wieder gelingen, sich herauszuwinden und zu fliehen.«

»Du verstehst viel von Geistern«, sagte der Pater immer noch schwer atmend.

Nils grinste breit. »Kunststück, ich bin ja selbst einer. Auch wenn ich nicht sehr lange auf der anderen Seite war, habe ich doch einiges erfahren. Zum Beispiel muss jemand, der die gleichen Fähigkeiten hat wie ihr, nur den Namen eines Geistes kennen, um diesen zu beherrschen. Das weiß der Kerl natürlich auch und wird dichthalten. Aber ich glaube, für die nächsten zwei, drei Tage sind wir ihn los.«

Manuela sah ihn durchdringend an. »Das heißt, ich könnte dich beherrschen, weil ich deinen Namen kenne?«

»Wahrscheinlich! Aber es würde dir nicht viel nutzen. Im Gegensatz zu eurem speziellen Feind oder gar den ganz mächtigen Geistern der anderen Welt bin ich ein Leichtgewicht. Ich war ja nicht lange dort, während andere Tausende von Jahren ihre Kräfte aufbauen und Bosheiten aushecken konnten.«

»Du könntest uns wenigstens nicht verraten«, wandte Manuela ein.

»Das könnte ich nicht«, gab Nils zu. »Allerdings kann ich das auch so nicht. Der Kerl, den ihr eben verjagt habt, wird seine Kumpel kräftig gegen mich aufhetzen. Ab diesem Zeitpunkt stehe ich auf deren persönlicher Abschussliste ganz weit oben.«

Manuela spürte, dass er die Wahrheit sagte. Obwohl er selbst ein Wiedergänger war, hatte er sich entschlossen, für die Welt der Lebenden zu kämpfen. Das erleichterte sie, denn sie hätte Nils ungern als Feind gesehen. Mit einer unbewussten Geste strich sie ihm über die Wange und lächelte, während ihr eine Träne über das Gesicht lief. »Du warst immer ein prima Kerl, Nils. Schade, dass es so hat enden müssen.«

»Ich bedaure das auch. Aber wir sollten uns nicht in Erinnerungen verlieren, sondern die Zeit nutzen und uns wieder dem hiesigen Geistertor zuwenden.«

»Du hast recht!« Manuela setzte sich auf die Couch, bat den Pater, ihr gegenüber Platz zu nehmen, und verschränkte dann ihre Hände in den seinen.

Noch während der Pater sich überlegte, ob er sich dem Tor überhaupt noch einmal nähern wollte, verschmolzen ihre beiden Geister und sie fanden sich hoch über München wieder.

6

Mittlerweile war Manuela an diese Art des Reisens gewöhnt und flog daher ohne Zögern in Richtung des Geistertors. Nils hatte sich ebenfalls an sie geklammert. Es war ihr recht, denn er kannte das Tor und das, was dahinterlag, weitaus besser als sie oder Pater Fabian.

Einen Augenblick hatte sie das Gefühl, in ihren Körper zurückgekehrt zu sein, denn sie sah, dass Sandra auf ihren Schoß kletterte und die Stirn gegen ihren Kopf presste. »Ihr braucht mich doch«, flüsterte das Mädchen. Dann verschwand diese Vision und Manuela stellte fest, dass die gesamte Gruppe mit Überschallgeschwindigkeit über das Land raste.

»Gut, dass wir nur geistig reisen, sonst würde es um uns herum ordentlich knallen«, sagte Pater Fabian, dem diese Art zu reisen immer noch unheimlich war.

Nils lachte auf. »Das täte es nur ein Mal, dafür aber kräftig! Ich glaube nicht, dass der menschliche Körper dafür geschaffen ist, so schnell zu fliegen. Es würde euch das Fleisch von den Knochen fetzen.«

Er wollte noch mehr sagen, wurde jedoch von einen wütenden Ausruf Manuelas gestoppt. »Lasst diesen Schmarrn! Ich muss mich konzentrieren!«

»Wir sind ja schon still«, antwortete Nils und zwinkerte dem Pater zu, der wie ein Ring um Manuelas Geist lag. Dieser antwortete mit einer bejahenden Geste, sah aber ebenso wie Nils gespannt nach vorne. Dort war in der Ferne bereits das Tor zu sehen. Es wirkte noch um einiges aufgeblähter als bei ihrem letzten Besuch und machte den Eindruck, als müsse es jeden Augenblick platzen.

Um das Tor herum hatten sich noch mehr Geister versammelt, so als ginge das Sterben in Europa in gleichem Umfang weiter. Viele Seelen schienen bereits unter dem Bann mächtiger Dämonen zu stehen, denn sie funkelten Manuela und ihre Begleiter wütend an, und einige schlugen sogar nach ihnen. Doch die Hiebe gingen durch sie hindurch, ohne Schaden anzurichten.

»Gut, dass sie noch auf der schwächsten Stufe ihrer Geisterexistenz stehen«, rief Nils.

Als sie jedoch das Tor erreicht hatten und gegen den Druck ankämpften, den dieses auf sie ausübte, fanden sie dort auch starke Geister vor, denen es bereits gelungen war, die dünn gewordene Hülle zu durchdringen, welche ihre Welt von der Erde trennte. Sie hielten sich nicht mit nutzlosen Aktionen auf, sondern verlegten den vieren den Weg.

»Verschwindet! Ihr habt hier nichts zu suchen«, rief einer mit starker magischer Stimme.

»Verkrümelt euch, sonst machen wir Hackfleisch aus euch«, drohte ein anderer.

»Das mit dem Hackfleisch dürfte schwierig werden. Schließlich sind wir auch nur Geister«, witzelte Nils.

Ein Geist, der stark genug war, seiner Umgebung Kleidung in Form von hautengen Lederhosen und einer Henkersmütze vorzugaukeln und der überdies ein Richtbeil in den Händen hielt, schwebte auf die Gruppe zu. »Die drei, die bei dir sind, haben noch einen Körper, und du wirst auch wieder einen bekommen. Dann nehme ich mir euch alle vor. Ich bin ein Meister darin, Schmerzen zuzufügen. Das werdet ihr am eigenen Leib erfahren – es sei denn, ihr unterwerft euch mir und helft mit, die Welt zu erobern.« Sein Deutsch klang altmodisch, aber verständlich.

»Wenn du so ein großer Meister bist, kannst du uns auch sagen, wie du heißt?« Nils' Versuch, den Namen des anderen aus diesem herauszulocken, wurde mit einem verächtlichen Lachen bedacht.

»Das hättest du wohl gerne, was? Aber da bleibt dir

der Schnabel sauber. Und jetzt macht, dass ihr fortkommt. Sonst ...«

Zu mehr kam er nicht, denn Manuela erinnerte sich daran, wie sie Pater Fabians speziellen Dämon vertrieben hatte. »Verschwinde! Und ihr ebenfalls!«, herrschte sie den Geist des Henkers und die anderen in seiner Nähe an.

Es war, als führe eine scharfe Böe zwischen die schemenhaften Gestalten. Etliche Wiedergänger wurden davongewirbelt, andere flohen, und der Rest krümmte sich wie unter starken Schmerzen.

»Ich glaube, jetzt können wir uns das Tor in Ruhe ansehen«, erklärte Manuela und schwebte an den Geistern vorbei auf die Oberfläche zu.

Auf dem letzten Stück war ihr, als müsse sie sich gegen einen Orkan stemmen. Nur mit Mühe gelang es ihr, näher an die schillernde Wand heranzukommen, deren Farbe sich seit dem letzten Besuch stark verändert hatte. An den Rändern bestand das Tor nun aus einem Kreis hellroter Flammen, die von einem stechenden, weißen Licht gesäumt wurden. Nach innen hingegen wurde der Lichtschein immer dunkler, bis er sich im Zentrum als schwarzvioletter Kreis zeigte, der die heißeste Stelle des ganzen Tores darstellte.

»Hier reißt es zuerst auf! Und schaut, wie die da drüben schon ungeduldig darauf warten«, rief Pater Fabian und lenkte Manuelas Blick auf eine Gruppe von Geistern auf der anderen Seite.

»Sie hoffen, unsere Anwesenheit oder das, was wir tun, würde die Sache beschleunigen.« Nils schien Angst zu haben, dass genau dies geschehen könne.

Auch Manuela war nicht gerade wohl zumute, als sie mit einer letzten Anstrengung auf die Torwölbung zutrieb und schließlich dagegenstieß. Es war, als berühre sie einen stramm aufgeblasenen Luftballon, der allerdings etliche Hundert Grad heiß und mittlerweile so riesig war, dass man ihn als Haube über ganz Berlin hätte setzen können.

»Hast du eine Idee?«, fragte Pater Fabian.

»Nicht die geringste.«

»Ich auch nicht!« Der Pater stöhnte auf, brach aber ab, als er Sandras Stimme vernahm.

»Ich glaube, wir sollten am Rand nachschauen. Das hier ist das Türblatt. Um zu verstehen, was hier vorgeht, müssen wir Scharnier und Schloss untersuchen!«

Manuela beschloss, den Rat der Kleinen zu befolgen, wurde aber bei der nächsten Bewegung weit vom Tor weggetrieben. Sogleich vernahm sie das höhnische Gelächter der Geister und Dämonen. Mit Mühe gelang es ihr, sich wieder bis an den Rand vorzukämpfen und sogar um diesen herumzuschweben. Von hinten wirkte das Geistertor wie ein schwarzer Scherenschnitt, an dem eine Art beweglicher Schlauch endete, der selbst an seiner dünnsten Stelle mehrere Kilometer durchmaß. Wohin dieser Schlauch führte, war nicht zu erkennen, doch Manuela war davon überzeugt, dass er mit einer anderen Welt verbunden war, die sich den ins Weltall gerichteten Teleskopen der Menschen völlig entzog.

Da Nils ihre Gedanken nicht verborgen blieben, setzte er zu einer Erklärung an. »Gewöhnlich sind die Geistertore kleiner und sie strahlen nicht so stark. Der Verbindungsschlauch ist ebenfalls unnatürlich aufgebläht. Sonst ist er höchstens hundert Meter dick. Das reicht normalerweise für die Seelen der Verstorbenen, die in die andere Welt gehen müssen. Jetzt aber drängen sich die stärksten Dämonen und ihr Gefolge darin und haben sowohl den Schlauch wie auch das Tor ausgedehnt.«

»Mir fällt etwas ein«, rief Manuela, ohne auf seine Worte einzugehen. »Wir kennen doch die Namen der meisten großen Schurken der Geschichte. Damit müssten wir diese beherrschen und unschädlich machen können!«

»In der Theorie hast du recht! Nur haben sich die Geister in ihrer eigenen Welt stark verändert. Nicht einmal ihre engsten Verwandten würden sie wiedererkennen. Und da sie um die Gefährlichkeit ihrer Namen wissen, werden sie diese auch niemand auf die Nase binden.«

»Aber dich habe ich doch sofort wiedererkannt!«, antwortete Manuela ungläubig. Ihr schien es zu verlockend, böse Geister auf so leichte Weise außer Gefecht setzen zu können.

Das spürte auch ihr verstorbener Freund, und es tat ihm leid, ihr die Illusionen rauben zu müssen. »Ich war ja auch noch nicht lange drüben. Nach etwa fünfzehn bis zwanzig Jahren in der Geisterwelt verwandeln sich die meisten Seelen und schlagen einen Weg ein, der sie im Lauf der Jahrhunderte zu Dämonen werden lässt. Einige werden mit der Zeit so stark, dass sie, wenn das Tor während einer Séance schwächer wird, die Geisterwelt verlassen und auf die Erde zurückkehren können. Auf unserer Seite brauchen sie im Allgemeinen jedoch einen Wirt, weil sie sonst wieder kraftlos werden und in Gefahr geraten zu vergehen. So mancher Dämon hat sich in dieser Welt einen Menschen unterworfen und ist jahre- oder jahrzehntelang als dieser aufgetreten. Mit ihren besonderen Kräften haben sie es meist rasch an die Spitze irgendeiner einflussreichen Gruppierung geschafft. Einige wurden Staatengründer, andere berühmte Propheten und ein paar sogar Götter.«

»Interessant!« Auch wenn Nils' Aussagen nicht mit seinem christlichen Weltbild vereinbar waren, interessierte sich Pater Fabian für seine Ausführungen.

»Wir sollten weniger über Religion reden als uns das Tor genauer ansehen«, fuhr Manuela die beiden an. Dann aber dachte sie über Nils' Bemerkung nach und sah seinen Geisterkörper dankbar an. »Ich bin froh, dass du dich zu unserer Seite zählst. Wir sind wenige genug!«

»Ich werde immer auf deiner Seite sein, ganz gleich, was geschieht«, erklärte Nils.

Manuela nickte erleichtert, streckte die Hand aus und berührte den Feuerrand. Diesmal glitten ihre magischen Finger hindurch, und sie spürte die Kraft, die das Tor noch geschlossen hielt, aber auch einen seltsamen Missklang, als fließe der magische Strom des Tores nicht in die Richtung, die er nehmen sollte.

»Der Energiestoß, durch den die Menschheit fast in die Steinzeit zurückgeworfen wurde, hat auch das magische Tor beeinflusst und seine Wirkung verdreht«, erklärte sie ihren Begleitern. »Wenn wir etwas bewirken wollen, müssen wir den Fluss der Magie wieder in sein normales Bett zurückzwingen.«

»Ich begreife nicht ganz …« Nils wurde sofort von ihr unterbrochen.

»Nicht hier! Darüber sollten wir uns in aller Ruhe zu Hause unterhalten. Jetzt möchte ich weg. Das hiesige Publikum wirkt nicht gerade aufbauend.« Ein kurzes Auflachen begleitete ihre Worte, dann wandte sie dem Tor den Rücken zu und schoss wie ein Blitz davon.

7

Diesmal fanden sie so rasch nach Hause, als würden sie von den Fäden gezogen, die Körper und Geist verbanden. Doch kaum war Manuela wieder sie selbst und hatte ihre Augen geöffnet, wünschte sie, sie hätte diese Reise gar nicht erst angetreten, denn ihr Magen schien nur noch aus einem Klumpen zu bestehen, der sich selbst auffraß.

»Hunger!«, rief sie. »Ich brauche sofort etwas zu essen.«

»Ich mache dir rasch ein Butterbrot«, erklärte Agnes.

»Eines?« Manuela hatte das Gefühl, mindestens ein Dutzend davon zu brauchen.

Auch Sandra zupfte jetzt Agnes am Schürzenzipfel. »Ich habe auch Hunger!«

»Und ich nicht weniger.« Pater Fabian versuchte zu lächeln, brachte aber nur eine Grimasse zustande. »Solche geistigen Reisen zehren höllisch an den Kräften. Gibt es Überlieferungen, wie es magisch Begabten früher ergangen ist?«

»Mir ist nichts dergleichen bekannt. Wahrscheinlich haben die Hexen und Magier sich gehütet, dieses Wissen unter die Leute zu bringen. Außerdem haben die christlichen Kirchen sehr viele unliebsame Aufzeichnungen verbrennen lassen oder so tief in ihren Archiven versteckt, dass sie niemand mehr findet.« Manuela atmete tief durch. »Auf jeden Fall haben wir jetzt erst einmal eine Menge Diskussionsstoff. Wir müssen unbedingt einen Weg finden, das Tor wieder in seinen ursprünglichen Zustand zu versetzen.«

»Das wird nicht leicht sein, da die Geister und Dämonen das Tor gewiss nicht unbewacht lassen werden.« Bevor jemand Nils Schwarzseherei vorwerfen konnte, hob er abwehrend die Hand. »Damit will ich nicht sagen, dass es unmöglich ist. Doch bevor wir etwas unternehmen, sollten wir alle Eventualitäten bedenken. Wir werden nur eine einzige Chance bekommen, dann haben wir sämtliche Dämonen am Hals.«

»Da hast du wohl recht«, erklärte Pater Fabian, während Manuela in die Pumpernickelstulle biss, die Agnes und Liselotte ihr bereitet hatten.

»Frisches Brot haben wir leider keines. Aber unsere Dauerbrotvorräte reichen noch einige Zeit, wenn ihr nicht jeden Tag mit einem solchen Hunger nach Hause kommt.« Liselottes Stimme schwankte ein wenig, denn es ging über ihr Verständnis, dass die drei zuerst stundenlang wie erstarrt auf dem Sofa lagen und unansprechbar waren, dann aber wie die Scheunendrescher über das Essen herfielen.

Agnes nahm die Sache so hin, wie sie war, und versorgte Sandra und den Pater mit weiteren Butterbroten. Beide griffen mit gutem Appetit zu und bedankten sich höflich.

»Also, was meint ihr? Wie könnte es uns gelingen, das Tor wieder umzupolen?«, fragte Manuela in die Runde.

Pater Fabian hob die Hand wie ein Schuljunge. »Rein technisch gesehen müssten wir eine ähnliche geistige Schockwelle erzeugen wie damals dieser Sonnensturm.«

Nils wiegte den Kopf. »Die Frage ist, wie stark diese Schockwelle sein muss. Ich habe die leise Befürchtung, dass ihr drei es allein nicht schafft. Wir brauchen mehr magisch Begabte, die sich zusammenschließen. Ich schätze, ihr müsstet mindestens zu sechst sein oder einige starke magische Artefakte einsetzen können.«

Eine Zeit lang schwiegen sie entmutigt, doch dann machte Manuela eine wegwerfende Handbewegung. »Es muss doch möglich sein, andere Menschen mit ähnlichen Fähigkeiten wie die unseren zu finden. Eine Person wüsste ich sogar.«

Sie dachte an Deta Knacke, die sie an dem Tag des Unheils zu einer Séance gerufen hatte. Zwar war ihr die Frau höchst unsympathisch und gewiss kein lauterer Charakter, doch im Augenblick zählten ihre übersinnlichen Fähigkeiten mehr als ihr Sündenregister.

»Dann sollten wir veranlassen, dass dieser Mensch zu uns geholt wird«, erklärte der Pater.

»Ich notiere mir gleich den Namen und die Adresse. Wenn Frau Knacke noch nicht aus Angst vor dem Wiedergänger gestorben ist, der ihr ans Leder will, müsste sie noch in ihrem Wohnblock sein.« Noch während Manuela es sagte, fiel ihr ein, dass es eine weitaus leichtere Möglichkeit gab, die alte Hexe zu finden. Sie musste nur nach der magischen Ausstrahlung der Frau suchen. Vorher aber vertilgte sie noch drei Pumpernickelscheiben und trank einen Liter Roibuschtee.

Lieselotte sah ihr kopfschüttelnd zu und meinte dann zu Agnes, dass sie selbst bei der gleichen Flüssigkeitsaufnahme andauernd auf die Toilette laufen müsse. »Und das ist derzeit nicht so einfach, weil man auf den Hof und damit in diese unnatürliche Kälte hinaus muss«, setzte sie hinzu und holte die nächste Kanne Tee, da ihr Neffe ihr die leere Tasse auffordernd entgegenhielt.

Diesmal fiel es Manuela leicht, ihren Geist vom Körper zu trennen. Sie schwebte einen Augenblick über sich selbst und sah ihren Freunden zu. Danach drang sie durch die Mauern des Gebäudes ins Freie. Es dauerte ein wenig, bis sie das Haus wiederfand, in dem Frau Knacke wohnte. Mit einem gewissen Spott sagte sie sich, dass sie diesmal niemand nach der Dame fragen musste.

Während sie durch die Tür der Wohnung drang, spürte sie einen Abwehrzauber, der jedoch zu schwach war, um sie aufzuhalten. Ihre Haut brannte ein wenig, so als hätte sie die Dusche einen Strich zu heiß aufgedreht.

»He, was soll das? Ich bin als Geist hier und habe keine Haut«, sagte sie zu sich selbst und musste dann lachen. Auch wenn ihr Körper in der Oberforstdirektion zurückgeblieben war, verfügte sie noch über die gewohnten Reflexe, und die meldeten ihr Empfindungen, welche sie eigentlich gar nicht haben konnte. Allerdings hatte Manuela nun weder Zeit noch Lust, darüber nachzudenken, denn sie wollte die alte Hexe finden.

In der Wohnung hielt Deta Knacke sich nicht auf, allerdings verrieten einige leere Schränke, dass die Frau sich versorgt hatte, bevor sie gegangen war. Manuela blieb daher nichts anderes übrig, als die Spur der magischen Ausstrahlung aufzunehmen und dieser zu folgen.

Sie entdeckte die Frau unten in ihrem Kellerabteil. Da die

einzelnen Keller in dieser Wohnanlage durch feste Wände getrennt waren, würde sie dort nur jemand finden, der über ähnliche Kräfte verfügte wie Deta Knacke und sie selbst.

Hier unten waren die Abwehrzauber stärker als in der Wohnung, und es kostete Manuela einige Mühe, sie zu überwinden. Sie durchdrang jedoch auch dieses Hindernis und sah kurz darauf die Frau vor sich.

Hatte Deta Knacke am Tag der großen Katastrophe wie eine gepflegte Frau gewirkt, so glich sie nun einer versoffenen Alten. Seit ihrer letzten Begegnung hatte sie sich nicht mehr gewaschen, und ihr Kleid strotzte vor Dreck. Dazu war der Kellerboden mit Essensresten bedeckt und es stank fürchterlich, weil die Frau einen Eimer als Toilette benutzte und diesen bis jetzt nicht geleert hatte.

Nun bemerkte Deta Knacke, dass jemand ihren Abwehrzauber durchbrochen hatte, wich mit einem Aufschrei zurück und streckte beide Arme von sich.

»Bitte tu mir nichts«, wimmerte sie.

»Ich tue Ihnen gewiss nichts«, sprach Manuela sie auf geistigem Weg an.

Der Kopf der Hexe ruckte hoch. »Sie sind es? Bitte helfen Sie mir! Ich fühle, er wird bald kommen und mich umbringen.«

»Dazu ist er im Augenblick noch nicht in der Lage«, erklärte Manuela und dachte bei sich, dass jener Bankräuber, vor dessen Geist die Frau sich so fürchtete, wohl kaum mehr tun musste, als vor Deta Knacke zu erscheinen. Denn diese war so kraftlos, dass sie bei seinem Anblick vor Angst sterben würde.

Die Frau nahm einen Teil ihrer Gedanken wahr und krümmte sich. Dann sah sie wie verloren zu ihr auf.

»Ich muss mit Ihnen reden, Frau Knacke«, sagte Manuela in der Hoffnung, die verschreckte Hexe beruhigen zu können. »Wir sind ein kleines Team magisch begabter Menschen und wollen das Geistertor, das zu bersten droht, wieder in Ordnung bringen. Dazu brauchen wir Ihre Hilfe. Schließen Sie sich uns an, und ich verspreche Ihnen, dass wir Sie vor Ihrem persönlichen Feind beschützen!«

»Wirklich?« In den trüben Augen der Frau flackerte ein Funken Hoffnung auf. Gleichzeitig kam auch ihre Gier wieder zum Vorschein. »Aber das Geld gehört mir, verstanden? Das müssen Sie mir schriftlich geben!«

»Ich glaube zwar nicht, dass Sie in der jetzigen Situation noch viel mit dem Geld anfangen können. Aber ich werde anfragen, ob Sie eine entsprechende Belohnung erhalten können. Doch jetzt werden Sie dieses Loch hier verlassen und zur Oberforstdirektion gehen. Ich sorge dafür, dass man Sie dort einlässt und zu uns bringt. Haben Sie verstanden?« Manuela sah die Frau scharf an und atmete erleichtert auf, als diese zaghaft nickte.

»Dort gibt es auch recht gutes Essen und genug zu trinken«, setzte sie hinzu, da Deta Knacke nicht so aussah, als hätte sie in den letzten Tagen besonders üppig gelebt.

Erleichtert kehrte Manuela in ihren Körper zurück und fand, dass sie noch ein paar Pumpernickelschnitten vertragen konnte.

8

Eine gute Stunde später schlurfte Deta Knacke ins Zimmer. Sie wirkte erschöpft und ausgezehrt, doch ihre Blicke schweiften lauernd umher, und sie nahm die Tasse Kaffee, die eigentlich für Pater Fabian gedacht war, an sich und trank sie gierig leer.

»Gibt es hier auch was zu essen?«, fragte sie dann.

»Erst nach einem ausgiebigen Bad«, erklärte Lieselotte naserümpfend und forderte die Frau auf, mit ihr zu kommen. Kurz darauf klang schrilles Keifen durch das Gebäude. Pater Fabians Tante hatte Deta Knacke kurzerhand in einen Bottich mit kaltem Wasser gesteckt und rückte ihr mit einer Wurzelbürste zu Leibe.

Nils, der nur für Manuela, Pater Fabian und Sandra sichtbar war, schüttelte den Kopf. »Glaubt ihr wirklich, dass die Frau eine Verstärkung für uns ist?«

Manuela zuckte mit den Achseln. »Zumindest hoffe ich es. Auf jeden Fall verfügt sie über die Kräfte, die wir dringend brauchen. Ein besserer Charakter wäre mir zwar lieber, aber wie heißt es so schön: In der Not frisst der Teufel Fliegen! Und ihr werdet mir doch wohl nicht widersprechen, dass wir in Not sind.«

»Sicher nicht!« Pater Fabian nahm die volle Tasse entgegen, die Agnes ihm reichte. »Was meint ihr? Wie sollen wir weiter vorgehen?«

Bevor einer von ihnen antworten konnte, klopfte es an die Tür und der Ministerialbeamte Hufnagel kam mit einem dicken Bündel Papier unter dem Arm herein.

»Grüß Gott und einen schönen Gruß von Herrn Maierhammer. Er hat mir einige Anweisungen für Sie mitgegeben. Ihr Bericht soll spätestens morgen Mittag vorliegen.« Mit diesen Worten legte er den Papierstapel auf den Tisch und versuchte zu lächeln.

Mittlerweile wusste er ebenso wie Maierhammers restliche Verschworene, dass dieser seine Pläne auf die Informationen von Wahrsagern und Kristallkugellesern aufbaute, und er arbeitete nur mit, damit überhaupt etwas geschah. Er selbst hätte gut auf diese Gruppe verzichten können, doch die Anweisungen seines bisherigen Kollegen, der wegen seiner Vorschläge befördert und nun sein Chef geworden war, ließen ihm keine andere Wahl.

Für Pater Fabian und Manuela kamen Maierhammers Forderungen zu einem denkbar ungünstigen Zeitpunkt, denn die Umpolung des Geistertors duldete keinen Aufschub. Schon ein kurzer Blick auf die handgeschriebene Liste zeigte ihnen, dass sie damit eine Zeit lang beschäftigt sein würden.

»Wenn Sie nichts dagegenhaben, verabschiede ich mich wieder. Falls Sie etwas brauchen sollten …« Josef Hufnagel ließ den Rest des Satzes ungesagt, denn in seinen Augen war es Nonsens, wertvolle Vorräte an solche Leute zu verschleudern. Ohne eine Antwort abzuwarten, verließ er das Zimmer und gab damit Manuela und den anderen die Gelegenheit, über ihre Situation zu beraten.

»Was denkt dieser Maierhammer sich eigentlich? Sind wir seine Sklaven?«, schäumte Manuela auf.

»Das nicht, aber er hat uns die Möglichkeit geboten, hier in Ruhe arbeiten zu können. Im Gegenzug ist es unsere Pflicht, ihm zu helfen. Schauen wir mal an, was er so alles will.« Pater Fabian ergriff das erste Blatt und las es durch. »Wir sollen die umliegenden Städte und Gemeinden erkunden, damit er weiß, wo es ausreichend ist, einen Beamten hinzuschicken, und an welchen Stellen er eine größere Truppe braucht, um die Ordnung wiederherzustellen. Außerdem sollen wir uns bei den einzelnen Polizeiinspektionen umsehen, ebenso bei den Bundeswehrkasernen und einigen anderen Einrichtungen. Es scheint, als wolle Maierhammer so viele Leute wie möglich rekrutieren, um den Rückstand, den wir im Vergleich zu Berlin haben, in aller Eile aufzuholen.«

»Aber das Geistertor ist viel wichtiger!«, rief Manuela erregt aus.

»Für eine Beamtenseele wie Maierhammer nicht. Ich glaube, er hat nicht einmal im Ansatz begriffen, auf welchem Weg wir die Informationen aus Berlin eingeholt haben. Für ihn sind wir nur Werkzeuge, mit denen er seinen Einfluss in der Staatskanzlei und im Land ausbauen kann.«

Manuela fauchte wütend. »Wir sollten uns nicht um diesen Maierhammer kümmern, sondern unseren eigenen Überlegungen folgen!«

»Das würde ich auch gerne. Nur halte ich es für falsch, uns Maierhammer zum Feind zu machen. Er hat uns dieses Quartier besorgt. Genauso kann er uns wieder vor die Tür setzen, wenn er das Gefühl hat, wir würden ihm nicht mehr nützlich sein.«

»Darf er das so einfach?«, fragte Manuela.

Pater Fabian nickte verdrossen. »Leider ja! Daher können wir es uns nicht leisten, ihn zu verärgern. Wir sollten ihm ein paar Informationen liefern und uns in der restlichen Zeit überlegen, was wir wegen des Geistertors unternehmen können. Da wir derzeit noch zu wenige sind, um dort etwas zu bewirken, könnten wir vielleicht zwei Fliegen mit einer Klappe schlagen. Während wir auf Maierhammers Wünsche eingehen, können wir versuchen, weitere magisch begabte Menschen zu finden.«

»Mit dem Gedanken könnte ich mich anfreunden. Gerne arbeite ich aber nicht für diesen Kerl. Wir kriegen ja nicht einmal Gehalt.« Manuela nahm nun selbst den Papierstapel in die Hand und fand etliche Pläne und Landkarten vor, auf denen einige Stellen mit Rotstift markiert waren.

»Diese Punkte sollen wir wahrscheinlich als Erstes überprüfen?«

»Es sind Polizeiinspektionen, Lebensmittellager und die Vorratsräume von Getränkeherstellern und Brauereien. Die grünen Kreise sind Orte, an denen Maierhammer Frischwasser holen lassen will, sobald die entsprechenden Fahrzeuge zur Verfügung stehen«, erklärte ihr der Pater.

»Gibt es genug Autos?«, wollte Manuela wissen.

Der Ordensgeistliche antwortete mit einem Schulterzucken. »Ich schätze, dass vielleicht zwei Prozent der Pkws noch fahrtüchtig gemacht werden können. Allerdings sind etliche davon in Unfälle verwickelt gewesen. Wie viele jetzt noch existieren, weiß ich nicht. Maierhammer hofft vor allem auf die Leute auf dem Land. Die haben meist genug Platz, um alte Autos und Traktoren abzustellen, wenn sie diese nicht verschrotten lassen wollen. Ich hoffe, er hat recht. Je eher die Bevölkerung mit dieser Krise fertig wird, umso besser kann sie sich der ersten geistigen Angriffe der Wiedergänger erwehren.«

»Eine gute Rede! Wenn Sie mal die Messe lesen, höre ich mir Ihre Predigt an.« Nils hatte das Gefühl, auch mal wieder das Wort ergreifen zu müssen, während Sandra genüsslich ihr Pumpernickelbrot aß und still zuhörte. Tatsächlich verstand sie von dem Gesagten mehr, als die Erwachsenen sich vorzustellen vermochten. Sie war kein Kleinkind mehr, und die Tage seit der großen Katastrophe hatten sie über ihre sieben Jahre hinaus reifen lassen.

Pater Fabian ging nicht auf Nils' Kommentar ein, sondern legte eine Umgebungskarte von München auf den Tisch und machte Vorschläge, wo sie mit ihrer Aufklärungsaktion beginnen sollten.

9

In Absprache mit Pater Fabian hatte Manuela beschlossen, Sandra einen Tag Ruhe zu gönnen. An der Stelle des Mädchens sollte Deta Knacke mitarbeiten, um sich an das Team zu gewöhnen. Doch als sie sich an den Tisch setzten und einander an den Händen fassten, bedauerte Manuela diesen Entschluss. Die alte Hexe hatte sich zwar gewaschen und frische Kleider erhalten, aber sie strömte eine ungute Energie aus, die eher störend als hilfreich war. Nur mit Mühe gelang es Manuela, die nötige Konzentration aufzubauen, um ihren Geist vom Körper lösen zu können.

Sofort begann Deta Knacke zu maulen. »He, was soll das? So was kannst du doch nicht einfach mit mir machen!«

»Entweder du gliederst dich in unsere Gruppe ein, oder du kehrst in deinen Keller zurück«, schimpfte Manuela.

Pater Fabian versuchte zu schlichten. »Jetzt streitet euch nicht. Frau Knacke, wir haben Ihnen doch erklärt, was wir tun wollen. Atmen Sie einmal tief durch! Sie werden sehen, dass Ihre Angst verschwindet.«

»Womit soll ich denn atmen? Ich bin ja nur ein Geist oder, besser gesagt, das geistige Anhängsel eines anderen Geistes!«

Deta Knacke zeterte noch eine Weile, doch Manuela beachtete sie nicht länger. Inzwischen hatte sie begriffen, was die andere ärgerte. Die alte Hexe war es nicht gewohnt, die zweite Geige zu spielen. Aber das würde sie schnell lernen müssen, wenn sie sich weiterhin satt essen wollte.

Mit diesem Gedanken stieg Manuela hoch über die Dächer von München auf und beobachtete eine Weile die Menschen, die in den Straßen arbeiteten. Sie waren zu Gruppen zusammengefasst, die von Vorarbeitern kommandiert wurden. Diese machten sich nicht die Hände schmutzig, sondern standen neben den Arbeitern, trieben sie mit beleidigenden Worten an und lachten noch über sie.

»Wenn das die Ordnung ist, die Maierhammer errichten will, dann gute Nacht«, stöhnte Manuela und machte sich auf den Weg ins Umland.

Auf den ersten Blick sah alles gut aus. Als sie über den Ort Poing schwebte, herrschte dort eine ruhige, fast gelassene Stimmung, die sich sehr von dem Kommandoton unterschied, der durch München hallte. Die Bewohner dieser Gemeinde hatten ihr Leben im Griff. Nicht anders war es in den nächsten Ortschaften. Hier auf dem Land schien Solidarität noch etwas zu bedeuten, denn auch die Schwachen und Kranken wurden gut versorgt.

»Bezüglich des Landkreises Ebersberg können wir Entwarnung geben«, konstatierte Pater Fabian zufrieden und bat Manuela weiterzufliegen.

Sie näherten sich dem Gebirge. In den meisten Orten wurde ebenfalls kräftig aufgeräumt. Dennoch deuteten hier Spuren auf harte Auseinandersetzungen hin. Gelegentlich waren Bauernhöfe und Geschäfte geplündert worden, und es musste auch etliche Tote gegeben haben, denn auf den Friedhöfen wölbten sich frische Gräber.

»Irgendwie kann die Abstammungslehre nicht stimmen«, kommentierte Manuela den Anblick unter ihnen, als sie über einem niedergebrannten Bauernhof schwebten. Um diesen herum lagen etliche niedergemetzelte Kühe, von denen man nur die besten Teile des Fleisches abgeschnitten hatte, während der Rest vergammelte.

»Der Pater macht sich darüber keine Gedanken. Der glaubt doch, dass Gott die Welt und die Menschen erschaffen hat«, spottete Deta Knacke.

»Ganz hinter dem Mond lebe ich auch nicht. Aber mich interessiert, warum du das gesagt hast, Manuela?« Pater Fabian konzentrierte sich auf die junge Hexe und es gelang ihm zum ersten Mal, sie als Geist optisch wahrzunehmen. Sie sah nicht viel anders aus als sonst, strahlte aber in einem hellen, samtigen Blau, das von Gold durchzogen wurde, während Deta Knacke so dunkel glühte wie ein niedergebranntes Feuer, das bereits stark von Asche bedeckt wurde.

Manuela lachte bitter auf. »Es heißt doch, der Mensch stammte von Affen ab. Aber Affen hätten so etwas niemals getan. Es sieht vielmehr so aus, als sei der Mensch mit dem Wolf verwandt!«

»Das ist eine Beleidigung für den Wolf«, ließ Nils sich vernehmen. Auch wenn er nicht direkt zur Gruppe gehörte, konnte er sich an Manuelas Geist festhalten und ihr überall hin folgen.

»Ein bisschen mehr Optimismus und Menschenliebe würde euch beiden gut anstehen«, tadelte der Pater sie. »Bedenkt doch, dass diese Menschen sich in einer absoluten Ausnahmesituation befinden. Sie haben Hunger und Durst. Die staatliche Ordnung ist zusammengebrochen, und niemand sagt ihnen, wie es weitergehen soll. Ist es da nicht natürlich, wenn Einzelne durchdrehen und Dinge tun, für die sie sich im normalen Leben schämen würden? Und wir haben es ja auch schon anders gesehen, zum Beispiel im nördlichen Teil des Landkreises Ebersberg. Dort haben die Leute einander geholfen!«

»Das da drüben scheinen diejenigen zu sein, die den Bauernhof überfallen haben.« Ohne auf die Äußerung des Paters einzugehen, zog Manuela eine enge Schleife in der Luft und schwebte nun über einer Waldlichtung, auf der sich mehr als hundert Menschen versammelt hatten.

Ein Mann mit Filzhut, Lederhose und Trachtenjoppe stand mit einem Gewehr in der Hand auf einem Felsblock und hielt eine Ansprache. Unwillkürlich sank Manuela tiefer.

Da stöhnte der Pater auf. »In dem Mann dort steckt wieder unser ganz spezieller Freund. Jetzt hat er sich anscheinend einen hiesigen Lokalpolitiker oder sonst einen Honoratioren als Wirt ausgesucht und wiegelt die Menschen auf.«

Auch Manuela erkannte nun den Dämon, mit dem der Pater und sie bereits mehrmals aneinandergeraten waren.

»Was wollt ihr von der Regierung?«, rief der Besessene mit dröhnender Stimme. »Hat sie euch bis jetzt geholfen? Die hätten euch doch glatt verrecken lassen! Wie lange ist das jetzt her, dass alles zusammengebrochen ist? Habt ihr irgendeinen von den Bonzen gesehen, der euch hätte sagen können, wie ihr zurechtkommen sollt?«

Auf jede seiner Fragen erhielt er ein zorniges »Nein!« zur Antwort.

Mit einem triumphierenden Blick in die Runde fuhr der Dämon fort. »Ich sage euch, von jetzt an gilt unser Gesetz. Wir holen uns, was wir brauchen, und wer es uns verweigert, ist unser Feind!«

Begeistertes Johlen antwortete ihm, Schüsse wurden abgefeuert, und etliche schwangen Beile und Messer.

»Ich glaube, ich bin im falschen Film«, stöhnte Manuela und sah den Pater an, der wie ein blasser Schemen neben ihr schwebte. »Können wir denn gar nichts tun?«

»Versuchen könnten wir es. Immerhin haben wir den Dämon schon einmal verjagt!«

Kaum hatte er es gesagt, setzte Manuela zum Sturzflug an. »Verschwinde, du Schuft«, schrie sie auf geistigem Weg den Dämon an.

Der drehte sich zu ihr und ihren Begleitern um und verzog das Gesicht zu einer hasserfüllten Grimasse. »Ihr schon wieder? Aber diesmal werde ich gewinnen!«

Im gleichen Augenblick zuckte ein magischer Blitz Manuela entgegen und blendete sie.

»Anhalten!«, kreischte Deta Knacke, als der Boden immer näher kam. Doch Manuela raste in die Erde hinein und kam erst nach etlichen Sekunden zum Stehen.

»Das war unfair!«, schimpfte sie, war aber vor allem wütend über sich selbst, weil sie sich von dem Kerl hatte überraschen lassen.

»Wir sollten wieder nach oben. Hier gefällt es mir nicht. Es erinnert mich zu stark an meine Beerdigung«, drängte Nils.

»Wo ist oben?« Im Augenblick vermochte Manuela sich nicht zu orientieren. Dann aber nahm sie über sich die Energiewelle wahr, mit der der amerikanische Satellit bei seinen Umkreisungen die Erde bombardierte, und strebte in diese Richtung.

Sie kam glücklich wieder ans Tageslicht, stöhnte aber unter der harten Strahlung auf und brauchte eine Weile, bis sie wieder einsatzbereit war. Dann stieg sie in die Höhe, um die Lichtung wiederzufinden. Doch als sie dorthin kam, hatte der Dämon seinen Wirt bereits verlassen.

»Wo ist der verdammte Schuft?« Manuela sah sich auf magischem Weg um, ohne den Dämon zu entdecken.

»Der Kerl hat seine Taktik geändert und versteckt sich vor uns. Wenn wir ihn jetzt suchen, verlieren wir zu viel Zeit!« Pater Fabians körperlose Stimme klang grimmig, denn solange sein spezieller Feind sein Unwesen trieb, würde es immer wieder zu Mord und anderen Gewalttaten kommen.

»Können wir die Menschen denn nicht aufhalten?«, wollte Manuela wissen.

»Du kannst dich ihnen ja in den Weg stellen. Aber da sie dich nicht sehen können, werden sie einfach durch dich hindurchgehen. Wir können nur einen Bericht abgeben, dass sich bei Miesbach eine Gruppe zusammengerottet hat, die unter dem Einfluss eines wüsten Agitators steht!« Pater Fabian ärgerte sich ebenfalls, aber er konnte nichts daran ändern, dass sein dämonischer Feind die Lehren aus den letzten Niederlagen gezogen und sie diesmal ausgetrickst hatte.

10

Als sie wieder in ihrem Beratungszimmer in der Oberforstdirektion saßen, war die Stimmung ausgesprochen schlecht. Manuela war erschöpft, konnte aber nicht so viel essen, wie es nötig gewesen wäre. Dabei hatten Lieselotte und Agnes recht gut schmeckende Rindsrouladen aufgetischt. Doch bei deren Anblick sah Manuela die toten Kühe vor sich, und es schüttelte sie. Auch Pater Fabians Appetit war angegriffen, während Deta Knacke das Essen in sich hineinschlang und es mit einem Krug Bier hinunterspülte.

Nach dem letzten Schluck rülpste sie und sah dann die anderen verkniffen an. »So als Geist herumzufuhrwerken ist eine anstrengende Angelegenheit. Da muss ich meine Honorarforderungen hinaufschrauben. Normal kriege ich für eine Séance fünfhundert Euro. Bei den erschwerten Bedingungen kann ich schon tausend verlangen.«

»Verlangen können Sie viel, nur glaube ich nicht, dass Ihnen Geld in dieser Situation etwas nutzt«, wandte der Pater ein.

Deta Knacke bedachte ihn mit einem spöttischen Blick. »Jetzt vielleicht nicht. Aber es werden auch wieder andere Zeiten kommen, und da möchte ich auf einem Haufen Moos sitzen! Also, was ist? Habt ihr bereits mit der Regierung verhandelt? Die Arbeit, die wir machen, ist viel wert und muss entsprechend entlohnt werden.«

Da weder Pater Fabian noch Manuela bisher daran gedacht hatten, Geld zu fordern, schüttelten sie über die Gier der alten Hexe den Kopf. Trotzdem versprach der Geistliche, das Thema bei Maierhammer anzusprechen.

Danach wandte er sich mit einer bittenden Geste an seine Tante. »Habt ihr vielleicht etwas anderes zu essen? Heute ist mir nicht so nach Rindsrouladen. Am liebsten wäre mir etwas Vegetarisches.«

Lieselotte zog die Nase kraus. »Da macht man sich die Mühe, aus dem Büchsenzeug mit viel Gewürzen und anderen guten Dingen etwas Besonderes zu kochen, und dann schmeckt es den Herrschaften nicht.«

»Mir schon!« Deta Knacke holte die von Manuela verschmähten Rouladen auf ihren Teller und hielt dann Lieselotte ihren leeren Krug hin. »Ein Bier will ich auch noch!«

»Hältst du uns für ein Wirtshaus?« Ihren Worten zum

Trotz ging Lieselotte in die Küche und kehrte kurz darauf mit einer Schüssel Kartoffelsalat und dem vollen Bierkrug zurück.

»Eigentlich war der Salat erst für morgen gedacht, aber da ihr das, was wir euch aufgetischt haben, nicht mögt, müsst ihr ihn halt heute essen!«

»Danke, Lieselotte, du bist ein Schatz!« Mit diesen Worten entwaffnete der Pater seine Tante.

Diese stellte ihm kopfschüttelnd den Kartoffelsalat hin und wies dann auf die Tür zur Küche. »Ich könnte euch noch ein paar Würstel warm machen. Ein bisschen mehr als den Salat müsst ihr schon essen.«

Um Lieselotte zu versöhnen, nickte Manuela. »Danke, das wäre lieb von dir. Irgendwann werden wir auch wieder Rouladen essen können. Aber heute geht es nicht.«

»Ich schreibe inzwischen den Bericht für Maierhammer!« Pater Fabian holte seinen Schreibblock und einen Kugelschreiber und wollte gerade beginnen, als ihn ein geistiger Knall ebenso hochschrecken ließ wie die übrigen magisch Begabten.

»Was war das?«, fragte Sandra erschrocken.

»Ich weiß es ni...« Eine Welle feuriger Energie riss Manuela die Worte von den Lippen. Für Augenblicke fühlte sie sich, als würde sie in Fetzen gerissen, und schrie geistig auf. Pater Fabian, Sandra und Deta Knacke brüllten ebenfalls ihren Schmerz hinaus, und Nils wurde von dem magischen Ausbruch mitgerissen.

Genauso schnell, wie sie gekommen war, war die Welle verschwunden, und hinterließ eine unheimliche Stille, die wenig später durch fernes Raunen durchbrochen wurde.

Manuela raffte sich auf und rieb sich die schmerzenden Schläfen. »Das war noch schlimmer als die Energiefront der Katastrophe.«

Der Pater nickte mit angespannter Miene. »Ich glaubte

schon, ich könnte es nicht länger aushalten. Aber zum Glück ist es jetzt vorbei.«

»Ich hoffe, so etwas wiederholt sich nicht! Ich weiß nicht, ob ich es beim nächsten Mal überlebe.« Manuela nahm die weinende Sandra in die Arme und versuchte, sie zu trösten.

Deta Knacke aber zischte wütend. »Unter solchen Bedingungen wird zu meinem Honorar noch eine saftige Gefahrenzulage fällig.«

Unterdessen vermisste Manuela ihren Freund Nils und sah sich suchend um. Im gleichen Augenblick tauchte er auf, als hätte sie ihn mit ihren Kräften herbeigeholt. Er wirkte stark mitgenommen und hilflos, schien aber stofflicher als vor der magischen Explosion.

Demonstrativ schüttelte er sich. »Das war eines der Tore! Es ist regelrecht aufgeplatzt, und nun ergießen sich die ersten Geister in die Welt!«

Seine Worte wirkten wie ein eiskalter Guss. Manuela und Sandra sahen sich so erschrocken um, als erwarteten sie, von den Geistern überfallen zu werden, Deta Knacke zitterte wie Espenlaub und wimmerte leise vor sich hin.

»Wenn er kommt, müsst ihr mich beschützen!«, hörte Nils aus ihrem Gestammel heraus.

Er hob beschwichtigend die Hände. »Das war nicht unser Tor, Leute, sondern das in Asien. Die Geister dort werden sich erst einmal um ihre Umgebung kümmern. Uns bleibt noch eine Galgenfrist. Aber lange wird es nicht mehr dauern, dann macht auch unser Tor auf und uns hageln die Geister um die Ohren.«

»Wir müssen uns schnellstens überlegen, wie wir das verhindern können.« Manuela griff sich an die Schläfen.

Doch ihren Mitstreitern schien jede Hoffnung abhandengekommen. Sie wollte etwas sagen, um ihnen Mut zu machen, fand sich aber im nächsten Moment in einer fremden Stadt wieder. Auch hier war der Verkehr zum Erliegen gekommen, und es brannte kein einziges Licht. Menschen stolperten im Dunkel der Nacht an Häusern mit fremden Schriftzeichen vorbei, und nicht wenige drangen in Geschäfte ein, um dort zu plündern. Manuela schien neben einem Moped zu knien und sah sich im Schein eines kleinen Windlichts einige Schaltungen überbrücken. Auch hörte sie sich mit sich selbst reden, verstand aber kein Wort. Als es ihr schließlich gelang, einen Blick auf ihr Spiegelbild in einem noch intakten Schaufenster zu erhaschen, begriff sie, dass ihr Geist in eine fremde Person geschlüpft war. Es handelte sich wohl um eine junge Chinesin …

Ein zorniger Ausruf auf Englisch unterbrach ihre Betrachtung. »Ich bin Koreanerin! Und zwar aus dem Süden.« Dann erst schien die Frau zu begreifen, dass Manuela in ihr selbst steckte, und hielt in ihrer Beschäftigung inne.

»He, wer bist du denn? Und was machst du in meinem Kopf?«

»Ich bin Manuela Rossner aus Deutschland. Seid ihr in Korea auch von dieser entsetzlichen Katastrophe betroffen?« Im Grunde war die Frage überflüssig, denn Manuela hatte die Auswirkungen auf Asien bereits aus dem Orbit gesehen. Doch ihre Frage war der Beginn eines längeren Gesprächs mit der jungen, magisch begabten Frau, die, wie sie erklärte, Ji hieß und unbedingt dieses Moped zum Laufen bringen wollte, um aus dem von Menschen überfüllten Seoul herauszukommen.

Fünf

Flucht

1

An diesem Tag wurde Pater Fabian nicht zu Maierhammer vorgelassen, sondern er musste seinen Bericht einem nachrangigen Beamten in der Staatskanzlei übergeben. Verärgert argwöhnte er, dass es die Reaktion auf seine Kritik an den Methoden war, mit denen Maierhammer das Land wieder unter Kontrolle zu bringen versuchte. Zwar wusste er, dass die Behörden in manchen Fällen entschieden durchgreifen mussten, doch nun befand sich das Land schnurstracks auf dem Weg zum Polizeistaat. Offiziell führte zwar noch immer der Ministerpräsident die Regierung, doch tatsächlich wurde der gesamte Staatsapparat, soweit er noch funktionierte, von Maierhammer und dessen Freunden kontrolliert.

Pater Fabian hatte sich auf dem Weg hierher gefragt, ob er es noch mit seinem Gewissen vereinbaren konnte, für diesen Mann zu arbeiten. Doch wenn er und seine Mitstreiter eine Chance haben wollten, gegen die Wiedergänger anzugehen, die am Tor auf ihre Rückkehr auf die Erde warteten, brauchten sie die Unterstützung eines mächtigen Mannes – und Maierhammer war dabei, ein sehr mächtiger Mann zu werden.

»Gut. Und hier sind Ihre Anweisungen für morgen!« Die Stimme des jungen Beamten unterbrach den Gedankengang des Paters, der unbewusst den Kopf schüttelte. »Welche Anweisungen? Wir haben doch noch einen ganzen Stapel an Wünschen, die Herr Maierhammer an uns gerichtet hat. Die müssen wir zuerst abarbeiten.«

»Vieles davon ist gecancelt worden, weil wir uns von einigem bereits selbst ein Bild machen konnten. Da uns jetzt ein paar Fahrzeuge zur Verfügung stehen, kommen wir rasch voran. Dem Herrn Staatssekretär ist vor allem an Informationen über die Orte gelegen, die auf dieser Liste stehen.«

Maierhammer war inzwischen also zum Staatssekretär befördert worden. Kein Wunder, dass es unter der Würde des Mannes war, ihn zu empfangen, schoss es Pater Fabian durch den Kopf. Er rief sich jedoch gleich selbst wieder zur Ordnung. Es brachte nichts, die beleidigte Leberwurst zu spielen. Seine Aufgabe war es, einen Weg zu finden, wie das magische Tor wieder umgepolt werden konnte. Aber dafür brauchte er Zeit, und die würde Maierhammer ihm und den anderen wohl nicht gönnen.

»Ich sehe zu, was wir tun können«, beschied er den Beamten und wollte schon die Staatskanzlei wieder verlassen, als ihm Deta Knackes Forderungen einfielen. Daher wandte er sich mit einem Lächeln, dem jede Freundlichkeit fehlte, erneut an den jungen Mann. »Da gibt es ein Problem. Bis jetzt arbeiten wir nur für Kost und Logis. Das ist nicht gerade motivierend.«

»Wollen Sie für Ihren Hokuspokus auch noch bezahlt werden?«, rief der andere aus.

»Wenn Sie meinen, es wäre nur Hokuspokus, dann braucht der Herr Staatssekretär Maierhammer uns nicht, und wir können uns einen neuen Auftraggeber suchen, der unsere Arbeit besser dotiert!« Jetzt ärgerte Pater Fabian sich wirklich. Manuela, Sandra und er verausgabten sich bei ihren Séancen und Geisterflügen bis zur völligen Erschöpfung, und dieser Sesselfurzer tat ihre Anstrengungen verächtlich ab.

Der Mann riss den Mund auf, als wollte er etwas sagen, klappte ihn aber wieder zu. »Das war auch besser so«, sagte sich der Pater. Ein weiteres Wort in dieser Richtung hätte ihn dazu gebracht, die weitere Zusammenarbeit mit Maierhammer stante pede aufzukündigen.

Er beugte sich vor und klopfte mit den Fingerknöcheln auf den Tisch. »Hören Sie mir zu, mein Guter. Wir leisten ausgezeichnete Arbeit. Sagen Sie das dem Herrn Staatssekretär. Sagen Sie ihm auch, wenn ihm das nicht passt, soll er es uns mitteilen. Wir sind sicher in der Lage, auch ohne ihn durchzukommen. Ach ja, das dürfte ihn vielleicht interessieren: Die eigentliche Katastrophe kommt erst noch. Meine Freunde und ich bereiten uns gerade darauf vor. Ihn, aber auch Sie und die meisten anderen wird es unerwartet treffen, und dann ist hier, um es unfein auszudrücken, die Kacke am Dampfen. Dann hilft Herrn Maierhammer auch sein Staatssekretärsposten einen feuchten Kehricht. Das können Sie ihm wortwörtlich so sagen. Und jetzt guten Abend! Wenn ich das nächste Mal komme, will ich mit jemand reden, der ebenso höflich wie kompetent ist. Mit solchen Lackaffen gebe ich mich nicht mehr ab.«

Mit dieser Äußerung drehte Pater Fabian sich um und verließ die Staatskanzlei in einer Stimmung, in der er den Beamten, Maierhammer und dessen ganze Bande mit Ohrfeigen statt mit Weihwasser hätte segnen mögen.

2

Pater Fabians Bericht gab Manuela und Nils zu denken. Während diese sich jedoch zurückhielten, schimpfte Deta Knacke wie ein Rohrspatz.

»Ich mache nichts mehr für diese Kerle, wenn nicht endlich Euros rollen. Was denkt sich dieser Maierdingens eigentlich? Immerhin sind wir die Elite des Volkes!«

Manuela wandte sich mit verächtlicher Miene zu Nils um. »Als Elite würde ich die Knacke wirklich nicht bezeichnen. Mir tut es schon leid, sie geholt zu haben.«

»Leider brauchen wir sie. Also hab Geduld mit ihr«, gab der Geist zurück.

»Ich wünschte, wir hätten jemand anderen!« So leicht ließ Manuela sich nicht besänftigen. Ihr ging diese egoistische Schreckschraube immer mehr auf die Nerven, und Sandra und dem Pater ging es gewiss nicht anders. Doch sie benötigten nun einmal jeden übersinnlich begabten Menschen, wenn sie das Geistertor wieder in seinen Normalzustand versetzen wollten. Dies wusste leider auch Deta Knacke, die ihre Unentbehrlichkeit gnadenlos ausspielte.

»Jetzt seien Sie endlich still!«, herrschte Pater Fabian die alte Frau an. »Im Augenblick ist ein Koffer mit Lebensmitteln wertvoller als einer mit Einhunderteuroscheinen. Für den können Sie nämlich derzeit nichts kaufen.«

»Aber in der Zukunft!«, trumpfte Deta Knacke auf.

»Sie sollten froh sein, überhaupt etwas zu essen zu haben. Oder haben Sie vergessen, wie Sie in Ihrem Keller gehaust haben?« Manuela war laut geworden, und Pater Fabian lächelte ihr dankbar zu. »Wir müssen uns überlegen, ob wir weiterhin mit Maierhammer zusammenarbeiten wollen. Er hat sich, wie ich bedauerlicherweise sagen muss, in den letzten Tagen sehr zu seinem Nachteil verändert.«

»Aber wir können doch nicht zusehen, wie die Menschen im Land sich gegenseitig umbringen, um etwas zwischen die Zähne zu kriegen«, wandte Manuela ein.

»Ich weiß nicht, ob wir stattdessen einen Mann fördern sollten, der sich zum Diktator von ganz Bayern aufschwingen will! Die Erlasse, die in der Staatskanzlei ausgehängt wurden, sprechen eine eindeutige Sprache. Maierhammer steuert geradewegs auf einen Polizeistaat zu.«

Pater Fabians Worte gaben Manuela und Nils zu denken.

»Aber das hätten wir doch merken müssen. Alle Flugblätter und Schriften werden bei uns in der Oberforstdirektion gedruckt«, wandte Manuela ein.

Pater Fabian schüttelte nachdenklich den Kopf. »Anscheinend hat Maierhammer sich eine weitere Druckerpresse in der Staatskanzlei aufstellen lassen. Wir sollten ihn im Auge behalten und ihm nur noch die Informationen zukommen lassen, die wir verantworten können.«

Nils sah eine Chance, sich als nützlich zu erweisen. »Wenn ihr nichts dagegen habt, kann ich es übernehmen, ihn zu beobachten. Mich kann er nicht sehen, und ihr braucht eure Kraft für andere Dinge!«

»Das ist eine gute Idee«, antwortete Pater Fabian erfreut. »Heute können wir jedoch nichts mehr tun, und für morgen hat Maierhammer uns ein Pensum für Akkordarbeiter aufgeladen. Manuela, Frau Knacke, Sandra und ich sollten uns jetzt schlafen legen, damit wir wieder frisch sind, wenn es hell wird. Inzwischen könntest du dich ein wenig um Maierhammer kümmern und uns Bericht erstatten.«

»Gerne. Also, bis morgen früh, Leute. Schlaft gut!« Nach diesen Worten schwebte er zur Tür und durch diese hindurch.

»Ich würde so einem wie dem nicht trauen«, erklärte Deta Knacke, als sie sicher war, dass Nils sie nicht mehr hören konnte.

»Ihm vertraue ich auf jeden Fall mehr als Ihnen!«, konterte Manuela gelassen und blickte dann auf ihre Uhr. »Es wird Zeit zum Schlafengehen. Gute Nacht!«

»Ich komme mit«, rief Sandra, die nicht mit Deta Knacke zusammen in das provisorische Badezimmer gehen wollte.

Dank Lieselottes und Agnes' Bemühungen stand dort ein Schaff warmes Wasser für sie bereit. Ganz sauber war es zwar nicht, da der Inhalt zum größten Teil aus geschmolzenem Schnee bestand, aber die beiden Frauen hatten es mehrfach durch ein Tuch gesiebt und die meisten Schwebeteilchen herausgefiltert.

Es kostete Manuela Überwindung, sich mit dem Wasser die Zähne zu putzen, während Sandra den Geschmack nach Asche mit kindlicher Unbekümmertheit hinnahm.

Plötzlich hielt die Kleine inne und sah mit traurigen Augen zu Manuela auf. »Könnten wir vielleicht morgen mal nachschauen, wie es meinen Eltern geht? Seit jenem schrecklichen Tag habe ich nichts mehr von ihnen gehört.«

»Das tun wir!«, versprach Manuela und sandte ein Stoßgebet gen Himmel, dass Sandras Eltern nichts Schlimmes passiert war.

3

Nils verließ die Oberforstdirektion und schwebte den Karl-Scharnagl-Ring entlang zur Staatskanzlei. Ganz wohl war ihm nicht dabei, denn bislang hatte er sich immer in Manuelas Nähe aufgehalten und – ohne, dass sie es bemerkt hätte – von ihr genug magische Kraft erhalten, um sich auf dieser Welt stabilisieren zu können. Nun aber verlor er die Verbindung zu ihr und wurde unsicher. Sollte er umkehren und erklären, dass er seinen eigenen Worten zum Trotz nicht in der Lage war, ihr und den anderen zu helfen?

Da er Manuela keinesfalls enttäuschen wollte, setzte er seinen Weg fort. Zu seiner Erleichterung wurde er nicht schwächer, als er sich von ihr entfernte. »Also bin ich doch zu etwas nütze«, sagte er sich, als er die Staatskanzlei erreichte.

Nachdem er die Mauern durchschwebt hatte, musste er sich erst einmal orientieren. Schließlich entdeckt er einen handgeschriebenen Anschlag, dem die Besucher entnehmen konnten, wer wo zu finden war. Es überraschte Nils nicht, dass weder der Ministerpräsident noch die Kabinettsmitglieder auf dieser Liste verzeichnet waren. Dafür stand der Name des Staatssekretärs des Inneren, Anton Maierhammer, dick unterstrichen ganz oben. Der Kerl war offensichtlich zum wichtigsten Mann in der Staatskanzlei aufgestiegen.

Nils durchdrang die Decken, bis er das oberste Stockwerk erreicht hatte. Auch wenn die Aufzüge nicht mehr funktionierten, hatte Maierhammer dort ein Büro bezogen, um seine Wichtigkeit zu betonen. Möglicherweise wollte der Staatssekretär die Männer, die zu ihm kamen, durch das Treppensteigen auch erschöpfen, um besser mit ihnen zurande zu kommen.

Sich über diesen Gedanken amüsierend erreichte er Maierhammers Büro und schwebte durch dessen Reich. Der berufliche Aufstieg hatte sich für Maierhammer offenkundig bezahlt gemacht, denn er verfügte über einen Arbeitsraum, in den eine normale Vierzimmerwohnung hineingepasst hätte. Auch der Schreibtisch war riesig. Obwohl Maierhammer wirklich kein kleiner Mann war, wirkte er dahinter wie ein Zwerg. Allerdings führte er sich auf wie Napoleon persönlich. Drei Sekretärinnen saßen um ihn herum an kleinen Tischen und schrieben auf, was er ihnen diktierte.

Da Nils gekommen war, um Maierhammer zu belauschen, konzentrierte er sich auf die Ausführungen, die der Mann in bellendem Tonfall von sich gab. Zunächst handelte es sich um Anweisungen an Polizeikräfte in der Provinz, das Kommando über ihren Aktionsbereich zu übernehmen und energisch gegen Plünderer vorzugehen, aber auch gegen Leute, die Lebensmittel horteten und nicht für die Allgemeinheit freigaben.

»Angesichts des Schadens, den solche Kreaturen dem Staat und dem Volk zufügen, ist es erforderlich, härteste Maßnahmen zu ergreifen. Aus diesem Grund wird die Todesstrafe wieder eingeführt. Diese kann von einem Standgericht verhängt und sofort vollstreckt werden. Eine Berufungsmöglichkeit gibt es nicht!«

Als Maierhammer dies sagte, verknoteten sich Nils' an und für sich nicht mehr vorhandene Magennerven. Mit diesen Anweisungen verlieh der Herr Staatssekretär den kleinen Bossen vor Ort die Macht, ihnen unliebsame Bürger zu denunzieren und zu beseitigen, und das im Namen des Gesetzes. Nils war so empört, dass er Maierhammers nächste Sätze beinahe überhört hätte.

»Was die Mitglieder der Gruppe Fabian angeht, so sind diese zu ihrem eigenen Wohl an einen sicheren Ort zu bringen und dort scharf zu überwachen. Jeder Versuch, die ihnen gestellten Aufgaben zu boykottieren, ist mit dem Entzug der Lebensmittelrationen zu bestrafen. Außerdem ist ihnen jeglicher Kontakt zu anderen Personen als jenen, die von mir ausdrücklich damit beauftragt werden, untersagt.«

Nils blies empört die Backen auf. Wie es aussah, wollte Maierhammer Manuela und die anderen einsperren lassen, um ihre besonderen Kräfte nur für sich nutzen zu können. Dieser Befehl übertraf sogar Pater Fabians Befürchtungen.

Einige Augenblicke war Nils ratlos. Schließlich war es Maierhammer nicht zuletzt durch Manuelas Unterstützung und die des Paters gelungen, München und die nähere Umgebung unter Kontrolle zu bringen. Ohne ein Flugzeug oder ein schnelles Auto war eine Flucht vor diesem Mann unmöglich. Zu Fuß würden sie nicht weit kommen. Der Gedanke, dass Manuela irgendwo eingesperrt und als Freak angesehen werden könnte, die man benützte, obwohl man sich vor ihr wie vor einem wilden Tier fürchtete, machte ihn so wütend, dass er den Mann am liebsten erwürgt hätte. Doch als Geist konnte er ihm noch nicht einmal eine Ohrfeige versetzen.

Welche Möglichkeiten hatte er? In seinem jetzigen Zustand vermochte er sich nur mit seinesgleichen oder übersinnlich begabten Menschen zu verständigen. Er konnte nicht einfach zum Ministerpräsidenten schweben und diesem erklären, dass Maierhammer seine Zuständigkeiten weit überschritt. Außerdem wusste er nicht, wie weit das gewählte Oberhaupt des Freistaats bereits von diesem eingenordet oder kaltgestellt worden war.

Ihm blieb daher nichts anderes übrig, als zu den anderen zurückzukehren und sie zu warnen.

4

Manuela hatte schlecht geschlafen und war sofort wach, als Nils in ihrem Schlafzimmer auftauchte. Sein Gesicht wirkte so verkniffen, dass sie sich auf das Schlimmste gefasst machte.

»Hat sich eines der Geistertore geöffnet?«, fragte sie.

»Das hättest du sogar im Schlaf bemerkt. Nein, es geht um Maierhammer! Er will dich und die anderen morgen früh von hier fortbringen und irgendwo einsperren lassen, wo ihr nur noch mit seinen Kreaturen reden könnt. Wenn ihr nicht in seinem Sinn arbeitet, will er euch den Brotkorb hochhängen.«

Manuela riss es hoch. »So eine Schweinerei! Dem Kerl sollte man ...« Sie brach ab, weil ihr nichts einfiel, das schlimm genug war, um es Maierhammer wünschen zu können.

Stattdessen starrte sie Nils fassungslos an. »Was sollen wir tun? Wir können weder vor ihm davonlaufen noch gegen ihn kämpfen.«

Nils rieb sich mit einer menschlich anmutenden Geste über die Stirn. »Wenn du und die anderen hierbleiben, wird er euch einkassieren. Damit ist euch jegliche freie Entscheidung verwehrt.«

»Unser europäisches Tor! Es dauert nicht mehr lange, bis

es platzt!« Sandra war ebenfalls aufgewacht und saß nun mit durchgeschwitztem Schlafanzug auf ihrer Luftmatratze. »Ich habe einen fürchterlichen Traum gehabt! Die Geister haben viele Menschen in den Tod getrieben und Menschen haben Menschen gegessen!«

Die Kleine zitterte so sehr, dass Manuela sie an sich zog und zu trösten versuchte. Doch kaum hatte sie das Mädchen berührt, sah sie Bilder, die so entsetzlich waren, dass sie im ersten Moment aufschrie.

»Was ist los?«, fragte Nils besorgt.

Manuela schüttelte nur mit Mühe die Visionen ab, die ihr Bilder aus Asien gezeigt hatten. Dort waren die Menschen von Geistern überschwemmt worden. Obwohl diese nicht körperlich agieren konnten, vermochten sie durch ihre schiere Masse Wahnsinn und Panik zu verbreiten.

Noch während Manuela dies Nils zu erklären versuchte, fand sie sich auf ein Schiff versetzt, das von einem uralten Dieselmotor angetrieben auf einem breiten Fluss fuhr. Menschen standen dicht an dicht auf dem obersten Deck, und auch sonst war jeder Winkel besetzt. Selbst auf der kleinen Brücke drängten sich die Passanten so eng aneinander, dass der Schiffer Mühe hatte, sein Steuerrad zu bedienen. Der Fahrthebel war bis zum Anschlag durchgedrückt, und der alte Kasten vibrierte durch den auf Volllast laufenden Motor wie ein Massagegerät.

Manuela wunderte sich über die Eile, die der Kapitän an den Tag legte, doch als einer der Menschen an Bord, der leicht magisch begabt war, nach hinten schaute, konnte sie durch dessen Augen blicken.

Eine Wand aus weißen, wie zerfetzt wirkenden Wiedergängern verfolgte das Schiff und holte immer mehr auf. Krallenartige Hände griffen nach den Menschen und geifernde Münder stießen Verwünschungen aus, die die Leute zwar nicht hören, aber fühlen konnten.

Hilflos musste Manuela zusehen, wie die Geister das Boot wie eine Woge überschwemmten. Nun fühlte sie selbst deren Hass und den Willen zu töten und wurde von dem irrsinnigen Verlangen gepackt, einen Mann, der direkt an der Reling stand, ins Wasser zu stoßen und zu ertränken. Ihre Geisterhände gingen jedoch durch ihn hindurch.

Da berührte jemand ihre Schläfe und sie konnte die von den Wiedergängern erzeugte Massenpsychose abschütteln. Dafür aber sah sie, wie die Menschen an Bord heulend und schreiend übereinander herfielen, sich gegenseitig umbrachten oder eine neben ihnen stehende Person packten und mit sich in das eiskalte Wasser des Flusses rissen.

Schließlich erwischte es auch den Kapitän. Ein großer, kräftiger Mann griff nach ihm, zerrte ihn aus dem Steuerhaus und stieß ihn über Bord. Ein anderer riss das Ruder herum und steuerte geradewegs auf eine der Felswände zu, die den Fluss auf beiden Seiten flankierten. Kurz darauf krachte das Schiff mit dem Bug voraus gegen den Felsen und zerbrach. Alle Menschen wurden mit dem Wrack in die Tiefe gezogen, und das Letzte, was Manuela vernahm, war das irre Lachen der Wiedergänger, die einen weiteren Kampf um neuen Lebensraum gewonnen zu haben glaubten.

5

Als Manuela sich ihrer selbst wieder bewusst wurde, war auch Pater Fabian anwesend. Er wirkte ernst und verunsichert.

»Ich habe eben etwa sehr Komisches geträumt«, sagte er und bemerkte dann erst die betroffenen Mienen der anderen. »Ihr auch? Im Traum wollte Maierhammer uns verhaften und einsperren lassen! Aber das kann doch nicht sein.«

»Leider doch«, antwortete Nils. »Der Mann ist größenwahnsinnig geworden. Ich bin zur Staatskanzlei gegangen, um mich dort ein wenig umzusehen. Was ich dort gehört habe, geht auf keine Kuhhaut! Maierhammer ist dabei, ein diktatorisches – nein, sogar ein terroristisches Regime zu errichten, und ihr sollt ihm dabei helfen. Deswegen will er euch an einem Ort einsperren, an dem ihr nur noch seine Leute zu sehen bekommt und seine Befehle ausführen müsst.«

Manuela blickte die anderen ohne viel Hoffnung an. »Was sollen wir tun?«

Noch während sie schweigend nachdachten, hörten sie draußen schnelle Schritte. »Jetzt holen sie uns!«, entfuhr es Pater Fabian, und er schlug das Kreuz.

»Beten wird uns auch nicht viel helfen«, fuhr Manuela ihn an.

Doch als die Tür aufging, trat nur ein Mann ein. Es war Hufnagel, einer von Maierhammers Untergebenen. Manuela wusste, dass er der einzige Beamte gewesen war, dem es nicht gepasst hatte, wie sie vom Ministerpräsidenten und dessen Leuten behandelt worden war. Sein Blick flackerte und er ballte die Rechte in mühsam unterdrückter Wut. »Sie müssen von hier weg, und zwar sofort!«

»Kein schlechter Gedanke. Wir wüssten nur gerne, wohin. Zu Fuß kommen wir nämlich nicht weit«, gab Manuela ätzend zurück.

»Sie wissen es also bereits. Bei Ihren Fähigkeiten hätte ich es mir denken können! Auf keinen Fall dürfen Sie Maierhammer weiter unterstützen. Der Kerl ist dabei, jeden Funken Freiheit, den es in Bayern je gegeben hat, endgültig auszutreten. Gerade hat er meinen Kollegen Schmitt mit etlichen Hundert Bereitschaftspolizisten und Soldaten nach Nürnberg geschickt, um die Stadt zu übernehmen. Landshut wurde bereits durch Rombach ›befriedet‹. Es gab etliche Dutzend Tote, und mehr als tausend Menschen wurden festgenommen und bei kärglichsten Rationen eingesperrt. Der Rest der Bevölkerung wurde zwangsverpflichtet, um Aufräumarbeiten zu machen. Wer nicht arbeitet, soll auch nichts essen, heißt es in der Staatskanzlei. Maierhammer und seine Leute sind dabei, Zigtausend alte und kranke Menschen verhungern zu lassen.«

»Sie gehören doch auch zu Maierhammers Leuten«, wandte Pater Fabian ein.

Hufnagel wischte sich mit dem Handrücken über die Stirn, auf der trotz der nicht gerade warmen Temperaturen Schweißperlen glänzten. »Früher waren wir Kollegen auf gleicher Stufe. Mittlerweile schwebt er meilenweit über mir und sieht in mir nur noch einen Erfüllungsgehilfen, den er nach Belieben schikanieren kann. Da mache ich nicht mit. Ich habe ein Auto draußen stehen. Es ist zwar keine Luxuslimousine, aber es fährt. Packen Sie alles zusammen, was Sie brauchen. Ich bringe Sie von hier fort.«

»Und wohin?«, fragte Manuela, die noch immer eine Falle befürchtete.

»Am besten nehme ich Sie zuerst einmal mit zu mir nach Hause. Unser Haus liegt gut vierzig Kilometer außerhalb von München in einem kleinen Dorf und hat eine Einliegerwohnung. Darin können Sie bleiben, bis uns ein besseres Versteck eingefallen ist. Im Wagen wird es zwar ein wenig eng werden, aber das sollte das geringste Problem sein.«

Hufnagel drängte so sehr, dass Manuela zu Lieselotte und Agnes in die Küche eilte und sie bat, alles an Lebensmitteln einzupacken, was sie tragen konnten.

Danach kehrte sie zu Pater Fabian zurück, der ihr zunickte. »Also gut!«, sagte sie. »Wir kommen mit. Aber wenn Sie uns betrügen wollen ...« Sie ließ die Drohung unausgesprochen, denn im Grunde wollte sie Hufnagel keinen Schaden zufügen. Sie konnte nur hoffen, dass der Beamte aufrichtig war.

6

Eine Viertelstunde später standen sie auf der Annastraße und beluden Hufnagels Auto, das von einem privaten Automobilsammler konfisziert worden war.

»Er ist nicht der Schnellste, aber erfüllt seinen Zweck«, setzte er hinzu und forderte sie zum Einsteigen auf.

Hier aber gab es ein Problem. Obwohl der Wagen nicht gerade klein war, passten beim besten Willen nicht alle hinein. Agnes, deren Bindung an die Gruppe am geringsten war, trat schließlich zurück. »So hat das keinen Sinn. Ich werde wieder in meine Wohnung gehen und dort abwarten, was die Zukunft bringt.«

Von einer jähen Vorahnung erfasst, schüttelte Manuela den Kopf. »Das darfst du nicht! Komm, wir rücken noch ein bisschen mehr zusammen, dann wird es schon gehen.« Mit diesen Worten schob sie Deta Knacke so heftig gegen die Tür, dass diese auffuhr. »Hey, was soll das? Du quetschst mich ja ein.«

»Mach dich nicht so breit!«, fauchte Liselotte Deta an. Doch auch sie begriff, dass der Platz in dem Wagen niemals für alle reichte. Am liebsten hätte sie Frau Knacke zurückgelassen, doch diese wurde ihrer unerklärlichen Fähigkeiten wegen gebraucht. So ganz wohl war Lieselotte nicht bei dem Gedanken, als einziges normales Mitglied der Gruppe mitzufahren, und so überlegte sie sich, mit Agnes zusammen zurückzubleiben. Doch als sie wieder aussteigen wollte, hielt diese sie auf.

»Lass es gut sein, Lieselotte. Ich habe mich gefreut, dich kennenzulernen. Wenn der Himmel will, sehen wir uns wieder!« Agnes wischte sich die Tränen, die ihr aus den Augen traten, mit einer resoluten Handbewegung ab, reichte jedem bis auf Deta Knacke noch einmal die Hand, drehte sich um und verschwand in der Nacht.

»Wir hätten sie nicht gehen lassen dürfen«, flüsterte Manuela erschüttert.

»Es war ihr Wille! Sie hat ihr ganzes Leben in München verbracht und will die Stadt auch in dieser Stunde nicht verlassen.« Pater Fabian war bedrückt, er sah Düsternis vor sich und einen langen Weg, den sie zu gehen hatten. Ob sie dabei irgendwann einmal Licht am Ende des Tunnels sehen und auf eine Zukunft hoffen konnten, vermochte er nicht zu erkennen.

Obwohl Manuela Sandra auf den Schoß genommen hatte, wurde es hinten im Fond sehr eng, denn Deta Knacke machte sich ungeniert breit und kümmerte sich auch nicht um die Beschwerden der anderen.

Unterdessen war Hufnagel vor den Wagen getreten und steckte die Antriebskurbel in die Buchse. Er drehte mit aller Kraft, dennoch dauerte es eine Weile, bis der alte Motor ansprang. Bevor die Kurbel zurückschlagen und ihn verletzen konnte, zog er sie heraus und hängte sie aufatmend in ihre Halterung.

»Geschafft!«, meinte er, als er einstieg und den ersten Gang einlegte.

»Der Modernste ist dieser Kasten wirklich nicht«, spottete Deta Knacke. »Hält der die Strecke überhaupt durch?«

»Ich hoffe es. Bis jetzt habe ich noch keine längere Fahrt mit ihm gemacht. Deswegen habe ich hinten zwei Benzinkanister aufgeschnallt, sodass uns wenigstens der Sprit unterwegs nicht ausgehen kann.« Hufnagel lachte freudlos auf und schaltete einen Gang höher. Sehr viel schneller konnte er allerdings nicht fahren, denn es schneite immer noch schwarzen Schnee.

Der Beamte fuhr auf Nebenstraßen zum Franz-Josef-Strauß-Ring und von dort weiter in Richtung Norden. Inzwischen waren die meisten Autos von den Arbeitskommandos beiseitegeräumt worden. Allerdings waren die Helfer nicht gerade rücksichtsvoll vorgegangen. Wo zu viele Autos im Weg gewesen waren, hatten sie diese teilweise übereinandergestapelt. Die meisten waren beschädigt, und bei etlichen hatten plündernde Banden die Radios, Navigationsgeräte und andere Teile ausgebaut. Anderen hatte man mutwillig Scheiben und Scheinwerfer eingeschlagen.

»Die Menschen sind alle verrückt geworden«, stöhnte Manuela. »Was wollen die Kerle mit Navis und Radios anfangen?«

»Im Keller verstecken und darauf hoffen, dass eine Zeit kommt, in der sie sie auf dem Schwarzmarkt verscherbeln können«, meldete sich Nils zu Wort. Auch er war mit von der Partie, brauchte als Geist aber keinen Sitzplatz, sondern hatte es sich neben Pater Fabian gemütlich gemacht. Zwar ragte er zum Teil aus dem Wagen hinaus, doch damit kam er gut zurecht.

»Ich glaube nicht, dass die Navis in den nächsten Jahren noch einmal Verwendung finden werden«, antwortete ihm der Pater. »Ehrlich gesagt weiß ich nicht einmal, ob es die Welt, so wie wir sie kennen, in einem Jahr noch gibt oder ob hier nur noch Dämonen hausen, die einander jedes Fleckchen Erde streitig machen.«

»Wo bleibt dein Gottvertrauen, Hochwürden? Das kriegen wir schon hin.« Manuela sprach sich damit in erster Linie selbst Mut zu, denn auch sie konnte sich nicht vorstellen, wie das alles noch zu einem guten Ende kommen sollte. Zudem fror sie erbärmlich, denn der Wagen hatte keine Heizung. Laut Kalender war ja Sommer, doch der Rauch der zahllosen Brände, die in der Folge der großen Katastrophe ausgebrochen waren, hatte die Atmosphäre verdüstert und eine Art Atombombenwinter erzeugt. Wenn sie sich recht an ihre letzten Eindrücke vom Erdball erinnerte, waren auch ein paar Vulkane ausgebrochen, deren Schwefelwolken das Sonnenlicht in den Weltraum reflektierten.

Mit einem tiefen Seufzer wandte sie sich an ihren Fahrer. »Begeben Sie sich denn nicht selbst in Gefahr, wenn Sie uns helfen?«

Hufnagel antwortete mit einem bitteren Lachen. »Natürlich! Aber soll ich deswegen die Hände in den Schoß legen und zusehen, wie Maierhammer sich zum Herrn über Leben und Tod in diesem Land aufschwingt? Von der Sorte hatten wir in unserer Geschichte schon mindestens einen zu viel. Einen weiteren brauchen wir wirklich nicht!«

Es waren für längere Zeit die letzten Worte, die im Wagen fielen. Hufnagel musste sich auf das Fahren konzentrieren, während Manuela und ihre Freunde ihren sorgenvollen Gedanken nachhingen.

Auch außerhalb der Stadt konnte Hufnagel nicht aufs Gas drücken. Zwar hatte man die Autobahn weitestgehend freigeräumt, indem man die liegen gebliebenen Autos und Lkws auf die Standstreifen oder den Mittelstreifen geschoben hatte, doch einige Hindernisse waren auch von den Räumkommandos nicht weggeschafft worden.

Erst als Hufnagel bei Allershausen die Autobahn verließ und den Wagen nach Westen steuerte, lagen weniger Autowracks herum. Dennoch war es eine Fahrt durch eine unwirkliche Welt, die nur aus Düsternis und tintenschwarzen Schatten zu bestehen schien. Außerdem wurde die Straße mit zunehmendem Schneefall immer glatter, und nicht immer war zu erkennen, wo die Fahrbahn verlief.

»Ich glaube, das Wetter wird Maierhammer einen Streich spielen. So schnell, wie er hofft, wird er das Land nicht unter seine Kontrolle bringen«, erklärte Hufnagel.

Da stieß Manuela einen Warnruf aus. »Vorsicht, Linkskurve!«

Hufnagel gelang es im letzten Moment, den Wagen auf der Straße zu halten. »Puh! Beinahe wäre ich in die Wiese hineingefahren. Dabei kenne ich diese Strecke wie meine Westentasche.« Hufnagel fuhr nun noch langsamer. Als er endlich seinen Heimatort erreichte und den Wagen durch mehrere Seitenstraßen zu seinem Haus lenkte, kündete ein fahler Lichtschein im Osten den beginnenden Tag an.

Ein schmiedeeisernes Tor versperrte den Eingang. Aus Gewohnheit benützte Hufnagel einen Funksender, der in seiner Tasche steckte, und schüttelte dann unwillig den Kopf.

»Eigentlich müsste ich es ja mittlerweile wissen! Aber der Mensch reagiert allzu oft wie ein dressierter Affe. Er schaut immer noch auf den Baum, ob nicht doch eine Banane dranhängt, auch wenn er die letzte am Vortag gegessen hat.«

Sein Vergleich reizte Sandra zum Kichern. Auch Manuela bog die Mundwinkel zum Anflug eines Lächelns. Es war gut, wenn sich die Menschen ein klein wenig Humor bewahrten, auch wenn es nur Galgenhumor war.

»Bananen wird es hier so schnell nicht mehr geben. Die wenigen Frachtschiffe, die alt genug sind, um noch zu funktionieren, werden wahrscheinlich für andere Dinge gebraucht!«, meinte sie.

Pater Fabian schnaubte. »Zum Beispiel für den Krieg!«

Noch während sie den Pater verwundert ansah, war es, als bekäme sie einen Schlag vor den Kopf, und sie fand sich an einer Meeresküste wieder. Das Land hinter ihr war mit Dschungel bedeckt, auf den dicke, schwarze Flocken niederschneiten. Zu ihrer Rechten befanden sich eine Stadt, die ebenfalls von verrußtem Schnee bedeckt war, und ein Hafen, in dem soeben ein altes, stark verrostetes Schiff anlandete, das man bestenfalls als Seelenverkäufer bezeichnen konnte. Männer mit Sturmgewehren in den Händen sprangen an Land und schossen auf alles, was sich bewegte. An ihren Augen erkannte Manuela, dass sie betrunken waren und zum Teil unter Drogen standen.

»Da versucht ein einheimischer Maierhammer seine Macht auszubauen«, kommentierte Pater Fabian die Situation.

Manuela schüttelte sich und fand sich gleich darauf in Hufnagels Auto wieder. »Ich beginne an der Menschheit zu verzweifeln. Wir sitzen bis zum Hals in der Scheiße, und Idioten wie die wollen uns noch tiefer hineintauchen.«

»Du vergisst die Wiedergänger! Es kann durchaus sein, dass die dahinterstecken und die Leute beeinflussen«, versuchte Nils die Menschheit zu verteidigen. Er schwebte nach draußen, reckte sich, als habe er noch einen richtigen Körper, und tat dann so, als wolle er dem Pater die Tür öffnen. Doch als seine Hand durch den Griff glitt, keuchte er auf.

»He! Das war eben, als würde ich in eine zähe Masse tauchen!« Er versuchte es noch einmal und stellte fest, dass seine Stofflichkeit in den letzten Stunden tatsächlich zugenommen hatte.

Pater Fabian stieß ein Knurren aus und verließ ebenfalls den Wagen. »Ich kann nicht sagen, dass mir das gefällt. Damit werden auch die anderen Wiedergänger stärker. Außerdem zeigt es, dass die Wand zwischen hier und drüben noch dünner geworden ist. Ich gebe uns keine vierundzwanzig Stunden mehr!«

Als er die Tür auf Manuelas Seite öffnete, reichte diese ihm Sandra. Sie selbst brauchte mehrere Ansätze, bis sie sich mit ihren steifgefrorenen Gliedern aufrichten und aussteigen konnte.

Deta Knacke, die bis jetzt verbissen geschwiegen hatte, verlegte sich wieder aufs Schimpfen. »Wenn ich gewusst hätte, was für ein Schrottfahrzeug das ist, wäre ich niemals mitgekommen. Ich zittere vor Kälte und könnte jetzt einen heißen Kaffee und einen Schnaps brauchen. In der Oberforstdirektion hätten wir beides gehabt. Doch hier in Bayrisch-Sibirien dürfen wir verhungern und verdursten.«

»Wir haben sowohl gemahlenen Kaffee wie auch ein paar Flaschen Schnaps dabei. Wenn ich eine Möglichkeit finde, Wasser zu erhitzen, können Sie beides haben!« Lieselotte schlüpfte als Letzte aus dem Wagen und sah sich neugierig um.

Hufnagel hatte unterdessen das Tor von Hand geöffnet und fuhr den Wagen auf den Hof. Die anderen folgten ihm und standen vor einer altehrwürdigen Villa, aus deren Kaminen Rauchfäden quollen.

»Wie es aussieht, hat meine Frau eingeheizt. Kommt! Drinnen können wir uns aufwärmen.« Mit diesen Worten ging Hufnagel um das Haus herum zum Haupteingang. Er holte gerade den Schlüssel aus der Tasche, als die Tür bereits aufschwang und ihm eine Frau um den Hals fiel. »Josef, endlich! Ich habe mir große Sorgen um dich gemacht!«

»Es tut mir leid, Schatz, aber ich hatte keine Gelegenheit, mich eher bei dir zu melden. Es war so viel zu tun, und Telefon und Internet gehen nicht mehr.« Noch während Hufnagel sich bei seiner Frau entschuldigte, bemerkte diese seine Begleiter. »Willst du mir deine Gäste nicht vorstellen?«

Hufnagel senkte den Blick und wirkte ein wenig verlegen. »Es sind Pater Fabian und die Damen seiner Arbeitsgruppe. Sie kommen aus München. Da die Lebensbedingungen dort nicht gut sind, habe ich sie mitgebracht. Ich dachte ...«

»Jetzt lass die Leute doch erst einmal hereinkommen! Sie erfrieren uns sonst noch. Was für ein Wetter! Schnee im Sommer und dann auch noch so dreckig! Was ist eigentlich passiert?«

»Wenn ich das wüsste, wäre ich wahrscheinlich der klügste Mann Deutschlands«, antwortete Hufnagel seufzend.

Seine Frau lachte hell auf. »Ich bin zufrieden mit dir, wie du bist, Josef, und sehr, sehr froh, dass du nach Hause kommen konntest. Die letzten Tage waren schrecklich ohne dich. Zum Glück konnte Martin den Weg vom Gymnasium nach Hause zu Fuß zurücklegen. Wenn ihr beide weggeblieben wärt, ich wäre vergangen vor Sorge.« Mit diesen Worten trat

Jutta Hufnagel von der Tür zurück und ließ ihren Mann und die Besucher ein.

»Martin, setz Teewasser auf!«, rief sie ins Haus hinein und wandte sich dann an Lieselotte. »Ihr habt doch sicher Hunger?«

»Wir haben ein paar Lebensmittel im Auto«, antwortete Fabians Tante.

»Dann bringt alles herein. In den letzten Tagen ist hier im Dorf eingebrochen und Essbares gestohlen worden. Zum Glück ist in unserer Straße noch nichts passiert!«

Frau Hufnagel holte einen Kuchen aus der Küche und stellte ihn mit einem um Entschuldigung bittenden Lächeln auf den Tisch. »Er ist vielleicht nicht ganz so geworden, wie er sein sollte, denn ich habe ihn im Holzbrandofen gebacken. Aber er schmeckt!«

Noch während sie es sagte, ergriff Deta Knacke das Kuchenmesser, schnitt sich ein großes Stück ab und begann zu essen.

Manuela warf ihr einen wütenden Blick zu. Aber sie sagte nichts, sondern nahm das Stück Kuchen, das Frau Hufnagel ihr reichte, mit einem »Dankeschön« entgegen.

Dann setzte sie sich auf die Couch und ließ ihren Blick durch das geschmackvoll eingerichtete Wohnzimmer schweifen. Auch in dieser Gegend waren Strom, Wasser und Gas ausgefallen. Zwar spendeten der offene Kamin und ein antik anmutender Ölofen angenehme Wärme, aber kochen musste die Hausherrin auf dem Kohleherd, den sie aus einem Schuppen geholt hatte. Wasser, berichtete sie, würden sie und ihre Nachbarn vom Brunnen eines Bauern holen. Dieser versorgte sie auch mit Milch, Butter und anderen, selbst erzeugten Lebensmitteln.

»So müsste es jetzt im ganzen Land zugehen«, sagte Manuela sich, als Jutta Hufnagel ihr eine Tasse Tee reichte, die so heiß war, dass sie sich beinahe die Finger daran verbrannte.

Obwohl sie in der Oberforstdirektion nicht hatten darben müssen, schmeckte es ihr hier besser, und offenkundig ging es Lieselotte, dem Pater und Sandra ebenso.

»Lange werde ich nicht bleiben können, denn ich muss heute wieder in der Staatskanzlei auftauchen. Ich kann nur hoffen, dass der Kollege die Angelegenheit erledigt hat, um die ich ihn gebeten habe. Sonst erhalte ich einen Anpfiff.« Obwohl Hufnagel lächelte, spürte Manuela seine Angst. In der vagen Hoffnung, ihm helfen zu können, fragte sie ihn, worum es ginge.

»Ich sollte ein Treibstofflager bei Ingolstadt kontrollieren und nachsehen, wie viel Benzin noch dort ist. Deswegen hat man mir auch den Wagen zur Verfügung gestellt. Aber ich habe einen Kollegen gebeten, die Daten auch vom Brieftaubendienst eruieren zu lassen, nur für den Fall, dass ich nicht durchkomme.«

»Wenn´s weiter nichts ist!« Manuela sah den Pater auffordernd an. Dieser reichte ihr sofort die Hand, während Deta Knacke sitzen blieb und sich das nächste Stück Kuchen in den Mund schob.

Dafür drängte Sandra sich an Manuela. »Ich möchte mitkommen und bei dir bleiben.«

Manuela überlegte kurz und nickte. »Also gut. Aber du darfst nur das anschauen, was ich dir erlaube!«

7

Die Landschaft unter ihr sah so trostlos aus, dass es Manuela selbst als Geist schauderte. Das hier glich nicht den Bildern von Bayern im Schnee, wie sie vielfach Kalender schmückten. Von Horizont zu Horizont bedeckte ein endloser schwarzgrauer Teppich das Land. Straßen waren kaum mehr auszumachen, selbst Häuser entdeckte sie nur dann, wenn aus den Kaminen Rauchfahnen in den düsteren Himmel aufstiegen.

Pater Fabian zitierte einen lateinischen Spruch, den Manuela nicht kannte. »Was heißt das?«, fragte sie.

»Und Gott wird strafen die Sünder und sie niederwerfen mit mächtiger Hand«, übersetzte der Pater und entschuldigte sich sogleich. »Tut mir leid, das war nicht besonders geschmackvoll. Aber angesichts der Katastrophen, die über unser Land hereinbrechen, bin ich fast geneigt, an eine Strafe des Herrn zu glauben.«

»Ich würde sagen, wir suchen erst einmal Ingolstadt, damit Hufnagel seinen Bericht anfertigen kann. In welche Richtung liegt es?« Nils war mitgekommen, wirkte aber angesichts der gleichförmig grauen Landschaft orientierungslos.

Manuela gelang es, die hinter dichten Wolken verborgene Sonne auszumachen, und schlug den Weg nach Norden ein. Ihr nächster Anhaltspunkt war die Donau, der sie ein Stück nach Osten folgten, bis Ingolstadt unter ihnen auftauchte.

»Bei dem Anblick fällt mir direkt der blöde Spruch ein, halb so groß wie der Zentralfriedhof von Chicago, aber doppelt so tot«, meldete Nils sich.

»Der ist für München reserviert«, konterte Manuela und tauchte hinab. Sie flog knapp über den Werkhallen einer Autofabrik hinweg, in der seit der großen Katastrophe kein einziger Neuwagen mehr zusammengeschraubt worden war, bog dann ein Stück nach Norden ab und blieb über den riesigen Tanks der Raffinerie stehen.

»Ich glaube, das müsste es sein. Schauen wir uns um!«

Sie spürte, wie Pater Fabian sich aus der von ihr zusammengehaltenen Ballung löste und in den ersten Tank eindrang. Auch sie nahm sich nun einen Tank zum Ziel, forderte Sandra aber auf, bei ihr zu bleiben.

Das Mädchen sandte ihr ein geistiges Streicheln. »Ich habe dich lieb!«

»Ich dich auch, Kleines.« Mit einem schlechten Gewissen dachte Manuela daran, dass sie bislang nichts getan hatten, um Sandras Eltern zu finden, und nahm sich vor, dies sogleich nach ihrer Rückkehr in Hufnagels Villa anzugehen.

Die Tanks waren gut gefüllt und würden bei dem geringen Kraftfahrzeugverkehr, der derzeit möglich war, für etliche Monate reichen. Bedenklich war nur, dass dieser Treibstoff in die Hände Maierhammers und seiner Kamarilla fallen und für alles andere als humanitäre Zwecke verwendet werden würde. Dennoch arbeiteten sie sorgfältig und brachten eine ganze Reihe von Informationen zusammen, mit denen Hufnagel vor dem neuen Diktator bestehen konnte.

Nils hatte den längsten Weg auf sich genommen und sich ein wenig in der Stadt umgesehen. Dort war es zwar ebenfalls zu Ausschreitungen gekommen, jedoch bei Weitem nicht in dem Maße wie in der Landeshauptstadt. Im Augenblick war der Magistrat wieder Herr der Lage und konnte allen Schwierigkeiten zum Trotz die Versorgung der Bevölkerung sicherstellen. Die Maßnahmen, die Maierhammer angeordnet hatte, würden jedoch alle Aufbauarbeit, die hier geleistet worden war, zunichtemachen.

»Er riskiert Hungerrevolten und Bürgerkrieg«, stieß Nils empört aus, als sie auf dem Rückweg eine Stadt streiften, in der Maierhammers neu aufgestellte Blaue Garde gerade ihre Auffassung von Recht und Gerechtigkeit durchsetzte.

»Er teilt die Bevölkerung in Leute, die Nahrung bekommen, weil sie nützlich für ihn sind, und die anderen, die er für überflüssig hält. Damit bekommt er genug willige Helfer. Menschen sind leicht zu beeinflussen, und sie verlieren in Ausnahmesituationen ebenso schnell den gesunden Menschenverstand«, erklärte Pater Fabian bitter.

»Wenn sie je einen gesunden Menschenverstand besessen

haben!« Manuela drehte es schier den Magen um, als sie sah, dass etliche Maierhammers Männern zujubelten, obwohl diese gerade mehr als ein Viertel der Stadtbevölkerung zum Hungertod verurteilt hatten.

Auch Pater Fabian wandte angewidert den Blick ab. »Ich glaube, wir sollten uns weniger um die Lage der Menschen im Land kümmern als vielmehr um die Geister, die noch bedrohlicher sind als dieser Möchtegern-Diktator!«

»Das Ganze hat nur einen Nachteil, nämlich eure Körper«, wandte Nils ein. »Sie sind Teil dieser Welt und deren Einflüssen unterworfen. Wenn euren Körpern etwas geschieht, seid ihr Geister wie die, gegen die ihr kämpfen wollt.«

Zu Manuelas Leidwesen hatte Nils recht. Auch der Pater zog eine betrübte Miene. Gleich gegen zwei Feinde zu stehen, das war mindestens einer zu viel. Mit einer müden Bewegung stieg Manuela höher und schwebte in die Richtung des Ortes, in dem Hufnagels Villa stand.

8

Die Informationen, die sie Hufnagel liefern konnten, ließen den Beamten aufatmen. Allerdings musste er die Zähne zusammenbeißen, als er erfuhr, was die drei alles hatten mit ansehen müssen.

»Maierhammer regiert nach dem Gesetz des Dschungels. Der Stärkere nimmt sich, was er braucht, und der Schwache wird gefressen!«, sagte er, als der Pater seinen Bericht beendet hatte.

Bei diesen Worten wimmerte Sandra leise auf.

»Was hat sie?«, fragte Hufnagel besorgt.

»Der Ausspruch mit dem Fressen war nicht gut. Die Kleine

hat in ihren Visionen gesehen, wie Menschen zu Kannibalen geworden sind. Ich wollte, das wäre ihr erspart geblieben!« Manuela schüttelte es, denn auch sie litt während des Schlafens immer wieder unter Visionen, in denen sie miterleben musste, wie in verschiedenen Teilen der Welt der letzte Funken Menschlichkeit verloren ging.

»Wir sollten uns hinlegen und ausruhen«, riet Pater Fabian, der von den Eindrücken, die auf ihn eingeprasselt waren, Kopfschmerzen bekommen hatte.

Manuela wollte ihm schon zustimmen, dachte dann aber an die unmöglichen Straßenverhältnisse und überlegte, wie sie Hufnagel helfen konnte, nach München zurückzufinden. Da ihr nichts einfiel, sah sie den Beamten bedauernd an.

»Sie werden langsam fahren und sehr gut aufpassen müssen. Die Straßen sind teilweise kaum mehr zu erkennen. Im Winter hat man Stangen als Zeichen gesetzt, doch darum hat sich derzeit natürlich niemand kümmern können.«

Auch Nils machte sich seine Gedanken. »Es ist schade, dass weder du noch ich uns mit Herrn Hufnagel geistig unterhalten können. Dann wäre es ein Leichtes, ihn zu führen. Aber so ...«

Er dachte angestrengt nach. »Seit der Katastrophe sind deine Kräfte doch gewachsen, und ich werde langsam stärker. Vielleicht können wir zusammen etwas tun.« Nils fühlte sich unsicher, denn zu diesem Zweck würde Manuela sich geistig so eng mit ihm verbinden müssen, wie sie es sonst mit Sandra und Pater Fabian tat. Aber er war nur ein Wiedergänger, und er hatte Angst, diese Erkenntnis könnte sie davor zurückschrecken lassen.

»Wir sollten es versuchen«, antwortete Manuela zögernd. Ihr war nicht wohl dabei, doch sie durften Hufnagel, der sich als wahrer Freund erwiesen hatte, nicht im Stich lassen. Daher streckte sie die Hand aus und berührte Nils. Zwar wirkte er auf sie immer noch wie ein schwach fluoreszierender Nebelhauch, der die Züge ihres früheren Freundes trug, doch er fühlte sich fester an, als sie es sich vorgestellt hatte. Sie musste bereits ein wenig Kraft aufwenden, um in ihn hineinzugreifen.

Rasch zog sie die Hand wieder heraus und legte sie ihm auf die Brust. »Also gut, probieren wir es! Aber ich warne dich! Denke ja nicht an etwas, was mir nicht gefällt.«

Nils lachte leise und legte ihr beide Hände an die Schläfen. »Keine Sorge! Mir geht es nur darum, Maierhammer eins auszuwischen. Und das werden wir, mein Schatz!«

»Dein Wort in Gottes Ohr!« Manuela begann, ihren Geist mit seinem zu verschmelzen, und wunderte sich, wie lebendig er auf sie wirkte. Es war weitaus angenehmer, mit ihm zusammenzuarbeiten als mit Deta Knacke, und wenn sie ehrlich war, war der Vergleich auch für Pater Fabian nicht schmeichelhaft.

Mit diesem Gedanken löste sie ihren Geist vom Körper und stieg über das Dach des Hauses auf. Nils haftete an ihr wie ein Teil ihrer Selbst, und sie begann zunächst noch ein wenig spielerisch, seine Kräfte mit den ihren zu vereinigen. Der Versuch, mentalen Kontakt mit Hufnagel aufzunehmen, scheiterte jedoch. Manuela kommentierte es mit einem nicht gerade stubenreinen Ausdruck, doch Nils gab nicht auf.

»Schauen wir, ob wir uns anders bemerkbar machen können, vielleicht durch ein Zeichen.«

Manuela richtete ihren Geisterblick nach unten auf das Dach, ohne genau zu wissen, was sie tun konnte. Doch da hörte sie Nils' überraschten Pfiff. »So könnte es gehen!«

»Wie, was?« Noch während sie fragte, entdeckte Manuela selbst den schwachen, hellblauen Lichtpunkt auf dem dunklen Schnee, der, als sie den Kopf bewegte, leicht hin und her wanderte.

»Geht es noch ein bisschen stärker?« Manuela konzentrierte sich auf den Lichtpunkt und sah, wie dieser sowohl an Größe wie auch an Stärke zunahm.

»Den Fleck müsste Hufnagel erkennen können«, stellte sie zufrieden fest und kehrte ins Haus zurück. Da sie nicht mehrmals in kurzer Zeit mit ihrem Körper verschmelzen und sich wieder von ihm trennen wollte, musste Pater Fabian ihre Worte an den Beamten weitergeben.

»Meine Freunde werden Sie geistig begleiten und Ihnen mit einem blauen Licht den Weg weisen, damit Sie problemlos nach München kommen!«

Hufnagel wirkte skeptisch, nickte aber. »Ich hätte nichts dagegen. Seit wir hier sind, hat es mindestens fünf Zentimeter geschneit. Wenn man deswegen die Straße nicht erkennt, sitzt man rasch in einem Graben, und das kann ich mir wirklich nicht leisten!«

Nun führten Manuela und Nils ihm den blauen Lichtfleck vor, und er stellte erleichtert fest, dass er diesen auch bei diesen Wetterverhältnissen erkennen konnte. Erleichtert verabschiedete er sich von seiner Familie, zog seinen Wintermantel an und trat auf den Hof. Wieder dauerte es ein wenig, bis der Wagen ansprang. Der Pater musste ihm helfen und den Gashebel bedienen. Dann konnte Hufnagel sich hinters Steuer setzen und losfahren.

Das blaue Licht begleitete ihn, und als er seinen Heimatort hinter sich gelassen hatte, war er sehr froh um die Hilfe, denn unter dem grauen Schneemantel wirkte seine Umgebung so fremd, dass er sich allein niemals zurechtgefunden hätte.

9

Als Manuela und Nils nach einigen Stunden von ihrem geistigen Ausflug zurückkehrten, schliefen Sandra, Deta Knacke und Pater Fabian auf Luftmatratzen im Wohnzimmer, das nach dem Ausfall der Zentralheizung einer von zwei beheizbaren Räumen war, während Lieselotte neben Frau Hufnagel in der Küche stand und mit ihr zusammen das Mittagessen vorbereitete. Manuelas Körper ruhte auf der Couch, und sie schlüpfte auch rasch wieder hinein. Dabei löste sie ihre Verbindung mit Nils, der sich plötzlich sehr einsam fühlte. Nachdenklich setzte er sich in einen Sessel und betrachtete Manuela, der innerhalb von Sekunden die Augen zufielen.

»Sie ist noch schöner geworden, trotz aller Strapazen«, dachte er mit einer gewissen Wehmut. Er erinnerte sich, wie sie früher immer behauptet hatte, einen Meter siebzig groß zu sein. Doch dafür fehlten ihr zwei Zentimeter. Ihre Figur war nicht üppig, aber doch gut geformt, das Gesicht herzförmig mit einem sanft geschwungenen Mund, einer zierlichen Nase und zwei blauen Augen, die nun mit von langen Wimpern besetzten Lidern verdeckt wurden. Ihre Haarfarbe glich einem rötlichen Kastanienbraun, während die Augenbrauen eher dunkelblond waren.

Nils spürte, dass er sich immer noch nach ihr sehnte, und überlegte, ob es nicht besser wäre, wenn sie beide als Wiedergänger leben würden. Dies würde jedoch Manuelas Tod bedeuten, und das durfte er nicht wollen. Nachdenklich fragte er sich, ob seine Gefühle für die junge Hexe ihn so anders hatten werden lassen als die anderen Geister. Dann erinnerte er sich daran, dass viele Tote bereit gewesen waren, ihren Freunden und Nachkommen zu helfen. Doch alle, die er kennengelernt hatte, waren der Macht oder den Einflüsterungen mächtigerer Geister erlegen. Nun wurden sie von jenen beherrscht, die bereits das Dämonenstadium erreicht hatten, und mussten diesen bedingungslos gehorchen. Damit war er möglicherweise der einzige Wiedergänger, der zu den Lebenden hielt.

Ein fernes Beben beendete Nils' Sinnieren. Er schaute auf und nahm die Energiewelle wahr, die auf ihn zuraste und kaum weniger stark war als jene, die ihn beim Öffnen des asiatischen Geistertors weggerissen hatte. Also war das nächste Tor wie eine Seifenblase aufgeplatzt. Erschrocken schaute Nils in die Richtung des europäischen Tores und atmete auf, da dieses noch immer geschlossen war. Dann trafen ihn die magischen Energien und drohten, ihn in Stücke zu reißen. Mit letzter Kraft zog er sich auf Manuela zu, drang in ihren Körper ein und versteckte sich darin.

Davon wurde sie wach. »Was ist los?«

»Das zweite Tor ist aufgegangen. Ich hatte das Gefühl, der magische Sturm, der von ihm ausgelöst wurde und über die Welt fegt, würde mich in Einzelteile zerlegen und die Splitter in alle Winde davontragen.«

Obwohl Manuelas Haut unter den Energiewogen so stark brannte, dass sie sich vor Schmerzen krümmte, musste sie lachen. »Keine Angst! Ich hätte deine Teile schon gesucht und wieder zusammengeflickt. Aber wie es aussieht, wird es jetzt ernst. Der doppelten Belastung durch die Dämonen, die noch drinnen sind, und dieser Energiewelle wird das europäische Tor nicht mehr lange standhalten.«

»Ich frage mich, ob es nicht auch von Vorteil ist, wenn es sich öffnet. Maierhammer bekommt dann sicher andere Probleme und kann sich nicht mehr mit uns beschäftigen«, warf Pater Fabian ein, der der lautlosen Unterhaltung gelauscht hatte. Auch er war durch den Energieschock wach geworden und kratzte sich nun, als juckte es ihn überall. »Auf jeden Fall habe ich es besser überstanden als beim letzten Mal. Schaut! Sandra ist nicht einmal aufgewacht!«

Der Pater deutete zufrieden auf das Mädchen, doch Manuela sah mit einem Blick, dass das Kind nicht schlief, sondern in eine tiefe Ohnmacht gefallen war. Rasch sprang sie auf und kontrollierte Sandras Puls und Atem. Zu ihrer Erleichterung schlug das Herz des Mädchens kräftig und es atmete ruhig. Das wunderte Manuela, denn Sandra war in einem Albtraum gefangen, in den sie nun selbst hineingezogen wurde. Sie musste die Zähne zusammenbeißen, um ihre Angst nicht hinauszuschreien.

Dämonen und Geister in der Kleidung der Inkas und anderer südamerikanischer Völker brachen aus dem Geistertor, das sich über dem Krater eines mächtigen Vulkans geöffnet hatte, und stürzten sich voller Wut auf jeden Bewohner der näheren Umgebung, der europäische Ahnen hatte. Noch konnten sie keine feste Gestalt annehmen, doch ihr Hass und ihre Rachsucht reichten aus, um die Menschen in den Wahnsinn zu treiben. Männer erwürgten ihre Familienangehörigen und hängten sich anschließend selbst an Balken und Bäumen auf. Andere eilten mit Gewehren und Macheten durch die Straßen und töteten jeden, der ihnen in den Weg kam. Häuser wurden niedergebrannt und die Bewohner in die Flammen zurückgestoßen, während das Lachen der mächtigsten Dämonen eine schaurige Begleitmusik dazu lieferte.

Eine schmerzhafte Ohrfeige riss Manuela aus dieser Vision und sie sah, dass Pater Fabian erneut ausholte. »Es reicht!«, stöhnte sie und richtete sich auf.

»Bist du in Ordnung?«, fragte Nils besorgt.

Manuela nickte und schüttelte Sandra, um auch sie aus diesem Albtraum herauszuholen. Doch erst, als sie dem Mädchen ein paar Klapse gab, wachte es auf und sah sie mit schreckgeweiteten Augen um.

»Hast du das gesehen?« Sandras Stimme klang wie ein verwehender Hauch.

Manuela nickte bedrückt.

»Ich habe auch ein wenig davon mitbekommen«, mischte Nils sich ein. »Die Ureinwohner Südamerikas sind zurückgekehrt, und sie rächen jede Träne, die ihre Völker jemals unter der Peitsche der weißen Eroberer geweint haben. Sie hatten im Jenseits Jahrhunderte Zeit, um stärker zu werden und die nachkommenden schwächeren Geister ihrem Willen zu unterwerfen. Jetzt halten sie Gericht über die Nachkommen jener, die einst ihre Welt zerstört haben! Doch nicht mehr lange, dann werden sie auch über ihre Nachfahren herfallen und diesen den Platz auf der Erde streitig machen.«

Unterdessen hing Pater Fabian anderen Gedanken nach. »Wie schnell können diese Geister bei uns sein? Nicht, dass sie uns bereits überrennen, obwohl unser Geistertor noch verschlossen ist!«

Manuela schlang sich die Arme um die Schultern, als friere sie. »Sie sind zum Glück um einiges langsamer als wir. Außerdem kümmern sie sich erst einmal um ihren eigenen Kontinent. Es ist ein Vorgeschmack dessen, was hier in Europa passieren wird, wenn sich unser Tor öffnet.«

»Wahrscheinlich wird es noch schlimmer«, erklärte Nils mit düsterer Miene. »Wir haben eine lange Tradition von Kriegen und Gräueltaten, die gewiss nicht weniger rachedurstige Dämonen erzeugt hat. Wenn es hier losgeht, wäre ich am liebsten am anderen Ende der Welt.«

»Beim dortigen Geistertor?«, fragte Manuela mit bitterem Spott.

»Das nicht gerade. Aber jetzt wissen wir, was uns hier blühen wird. Daher sollten wir uns nun endlich Gedanken darüber machen, was wir dagegen unternehmen können.«

»Nichts!«, rief Deta Knacke aus.

Sie war ebenfalls von der magischen Welle geweckt worden, hatte aber bis jetzt den Mund gehalten. Jetzt sah sie die anderen mit flackernden Augen an. »Es gibt keine Zukunft für uns. Daher sollten wir es uns jetzt noch einmal so gut gehen lassen wie möglich und danach versuchen, ebenfalls mächtige Geister zu werden. Ihr sagt ja, dass wir als Wiedergänger neue Körper ausbilden werden. Also ist es unnötig, einen von voneherein verlorenen Kampf zu führen. Verbünden wir uns mit den Geistern und schwingen uns zu den Herren der Welt auf.«

Manuela tippte sich voller Empörung gegen die Stirn. »Sind Sie jetzt vollkommen verrückt geworden? Wenn wir sterben, sind unsere Seelen erst einmal viel zu schwach, um sich gegen stärkere Geister und Dämonen behaupten zu können. Erst werden wir denen als Sklaven dienen und später, wenn die Ressourcen der Erde abnehmen, von ihnen gefressen werden. Das ist nicht das Schicksal, das ich freiwillig wählen würde.«

»Ich auch nicht«, stimmte ihr Pater Fabian zu.

Nils trat neben Manuela. »Ich bin auf eurer Seite!«

»Ich ebenfalls!« Sandra weinte zwar noch, griff jetzt aber Manuelas Hand und hielt diese fest.

»Jetzt bleibt nur noch die Frage, was wir tun können!«, sagte Manuela leise. Doch darauf wussten weder sie noch die anderen eine Antwort.

10

Zwei Tage vergingen, in denen Manuela und ihre Freunde das Gefühl bekamen, die Welt hätte sie vergessen. Jutta Hufnagel versorgte sie gut. Sie revanchierten sich für die Gastfreundschaft, indem sie dem Schicksal ihrer Schwester nachspürten, die in Fürstenfeldbruck gestrandet war, und ihr berichteten, wie es ihrem Mann in München ging.

Dort hatte Maierhammer offen die Macht ergriffen und

den Oberbürgermeister, der gegen einige seiner Maßnahmen protestiert hatte, kurzerhand einsperren lassen. Dieser stand nun vor der Wahl, entweder zusammen mit anderen Häftlingen Zwangsarbeit zu leisten und dafür mit dürftigen Nahrungsrationen belohnt zu werden oder langsam zu verhungern. Müßige Strafgefangene galten nach Maierhammers Maxime als überflüssig und erhielten daher nichts zu essen.

Hufnagel war es bisher gelungen, sich auf seinem Posten zu behaupten. Weder der Diktator noch sonst jemand schöpfte Verdacht, er könne am Verschwinden Manuelas und ihrer Freunde schuld sein. Da Maierhammer auf ganzer Linie erfolgreich war, nahm er an, er könne auf diese Gruppe verzichten. Dennoch ließ er sie zur Fahndung ausschreiben.

Dies erfuhr Manuela bei einem ihrer geistigen Ausflüge nach München. Doch das war ihr geringstes Problem. Nach wie vor suchten sie verzweifelt nach einer Möglichkeit, die noch geschlossenen Geistertore versperrt zu halten und die bereits offenen wieder zu verschließen. Auch ging die Suche nach Verbündeten weiter. Zwar entdeckte Manuela ein paar zumindest ein wenig magisch begabte Personen in Deutschland, konnte sich aber nur schlecht mit ihnen in Verbindung setzen. Dennoch versuchte sie, diese dazu zu bewegen, nach Berlin zu gehen, um dort die Behörden zu unterstützen.

Am Vormittag des dritten Tages ging Jutta Hufnagel wieder zu ihrem Bauern, um frische Milch zu holen. Währenddessen saßen Manuela und die anderen im Wohnzimmer und beratschlagten, wie es weitergehen sollte.

»Wir können nicht ewig hier sitzen bleiben und darauf warten, bis uns irgendjemand entdeckt und es der Polizei meldet«, erklärte Manuela.

Nils nickte zwar, brachte aber einen Einwand. »Wo wollt ihr hin? Wir stehen vor dem gleichen Problem wie vor ein paar Tagen in der Oberforstdirektion. Ohne Unterstützung sitzt ihr hier fest.«

Pater Fabian nickte. »Wir bräuchten jemand, der bereit ist, uns einen sicheren Unterschlupf zu gewähren. Aber wir kennen außer Hufnagel niemand, der das für uns tun würde. Andererseits dürfen wir nicht mehr lange hierbleiben, sonst gefährden wir nicht nur uns, sondern auch Frau Hufnagel und ihren Sohn.«

»Wir hätten die Oberforstdirektion gar nicht erst verlassen sollen«, maulte Deta Knacke. »Jetzt hocken wir in diesem Nest, in dem sich Fuchs und Hase Gute Nacht sagen, und gelten als flüchtige Verbrecher. Wären wir in München geblieben, um Herrn Maierhammer zu unterstützen, hätten wir das herrlichste Leben.«

»Ja, in Stadelheim oder einem anderen Gefängnis unter der strengen Aufsicht von Maierhammers Kreaturen«, konterte Manuela.

»Wir hätten genug zu essen, eine warme Unterkunft und könnten unsere Informationen teuer verkaufen!«, zischte Deta Knacke sie an.

»Aber nicht lange! Irgendwann würde Maierhammer uns für zu gefährlich halten und umbringen lassen«, warf der Pater ein. »Ich halte es für richtig, dass wir uns diesem Mann entzogen haben. Er zerstört noch das letzte Fünkchen menschlicher Würde in diesem Land. Seinem Willen zufolge sollen die Bürger zu seelenlosen Robotern werden, die gedankenlos jedem Befehl gehorchen. Wie wir gesehen haben, geht er bereits gegen die Kirche vor, weil diese sein skrupelloses Vorgehen nicht dulden will.«

Bei diesen Worten klatschte er sich mit der flachen Hand gegen die Stirn. »Jetzt weiß ich einen Ort, an dem wir Unterstützung erhalten werden. Es handelt sich um ein altes Kloster an der Donau. Zwar gibt es dort keine Ordensgemeinschaft mehr, aber es leben mehrere Fratres in der Anlage, die sich um den Komplex kümmern. Das Kloster bietet Geistlichen, die von Zweifeln über ihre Bestimmung geplagt werden, eine Zuflucht, mit sich selbst ins Reine zu kommen. Ich kenne die dortigen Brüder und bin mir sicher, dass sie uns Obdach gewähren.«

»Und wie sollen wir zu diesem famosen Kloster kommen?«, fragte Deta Knacke spöttisch.

»Entweder zu Fuß oder wir besorgen uns einen Wagen!« Jetzt, da sich der Gedanke in ihm festgesetzt hatte, glaubte Pater Fabian zu fühlen, dass sie diesen Ort unbedingt erreichen mussten.

Deta Knacke hatte auch an diesem Vorschlag etwas auszusetzen. »Einen Wagen besorgen! Wie denn? Wo doch fast alle kaputt sind!«

»Das stimmt nicht ganz. Es gibt genug Autos, die noch aus Zeiten stammen, in denen die Elektronik noch nicht ihren Siegeszug angetreten hatte. Auch Maierhammers Leuten ist noch nicht jedes brauchbare Fahrzeug in die Hände gefallen. Viele stehen noch eingepackt in irgendwelchen Schuppen oder sind von ihren Besitzern wieder versteckt worden. Manche hat man übersehen, wie den Kipplader, den wir ein paar Kilometer weiter in einer Kiesgrube entdeckt haben. Den könnten wir nehmen.« Pater Fabian blickte die anderen auffordernd an, erntete aber von Deta Knacke nur eine abfällige Handbewegung.

Manuela krauste die Stirn. »Die Idee ist nicht schlecht, aber drei Dinge sprechen dagegen.«

»Und welche?«, wollte der Pater wissen.

»Zum einen wissen wir nicht, ob der Kasten nicht defekt ist.«

»Das glaube ich eher nicht. Immerhin steht der Lkw so dort, als wäre vor der Katastrophe noch mit ihm gearbeitet worden.«

»Was ist mit Benzin? Ich habe mir den Tank angesehen. Er war höchstens eine Handbreit gefüllt.«

»Ein Lkw fährt mit Diesel«, berichtete der Pater Manuela.

»Fässer mit Diesel gibt es hier auf jedem Bauernhof. Wenn wir einen oder zwei Kanister davon eintauschen könnten ...«

»Gegen was?«, fragte Deta Knacke.»Vielleicht gegen den Segen, den Sie dem Besitzer spenden wollen?«

»Sobald ich wieder einen Körper ausgebildet habe, drehe ich der alten Hexe den Hals um«, wisperte Nils Manuela zu. Er hatte jedoch nicht bedacht, dass auch Deta seine geistige Stimme hören könnte. Die Frau warf ihm einen mörderischen Blick zu, begnügte sich aber damit, sich mit verächtlich herabgezogenem Mund die nächste Tasse Kaffee einzugießen.

»Ich bin bereit, das Diesel notfalls in der Nacht zu stehlen«, erklärte der Pater.

»Besser nicht! Bei der Schneedecke würde man Ihre Fußspuren sehen.«

»Dann werde ich darum betteln.«

»Warum so kompliziert?«, wandte Nils ein.»Im Keller dieser Villa steht ein riesiger, fast voller Heizöltank. Wir müssen nur den Lkw herholen und ihn hier volltanken.«

»Zu gefährlich. Wenn das jemand sieht, könnte es Hufnagel an den Kragen gehen. Maierhammer macht kurzen Prozess mit Leuten, die er als seine Gegner ansieht.«

»Wie mit dem Münchner OB!« Manuela hatte diesen Mann zwar nicht gemocht, dennoch war es ein Verbrechen, wie man ihn jetzt behandelte.

»Wir sollten uns auf unseren Plan konzentrieren und nicht abschweifen. Einer von uns muss den Lkw holen und ihn auf der anderen Seite des Hügels parken. Dann bringen wir genug Heizöl hin und fahren zum Kloster.« Für Pater Fabian war damit die Sache geregelt, nicht jedoch für Manuela.

»Und wer fährt das Ding? Sie?«

Der Pater schüttelte den Kopf.»Ich habe keinen Führerschein und bin noch nie hinter einem Steuer gesessen.«

»Ich auch nicht«, bekannte Manuela. »Ein früherer Freund hat zwar versucht, mir das Fahren beizubringen, aber …«

»Das war ich«, sagte Nils grinsend. »Ich glaube, das werde ich jetzt wieder tun müssen. Ich habe nämlich einen Führerschein, dank der Bundeswehr sogar den für Lkws. Wenn ich könnte, würde ich selbst fahren, aber ich kann noch keine festen Gegenstände in die Hand nehmen, sondern greife immer noch hindurch.«

Manuela sah Nils verdattert an. »Du willst, dass ich dieses riesige Ding fahre?«

»Falls Pater Fabian nicht umgehend vom Heiligen Geist erleuchtet wird, sehe ich niemand sonst. Es ist wirklich nicht schwer. Fass dir ein Herz! Ich bin doch bei dir.«

Nach einem kurzen inneren Kampf gab Manuela nach. »Gut, ich mache es. Aber beschwert euch nicht, wenn ich den Kasten in den nächsten Straßengraben fahre!«

»Das solltest du lieber nicht tun!« Übermütig deutete Nils eine Umarmung und einen Kuss auf Manuelas Wange an. »Du bist wirklich ein Schatz!«

Ein wenig verlegen geworden wandte sich Manuela an den Geistlichen. »Pater Fabian, teilst du es unserer Gastgeberin mit, wenn sie zurückkommt? Sie war bis jetzt so nett, und ich will nicht, dass sie uns für undankbar hält.«

»Natürlich. Da Frau Hufnagel nicht auf Dauer fünf Leute durchfüttern kann, wird sie wahrscheinlich sogar erleichtert sein, uns scheiden zu sehen.«

»Können wir nicht Mama suchen und mitnehmen?«, meldete sich Sandra, die die ganze Zeit geschwiegen hatte.

Manuela senkte betroffen den Kopf. Es war ihr nach langem Suchen gelungen, die Mutter des Kindes ausfindig zu machen. Diese hatte in ihrer Arbeitsstelle bleiben müssen und war dann von Maierhammers Handlangern zu den Zwangsarbeitern gesteckt worden, die die Stadt aufräumen mussten. Manuela hätte sich gefreut, Sandras Bitte erfüllen zu können.

Doch es war unmöglich, die Mutter des Mädchens aus dem gut bewachten Lager zu befreien.

»Wir werden für deine Mama beten und ihr helfen, sobald wir dazu in der Lage sind«, versprach Pater Fabian und strich Sandra über das Haar. »Du wirst sehen, es werden wieder bessere Tage für uns alle kommen!«

Dies hoffte auch Manuela und forderte Nils daher auf, ihr den besten Weg zu jener Kiesgrube zu zeigen.

11

Es war kalt und Manuela fror trotz der dicken Jacke, die Jutta Hufnagel ihr gegeben hatte. Allerdings war die Kälte nicht allein für das klamme Gefühl in ihrem Innern verantwortlich. Sie glaubte nicht daran, den alten Lastwagen zum Laufen bringen zu können.

Nils versuchte ihr Mut zu machen und wies ihr einen Weg um die dunklen Schneewehen herum, die der Wind mehr als hüfthoch aufgetürmt hatte. Sie warf den Hindernissen besorgte Blicke zu und sagte sich, dass sie bei diesen Straßenverhältnissen mit dem Lkw nicht einmal bis zur Villa durchkommen würde, geschweige denn bis zu dem Kloster an der viele Kilometer entfernten Donau.

»Du schaffst das schon«, erklärte Nils und wies sie an, den Weg zu verlassen und den Hang zur Kiesgrube hinabzuklettern.

»Was ist?«, fragte Manuela.

»Da drüben liegt ein Toter mit einem Messer in der Brust. Wie du siehst, ist auch in dieser Gegend einiges passiert.«

Manuela schauderte und hob abwehrend die Hand. »Wenn

ich den Lastwagen aus der Kiesgrube steuere, muss ich über den Toten hinwegfahren!«

»Du kannst ihn so lenken, dass die Räder die Leiche nicht erwischen«, behauptete Nils nicht ganz wahrheitsgemäß.

»Sollte ich den Mann nicht besser beiseiteschaffen?«

»Er ist ja schon beiseitegeschafft worden …, äh, entschuldige! Das war wohl ein unpassender Witz. Nein, Wegräumen ist nicht möglich. Bei den Temperaturen hier ist der Mann am Boden festgefroren. Du bräuchtest schon einen Pickel und genug Zeit. Beides haben wir nicht.«

Manuela nickte bedrückt. Trödeln durfte sie wirklich nicht, dafür lag Hufnagels Wohnort zu nahe an München. Maierhammers Schnüffelnasen würden bald auftauchen, und dann war es für eine Flucht zu spät. Daher kletterte und rutschte sie den Hang hinab und blieb schließlich vor dem Kipplader stehen. Es war ein riesiges Gefährt, dick mit Lehm und schwarzem Schnee bedeckt und voller Beulen.

Als sie hochklettern und die Fahrertür öffnen wollte, hielt Nils sie auf. »Du musst erst den Schlüssel aus der Hütte da drüben holen.«

Manuela drehte sich um und blickte hinüber. »Die Tür sieht massiv aus. Wenn sie zugesperrt ist, werde ich sie nicht auftreten können.«

»Du gehst auch nicht durch die Tür, sondern steigst durch das Fenster auf der Rückseite. Es ist bereits eingeschlagen worden.« Nils verschwand kurz, kehrte aber rasch wieder zurück. »Jemand ist in die Hütte eingebrochen. Wie es sich anfühlt, war es der Kerl, der den Mann vorne am Weg umgebracht hat.«

»Wie es sich anfühlt?«

»Der Mann ist ebenfalls tot – im Schlaf erfroren. Anscheinend hat er nicht damit gerechnet, dass es im Sommer so kalt werden könnte. Er muss besoffen gewesen sein, denn drinnen liegen etliche leere Bier- und Schnapsflaschen herum.«

Nils' Bericht trug nicht dazu bei, Manuelas Begeisterung für dieses Abenteuer wachsen zu lassen. Widerstrebend ging sie um die Hütte herum und kletterte durch das offene Fenster hinein. Der Wind hatte Schnee hineingeweht, der den Toten wie ein schwarzes Leichentuch bedeckte. Manuela war froh, dass sie den Leichnam nicht ansehen musste, und beeilte sich, zum Schreibtisch zu kommen und den Schlüssel herauszuholen.

»Und jetzt zum Lkw!«, wies Nils sie an.

Als Manuela wieder im Freien stand, fauchte sie ihren Begleiter an. »So etwas mache ich nicht noch mal!«

»Glaubst du, mir macht das Spaß? Anstatt gemütlich im Paradies unter schattigen Bäumen zu liegen und Äpfel zu essen, muss ich dafür sorgen, dass du alles richtig machst. Dabei bin ich noch nicht zum Schutzengel befördert worden!« Nils' herber Spott verriet, dass ihm diese Situation ebenfalls an die Nieren ging.

»Tut mir leid«, antwortete Manuela besänftigend und kletterte in das Führerhaus des Kippladers. Dieses war karg eingerichtet und stank nach Diesel, Zigarettenrauch und Bier. Manuela hob sich der Magen, doch sie biss die Zähne zusammen und steckte den Schlüssel ins Zündschloss. Als sie ihn mit einem Ruck umdrehte, drehte sich der Motor nur, ohne anzuspringen.

»Du musst vorglühen«, hörte sie Nils sagen.

»Was heißt das? Ach ja, ich erinnere mich ...« Mit einem tiefen Seufzer drehte Manuela den Schlüssel in die richtige Stellung und wartete, bis die Lampe aufleuchtete, die das Erreichen der Vorglühtemperatur anzeigte, und startete den Lkw erneut. Diesmal sprang der Motor stotternd an.

»Nicht zu viel Gas«, riet Nils.

Manuela gehorchte und wurde damit belohnt, dass die Zylinder in Schwung kamen und der Motor den Wagen in ein Rüttelsieb verwandelte.

»Eine Ganzkörpermassage ist nichts dagegen«, stöhnte sie.

»Jetzt den ersten Gang einlegen. Vorsicht, du musst das Kupplungspedal ganz durchtreten und einmal kurz Gas geben.« Nils klang wie ein Fahrlehrer, der mit seiner Schülerin zur ersten Fahrstunde aufbrechen wollte. Obwohl sein Tonfall Manuela die Federn aufstellte, war sie froh um seine Anwesenheit. Allein wäre sie mit diesem Fahrzeug niemals zurechtgekommen.

Sie ließ den Kipplader anrollen und hielt auf den schmalen Weg zu, der nach oben führte. Jetzt erst erinnerte sie sich wieder an den Toten. Sie wagte aber nicht, anzuhalten und nach dem Leichnam Ausschau zu halten, sondern umklammerte das Lenkrad mit beiden Händen und starrte nach vorne.

Kurz darauf hatte sie den Anstieg bewältigt. Die Schneewehen stellten für die wuchtigen Stollenräder des Kippladers kein Hindernis dar. Das erleichterte sie, denn sie hatte auch so genug zu tun, um den Kasten in der Spur zu halten. Die Lenkung ging so schwer, dass sie ihre ganze Kraft aufwenden musste. Zudem war der Sitz eisig und so unbequem, dass sie bereits nach wenigen Minuten Rückenschmerzen bekam.

»Weißt du, was verrückt ist«, fragte sie Nils.

»Nein, was?«

»Als Geist fliege ich mit Überschallgeschwindigkeit übers Land und als Mensch muss ich mich mit so einer Rappelkiste herumschlagen!«

Nils lachte. »So ist das Leben, mein Schatz. Hat man irgendwo einen Vorteil, wird dieser an einer anderen Stelle wieder zunichtegemacht. Aber jetzt musst du dich rechts halten, sonst fährst du mitten ins Feld!«

Das sah Manuela nun selbst. Der schwarze Schnee hatte das Getreide niedergedrückt, sodass die Fläche vor ihr wie planiert erschien. Nur vereinzelt hoch stehende Halme wirkten wie ein Symbol des so jäh beendeten Sommers.

»Dort vorne ist der Weg, auf dem wir zu unserem Treffpunkt kommen!« Erneut riss Nils' Geisterstimme sie aus ihren Gedanken, und sie lenkte den Kipplader rasch in die angegebene Richtung.

12

Lieselotte und Pater Fabian erwarteten sie am vereinbarten Treffpunkt und deuteten lächelnd auf vier je zehn Liter fassende Ölkannen mit Heizöl, mit denen sie den Tank auffüllen wollten.

»War es schlimm?«, fragte der Pater.

»Nein!«, log Manuela. »Es ging sogar ganz leicht. Ich glaube, mit dem Kasten könnten wir querfeldein bis an die Donau kommen.«

»Du vergisst die Bäche und Flüsse, auf die wir unterwegs stoßen würden«, berichtigte Nils sie. »Doch ich muss sagen, im Großen und Ganzen hast du deine Sache ausgezeichnet gemacht.«

»Danke, du hast mir auch prima geholfen!« Eigentlich hatte Manuela eine bissige Bemerkung machen wollen, sagte sich aber, dass sie es ohne Nils' Unterstützung niemals geschafft hätte, und lächelte ihm dankbar zu.

Pater Fabian füllte gerade die letzte Kanne in den Tank. »Der Diesel sollte bis zu unserem Ziel reichen. Lasst uns die anderen holen und losfahren. Manuela bleibt am besten im Lkw sitzen, damit sie uns rufen kann, wenn jemand den Kasten stehlen will!«

»Peinlich wäre es, wenn der Besitzer des Lkw vorbeikäme«, spottete Manuela.

»Das wollen wir doch nicht hoffen. Keine Sorge, wir beeilen uns. Ich habe vorhin mit Sandra und der Knacke zusammen ein wenig Aufklärung betrieben. Maierhammer hat bereits einige Leute in den Nachbarort geschickt und ihnen den Befehl erteilt, sämtliche Lebensmittel und andere wichtige Vorräte einzusammeln und portionsweise zu verteilen. Nicht mehr lange, dann tauchen sie auch hier auf. Also nichts wie los.«

Der Pater klang gehetzt. Bei seinen letzten Worten drehte er sich auf dem Absatz herum und lief mit langen Schritten den Hügel hinauf, der sie von Hufnagels Haus trennte, sodass seine Tante ihm kaum folgen konnte.

»Er ist höchst besorgt, und ich kann ihn gut verstehen«, sagte Nils, der bei Manuela geblieben war.

Diese zitterte vor Kälte und fragte ihn, ob der Kipplader eine Heizung habe. Nils sah sich im Führerhaus um und zeigte ihr einen Hebel, den sie umlegen solle. »Das ist ein sehr alter Wagen, den man noch von Sommerbetrieb auf Winterbetrieb umstellen muss.«

Manuela nickte, ohne richtig zu begreifen, und zog den Hebel in die Stellung, die Nils ihr wies. Ein warmer Luftstrom quoll in das Führerhaus und vertrieb die klamme Kälte. Trotzdem zitterte Manuela immer noch, nun allerdings vor Anspannung.

»Ich hätte mit den anderen mitgehen sollen. Den Kasten hätte schon keiner gestohlen. Jetzt sitze ich hilflos da und warte.«

»Lieselotte und der Pater sind doch gerade mal fünf Minuten weg«, versuchte Nils sie zu beruhigen.

Doch Manuela nörgelte weiter. »Ich hätte ihnen tragen helfen können. Außerdem hätte ich mich gerne von Jutta Hufnagel verabschiedet.«

»Du kannst sie, wenn alles vorbei ist, zu einem Kaffee einladen«, entgegnete ihr Freund geduldig. »Außerdem spüre ich sie bereits kommen.«

»Wo?«, Manuela erhob sich aus dem Fahrersitz und stieß mit dem Scheitel ans Dach der Fahrerkabine. »Aua! Wegen dir habe ich mir wehgetan!«

»Ich habe dich nicht gezwungen, das Blech des Daches zu testen. Außerdem tut es dem mehr weh als dir, denn dein Dickkopf ist um einiges härter.«

Damit brachte Nils Manuela zum Lachen. »Du bist unmöglich«, sagte sie und richtete ihr Augenmerk auf den Pater, Lieselotte, Sandra und Martin Hufnagel, der die drei begleitete. Alle waren sie schwer bepackt. Als der Pater näher kam, erkannte Manuela sein von Sorge gezeichnetes Gesicht.

»Deta Knacke ist verschwunden!«, rief er ihr zu.

»Was heißt: verschwunden?«

»Sie ist weg! Auch fehlen der beste Wintermantel unserer Gastgeberin und ein paar Lebensmittel. Ich habe das dumpfe Gefühl, die Frau will nach München zurückkehren und sich Maierhammer als Leibhexe andienen.«

Manuela starrte den Pater erschrocken an. »Das müssen wir verhindern! Sie wird unseren Plan ebenso verraten wie Hufnagel und dessen Frau. Warte, ich mache gleich eine Séance, um sie zu finden.«

»Willst du ihr folgen und sie umbringen? Dann wären wir nicht besser als sie oder Maierhammer«, wandte der Pater ein.

Manuela schüttelte empört den Kopf. »Nein, ich will sie zurückholen und dazu bringen, uns endlich richtig zu unterstützen!«

»Ich weiß etwas Besseres«, mischte Nils sich ins Gespräch. »Ich suche das Miststück und mache ihr klar, dass sie so nichts gewinnen kann. Die Frau hat doch Angst vor ihrem ganz speziellen Freund. Wenn ich sie darin erinnere, wird sie vielleicht vernünftig.« Er wartete die Antwort nicht ab, sondern schwebte davon, um die Spur der abtrünnigen Hexe aufzunehmen.

Während der Pater sich neben Lieselotte setzte, schob Manuela sich aufseufzend hinter das Steuer.

Pater Fabian schüttelte sich. »Eigentlich müssten wir froh sein, dass Deta Knacke weg ist. Sie hätte auf einen Platz im Führerhaus bestanden, und dann hätte ich auf der kalten Ladefläche Platz nehmen müssen.« Noch während er dies sagte, beugte er sich zum Seitenfenster und warf Martin Hufnagel einen fragenden Blick zu. »Wäre es nicht doch besser, wenn ihr mit uns kommen würdet? Deine Mutter könnte meinen Platz einnehmen, und wir beide kuscheln uns zusammen unter eine Decke auf der Ladefläche?«

»Ich weiß nicht. Eigentlich möchte ich nicht weg. Hier kennen wir unsere Nachbarn, und mein Vater sorgt schon dafür, dass uns nichts passiert.«

Auch Manuela versuchte noch einmal, den Jungen umzustimmen, doch der lächelte nur und ging. Einige Augenblicke sahen sie noch seine Silhouette durch die dunklen Schneeflocken, die vom Himmel fielen, dann war er ihren Blicken entzogen.

»Überlassen wir die beiden der Fürsorge des Herrn und bitten ihn, auch uns zu unterstützen«, flüsterte der Pater.

Manuela war nicht wohl dabei, ihre Gastgeberin und deren Sohn zurücklassen zu müssen, denn sie bezweifelte, dass die Gebete des Paters etwas bewirken würden. Keiner von ihnen konnte vorhersagen, was ihnen die Zukunft bringen würde, doch alle ahnten, dass die wahren Schrecken noch vor ihnen lagen.

Sechs
Geisterstunde

1

Mit einem Mal fuhr Manuela durch eine fremde, von Hochhäusern geprägte Stadt. Noch während sie sich wunderte, sah sie den Mob, der ihr den Weg verlegen wollte. Mit einem leisen Zischen riss sie den Lenker ihres Mopeds herum und bog in eine schmale Straße zwischen zwei Wolkenkratzern ein. Dabei rutschte das Hinterrad so stark auf dem schwarzen Schnee, dass sie beinahe gestürzt wäre. Ein kurzer Blick zurück zeigte ihr ihre Verfolger, die bereits aufgeholt hatten. Kurz entschlossen verlagerte sie ihr gesamtes Gewicht nach hinten auf das Antriebsrad, bis das Fahrzeug sich aufbäumte. Tatsächlich wurde sie schneller und ...

Eine Ohrfeige riss sie wieder in ihren Körper zurück und sie hörte den ärgerlichen Ruf des Paters. »Manuela, aufpassen! Wie fährst du denn?«

Als Manuela nach vorne schaute, sah sie, dass sie die Straße verlassen hatte und quer durch ein verschneites Feld fuhr. Rasch lenkte sie den Kipplader wieder auf den Weg und fragte sich, was geschehen war. Sie begriff, dass sie kurzzeitig mit der Koreanerin Ji verbunden gewesen sein musste. »Das arme Mädchen«, dachte sie. Es war sicher nicht leicht für sie, allein in einer feindseligen Umwelt zurechtzukommen.

Im selben Moment wurde Manuela schwarz vor Augen, und sie fand sich an der Küste eines Ozeans wieder. Der Wind pfiff scharf über das Meer und trieb hohe Wellen auf den Strand. Dennoch stemmte sie sich mit aller Kraft gegen ein Segelboot, um es ins Wasser zu schieben. Als sie sich umblickte, sah sie in der Ferne Menschen auf das Ufer zurennen, und sie wusste, dass sie sterben würde, wenn es ihr nicht gelang, übers Meer zu entkommen.

Mit aller Kraft schob sie das Boot nach vorne und sprang hinein. Noch während sie die Steuerpinne festklemmte und das Segel aufzog, war es ihr, als sehe sie sich selbst vor sich schweben. Diese Manuela war ebenso durchscheinend wie Nils. Kaum hatte sie das gedacht, war sie selbst der geisterhafte Schemen, der über dem Boot schwebte, und erblickte darin eine junge Asiatin, die nicht weniger verblüfft wirkte als sie selbst.

»Wer bist du?«, fragte die Frau im Boot in ihrer Muttersprache und wiederholte es sogleich in einem schwer verständlichen Englisch.

»Ich heiße Manuela Rossner und bin Deutsche. Und du?«, antwortete Manuela.

»Ich bin Kumanake Hanako aus der Präfektur Yamaguchi. Das liegt auf der Südspitze von Honshū in Japan.«

»Du bist auf der Flucht?«, fragte Manuela.

Hanako nickte. »Ich weiß nicht, was geschehen ist. Alles ist kaputt, die Menschen sind verrückt, und ich sehe überall Geister. Ein Junge, der sie auch gesehen hat, ist von den Leuten erschlagen worden und mich hätten sie beinahe auch massakriert.«

Manuela dachte daran, dass sie eigentlich am Steuer eines Lkw sitzen sollte und die Verantwortung für ihre Mitfahrer trug. Daher begnügte sie sich damit, der jungen Japanerin in wenigen Worten zu erklären, dass das Geistertor von Asien aufgegangen war und die Toten wiedergekommen wären.

Sie versuchte noch in aller Eile, eine Verbindung zwischen Hanako und Ji herzustellen, aber als sie in ihren eigenen Körper zurückkehrte, wusste sie nicht, ob es ihr gelungen war.

Es war keinen Augenblick zu früh. Vor ihnen lag eine scharfe Kurve und dahinter stand ein Baum, den sie beinahe frontal gerammt hätte. Im letzten Moment gelang es ihr, dem Hindernis so weit auszuweichen, dass nur die rechte Bordwand beschädigt wurde. Aufatmend bat sie Pater Fabian, mit ihr zu reden, damit sie während der Fahrt nicht noch einmal in visionäre Starre fiel.

2

Wie ein eifriger Jagdhund folgte Nils der feinen magischen Spur, die Deta Knacke bei ihrer Flucht hinterlassen hatte. Zwar wusste er noch nicht, wie er die alte Hexe daran hindern konnte, Manuela und die anderen zu verraten. Doch er hatte versprochen, sie aufzuhalten, und das würde er tun.

Allmählich wurde die Spur frischer, und kurz darauf entdeckte er Fußstapfen im dunklen Schnee. Weit konnte sie nicht mehr sein. Nils beschleunigte seinen magischen Flug und entdeckte Deta Knacke kurze Zeit später vor einem Haus. Wie es aussah, stritt sie sich mit den Bewohnern.

Kurz darauf konnte er hören, worum es ging. Da es der Hexe unterwegs zu kalt geworden war, forderte sie von den Leuten, sich bei ihnen aufwärmen zu können, und verlangte überdies eine kräftige Mahlzeit.

»Wir haben selbst kaum was zu beißen«, erklärte der Mann, der die Tür blockierte. »Also schau zu, dass du verschwindest. Mit Bettlern und Landstreichern wollen wir nichts zu tun haben.«

»Ich bin keine Bettlerin!«, begehrte Deta Knacke auf. »Ich bin unterwegs nach München, um dem Herrn Staatssekretär Maierhammer eine wichtige Nachricht zu überbringen.«

»Dann lass dich von ihm durchfüttern. Von uns kriegst du nichts. Basta!«

Nach diesen Worten versetzte der Mann der Hexe einen heftigen Stoß. Diese stolperte nach hinten, verlor das Gleichgewicht und stürzte in den Schnee.

Während der Mann mit einem schadenfrohen Lachen die Tür schloss, begann Deta Knacke zu schimpfen. »Dafür lasse ich dich einsperren, du Lump! Dann kriegst du gar nichts mehr zu essen und verhungerst.«

Auch wenn Nils die Reaktion des Hausbesitzers für übertrieben hielt, schüttelte er doch den Kopf über die Hexe. »Sie ist ein Miststück und wird immer eines bleiben«, dachte er und folgte ihr, nachdem sie sich wieder aufgerappelt hatte und weiterstapfte.

Mit einem Mal traf ihn eine heiße Welle, und er hatte das Gefühl, als verbrenne seine Haut. Dabei war es um ihn herum noch ebenso kalt wie zuvor, und es schneite dunklen Schnee. Doch weiter im Nordwesten leuchtete das Geistertor in grellen Farben, schwankte im Sekundentakt und verströmte ungeheure Mengen an Magie. Die Strahlung ergoss sich wie eine Flutwelle über das Land und gab denen, die dafür empfänglich waren, das Gefühl, gegrillt zu werden.

Deta Knacke wand sich ebenfalls vor Schmerzen und schrie verzweifelt auf. Dann drehte sie sich um und starrte mit weit aufgerissenen Augen auf das Tor, das jetzt so nahe wirkte, als stände sie unmittelbar davor.

Ein schriller, selbst für normal begabte Menschen hörbarer Ton folgte, dann platzte das Tor wie eine riesige Seifenblase. Magische Orkane rasten über das Land und rissen Nils mit sich. Erst nach etlichen Dutzend Kilometern gelang es ihm, sich gegen den gewaltigen Druck zu stemmen und in jene Richtung vorzukämpfen, aus der er gekommen war.

Tausende und Abertausende Geister wirbelten hilflos an ihm vorbei. Bei ihnen handelte es sich um jene, die nach der Katastrophe gestorben waren und nicht mehr in die andere Welt hatten wechseln können. Sie waren die Schwächsten und vermochten dem magischen Sturm keinerlei Widerstand entgegenzusetzen.

Dann nahm Nils die ersten Wiedergänger wahr, die sich wie ein Tsunami über das Land ergossen und von der Wucht der magischen Strahlung wie welkes Laub mitgerissen wurden. Nur hie und da gelang es einzelnen Geistern, sich von der Masse zu trennen und eigenen Zielen zuzustreben.

Obwohl selbst jene Wiedergänger, die bereits zu Dämonen geworden waren, sich erst nach und nach aus der Woge zu lösen vermochten, begannen sie bald, die bereits von ihnen unterworfenen Seelen und schwächere Geister um sich zu scharen.

Nils schauderte es, und er stellte fest, dass es Deta Knacke nicht anders erging. Die alte Frau lag wimmernd im Schnee und wagte nicht aufzusehen.

Zwei, drei Wiedergänger tanzten kurz um sie herum, zogen aber wieder ab, als wäre sie ein zu jämmerliches Opfer für sie. Dann schälte sich die Gestalt eines hochgewachsenen, kräftigen Mannes aus der Masse der Toten und schwebte auf Deta Knacke zu. Obwohl er noch zu den jüngeren Geistern zählte, war er bereits sehr stark.

»Na, Deta, du alte Schlampe!«, sprach er sie an. »Ich habe dir versprochen, dass ich dir deinen Verrat heimzahle – und dieser Augenblick ist jetzt gekommen!«

»Nein, Jürgen! Wir können doch über alles reden. Ich … ich wollte dich nicht verraten! Die Polizei ist schuld. Die Beamten haben mich so lange verhört, bis ich nicht mehr konnte. Sie haben mich sogar geschlagen …«

»Lügnerin!«, unterbrach der ehemalige Bankräuber sie harsch. »Ich habe mich mit dem Bullen unterhalten, den ich erschossen habe. Da war nicht von Zwang und Schlägen die Rede. Ganz im Gegenteil! Du bist auf eigene Faust zu den Brüdern gegangen und hast mich verpfiffen. Bloß gut, dass ich das Geld nicht dort versteckt hatte, wo du es vorgeschlagen hast. Mir war nämlich längst klar, dass ich dir nicht trauen kann. Dass du allerdings gleich die Bullen auf mich hetzen würdest, hätte ich dir nicht zugetraut. Aber genug geschwätzt! Gleich wirst auch du ein Geist sein und mir genauso aus der Hand fressen wie der Bulle! Ich habe nämlich sofort geschnallt, wie es drüben zugeht. Entweder bist du einer der Chefs oder ein Trottel – und Letzteres war ich nie!«

»Jürgen, bitte!«, hörte Nils die alte Hexe schreien.

Doch als der Geist des Bankräubers Jürgen Kodinger ihr die Hände um den Hals legte und zudrückte, erstarb ihre Stimme in einem Gurgeln. Er war körperlos und noch zu sehr mit der anderen Welt verhaftet, um Deta Knacke tatsächlich erwürgen zu können. Dennoch nahm ihr Gesicht einen bläulichen Schimmer an, und ihr trat die Zunge aus dem Mund. Schließlich erschlaffte sie und blieb regungslos liegen.

Der Bankräuber blickte noch einen Augenblick auf sie herab, dann hörte er den Ruf des Dämons, der ihn für diese Tat eine Weile aus seinem Bann entlassen hatte, und folgte ihm wie ein gut dressierter Hund.

»So ganz hat es mit dem Chefsein wohl doch nicht geklappt«, murmelte Nils, während er sich über Deta Knackes leblosen Körper beugte. Die Frau war tot, umgekommen durch die Angst vor dem betrogenen Komplizen.

Nils schüttelte es bei dem Anblick, der ihm die Macht der Wiedergänger so deutlich vor Augen führte. Erschrocken fragte er sich, wie es Manuela und den anderen ergangen sein mochte. Sogleich machte er sich auf den Weg, um seine Freunde zu suchen.

3

Manuela kämpfte mit dem alten Kipplader und stieß in wenigen Minuten mehr Verwünschungen aus als sonst in einem ganzen Jahr. »Nils ist ein hirnloser Idiot! Er weiß doch, dass ich mit so einem Ding nicht zurechtkomme. Statt mir zu helfen, muss er hinter dieser alten Schlampe herrennen. Dabei kann er ohnehin nichts tun«, schimpfte sie gerade, als ihre Haut von einem glühend heißen Strom getroffen wurde.

»Aua!«, schrie sie und verriss das Steuer.

Pater Fabian griff gerade noch rechtzeitig zu und verhinderte, dass sie den Lastwagen in den Straßengraben steuerte.

»Was ist denn?«, fragte er noch, da spürte auch er die magische Welle und stieß einen gellenden Schrei aus.

»Das Geistertor! Es öffnet sich!« In Manuelas Stimme schwang reine Panik mit. Sie sah die riesige, hochmagisch aufgeladene Blase, die das Tor eben noch verschlossen hatte und nun in leuchtenden Farben zerplatzte.

»Aufpassen!«, schrie sie und brachte den Kipplader zum Stehen. Noch während sie den Gang auskuppelte und die Handbremse anzog, traf es sie wie ein Schlag. Sie hörte sich selbst schreien und vernahm im Unterbewusstsein das Schmerzgebrüll des Paters und Sandras Kreischen. In einer Reflexbewegung zog sie das Mädchen an sich, war aber nicht mehr in der Lage, es zu beruhigen, denn die nächste, noch stärkere Welle schwappte über sie hinweg.

Für eine schier endlos scheinende Zeit hatte sie das Gefühl zu ersticken. Gleichzeitig zerrten ungeheure Kräfte an ihr und versuchten, ihren Geist aus ihrem Körper zu reißen und ihn sich zu unterwerfen.

Wenn das geschieht, bin ich tot, schoss es ihr durch den Kopf und sie stemmte sich mit aller Kraft gegen den Sog.

Dennoch konnte sie nicht verhindern, dass sie kurzzeitig das Bewusstsein verlor.

Als sie wieder zu sich kam, hörte sie neben sich einen Wortschwall, in dem sie erst nach und nach Pater Fabians Stimme erkannte. Er rezitierte exorzistische Formeln. Sie drehte sich zu ihm um und stellte fest, dass er sich in tiefer Trance zu befinden schien und seine bannenden Formeln aus dem Unterbewusstsein heraus sprach. Doch erstaunlicherweise wirkten seine Beschwörungen.

Das Zerren und Ziehen ließ allmählich nach, und etliche der Dämonen, die sie als leichte Beute angesehen hatten, verschwanden wieder. Andere wiederum versuchten, sie körperlich zu attackieren. Aber ihre Schläge und Bisse gingen wirkungslos durch sie hindurch, weil die Körper der Wiedergänger sich noch nicht verfestigt hatten.

»Verschwindet!«, fuhr Manuela sie an und sah erleichtert, dass die meisten Geister zurückzuckten und ihre Angriffe einstellten. Offensichtlich begriffen sie, dass es weitaus leichtere Beute gab als diese kleine Gruppe, die von zwei Menschen mit magischem Talent verteidigt wurde.

Irgendwann war auch der letzte Geist weitergezogen, doch Pater Fabian sagte noch immer seine Sprüche auf, bis Manuela ihn bei den Schultern packte und schüttelte. »Pater! Es ist vorbei!«, rief sie so laut, dass er sich immer noch in Trance ans Ohr griff, als sei sein Trommelfell geplatzt. Dann verstummte er und öffnete die Augen. Es dauerte allerdings noch eine Weile, bis er realisierte, was geschehen war und wo er sich befand.

Froh, ihn aus seiner geistigen Erstarrung geweckt zu haben, kümmerte Manuela sich nun um Sandra. Aus Nase und Augenwinkeln des Kindes rann Blut, und es presste die Kiefer so fest zusammen, dass es knirschte. Manuelas Versuche, das Mädchen zu wecken, verliefen zunächst ebenso ergebnislos wie die von Liselotte. Diese hatte von den magischen Vorkommnissen nur wenig mitbekommen, rang aber nach Luft und klagte, sie müsse wohl einen Herzanfall haben.

Kurz entschlossen tauchte Manuela in den Geist des Kindes ein und entdeckte Sandras Ich ganz in der Tiefe ihres Unterbewusstseins. Es wirkte wie eine winzige Kugel, die nach außen hin vollkommen verschlossen war.

»Sandra, das Schlimmste ist erst einmal vorbei!«, sprach Manuela die Kleine magisch an.

Sandras Geist zog sich im ersten Augenblick noch mehr zusammen. Dann pulsierte die Kugel und öffnete sich ein wenig. Im nächsten Augenblick wurde das Mädchen wach und weinte rot gefärbte Tränen.

»Ich habe Papa gesehen! Er ist tot!«

»Armes Kleines!« Manuela strich dem Kind tröstend über das Haar.

Der Pater stupste sie an. »Wir müssen weiter! Die Wiedergänger wissen jetzt, dass wir ein harter Brocken für sie sind, und werden sich wahrscheinlich schon überlegen, wie sie uns knacken können.«

Manuela wollte ihm schon an den Kopf werfen, dass er ein herzloser Grobian sei, doch dann begriff sie, dass er recht hatte. Die Toten würden sich nach dieser ersten Niederlage an normalen Menschen schadlos halten, bis sie weiter an Kraft gewonnen hatten, und dann zurückkommen.

»Nimm mir Sandra ab, Pater, und sag ihr ein paar tröstende Worte. Sie hat unter den Geistern der Toten auch den ihres Vaters gesehen.«

»Kein Wunder, dass wir ihn nicht gefunden haben«, seufzte Pater Fabian. Er fühlte sich ausgebrannt und nicht in der Lage, ein Kind zu trösten. Doch da auch Manuela mit ihren Kräften am Ende war und dennoch den Kipplader wieder in Gang setzte, biss er die Zähne zusammen und versuchte, Sandra aufzurichten. Doch er tat sich schwer, die richtigen Worte zu finden, denn er konnte ihr weder von Engeln erzählen, die ihren Vater ins Himmelreich geleiteten, noch davon, dass unser Herr Jesus Christus sich dort umgehend seiner annehmen würde. In dieser Stunde fragte er sich, ob all das, was er auf dem Priesterseminar gelernt hatte, nur weltlicher Tand war, den Menschen sich nach ihren eigenen Vorstellungen ausgedacht hatten. Eine Antwort darauf fand er nicht.

Erleichtert atmete er auf, als Sandra nach einiger Zeit zu weinen aufhörte und seine Tante, die sich ein wenig erholt hatte, ihm die Kleine abnahm. Sie tat sich leichter als er, das Mädchen zu trösten, nicht zuletzt, weil ihre Gedanken sich nicht ständig mit den Wiedergängern beschäftigten und dem, was diese auf der Welt der Lebenden anstellen mochten.

4

Nils kehrte lautlos zurück, sodass die anderen ihn erst nach einer ganzen Weile bemerkten.

»Gott sei Dank, du hast es überstanden! Ich hatte Angst um dich«, entfuhr es Manuela.

Pater Fabian schenkte Manuela einen dankbaren Blick. »Ich danke dir, dass du Gott erwähnt hast. In den letzten Tagen habe ich mehrfach an ihm gezweifelt. Daher tut es gut zu hören, dass andere den Glauben an ihn noch nicht verloren haben.«

Sie wurde rot, sie hatte den Ausspruch rein aus Gewohnheit, nicht aber aus Überzeugung heraus verwendet. Daher wechselte sie rasch das Thema und fragte Nils, was er erlebt hätte. »War es schlimm für dich?«

Nils spürte ihre Angst, dass er als einer der schwächeren Wiedergänger in den Bann eines großen Dämons geraten sein könnte. Doch als er in sich hineinhorchte, fühlte er, dass er noch immer er selbst war. »Ich habe es gut überstanden. Für euch war es sicher um einiges schlimmer. Das habe ich bei Deta Knacke miterlebt.«

Pater Fabian sah ihn fragend an. »Was ist mit der alten Hexe?«

»Sie ist tot! Umgekommen, weil sie von Geisterhänden erwürgt worden ist. Die eigene Einbildung hat sie getötet!«

»Hast du es getan?«, fragte Manuela.

Nils schüttelte den Kopf. »Nein! Es war der Bandit, den sie zum Bankraub überredet und dann an die Polizei verraten hatte. Diese widerliche Angelegenheit würde ich würde gerne aus meinem Gedächtnis streichen!«

»Wenigstens kann sie uns nicht mehr verraten.« Pater Fabian atmete bereits auf, als er Nils' nachdenkliche Miene bemerkte. »Ist noch etwas?«

Der Wiedergänger nickte. »Deta Knacke kann uns zwar nicht mehr an Maierhammer verraten. Ich schätze aber, dass sich bald einer der Dämonen für sie interessieren wird, und der kann mit ihren Informationen weitaus mehr anfangen als der größenwahnsinnige Staatsbeamte. Sobald die Toten wissen, dass wir das Geistertor umpolen wollen, damit sie wieder in ihre eigene Welt gezogen werden, haben wir ein massives Problem.«

»Dann müssen wir rasch handeln!«, rief Pater Fabian aus.

»Dafür seid ihr noch zu wenige. Es braucht mindestens sechs Leute mit euren Fähigkeiten, um etwas zu bewirken. Möglicherweise würden auch vier oder fünf Begabte reichen, wenn sie über ein entsprechend starkes magisches Artefakt verfügten. Also müsst ihr in kürzester Zeit zwei oder drei magisch begabte Menschen auffinden, die bereit sind, sich mit euch zu verbinden. Nur dann haben wir eine Chance. Andernfalls sitzen uns bald sämtliche Geister der Welt auf dem Hals.«

»Früher warst du kein solcher Schwarzseher, Nils. Wir müssen es schaffen, egal wie! Ich habe keine Lust zu sterben und dann mit Abermilliarden anderer Totengeister auf einer Welt zu sitzen, die wie von einem Heuschreckenschwarm leer gefressen wird, bis nichts mehr übrig ist, und wir uns dann gegenseitig verspeisen.«

»Was für ein Szenario. Da werden die Dämonen erst die schwächeren Wiedergänger und dann sich gegenseitig fressen, bis zuletzt nur noch ein Einziger übrig bleibt, der sich mangels anderer Nahrung selbst anknabbern muss!«

Obwohl Nils' Kommentar nicht gerade erheiternd gemeint war, brachte er Manuela zum Lachen. »Ich stelle mir das gerade bildlich vor, wie der letzte Dämon überlegt, ob er jetzt die Arme oder die Beine dringender braucht. So weit sollten wir es nicht kommen lassen.«

»Pass lieber auf! Dort vorne macht die Straße eine scharfe Kurve«, wies Nils sie zurecht und schwebte voraus, um den sichersten Weg zu suchen.

Da der Geist im Augenblick nicht direkt mit den Menschen verbunden war, sah Pater Fabian Manuela fragend an. »Was meinst du, können wir ihm noch trauen? Immerhin ist er einer von ihnen. Vielleicht hat ihn einer der Dämonen bereits in seinen Bann geschlagen und absichtlich zu uns zurückgeschickt.«

»Das glaube ich nicht«, meldete sich Sandra zu Wort. »Dafür ist Nils zu sehr in Sorge um uns. Er hat fast schon vergessen, dass er ein Wiedergänger ist.«

»Dein Wort in Gottes Ohr!«, murmelte der Pater und presste die Lippen zusammen, weil Nils eben von seiner Erkundung zurückkehrte.

»Ich habe ein Stück weiter vorne eine Abkürzung entdeckt. Sie erspart es uns, durch die nächste Stadt fahren zu müssen. Das, was dort geschieht, sollt ihr nicht sehen müssen.«

Manuela wechselte mit Pater Fabian einen kurzen Blick,

dann nickte sie entschlossen. »Zeige uns den Weg! Ich möchte so bald wie möglich unser Ziel erreichen.«

»Ob es dort sicherer ist als auf der Landstraße, bezweifle ich«, murmelte der Pater.

»Wir schaffen es«, behauptete Manuela und fuhr so schnell, wie sie es zu verantworten können glaubte. Zwar verzog Nils immer wieder das Gesicht, denn der schwarze Schnee auf den Straßen war teilweise glatt wie Schmierseife. Er sagte jedoch nichts, denn er begriff, dass Manuelas Nerven so angespannt waren wie die Saiten einer Geige. Sie war nicht gewillt, diesen Kampf aufzugeben, und dafür bewunderte er sie.

Der Pater hingegen kaute sichtlich auf der Tatsache herum, dass sein Weltbild in Scherben gegangen war. Doch er würde sich wieder fangen, dessen war Nils sich sicher, und den in die Welt der Lebenden eingebrochenen Wiedergängern zu einem heißen Tanz aufspielen. Die Öffnung des Tores hatte nicht nur die darin eingeschlossenen Toten über die Welt ausgespien, sondern auch etliches an Magie freigesetzt. Diese würde die Kräfte seiner Freunde weiter wachsen lassen. Auch wenn Nils nicht wusste, was die Menschen um ihn herum bewirken konnten, war es doch ein gutes Gefühl zu wissen, dass nicht nur der Feind durch die neue Situation Vorteile errungen hatte.

5

Auf ihrem weiteren Weg begegneten ihnen Dutzende von Wiedergängern, die jedoch deutlich schwächer waren. Es war, als gingen ihnen die starken Geister und die Dämonen vorerst aus dem Weg.

Nils vermutete, dass diese nicht riskieren wollten, sich in einem Kampf mit drei magisch Begabten zu schwächen und dadurch anderen Dämonen gegenüber in Nachteil zu geraten. »Das gibt uns ein wenig Zeit, weitere Mitstreiter zu finden, mit deren Hilfe wir das Geistertor umpolen können. Sobald ihr bei diesem Kloster angekommen seid, sollten wir uns geistig auf den Weg machen, um Freunde zu suchen.«

Selbst wenn Nils von ›wir‹ sprach und sich damit bewusst von den anderen Wiedergängern abgrenzte, gelang es Pater Fabian nicht, sein Misstrauen gegen ihn zu überwinden. Er hatte gesehen, wie die starken Dämonen schwächere Geister beherrschen. Auch Nils könnte von einem stärkeren Wiedergänger in Bann geschlagen werden und sie verraten. Da Manuela seine Meinung jedoch nicht teilte, hielt er den Mund, nahm sich aber vor, auf der Hut zu sein und Nils notfalls mit seinen Bannsprüchen zu vertreiben. Vorerst wollte er die Unterstützung des offensichtlich immer noch in die junge Hexe verliebten Wiedergängers akzeptieren. Vielleicht stellte diese sogar das Zünglein an der Schicksalswaage dar.

Nils' Hilfe erwies sich zumindest auf dieser Fahrt als Segen, das gestand auch Fabian ein, denn er konnte am besten erkennen, wohin Manuela den Kipplader steuern musste. Auch wenn sie über den alten Kasten murrte und schimpfte, weil er sich ihren Worten zufolge wie ein besoffener Felsbrocken fuhr, so wären sie bei diesen Straßenverhältnissen mit einem normalen Pkw niemals durchgekommen. Dank der fast mannshohen Stollenreifen und seinem Gewicht schob sich der Lkw einfach durch die Schneewehen hindurch und ließ sich auch von anderen Hindernissen nicht aufhalten.

»Wir müssen diese Straße nehmen«, erklärte Nils bestimmt, als Pater Fabian Manuela anhalten ließ, um sich wieder zu orientieren.

»Woher willst du das so genau wissen?«, schnauzte dieser unfreundlicher, als er wollte.

»Seht ihr nicht den hellen Schein, der dort hinter den Hügeln aufsteigt?«, fragte Nils verwundert.

Der Pater schüttelte den Kopf, doch Manuela stieß einen überraschten Ruf aus. »Nils hat recht. Dort leuchtet ein magisches Licht und verspricht Hilfe!«

»Ich sehe es auch«, meldete sich Sandra.

»Dort ist wirklich nichts Böses. Ich fahre hin!« Manuela legte den Gang ein, bevor der Pater etwas erwidern konnte, und ließ den Kipplader anrollen.

Der Ordensmann starrte grummelnd nach vorne. Für ihn sah die Landschaft vor ihnen genauso aus wie überall sonst.

Doch dann besann er sich. So ganz stimmte das nicht. Vor ihnen lag etwas, das er nun ebenfalls fühlen konnte. Es war nur ein schwacher Hauch, der sich schmeichelnd sanft anfühlte und Schutz versprach. Das war reichlich seltsam zu einem Zeitpunkt, an dem Wiedergänger und Dämonen begannen, Angst und Schrecken zu verbreiten. »Konnte dies eine Falle sein?«, fragte er sich und beobachtete Nils scharf. Doch nichts an dem Geist verriet, dass er mehr wusste als sie.

Kaum hatten sie den letzten Hügel überquert, öffnete sich vor ihnen ein Tal mit weichen Konturen, durch das breit und behäbig die Donau floss. Am diesseitigen Ufer des Stroms lag eine alte Klosteranlage mit einem barocken Kirchlein und all jenen Gebäuden, die fleißige Mönche im Lauf der Jahrhunderte errichtet hatten. Seltsam war jedoch, dass der Schnee, der die Dächer und die nähere Umgebung bedeckte, schneeweiß war und erst mehrere Hundert Meter vom Kloster entfernt die schwarzgraue Farbe annahm, die das Land schier erstickte.

»Na, du großer Geisterbanner, was sagst du jetzt?«, fragte Nils lächelnd.

»Wenn das hier kein Trugbild ist, sind wir am Ziel!« Pater Fabian atmete auf.

Immer noch voll konzentriert lenkte Manuela den Kipplader den Weg hinab und blieb vor dem verschlossenen Klostertor stehen. Ihre Hand schwebte bereits über der Hupe, doch dann zögerte sie. Es behagte ihr nicht, die Stille dieses Ortes mit einem Missklang zu stören.

»Wie machen wir uns bemerkbar?«, fragte sie den Pater.

Dieser wollte aussteigen, doch da wurde bereits das Tor geöffnet und ein Mann im Habit der Benediktiner trat heraus. Trotz der Kälte trug er nur einfache Sandalen ohne Socken.

Der Mönch trat neben die Fahrertür. »Seid uns willkommen!«, klang seine Stimme durch das Seitenfenster. »An diesem Ort werdet ihr Ruhe finden, so lange Gott es will.«

»Guten Tag! Wo darf ich unseren Wagen abstellen?« Manuela wusste nicht so recht, wie sie reagieren sollte. Immerhin war sie das, was die christlichen Kirchen über Jahrhunderte eine Hexe genannt und gnadenlos verfolgt hatten.

»Fahren Sie den Lkw durch das Tor und stellen Sie ihn auf der rechten Seite des Hofes ab«, wies der Mönch sie an und trat zur Seite, sodass sie weiterfahren konnte. Als sie den Torbogen passierte, spürte Manuela, dass sie eine weitere wichtige Etappe auf ihrem Weg erreicht hatten. Vielleicht würden sie und ihre Freunde innerhalb dieser Mauern einen Weg finden, wie sie gegen die Geisterheere vorgehen konnten.

6

Eine halbe Stunde später saßen sie im Speisesaal des Klosters vor vollen Tellern, wagten aber trotz des nagenden Hungers kaum zuzugreifen. Manuela warf einen fragenden Blick auf Pater Fabian, doch auch dieser wirkte verwirrt. Er kannte das Kloster als stille Begegnungsstätte und Rückzugsort für Geistliche. Nun lebten mehrere Hundert Menschen hier. Die meisten davon waren Frauen jeden Alters und Kinder, die zum Teil ihre Eltern verloren hatten. Sie alle waren nach der ersten Katastrophe hierhergekommen und hatten Schutz gefunden.

Der Ort strahlte eine beinahe unnatürliche Ruhe aus, obwohl etliche Kinder spielten und lärmten. Auch schien die ganze Klosteranlage in jenem sanften Licht zu liegen, das Nils bereits aus der Ferne entdeckt hatte. Da dieses Licht Geister wie ihn fernhielt, hatte Nils die Gruppe nicht in das Kloster begleiten können, sondern meldete sich nur gelegentlich auf magischem Weg.

Manuela durchbrach schließlich das Schweigen. »Kannst du mir sagen, was das zu bedeuten hat, Pater Fabian? Wir haben bei unseren Erkundungsflügen Klöster gesehen, in denen es genauso chaotisch zuging wie andernorts.«

»Ich verstehe es auch nicht. Allerdings war ich nur zweimal kurz hier, um einen Mitbruder zu besuchen. Den konnte ich bislang nicht entdecken.« Wieder sah Pater Fabian sich suchend um, doch da waren nach wie vor nur drei Mönche, die für die vielen Flüchtlinge sorgten. Dabei fiel kein böses Wort, und jeder bedankte sich für das, was er erhielt.

»Es wirkt wie ein Hort des Friedens in einer vollkommen aus den Angeln geratenen Welt, und das macht mich misstrauisch«, raunte der Pater Manuela zu.

»Ich bin jedenfalls froh, diesen Ort erreicht zu haben. Ich kann mir zumindest nicht vorstellen, dass Maierhammers Leute hier nach uns suchen.« Manuela fragte sich, woher der Argwohn des Paters rührte. In ihren Augen herrschte hier eine Stimmung, die Mut machte und alle bösen Gedanken vertrieb. Neugierig musterte sie die Flüchtlinge im Speisesaal und zuckte mit einem Mal zusammen, denn sie hatte ein etwa sechzehnjähriges Mädchen ausgemacht, das magisch begabt war. »War es vielleicht kein Zufall, dass sie hierhergefunden hatten, sondern Bestimmung?«, fragte sie sich und behielt die Begabte im Auge.

Das Mädchen arbeitete gewissenhaft mit, füllte Teller mit der dicken Suppe und räumte das dreckige Geschirr wieder weg.

»Nadja ist etwas Besonderes, aber das haben Sie ja bereits bemerkt«, klang da plötzlich eine angenehme Männerstimme neben Manuela auf. Sie drehte sich um und sah einen Mönch vor sich, der sie freundlich anlächelte.

Bevor sie antworten konnte, sprang Pater Fabian auf und ergriff dessen Hände. »Frater Siegfried, alter Freund! Wie freue ich mich, dich zu sehen!«

»Ich mich auch, wobei ich mir wahrlich bessere Zeiten für unsere Begegnung gewünscht hätte. Auf jeden Fall bin ich froh, dass du und deine Begleiterinnen den Weg zu uns gefunden haben.«

»Der Gedanke, hierherzukommen, kam mir, als unser letztes Versteck zu unsicher wurde. Aber ich wundere mich, dass so viele andere auf diesen Gedanken gekommen sind und wie friedlich es hier ist. Da, wo wir herkommen, herrschte Not und ein bitterer Kampf ums Überleben!« Noch immer schwang Misstrauen in Pater Fabians Stimme mit.

Sein Ordensbruder lächelte. »Esst euch erst einmal satt. Später würde ich mich gerne mit dir unterhalten, alter Freund. Frau Manuela, deine Tante und die kleine Sandra können sich inzwischen ein wenig frisch machen und ausruhen. Die Badestube ist beheizt und das Wasser warm.«

»Ein Bad könnten wir alle drei wirklich brauchen«, erklärte Lieselotte, die einfach nur glücklich über den warmen Ort war, an dem es zu essen und ein weiches Bett gab.

Manuela hingegen sah tiefer und spürte, dass es mit diesem Kloster etwas Besonderes auf sich hatte. Noch während sie überlegte, ob sie Frater Siegfried danach fragen sollte, verließ dieser die Gruppe wieder und die Gelegenheit war erst einmal verstrichen.

7

Nach dem Essen führte eine Frau, die in ihrem früheren Leben die Managerin einer großen Firma in Ingolstadt gewesen war, Manuela, Lieselotte und Sandra in die Badestube, in der bereits drei Wannen mit warmem Wasser auf sie warteten. Während sie badeten, fragte ihre Begleiterin sie, was sie auf ihrer Reise gesehen hatten.

Manuela war verunsichert, denn sie konnte der Frau doch nicht erzählen, dass sie als magischer Geist weite Landstriche erkundet hatte. Daher beschränkte sie sich auf das, was ihr auf ihrem Weg von München hierher begegnet war. Dies war schon schlimm genug und trieb der Managerin die Tränen in die Augen.

Während diese wortreich die allgemeine Lage beklagte, wanderten Pater Fabian und Frater Siegfried durch den Kreuzgang des Klosters. Zuerst hingen beide ihren Gedanken nach und wechselten nur gelegentlich ein Wort. Dann aber blieb der Frater stehen und blickte seinen Mitbruder durchdringend an. »Ich habe dir immer vertraut, Fabian, und würde mir wünschen, du könntest mir ebenfalls vertrauen.«

»Ich vertraue dir, Siegfried«, klang es mit einer kleinen Verzögerung zurück.

»Gerade jetzt tust du es nicht. Dabei wäre es so wichtig. Die Welt steht an einem Scheidepunkt. Die Menschheit und mit ihr Gottes Schöpfung ist in höchster Gefahr!«

»Gibt es Gott überhaupt?«, brach es aus Pater Fabian heraus. »Du hast nicht gesehen, was da draußen los ist, Siegfried. Aber ich habe den Tod vieler gesehen und beobachten müssen, wie Menschen zu Tieren wurden und sinnlos mordeten.«

»Ich weiß nicht, wie du dir Gott vorstellst! Er ist kein älterer Herr mit Rauschebart, der wie ein Satellit um die Erde kreist und immer bereit ist, sofort einzugreifen, wenn die Menschheit aus dem Ruder zu laufen droht. Nein, Fabian, das Universum ist viel zu groß, um zu glauben, Gott würde sich einzig und allein nur um uns Menschen kümmern. Wahrscheinlich hat er uns nicht einmal so geschaffen, wie es in der Bibel steht. Aber er hat das Samenkorn gelegt, aus dem wir Menschen im Lauf der Evolution entstanden sind, und er hat uns unseren eigenen Willen gegeben, sodass wir frei handeln und entscheiden können.

Die Erde hätte zu einem Paradies werden können, doch Gier und der Wille zur Macht haben dies verhindert. Gott greift nicht ein, wenn ein Diktator die Menschen abschlachtet, die in seinem Machtbereich leben, aber er gibt anderen die Kraft, gegen diesen Diktator aufzustehen und ihn am Ende zu besiegen. So kann es diesmal ebenfalls sein, auch wenn du daran zweifeln magst.«

Sein Ordensbruder zuckte mit den Schultern. »Haben wir überhaupt noch eine Chance? Nach allem, was ich gesehen habe, glaube ich nicht mehr daran.«

»Sprichst du von den Geistern der Toten, die ihre Welt verlassen und auf die Erde zurückkehren konnten?«

Pater Fabian riss es herum. »Du weißt davon?«

»Ja, ich weiß es und meine Mitbrüder ebenfalls. Einer von ihnen ist der Ansicht, dass Gott der Menschen überdrüssig geworden ist und sie vom Angesicht dieser Welt vertilgen will. Doch für so grausam halte ich den Herrn nicht. Zwar lässt er uns für unseren Hochmut und unseren Frevel bezahlen, doch so, wie er einst Noah die Arche bauen ließ, so gibt er auch uns die Möglichkeit an die Hand, das Schicksal noch einmal zu unseren Gunsten zu wenden.«

»Wie war das mit dem alten Herrn mit Rauschebart?«, fragte Pater Fabian ätzend.

»Er greift natürlich nicht persönlich ein, aber er hat uns Verstand gegeben, mit dem wir einen Rettungsweg finden können, und jene Talente, die notwendig sind, um diesen auch zu beschreiben. Du zählst zu diesen Auserwählten, Bruder. Es wird auch deine Aufgabe sein, der Menschheit einen neuen Anfang zu ermöglichen. Gott will nicht, dass wir untergehen. Das spüre ich tief in meinem Herzen. Doch wir müssen uns unserer Aufgabe würdig erweisen.«

»Gibt es wirklich einen Gott?«, fragte Pater Fabian seinen Mitbruder drängend. »Du hast die Geister der Toten erwähnt. Kennst du auch die Geistertore, durch die diese auf unsere Erde gekommen sind?«

Frater Siegfried nickte. »Nadja hat sie mir gezeigt. Es war grauenhaft, und ich würde wie du an Gott zweifeln, wenn ich nicht wüsste, dass er uns Menschen die Chance gibt, auch diese Heimsuchung zu überstehen.«

»Gerade die Wiedergänger lassen mich daran zweifeln«, brach es aus Pater Fabian heraus. »Wo sind denn das Himmelreich und das Fegefeuer? Wo sind all jene Dogmen unseres Glaubens, die sich darauf beziehen?«

»Machst du es dir nicht zu einfach, Bruder? Nur wenige Menschen sind auserwählt, sofort ins Reich unseres Herrn Jesus Christus einzugehen. Der Rest muss sich entweder läutern, bis er eines fernen Tages ebenfalls dort aufgenommen wird, oder aber er versinkt in den Tiefen der Hölle. Jene Welt, deren Tore sich geöffnet haben, ist das, was wir Christen das Fegefeuer nennen. Die feurigen Schlünde, in denen die Seelen wie in einem Schmiedefeuer ausgeglüht werden, ist nur ein Bild unserer Phantasie, das vor Jahrhunderten einmal beschrieben worden ist. Mit der Wirklichkeit der anderen Welt hat dies wenig zu tun.«

Pater Fabian schüttelte den Kopf. »Aber dort sind auch Heiden und die Anhänger anderer Religionen zu finden, nicht nur die Christen, die sich auf das Himmelreich vorbereiten.«

»Gott hat die ganze Menschheit geschaffen, nicht nur die Christen. Oder willst du jenen, die vor Jesus Christus gelebt haben, und den Anhängern anderer Religionen das Recht absprechen, ebenfalls Gottes Herrlichkeit zu erleben, wenn sie es nach einem redlichen Leben verdienen?«

»Nein, Bruder, das will ich nicht!« Beschämt senkte Pater Fabian den Kopf. So hatte er seine Religion noch nie betrachtet. Ihm erschienen die Worte seines Ordensbruders jedoch schlüssig. Es gab einen Gott. Dieser ließ den Menschen den freien Willen, ihren Weg zu gehen, und verlieh dem einen oder anderen die Kraft, falsche Entwicklungen zu bekämpfen und zu unterbinden. Sie hatten noch eine Chance, mochte diese auch noch so gering sein.

»Ruh dich jetzt aus, Fabian. Wenn die Nacht sich senkt, sehen deine magischen Augen klarer, und du wirst erkennen, dass wir nicht ohne Hilfe sind!« Frater Siegfried legte den Arm um seinen Mitbruder und führte ihn wieder ins Haus.

Jetzt erst spürte Pater Fabian, wie kalt ihm draußen geworden war, und er trank dankbar den Grog, den Nadja ihm reichte. Nun bemerkte auch er die magische Kraft in ihr. Sie war zwar schwächer als seine und Manuelas, aber mit ihr hatten sie eine vierte Mitkämpferin gefunden, und das erfüllte ihn mit neuer Hoffnung.

8

Die Flüchtlinge waren in großen Sälen untergebracht, wo auch Lieselotte im Frauentrakt ihren Schlafplatz zugewiesen bekam. Manuela und Sandra hingegen wurden in ein Zimmer geführt, in dem nur vier Betten standen. Eines davon gehörte Nadja, die ihnen immer wieder Blicke zugeworfen hatte, ohne sie anzusprechen. Jetzt saß sie auf der Bettkante und schien nicht recht zu wissen, was sie tun sollte.

»Ich hoffe, wir stören dich nicht«, versuchte Manuela ein Gespräch zu beginnen.

»Nein, nein. Aber ich habe Angst, dass ich euch stören könnte. Ich rede im Schlaf und manchmal schreie ich auch. Das kommt von meinen Träumen, in denen ich die Welt zugrunde gehen sehe.«

»Solche Visionen habe ich auch«, antwortete Manuela bedrückt.

»Wirklich?« Nun taute Nadja ein wenig auf. »Hast du auch dieses große Tor gesehen? Mir macht es Angst, jetzt, da es offen ist, noch mehr als zuvor.«

»Wir haben beide das große Tor gesehen, und nicht nur das. Wir waren auch schon dort!«

»Das glaube ich nicht. Es ist so weit weg, und seit dem Tag des Unglücks hat keiner von uns mehr die Gelegenheit, dorthin zu kommen!«

»Wir waren nicht körperlich dort, sondern, wie du sagen würdest, in unseren Träumen.« Manuela lächelte dem Mädchen aufmunternd zu, obwohl sie ein wenig enttäuscht war.

Wie es aussah, besaß Nadja zwar ein gewisses magisches Talent, aber sie konnte es im Gegensatz zu ihr und Sandra nicht bewusst einsetzen. Doch die Visionen, die sie passiv empfangen hatte, waren so erschreckend gewesen, dass sie hier im Kloster zu einer Art Außenseiterin geworden war.

»Wenn du magst, werde ich dich auf eine meiner magischen Reisen mitnehmen«, bot Manuela dem Mädchen an. »Ich will mich heute noch einmal umsehen, um zu erfahren, was die Wiedergänger unternehmen. Vielleicht kann ich dabei in Erfahrung bringen, wie wir sie bekämpfen können. Die Zeit brennt uns unter den Nägeln, und wir sitzen tatenlos hier herum.«

Nadja sah sie zweifelnd an. »Ich weiß nicht. Es ist so schlimm, dass ich …« Mit einem Seufzer brach sie ab und blickte zu Boden.

»Du musst es nicht tun«, antwortete Manuela. »Und doch wäre es für uns alle gut, du würdest mit mir auf diese magische Reise gehen. Wir müssen einen Weg finden, um das Tor umzupolen, sodass es die Geister, die es ausgestoßen hat, wieder einsaugt und es für sie wieder unpassierbar wird.«

»Frater Siegfried sagt auch, dass es eine Hoffnung gibt. Aber ich glaube nicht daran. Als das große Unglück passiert ist, waren wir auf der Autobahn. Mit einem Mal fiel unser Motor aus, und das Auto ließ sich nicht mehr steuern. Da wir langsamer wurden, hat uns ein großer Lastwagen von hinten überrollt. Meine Eltern und mein Bruder waren sofort tot. Ich hatte unbewusst schon den Sicherheitsgurt gelöst, und als beim Aufprall die Seitentür aufging, wurde ich ins Freie geschleudert. Ich kam selbst wieder auf die Beine. Als ich merkte, was passiert war, bekam ich Panik und bin einfach losgelaufen, bis ich plötzlich vor dem Kloster stand. Die frommen Brüder haben meine Verletzungen behandelt und mich zuerst im Schlafsaal untergebracht, in den nach und nach immer mehr Frauen einquartiert worden sind. Als ich dort meine ersten schlimmen Träume bekommen habe, glaubte nicht nur ich, dass ich verrückt geworden wäre.«

Bei den letzten Worten brach Nadja in Tränen aus und sah Manuela aus verschleierten Augen an. »Die anderen waren auch dieser Ansicht, genau wie ein paar der Mönche. Nur Frater Siegfried hat sich mit mir über die Träume unterhalten und gesagt, ich hätte eine besondere Gabe, die mir zeigt, wie es in der Welt zugeht. Aber als ich das große Tor gesehen habe …« Nadja begann bei der Erinnerung zu zittern und beendete ihren Bericht in einem Schluchzen.

Manuela musterte sie nachdenklich. Da sie mit Deta Knacke eine magisch Begabte aus ihrem Team verloren hatten, brauchten sie dringend Ersatz. Wie es aussah, war Nadja dafür geeignet, aber durch den Unfall und die Visionen traumatisiert. »Durfte sie sie zu einer Zusammenarbeit überreden, in der sie noch weit Schlimmeres zu sehen bekäme als bisher?«, fragte sie sich beklommen. Aber was hatte sie für eine Wahl?

»Dass deine Familie ums Leben gekommen ist, tut mir sehr leid. Ich weiß, wie es ist, jemand zu verlieren, denn ich habe in einer Vision miterleben müssen, wie mein Freund mit dem Flugzeug abgestürzt ist.« Zwar hatte Henry, der Pilot, ihr schon einige Wochen vor dem Unglück den Laufpass gegeben, doch Manuela wollte die Sache dramatischer darstellen, um Nadja Kraft und Motivation zu vermitteln.

Diese sah sie mitleidsvoll an. »Das muss entsetzlich für Sie gewesen sein!«

»Leider war es nicht die einzige Vision, die ich erlebt habe, in der Freunde und Bekannte von mir umgekommen sind. Unsere kleine Sandra hat den Geist ihres bei der Katastrophe umgekommenen Vaters gesehen.« »Jetzt kommt es darauf an«, sagte Manuela sich.

»Ich möchte so etwas nicht noch einmal erleben müssen«, begann das Mädchen, fasste dann aber nach Manuelas Händen. »Frater Siegfried hat jedoch gesagt, meine Gabe sei etwas ganz Besonderes, und es müsse einen Grund haben, weshalb ich gerade an diesen Ort gekommen sei.«

Diese Worte erinnerten Manuela daran, dass das Kloster bisher von den Geistern gemieden wurde, und sie beschloss, Pater Fabian danach zu fragen. Vielleicht kannte er die Ursache oder er erfuhr sie von seinem Freund, dem Frater. Nun galt es erst einmal, Nadjas Vertrauen zu erringen.

»Ich bin ganz sicher, dass auch wir nicht zufällig hierhergekommen sind. Warum das so ist, muss ich noch herausfinden. Jetzt aber sollten wir unsere magischen Kräfte vereinen, damit du lernst, damit zurechtzukommen. Dann quälst du dich weit weniger, glaube mir. Ich kann dir helfen, denn ich habe bereits mit Sandra und Pater Fabian zusammengearbeitet. Jeder von uns besitzt spezielle Fähigkeiten. Wenn wir diese gemeinsam einsetzen, können wir viel erreichen.«

Manuela streckte Nadja die Hände hin, die diese nach einem kurzen Zögern ergriff. Auch Sandra fasste danach, und für einige Augenblicke fühlte jede von ihnen die Anwesenheit der beiden anderen mit einer solchen Intensität in sich, dass Nadjas Finger bereits zuckten, als wolle sie sich losreißen.

Manuela hielt sie kurzerhand fest. »Du darfst uns nicht im Stich lassen!«, flehte sie und löste ihren eigenen Geist aus ihrem Körper.

Zunächst war alles wie sonst auch. Manuelas magisches Auge schwebte über ihr und sie sah sich und die beiden anderen starr nebeneinander auf dem Bett sitzen. Sie selbst und Sandra hatten die Augen geschlossen, Nadja die ihren jedoch weit aufgerissen, auf ihrem Gesicht zeichnete sich Panik ab.

»Es ist alles in Ordnung«, sendete sie ihr auf magischem Weg zu. »Ich kann mich von meinem Körper lösen und gezielt umherschweben. Außerdem kann ich die Geister anderer magisch Begabter mit mir nehmen. Das geschieht jetzt mit dir. Gib acht! Ich steige jetzt weiter auf.«

Kurz darauf sahen sie das Kloster wie eine Insel in einem stürmischen Meer unter sich liegen. Ein kreisrunder Schirm von mehr als fünfhundert Metern Durchmesser schirmte es gegen die Umwelt und gegen die Wiedergänger ab, die in einem gewissen Abstand darum herum auftauchten und hinüberstarrten, es aber offensichtlich nicht wagten, näher zu kommen.

Als die Toten die Dreiergruppe entdeckten, stürzten sie sich auf sie. Manuela spürte, wie Nadja fliehen wollte, und hielt sie geistig fest. »Nein, nicht! Wenn du allein bist, hast du keine Chance gegen sie!«

Kaum hatte sie das gesagt, formten sich in ihrem Geist Beschwörungsformeln, wie Pater Fabian sie für seinen Exorzismus benutzte, und sie strahlte diese in alle Richtungen ab. Sie begriff, dass der Geistliche ihre Verbindung mit den Mädchen gespürt hatte und mit ihnen auf die geistige Reise gegangen war.

Erstaunt stellte Manuela fest, dass die Wiedergänger in ihrer Nähe sich krümmten, als würden sie mit Elektroschocks gequält, und schließlich heulend und fluchend vor ihnen flohen.

»Wie es aussieht, bist du seit dem letzten Mal stärker geworden«, rief sie dem Pater zu.

»Du und Sandra aber auch. Das scheint eine Auswirkung des offenen Geistertors zu sein. Darüber bin ich froh, denn unsere Gegner sind auch nicht von Pappe.« Der Pater lachte hart auf und fragte dann, was Manuela vorhatte.

»Ich dachte, ich schaue zuerst, wie es Jutta Hufnagel und ihrem Sohn geht, und fliege dann nach München zu Agnes und Herrn Hufnagel. Auf diese Weise kann Nadja am besten lernen, mit uns auf Geisterreise zu gehen«, erklärte Manuela und nahm Geschwindigkeit auf.

9

Unterwegs wimmelte es von Wiedergängern. Diese zählten jedoch meist zu der schwächeren Kategorie und wagten es nicht, die Gruppe zu bedrohen. Daher erreichten Manuela und ihre Begleiter schon bald den Ort, in dem die Hufnagels wohnten. Als sie sich der Villa näherten, wirkte alles unverändert. Im Haus angekommen, entdeckten sie jedoch, dass die Toten die Bewohner mithilfe ihrer magischen Ausstrahlung in den Keller getrieben und es sich in deren Wohnräumen gemütlich gemacht hatten.

»Verdammtes Geisterpack, verschwindet!«, schrie Pater Fabian die Eindringlinge an.

Ein paar von ihnen zischten angriffslustig, doch als er seine exorzistischen Formeln zu rezitieren begann, verschwanden sie unter wüsten Drohungen in der Ferne.

»Bei dem Gesindel klappt es!« Der Pater nickte zufrieden. »Allerdings haben wir bisher noch keinen der stärkeren Wiedergänger getroffen und vor allem keinen Dämonen!«

»Die halten sich noch zurück und sondieren die Lage«, meldete sich Nils zu Wort, der unbemerkt mitgekommen war. »Sie sind sich selbst nicht grün, sondern im Grunde erbitterte Konkurrenten. Wie heißt es so schön: Es kann nur einen geben, und jeder von ihnen will dieser eine sein, der über alle anderen herrscht.«

»Wäre nicht übel, wenn die Geister sich gegenseitig abmurksen«, warf der Pater ein und schüttelte im nächsten Moment über sich selbst den Kopf. »Aber wenn es so weit käme, würden unzählige Seelen vergehen, ohne je die Chance zu erhalten, das ewige Leben zu erlangen.«

»Wenn ich zwischen der ewigen Seligkeit von Geistern und unserem Überleben zu wählen habe, ziehe ich unsere Weiterexistenz vor«, erklärte Manuela bitter.

Pater Fabian wiegelte ab. »Entschuldige! So habe ich das natürlich nicht gemeint. Doch wir sollten nicht einfach umherfliegen, sondern uns darum kümmern, weitere magisch Begabte zu finden, und mit ihnen das Tor wieder in Ordnung bringen. Und wenn uns das tatsächlich gelungen ist, sind wir noch lange nicht am Ende. Dann müssen wir Mittel und Wege suchen, auch die anderen Tore zu schließen.«

»Glauben Sie, darüber würde ich mir nicht den Kopf zerbrechen? Die anderen Tore sind für uns auf normale Weise unerreichbar, und als Geister sind wir viel zu schwach, um dort etwas zu verändern. Wir können nur hoffen, dass sich auf den anderen Kontinenten ebenfalls begabte Leute zusammenschließen und die Tore umpolen. Vielleicht kann ich …« Manuela brach ab, weil sie die Idee, in der Ji und die Japanerin Hanako eine Rolle spielten, erst in einer ruhigen Stunde überdenken wollte. Im Augenblick musste sie sich auf den Flug und auf Nadjas Ausbildung konzentrieren.

Auch wenn der Pater ihre magische Erkundung für vertane Zeit hielt, war sie schon wegen des magisch begabten Mädchens nicht bereit, darauf zu verzichten. Nachdem sie die Geister aus Hufnagels Haus vertrieben und dessen Frau und Sohn damit eine gewisse Galgenfrist verschafft hatten, richtete sie ihre Aufmerksamkeit auf das Zentrum von München und war beinahe in Gedankenschnelle dort.

Die Stadt war noch sehr viel stärker zerstört, als sie es in Erinnerung hatte. Neue Brände hatten ganze Häuserzeilen in Schutt und Asche gelegt. Verzweifelte Menschen schöpften ihr Trinkwasser aus der Isar, obwohl das Wasser durch die nicht mehr funktionierenden Kläranlagen am Oberlauf des Flusses und den Ascheschnee fürchterlich stank.

Manuela schüttelte es. »Ich dachte, Maierhammer wollte die Versorgung der Bevölkerung sicherstellen!«

Es drängte sie, die Staatskanzlei aufzusuchen und nachzusehen, was dort geschah. Vorher aber würde sie nach Agnes schauen.

Sie erreichten ihr Wohnhaus und schwebten hinein. Auch hier trieben sich Totengeister herum, verzogen sich aber, als sie die Gruppe entdeckten. Erleichterung wollte sich bei Manuela jedoch nicht einstellen, denn sie spürte die Anwesenheit eines starken Dämons.

»Ist das nicht dein besonderer Freund?«, fragte sie Pater Fabian.

»Er ist hier! Nein, er war es. Wahrscheinlich hat er Leine gezogen, als er uns bemerkt hat. Doch ich befürchte Schlimmes!«

Manuela flog auf die Wohnung der alten Frau zu und fand die Prophezeiung des Paters aufs Schrecklichste bestätigt.

Agnes lag nackt in einer Blutlache auf dem Fußboden. Vor

ihr kniete ein Mann mit einem langen Fleischermesser in der Hand und weidete ihren Körper aus wie den eines Schlachttiers. Noch stand er unter der Magie des Dämons.

»Mein Gott!«, entfuhr es Pater Fabian. »Wie verderbt muss dieser Geist sein? Wenn ich den erwische, wird es für ihn kein Morgen mehr geben.«

»Bitte lass uns weggehen von hier! Ganz schnell!«, flehte Nadja entsetzt und versuchte, sich von Manuela zu lösen.

Diese verließ die Wohnung und hielt erst hoch über der Straße inne. »Können wir denn gar nichts tun?«

»Als Geister können wir gegen normale Menschen wenig ausrichten. Wir könnten allenfalls seine Besessenheit beenden, doch auch das halte ich für sinnlos, denn der Dämon würde ihn wieder beherrschen, sobald wir das Feld geräumt haben.« Pater Fabian hörte selbst, wie herzlos das klang. Doch so entsetzlich Agnes' Schicksal auch sein mochte, ging es doch um mehr als nur um sie allein.

Manuela verstand ihn, auch wenn sie sich innerlich vor Trauer und Selbstvorwürfen zerfraß. Sie hätten Agnes niemals gehen lassen dürfen. Wütend und verzweifelt wandte sie sich der Staatskanzlei zu. Von Pater Fabian wusste sie, wie geschäftig es dort bei dessen letzten Besuchen zugegangen war. Nun aber hatte sie das Gefühl, eine Gruft zu betreten, so still und kalt war es. Die Beamten und Angestellten hatten zum größten Teil die Flucht ergriffen, und wer sich noch in dem Gebäude aufhielt, kauerte wie ein Häuflein Elend in einem Winkel, unfähig, etwas zu tun oder sich auch nur selbst zu versorgen.

Hufnagel war nirgends zu sehen, und so hofften sie für ihn, dass er sich in Sicherheit hatte bringen können. Dafür stießen sie schließlich auf Maierhammer. Er hatte, wie sie aus seinen Notizen schlossen, den Ministerpräsidenten von Bayern in Schutzhaft nehmen lassen und dessen prachtvolles Büro bezogen. Jetzt hockte er dort in seinen eigenen Ausscheidungen und winselte wie ein getretener Hund, während Dutzende Wiedergänger um ihn herumtanzten und ihn verspotteten.

Einen Moment lang überlegte Pater Fabian, ob er seine exorzistischen Fähigkeiten einsetzen und die Totengeister verjagen sollte. Da diese aber spätestens dann wiederkommen würden, wenn die Gruppe das Gebäude verlassen hatte, ließ er den Gedanken fallen.

»Was wir gesehen haben, reicht! Wir sollten zum Kloster zurückkehren«, sagte er zu Manuela.

Erleichtert, weil sie der Staatskanzlei und der ganzen Stadt den Rücken kehren konnte, schwebte Manuela in schnellem Flug nach Norden. Obwohl sie sich bemühte, nicht zu genau hinzusehen, nahm sie doch wahr, wie die Geister die Lebenden quälten und diese zu Dingen trieben, die jeder Menschlichkeit spotteten.

Daher war sie froh, als sie wieder in den Frieden des Klosters eintreten und das Grauen, das sie miterlebt hatte, fürs Erste abschütteln konnte.

10

Als Manuela wieder in ihrem Körper erwachte und sich aufrichtete, reichte Lieselotte ihr eine große Tasse mit heißem Kräutertee. »Das wirst du jetzt brauchen können«, sagte sie und wandte sich dann Nadja und Sandra zu.

Pater Fabian erhielt seine Tasse von Siegfried. Dieser sah gleichermaßen neugierig und ängstlich von einem magisch begabten Gast zum anderen, als wäre er zwar an Informationen interessiert, fürchtete sich aber gleichzeitig vor dem neuen Wissen.

Es dauerte geraume Zeit, bis einer aus der Gruppe in der Lage war, zu sprechen. Als Erster raffte Pater Fabian sich auf. »Finnem mundi!«, sagte er. »Das Ende der Welt. Die Tage der Apokalypse sind gekommen!«

Manuela schüttelte es. »Himmelherrgott! Sei doch nicht so negativ, Weihwasserschwenker. Noch leben wir, und noch leben sehr viele Menschen, die auf ein Wunder hoffen, das sie von dem Albtraum befreit, in den die Wiedergänger sie gestürzt haben. Daher sollten wir alles tun, was in unserer Macht steht, damit dieses Wunder geschehen kann.«

»Dein Wort in Gottes Ohr! Nach dem, was ich in München gesehen habe, bezweifle ich, dass es noch Rettung für uns und die gesamte Menschheit gibt.« Der Pater atmete tief durch und starrte auf seine Hände. »Was können wir schon bewirken? Wir sind nur wenige gegen Abermilliarden! Außerdem können wir die Gehirne der lebenden Menschen nicht so beeinflussen, wie es die Totengeister vermögen.«

Manuela war nicht bereit, die Flinte ins Korn zu werfen. »Es muss eine Möglichkeit geben! Hier im Kloster klappt es doch auch. Es ist gegen die Geister gefeit, und das muss einen Grund haben.«

Auch Sandra blitzte den Pater wütend an. »Ich will meiner Mama helfen! Während unseres Fluges habe ich sie gesehen. Sie lebt noch, und ich will nicht, dass sie ebenso stirbt wie mein Papa.«

Pater Fabian senkte betroffen den Kopf. »Es tut mir leid! Ich wollte euch nicht enttäuschen.«

»Du enttäuschst uns nur, wenn du dich und unseren Kampf aufgibst. Wir werden es schaffen! Ganz bestimmt! Ich weiß zwar nicht wie, aber ich werde den Weg finden«, rief Manuela kämpferisch.

»Dann solltest du jetzt erst einmal etwas essen. Ich habe doch gesehen, wie eure ... äh, Zauberei euch erschöpft.« Lieselotte begriff die magischen Fähigkeiten ihrer Schützlinge zwar noch immer nicht so ganz, wollte aber das ihre dazutun, damit diese sich so rasch wie möglich erholten.

»Sie haben ganz recht, Frau Janker«, warf Frater Siegfried ein. »Manuela, die kleine Sandra, Nadja und auch mein Freund Fabian sollten sich dringend ausruhen. Ich habe bereits früher an Nadja gesehen, wie kräftezehrend ihre Visionen waren. Jetzt dürfte es noch weitaus schlimmer sein.«

Nach diesen Worten fasste er Pater Fabian um die Schulter und führte ihn aus dem Zimmer.

»Nur Mut, mein Freund«, hörte Manuela ihn noch sagen, dann schloss sich die Tür hinter den beiden. Sie trank die Tasse leer und reichte sie Lieselotte. »Könnte dieser Tee noch Junge kriegen?«

»Aber natürlich! Ich bringe auch gleich etwas zu essen. Ihr müsst schrecklich hungrig sein.« Lieselotte nahm die Tasse und verließ das Zimmer.

Nachdem sich die Tür hinter ihr geschlossen hatte, blickte Nadja Manuela und Sandra verwundert an. »Ich glaube nicht, dass ich nach diesen Bildern jemals wieder etwas essen kann!«

»Meine Großmutter pflegte zu sagen: Der Hunger treibt's rein. Aber schmecken tut es mir derzeit auch nicht. Dafür hat mir zu vieles auf den Magen geschlagen.« Manuela zog die Mädchen an sich und streichelte sie. Mehr konnte sie für die beiden nicht tun. Aber sie spürte, wie Sandra und Nadja sich ein wenig entspannten. Als Lieselotte mit einer Suppenschüssel und drei Tellern zurückkam, vermochte jede von ihnen wenigstens eine Kleinigkeit essen. Danach machten sich alle drei für die Nacht zurecht und legten sich ins Bett.

Als Manuela die Augen schloss, stand ihr sofort wieder das Bild der ausgeweideten Agnes vor Augen, und sie spürte, wie ihr die Tränen kamen. Von einem Augenblick auf den nächsten fand sie sich in einer völlig anderen Gegend wieder. Um sie herum standen Frauen, die in mehreren Schichten wadenlanger Röcke und Wolljacken steckten und bowlerartige Hüte auf dem Kopf trugen.

Zwei Frauen redeten gleichzeitig auf Manuela ein, doch sie verstand kein Wort. Noch während sie sich fragte, wohin sie geraten war, spürte sie in dem Körper, in dem sie nun steckte, einen zweiten Geist. Da erst begriff sie, dass sie in einer neuen Vision war.

»Du bist keine von denen?«, fragte die Besitzerin des Körpers. Seltsamerweise verstand sie die Frau, obwohl diese anders als Ji und Hanako nicht versuchte, sich auf Englisch mit ihr zu verständigen, sondern eine ihr unbekannte Sprache benutzte.

»Wenn du die Wiedergänger meinst – nein, eine solche bin ich nicht. Ich suche vielmehr einen Weg, um die Totengeister wieder dorthin zu schaffen, wohin sie gehören«, antwortete Manuela.

»Den suchen meine Freundinnen und ich auch«, antwortete die Frau. »Es wird aber nicht leicht sein. Ohne den Heiligen Stein von Campo Santo könnten wir uns nicht einmal die Toten vom Hals halten. Übrigens, ich heiße Quidel!«

»Und ich Manuela!«

Manuela erfuhr einiges über die Indio-Frauen, die bereits erstaunlich viel über die Geister und die Tore herausgefunden hatten. Mehr noch als darüber wunderte sie sich über die feste Überzeugung von Quidel und ihren Begleiterinnen, sie könnten die Wiedergänger vertreiben. Gemeinsam fühlten die Frauen sich sogar stark genug, das südamerikanische Tor wieder in seinen ursprünglichen Zustand zu versetzen. Manuela konnte ihnen gerade noch viel Glück wünschen, dann fand sie sich in ihrem Körper wieder und saß eine ganze Weile aufrecht im Bett.

11

Irgendwann musste sie eingeschlafen sein, denn mitten in der Nacht schreckte sie hoch. Sie wusste zwar nicht, was geschehen war, hatte aber das Gefühl, als hätte irgendetwas ihren Geist berührt. Doch es war kein Wiedergänger aus der anderen Welt gewesen. Noch während sie nach dem Wesen greifen wollte, dämmerte sie weg und fiel ansatzlos in einen seltsamen Traum.

Sie sah eine Frau, die in ein rotes Gewand gehüllt war und eine aus einzelnen Platten bestehende Krone trug. Sie saß auf einem kahlen Felsen unter düsteren, niedrig hängenden Wolken und murmelte fremdartige Sprüche. Um sie waren eine Gruppe Menschen in dicken, wattierten Mänteln und Mützen versammelt. Sie wirkten verängstigt, und das war verständlich angesichts der unzähligen Wiedergänger, die sie in einer gewissen Entfernung umschwirrten.

Keiner der Totengeister wagte sich näher an die Menschen heran, so als zögen die Worte der Frau im roten Gewand einen Kreis um die Gruppe, zu der, wie Manuela jetzt sehen konnte, auch ein Dutzend Yaks zählten, die mit ihren Hufen den dunklen Schnee wegscharrten, um an das spärliche Gras zu kommen. Nicht weit außerhalb des Kreises standen einige Hütten, deren Wände von festen Matten gebildet wurden, sowie ein uralter Lastwagen, von dessen Ladefläche soeben weitere Menschen herabstiegen und sich in den Schutzkreis der Schamanin flüchteten.

Wie lange die Frau die kleine Gemeinschaft noch gegen die Geister verteidigen würde können, vermochte Manuela nicht abzuschätzen, denn die Schamanin wirkte bereits erschöpft. Zudem war sie alt, und die Hände, mit denen sie alte, längst vergilbte Pergamentstreifen umklammerte, sahen verkrümmt und knotig aus.

»Halte durch!«, flehte Manuela in Gedanken.

Die andere schien sie gehört zu haben, denn ihre Stimme erstarb für einen Augenblick. Sofort kamen die Totengeister näher. Da setzte sie ihre Beschwörungen kräftiger als noch eben fort und trieb die gierigen Bewohner der anderen Welt wieder zurück.

»Sehr gut!«, lobte Manuela sie und wollte mehr über sie erfahren. Doch die endlos weite Hochsteppenlandschaft verschwand, und stattdessen sah Manuela die Bundeskanzlerin vor sich, die sie in Berlin wähnte. Auch deren Gesicht war von Anstrengung gezeichnet, aber sie wirkte entschlossen und gab ihre Anweisungen in rascher Folge. Ihr ging es offensichtlich in erster Linie darum, die von den Wiedergängern verstörten Bewohner der Hauptstadt zu beruhigen und Möglichkeiten zu finden, die Eindringlinge aus der Welt der Toten zurückzuschlagen.

Die meisten Ansätze dazu waren in Manuelas Augen nicht mehr als ein Notbehelf, aber sie bildeten zumindest kleine Inseln der Ruhe und Sicherheit in dem um sich greifenden Chaos.

Plötzlich schwankte der Raum, in dem die Kanzlerin sich befand, vor ihren Augen, und sie hörte jemand sprechen. »Ich spüre etwas. Aber es ist keiner der Geister, die uns bedrohen! Vielleicht gibt es doch noch Verbündete.«

Die Kanzlerin sprang auf. »Was können Sie feststellen, Frau Vezelios?«

»Wer bist du?«, fragte Manuela vorsichtig.

»Und wer bist du?«, klang es zurück. Wie es aussah, wollte Frau Vezelios nicht als Erste ihre Karten aufdecken.

Manuela überlegte, wie sie weiter vorgehen sollte. Wie eine Falle sah diese Szene nicht aus, außerdem brauchten sie dringend Unterstützung, wenn sie das Geistertor schließen und es wieder richtig polen wollten.

»Du glaubst, das ginge?« Die fremde Frau hatte Manuelas

Gedanken aufgefangen und schien verblüfft, aber auch erleichtert zu sein.

»Ich denke ja! Allerdings haben wir es mit insgesamt sechs Geistertoren zu tun. Die müssen wir alle schließen, wenn wir überleben wollen. Übrigens, ich bin Manuela Rossner und befinde mich mit Freunden an einem noch sicheren Ort.«

»Berlin ist derzeit ebenfalls sicher. Ich weiß nicht, warum, aber irgendein uraltes Relikt aus einem der Berliner Museen schützt die Stadt. Mein Name ist Eleni Vezelios, ich komme aus Griechenland, lebe aber schon lange hier. Ich war bisher als Wahrsagerin und Kartenlegerin tätig und habe mich nun der Kanzlerin angeschlossen, weil ich plötzlich Dinge sehen konnte, die an anderen Orten passiert sind.« Da sie Vertrauen gefasst hatte, wurde Eleni gesprächig.

»Und? Was hat die Dame gesagt? Als ich dem bayerischen Ministerpräsidenten meine Dienste anbieten wollte, hat er mich hochkant aus der Staatskanzlei werfen lassen!« So ganz hatte Manuela die üble Behandlung noch nicht vergessen, und durch die geistige Verbindung nahm auch Eleni ihren Ärger wahr.

»Das tut mir leid. Bei mir war es ganz anders. Man hat mich sofort angehört, und als sich einige meiner Visionen als wahr erwiesen, wurde ich dem engeren Stab der Kanzlerin zugeteilt. Ich bin sicher, dass sie auch dich in ihre Mannschaft aufnehmen wird.«

»Was ist denn los, Frau Vezelios?« Die geistige Abwesenheit ihrer magischen Beraterin machte die Kanzlerin nervös.

Diese hob beruhigend die Hand. »Keine Sorge, ich stehe gerade in Kontakt mit einer ... – wie soll ich sagen? – einer Kollegin in Bayern! Sie berichtet mir einige wichtige Dinge.«

»Aus Bayern? Wie steht es dort?«, fragte die Kanzlerin angespannt.

Da Manuela durch Elenis Augen sehen und mit deren Ohren hören konnte, war es für sie nicht allzu schwierig, sich mit der Kanzlerin zu verständigen. Sie musste nur das, was sie sagen wollte, auf magischem Weg an die Griechin übermitteln und diese sprach es für sie aus.

»Lange nicht so gut wie in Berlin und Brandenburg«, teilte Eleni der Kanzlerin mit. »Es war bereits schlimm, bevor die Geister ausgebrochen sind. Nun aber herrscht das reine Chaos.«

»Mit den Folgen der Katastrophe konnten wir fertig werden, aber diese Wiedergänger … Ich hätte nie gedacht, dass es so etwas gibt!«

»Ich auch nicht!«, gab Manuela offen zu. »Aber sie sind nun einmal da, und wir müssen zusehen, dass wir das Beste daraus machen.«

»Haben wir überhaupt eine Chance?«, fragte die Kanzlerin. »Einige aus meinem Team meinen, bereits die alten Mayas hätten prophezeit, dass um diese Zeit die Welt untergehen wird.«

Manuela hatte sich mehr mit dem antiken und mittelalterlichen Hexenwesen befasst als mit mittelamerikanischen Mythen, kannte diese Weissagung aber ebenfalls und zuckte zusammen, als sie sich daran erinnerte, dass diese sich tatsächlich ausgerechnet in diesem Jahr erfüllen sollte. Es dauerte einen Augenblick, bis sie sich wieder so weit gefasst hatte, um antworten zu können.

»Die Mayas haben aber auch prophezeit, dass die Welt danach neu entstehen würde. Dafür müssen wir die Totengeister und Dämonen dorthin zurücktreiben, woher sie gekommen sind. Wir haben da schon eine Idee. Und dafür brauchen wir Unterstützung.«

»Was in meiner Macht steht, werde ich tun«, versprach die Politikerin.

»Wir suchen magisch begabte Menschen, um mit ihnen zusammen ein Team zu bilden. Allerdings ist es notwendig, dass wir uns alle körperlich zum Tor begeben. Wir wissen noch nicht genau, wie wir vorgehen müssen, aber wenn wir einen genügend großen Kreis von Menschen mit übersinnlichen Kräften zusammenbekommen, werden wir auch die Informationen erhalten, die wir für die Umpolung des Tores benötigen.«

Das war arg geschönt, denn Manuela hatte nicht mehr als eine leise Ahnung, dass es möglich war, das Tor wieder in seinen ursprünglichen Zustand zu versetzen. Und schon gar nicht wusste sie, wie sie konkret vorgehen sollte. Doch während sie über Eleni Vezelios mit der Kanzlerin sprach, glomm das Gefühl in ihr auf, der Schlüssel zu ihren Problemen läge ganz in ihrer Nähe. Sie konnte nun aber nicht weiter darüber nachdenken, da die Bundeskanzlerin weitere Fragen stellte, die es zu beantworten galt.

12

Der Kontakt nach Berlin und die Informationen über magisch Begabte auf anderen Kontinenten erleichterten alle Mitglieder der kleinen Gruppe, denn nun standen sie nicht mehr allein gegen einen schier übermächtigen Feind. Sie wussten allerdings auch, dass ihnen die Zeit unter den Fingern zerrann. Die Wiedergänger wurden stärker, die ersten begannen bereits, Körper auszubilden und auch für gewöhnliche Menschen sichtbar zu werden.

Zu seinem nicht geringen Ärger zählte auch Nils dazu. Er konnte nun nicht mehr so einfach durch Wände schweben und Manuela unbemerkt auf ihren geistigen Reisen begleiten. Allerdings war er wahrscheinlich der Einzige der Wiedererstandenen, der noch genauso aussah wie früher. Er nahm an, dass er sich unbewusst nach dem Bild formte, das in Manuelas Erinnerungen verankert war.

Die anderen Geister hingegen strebten danach, Idealbilder ihrer selbst werden. Selbst auf den roten Teppichen von Hollywood hatte es niemals schönere Frauen und Männer gegeben als die, die sich jetzt in der Umgebung des Klosters und – wie Manuela von Eleni Vezelios erfuhr – auch in Berlin herumtrieben. Die meisten männlichen Wiedergänger bildeten im Gegenzug breite Schultern, mächtige Brustkörbe und schwellende Muskeln aus.

Als Nils ein paar besondere Prachtexemplare wiedererstandener Toter beobachtete, schüttelte er den Kopf. »Gegen die komme ich mir direkt mickrig vor!«

»Wieso? Ich finde, du siehst sehr gut aus«, erklärte Manuela. »An denen dort draußen ist doch rein gar nichts echt. Wenn du tiefer in sie hineinschaust, siehst du in den meisten Mickermännchen und eher durchschnittliche Frauen stecken. Das, was sie jetzt zeigen, ist nur eine Maske. Ich frage mich, ob sie die auf Dauer aufrechterhalten können.«

»Auf jeden Fall kostet es die Wiedergänger Zeit und Energie, sich in Superstars zu verwandeln, Zeit, in denen sie uns hätten angreifen können. Wie man wieder einmal sieht, schlägt die Eitelkeit den Verstand«, warf Pater Fabian zufrieden ein.

Nadja schüttelte es. »Ich kann diese Wesen nicht ansehen, ohne dass mir schlecht wird. Sie wirken wie Comicfiguren, und viele von ihnen sind abgrundtief böse.«

»Abgrundtief böse sind die wenigsten. Eitel sind sie – und selbstsüchtig. Die meisten sehnen sich danach, wieder über grüne Wiesen zu gehen und klares Wasser zu trinken. Von denen kann sich keiner vorstellen, dass sie gerade durch ihre Gier nach Leben die Welt zerstören und sich selbst endgültig vernichten werden«, erklärte Frater Siegfried.

Er war magisch nicht besonders begabt, vermochte aber die Wiedergänger wahrzunehmen, lange bevor diese eine vollständige materielle Gestalt ausgebildet hatten. Er interessierte sich vor allem für die theoretischen Aspekte des großen Tores und hatte es sich in den Kopf gesetzt, herauszufinden, auf welche Weise es beeinflusst werden konnte, sodass es wieder richtig arbeitete.

Pater Fabian hatte sich gedanklich schon längst wieder ihrem eigentlichen Problem zugewandt. »Das Schlimme ist, dass es nicht nur um unser eigenes Tor geht. Auch die fünf anderen müssen geschlossen werden! Das wird uns niemals gelingen.«

»Alter Schwarzseher!«, kommentierte Nils, der mittlerweile für alle sichtbar geworden war. Daher hatte er seine Abneigung gegen die seltsame Atmosphäre des Klosters überwunden und lebte nun als scheinbar normaler Mensch darin. Zum Glück fiel niemand außer seinen Freunden und Frater Siegfried auf, dass er nichts aß oder trank, weil sein Körper sich rein magisch erhielt.

Manuela schenkte ihm ein Lächeln, sprang aber dem Geistlichen bei. »Pater Fabian hat recht! Selbst wenn es uns gelingt, unser Tor umzupolen, nützt das nicht viel. Wir können zu Fuß weder nach Amerika noch in die Antarktis gelangen – und Schiffe gibt es keine mehr.«

Nils grinste sie an. »Wahrscheinlich doch! Segelschiffe zum Beispiel oder alte Dampfer ohne den technischen Schnickschnack, der dem Sonnensturm zum Opfer gefallen ist.«

»Woher nehmen und nicht stehlen?«

»So wie du es gesagt hast: Stehlen!« Nils sah sich bereits auf dem Achterdeck eines alten, aber noch seetüchtigen Segelschiffs, wie es sie noch häufig in den Häfen an der Nord- und Ostsee anzutreffen gab.

»Dazu braucht es etliches an Vorbereitung und Leute, die uns helfen.« Auch wenn Manuela noch ein wenig zögerlich klang, begann sie sich mit der Idee anzufreunden.

»Bevor das Geistertor aufgegangen ist, sind die Leute der Kanzlerin bis an die Ostseeküste gelangt. Dort müsste es brauchbare Schiffe geben. Wenn es uns gelingt, die Geister hier in Europa zurückzutreiben, wären wir in der Lage, einen Segler oder einen alten Frachter auszurüsten und damit loszufahren«, setzte sie nachdenklich hinzu und beschloss, noch am selben Tag mit Eleni Vezelios Kontakt aufzunehmen, damit diese Nils' Idee weiterleiten konnte.

Pater Fabian winkte verärgert ab. »Bevor wir in die Ferne schweifen, sollten wir uns um unsere eigenen Probleme kümmern. Das Tor hier in Europa wird, wie unsere letzte magische Erkundung zeigte, von Massen von Wiedergängern und einigen starken Dämonen bewacht. Ich bezweifle, dass die uns so einfach daran herumwerkeln lassen! Auch frage ich mich, wie wir hinkommen sollen. Als Geister richten wir dort rein gar nichts aus.«

»Spielverderber!« Entgegen seiner Äußerung nickte Nils nachdenklich, denn leider hatte der Pater recht. Dennoch hielt er es für besser, auch Pläne für die Zeit danach zu schmieden. Sobald die Geister auf den anderen Kontinenten begriffen hätten, dass eines der Tore wieder so funktionierte wie früher, würden sie ihre eigenen noch erbitterter verteidigen. Daher war es gut, auf eine solche Situation vorbereitet zu sein. Diesen Standpunkt vertrat er nun heftig.

Pater Fabian hob die Hände, als wollte er sich ergeben. »Schon gut! Dann machen wir es so. Vielleicht bekommen wir sogar Hilfe. Auf jeden Fall wird es ein lustiger Tanz. Wenn die Wiedergänger Körper annehmen, können sie uns weitaus wirkungsvoller bekämpfen als bisher. Auch aus diesem Grund sollten wir uns beeilen.«

»Schön, dass du uns alle auf den Boden der Tatsachen zurückholst!«, gab Manuela spöttisch zurück. »Wir werden tatsächlich nur eine einzige Chance bekommen. Leider werden wir es allein tun müssen, denn von den anderen magisch Begabten, die ich entdeckt habe, hat keiner die Möglichkeiten dazu.«

»Auch Eleni Vezelios nicht?«, fragte der Pater.

Manuela schüttelte den Kopf. »Das von der Regierung kontrollierte Gebiet reicht gerade mal bis zum Harz. Von dort sind es noch einige Hundert Kilometer bis zum Tor. Sollte die Kanzlerin einen Trupp mit Eleni losschicken, würden die Wiedergänger sofort darauf aufmerksam und alles tun, um sie zu stoppen. Nein, das müssen wir selbst erledigen, und zwar so schnell wie möglich. Lasst uns aufbrechen.«

Da Manuela so aussah, als wolle sie ihren Worten sofort Taten folgen lassen, hob Pater Fabian die Hand. »Wir dürfen diese schwierige Aufgabe nicht unvorbereitet angehen. Irgendetwas sagt mir, dass uns noch so etwas wie ein Puzzlestein fehlt, und danach müssen wir forschen.«

»Das fühle ich auch«, sagte Sandra leise, die sich bislang nicht an dem Gespräch beteiligt hatte. »In einem Traum habe ich eine leuchtende Schüssel in der Hand gehalten und damit die Geister von dem Tor ferngehalten, während ihr dort gearbeitet habt.«

»Erzähle uns genau, was du gesehen hast!«, befahl Frater Siegfried ihr so scharf, dass die anderen ihn erstaunt anblickten.

»Die Schüssel war nicht besonders groß und bestand aus dunklem Holz. Vor allem aber leuchtete sie von innen heraus.«

Sandra tat sich schwer, den Gegenstand zu beschreiben, darum legte Manuela ihr die Hand auf die Stirn und versuchte, die Gedanken des Mädchens auf magischem Weg zu verfolgen.

»Es handelt sich weniger um eine Schüssel als um eine relativ flache Schale aus ... Ich würde sagen, es ist Olivenholz. Sie ist etwa so groß wie Ihre beiden Hände zusammen, Frater Siegfried. Die Innenseite leuchtet stärker als außen und ... Oh!«

Manuela erfasste die Schale nun selbst mit ihren geistigen

Kräften. Sie war hier, in diesem Kloster, und sie hielt die Geister von ihm fern. »Diese Schale bildet den magischen Schirm um das Kloster. Deswegen trauen die Wiedergänger sich nicht hierher!«

Frater Siegfried kniff die Lippen zusammen und nickte widerwillig. »Nun hast du das Geheimnis dieses geschützten Ortes entdeckt. Diese Reliquie schenkt uns allen Frieden und Sicherheit. Wir wissen nicht, woher die Schale stammt. In den Klosterannalen steht, dass ein Pilger sie schon vor Jahrhunderten hierhergebracht hat, aber der Name des Mannes wurde nicht überliefert. Die damaligen Mönche hielten das schlichte Ding aus Olivenholz nicht für so bedeutend, dass sie ihm einen Platz im Kirchenschatz eingeräumt hätten. Das ist verständlich, denn zu ihrer Zeit wurden Reliquien in Gold gehüllt und mit edlen Steinen gefasst. Als ich die Schale vor einigen Jahren fand, lag sie zwischen alten Messgewändern in einer Truhe, die seit Generationen nicht mehr geöffnet worden war. Ich hatte eigentlich keinen Grund, darin herumzuwühlen, nur ein seltsames Gefühl, so als riefe jemand nach mir. Daher habe ich die Schale an mich genommen und an einen sichereren Ort gebracht.«

Der Mönch griff sich an die Stirn, als müsse er seine Gedanken sammeln, und setzte seinen Vortrag nach einigen tiefen Atemzügen fort. »Kurz darauf hatte ich eine Vision, in der der heilige Johannes der Täufer unseren Herrn Jesus Christus mit genau dieser Schale im Jordan getauft hat. Wenn dem tatsächlich so wäre, ist dieses unscheinbare Ding eine der wertvollsten Reliquien der Christenheit.«

»Du meinst, Johannes der Täufer hätte diese Schale besessen und Jesus Christus sie vielleicht sogar selbst berührt?« Für Augenblicke vergaß Pater Fabian die Geister, die die Welt bedrohten, und gab sich ganz der Vorstellung hin, einen so ungeheuer heiligen Gegenstand sehen und vielleicht sogar berühren zu dürfen.

Manuela jedoch dachte ganz pragmatisch. »Wir müssen uns auf unsere Probleme konzentrieren. Darf ich die Schale einmal sehen?«

Frater Siegfried machte unwillkürlich eine abwehrende Bewegung, lächelte dann aber traurig. »Nun, ich … Warum eigentlich nicht? Vielleicht ist es die Bestimmung der Schale, von dir benutzt zu werden!«

Widerwillig forderte er Manuela auf, mit ihm zu kommen. Ohne hinzugebeten worden zu sein, folgten auch die anderen – Pater Fabian aus christlich-wissenschaftlicher Neugier, Sandra, weil sie das Ding aus ihrem Traum unbedingt ansehen wollte, und Nadja in der Hoffnung, dass der Tod ihrer Eltern und ihres Bruders einen Sinn gehabt haben musste. Nach kurzem Zögern schloss auch Nils sich ihnen an.

13

Aus Angst vor Dämonen und teuflischen Machenschaften hatte Frater Siegfried die Reliquie schon lange vor der Öffnung des Tores im tiefsten Keller des uralten Gebäudes versteckt und die Türen mit festen Schlössern gesichert. Es dauerte eine Zeit lang, bis er jede Tür geöffnet und wieder hinter sich geschlossen hatte.

Schließlich sah er die anderen entschuldigend an. »Ich wollte kein Risiko eingehen.«

»Ich habe kein Problem damit«, erklärte Nils, der in Wahrheit mit seiner Abneigung gegen die ihm unheimliche Schale kämpfte. Immer stärker wurde der offensichtlich von ihr ausgehende Lichtschein, der ihm von Anfang an Angst gemacht hatte – ja, dessentwegen er das Kloster zunächst gar nicht hatte betreten wollen. Er warf den Umstehenden einen fragenden Blick zu. Doch keiner schien seine Bedenken zu teilen. Sie haben auch keinen Grund dazu, schoss es ihm durch den Kopf. Schließlich mussten sie nicht befürchten, wieder in jene unwirkliche Welt der Toten eingesperrt zu werden, in der sich jeder seine persönliche Hölle bereitete. Das aber würde sein Schicksal sein, wenn das Tor seine Aufgabe wieder erfüllte, die Erde von den Seelen der Toten zu befreien. Zum ersten Mal ließ er den Gedanken zu, dass es ihm lieber wäre, wenn Manuelas Vorhaben scheiterte. Dann konnte er auf der Erde bleiben und mit einem neuen Körper wie ein normaler Mensch leben.

Ein Blick auf Manuela vertrieb diese Gedanken sogleich wieder. Wenn die Geister auf der Welt blieben, musste seine Freundin sterben – und das durfte nicht sein. Drüben würde sie kein starker Geist werden, sondern die Sklavin eines Mächtigeren, dem sie, wenn die Ressourcen auf der Erde zur Neige gingen, schließlich als Nahrung dienen würde. Damit aber würde auch ihre Seele sterben.

»Niemals!«, quetschte er zwischen den Zähnen hervor.

Sofort sah er Manuelas fragenden Blick auf sich gerichtet. »Was ist?«

»Nichts! Ich habe nur mit mir selbst gesprochen.«

Da Manuela hartnäckig blieb, setzte er ein trauriges Lächeln auf. »Also gut! Ich habe mir eben geschworen, dass ich dich niemals im Stich lassen werde. Aber ich glaube, unser braver Frater steht jetzt vor der letzten Tür, die uns noch von dieser ominösen Taufschale trennt. Dahinter werden wir um einiges schlauer sein – hoffe ich.«

Manuelas Blick drang tiefer, als Nils annahm. Sie spürte seinen Zwiespalt und seine Angst, erneut hinter dem großen Tor verschwinden zu müssen. Doch er kämpfte mit aller Macht dagegen an und war bereit, dieses Schicksal auf sich zu nehmen, damit sie und die anderen gerettet wurden. Gerührt griff sie nach seiner Hand und wunderte sich, weil diese sich zwar noch kalt, aber beinahe schon so wie die eines lebendigen Menschen anfühlte. »Du bist ein Schatz. Gerade deshalb mag ich dich!«

Ihre Worte vertrieben die letzten Zweifel. »Ich mag dich auch, Manuela. Mehr als alles andere auf der Welt!«

Pater Fabian musterte die beiden nachdenklich. »In einem gebt ihr mir Hoffnung, nämlich, dass die Kraft der Liebe stärker ist als alle Dämonengier. Trotzdem wüsste ich gerne, wie es jenseits des Tores aussieht.«

»Es ist besser, Sie wissen es nicht. Es ist nicht angenehm, so viel kann ich Ihnen verraten. Wenigstens für jemand wie mich, der keiner der Gruppierungen angehört, die ihre Leute um sich scharen. Hosianna singen habe ich dort noch keinen gehört. Und jetzt sollten wir unsere Gedanken auf das richten, was vor uns liegt.«

Die Abfuhr war deutlich, und der Pater begriff, dass er nicht weiter in Nils dringen durfte. Daher konzentrierte er sich ganz auf seine übernatürlichen Sinne, denn nun betraten sie den Raum mit der Schale. Obwohl in dem Keller keine einzige Kerze brannte, war es taghell. Die Quelle des Lichts stand auf einem steinernen Tisch, der in frühen Zeiten als Altar gedient hatte, und war von einem Sturz aus Panzerglas umgeben.

Frater Siegfried blieb davor stehen und sah dann die anderen mit angespannter Miene an. »Als ich sie gefunden habe, habe ich nur ein ganz schwaches Glimmen wahrgenommen. Seit der Katastrophe leuchtet sie immer stärker.«

Nun trat auch Manuela an den Altar. Als sie auf die Schale Johannes' des Täufers herabblickte, kniff sie verwundert die Augen zusammen. Das Holz sah aus wie neu, als wäre die Schale eben erst geschnitzt worden. »Aber das ist unmöglich!«, rief sie aus.

»Genau so habe ich die Schale in der Truhe gefunden. Dabei hätte sie grau und rissig sein müssen, denn sie ist über zweitausend Jahre alt«, erklärte Frater Siegfried, der nun die schützende Panzerglashaube entfernte.

»Also das ist unser Reservegral«, spöttelte Nils und wurde von beiden Geistlichen mit zornigen Blicken bedacht.

»He, Leute, ich habe es nicht böse gemeint! Aber in der Überlieferung geht es immer nur um den Heiligen Gral, und damit ist der Becher gemeint, aus dem Christus beim Letzten Abendmahl getrunken hat. Von dieser Schale aber war nie die Rede! Darf es mich daher nicht wundern, dass sie noch existiert? Johannes der Täufer wurde doch auf Befehl König Herodes' geköpft, weil dessen Stieftochter einen heißen Tanz mit den berühmten Schleiern hingelegt und sich das als Belohnung gewünscht hat.« Nils versuchte zu grinsen, brachte aber nur eine Grimasse zustande.

»Es gibt viele Dinge, die nicht zu erklären sind«, belehrte Frater Siegfried ihn. »Das hier ist eines davon. Aber wie Manuela richtig sagte, ist es für uns weniger wichtig, woher diese Schale stammt und wie sie hierhergekommen ist, sondern was wir mit ihr bewirken können. Und das sollten wir untersuchen.«

Seinen Worten zum Trotz sah der Mönch so aus, als wolle er den Glassturz am liebsten wieder über die Schale stülpen und seine Begleiter aus dem Raum scheuchen. Da berührte Manuela die Reliquie vorsichtig und hob sie hoch.

In dem Moment war es, als durchliefe sie ein elektrischer Schlag, und ihr Herz stolperte. Erschrocken wollte Manuela die Schale abstellen, doch das Holz schien an ihren Händen zu kleben. Ein weiterer Energiestoß traf sie, und ihr wurde schwarz vor Augen. Über sich schwebend sah sie, wie sie zusammensank und von Nils aufgefangen wurde. Dann erst begriff sie, dass sich ihr Geist wieder einmal vom Körper getrennt hatte.

»Keine Sorge, es geht mir gut«, rief sie den anderen auf magischem Weg zu.

Dann bemerkte sie, dass sie auch als Geist die Schale Johannes des Täufers in den Händen hielt, und spürte die ungeheure Kraft, die diesem Artefakt innewohnte. Feine magische Linien gingen davon aus und verloren sich in der Ferne. Sie versuchte, diese zu zählen, aber es waren zu viele. Sie nahm wahr, dass einer dieser Stränge zum Hochland von Tibet führte, zu jener Schamanin, die sie in einer Vision gesehen hatte. Ein anderer zeigte auf Quidel in den Anden und ein dritter endete in Afrika bei jener alten Medizinfrau der San, die sie auch schon kannte.

Noch während sie den Fäden nachspürte, wurde ihr Geist emporgerissen und flog immer höher, bis selbst jener fatale Satellit, der die große Katastrophe verschuldet hatte, hinter ihr zurückblieb.

Unter ihr ruhte die Erde wie eine riesige Murmel. Doch sie hatte keine Ähnlichkeit mehr mit dem blauen Planeten, den Manuela sogar aus eigener Anschauung kannte. Die Meere wirkten grau, und selbst über den Wüsten lag eine dünne, dunkle Decke, die der schmutzige Schnee hinterlassen hatte. Es war das Sinnbild des Scheiterns der menschlichen Technik, wenn nicht sogar der ganzen Zivilisation.

Hoffnung versprachen allein die kleinen Lichtpunkte, die Manuela tief unter sich sah und die von heiligen oder magischen Dingen erzeugt wurden. Es waren zumeist eher kleinere Gegenstände, so ähnlich wie die Schale des Täufers.

In diesem Augenblick stieg die Überzeugung in ihr auf, dass sich alle Probleme lösen lassen würden. Auch wenn die Menschheit am Scheideweg stand, gab es doch Kräfte, die sie nutzen konnte. Die Heiligtümer waren über die gesamte Erde verstreut, und jedes war für sich allein zu schwach, um viel zu bewirken. Gemeinsam aber schenkten sie der Menschheit eine Chance, ihr Schicksal noch einmal zum Guten zu wenden. Dazu mussten sie miteinander verbunden werden, und das würde ihre Aufgabe sein.

Noch während ihr dies klar wurde, fühlte Manuela, wie sie stürzte und erneut das Bewusstsein verlor. Als sie die Augen öffnete, war ihr Geist in ihren Körper zurückgekehrt, und sie sah Nils' erschrockenes Gesicht über sich.

Sieben

Hexenkraefte

1

Nach dem Geisterflug mit der magischen Schale war Manuela so erschöpft, dass Nils und Pater Fabian sie stützen mussten. Auf ihren Gesichtern malte sich Enttäuschung ab, denn die Kräfte der Reliquie schienen angesichts von Manuelas Zustand nicht allzu stark zu sein. Also würde die Hauptarbeit auf den Schultern der magisch Begabten lasten. Doch so oder so: Sie mussten endlich handeln, denn die Wiedergänger hatten mit ihrem Verdrängungsfeldzug gegen die lebenden Menschen begonnen.

Um den Attacken der Dämonen und ihrer Totengeister zu entgehen, hatten die Menschen in der weiteren Umgebung des Klosters ihre Häuser verlassen und waren hinter seine schützenden Mauern geflohen. Dieser Ansturm stellte Frater Siegfried und seine Mitbrüder vor große Probleme. Hatten sie schon vorher ihre Lebensmittel rationieren müssen, so war nun abzusehen, dass die Vorräte sich in weniger als einer Woche erschöpfen würden.

»Wir müssen sofort aufbrechen und das Tor umpolen«, erklärte Pater Fabian, als Manuela nach einigen Stunden ihre Erschöpfung überwunden hatte.

»Gerne, aber wie gelangen wir in die Nähe des Tores?«, fragte sie. »Wie du weißt, sind wir als Geister zu schwach, um dort etwas unternehmen zu können. Wenn wir den Kipplader nehmen, dauert es wahrscheinlich Wochen, bis wir in der Eifel sind! Und dann bräuchten wir eine verdammt lange Leiter, um zum Tor hochzuklettern.«

»Ich schlage vor, wir fliegen«, antwortete Frater Siegfried, der sich langsam damit abgefunden hatte, dass die schützende Reliquie aus dem Kloster weggebracht werden musste, weil sie zum Schließen des Tores benötigt wurde.

Manuela stöhnte theatralisch auf. »Fliegen? Womit denn? Es sind doch alle Flugzeuge abgestürzt oder können mangels Elektronik niemals mehr starten. Ich habe selbst miterlebt, wie eines abgestürzt ist!«

»Das gilt für die modernen Flugzeuge. Ich denke eher an so etwas wie die Ju 52«, erklärte der Frater mit sanfter Stimme.

Manuela schüttelte den Kopf. »Was ist eine Ju 52? Außerdem will ich nicht fliegen! Wir müssen eine andere Möglichkeit finden, um ans Tor zu kommen!«

»Und wenn es keine andere Möglichkeit gibt?«, wandte Nils ein. »Von hier bis zum Geistertor sind es mehr als fünfhundert Kilometer, und ein anderes funktionierendes Auto als den Diesel fressenden Kipplader haben wir nicht.«

»Es gibt doch ein Automobilmuseum in Ingolstadt«, schlug Manuela vor.

Pater Fabian hob beschwichtigend die Hände. »Selbst wenn wir dort ein Auto fänden, könnten wir so schnell nicht feststellen, wie fahrtüchtig es ist. Außerdem bräuchten wir freie Straßen. Wenn wir weite Umwege machen müssen, verlieren wir zu viel Zeit. Das Flugzeug, von dem mein Freund spricht, steht auf einem kleinen Platz für Sportflugzeuge ganz in der Nähe, und er ist schon öfter damit geflogen. Mit ihm wären wir in zwei Stunden am Geistertor und könnten damit beginnen, es wieder instand zu setzen!«

Pater Fabians Stimme klang beschwörend. Da Manuela jedoch noch immer nicht zustimmte, wandte er sich an Nadja und Sandra. »Sagt ihr doch auch etwas!«

Sandra presste die Lippen zusammen und drängte sich an Manuela, während Nadja einige Augenblicke vor sich hin starrte. Dann sah sie den Pater mit entschlossener Miene an.

»Ich fliege auch nicht gerne. Aber wenn es keinen anderen Weg gibt, werde ich in dieses Flugzeug steigen.«

»Manuela, bitte!« Nils fasste nach Manuelas Hand und hielt sie fest. »Es ist unsere einzige Chance! Wir müssen unser Tor schließen, bevor die Wiedergänger zu stark werden.«

Jetzt blickte auch Sandra auf. »Ich möchte nicht, dass Mama stirbt, weil wir nur reden!«

Manuela durchlebte in Gedanken noch einmal jene letzten schrecklichen Augenblicke vor dem Absturz ihres Exfreunds Henry und schauderte. So wollte sie nicht enden. Dann aber rief sie sich ins Gedächtnis, dass sie nur dann überleben würde, wenn es ihnen gelang, die Geister wieder in deren Welt zurückzutreiben. Um das zu erreichen, mussten sie alles riskieren.

»Also gut! Aber wenn es schiefgeht, will ich nicht daran schuld sein.«

2

Da die Gruppe für den Weg zum Flugplatz den alten Kipplader nehmen und sich neben Manuela, dem Pater und Sandra auch Nadja, Frater Siegfried und Nils in das Fahrerhaus quetschen mussten, blieb diesmal Lieselotte zurück. Der Abschied von ihr war tränenreich, und sie hofften und beteten, die Tante des Paters unversehrt wiederzusehen.

Nicht nur aus diesem Grund schieden alle sechs mit zwiespältigen Gefühlen von dem Kloster. Da sie die Taufschale des Herrn mitnehmen mussten, würden die Menschen, die sich dorthin geflüchtet hatten, schutzlos den Dämonen und ihrem Gefolge ausgesetzt sein.

»Meiner Schätzung nach haben wir nur wenige Stunden

Zeit, bevor die Ausstrahlung der heiligen Schale abklingt und die Wiedergänger ins Kloster eindringen können«, erklärte Frater Siegfried besorgt.

»Ob es uns in dieser Zeit gelingen wird, bis zum Tor zu kommen und es umzupolen?« Manuela spürte, dass ihre Begleiter diese Zweifel teilten.

Das Einzige, was ihnen Hoffnung einflößte, war die Tatsache, dass die Schale, die Manuela in einen festen Leinenbeutel gesteckt und sich vor die Brust gebunden hatte, ihnen selbst die Totengeister vom Leib hielt. Etliche Wiedergänger begleiteten sie jedoch außerhalb des Wirkungskreises der Reliquie, und diejenigen, die bereits Körper ausgebildet hatten, wälzten ihnen Steine und andere Hindernisse in den Weg. Daher sah Manuela, die den Kipplader fuhr, sich gezwungen, das Tempo zu verringern und mehrmals quer über verschneite Felder und Wiesen zu fahren.

Zum nicht geringen Schrecken Manuelas und ihrer Beifahrer schrumpfte der Wirkungskreis der Schale, je weiter sie sich vom Kloster entfernten, und die Geister kamen näher und näher. Bald gingen sie dazu über, den Wagen mit Steinen zu bewerfen. Zum Glück zielten sie schlecht und wenn ein Geschoss traf, richtete es nicht viel Schaden an. Es krachte nur ohrenbetäubend, und die Scheiben bekamen ein paar Risse mehr.

Nadja schrie jedoch jedes Mal auf und begann schließlich zu weinen. »Wenn die Scheusale da draußen begreifen, was wir vorhaben, werden sie das Flugzeug kaputtmachen!«

Im ersten Augenblick dachte Manuela, dass ihr dies nur recht wäre. Tatsächlich graute ihr mehr davor zu fliegen, als sich mit diesem Monsterauto durch die Abwehr der Totengeister kämpfen zu müssen. Als jedoch vor ihr eine Wand aus Steinen und Trümmern auftauchte, der sie nicht mehr ausweichen konnte, gestand sie sich ein, dass Fliegen auch Vorteile hatte. Dazu aber mussten sie den Flugplatz erreichen. Mit einem giftigen Fauchen drückte sie das Gaspedal durch und benutzte den Lkw als Rammbock. Es krachte und schepperte fürchterlich, eine Seitenscheibe zerbarst und überschüttete Pater Fabian mit einem Hagel aus Glassplittern, doch der wuchtige Kipplader durchbrach holpernd das Hindernis, ohne viel an Geschwindigkeit zu verlieren.

Als sie noch etwa zwei Kilometer von dem Flugplatz entfernt waren, bat Manuela Frater Siegfried, kurz das Steuer zu übernehmen, und begab sich auf einen magischen Erkundungsflug. Mittlerweile hatten die Geister begriffen, dass die Menschen im Wagen etwas Konkretes im Sinn hatten. Deswegen strömten sie zum Fluggelände, um dort so viel Schaden wie möglich anzurichten.

Mit einem wütenden Fauchen kehrte Manuela in ihren Körper zurück und übernahm erneut das Steuer. »Die verdammten Biester schlagen alles vor uns kurz und klein. Haben wir denn keine Chance, sie zu vertreiben?«

»Wie es aussieht, müssen wir mit der Schale näher heran. Anscheinend wirkt sie außerhalb des geweihten Klosterbezirks nur in einem viel kleineren Umkreis«, stieß Frater Siegfried erregt aus.

»Verschwindet!«, schrie Manuela die Geister auf magischem Weg an, erntete aber nur höllisches Gelächter. Mit einer heftigen Bewegung wandte sie sich an Pater Fabian.

»Tu doch etwas! Wozu bist du Exorzist?«

Der Pater zog hilflos die Schultern hoch und legte seine Hand auf die Tasche, in der sich die Taufschale befand. »Sie sind bereits zu stark für mich«, behauptete er. Im nächsten Moment aber spürte er, wie frische Kräfte in ihn hineinflossen, und begann seine Formeln zu rezitieren. Seine Stimme klang ungewohnt kräftig, und die Bannsprüche zeigten sofort Wirkung. Die Wiedergänger duckten sich wie unter Peitschenhieben, und die Schwächeren flohen kreischend.

Andere leisteten Widerstand, bewegten sich aber nur noch langsam und unbeholfen.

»Es klappt!« Frater Siegfried stieß ein kurzes Gebet aus. Schon kurz darauf kam der Kipplader vor der Halle zum Stehen, in der das alte Flugzeug stand.

Sogleich kehrten etliche Geister zurück und versuchten, den Lkw zu erreichen. Zwar gelang es ihnen, sich recht nahe an ihn heranzuarbeiten, denn ihre geballte Masse schwächte die Kraft der Schale, doch die Menschen in ihm waren zu stark. Daher wandten sie sich der Hangar zu. Ein noch schwacher, aber sehr aggressiver Wiedergänger fiel Manuela ins Auge.

Sie biss die Zähne zusammen, als sie in diesem Totengeist ihren Exfreund, den Piloten Henry, erkannte. Ähnlich wie Nils hatte er seine Gesichtszüge und sogar seine Frisur beibehalten, nur sein Körper wirkte muskelbepackter als vorher. Doch anders als ihr geisterhafter Begleiter hatte er sich einer Gruppe von Totengeistern angeschlossen und versuchte offensichtlich, sich zu deren Anführer aufzuschwingen.

»Zieh Leine, Henry!«, zischte sie ihn an. Kaum hatte sie den Namen des Piloten genannt, heulte dieser gequält auf und schoss wie von Furien gehetzt davon.

Mit der Taufschale in der Hand eilte sie auf die Hangartür zu und streckte sie den dort versammelten Geistern entgegen. Diese erzitterten unter der Kraft, die von der Schale ausging, und begannen ebenfalls zu weichen. Als Pater Fabian seine exorzistischen Fähigkeiten einsetzte, flohen auch die Letzten.

»Hoffentlich haben die Wiedergänger drinnen noch keinen Schaden angerichtet«, sagte Manuela, während Frater Siegfried das Tor des Hangars öffnete und hineinsah.

»Sieht aus, als hätten wir Glück gehabt!«, rief er erleichtert und bat sie, mit anzupacken, um das Tor, das sich unter dem Druck der Wiedergänger verklemmt hatte, ganz beiseitezuschieben.

»Wenn es nicht anders geht, hängen wir diesen Flügel aus«,

schlug Nils vor, als sich eine Hälfte des Tores nicht bewegen ließ.

Frater Siegfried klatschte die geballte Faust in die Hand. »Guter Vorschlag. In der Halle gibt es Werkzeug.«

Nadja und Sandra stürzten hinein und kehrten mit einem Sammelsurium verschiedener Gerätschaften zurück, von denen die meisten unbrauchbar waren. Nils und die beiden Geistlichen wählten drei halbwegs passende aus und rückten dem rechten Flügel des Schiebetors zu Leibe. Es dauerte wenige Minuten, dann hatten sie es aus seiner Aufhängung gelöst, und es stürzte krachend zu Boden.

»Jetzt müssen wir das Ding nur noch zur Seite schaffen, dann können wir einsteigen und die Motoren starten«, erklärte Nils und forderte die Mädchen auf, beim Tragen zu helfen. Nadja und Sandra griffen sofort zu, und gemeinsam gelang es ihnen, den Torflügel anzuheben und neben der Halle abzulegen.

»Das habt ihr gut gemacht«, lobte Pater Fabian die beiden Mädchen.

»Und was ist mit mir?«, fragte Manuela, die ihre Angst zu überspielen suchte.

»Du warst einfach großartig!« Mit diesen Worten entwaffnete Nils sie, und sie folgte ihm mit einem verkrampften Lächeln zu einem erstaunlich großen Flugzeug, das so aussah, als habe man es aus Wellblechteilen zusammengebaut.

Frater Siegfried setzte sich auf den Pilotensitz und forderte sie auf, im Passagierraum Platz zu nehmen. Da Manuela sich entschieden hatte, die Sache durchzuziehen, stieg sie als Erste ein. Pater Fabian wollte Sandra zu ihr hinaufheben, doch die Kleine riss sich los und eilte um das Flugzeug herum.

»Was soll das? Wir haben keine Zeit, um Verstecken zu spielen«, schalt der Pater, während Nils ihr folgte, um sie einzufangen.

Da zeigte Sandra auf einen dünnen Draht, der am Heck

aus der Maschine ragte. »Ich habe gesehen, wie ein Wiedergänger das da losgemacht hat«, erklärte sie Nils.

Dieser schluckte und wandte sich denn zu Pater Fabian um. »Wie es aussieht, hat Sandra uns gerade den Hals gerettet.«

Der Geistliche trat zu ihnen und starrte auf den Draht. »Ich habe keine Ahnung, wo das hingehört. Siegfried, weißt du es?«

»Was ist los?« Verärgert über die Verzögerung stieg der Frater wieder aus, sog aber erschrocken die Luft ein, als er die Bescherung sah. »Das ist der Bowdenzug für die Rückstellung des Seitenruders. Wir wären zwar hochgekommen, aber beim ersten Kurvenflug abgeschmiert. Gut gemacht, Sandra! Dafür bekommst du eine große Tüte Bonbons, wenn es wieder welche zu kaufen gibt.«

»Also wahrscheinlich nie«, ätzte Manuela, deren Nerven zum Zerreißen angespannt waren.

Nils antwortete mit einer flapsigen Bemerkung und half dann dem Frater, den Schaden zu beheben.

3

Eine Viertelstunde später ließ Frater Siegfried sich aufseufzend auf den Pilotensitz nieder. Hände und Gesicht waren ölverschmiert, aber er lächelte und war guten Mutes, das Flugzeug in die Luft zu bekommen. Die übrigen Mitglieder der Gruppe nahmen im Fahrgastraum Platz, der nur durch einen jetzt zur Seite geschobenen Vorhang vom Cockpit getrennt war. Die Sitze standen nicht so eng zusammen wie die in modernen Flugzeugen, waren aber alles andere als bequem. Doch niemand beklagte sich.

»Muss der Propeller dieser Maschine nicht mit der Hand angeworfen werden?«, fragte Manuela, als Nils als Letzter einstieg und die kleine Treppe einholte.

Nils schloss lächelnd die Tür und zeigte dann durch die Fenster auf eine der Tragflächen. »Die Ju 52 hat drei Motoren, und die werden elektrisch gezündet.«

»Wenn sie alle zünden!« Frater Siegfried erinnerte sich an manchen Ärger, den diese Maschine ihm in der Vergangenheit bereitet hatte, und sprach erst einmal ein Gebet, bevor er den Anlasser betätigte.

Kaum liefen die Motoren stotternd an, hatte Manuela einen weiteren Einwand. »Haben wir genug Benzin?«

Frater Siegfried warf einen kurzen Blick auf die Tankanzeige. »Ja.«

Trotzdem erhob sich Nils von seinem Platz und ging nach hinten. Kurz darauf hörten die anderen ihn fluchen. Aber gleich danach gab er Entwarnung. »Eines dieser verdammten Geisterschweine hat den Ablasshahn des Benzintanks geöffnet. Zum Glück ist noch nicht viel ausgelaufen. Ich bitte aber die Herrschaften, das Rauchen einzustellen. Ein Funke, und es könnte hier in der Halle sehr rasch sehr heiß werden.«

»Dann sollten wir zusehen, dass wir rauskommen!« Der Frater löste die Bremsen und ließ die alte Maschine anrollen. »Geht doch«, meinte er zufrieden, als sie auf das Flugfeld fuhren, ohne dass die Halle explodiert war.

»Und jetzt Vollgas!« Damit schob Frater Siegfried den Gashebel ganz vor und fasste den Steuerknüppel mit beiden Händen. Das Flugzeug wurde rasch schneller. Nun aber bemerkten sie die Gegenstände, die die Wiedergänger außerhalb des Wirkungsbereichs der Taufschale auf die Startbahn geworfen hatten.

»Vorsicht!«, rief Manuela, als das erste Teil näher kam. Der Frater zwang das Flugzeug zu einer leichten Kurve und umkreiste das Trümmerstück. Dabei betete er mit bebender

Stimme das Ave Maria und zog den Steuerknüppel zu sich heran. Ein Stück weiter stand eine mit Ziegelsteinen beladene Schubkarre.

»Jetzt müssen uns die Engel helfen, sonst werden wir selbst welche«, stieß Nils wider besseres Wissen aus.

Neben ihm begann Manuela zu beten, was sie seit mindestens einem Jahrzehnt nicht mehr getan hatte. Dabei krallte sie sich an ihrem Sitz fest und starrte auf das Hindernis, gegen das sie im nächsten Moment krachen mussten.

Da hob sich die Nase der alten Maschine. Frater Siegfried stieß einen Jubelschrei aus und ließ sich nicht einmal durch den leichten Schlag beirren, mit dem das Fahrwerk die Schubkarre streifte.

»Das Ding kann uns vielleicht bei der Landung Probleme machen, aber jetzt sind wir erst einmal in der Luft!«

»Luft ist gut. Wir sind vielleicht zwei Meter über dem Boden. Wenn es nicht gleich mehr werden, rasen wir in die Büsche dort vorne!«, schrie Nils auf und grinste erleichtert, als die Maschine an Höhe gewann und das Gebüsch in respektablem Abstand überflog.

»Na, wer sagt es denn? Auf die alte Tante Ju ist Verlass, was man von all den modernen Jets nicht sagen kann«, lobte Frater Siegfried die Maschine und brachte sie auf den richtigen Kurs. Anschließend wandte er sich lächelnd um. »Die Passagiere können die Sicherheitsgurte lösen und bei Bedarf zur Toilette gehen. Auf das Rauchen aber bitte ich zu verzichten!«

»Da gibt es nur ein Problem«, antwortete Nils trocken. »Dieser Klapperkasten hat weder Sicherheitsgurte noch eine Toilette. Außerdem fürchte ich, dass wir auch auf eine Bordverpflegung verzichten müssen. Ich habe keine Stewardess mit einsteigen sehen.«

»Bordverpflegung! Sag bloß, du hast Hunger?«, fragte Manuela verwundert.

Nils nickte mit unsicherer Miene. »Ich könnte wirklich

eine Kleinigkeit vertragen. Aber das hat Zeit, bis wir diese Sache hinter uns haben.«

»Andere Wiedergänger beherrschen sich weniger!« Pater Fabian zeigte dabei auf ein Dorf seitlich von ihnen, in dem gerade eine Gruppe von Totengeistern einen Bauernhof plünderte und dabei das Vieh bei lebendigem Leib bis auf die Knochen abnagte.

Manuela zog Sandra vom Fenster zurück und wies sie an, nur auf den Boden zu schauen. Dann sah sie Nils mit bleichem Gesicht an. »Die haben keinen Unterschied zwischen Tier und Mensch gemacht!«

»Darum müssen wir diese Sache durchziehen, ganz gleich, wie viele Dämonen uns daran hindern wollen!«

»Derzeit geben sie Ruhe«, sagte Pater Fabian, der immer wieder durch die kleinen Fenster schaute.

Nils wiegte den Kopf. »Viele von denen können nicht mehr fliegen oder zumindest nicht so hoch. Aber ich spüre, wie die großen Dämonen ihre Leute zusammentrommeln. Unser Flug könnte also noch recht turbulent werden.«

Manuela hatte Nils' Worten nichts hinzuzufügen, denn auch sie vernahm den Ruf der Dämonen und ihren Befehl, das Flugzeug mit allen Mitteln aufzuhalten.

4

Zu ihrer eigenen Überraschung geschah auf den ersten drei Vierteln der Strecke gar nichts. Allerdings war Nils offenbar zu optimistisch gewesen, denn sie beobachteten immer mehr Wiedergänger, die Richtung Nordwesten flogen. Zwar mieden sie die Nähe des Flugzeugs, aber ihre Gesten verrieten Manuela und ihren Freunden genug.

»Wenn die könnten, wie sie wollen, würden sie aus unseren Hälsen Korkenzieher machen«, witzelte Nils, um die unerträgliche Spannung zu lindern.

»Wenn wir nicht einen Riesenhaufen Glück haben und uns gleichzeitig sämtliche Heilige unserer beiden Geistlichen beistehen, werden sie das auch tun!« Manuela zitterte bei dem Gedanken an das, was ihnen noch bevorstand, und hörte im gleichen Moment Sandra aufschreien.

»Vorsicht, da kommen viele Vögel auf uns zu!«

Erschrocken blickte Manuela nach vorne und entdeckte eine dichte, schwarze Wolke, die rasch näher kam. »Das ist nur ein Krähenschwarm ...«, begann sie, doch der Rest blieb ungesagt.

Der Schwarm war riesig, und die Vögel flogen so eng, dass ihre Flügelspitzen sich beinahe berührten. Wie von Sinnen schossen sie auf die alte Maschine zu und schienen auf die Propeller zu zielen.

»Verdammt, das sind Kamikazekrähen!«, schrie Nils und schlenkerte mit den Armen, als wolle er die Tiere verscheuchen.

Manuela begriff, dass das nichts mehr half. Der Schwarm, der nicht nur aus Krähen, sondern aus fast allen Vogelarten bestand, die es in diesen Breiten gab, wurde von einem fremden Willen gesteuert und würde nicht eher aufgeben, bis er das Flugzeug zum Absturz gebracht hatte.

»Verdammte Biester, verschwindet!« Manuela umkrampfte die Taufschale des Herrn mit beiden Händen und spürte, wie diese ihren Worten Macht verlieh. Die nächsten Vögel flogen am Flugzeug vorbei, ohne es zu berühren, und als sie die Worte wiederholte, wichen immer mehr aus. Sicherer geworden befahl sie den Tieren auf magischem Weg: »Schert euch in eure Nester und lasst euch nie wieder hier blicken!«

Ihre Stimme schlug wie eine Riesenfaust in den Vogelschwarm und ließ ihn zerplatzen. Tausende Vögel flatterten in alle Richtungen davon.

»Puh, das war knapp!«, stöhnte Frater Siegfried. »Beinahe hätte es uns die Propeller zerhauen. Der von Motor drei hat bereits einen Schlag abbekommen. Wenn wir die Sache hinter uns haben, müssen wir uns schnellstens einen Landeplatz suchen, denn mit dieser Maschine kommen wir nicht mehr nach Hause zurück.«

»Zuerst müssen wir erst einmal hierdurch kommen!« Nils zeigte durch die vorderen Fenster.

Tausende Totengeister hatten sich vor ihnen versammelt und bildeten eine schier undurchdringliche Mauer. Zwar handelte es sich um eher schwächere Wiedergänger, die kaum Substanz angesammelt hatten und daher noch fliegen konnten. Aber es gab auch ein paar stärkere Geister unter ihnen, die sich magisch in der Luft hielten. Zwar besaßen, wie Nils kommentierte, nur wenige diese Gabe, aber die waren erheblich gefährlicher als die anderen. Wenn es diesen Dämonen durch die schiere Masse ihres Geisterheeres gelang, den Schirm zu durchbrechen, den die Schale Johannes des Täufers um das Flugzeug legte, würden sie die Maschine zum Absturz bringen.

»Wie gehen wir vor?«, fragte Frater Siegfried unsicher.

»Wir sollten …«, begann Pater Fabian, brach dann aber ab und sah Manuela an. »Was schlägst du vor?«

Manuela blickte nach vorne und suchte nach dem Geistertor. War es ihr früher wie eine riesige, leuchtende Blase erschienen, zeichnete es sich nun kaum noch vor dem düsteren Hintergrund ab.

»Es gibt nur einen Weg«, antwortete sie mit fester Stimme. »Wir müssen über die Wiedergänger hinweg in das Tor fliegen. Frater Siegfried, können Sie das Flugzeug so hoch steigen lassen wie möglich und dann knapp unter der oberen Wölbung des Tores in die andere Welt einfliegen?«

»Du willst hinein? Aber wenn wir es umpolen, kommen wir nicht mehr heraus!«, rief Nils fassungslos aus.

»Wir müssen erst einmal dafür sorgen, dass wir die Geister loswerden. Auf dieser Seite ist das unmöglich. Aber sie selbst können nicht in die Welt zurückkehren, aus der sie gekommen sind, und geben uns damit die einzige Chance, die wir nutzen können. Was das Herauskommen betrifft: Es gibt ja noch die fünf anderen Tore!«

»Ich glaube kaum, dass unser Benzin bis zu einem von ihnen reicht«, wandte Pater Fabian ein.

Seinem Ordensbruder aber war klar geworden, dass Manuelas Vorschlag der einzig gangbare Weg war, und zog den Steuerknüppel auf sich zu. Die Maschine gewann an Höhe, wenn auch bei Weitem nicht so rasch, wie ihr Pilot es erhofft hatte. »Die Propeller haben wahrscheinlich mehr abbekommen, als wir gespürt haben«, murmelte er und drückte den Gashebel bis zum Anschlag durch.

»Haltet euch fest! Gleich wird es arg rumpeln!« Mit diesen Worten richtete der Frater den Bug der Maschine auf den obersten Torbogen und begann mit jedem Meter, den sie darauf zuflogen, inniger zu beten.

Die Wiedergänger versuchten verzweifelt, ihnen den Weg zu verlegen. Doch so hoch wie das Flugzeug konnten die wenigsten von ihnen fliegen, und diejenigen, die sich der Gruppe in den Weg werfen wollten, mussten vor der Kraft der Taufschale weichen.

Pater Fabian sah verblüfft, wie der Weg vor ihnen frei wurde, und klopfte Manuela auf die Schulter. »Gut gemacht! Aber woher wusstest du das?«

»Wie Nils schon sagte, können die meisten Totengeister nicht mehr fliegen, weil sie schon zu viel an Substanz zugelegt haben.«

»Die haben einfach zu viel gemampft«, erklärte Sandra und brachte die anderen damit zum Lachen. Dieses erstarb jedoch, als sie sich daran erinnerten, wie die Wiedergänger über den Bauernhof hergefallen waren.

Nun sahen sie eine Gruppe von Dämonen vor sich, deren magische Kräfte ihnen Flügel verliehen.

Manuela zeigte auf einen von ihnen. »Pater Fabian, der dort müsste dein spezieller Freund sein!«

»Der hat wohl Angst bekommen, wir könnten es schaffen. Na warte, du Mistkerl! Diesmal lachst du nicht über mich!« Der Pater konzentrierte sich und stieß mehrere Formeln aus, mit denen er bereits andere Geister vertrieben hatte. Von der Johannesschale verstärkt fegten seine Worte wie ein Sturmwind zwischen die Dämonen und bliesen sie hinweg.

»Halleluja!«, rief Frater Siegfried aus und lenkte seine Maschine keine zehn Meter unter der oberen Torbegrenzung in die andere Welt. Erst jetzt dachte Manuela daran, dass Nils ja ebenfalls ein Wiedergänger war und eigentlich nicht durch das Tor zurückkehren konnte. Doch als sie sich nach ihm umdrehte, saß er immer noch in der Maschine. Das Licht der Taufschale umspielte ihn und zeigte ihr, dass es Mächte gab, die Unwahrscheinliches möglich machen konnten.

5

Es war, als würden sie mit voller Geschwindigkeit gegen eine Mauer aus Wasser oder zähem Schleim rasen. Es gab einen heftigen Ruck, danach wirkte alles um sie herum grau und düster. Manuela sah unzählige Tentakel, die aus dem Nichts zu kommen schienen und durch die Metallhülle nach ihr und den anderen griffen.

»Zurück!«, schrie sie und nahm erleichtert wahr, dass die Fangarme sich auflösten.

Hinter ihr schlug Pater Fabian das Kreuz. »Gott sei Dank! Ich dachte schon, die Flammen würden uns im nächsten Moment einhüllen und verzehren!«

»Welche Flammen?«, fragte Manuela verwirrt.

»Na, die da!« Der Pater zeigte auf die Tentakel, die eben wieder entstanden, aber nicht näher kamen.

»Das sind doch keine Flammen!«

»Ich sehe viele Äste und Zweige, die nach uns schlagen«, warf Nadja ein.

Sandra schüttelte heftig den Kopf. »Nein, das sind böse Wesen, Schatten, die uns fressen wollen!«

»Ich würde sagen, ihr habt alle recht. Das Innere der Geisterwelt erscheint jedem als seine ganz eigene, private Hölle oder das Fegefeuer, wenn die geistlichen Herren es so wollen. Für mich persönlich ist es nur eine endlose Leere, die irgendwo am Rande des Universums endet und in der kein einziger Stern und kein Licht leuchten!« Nils achtete bei seinen Worten jedoch weniger auf ihre Umgebung als vielmehr auf die drei Motoren der Maschine. Die Propeller drehten sich noch, auch wenn kein Motorengeräusch mehr zu hören war. Die Maschine flog nur noch mit der Geschwindigkeit eines eiligen Fußgängers. Als Nils sich umwandte, lag das europäische Geistertor erst wenige Hundert Meter hinter ihnen.

»Wir sollten uns weniger darum kümmern, was wir hier sehen, sondern wie wir dieses elende Tor wieder zum Funktionieren bringen!« Mit seiner Mahnung brachte Frater Siegfried Manuela und die anderen dazu, sich wieder auf ihr Ziel zu konzentrieren.

Es fiel ihnen leichter als gedacht. Hier in der Geisterwelt konnte Manuela ohne Anstrengung wahrnehmen, dass die Energien des Tores in die falsche Richtung flossen. »Meint ihr, dass es reicht, wenn wir den Magiestrom wieder in die richtige Richtung drehen?«

Nils wiegte unschlüssig den Kopf. »Wahrscheinlich. Aber

sicherheitshalber sollten wir eine Art Sperre einbauen oder wieder aktivieren – falls es sie je gab –, damit das Tor wirklich nur noch in eine Richtung wirkt und auch von den stärksten Dämonen nicht verändert werden kann. Wir wollen ja nicht, dass die Geister wieder hinausspazieren, nachdem wir sie mühsam eingefangen haben.«

»Können Sie uns näher an den Ring des Tores bringen, Frater Siegfried? Ich glaube, dort können wir unsere Kräfte optimal einsetzen. Wir anderen werden uns jetzt mental zusammenschließen.« Manuela ergriff Sandras und Nadjas Hände und fühlte, wie auch Pater Fabian seine Hände auf die ihren legte. Unwillkürlich folgte Nils diesem Beispiel und fand sich ebenfalls in der kleinen Geisterballung wieder, die sich um Manuelas Astralkörper gebildet hatte.

Als sie das Flugzeug verließen, sahen sie einen monströs verzerrten Riesenvogel unter sich fliegen, der keine Ähnlichkeit mehr mit einem mechanischen Gerät besaß. Frater Siegfried hatte sich ebenfalls in ein groteskes Wesen mit einem flatternden, schwarzen Gewand verwandelt. Sein Kopf war winzig, das Gesicht kaum größer als eine Briefmarke, aber die Hände, mit denen er das Wesen steuerte, füllten die halbe Pilotenkanzel aus.

Das Bild reizte Nils zu einem bissigen Kommentar. »Einen Engel kann man ihn in dieser Gestalt wohl kaum nennen! Es sei denn, die sehen ganz anders aus, als die irdischen Religionen es uns weismachen wollen.«

»Ich glaube, es ist besser, wir schauen nicht nach, wie wir selbst aussehen«, schlug Manuela vor, obwohl sie durchaus neugierig war. Doch für Nadja und Sandra mochte der Anblick ihrer entstellten Körper ein Schock sein, der die geistige Verbindung auseinanderbrach.

»Besser so, vermutlich!« Nils gelang es, sogar als Geist zu grinsen. Nun zeigte es sich, dass es von unerwartetem Vorteil war, ihn bei sich zu haben. Er kannte die Umgebung und vermochte sich zu orientieren. Daher gelang es ihm mühelos, Manuela und ihre kleine Geisterballung an den Rand des Torkreises zu lotsen.

Dort ging es nicht weiter. Ganz gleich, was sie versuchten, der Ring stieß die Gruppe zurück. Manuela tat alles, um in ihn einzudringen, aber je mehr Kraft sie einsetzte, umso weiter wurde sie zurückgetrieben. Als sie bei einem letzten verzweifelten Versuch die Krallen des bizarr veränderten Flugzeugs im Rücken spürte und sich unwillkürlich umschaute, nahm sie darin einen hellen Schein wahr und begriff, dass dieser von der Taufschale stammte, die ihr Körper noch immer in der Hand hielt. Das Licht, das von der Schale ausging, zeigte in einer Art Flammenzunge auf den Torkreis. »Das musste ein Zeichen sein«, sagte Manuela sich, aber sie brauchte einige Augenblicke, bis sie seine Bedeutung erkannte.

»Kommando zurück! Wir müssen mit dem Flugzeug dort hineinfliegen«, erklärte sie den anderen und tauchte wieder in ihren Körper ein.

Ihre Begleiter widersprachen heftig, denn sie fürchteten um die Ju 52, das einzige Mittel, wieder in ihre Welt zurückzukehren.

Manuela ließ sich nicht beirren. »Fliegen Sie hinein«, forderte sie das unförmige Geschöpf an, das Frater Siegfried gewesen war.

Sie selbst glich einem amorphen Wesen, das sich in seine Einzelteile aufzulösen drohte. Das zeigte ihr, wie wenig Zeit ihnen noch blieb. Die Kräfte, die hier am Werk waren, würden es ihr bald unmöglich machen, den Auftrag zu erfüllen. Daher richtete sie ihre ganze Kraft auf den Torbogen und stemmte sich in dem Augenblick, in dem Frater Siegfried die Maschine in ihn hineinlenkte, mit all der Kraft, die die Schale ihr verlieh, gegen die Flussrichtung der dort strömenden Magie.

»Helft mir!«, forderte sie die anderen auf und hob die hell auflodernde Schale empor.

Ein Schwingen und Dröhnen ertönte, als spielte jemand auf einer riesigen Orgel, und das nicht besonders gut. Doch Manuela spürte, wie die kreisende Magie des Geistertors langsamer wurde und dann stillstand.

»Wir müssen die Kräfte wieder ins Laufen bringen, aber in die andere Richtung!« Ihr Ruf hallte wie ein Donnerschlag durch das Flugzeug, das nunmehr einer riesigen geflügelten Eidechse glich. Statt des Steuerknüppels hielt Frater Siegfried schwere Ketten in der Hand, die als Zügel dienten, und musste gegen den Drang des Wesens ankämpfen, den Torring fluchtartig zu verlassen.

»Das sind die Dämonen!«, rief Nils so gepresst, als hielte ihm jemand den Hals zu. »Sie setzen ihre ganze Kraft ein, um uns körperlich zu verändern und zu Geisterwesen zu machen wie sie selbst. Wenn wir dieses Tor nicht in den Griff kriegen, ehe sie es geschafft haben, können wir einpacken!«

»Werden wir nicht!« Mit einer letzten großen Kraftanstrengung bündelte Manuela die Kräfte ihrer Begleiter, fokussierte sie auf die Schale und über diese auf das Tor. Der gleißende Strom, der von ihr ausging, brachte die Magie wieder in Schwung, und diesmal floss sie in die Richtung, die Manuela vorgab.

»Jetzt müssen wir den magischen Strom nur noch ein wenig anheizen und dafür Sorge tragen, dass die Fließrichtung nicht mehr verändert werden kann. Dann haben wir es geschafft.« Sie zog noch einmal die Kräfte aller in sich und trieb den Fluss des Tores an. Kurz darauf floss dieser wieder so schnell, wie er zuvor in die falsche Richtung geströmt war, und das Tor begann zu leuchten.

Im gleichen Augenblick erklangen Seufzer, Schreie und wilde Flüche. Manuela und ihre Begleiter sahen, wie die ersten Geister von der Macht des Tores angezogen und eingesaugt wurden.

»Wir haben es geschafft!«, jubelte Nils auf.

»Hier ja. Aber es gibt noch fünf weitere Tore, und das wissen diese Biester!« Pater Fabian wies mit seinem magischen Zeigefinger in die unwirkliche Welt hinein. Die wieder eingefangenen Geister versuchten erst gar nicht, das Tor wieder zu verlassen, sondern strebten in der unwirklichen Sphäre mit hoher Geschwindigkeit in Richtung Süden, in der sich das Geistertor von Afrika befand.

»Wir sollten schleunigst verschwinden, sonst bleiben wir hier gefangen«, mahnte Nils.

Noch bevor Manuela etwas sagen konnte, zog Frater Siegfried heftig am Zügel und brachte sein zum Drachen mutiertes Flugzeug dazu, auf den Rand des Tores zuzufliegen. Dort aber verlegten ihnen mächtige Geister und etliche Dämonen den Weg.

»Sie wollen uns nicht mehr hinauslassen«, stieß Nadja entsetzt aus.

»Das wollen wir doch sehen!« Pater Fabian nahm Manuela die Taufschale aus der Hand, reckte sie den Geistern entgegen und sprach exorzistische Formeln. Seiner von der Schale verstärkten Magie hatten die Wiedergänger nichts entgegenzusetzen. Nur einige machtvolle Dämonen wagten sich näher und bombardierten den Flugdrachen mit Luftwirbeln, die ihn zum Absturz bringen sollten.

Doch als Manuela eine Hand auf die Schale und die andere auf Pater Fabians Schulter legte und im Geist seine Formeln mitsprach, flohen auch diese. Sekunden später durchdrangen sie die Hülle des magischen Torrings und fanden sich hoch über dem Erdboden in der normalen Welt wieder.

Als sie sich gegenseitig musterten, saßen sie in ihren gewohnten Körpern in der Ju 52, die beim Verlassen der anderen Welt ihre tierische Gestalt und damit auch ihren eigenen Willen verloren hatte.

»Es hat geklappt!« Nils klopfte Manuela so begeistert auf die Schultern, dass sie vor Schmerz aufstöhnte.

Da klang Frater Siegfrieds besorgte Stimme auf. »Zwei der drei Motoren haben ausgesetzt, und der letzte läuft nur noch stockend. Wenn wir heil landen wollen, brauchen wir Gottes Hilfe. Betet! Sonst ergeht es uns wie denen da!« Er deutete mit einer knappen Kopfbewegung auf den Strom der Totengeister, die von dem wieder intakten Tor wie von einem gigantischen Staubsauger angesogen wurden und hinter dem leuchtenden Ring verschwanden.

6

Der Boden kam so schnell näher, dass Manuela das Schlimmste befürchtete. Frater Siegfried gelang es jedoch, das Flugzeug abzufangen.

»Festhalten! Das wird eine Bruchlandung«, rief er und zwang die Nase der Maschine noch einmal hoch, sodass er die ersten Bäume überflog. Dann aber löste sich eine Tragfläche, und die Maschine neigte sich zur Seite. Mit dem Mut der Verzweiflung drückte er sie nach unten und zog gleichzeitig den Steuerknüppel herum, um nicht frontal gegen eine wuchtige Eiche zu rasen. Beinahe wäre es ihm gelungen. Doch dann traf die Spitze der intakten Tragfläche den Stamm, und das Flugzeug wurde herumgerissen. Dabei wirbelte auch die zweite Tragfläche davon und landete ein gutes Stück entfernt im dunklen Schnee. Der Rumpf schlitterte weiter, wurde schließlich von dichtem, zähem Gebüsch aufgehalten und kam mit einem heftigen Ruck zum Stehen.

Es dauerte einige Augenblicke, bis Frater Siegfried begriff, dass er bis auf ein paar Prellungen unversehrt geblieben war. Vorsichtig stand er auf, drückte einen Zweig beiseite, der ins Cockpit hineinragte, und sah sich nach seinen Passagieren um.

Pater Fabian lag zwischen den Sitzen auf dem Boden und blutete aus einer Platzwunde auf der Stirn. Aber er regte sich und sah zu seinem Ordensbruder auf. »Das war das einzige Mal, dass ich mit dir mitgeflogen bin! Du bist wirklich der größte Bruchpilot, den ich kenne.«

»Immerhin habe ich euch heil wieder heruntergebracht«, konterte der Frater nach einem Blick auf Manuela, Nadja und Sandra, die sich immer noch an ihren Sitzen festklammerten und nicht verletzt zu sein schienen. Auch Nils war offensichtlich unbeschadet davongekommen.

Auf dem Gesicht des Wiedergängers machte sich jedoch Verwunderung breit. »Funktioniert das Geistertor wirklich richtig? Es hätte mich doch auch einsaugen müssen!«

Erschrocken öffnete Manuela die Tür des Flugzeugs und blickte nach oben. Das Geistertor sah aus wie ein riesiges Feuerrad. Es drehte sich rasend schnell und erzeugte dabei einen Sog, der so stark war, dass es die Wiedergänger aus allen Teilen Europas hineinriss. »Das Tor funktioniert«, sagte sie und musterte ihren Freund verblüfft.

Nichts deutete darauf hin, dass auch Nils die Macht verspürte, die das Tor ausübte. Während die anderen Geister ihre wiedergewonnene Substanz schon beim Flug auf das Tor verloren, wirkte Nils selbst für magisch Begabte fast schon wie ein normaler Mensch. Jemand, der über keine paranormalen Sinne verfügte, würde den kleinen Unterschied nicht bemerken.

»Und was machen wir jetzt? Hat jemand von euch eine Ahnung, wo wir gelandet sind?«

Pater Fabians Stimme erinnerte Manuela daran, dass sie sich um andere Dinge kümmern musste. Noch standen fünf weitere Geistertore offen.

Zunächst aber galt es herauszufinden, wo sie gestrandet waren, und dann musste sie versuchen, Kontakt zu Menschen auf anderen Kontinenten aufzunehmen, die ebenfalls die Fähigkeit hatten, Geistertore umzuprogrammieren, und ihnen erklären, wie sie dies bewerkstelligen konnten. Zum Glück war keinem aus ihrer Gruppe etwas Ernsthaftes zugestoßen, und da sie sich für den Flug mit warmer Kleidung eingedeckt hatten, froren sie nicht, als sie aus der zerstörten Maschine stiegen und sich umblickten.

Manuela hielt noch immer Jesu Taufschale in der Hand und wollte sie wieder in ihren Beutel stecken. Dabei warf sie einen dankbaren Blick auf die Reliquie – und stöhnte enttäuscht auf. »Um Gottes willen, nein! Die Schale hat Sprünge und ist an einer Seite bereits eingerissen. Außerdem spüre ich sie kaum mehr. Es ist, als wäre alle Kraft aus ihr gewichen.«

»Wahrscheinlich hat sie alles, was ihr innewohnte, verbraucht, um uns dabei zu helfen, das Tor zu schließen. Es ist schade, dass wir sie jetzt nicht mehr verwenden können.« Bei diesen Worten zog Pater Fabian ein Gesicht, als wolle er Johannes den Täufer persönlich für den Verlust der magischen Aura seiner Schale verantwortlich machen. Dann aber zuckte er mit den Schultern und deutete nach vorne. »Wenn mich nicht alles täuscht, liegt dort Osten. In zwei oder drei Tagen könnten wir den Rhein erreichen. Den Brücken wird wohl nicht allzu viel passiert sein. Außerdem hoffe ich, dass wir dort auf Menschen treffen, die uns helfen können!«

Während der Geistliche losmarschierte, strich Frater Siegfried über die verbeulte Nase des Flugzeugs und kämpfte mit aufsteigenden Tränen. Immerhin hatte die Maschine ihm viele schöne Stunden bereitet und ihn auch bei diesem letzten, dem wichtigsten Flug nicht im Stich gelassen. Mit dem Gefühl, einen herben Verlust erlitten zu haben, kehrte er dem Wrack den Rücken und folgte seinen Mitstreitern, die vor ihm durch den schwarzen Schnee stapften.

Nach etwa zwei Kilometern erreichten sie ein Dorf. Der Name auf dem Ortsschild sagte ihnen nichts, und es war auch niemand da, den sie hätten fragen können. Vermutlich hatten die Bewohner schlagartig die Flucht ergriffen, denn als sie einige Keller durchsuchten, entdeckte Nils in einem Raum mehrere geräucherte Würste und einen Schinken. In einem Schrank fanden sie eine volle Packung Knäckebrot. Wasser gab es keines, dafür aber mehrere Flaschen Bier, die Nils, Pater Fabian und dessen Ordensbruder erleichtert öffneten und tranken. Sie boten auch Manuela und den Kindern zwei Flaschen an, doch die drei lehnten entschieden ab.

»Wir sollten schauen, ob wir nicht irgendwo Saft oder etwas Ähnliches finden«, schlug Manuela den beiden Mädchen vor.

»Was kann hier passiert sein?«, wollte Nadja wissen, als sie in das nächste Haus eindrangen, dessen Tür nicht verschlossen war.

Manuela hob ratlos die Hände. »Vermutlich hat das Geistertor die Leute hier so verängstigt, dass sie Hals über Kopf geflohen sind. Wie es scheint, haben die Geister hier nicht so gehaust wie an anderen Stellen.«

»Vielleicht hatten sie so nahe an dem Tor Angst, es könnte sie wieder einsaugen«, meinte Nadja und stieß einen erfreuten Ruf aus, weil sie einen Tetrapak Orangensaft gefunden hatte.

Manuela ließ den beiden Mädchen den Vortritt und lehnte sich gegen die Wand. Sie fühlte sich ausgelaugt, sah sich nicht imstande, kilometerweit durch die menschenleere Landschaft zu irren. Sie beschloss, ein wenig auszuruhen und dann als Geist zu einem Erkundungsflug aufzusteigen.

Unterdessen trank Sandra hastig, reichte den Karton aber noch gut halb voll an Nadja weiter, die wenig später Manuela den Rest hinstreckte. Diese setzte die Öffnung an die Lippen und schluckte den süßen Saft gierig hinunter.

Mit einem Mal hörte sie eine jubelnde Stimme im Kopf. »Ihr habt es geschafft!«

»Eleni Vezelios?« Manuela wunderte sich, dass die Frau so leicht mit ihr Kontakt aufnehmen konnte.

»So leicht war das auch nicht«, antwortete die Griechin. »Ich habe lange suchen müssen. Zum Glück wusste ich, wo das Geistertor steht, und habe die Stelle spiralförmig umkreist.«

»Wie steht es in der Hauptstadt?«, fragte Manuela.

»Die Geister sind verschwunden, und wir haben alles unter Kontrolle. Außerdem melden sich unsere ersten Außenteams mit Brieftauben und teilweise sogar über Funk. Es ist unseren Technikern nämlich gelungen, Funkgeräte nach alten Plänen zu basteln. Die Leistung ist zwar erbärmlich, aber die Geräte ersparen es uns, Leute und Material für Drahtleitungen einsetzen zu müssen.«

»Ihr habt ja seit unserem letzten Kontakt einiges auf die Beine gestellt«, antwortete Manuela bewundernd. »Und wir? Wir haben zwar das eine Geistertor geschlossen, aber die Wiedergänger sind auf dem Weg zu den nächstgelegenen Toren und werden von dort wieder auf unsere Welt zurückkehren! Ich schätze, sie werden nicht mehr als zwei, maximal drei Wochen für diese Entfernung brauchen. Zum Glück haben sie schon zu viel Substanz angesetzt, um ähnlich schnell wie ich als Geist zu sein.«

Sie wollte Eleni Vezelios noch fragen, ob diese nicht einen Weg wüsste, wie sie schneller nach Berlin gelangen konnten, da schob sich ein anderes Bild vor ihr magisches Auge.

Männer und Frauen in Ledergewändern saßen um sie herum und murmelten einen eintönigen, zu Herzen gehenden Gesang. Über der Gruppe spannte sich ein blutroter Schirm, der zu dicht war, um hindurchschauen zu können. Noch während Manuela sich wunderte, spürte sie eine Berührung in ihrem Gehirn.

»Du bist keiner der bösen Geister!« Es war eine weibliche Stimme, und auch sie verwendete eine Sprache, die Manuela nicht kannte. Da sie aber geistig verbunden waren, erschloss sich ihr der Sinn ihrer Worte.

»Natürlich bin ich kein Geist«, erklärte sie. »Ich bin eine Hexe, die sich den Geistern entgegenstemmt. Wir wollen die Erde von ihnen befreien!«

»Ist das möglich?«, kam es verwundert zurück.

»Wir haben bereits eines der Tore geschlossen und dafür gesorgt, dass die Geister, die unseren Kontinent heimgesucht haben, wieder dort hineingetrieben wurden.«

»Dies war also die Erschütterung der Magie, die ich gespürt habe. Sag mir, wie euch das gelungen ist. Es ist dringend notwendig, auch unser Tor zu schließen. Die Prärie trieft vor Blut, und ich schätze, dass es in den großen Städten nicht anders aussieht.«

»Wer bist du?«

»Mein Name ist Jane Buffalo Woman vom Stamm der Cree. Ich gehöre zur First Nation in Nordamerika.«

»Eine Indianerin also«, übersetzte Manuela diesen Begriff für sich.

»Wenn du es so nennen willst.« Jane Buffalo Woman hob die Hand und bat ihre Stammesgefährten, leiser zu sein.

»Verzeiht mir, aber ich habe eine Vision, die uns Rettung verheißen könnte.«

»Allerdings wird es auf unserem Kontinent kaum möglich sein, etwas zu unternehmen«, setzte sie nur für Manuela hörbar hinzu. »Hier herrscht ein grausamer, alles umfassender Krieg. Die großen Häuptlinge all unserer Nationen sind wiedererstanden, und sie führen einen gnadenlosen Ausrottungsfeldzug gegen die, die sie Bleichgesichter nennen. Da diese viel später als unser Volk auf diesen Kontinent gekommen sind, verfügen die Anführer ihrer Geister über weniger magische Kraft als die alten Häuptlinge, und die Armee der USA ist es nicht mehr gewohnt, den Kampf mit Winchester und Säbel zu führen. Den Europäischstämmigen stehen daher nur ihre mit Jagdgewehren ausgerüsteten Freiwilligenkompanien zur Verfügung. Mit einem einfachen Rifle können sie jedoch keine Wiedergänger töten. Die Schwächsten unter denen, die Körper angenommen haben, sind nach einem Treffer vielleicht für ein paar Stunden außer Gefecht, dann kommen sie wieder. Einem der großen Dämonenhäuptlinge macht eine Kugel überhaupt nichts aus.«

»Das klingt nicht gut«, antwortete Manuela beklommen.

»Es wird noch schlimmer, weil Fanatiker unserer Nation glauben, die Geister wären zurückgekehrt, um die Eindringlinge zu vertreiben, damit die Prärien und Wälder dieses Kontinents wieder unserem Volk gehören und die Macht der Natur über die hässlichen Städte der Weißen triumphieren kann.«

Jane Buffalo Woman blickte zur Seite, sodass Manuela sehen konnte, was die Indianerin ihr zeigen wollte. Dort hockten weiße Frauen und Kinder sowie einige Männer im Gras und wirkten so verzweifelt, als hätten sie schon mit dem Leben abgeschlossen.

»Eure jungen Krieger sind Narren!«, rief Manuela zornig. »Sie helfen den Geistern doch nur, sich das Land noch schneller zu unterwerfen. Sobald dies geschehen ist, fallen sie als Nächste den Dämonen zum Opfer!«

»Das habe ich ihnen bereits klarzumachen versucht, doch nicht einmal mein eigener Bruder wollte mir glauben. Ständen wir nicht unter einen seltsamen Schutz, hätten die Fanatiker uns längst umgebracht.« Jane Buffalo Woman übermittelte Manuela einige Bilder, um ihr das Grauen zu zeigen, das derzeit in Kanada, den USA und Mexiko herrschte. Sowohl von den Wiedergängern wie auch von den fanatischen Kriegern wurden Menschen umgebracht oder auf Bergen und alten Stufenpyramiden geopfert.

»Sie tun es, um die großen Häuptlinge, die sie für Götter halten, zu stärken! Dabei führen sie das Ende allen Lebens noch schneller herbei!«

Manuela spürte, dass ihre indianische Gesprächspartnerin am Ende ihrer Nervenkraft angelangt war, und redete beruhigend auf sie ein. »Du darfst die Männer nicht verdammen, die glauben, die Wiedergänger stünden auf ihrer Seite und machten ihre innigsten Träume wahr. Die Dämonenhäuptlinge setzen ihre magischen Kräfte ein, um die Gehirne der Menschen zu vergiften und sie ihrem Willen zu unterwerfen. Doch sie sind nicht allmächtig. Man kann sie besiegen.«

»Und wie ist euch das gelungen?«, fragte Jane Buffalo Woman.

»Wir sind vier magisch Begabte und hatten einen heiligen Gegenstand bei uns. Man muss bis zum Tor kommen und in den Ring eindringen, der es umschließt. Dort muss es gelingen, die fließende Magie dieses Rings anzuhalten und in die Gegenrichtung zu drehen. Mit einem weiteren magischen Befehl kann man das Tor sichern, sodass die Geister darin eingeschlossen bleiben.«

Die Antwort wurde von einem hilflosen Seufzer begleitet. »Das Tor von Nordamerika liegt sehr weit von hier entfernt. Auch bin ich die Einzige unseres Stammes, die mit der Geisterwelt sprechen kann.«

»Dann suche weitere Begabte! Es muss sie geben. Wir haben sie hier in Deutschland auch gefunden. Schaut euch auch unter den Weißen um. Wenn Angehörige eurer beiden Völker das Tor versiegeln, gibt euch das eine Chance auf einen gemeinsamen Neubeginn!«

Mehr konnte Manuela für die junge Indianerin nicht tun. Als sie die Verbindung löste und wieder in ihrem Körper aufwachte, spürte sie, dass ihr die Tränen über die Wangen liefen. Sie lag auf einer Decke und sah die besorgten Gesichter der anderen über sich.

Nadja zitterte am ganzen Körper und verschüttete etwas von dem Saft, den sie Manuela hatte einflößen wollen.

»Du sahst so aus, als würdest du sterben«, schluchzte sie.

Sie hatte natürlich begriffen, warum Manuela ohnmächtig geworden war, und befürchtet, dieser sei auf ihrer Geisterreise etwas Schlimmes zugestoßen.

»Keine Sorge, es geht mir gut!« Manuela erhob sich und lehnte sich gegen Nils. »Es muss uns gelingen. Es ist entsetzlich!«

»Du hattest wieder eine Vision«, stellte Pater Fabian fest und sah sie auffordernd an.

»Eher eine magische Verbindung zu einer anderen Begabten, und zwar in Nordamerika. Gegen das, was zurzeit dort geschieht, haben sich unsere Dämonen direkt manierlich aufgeführt.«

Darauf erhielt sie keine Antwort. Alle wussten um das Grauen, das die hiesigen Wiedergänger über Deutschland und seine Nachbarländer gebracht hatten, und konnten sich nur zu gut vorstellen, dass die Weiten Nordamerikas ihrem alten Ruf als Dark and Bloody Grounds alle Ehre machten.

7

Während Manuela in Trance lag, hatten Frater Siegfried und Nils weitere Lebensmittel und Getränke aufgestöbert, sodass Nadja ein Glas mit Fruchtsaft hatte füllen können, um es der Ohnmächtigen einzuflößen. Das streckte sie Manuela nun auffordernd hin. Diese griff hastig nach dem Getränk und schluckte gierig. Danach schlang sie den gesamten Inhalt einer Büchse mit Würstchen in sich hinein, die die beiden Mädchen auf einem improvisierten Lagerfeuer warm gemacht hatten.

»Frau Rossner, sind Sie endlich wach?«, fragte Eleni Vezelios, die während der letzten zwei Stunden wie auf Kohlen gesessen hatte, weil Manuela nicht auf ihre Kontaktversuche reagiert hatte.

»Ich bin wach.«

»Was war das vorhin? Ich habe nur Fetzen mitbekommen. Wenn das stimmt, muss es in Amerika ganz schrecklich zugehen.«

»Leider ja! Wir müssen alles unternehmen, was uns möglich ist, und dazu benötigen wir jede nur mögliche Unterstützung. Wir wissen nun, wie wir magisch begabte Leute auf fernen Kontinenten geistig erreichen können. Diese müssen wir suchen und zusammenführen.«

Pater Fabian war auf die magische Unterhaltung aufmerksam geworden und fasste Manuelas Hand, um mitreden zu können. »Dafür benötigen wir einen sicheren Stützpunkt. Ich habe keine Lust, hier zu warten, bis Plünderer oder auch nur halb verhungerte und halb wahnsinnige Leute auftauchen und uns Schwierigkeiten bereiten.«

Manuela gab ihm recht. Doch sie sah keine andere Möglichkeit, diese verlassene Gegend hinter sich zu lassen, als zu Fuß zu gehen. Das erklärte sie Eleni, die versprach, alles zu tun, um ihnen zu helfen. Sie verabschiedete sich von der Griechin und hörte im nächsten Moment Nils von draußen rufen: »Pater Fabian, komm bitte schnell!«

»Was ist los?«, wollte sie wissen.

»Ich sehe nach!« Der Pater eilte hinaus, wo Nils ihm aufgeregt zuwinkte.

»Frater Siegfried und ich haben ein funktionsfähiges Auto gefunden. Aber Manuela und die Mädchen sollten es sich jetzt besser noch nicht ansehen. Die Geister haben die Insassen überfallen und nicht viel von ihnen übrig gelassen. Wir wollen die Überreste wenigstens begraben.«

Der Pater schlug betroffen das Kreuz. »Wo man hinsieht, begegnen einem Tod und Verderben. Es ist wirklich zum Verzweifeln.«

Widerstrebend folgte er Nils zu der Nebenstraße, in der das Auto liegen geblieben war. Es handelte sich um eine kleine Limousine aus den sechziger Jahren, die ironischerweise den Namen Goliath am Heck trug. Ein echter Oldtimer. Vielleicht hätte es seinen Besitzer retten können, wenn die Geister nicht schneller gewesen wären als die armen Menschen, die darin gestorben waren.

»Pater, was ist los?«, meldete Manuela sich nun auf geistigem Weg.

Pater Fabian schüttelte seine trüben Gedanken ab und erklärte ihr, dass sie ein brauchbares Gefährt gefunden hätten. »Bleibt aber im Haus. Die Geister haben die Insassen umgebracht. Es sieht nicht gut aus.«

Rasch beerdigten er und sein Ordensbruder die Überreste der Toten, während Nils das Innere des Wagens säuberte und die Sitzüberzüge und Fußmatten entfernte, die sich mit Blut vollgesaugt hatten. Er vermochte zwar nicht alle Spuren des Gemetzels zu beseitigen, doch wenigstens sah es im Innern des Wagens nicht mehr so aus wie in einer Schlachterei.

Nachdem die beiden Ordensgeistlichen noch ein Gebet für die Opfer gesprochen hatten, kehrten sie zu Nils zurück. Frater Siegfried zeigte auf das Dorf. »Wir sollten die Häuser noch einmal gründlich durchsuchen und alles mitnehmen, was wir brauchen können. Ideal wäre es, wenn wir einen oder zwei Kanister Benzin finden würden. Ich weiß nicht, wie viel Sprit dieser Wagen verbraucht, und möchte nicht auf offener Strecke liegen bleiben.«

»Dabei können Manuela und die Mädchen uns helfen. Das heißt, wenn Manuela ihr Schwätzchen mit Frau Vezelios beendet hat!« Trotz der bedrückenden Atmosphäre gelang es Nils, einen lockeren Tonfall anzuschlagen.

Pater Fabian nickte. »Allerdings sollte immer zuerst einer von uns in das jeweilige Haus gehen. Wenn es dort Opfer gegeben hat, will ich den dreien den Anblick ersparen.«

»So machen wir es!« Aufatmend kehrte Nils in das Haus zurück, in dem Manuela, Nadja und Sandra dabei waren, die bisher gefunden Lebensmittel einzupacken.

»Genau das wollte ich eben vorschlagen. Aber wir sollten das ganze Dorf durchchecken. Wir brauchen nämlich Benzin.«

Nadja blickte erleichtert auf. »Ihr habt ein Auto gefunden!«

»Ja! Es ist nicht das modernste oder bequemste, aber so eins könnten wir ohnehin nicht verwenden«, antwortete Nils. »Und jetzt kommt mit!«

Während die beiden Mädchen sofort nach draußen eilten, blieb Manuela kurz neben Nils stehen und sagte: »Danke!«

»Wofür?«

»Dafür, dass ihr so viel Rücksicht auf Nadja und Sandra und auch auf mich nehmt. Ich weiß, was ihr gesehen habt, und bin froh, dass die beiden diesen Anblick nicht auch noch ertragen mussten. Es ist auch so schon schlimm genug.«

Nils tätschelte ihr die Schulter und schob sie zur Tür hinaus. »Immer zu Diensten, meine Liebe!«

Draußen bildeten sie zwei Gruppen. Die Männer warfen einen kurzen Blick in jedes Haus, und wenn sie dort keine Toten fanden, winkten sie Manuela und die Mädchen hinein. In jenen Häusern, in denen sich blutige Dramen abgespielt hatten, machten sie sich selbst an die Arbeit.

Nach drei Stunden hatten sie genug Benzin beisammen, um drei Zwanzigliterkanister zu füllen. Sie konnten auch Ersatzkleidung und genug Lebensmittel für einige Tage im Kofferraum des Wagens verstauen. Auf den Sitzen wurde es jedoch eng. Pater Fabian nahm Sandra auf den Schoß, während Nils, Manuela und Nadja sich auf dem Rücksitz aneinanderdrängten. Dann konnte Frater Siegfried, der gedrängt worden war zu fahren, den Motor anlassen. Ihr Ziel war erst einmal der Rhein. Wenn sie den Strom glücklich erreicht hatten, hofften sie, ungehindert nach Berlin weiterfahren zu können.

Da Manuela die Zeit im Auto nicht nutzlos verstreichen lassen wollte, versetzte sie sich in Trance und ließ ihren Geist erneut auf Wanderung gehen.

8

In ihren Visionen hatte Manuela bereits mit etlichen magisch Begabten Kontakt aufgenommen. Nun wollte sie erneut mit ihnen sprechen und sie zusammenführen, sodass diese den Kampf gegen die Geister aufnehmen und die anderen Geistertore umpolen konnten.

Mit Afrika wollte sie beginnen, da jenes Tor dem europäischen Kontinent am nächsten lag. Aber auf ihrem Weg Richtung Süden irrte sie fast blind dahin, denn der Satellit zog gerade über diesen Teil der Welt und überschüttete die Erde mit geballter Sonnenenergie. Selbst als Geist war sie dagegen nicht gefeit und atmete schließlich auf, als der Strahlungskegel weitergezogen und das Bombardement mit Sonnenteilchen auf ein erträgliches Maß gesunken war.

Nun vermochte sie das afrikanische Geistertor hinter dem Horizont ausmachen. Es lag über dem Dreiländereck von Niger, Nigeria und Tschad über dem fast ausgetrockneten Tschadsee. Von dort waren es wenig mehr als zweitausend Kilometer bis zur Südspitze Europas, eine Entfernung, die für die Wiedergänger gut zu bewältigen war. Die Ersten der aus Europa vertriebenen Geister hatten das Tor bereits erreicht und strebten nordwärts. Aber die einheimischen Totengeister schienen in ihnen Konkurrenten um die eigene

Macht zu sehen und griffen jene, die auf ihrem Weg nach Europa über die noch lebenden Afrikaner herfallen wollten, unbarmherzig an.

Manuela verfolgte entsetzt die Kämpfe, in denen Tote Tote ermordeten. So vorteilhaft dies auch für Europa sein mochte, so bedeutete der Tod jedes Wiedergängers die endgültige Vernichtung seiner Seele, und er verlor die Möglichkeit, das Paradies oder Shangri La seines Glaubens zu erreichen – falls dieses überhaupt existierte. Daher empfand Manuela eher Trauer als Triumph, während sie auf das afrikanische Geistertor zuschwebte, um es zu untersuchen. Es schien genauso zu funktionieren wie das europäische. Um es ebenso umpolen zu können, brauchte sie magisch begabte Helfer und Gegenstände, die diesen Menschen heilig waren, als Schutz gegen die Wiedergänger. Aus diesem Grund stieg sie höher, um nach leuchtenden Punkten auf dem dunkel gewordenen Kontinent zu suchen.

Gegenden, die seit Jahrzehntausenden keinen Winter mehr gekannt hatten, lagen unter einer mehr als dreißig Zentimeter hohen Schicht schwarzgrau gefärbten Schnees, und als sie in der Ferne den Kilimandscharo aufragen sah, wirkte dieser wie ein finsterer Monolith aus einer fremden Welt. Doch gerade am Abhang dieses Bergriesen glomm eines der Lichter, die Hoffnung versprachen.

Manuela schwebte darauf zu und entdeckte in einer von einem dichten, verschneiten Wald bedeckten Schlucht eine Gruppe von Menschen. Wie viele es waren, konnte sie nicht auf Anhieb erkennen. Die meisten waren Afrikaner, aber Manuela sah auch Europäer beiderlei Geschlechts samt Kindern unter ihnen. Der Kleidung nach handelte es sich um Touristen, die von der großen Katastrophe überrascht worden waren.

Unter einem Schutzdach entdeckte Manuela etliche Kisten mit Lebensmitteln, die anscheinend aus einem Hotel oder

Ressort hierhergebracht worden waren. Auch verfügten die hier Gestrandeten über etliche Flaschen Mineralwasser und Bier. Allerdings wurden die Vorräte streng rationiert. Den Menschen war offensichtlich klar, dass so schnell kein Truck aus Moshi oder Arusha kommen würde, um Nachschub zu bringen.

Das hier war kein Leben, wie Manuela es sich oder anderen nach der großen Katastrophe gewünscht hätte. Mit den Auswirkungen des Sonnensturms wäre die Menschheit auf die Dauer zurande gekommen. Aber die wild gewordenen Totengeister und Dämonen ließen ihr keinen Raum mehr. Manuela sah Zigtausend grotesk aussehende Wiedergänger, die die Schlucht umschwirrten, aber offensichtlich von der Ausstrahlung zweier Gegenstände ferngehalten wurden. Einer steckte in einem kleinen Reisekoffer aus Plastik, der andere in einer Teekiste.

Daher überraschte Manuela es nicht, zwei magisch begabte Frauen auszumachen. Die eine war eine junge, lang aufgeschossene Nonne unzweifelhaft europäischer Herkunft, die andere ein afrikanisches Mädchen, das im Alter etwa zwischen Sandra und Nadja liegen mochte.

Die beiden saßen Hand in Hand auf einer Decke unter dem Schutzzelt, die Augen geschlossen und die Gesichter starr vor Anstrengung. Sie schienen zu fühlen, dass sich ihnen eine geistige Präsenz näherte, ohne diese jedoch einordnen zu können.

Manuela spürte ihre Angst, es könnte den Wiedergängern gelungen sein, ihre magische Sperre zu durchbrechen.

»Keine Angst, ich bin friedlich«, sprach sie die beiden an.

Während die Nonne steif sitzen blieb, zuckte das dunkelhäutige Mädchen zusammen. »Wer bist du?«

»Sprich nicht mit ihm!«, flehte die andere. »Er wird dir sonst den Kopf verdrehen, so wie er es mit meinen Mitschwestern in der Missionsstation gemacht hat.«

»Erstens bin ich kein Er, sondern eine Sie«, rückte Manuela die Tatsachen zurecht. »Zweitens gehöre ich noch zu den Lebenden und nicht zu den wiedergekehrten Toten, und drittens suche ich Verbündete im Kampf gegen die Geister.«

»Hör nicht zu! Sie lügt«, stieß die Nonne aus.

Aus Gedankenfetzen, die Manuela auffing, begriff sie, dass die Frau Entsetzliches erlebt hatte und nur mit viel Glück dem Tod entronnen war.

»Ich lüge nicht! Ich bin Manuela Rossner aus Deutschland. Wir sind eine kleine Gruppe, die sich gegen die Invasion der Toten gestellt und sie auf unserem Kontinent zurückgeschlagen hat. Das europäische Geistertor arbeitet wieder so, wie es soll.«

»Es gibt noch andere Geistertore?«, fragte das Mädchen erschrocken.

Die Nonne stieß ein kurzes Gebet aus und begann zu weinen. »Jetzt ist alles verloren! Ich hatte so gehofft, wir würden von den anderen Kontinenten Hilfe erhalten. Aber jetzt ...« Sie brach ab, schüttelte sich und drohte mit der geballten Faust in die Richtung, in der sie Manuela vermutete.

»Du lügst! Du willst unseren Willen brechen, damit wir uns nicht länger gegen diese Teufel wehren können. Du gehörst zu ihnen!«

»Ich will die Toten wieder dorthin schicken, wo sie hingehören, nämlich in ihre eigene Welt. Aber dafür brauche ich eure Unterstützung. Ihr seid zu zweit und besitzt zwei starke Artefakte. Wenn ihr noch einen oder zwei magisch Begabte findet, könnt ihr euer Geistertor schließen. Ich werde euch dabei helfen, so gut ich kann.«

Während die junge Afrikanerin interessiert den Kopf hob, schüttelte die Nonne zornig den Kopf. »Ich lasse mich von keinem Dämon zu Dingen überreden, die unserer kleinen Gemeinschaft von Aufrechten schaden können. Verschwinde, du Ungeheuer, und komm nie mehr zurück!«

»Aber vielleicht ...«, begann das afrikanische Mädchen, doch die Ältere fuhr ihr über den Mund.

»Sprich kein Wort mehr! Sonst gewinnt dieser Geist Macht über dich und führt den Untergang unserer Gruppe herbei.«

Mittlerweile waren einige auf das seltsame Verhalten ihrer beiden Anführerinnen aufmerksam geworden und fragten, was denn los sei.

»Betet!«, forderte die Nonne sie auf. »Ein böser Geist will sich in unsere Mitte einschleichen, um uns zu vernichten. Wir müssen stark sein und auf unseren Herrn ...«

»Allah«, murmelte ein Mann im Hintergrund.

»... vertrauen«, beendete die Nonne ihre Ansprache und begann, ein Gebet zu sprechen. Die meisten Menschen, die sich um sie versammelt hatten, fielen ein. Auch wenn viele von ihnen keine Christen waren, so hatten sie diese Worte in den letzten Tagen oft genug gehört, um sie mitsprechen zu können.

Manuela begriff, dass sie an dieser Stelle nichts erreichen konnte, und zog sich zutiefst enttäuscht zurück.

9

Den nächsten Versuch machte Manuela mehr als zweitausend Kilometer weiter im Süden, im kargen Buschland der Kalahari. Dort lebte eine Gruppe von San wie seit Urzeiten von dem, was die Natur ihnen gab. Obwohl sie keine Erzeugnisse der Zivilisation benötigten, hatte die große Katastrophe auch bei ihnen Spuren hinterlassen. Die Kalahari lag unter einer Decke schmutzigen Schnees, der ihnen und ihrer Kultur endgültig den Garaus zu machen drohte, da diese Menschen nicht auf lang anhaltende Kälteperioden mit so tiefen Temperaturen vorbereitet waren.

Als Manuelas mentales Ich näher kam, hörte sie die meisten Leute husten. Kleine Kinder weinten, weil die Lagerfeuer aus dürrem Buschwerk sie nicht zu wärmen vermochten, und die Tiere, die an den Feuern zubereitet wurden, waren eher der Kälte als den Jägern des Stammes zum Opfer gefallen. Manuela schätzte, dass die Gruppe unter diesen Bedingungen keinen Monat überleben würde. Doch sie besaßen etwas, was die Kraft hatte, diesen Kontinent und damit auch die gesamte Erde zu retten. Eine alte Frau war stark magisch, und sie trug an einer Lederschnur ein winziges Amulett um den Hals, dessen Kraft die Geister auf Meilen von dieser Einöde fernhielt.

Manuela erinnerte sich, diese Frau in einer ihrer früheren Visionen gesehen zu haben, und wollte mit ihr Kontakt aufnehmen. Während die Koreanerin, die Japanerin und Jane Buffalo Woman sogar in Englisch gedacht hatten und mit der Indiofrau Quidel aus Südamerika trotz der Sprachbarriere eine gedankliche Verbindung möglich gewesen war, empfing Manuela von der San zunächst nur fremdartige Lautfolgen und Symbole. Sie fühlte Verzweiflung in sich aufsteigen, doch dann begriff die Medizinfrau, dass auf diese Weise keine Kommunikation zustande kommen konnte. Sie brach ab und versuchte, nur in Bildern zu denken. Das war ebenfalls mühsam, doch nun war eine Verständigung möglich.

Manuela sah den hell aufleuchtenden Blitz der großen Katastrophe über das Buschland ziehen und den fernen Punkt im Norden, das afrikanische Geistertor. Offenbar hatte die weise Frau, ihr Name war Lesedi, dieses aus der anderen Welt heraustreten sehen und sich sofort Sorgen gemacht. Doch mit dem dunklen Schnee war das Überleben des Stammes wichtiger geworden. Als dann die Totengeister Afrikas auf den Kontinent zurückgeströmt waren und den Kampf gegen die Lebenden begonnen hatten, war Lesedi klar geworden, welch grausames Ende ihrer kleinen Gemeinschaft drohte.

Dies zeigte sie Manuela auch, indem sie Bilder erzeugte, die die Zukunft darstellen sollten. »Wir sterben entweder durch die wiedergekehrten Geister oder durch den kalten, schwarzen Staub, der vom Himmel fällt. Einige sind schon tot, aber noch kann ich ihre Seelen festhalten, damit sie keine Sklaven böser Dämonen werden.«

Manuela fiel es immer leichter, die Medizinfrau zu verstehen, und sie begriff, dass die San sich bereits aufgegeben hatten. Sie konnten sich nicht vorstellen, dem zweifachen Angriff durch eine feindliche Natur und die Wiedergänger standzuhalten.

Sie versuchte, der San-Frau Mut zu machen, indem sie mit Bildern, Worten und einfachen Symbolen antwortete. »Doch, ihr könnt überleben! Wenn wir alle magisch begabten Menschen der Welt vereinigen und ebenso die heiligen Dinge der verschiedensten Kulturen, können wir es schaffen. Wir haben das Geistertor in Europa bereits schließen können. Dies muss uns auch mit den anderen Toren gelingen!«

Manuela war beeindruckt, wie leicht Lesedi das Verstehen zu fallen schien. Offenbar war die Medizinfrau Séancen und Visionen weitaus stärker gewöhnt als sie und nahm es als selbstverständlich, fremde Gedanken zu empfangen.

Nun empfing sie sogar die Worte, die Lesedi in ihrem Kopf formulierte. »Ich sehe Tor. Weit weg. Viele Bantu. Werden uns töten!«

Genau das war der Knackpunkt. Manuela wusste nicht, wie diese Gruppe die lange Reise über viertausend Kilometer bewältigen sollte, zumal es mächtige Ströme zu überwinden gab und Landstriche, in denen Entsetzliches geschah.

»Ich würde euch gerne helfen, aber ich kann als …« Sie brach ab, da sie sich nicht als Geist bezeichnen wollte, und setzte neu an. »Ich kann aus der Ferne nicht viel bewirken.

Zwar versuche ich, so viele magisch Begabte und heilige Dinge zu finden, wie ich es vermag, und mit meinem Rat zu helfen. Aber ich kann euch weder über weite Strecken versetzen noch eure Feinde vertreiben!«

Manuela war den Tränen nah, denn auch dieser zweite Kontaktversuch in Afrika drohte zu scheitern. Da spürte sie, wie der Geist der Medizinfrau tiefer in sie eindrang und dabei die Bilder jener Ereignisse in sich aufnahm, die sich in Europa abgespielt hatten. Zuerst war sie verwirrt, dann aber begriff sie, dass Lesedi vor allem den Weg wissen wollte, den sie nach Norden zum Geistertor zurücklegen musste. Sofort nahm sie wieder Kontakt mit ihr auf und teilte ihr alles mit, was sie auf dem Flug in die Kalahari gesehen und gespürt hatte.

»Starke Frau! Mächtig mit Geistern. Bannst Dämonen! Ich vertraue dir. Wir werden gehen. Wenn wir sterben, ist es gleich, ob hier oder dort.«

»Danke!« Manuela atmete erleichtert auf. Wie es aussah, war es ihr doch gelungen, in Afrika ein kleines Steinchen ins Rollen zu bringen. Ob sich daraus eine Lawine entwickeln würde, musste die Zukunft zeigen.

Die Kälte, die sich in ihr breitmachte, mahnte Manuela, dass es höchste Zeit war, in ihren Körper zurückzukehren.

Als sie Lesedi und deren Leute verließ, bemerkte sie, dass die Wiedergänger ihre Schwäche gespürt hatten. Immer wieder verlegten die Geister ihr den Weg und griffen sie an.

Zwar konnten die Toten ihr magisches Abbild nicht verletzen, aber sie behinderten sie so, dass sie noch weit mehr Kraft für den Flug nach Norden aufbringen musste. Aus diesem Grund stieg sie in größere Höhen auf, in die ihr die meisten Wiedergänger nicht mehr zu folgen vermochten. In der kurzen Zeit, in der sie noch Einzelheiten unter sich wahrnahm, sah sie, dass zwar die Totengeister Menschen töten konnten, die Lebenden aber nicht die Wiedergänger. Da diese bereits gestorben waren, verletzten die Waffen der Verteidiger sie nicht einmal. Jene, die bereits Substanz gewonnen hatten und daher sichtbar geworden waren, setzten sich, wenn sie durch Handgranaten und ähnliche Waffen zerfetzt wurden, einfach wieder zusammen und griffen nach einer kurzen Erholungspause erneut ins Kampfgeschehen ein.

»Die Chancen sind zu ungleich verteilt«, dachte Manuela und fragte sich, wie man dies ändern konnte.

10

Als Manuela in ihren Körper schlüpfte und die Augen öffnete, fand sie sich nackt in einer Badewanne wieder, in die Nadja eben einen weiteren Eimer warmen Wassers goss.

»Was ist los?«, fragte sie verdattert, denn ihrer Erinnerung nach hatte sie zuletzt in einem Auto gesessen.

»Endlich! Du bist wieder wach. Wir haben gedacht du st…, nun, wir haben uns schon Sorgen um dich gemacht!« Sandra, die hinter der Badewanne hockte und Manuelas Kopf hielt, damit dieser nicht unter Wasser geriet, lächelte so erleichtert, als sei ihr ein ganzer Berg vom Herzen gefallen.

»Sorgen? Warum denn?« Manuela richtete sich mühsam auf und merkte dann selbst, dass sie vor Kälte zitterte. »Habt ihr noch mehr warmes Wasser?«, fragte sie Nadja.

»Ich hole gleich welches. Fabian und Nils sind dabei, einen ganzen Kessel voll heiß zu machen. Du bist unterwegs immer steifer und kälter geworden. Deshalb haben wir hier angehalten und dich in dieses Gebäude gebracht. Es handelt sich um ein Hotel, in dem Nils vor ein paar Jahren übernachtet hat. Er hoffte, die Besitzer hier anzutreffen, doch sie sind ebenfalls spurlos verschwunden.«

Manuela wollte nicht nachfragen, ob die Leute hatten fliehen können oder von den Geistern getötet worden waren. Da die Mädchen so erleichtert wirkten, nahm sie nicht an, dass in diesem Haus menschliche Überreste gefunden worden waren.

Sie rieb sich Arme und Beine. Dabei fiel ihr Blick auf das Badethermometer in Form einer Ente, das vor ihrer Nase herumschwamm. Es zeigte dreiunddreißig Grad an. Da sie trotzdem noch fror, musste sie stark ausgekühlt gewesen sein.

»Hoffentlich werde ich nicht krank«, stöhnte sie und schämte sich im nächsten Moment für ihre Wehleidigkeit. Im Vergleich zu Jane Buffalo Woman in Nordamerika und Lesedi in der Kalahari ging es ihr wahrlich gut.

»Ich würde gerne noch eine Viertelstunde in der Badewanne bleiben. Aber dann müssen wir weiter«, sagte sie zu Nadja, die nun den Raum verließ, um warmes Wasser zu holen.

Kaum war sie weg, klopfte es an die Tür. »Ich bin es, Nils! Bist du wieder in Ordnung, Manuela?«

»Beinahe so gut wie neu«, antwortete diese. »Komm herein!«

Nils folgte ihrer Einladung, vermied es aber, sie anzustarren. »Du warst verdammt lange weggetreten. Fast einen ganzen Tag. Aber dafür sind wir jetzt über dem Rhein und werden morgen auf die Leute der Kanzlerin treffen!«

Manuela riss es hoch. »Was? Wie habt ihr Kontakt mit ihnen aufnehmen können?«

»Frau Vezelios hat versucht, dich zu erreichen. Da habe ich ihre Stimme in meinem Kopf vernommen und ihr geantwortet.«

»Dann musst du auch magisch begabt sein!«, rief Manuela erfreut aus.

»Frau Vezelios meinte das auch. Sie hat nicht einmal gemerkt, dass ich kein richtiger Mensch bin, sondern einer von jenseits des Tores. Auf alle Fälle habe ich ihr unsere Position durchgeben können. Die Kanzlerin schickt uns Leute entgegen, die uns nach Berlin bringen sollen.«

Manuela lächelte. »Dort können wir richtig loslegen. Zwar habe ich schon ein paar Begabte auf einzelnen Kontinenten gefunden, doch es sind noch zu wenige, um die fünf Geistertore schließen zu können. Also liegt noch sehr viel Arbeit vor uns, die ich ganz gerne von einem warmen Zimmer in Berlin aus in Angriff nehmen würde.«

Nils nickte aufmunternd, aber sie konnte sehen, dass ihm noch etwas auf dem Herzen lag, und forderte ihn auf, ihr alles zu sagen.

»Es wird dir nicht gefallen«, begann er. »Ein Aufklärungsflugzeug der Regierung – so ein alter Doppeldecker – hat die Meldung nach Berlin gebracht und Frau Vezelios hat sie an mich weitergegeben. Bevor die Totengeister wieder in ihre Dimension zurückgesaugt wurden, haben sie den Damm des Sylvensteinspeichers zerstört. Da der See bis zum Rand voll war, hat sich eine gewaltige Flutwelle die Isar hinabgewälzt. Die Menschen am Oberlauf der Isar haben es früh genug bemerkt und konnten größtenteils aus der Umgebung des Flusstals fliehen, und hinter München ist auch nicht mehr so viel zerstört worden. Aber die Stadt selbst hat es völlig unvorbereitet getroffen, und von den tiefer gelegenen Stadtteilen ist nicht viel übrig geblieben. Die Innenstadt liegt unter einer meterhohen Schlamm- und Geröllschicht. Jetzt überlegt die Regierung, München bis auf ein paar am Rand gelegene Siedlungen aufzugeben und die überlebende Bevölkerung umzusiedeln.«

Manuela, die den größten Teil ihres Lebens in dieser Stadt verbracht hatte, verspürte eine große Leere in sich, die nur Trauer um die Opfer zuließ, die durch die große Katastrophe und deren gesamte Folgen gestorben waren. Nun schwor sie erneut, alles zu tun, um die Welt den Überlebenden zu erhalten und weitere, durch übernatürliche Kräfte verursachte Katastrophen zu verhindern.

Acht
Widerstand

1

Die Kanzlerin wirkte älter, als Manuela sie in Erinnerung hatte, aber dies war nach den Ereignissen der letzten Wochen nicht verwunderlich. Dennoch strahlte die Frau eine Energie aus, die alle um sie herum mitriss. Manuela musste nur aus dem Fenster schauen, um zu erkennen, was hier in Berlin bereits erreicht worden war. Es gab wieder Strom, und eben fuhr eine aus einem Museum reaktivierte Trambahn die Straße entlang. Lastwagen wie aus Filmen der sechziger Jahre des zwanzigsten Jahrhunderts brachten Lebensmittel in die Stadt. Vor dem Kanzleramt räumte ein Panzer aus dem Zweiten Weltkrieg den Schnee und schichtete ihn zu schmutzigen Hügeln auf. Obwohl der Schnee nichts mit der weißen Pracht aus besseren Zeiten gemein hatte, hatten Kinder ihre Rodelschlitten aus den Kellern geholt und fuhren lachend darauf herum.

»Ein gutes Zeichen! Meinen Sie nicht auch, Frau Rossner?«

Als die Kanzlerin sie ansprach, drehte Manuela sich um und nickte. »Man könnte fast meinen, es hätte die vielen Toten und all das Unglück nicht gegeben.«

»Lassen Sie den Kindern die Freude, wenigstens ein paar Augenblicke nicht an das zu denken, was sie in den letzten Wochen erleben mussten. Es war schlimm genug, doch jetzt ist es wichtig, dass es wieder aufwärtsgeht.«

»Für wie lange?«, wandte Manuela ein. »Unser sizilianischer Vorposten hat gemeldet, dass die ersten europäischen Wiedergänger, die nach dem Verlust ihres Tores nach Afrika ausgewichen sind, bereits die Küsten des Mittelmeers erreicht haben. Sie werden zurückkommen und Europa in eine Wüste verwandeln.«

»Wir werden auf ihre Ankunft vorbereitet sein. Pater Fabian und sein Kollege haben bereits mehrere Dutzend Geistliche aller Religionsrichtungen rekrutiert und zu Exorzisten ausgebildet. Außerdem ist es uns gelungen, insgesamt vierzehn Reliquien und andere Gegenstände aufzuspüren, die die Macht haben, Geister abzuhalten. Diese haben wir an strategisch wichtigen Orten platziert. Auch Ihre Taufschale hat sich etwas erholt und steht Ihrer Organisation als mobiles Schutzartefakt zur Verfügung.«

»Doch das alles hilft uns nicht dabei, die anderen Geistertore zu schließen. Sie haben selbst feststellen können, wie die Wiedergänger in Deutschland und den angrenzenden Ländern gewütet haben. In Afrika, Asien, Nord- und Südamerika toben sie sich immer noch aus. Wenn wir zu lange warten, werden diese Kontinente zu menschenleeren Wüsten. Dann aber kommen alle auf der Erde versammelten Dämonen zu uns. Welche Chance bleibt uns dann noch?« Manuela klang drängend, denn in ihren Augen verloren sie mit jedem verstreichenden Tag Zeit, die sie sich nicht leisten konnten.

Zwar hatten sie und ihre Freunde in den letzten zwei Wochen im Auftrag der Kanzlerin nach magisch Begabten und wertvollen Artefakten in Deutschland gesucht und Kontakt zu übersinnlich befähigten Menschen in anderen europäischen Ländern aufgenommen. Doch dem Hauptziel aller Planungen, dem Verschließen der übrigen Geistertore, waren sie dabei nicht nennenswert näher gekommen.

Manuela hatte feststellen können, dass sich Lesedi und deren Sippe auf den Weg gemacht hatten, und es war ihr gelungen, eine Albinoafrikanerin, die ebenfalls über magische Kräfte verfügte, zu Lesedi zu schicken. Nun war es an der Zeit, ihre Suche wieder stärker auf die anderen Kontinente zu verlegen, gleichgültig, was die Kanzlerin sagte. Die Frau war Politikerin und verstand etwas davon, ein Land zu verwalten. Übersinnliche Dinge aber interessierten sie nur, wenn sie diese für ihre Zwecke nutzen konnte.

Zum Glück mussten Manuela und ihre Freunde sich nicht mehr verstecken oder ihre Kräfte für einen größenwahnsinnigen Beamten wie Maierhammer einsetzen, sondern bildeten jetzt eine eigene Behörde, die mit Wohn- und Büroräumen, Nahrungsmitteln und anderen notwendigen Dingen ausgestattet worden war. Jeder von ihnen bis hin zu der siebenjährigen Sandra hatte das Recht, jederzeit einen Wagen aus dem Fuhrpark des Kanzleramts anzufordern und sich an jeden Platz der Republik fahren zu lassen.

Im Gegensatz zu den meisten Bürgern, die froh sein durften, wenn sie an den Ausgabestellen genug zu essen erhielten, aber auch jederzeit in Arbeitstrupps abberufen werden konnten, ging es ihnen bestens. Aber anders als Maierhammer trug die Kanzlerin Sorge, dass alle Bürger anständig behandelt wurden. Kranke und Alte wurden nicht zum Hungertod verurteilt, sondern so gut versorgt, wie es unter den herrschenden Umständen möglich war. Sicher waren die eingesetzten Mittel primitiv und die Ärzte wieder auf ihr Hörrohr und ihre Erfahrung angewiesen, doch die Situation wäre erträglich geworden, gäbe es nicht die Bedrohung durch die rachsüchtigen Dämonen.

»Ich hoffe, Sie nehmen es mir nicht übel, dass ich Herrn Felgenhauer mit der Leitung Ihrer Abteilung betraut habe. Ich wollte Ihnen neben Ihrer besonderen Arbeit nicht auch noch den Verwaltungskram aufladen. Sie stehen natürlich auf der gleichen Gehaltsstufe wie Herr Felgenhauer und haben bei allen wichtigen Entscheidungen in Ihrer Abteilung ein Vetorecht!«

Erneut riss die Stimme der Kanzlerin Manuela aus ihrem Sinnieren, und sie musste sich wieder ins Gedächtnis rufen, dass mit Herrn Felgenhauer ihr wiedergekehrter Exfreund Nils gemeint war. Um Manuelas Mundwinkel zuckte der Anflug eines Lächelns. Was würde die Kanzlerin sagen, wenn sie erführe, dass Nils kein lebender Mensch war, sondern ein fleischgewordener Geist wie ihre Feinde?

»Nein, selbstverständlich bin ich Ihnen nicht böse«, antwortete sie. »Ich habe genug zu tun, denn ich muss mich um unsere afrikanischen Mitstreiter kümmern. Noch sind sie zu schwach, um gegen das Geistertor vorgehen zu können. Vielleicht können wir sie von Europa aus unterstützen.«

»Wenn es uns möglich ist, sollten wir das tun.«

»Offenbar nahm die Kanzlerin ihre Warnung vor einer Rückkehr der Geister ernst«, dachte Manuela erleichtert. In München hatten sie gegen den Willen ihres Auftraggebers Maierhammer handeln und schließlich sogar fliehen müssen. Sie dachte an die Freunde, die sie dort zurückgelassen hatten.

»Haben Ihre ... äh, unsere Erkundungstrupps mittlerweile München erreicht?«

Die Kanzlerin nickte. »Die Vorhut ist sogar bis kurz vor Garmisch-Partenkirchen gelangt. Dort sind sie allerdings auf den Widerstand lokaler Milizen gestoßen. Pater Fabian meint, die Leute wären von einem starken Dämon aufgehetzt und beeinflusst worden, und hat zwei seiner Exorzisten in Marsch gesetzt, damit diese die Köpfe der Rebellen von diesem verderblichen Einfluss befreien können.«

»Pater Fabian macht sich gut«, sagte Manuela sich. Er hatte eine ebenso entschlossene wie tüchtige Truppe aufgebaut und diese in ihre Abteilung integriert. Wie er waren auch seine Exorzisten magisch begabt, wenn auch lange nicht so stark wie sie und die meisten Frauen, die den Weg in ihre Gruppe gefunden hatten. Ihr gefiel es, dass diese Geistlichen nun ebenfalls das Stigma der Übersinnlichen trugen. Daher würden sie auch in Zukunft Geister jagen und Hexen wie sie in Ruhe lassen.

»Gibt es weitere Informationen aus dem Süden, zum Beispiel über Sandras Mutter und Pater Fabians Tante Lieselotte Brun?«, fragte Manuela die Kanzlerin. »Wegen der vielen Arbeit, die sich wie ein Berg vor mir türmt, bin ich nicht dazu gekommen, selbst nach ihnen zu sehen.«

»Das Kloster, von dem aus Sie in die Eifel zum Geistertor aufgebrochen sind, wurde als eines der ersten Objekte südlich der Donau gesichert«, berichtete diese. »Pater Fabian hatte darum gebeten. Seiner Verwandten geht es wie den übrigen Menschen, die sich dorthin geflüchtet haben, den Umständen entsprechend gut. Ich lasse Frau Brun nach Berlin bringen. Über die Mutter der kleinen Sandra liegen uns leider noch keine Informationen vor.«

»Weiß man etwas über die Familie Hufnagel? Wir hatten Angst, dass Diktator Maierhammer sich an ihnen rächen könnte, weil sie uns geholfen haben.«

Die Kanzlerin verzog das Gesicht. »Maierhammer hat sich in Südbayern an die Macht geschlichen und diese mit brutaler Rücksichtslosigkeit behauptet. Ohne den Einfall der Wiedergänger hätte er wahrscheinlich ganz Bayern, Baden-Württemberg und Teile Österreichs unter seine Herrschaft gebracht und mit seinen Methoden noch Tausenden das Leben gekostet. Da er bei der Flutkatastrophe in München ums Leben gekommen ist, konnte ich ihn nicht von Ärzten und Exorzisten untersuchen lassen, wie ich es geplant hatte. Ich hätte gerne gewusst, ob er aus freiem Willen gehandelt hat oder ob er mildernde Gründe in Form einer Beeinflussung durch Dämonen hätte geltend machen können.«

»Und die Hufnagels?« Die Familie interessierte Manuela weitaus mehr als der gestürzte bayerische Diktator.

»Sie haben meinen Informationen nach das Chaos gut überstanden. Ich habe Josef Hufnagel vorerst mit der Verwaltung von Bayern betraut. Die meisten Mitglieder der bisherigen Regierung wurden entweder von Maierhammer eliminiert oder sind in der Sylvensteinflut umgekommen. Aber jetzt will ich Sie nicht weiter aufhalten. Wenn Sie weitere Informationen über Verwandte und Freunde wünschen, wenden Sie sich ruhig an meinen Referenten. Er wird für alles sorgen. Auf Wiedersehen, Frau Rossner!«

Die Kanzlerin nickte Manuela kurz zu und wandte sich zum Gehen.

»Auf Wiedersehen!« Manuela sah der Frau kurz nach, trank dann einen Schluck Kräutertee und rief anschließend zwei erst vor Kurzem in die Gruppe aufgenommene Frauen in ihr Büro, um die nächste Séance vorzubereiten.

2

Jane Buffalo Woman stapfte durch den dunklen Schnee, nur getrieben von dem einen, sturen Gedanken, immer wieder einen Fuß vor den anderen zu setzen. Wenn der Sturm noch stärker wurde oder sich sogar zu einem schwarzen Blizzard auswuchs, würden sie und ihre Gruppe ein Versteck suchen müssen, um dem Toben der entfesselten Elemente zu entgehen.

»Sei nicht so mutlos, Kind«, hörte sie die lautlose Stimme von George Dancing Bear in ihrem Kopf. Der alte Mann war ein geachteter Anführer seines Stammes und energischer Kämpfer für die Rechte der amerikanischen Ureinwohner und hatte sich ihnen vor einer Woche auf Manuelas Rat hin angeschlossen. Wie sie trug auch er die altüberlieferte Tracht aus Leder und Fellen und trotzte mit der Federkrone auf dem Kopf dem beißenden Wind, der ihnen die Tränen in die Augen trieb. Seine magischen Kräfte waren etwas geringer als die ihren, reichten aber nach Manuelas Worten aus, um ihr helfen zu können. Nur mit Mühe konnte er sich mit ihrer europäischen Freundin verständigen, hörte aber aufmerksam zu, wenn Manuela mit ihr sprach, und gab von viel Weisheit zeugende Kommentare ab.

Da der alte Mann auf Antwort zu warten schien, räusperte sie sich. »Ich bin nicht mutlos, Dancing Bear. Ganz im Gegenteil! Seit wir zu dir gestoßen sind, erfüllt mich neue Hoffnung. Deine Erfahrung wird uns führen!«

Ein leises Lachen erklang. »Im Grunde bin ich zu euch gestoßen. Eine Vision hat mich geführt. Sie sagte mir, wenn du willst, dass dein Volk weiterlebt, dann schließe dich Buffalo Woman an. Zuerst dachte ich wirklich an eine Büffelkuh, doch als mein Wampumgürtel plötzlich unerwartete Kräfte entwickelte und mich von Anfang an gegen die Geister schützte, habe ich sein Gegenstück im Norden entdeckt und darauf zugehalten.«

Jane Buffalo Woman blickte an sich herab. Ihr Wampumgürtel wurde zwar von ihrem Fellumhang verdeckt, doch mit ihrem inneren Auge sah sie ihn ganz deutlich. Wie George Dancing Bears Gürtel war auch er uralt. Der Legende nach hatten weise Frauen ihn für große Häuptlinge in jenen Zeiten gefertigt, in denen noch kein weißer Mann den Boden dieses Kontinents betreten hatte. All die Jahrhunderte waren die Gürtel von einer Generation an die nächste weitergegeben worden. In den dunkelsten Stunden ihres Volkes hatten Frauen sie vor den gierigen Soldaten und Beamten der US-Regierung versteckt, die solche Artefakte als Trophäe behalten oder für grüne Geldscheine, auf die das Wort Dollar gedruckt worden war, verkaufen wollten.

Da Dancing Bear erneut auf Antwort warten musste, drehte er sich zu Jane um. »Du solltest weniger an das denken, was vergangen ist und nicht ungeschehen gemacht werden kann, als vielmehr an unsere Aufgabe. Vor uns steht ein Feind, der weitaus gnadenloser ist, als es der grausamste General der

US-Cavalry je hätte sein können. Die Yankees ließen unser Volk wenigstens noch in Reservaten vegetieren. Die dort aber …« Der alte Mann zeigte auf die Geister, die sich in einem gewissen Respektabstand um die Gruppe ballten. »Die kennen keine Gnade! Sie werden uns auslöschen und die Prärien unserer Ahnen für immer zerstören.«

Jane nickte bedrückt. Bis zum Tor war es noch weit, und sie selbst fühlte sich viel zu schwach. Manuela hatte ihr erklärt, wie man die Richtung des Tores verändern konnte; dafür mussten sie in dessen kreisförmigen Rand eindringen. Doch was war, wenn dieses Tor nicht auf der Erde gründete? Flugzeuge oder Hubschrauber, um hinauffliegen zu können, gab es nicht mehr. Jane wünschte, sich ebenso auf eine Geisterreise machen zu können wie Manuela, doch dazu waren ihre Kräfte derzeit noch zu schwach.

»Du darfst nicht ans Scheitern denken!«, setzte Dancing Bear die einseitige Unterhaltung fort. »Wir werden dieses Ding bezwingen und überleben, so wie wir alle Schicksalsschläge überlebt haben. Nicht jede wiedergekehrte Seele ist gierig nach unserem Blut. Viele sind bereit, uns zu helfen, sobald sie sich dem Einfluss der Dämonenhäuptlinge entziehen können. Das wird uns mithilfe unserer heiligen Wampumgürtel gelingen.«

Der alte Mann klang so überzeugt, dass Jane sich ihrer Zweifel schämte. »Natürlich wird es uns gelingen«, sagte sie und stapfte weiter durch den dunklen Schnee.

»Wir sollten uns Schneeschuhe machen, dann geht es leichter«, schlug Dancing Bear seinen Begleitern vor.

»Warum machen? Dort vorne liegt eine Stadt, in der sich nichts regt. Dort finden wir sicher Ski!« Einer der jungen Amerikaner, der zu der Gruppe gehörte, grinste bei diesen Worten. Eine verlassene Stadt bedeutete eventuell frische Kleidung, die dem Wetter eher angemessen war als das, was er und einige andere besaßen. Außerdem hoffte er auf Lebensmittel, wie er sie gewohnt war. Das kaum gesalzene Fleisch der beiden Rinder, die von den Indianern getötet worden waren, schmeckte ihm nicht besonders.

Jane Buffalo Woman war klar, dass sie auch ihre weißen Freunde zufriedenstellen musste. »Gehen wir in die Stadt. Vielleicht finden wir sogar ein paar Fahrzeuge, mit denen wir uns dem Tor nähern können. Aber achtet darauf, dass ihr den Wirkungsbereich der Wampumgürtel nicht verlasst. Sonst bringen euch die Wiedergänger sofort um.«

»Dancing Bear und du solltet euch so aufstellen, dass der von euch geschützte Bereich ein Oval bildet. Dann könnten wir ein größeres Gebiet gleichzeitig untersuchen und sind schneller!«

»So wird es gemacht!«

Vorsichtig drangen sie in die kleine Stadt ein. In besseren Zeiten mochte der Ort mehrere Tausend Menschen beherbergt haben. Jetzt aber lag er verlassen da, und viele Gebäude waren nur noch Ruinen.

Dancing Bear schüttelte sich, als er die Main Street entlangging. »Hier haben die Geister schrecklich gehaust. Ich spüre den Tod, den sie den Einwohnern gebracht haben.«

»Zum Glück scheint es nur wenige Überreste zu geben, sonst wäre es eine zu große Belastung für die Kinder, die bei uns sind – und auch für die meisten Frauen«, sagte der junge Amerikaner, der blass geworden war.

Jane Buffalo Woman fragte sich, was schlimmer war, etliche Hundert oder auch Tausend tote, blutige Körper oder das Wissen, dass die Wiedergänger die Menschen hier einschließlich der Knochen vertilgt hatten. Es gab kaum Flecken, aber genug Anzeichen, dass die blutgetränkte Erde, ja sogar blutiges Holz und Mauerwerk von den Wiedergängern gefressen worden waren, um an den begehrten Stoff zu kommen.

»Anscheinend glauben die Geister, sie würden schneller

vollwertige Körper ausbilden, wenn sie Menschen essen!«
Es schauderte Jane, und sie sah, dass einige Mitglieder ihrer Gruppe sich davonstahlen und erbrachen. Möglicherweise war es ein Fehler gewesen, die Stadt zu betreten.

3

Eine halbe Stunde später saß Jane Buffalo Woman als einer der Brennpunkte der Ellipse um die Wampumgürtel in einem Friseursalon auf einem Stuhl und hielt einen Becher heißen Kaffee in der Hand. Zwar funktionierte der moderne Kaffeeautomat natürlich nicht, aber einer ihrer Begleiterinnen war es gelungen, im Hof des Hauses ein Feuer zu entzünden und Mineralwasser heiß zu machen.

Obwohl der Kaffee guttat und sie sich geistig mit Dancing Bear unterhalten konnte, der knapp dreihundert Meter entfernt in einem Sportgeschäft einquartiert war, fiel es Jane schwer, stillzusitzen, während die übrigen Mitglieder ihrer kleinen Gemeinschaft die Stadt auf den Kopf stellten. Mehrere junge Indianer schraubten an großen, altmodischen Pick-ups herum. Diese hatten zwar bei der großen Katastrophe den Geist aufgegeben, doch die Bastler waren sich sicher, die wenigen elektronischen Bauteile überbrücken und die Motoren wieder zum Laufen bringen zu können.

Jane hoffte, dass sie Erfolg hatten. Wenn sie etwas dringend brauchten, war es Geschwindigkeit. Noch nahmen die großen Dämonenhäuptlinge aus der Vergangenheit die kleine Gruppe nicht ernst, die in Richtung Geistertor aufgebrochen war. Doch irgendwann würden sie nervös werden, und dann wollte Jane ihrem Ziel so nahe wie möglich sein.

»Keine Sorge, den jungen Männern wird es schon gelingen, ein paar Wagen fahrtüchtig zu machen«, versuchte Dancing Bear sie zu beruhigen.

»Das weiß ich! Ich mag nur nicht nutzlos hier herumsitzen und bedient werden, wenn die anderen arbeiten.«

»Du sitzt nicht nutzlos herum. Du gibst unseren Leuten mit deinem Wampumgürtel Schutz gegen die Wiedergänger. Und sie müssen genau wissen, wo du dich aufhältst, damit sie abschätzen können, wie weit der magische Schirm reicht. Im Gegensatz zu dir oder mir können sie diesen weder sehen noch fühlen! Auch sind die meisten Geister für ihre Augen noch unsichtbar, und die, die sie wahrnehmen, viel zu schnell und zu stark für uns Menschen.«

Jane nickte traurig und bedauerte es nicht zum ersten Mal, dass bis auf Dancing Bear und sie keiner aus der Gruppe eine magische Begabung aufwies. Manuela aus dem fernen Germany hatte das dortige Tor mit vier Begabten und einem machterfüllten Gegenstand besiegt. Selbst wenn man annehmen konnte, dass der zweite Wampumgürtel eine begabte Person ersetzen konnte, fehlte immer noch mindestens ein weiterer Begabter. Mit diesem Problem schlug Jane sich schon seit Tagen herum.

Gerade als ihr eine Frau Kaffee nachschenken wollte, spürte sie wieder Manuelas Nähe. Doch ehe sie sie begrüßen konnte, veränderte sich ihre Umgebung. Verblüfft starrte sie auf eine dunkel gestrichene Zimmerwand, an der grellbunte Poster hingen. Diese zeigten bekannte Schauspielerinnen fast nackt und in provokanten Posen. Neben diesen Bildern hing ein Kalender mit einem Weltraummotiv. Jane konnte die Aufschrift so klar erkennen, dass sie auf Anhieb sagen konnte, bei welcher Space-Shuttle-Mission dieses Foto gemacht worden war.

Verblüfft sah sie sich um. Die zweite Wand wurde von einem riesigen Kühlschrank beherrscht, der allerdings nicht mehr arbeitete. Daneben standen mehrere Kisten mit Keksen und ein fast wandhoher Stapel noch in Plastikfolien steckender Mineralwasserflaschen. Auf der dritten Seite entdeckte Jane einen Schrank und ein Sofa, das zu einem Bett ausgezogen werden konnte. Auf dem schmutzigen Laken lag ein Mann mit einem breitflächigen, missmutigen Gesicht und einem Körpergewicht von mindestens zweihundertfünfzig Pfund. Seine Kleidung bestand aus einer speckigen Jeans und einem verknitterten karierten Hemd. An der vierten Wand waren eine schwere, eiserne Tür sowie eine Computeranlage, die einmal einige Tausend Dollar gekostet haben mochte. Jetzt war sie genauso viel wert wie der modernste Sportwagen, nämlich gar nichts.

Bemerkenswerter als die eigenartige Umgebung des fetten Mannes war jedoch die Flamme, die Jane Buffalo Woman hinter dessen Stirn zu sehen glaubte. Der Unbekannte war magisch begabt! Doch wo konnte sie ihn finden?

In dem Augenblick meldete sich Manuela. »Du musst nach Süden!«

»Nach Süden?«

Das ansatzlos herausgepresste Wort verwirrte die Frau, die Jane gerade erneut einschenken wollte. »Was sagst du?«

Jane wehrte mit beiden Händen ab und konzentrierte sich voll auf die Bilder, die Manuela ihr übermittelte. Plötzlich ruckte der dicke Mann herum und sah angstvoll zur Tür. Als sich dort nichts tat, atmete er auf, blieb aber angespannt. »Irgendetwas stimmt hier nicht«, brummte er und rieb sich die Stirn, als hätte er Kopfschmerzen.

Jane Buffalo Woman beschloss, alles auf eine Karte zu setzen. »Kannst du mich hören?«

Der andere zuckte zusammen. »Was …? Wie? Ach, ich habe wieder einmal Halluzinationen. Das ist ja kein Wunder bei dem, was sich draußen abspielt.«

»Kannst du mich hören?«, wiederholte Jane ihren magischen Ruf.

»Ich glaube, jetzt werde ich auch schizophren«, stöhnte der Mann und ließ sich auf das Bett zurückfallen.

»Ich bin Jane Buffalo Woman«, setzte Jane nach.

Der andere schüttelte sich. »Mein zweites Ich ist auch noch ein Weibsstück. Bäh!«

»Dir gebe ich gleich bäh!«, fauchte Jane empört. »Ich sage doch auch nicht Fettsack zu dir!«

»Jetzt beleidige ich mich schon selbst! Ich glaube, es wird bald Zeit, Schluss zu machen.«

Der Mann klang so entschlossen, dass Manuela nun selbst ihre Kräfte auf den Mann richtete. »Höre mir zu! Du bist nicht schizophren, sondern hörst Stimmen in deinem Kopf, weil wir versuchen, auf magischem Weg Kontakt zu dir aufzunehmen.«

»Wow! Jetzt nehme ich schon zu mir selbst telepathischen Kontakt auf!« Der Mann lachte unfroh und klopfte sich auf seine fleischigen Schenkel. Dann stand er auf, füllte einen Plastikbecher mit Mineralwasser und riss eine Schachtel Kekse auf, die er dann langsam und ohne Genuss verspeiste.

Während Jane Buffalo Woman schon aufgeben wollte, wurde Manuela zornig. »Höre mir gut zu, Dicker! Entweder du wuchtest deinen fetten Arsch hoch und schließt dich meiner Freundin Jane an, oder die Wiedergänger werden dich fressen!«

Da kam Jane eine Idee. »Ich glaube, ich weiß, wie ich den Kerl zur Vernunft bringe«, sagte sie zu Manuela und konzentrierte sich auf den Fremden. »Wie wäre es mit einem schönen saftigen Steak und dazu einen großen Becher Kaffee?«, fragte sie und spürte, wie dem Mann das Wasser im Mund zusammenlief.

»Wäre nicht schlecht.«

»Ich könnte dir dazu verhelfen. Wo wohnst du?«

In dem Augenblick packte den Mann die Panik. »Du bist

einer von diesen elenden Geistern, die alle umbringen und fressen, und das auch noch roh!«

»Ich bin kein Geist! Du hörst nur meine magische Stimme. Man nennt mich Jane Buffalo Woman, und ich will dieses verdammte Geistertor schließen, und zwar nachdem es die vermaledeiten Geister wieder eingesogen hat!«

»Du bist eine Indianerin?«, fragte der andere misstrauisch, und in Janes Gedanken stiegen bisher unbekannte Bilder auf, die Geister und Dämonen von Ureinwohnern zeigten, die in seiner Stadt gehaust hatten.

»Das sind nicht unsere Freunde«, erklärte sie. »Die Wiedergänger bedrohen die First Nation ebenso wie euch Weiße. Wenn wir sie nicht aufhalten, werden sie zuletzt noch die fruchtbare Erde von den Prärien fressen und nichts zurücklassen außer nacktem Fels.«

»Aber wie kann man sie aufhalten? Die bringen einen um, wenn man nur die Nase zur Tür hinausstreckt!«

»Die bringen dich auch in deinem Versteck um, sobald sie es entdeckt haben! Aber zu deiner Frage: Es gibt heilige Gegenstände, denen sie sich nicht nähern können. Zwei davon haben wir bei uns. Unser Ziel sind die Bighorn Mountains in Wyoming. Dort steht das Geistertor von Nordamerika. Wenn wir es schließen können, haben wir eine Chance zu überleben. Du kannst uns dabei helfen, denn du verfügst über Kräfte, die nur wenige besitzen. Mit dir, Dancing Bear und mir könnten wir es schaffen!« Jane sprach beschwörend, um den Mann aus seiner Lethargie herauszureißen.

Irgendwie schien ihr dies zu gelingen, denn er richtete sich jetzt auf und wandte das Gesicht unwillkürlich nach Norden. »Also gut! Ich bin in Willmar, Minnesota, zu finden«, sagte er unsicher.

»Minnesota? Da sind wir auch gerade. Einen Moment.« Jane wandte sich an die Frau neben ihr. »Weißt du, wie dieser Ort hier heißt?«

»Blackduck!«

»Wir sind in Blackduck«, meldete Jane ihrem geistigen Gesprächspartner.

»Blackduck? Dann seid ihr etwa zweihundert Meilen von hier entfernt.«

Als Jane die Entfernung hörte, rieb sie sich nervös über die Stirn. »Wenn wir zu Fuß gehen müssen, dauert es einige Tage. Aber ein paar von uns versuchen, einige der liegen gebliebenen Autos wieder in Gang zu setzen.«

»Deine Freunde dürfen keine elektronischen oder modernen elektrischen Bauteile verwenden. Die sind alle im Eimer. Nur ganz primitive Technik funktioniert – wie der Dynamo, mit dem ich die Batterie für meine Lampe auflade. Übrigens, ich heiße Matthew!«

Jetzt erst wurde es Jane bewusst, dass in Matthews Zuflucht mehrere kleine Lampen brannten. Wie es ihm gelungen war, elektrischen Strom zu erzeugen, verstand sie nicht ganz, aber sie nahm an, dass die jungen Burschen, die draußen an den Pick-ups und kleinen Trucks herumbastelten, dasselbe tun konnten. Sie hielt sich nicht damit auf, sondern setzte ihre Unterhaltung über zweihundert Meilen fort und berichtete Matthew, was seit der großen Katastrophe geschehen war.

Als sie schließlich davon sprach, dass das Land nach dem Verschwinden der Geister einen neuen Anfang wagen könnte, lachte er auf. »Es wird eine Welt ohne die moderne Entwicklung ab den siebziger und achtziger Jahren des letzten Jahrhunderts sein. Jemand, der sich mit der Technik früherer Jahre auskennt, könnte ein wohlhabender Mann werden.«

Jane begriff, dass er sich für einen kurzen Moment vorstellte, zu diesen zu gehören. Dann lachte der Mann über sich selbst. »Also gut, Jane. Kommt mich holen! Aber dein Versprechen gilt, hast du verstanden?«

Jane schwieg verwirrt, da klärte Matthew sie auf. »Das mit

dem Steak und dem Kaffee, meine ich. Ich habe diese Kekse hier heiß und innig geliebt, aber nachdem ich seit mehr als zwei Wochen nichts anderes mehr zu essen habe, kann ich sie nicht mehr ausstehen!«

Er lachte erneut und fragte dann, wer die andere Frau sei, die sich in ihre Unterhaltung eingemischt hatte.

»Ich bin Manuela Rossner aus Germany und gehöre zu einem Team, das gegen die Wiedergänger vorgeht. Hier in Europa ist es uns bereits gelungen, das Geistertor zu schließen. Also wird es euch ebenso gelingen!«

»Wir werden es versuchen«, antwortete Matthew und verabschiedete sich dann von ihr und Jane, um, wie er sagte, von Steaks und Kaffee zu träumen.

4

Gewohnt, selbst das klapprigste Vehikel am Laufen zu halten, gelang es den jungen Männern in Janes Begleitung innerhalb von zwei Tagen, zehn Fahrzeuge in Gang zu setzen. Bei ihrer Suchaktion in Blackduck fanden sie zudem genug Treibstoff, um zu den Bighorn Mountains und ein Stück darüber hinaus fahren zu können.

»Schade, dass wir unsere eigenen Autos wegen Spritmangels nicht haben mitnehmen können. Sonst wären wir schon um einiges weiter«, sagte einer der Männer zu Jane.

»Ihr hättet nicht einmal ein Drittel unserer Gruppe mitnehmen können, und dann wären die anderen den Wiedergängern zum Opfer gefallen.«

»Da hast du schon recht«, antwortete der junge Indianer nachdenklich. »Jetzt haben wir genug Autos für alle und können losfahren. Let's go West.«

»Wir fahren erst einmal nach Süden. Es gibt nämlich etwas in Willmar zu tun.«

Gewohnt, dass ihre junge Anführerin scheinbar aus dem Nichts heraus Entscheidungen traf, nickte der junge Mann und half ihr auf den Beifahrersitz. Jane sollte im ersten Wagen mitfahren und Dancing Bear im letzten. Auf diese Weise konnten sie nicht nur den ganzen Konvoi mit ihren magischen Wampumgürteln schützen, sondern auch schneller auf unerwartete Probleme reagieren.

Der Platz in den Autos und den Fahrerhäusern der Trucks war beschränkt. Die meisten mussten sich auf den Ladeflächen niederlassen. Da sie sich mit Decken und der in Blackduck gefundenen Winterkleidung gegen die Kälte und den schwarzen Rieselschnee schützen konnten, nahmen die zumeist jungen Leute diese unbequeme Art zu reisen mit Gleichmut und gewachsener Zuversicht hin. Ihr verhaltener Optimismus entsprang nicht zuletzt dem Anblick der vielen Lebensmittel, die die Wiedergänger in ihrer Gier nach Blut übersehen hatten und die sich nun auf den Pritschen der Wagen stapelten. Auch gab es genug Trinkwasser, und einige Männer hatten sich mit Flinten und altmodischen Handfeuerwaffen eingedeckt. Mit dieser Ausrüstung, so hofften alle, würde es ihnen gelingen, die Strecke von Minnesota bis Wyoming unbeschadet zurückzulegen.

Ihrer Hoffnung gab auch das Wissen Auftrieb, dass das Land außerhalb der großen Städte St. Paul und Minneapolis dünn besiedelt und die Überlebenden der großen Katastrophe von den Geistern getötet oder vertrieben worden waren. Die Wiedergänger suchten deshalb längst jene Landstriche heim, in denen es mehr zu holen gab als Präriegras, und so kam die Gruppe besser voran, als es die meisten erwartet hatten.

Trotzdem atmete Jane auf, als ein Wegweiser ihnen anzeigte, dass sie nur noch wenige Meilen bis Willmar zurückzulegen hatten.

Während der Fahrt hatte Jane Buffalo Woman mehrmals Kontakt zu Matthew aufgenommen und diesen über ihre Reisefortschritte informiert. Jetzt berichtete sie ihm, dass seine Heimatstadt direkt vor ihnen lag.

»Gott sei Dank! Hier in diesem Loch würde ich noch verrückt werden. Wenn ich es nicht schon bin, heißt das. Weißt du, wie du fahren musst, um zu meinem Haus zu kommen?«

»Du hast es mir erst dreimal erklärt. Mittlerweile weiß ich es auswendig.« Jane lächelte. Das Phlegma, das Matthew geholfen hatte, die Zeit in seinem Computerkeller zu überstehen, war verschwunden, und er wurde mit jeder Minute unruhiger.

Auf ihre Anweisung bog der Konvoi kurz nach dem Ortseingang nach links ab und rollte an einer Reihe flacher Häuser vorbei, die vor einigen Wochen wahrscheinlich noch einen hübschen Anblick geboten hatten. Der Überfall der Wiedergänger hatte sie jedoch der meisten Fensterscheiben beraubt, und ihre Türen waren eingeschlagen oder schwangen im Wind.

Jane und ihre Leute hatten auf ihrem Weg schon viele verlassene und zerstörte Ortschaften durchquert, doch selbst die Gewohnheit vermochte das Grauen nicht zu verdrängen. Es war zutiefst bedrückend, und Jane bedauerte aus tiefstem Herzen die Menschen, die den Geistern zum Opfer gefallen waren.

Vor einem der Häuser ließ Jane anhalten und stieg aus. »Wir sind da«, meldete sie Matthew auf magischem Weg. Ehe Jane die Haustür erreichte, wurde diese geöffnet, und Matthew schaute vorsichtig heraus.

»Gott sei Dank! Ihr seid wirklich ganz normale Menschen. Ich hatte bis zuletzt Angst, es könnte doch ein Trick dieser Fresser sein. Aber kommt doch herein! Wenn ihr Kekse mögt: Ich habe noch genug. Und wie war das mit dem Steak?«

»Du wirst es bekommen. Lass die Leute erst aussteigen und

ein Lagerfeuer machen. Dann kannst du so viele Steaks essen, wie du willst.«

»Bei dem Angebot sage ich nicht Nein«, antwortete Matthew und sah staunend zu, wie sich Janes Begleitung innerhalb kürzester Zeit in seinem Haus und dem Garten breitmachte. Schon bald zog der Duft herzhaft gebratenen Fleisches durch die Luft, während über einem anderen Feuer Kaffeewasser erhitzt wurde.

Diese Menschen, das spürte Matthew, kamen mit der neuen Situation gut zurecht, und darum beneidete er sie. Dann aber dachte er daran, dass er von nun an zu ihrer Gemeinschaft gehörte, und lächelte.

5

Bisher hatten sich die Dämonen in ihrem gnadenlosen Vernichtungsfeldzug gegen die Nachkommen jener, die einst mit Schiffen über den Ozean gekommen waren, nicht um Jane und ihre Gruppe gekümmert. Erst als sie Garyowen in Montana erreichten und sich jener Stelle näherten, an der vor mehr als einhundertdreißig Jahren die Dakotakrieger und deren Verbündete unter der Führung von Crazy Horse und Sitting Bull die 7. US Cavalry unter dem Kommando des Bürgerkriegsgenerals George Armstrong Custer bis zum letzten Mann aufgerieben hatten, wurden die Wiedergänger auf sie aufmerksam.

Zuerst schickten deren Oberhäupter nur einige schwächere Geister, um nachzusehen, wer so verwegen war, auf das große Tor zuzufahren. Doch als die Späher merkten, dass sie gegen den aus zehn Pick-ups und leichten Trucks bestehenden Konvoi nichts auszurichten vermochten, schlugen sie Alarm.

Jane Buffalo Woman, Dancing Bear und Matthew hörten den magischen Aufschrei, der wie eine Welle über das Land raste. Jane rief nach Manuela. »Was sollen wir tun?«

»Ihr müsst so schnell fahren, wie es geht. Warte, ich verbinde mich mit dir. Ein paar Stunden lang kann ich das tun«, klang es erregt zurück, und Jane spürte, wie Manuelas Geist in sie hineinschlüpfte und eins mit ihr wurde.

»Fahr schneller!«, rief Jane dem Lenker ihres Fahrzeugs zu. Dieser gehorchte, und für einen Moment zog sich die Autokarawane in die Länge.

Ein Geist merkte, dass zwischen den Schirmfeldern der beiden Wampumgürtel eine Lücke entstanden war, und wollte dies ausnützen. Mit voller Geschwindigkeit raste er auf einen Wagen zu, durchschlug dessen Windschutzscheibe und griff die Insassen mit Messern an.

»Aufschließen«, stieß Jane sowohl akustisch wie auch magisch aus.

Der Chauffeur des letzten Wagens mit Dancing Bear drückte auf die Hupe und fuhr dem Fahrzeug vor ihm bis auf die Stoßstange. Jetzt beschleunigten auch die anderen Autos, und die beiden Schutzfelder schoben sich über das überfallene Gefährt.

Jane und Manuela sahen mit ihrem magischen Auge, wie der Wiedergänger zu schreien begann und verzweifelt zu entkommen versuchte. Sein Verstand schien gelähmt, denn er stieß mit dem Kopf immer wieder gegen das Dach der Fahrerkabine und brachte diesem heftige Dellen bei. Er gehörte zu jenen, die noch weniger als fünfzig Prozent Substanz ausgebildet hatten, und verlor diese jetzt wieder. Nicht lange, da fielen die Messer aus den durchscheinend werdenden Händen und klatschten auf den Boden der Fahrerkabine. Mit einem letzten verzweifelten Schrei versuchte der Totengeist erneut, das Fahrzeugdach zu durchbrechen, und verlor dabei seinen letzten Anteil Stofflichkeit. Doch auch als Geist schrumpfte er weiter und löste sich schließlich in einem Nebelfetzen auf.

Bei diesem Anblick würgte es Jane und Manuela, die immer noch miteinander verschmolzen waren. Auch Matthew sah aus, als müsse er gleich erbrechen. Nur Dancing Bear behielt die Übersicht und befahl, die zwei Toten aus dem Wagen zu holen und den verletzten Fahrer zu versorgen. Da sie nicht auf das Fahrzeug verzichten konnten, setzte sich ein anderer hinter das Steuer und hielt trotz der fehlenden Frontscheibe seine Position in der Mitte der Kolonne.

Eine Frau reichte Jane einen Becher Wasser. »Brauchst du etwas anderes zu trinken? Oder zu essen?«

»Nein! Wir dürfen auf keinen Fall anhalten. Wenn wir das Geistertor nicht bald erreichen, werden wir es vielleicht nie mehr schaffen!«

Ihr Fahrer nickte und trat auf das Gaspedal.

»Vorsicht, oder willst du, dass die Schutzfelder sich noch einmal trennen?«, fuhr Jane ihn an.

»Das werden sie nicht«, erklärte der Mann. »Alle Fahrer haben ihre Lektion gelernt und lassen höchstens drei Autolängen zwischen den Fahrzeugen. Damit würde sogar einer der heiligen Gürtel ausreichen, uns zu schützen!«

Jane sah sich um und stellte fest, dass er recht hatte. Die Autos und Trucks fuhren so eng hintereinander, dass es unweigerlich zu einer Karambolage kommen würde, wenn eines der vorderen Fahrzeuge aus irgendeinem Grund bremsen musste. Im ersten Impuls wollte sie befehlen, mehr Abstand zu lassen, begriff aber, dass die Männer am Steuer auf diese Weise gegen die eigene Angst ankämpften. Zwar sahen sie das Geistertor nur als blasse, wenn auch riesige Scheibe am Horizont aufragen und nicht als ein von grellbuntem Feuer erleuchtetes Gebilde, wie sie und die beiden begabten Männer es wahrnahmen, aber auch ihnen blieb die grauenhafte Ausstrahlung des Gebildes nicht verborgen, die Jane das Gefühl vermittelte, am Rande des eigenen Grabes zu stehen.

Am liebsten hätte Jane ihren Fahrer angewiesen umzukehren, so sehr ängstigte sie sich. Dancing Bear und Matthew, die ihre Stimmung auffingen, versuchten, sie wieder aufzurichten. Doch sie beruhigte sich erst, als Manuela sich für einen kurzen Moment von ihr löste und mit sanfter Stimme auf sie einsprach.

»So kurz vor dem Ziel darfst du nicht aufgeben!«, mahnte sie Jane, die daraufhin starr nach Osten blickte, um das Geistertor nicht weiterhin wie hypnotisiert anstarren zu müssen.

6

Vor ihnen ragten nun die Bighorn Mountains in den Himmel. Der höchste Berg, der Cloud Peak, war über viertausend Yards hoch. Es war ein verstörender Anblick, die Berge mit ihren vom schwarzen Schnee geprägten Flanken und Gipfeln zu sehen wie ein Symbol grausamer Mächte, die die Erde in ewige Dunkelheit stoßen wollten. Alle Gespräche verstummten. Während sich in Deutschland nur eine Handvoll magisch Begabter auf den Weg gemacht hatten, das Tor wieder umzupolen, war Jane Buffalo Womans Gruppe auf mehr als hundert Personen angewachsen. Sie bestand aus Janes gesamter Sippe, anderen Angehörigen der First Nation und etlichen weißen Amerikanern, die sich unter den Schutz der beiden Wampumgürtel geflüchtet hatten. Jane wurde das Herz schwer, als sie sich vorstellte, dass all diese Menschen in wenigen Stunden tot sein würden, wenn es ihr und den beiden übersinnlich begabten Männern nicht gelang, das Tor zu beherrschen.

»Du darfst nicht an ein mögliches Scheitern denken!«, vernahm sie Manuelas magische Stimme. »Ihr seid gut vorbereitet, habt zwei heilige Gegenstände bei euch, und ich werde euch genau erklären, wie ihr das Tor in eure Gewalt bringen könnt.«

Mittlerweile war der Konvoi nach Westen abgebogen und fuhr auf einer kurvenreichen Straße in die Berge hinein. Zwischen hohen Felswänden und gähnenden Abgründen wurde das Gefühl drohenden Unheils von Stunde zu Stunde stärker. Jane schluckte, um ihre ausgetrocknete Kehle zu befeuchten, und starrte wieder auf das riesige Rund des Geistertors, dessen unterer Rand von den davorliegenden Felswänden verdeckt wurde. Das war ein Gegner, mit dem sich niemand messen konnte.

Da vernahm sie Manuelas energische Stimme. »Das Tor ist kein Gegner, sondern ein vollkommen neutrales Ding. Wenn es wieder richtig programmiert wird, ist es sogar nützlich, denn es zieht die Seelen der Toten an sich, die sonst auf der Erde herumirren würden! Doch jetzt haltet euch ran! Starke Dämonen treiben die Geister, die ihnen gehorchen, Richtung Tor!«

Manuelas letzte Worte klangen besorgt. Da Jane und ihr Trupp mit Fahrzeugen unterwegs waren und den Wiedergängern nicht durch die Luft ausweichen konnten, sah sie größere Schwierigkeiten auf ihre Verbündeten zukommen. Eine Angst konnte Manuela der jungen Indianerin jedoch nehmen. Anders als in der Eifel steckte der untere Teil des magischen Rings im Boden, und die Straße, auf der sie unterwegs waren, führte geradewegs hinein.

»Es muss uns gelingen!«, beschwor Manuela Jane Buffalo Woman. »Bevor wir es ein zweites Mal versuchen könnten, haben die Geister alles Lebende auf eurem Kontinent gefressen.«

Jane starrte nach vorne. Die Straße führte zwischen zwei

hoch aufragenden Felswänden hindurch. Über ihnen sammelten sich Wiedergänger, die nicht nur die Kraft hatten, so hoch zu fliegen, sondern auch Steine mitschleppen konnten. Die ließen sie nun auf die Autos herabregnen. Zwar war keiner davon schwerer als drei oder vier Pfund, doch aus so großer Höhe geworfen, reichte dies aus, um ein Wagendach zu durchschlagen. Allerdings vermochten die Angreifer nicht gut zu zielen, und so prallten die meisten Steine neben oder zwischen den Fahrzeugen auf den Boden. Einer aber traf die Ladefläche eines Pick-ups, tötete einen Mann und verletzte drei Kinder.

Jane hörte die Entsetzensschreie und das Wimmern der Getroffenen und wünschte sich, es wäre schon vorbei.

»Schneller!«, forderte sie ihren Fahrer auf. Dieser nickte zwar, fuhr aber in dem Tempo weiter, das er verantworten konnte.

Das Geistertor kam immer näher, und als sie eine Kuppe erreichten, sahen sie es direkt vor sich aus einem flachen Tal aufsteigen. Es mochte noch eine Meile entfernt sein. Doch zwischen ihnen und dem flammenden Ring schienen sich Millionen Geister zu ballen, und im Hintergrund standen drei Dämonen in ledernen Leggins und Hemden. Sie trugen prachtvolle Adlerfederkronen auf dem Kopf und hielten einen Speer in der Hand.

»Wir müssen da hindurch!« Janes Stimme erstarb zu einem Flüstern.

»Mithilfe der heiligen Wampumgürtel wird uns das gelingen«, antwortete der Mann am Lenkrad zuversichtlicher, als er sich fühlte, und fuhr in das Tal hinein. Keine hundert Yards weiter stieß das magische Schutzfeld, das von Janes Wampumgürtel erzeugt wurde, gegen die vordersten Reihen der Geister, und die Fahrt wurde abrupt gebremst.

»Nicht stehen bleiben!«, schrie Jane, während der Fahrer in einen kleineren Gang schaltete und Gas gab.

Die Geister heulten und schrien, als der magische Schirm sich gegen ihre Reihen presste und sie teilweise sogar einhüllte. Viele von ihnen wären am liebsten geflohen, doch sie standen unter dem magischen Einfluss der Dämonenhäuptlinge, und diese befahlen ihnen, die Autos unter allen Umständen aufzuhalten.

Die Geschwindigkeit des Konvois wurde immer geringer und sank kurz vor dem Tor auf einen Wert von unter einer halben Meile pro Stunde. Doch sie bewegten sich immer noch auf das Tor zu.

»Wir schaffen es!«, rief Matthew begeistert.

Jane spürte jedoch, dass die Kraft ihres Wampumgürtels abnahm, je mehr Geister sich gegen seine Abschirmung stemmten. »Auf diese Weise kommen wir nie bis zum Tor«, rief sie Dancing Bear auf magischem Weg zu.

»Das stimmt leider. Die Macht der Gürtel ist nicht unendlich. Halte an!«, antwortete der alte Mann.

»Also sind wir gescheitert.« Jane barg ihr Gesicht in den Händen und weinte bitterlich. Auch Manuela war ratlos.

»Wir dürfen nicht aufgeben! Das dort sind unsere Ahnen. Frage sie, ob sie wirklich unseren Tod wollen«, drängte Dancing Bear.

»Frag du sie!«

Jane fühlte das Kopfschütteln ihres Begleiters beinahe körperlich. »Nein!«, sagte er. »Ich bin ein alter Mann, der bald so sein wird wie sie. Doch du bist jung und verkörperst die Hoffnungen unseres Volkes!«

Manuela erschien der Vorschlag so absurd, dass sie Jane schon daran hindern wollte, auszusteigen. Doch welche Chance blieb diesen Menschen noch? Da die Kraft der Wampumgürtel nicht ausreiche, um den Weg zum Tor zu bahnen, blieb ihr keine andere Möglichkeit, wenn sie nicht sofort umkehren wollten. Damit aber wäre die einzige Möglichkeit vertan, dieses Tor zu schließen, denn die Wiedergänger würden keine magisch Begabten mehr in seine Nähe kommen lassen.

»Versuche es!«, sagte sie daher zu Jane, die zu den dämonenhaften Häuptlingen hinüberstarrte und vor Angst zitterte.

Jane atmete tief durch, öffnete die Beifahrertür und stieg mit staksigen Bewegungen aus. Zunächst stemmten sich die Wiedergänger gegen das Feld ihres Wampumgürtels und hielten sie so bereits nach wenigen Schritten auf. Da sie es aber nur mit einer einzelnen Frau zu tun hatten, wiesen die Dämonen ihre Sklaven an, sich ein Stück zurückzuziehen, und kamen selbst drohend auf Jane zu.

»Du siehst wohl ein, dass du hier nichts mehr erreichen kannst!«, rief einer von ihnen mit weit hallender Stimme.

Jane musterte die drei Häuptlinge mit einem scheuen Blick. Sie sahen prächtig aus, jeder wie das Idealbild ihres Volkes. Gewiss waren sie eitel. Allerdings wusste sie nicht, wie ihr das helfen konnte.

»Ich habe gar nichts eingesehen!« Ihre Stimme klang hell, und sie musste ihre Antwort auf magischem Weg senden, damit die drei sie verstanden.

»Du hast doch nicht die geringste Aussicht, uns und unsere Armee zu besiegen«, antwortete ein anderer Dämon spöttisch.

»Ich will euch nicht besiegen, sondern mit euch reden! Ihr seid mächtige Anführer aus uralter Zeit, und ich bin eine Nachkommin eurer Völker. Weshalb seid ihr zurückgekommen und zerstört auch noch das wenige, das uns geblieben ist?«

Der dritte Häuptling winkte lachend ab. »Wir bestrafen nur die, die unser Volk von seinen angestammten Plätzen vertrieben und beinahe ausgerottet haben. Danach teilen wir uns mit euch dieses Land!«

»Wirklich?« Jane gelang es, sarkastisch zu klingen. »Wie

viele seid ihr denn? Tausend Generationen oder mehr? Wie soll die Erde euch alle tragen? Schon jetzt beginnen Wiedergekehrte, Pflanzen, Tiere und Menschen zu essen. Was wollt ihr tun, wenn der letzte Halm vertilgt und das letzte Tier zerrissen worden ist? Wollt ihr dann auch uns, eure Nachkommen, verschlingen, und danach euch gegenseitig? Ich bitte euch, kehrt in eure Welt zurück. In ihr könnt ihr überleben, wir hingegen können es nicht, wenn ihr uns die Erde streitig macht.«

Bei ihren letzten Worten weinte Jane vor Erschöpfung und Hoffnungslosigkeit.

Die drei Häuptlinge sahen sich an. Dann machte einer von ihnen eine verächtliche Handbewegung. Ein anderer aber legte ihm die Hand auf die Schulter. »Sie ist eine Cree und damit eine Nachkommin deines Stammes. Du hast gesehen, was um uns herum geschieht. Sollen wir zuletzt wirklich unsere eigenen Kinder fressen?«

»Aber was ist mit der Macht, die wir hier besitzen? Wollt ihr wirklich darauf verzichten?« Obwohl der Dämon angriffslustig klang, spürte Jane, dass er zu zweifeln begann. Er drehte sich wieder zu ihr um und fragte sie nach ihrem Namen.

»Ich bin Jane Buffalo Woman vom Stamm der Cree. Ich bitte euch, lasst mich und die anderen leben!«

»Also gut! Ich will nicht mein eigenes Volk auslöschen. Geister, zieht euch zurück!« Mit einem Gesicht, als würde er sein Nachgeben bereits bedauern, wandte der Dämon sich um und wanderte den Berg hinauf, als wolle er nicht Zeuge dessen sein, was weiterhin geschah. Die beiden anderen Häuptlinge scheuchten die von ihnen unterworfenen Geister ebenfalls fort und folgten ihm.

»Der Weg ist frei«, vernahm Jane Buffalo Woman noch, dann waren die Dämonen und ihr Gefolge zwischen den Felsen verschwunden.

»Danke!«, rief sie ihnen nach und wies ihren Fahrer an, auf das Tor zuzuhalten. Doch der Mann war erschöpft und hatte zu viel Angst vor diesem unheimlichen Feuerring. Als Matthew dies begriff, verließ er seinen Wagen und eilte nach vorne. »Ich werde fahren!«, rief er Jane zu und legte den Gang ein.

Als sie das Tor erreicht hatten und wie in einen zähen Schleim eindrangen, meldete sich Manuela wieder und erklärte Jane, Dancing Bear und Matthew, was sie zu tun hatten.

Zu ihrer Verwunderung war es im Gegensatz zum europäischen Geistertor recht leicht, den Magiestrom zunächst zum Stillstand zu bringen und dann wieder in die natürliche Richtung zu wenden. Das hatten sie den drei großen Dämonen zu verdanken, die ihnen keinerlei Widerstand mehr entgegensetzten. Die alten Indianerhäuptlinge hatten begriffen, dass ihre Rückkehr auf die normale Welt die eigenen Nachkommen bedrohte. Auch gehörten sie nicht zu jenen Fanatikern, die weit entfernt Jagd auf die Enkel und Urenkel ihrer Erzfeinde machten und daher nicht wussten, was sich hier am Tor tat.

»Jetzt setzen wir es wieder in Gang«, erklärte Manuela ihren amerikanischen Freunden.

»War es bei euch auch so, als würdet ihr durch zähen Schlamm waten?«, fragte Jane Buffalo Woman, ohne in ihren Anstrengungen innezuhalten.

»Ähnlich. Macht euch deshalb keine Sorge! Ihr kommt leicht wieder hinaus, aber ihr müsst draußen sein, bevor die Masse der Wiedergänger hier auftaucht und eingesogen wird. Schafft ihr es nicht, werden sie versuchen, euch in ihre Welt zu reißen und darin zu vernichten.« Manuela drängte zu Eile und war erleichtert, als sie den Befehl zum Verlassen des Torrings geben konnte.

Als das erste Fahrzeug des Konvois wieder ins Freie rollte, kamen ihm bereits die ersten Geister entgegen. Aber da diese zum Gefolge der drei großen Häuptlinge gehörten, machte kein Wiedergänger Anstalten, die Menschen anzugreifen. Jane bat Matthew, ein Stück weiter zu halten, und zählte angespannt die Fahrzeuge, die eines nach dem anderen den Torring verließen. Nachdem auch das zehnte den Ring heil passiert hatte, atmete sie auf und bedankte sich bei Manuela. Diese kehrte erleichtert in ihren Körper zurück und freute sich schon darauf, der Kanzlerin melden zu können, dass auch das nordamerikanische Geistertor gesichert war.

Jane hingegen sah sich Matthew gegenüber, der ein gellendes »Yippiyaeh« ausstieß und sie umarmte. »Du warst große Klasse, Mädel! Niemals hätte ich gedacht, dass diese alten Häuptlinge auf dich hören würden. Doch du hast es geschafft!«

Auch Dancing Bear kam auf Jane zu und vollzog eine Geste höchster Ehrerbietung. In den Augen des alten Mannes glänzten Tränen, als er die Hand der jungen Frau ergriff. »Die Kraft deines Herzens hat über den Hass der Ahnen gesiegt und ihnen gezeigt, welcher Weg für uns alle der beste ist. Möge es Manuela und den anderen gelingen, auch noch die letzten Tore zu schließen, auf dass die Menschen in Frieden ihre eigene Welt bewohnen können!«

7

Als Manuela wieder in ihrem Körper war, galt ihr erster Gedanke einer großen Tasse heißen Kaffee mit sehr viel Milch. Als Nächstes wünschte sie sich ein langes, warmes Bad und einen kräftigenden Eintopf, den sie in der Wanne essen konnte. So durchfroren und gleichzeitig so hungrig wie diesmal hatte sie sich selten gefühlt.

Dennoch verkraftete sie die geistigen Ausflüge weitaus besser als zu Beginn, und während sie in sich hineinhorchte, war ihr, als flösse ihrem Körper aus einer unbekannten Quelle neue Kraft zu.

»Und? Wie war es?«, unterbrach Eleni Vezelios ihr Sinnieren.

Kaum hatte die Griechin Manuelas Erwachen wahrgenommen, war sie ins Zimmer gestürmt. Sie verbarg nicht, wie sehr sie die jüngere Hexe um deren Gabe beneidete, magisch bis auf die andere Seite der Erde blicken zu können. Um aber nicht allzu neugierig zu wirken, setzte sie hinzu: »Die Kanzlerin möchte so schnell wie möglich unterrichtet werden.«

»Es hat geklappt!«, erklärte Manuela bereitwillig. »Allerdings wird es gewiss lange dauern, bis die USA, Kanada und Mittelamerika sich vom Angriff der Geister erholt haben. Viel Zeit zum Entspannen oder Ausruhen bleibt uns außerdem nicht. Sobald ich wieder ein wenig Kraft gesammelt habe, muss ich mich um Asien kümmern.«

»Der Kanzlerin wäre das afrikanische Tor wichtiger!«, mahnte Eleni Vezelios, der die Gefahr, die vom schwarzen Kontinent ausging, ebenfalls als bedrohlichste erschien. Das asiatische Tor lag irgendwo im Himalaya und damit fast auf der anderen Seite des Erdballs. Außerdem hatten sich die vertriebenen europäischen Dämonen und Geister auf den Weg nach Süden und nicht nach Osten gemacht.

»In Afrika wird es noch dauern, bis die Begabten, die ich bisher aufspüren konnte, das Tor erreicht haben. Aber in Asien ist die Gruppe, die ich zusammengeführt habe, dem Tor schon recht nahe, und sie bekommt noch in diesen Tagen weitere Verstärkung.« Manuela verschwieg, dass die beiden befähigten Frauen, die sie in Indien ausfindig gemacht hatte, noch Pässe überwinden mussten, die mehr als fünftausend Meter hoch lagen. Doch inzwischen war es der Japanerin Hanako, die von allen den weitesten Weg hatte, gelungen, mit ihrem Segelboot das Japanische Meer zu überqueren und sich mit der Koreanerin Ji zusammenzuschließen.

»Wenn ich dich richtig verstanden habe, kann Asien die größte Anzahl an magisch Begabten aufweisen«, sagte Eleni, während sie Manuela eine Riesentasse mit Kaffee reichte.

Manuela lächelte. »Ich habe insgesamt sechzehn sehr starke Personen dort entdeckt. Natürlich gibt es noch mehr, aber die haben sich entweder zu gut versteckt, oder ihre Begabungen sind zu schwach und mir deswegen nicht aufgefallen.«

»Wie sieht es mit magischen Artefakten aus?«, bohrte Eleni weiter, die immer noch einen Grund suchte, möglichst schnell etwas in Afrika unternehmen zu lassen.

»Mehr als ausreichend! Beinahe jeder der Begabten hat eines. Sechs davon sind ebenso stark, wie es unsere Taufschale war – und das ist auch notwendig, denn das asiatische Tor ist das größte und wohl auch am schwersten zu bändigende.«

»Übrigens: Die Taufschale erholt sich von Tag zu Tag mehr. Es ist geradezu unheimlich zu sehen, wie sich das Holz glättet. Auch haben wir vier weitere magische Gegenstände in Deutschland gefunden, deren Kraft für Begabte spürbar ist. In unseren Nachbarländern sind ebenfalls mehrere aufgetaucht. Doch deren Besitzer hüten sie wie den Schatz von Fort Knox, weil sie zu viel Angst davor haben, die Geister könnten zurückkehren.« Eleni schnaubte verächtlich, denn ihrer Meinung nach konnten diese Artefakte nur in der Obhut magisch begabter Menschen etwas bewirken und waren in den Händen von Beamten, die damit die Oberhäupter ihrer Staaten und Regionen beschützen sollten, weitestgehend nutzlos.

Manuela spürte den Unmut ihrer Kollegin und hob beschwichtigend die Hand. Wie die meisten anderen dachte auch Eleni Vezelios nicht über die Grenzen dieses Landes hinaus. Nur das, was die Menschen hier schützte, zählte für sie.

Manuela aber war klar, dass auch das fernste Tor geschlossen und der letzte Geist wieder in seine Welt zurückgetrieben werden musste, damit die Menschheit überleben konnte. Solange es auch nur ein Schlupfloch gab, würden die Geister es nutzen und die Menschheit vernichten.

»Wie sieht es denn mit einem Bad aus?«, fragte sie, um dem Gespräch eine andere Richtung zu geben.

»Die Wanne wird bereits gefüllt! Das hat die Tante von Pater Fabian veranlasst. Seit die Kanzlerin die Dame hierhergeholt hat, wirbelt diese ganz schön herum, damit wir gut versorgt werden. Jetzt hat sie schon seit Stunden warmes Wasser für dich bereitgehalten.«

Manuela seufzte erleichtert. »Gehen wir! Ich möchte dieses klamme Gefühl aus meinen Knochen vertreiben.«

Auf Eleni gestützt verließ sie das Zimmer mit dem weichen Bett, auf dem sie nun ihre geistigen Ausflüge in die Welt unternahm. In der Kammer, in der eine große, verzinkte Wanne auf sie wartete, zog sie sich aus, musste aber warten, bis Lieselotte die Temperatur geprüft und weiteres Wasser hinzugegeben hatte. Dann endlich durfte sie sich in die wohlige Wärme sinken lassen.

»Ich freue mich, dass du wieder bei uns bist«, sagte sie zu Lieselotte.

»Ich bin auch froh. Außerdem ist es für mich eine hohe Ehre. Als Mitglied deines Stabes darf ich fast allen Angestellten hier im Kanzleramt Befehle erteilen. Ich muss nur sagen, Frau Rossner braucht dieses oder jenes, und schon flitzen die Leute. Nicht, dass ich das ausnützen würde, aber es ist ein gutes Gefühl. Außerdem macht es mir Spaß, mich um dich und die anderen zu kümmern. Wenn man euch nicht sagt, wann ihr essen sollt, vergesst ihr sogar eure Mahlzeiten.«

»Die vergesse ich heute gewiss nicht!«, antwortete Manuela, und das Loch in ihrem Bauch brachte sich mit einem lauten Knurren in Erinnerung.

Sofort eilte Lieselotte hinaus und wies eine Angstellte an, den großen Topf Gulaschsuppe zu bringen, den sie gekocht hatte.

»Isst die Chefin das alles selbst?«, fragte die Frau, der Leute mit Fähigkeiten wie Manuela noch immer suspekt waren.

»Vielleicht nicht alles, aber das meiste«, antwortete Lieselotte freundlich.

Kaum hatte sie die Badezimmertür hinter sich geschlossen, da wurde diese wieder geöffnet, und die Kanzlerin steckte den Kopf herein. »Kann ich eintreten?«

»Gerne! Lieselotte, besorgst du eine Sitzgelegenheit?« Manuela lehnte sich entspannt zurück und trank einen weiteren Schluck Kaffee.

Die Kanzlerin wartete, bis Lieselotte mit dem Stuhl zurückkam, setzte sich neben die Wanne und sah Manuela gespannt an. »Frau Vezelios sagte, Sie hätten Neuigkeiten für mich?«

»Das zweite Geistertor konnte geschlossen werden«, erklärte Manuela lächelnd.

»Afrika?«, kam es erwartungsvoll zurück.

»Leider nicht. Es handelt sich um das Tor von Nordamerika. Bedauerlicherweise haben wir von dort keine Hilfe für das Schließen der übrigen Tore zu erwarten. Der Kontinent sieht grauenvoll aus.«

Während Manuela berichtete, rutschte die Kanzlerin unruhig hin und her. Ihr war anzumerken, dass sie die Verhältnisse in Nordamerika im Augenblick herzlich wenig interessierten, da sie am meisten das afrikanische Tor fürchtete.

Doch Manuela musste auch sie enttäuschen. »Die nächste Möglichkeit, ein Tor zu schließen, haben wir in Asien. Unsere Verbündeten nähern sich mit alten Lkws, Pferden, Yaks und anderen Beförderungsmitteln dem Himalaya. Ich schätze, dass sie in zehn Tagen das Geistertor erreichen werden.«

»Aber was ist mit Afrika?«, fragte die Kanzlerin voller Sorge.

»Wenn noch mehr Wiedergänger es benützen und nach Europa zurückkommen, war unsere ganze Arbeit umsonst!«

»Umsonst würde ich unsere Anstrengungen nicht nennen. Wir sind weitaus besser vorbereitet als bei ihrem ersten Angriff. Außerdem müssen sich die Wiedergänger beim afrikanischen Tor mit einheimischen Geistern herumschlagen. Das hindert die meisten daran, sich umgehend auf Europa zu stürzen, und der Rest ist langsamer, als ich befürchtet habe. Meiner Schätzung nach haben wir noch drei Wochen Zeit, bevor es wirklich gefährlich wird. Bis dahin muss das Tor von Afrika geschlossen werden.«

»Sollten wir das nicht besser selbst in die Hand nehmen?«, fragte die Kanzlerin.

»Wir sollten auf jeden Fall eine Expedition vorbereiten. Solange wir dafür aber von unseren Nachbarländern weder magisch Begabte noch sakrale Artefakte zur Verfügung gestellt bekommen, sind wir auf unsere eigenen Ressourcen angewiesen. Damit ist bereits die Reise bis zur Stiefelspitze von Italien eine Weltreise für uns, und wir müssten dann auch noch das Mittelmeer überqueren. Fähren dürfte es derzeit wohl kaum geben.« Manuela wollte nicht sarkastisch werden, doch das Drängen der Kanzlerin, die Probleme mit den Geistertoren doch bitte am besten vorgestern zu lösen, ärgerte sie zunehmend.

Die Kanzlerin wiegelte sofort ab. »Ich weiß, dass Sie Ihr Bestes tun. Aber wir sind nun einmal alle in größter Sorge.«

»Das bin ich auch, und deshalb will ich die Geistertore so schnell wie möglich schließen. Aber unsere Kapazitäten sind nun einmal beschränkt. Wenn wir sie falsch einsetzen, wird es in einer Katastrophe enden, und von denen gab es bereits wahrlich genug.«

Manuela bat Lieselotte, ein wenig heißes Wasser nachzugießen, und wandte sich wieder der Kanzlerin zu. »Wir können nur hoffen, dass in Afrika, Asien und Südamerika die einheimischen Begabten die Sache erledigen können. Das letzte Geistertor liegt mir noch weitaus stärker im Magen. Leider befindet es sich nicht in Australien, wo es unter den Aborigines eine Reihe magisch Begabter gibt, sondern auf dem antarktischen Kontinent. Da jenes Tor ebenfalls Massen von Geistern freigesetzt hat, die in ihrer alten Heimat wüten, können wir aus dieser Ecke keine Unterstützung erwarten. Die Menschen in Australien, Neuseeland und in der Pazifikregion können sich nur noch um ihr eigenes Überleben kümmern.«

Die Kanzlerin starrte einige Augenblicke ins Leere. »Was schlagen Sie vor?«, fragte sie dann leise.

In dem Augenblick klopfte es an die Tür und Nils steckte den Kopf herein. »Störe ich?«

Liselotte zog ein Gesicht, als wolle sie ihm das warme Wasser, das eigentlich für Manuelas Wanne gedacht war, über den Kopf schütten, doch Manuela hob die Hand. »Nicht, wenn du gute Nachrichten bringst.«

»Das nicht, aber ich habe mit Frater Siegfried über das antarktische Geistertor gesprochen. Dabei ist uns eine Idee gekommen.«

»Lass hören!« Manuela beugte sich nach vorne, dass er für einen Augenblick ihren Busen sehen konnte. Ein zaghaftes Lächeln erschien auf dem Gesicht des Wiedergängers, dann konzentrierte er sich wieder. »Fakt ist, das antarktische Tor muss umgepolt werden, sonst ist die ganze Mühe mit den anderen Toren vergebens gewesen, denn die vertriebenen Wiedergänger gelangen trotzdem wieder in unsere Welt. Daher müssen wir hinfahren und es schließen. Dafür benötigen wir ein Schiff und eine entsprechende Ausrüstung.«

»Wir dürfen Deutschland aber nicht verlassen, ehe das Afrikator geschlossen ist. Wenn das geschieht, sind die Menschen hier den Geistern hilflos ausgeliefert!« Manuela vermochte ihre Ratlosigkeit nicht zu verbergen.

Aber es war, als ginge ein Ruck durch die Kanzlerin. »Ich werde versuchen, Ihnen ein Schiff und eine Mannschaft zur Verfügung zu stellen, die in der Lage ist, Sie und Ihre Mitstreiter um die halbe Welt zu bringen.«

»Wenn Sie Leute finden, die dazu bereit sind, hätten wir eine Chance«, erklärte Nils.

»Dann werde ich zusehen, was sich machen lässt. Immerhin haben Schiffe die Meere bereits lange vor dem elektronischen Zeitalter befahren. Wir werden schon eines finden, das Ihren Anforderungen entspricht. Notfalls nehmen wir ein Segelschiff mit einem zusätzlichen Dieselmotor.«

Es war der Kanzlerin anzusehen, dass sie froh war, eine konkrete Auskunft erhalten zu haben. Auch in Manuela keimte nun die Hoffnung, dass es ihnen tatsächlich gelingen könnte, zum Tor der Antarktis zu gelangen. Vorher aber mussten die drei verbliebenen offenen Tore geschlossen worden sein.

Erleichtert verabschiedete die Kanzlerin sich mit dem Hinweis, die Expedition in die Wege leiten zu wollen. Lieselotte fragte Manuela, ob sie noch etwas benötige, und führte, als diese den Kopf schüttelte, die Kanzlerin hinaus.

Ein paar Minuten räkelte Manuela sich noch in der Wanne, dann setzte sie sich auf und sah sich nach dem Badetuch um. Es lag neben der Tür auf einer kleinen Anrichte. Um diese zu erreichen, hätte sie aus dem Wasser steigen müssen. Da Nils noch in der Tür stand, zögerte sie. Im nächsten Moment lachte sie über sich selbst. Immerhin waren Nils und sie etliche Monate lang ein Paar gewesen und würden es wohl noch sein, wenn Nils nicht verunglückt wäre. Ein wenig reizte sie es nun zu sehen, wie er auf ihre Nacktheit reagieren würde. Mit diesem Gedanken stieg sie aus der Badewanne.

»Hier ist das Badetuch! Soll ich es dir reichen?«, fragte Nils und fasste unwillkürlich danach.

»Gerne! Du könntest mir auch den Rücken abtrocknen.« Mit diesen Worten wandte Manuela Nils ihre Kehrseite zu.

Nils begann sie vorsichtig abzufrottieren und spürte, wie ihm heiß wurde. Dafür war jedoch nicht nur ihr nackter und wohlgeformter Körper verantwortlich, sondern auch ihre Ausstrahlung, die ihn genauso wie damals in ihren Bann zog. Damals hatten sie von einer gemeinsamen Zukunft träumen können, doch heute ...

Nils brach diesen Gedankengang ab, denn er wollte den Reiz des Augenblicks nicht verderben.

»Du bist wunderschön«, flüsterte er Manuela ins Ohr.

Diese lächelte und lehnte sich leicht gegen ihn. »Es ist fast wie damals«, fand sie und schüttelte dann energisch den Kopf. »Wissen wir, was morgen ist, Nils? Nein! Daher sollten wir diesen Tag genießen. Magst du mich massieren?«

»Liebend gerne!«

»Komm mit!« Manuela wickelte sich in das Badetuch, raffte ihre Kleidung an sich und spähte zur Tür hinaus. »Die Luft ist rein!«

So schnell sie es im Badetuch vermochte, eilte sie den Flur entlang und schlüpfte in ihr Zimmer.

Nils folgte ihr etwas langsamer, noch ganz verwirrt von der Situation, aber ebenso wie sie bereit, diesen Tag zu genießen.

Während Manuela sich bäuchlings hinlegte und dabei ihr Kinn auf die Hände stützte, suchte Nils nach einem der aromatischen Öle, die sie so liebte. Er lächelte, als er ihren Lieblingsduft entdeckte, den sie sich auch hier in Berlin hatte besorgen können. Er goss etwas davon in seine hohlen Handflächen und begann, ihre Schultern zu massieren.

Manuela schnurrte wie ein Kätzchen und wünschte sich, dieser Augenblick möge nie vergehen. Auch Nils vergaß das Elend der Welt und die Tatsache, dass er sich als Wiedergänger eigentlich der falschen Seite angeschlossen hatte, und fühlte sich wieder ganz als Mensch.

Nie hatte er Manuela mehr begehrt als in diesem Augenblick, und so beugte er sich nieder, um ihren Nacken zu küssen. Sie ließ es geschehen, drehte sich dann aber um, fasste nach seinem Kopf und küsste ihn auf den Mund.

»Es ist fast wie damals«, wiederholte sie mit einem träumerischen Ausdruck. Sie sah seine leuchtenden Augen und spürte seine Liebe zu ihr wie ein Feuer brennen.

»Wenn du willst, könnten wir doch …« Das kam so spontan über ihre Lippen, dass sie sich über sich selbst wunderte. Sie bedauerte es aber nicht, sondern begann, seine Hemdknöpfe zu öffnen. Diese fühlten sich so real an, dass sie beinahe gefragte hätte, ob sie echt seien. In der ersten Zeit, in der er ein reiner Geist ohne Materie gewesen war, hatte er nur die Illusion von Kleidern um sich geschaffen. Aber anders als bei seinem Körper, der sich durch Magie verfestigt hatte, war das ihrer Meinung nach bei unbelebten Dingen nicht möglich.

Sie beschloss, dass diese Spekulation müßig war, und schlang die Arme um ihn. »Küss mich, Nils, und dann mach mich glücklich. Wir haben harte Tage vor uns, und die will ich mit einem angenehmen Gefühl antreten.«

Das ließ Nils sich nicht zweimal sagen. Er zog Jeans und Slip aus und fühlte sich dabei so menschlich, dass er beinahe vergaß, je auf der anderen Seite des Geistertors gewesen zu sein.

Mit den Fingerspitzen massierte er sanft Manuelas Brustspitzen, bis diese hart und fest wurden, küsste sie, und als er spürte, dass sie für ihn bereit war, drang er vorsichtig in sie ein.

Manuela hatte seine sanfte Art, sie zu lieben, schon immer gemocht, doch diesmal empfand sie mehr als nur Lust. Es war, als würden nicht nur ihre Körper, sondern auch ihre Geister sich vereinigen, und sie gab sich ganz diesem wundervollen Gefühl hin.

Etliche Zeit später, als sie eng aneinandergekuschelt auf dem Bett lagen, fasste sie nach seiner Rechten und hielt sie mit beiden Händen fest. »Es ist ein gutes Gefühl, zu wissen, dass es auf dieser Welt noch etwas Schönes zu erleben gibt«, sagte sie leise.

»Das ist es – und wir werden alles tun, damit wir und auch andere Menschen solch schöne Stunden wieder häufiger erleben werden«, antwortete Nils und dachte an die lange Reise, die vor ihnen lag.

8

Die Koreanerin Ji und ihre japanische Beifahrerin Hanako atmeten auf, als ihr Moped die letzten Höhenmeter überwand und ein kleines, fast kreisrundes Tal vor ihnen auftauchte. In dessen Mitte standen mehrere dunkle Zelte, die in dem diffusen Licht mehr zu erahnen als zu erkennen waren.

»Geschafft!«, stieß Ji aus. »Ich habe nicht mehr daran geglaubt, dass wir hierhergelangen würden.« Sie schüttelte sich bei der Erinnerung an das Grauen, das ihnen begegnet war. Zwar hatten ihre Talismane, die von früheren Generationen gehütet und erst kurz vor der Katastrophe auf sie übergegangen waren, sie vor den Wiedergängern geschützt, doch sie waren nur mit viel Glück und der Unterstützung der Europäerin Manuela den menschlichen Marodeuren entgangen.

Hanako klopfte Ji begeistert auf die Schulter. »Jetzt haben wir eine Chance! Ich spüre, dass hier Menschen versammelt sind, die ähnliche Fähigkeiten haben wie wir beide. Manuela hat die Wahrheit gesprochen.«

»Und sie hat auch recht behalten, dass wir die lange Strecke mit diesem Moped bewältigen könnten«, ergänzte Ji. »Mit einem Auto wären wir niemals durchgekommen.«

»Es gab ja auch kein herrenloses Fahrzeug, das noch funktionierte, abgesehen von uralten Lkws, die auf hundert Kilometer mehr Diesel verbraucht hätten als dieses Töff Töff auf der ganzen Strecke Benzin.« Hanako strich anerkennend über den Sitz ihres arg mitgenommenen Gefährts und ging neben Ji her, die es vorsichtig auf die Zelte zulenkte.

Dort wurde es jetzt lebendig. Dick vermummte Menschen quollen aus den Unterkünften hervor. Als die beiden Freundinnen näher kamen, sahen sie, dass es sich bis auf eine Person um Frauen handelte. Dem einzigen Mann konnte man ansehen, dass er nicht so recht zu wissen schien, was er von dem Ganzen halten sollte. Augenscheinlich war er mit seiner starken magischen Begabung noch lange nicht im Reinen.

Ji und Hanako hatten von Manuela erfahren, wie diese den Chinesen gefunden hatte, und wussten daher, dass er Kun hieß und ein Parteifunktionär war, der den Niedergang seines Staates nach der großen Katastrophe noch immer nicht verwunden hatte. Da er nicht wollte, dass mit dem asiatischen Kontinent China vollends in den Untergang trudelte, sah er sich gezwungen, mit den Frauen zusammenzuarbeiten.

Ji hielt das Moped kurz vor der Gruppe an und stieg ab. »Hello!«, sagte sie auf Englisch. Doch außer ihr und Hanako verstand nur noch die Inderin Pratibha diese Sprache.

»Ihr müsst auf magischem Weg miteinander kommunizieren. Es wird zwar ein wenig dauern, bis ihr die Gedanken der anderen versteht, aber das geht trotzdem schneller, als wenn ihr eine gemeinsame Sprache lernen müsstet«, klang da Manuelas Stimme in ihrem Gehirn auf.

»Danke«, sagte Ji und bemerkte, dass auch die anderen die lautlose Botschaft aus der Ferne vernommen hatten.

Tongsem, die als Tibeterin den kürzesten Weg gehabt und hier auf die anderen gewartet hatte, begrüßte die Neuankömmlinge lächelnd. »Ich freue mich, euch zu sehen. Nun sind wir neun und können es endlich wagen, gegen das Geistertor vorzugehen. Es ist das größte von allen, und aus ihm kamen mehr Geister und Dämonen heraus als bei allen anderen zusammen. Also dürfte es nicht leicht werden, es zu schließen. Doch gemeinsam wird es uns gelingen!«

Während die Frauen nickten, verzog Kun das Gesicht. Als einzigem Mann in der Gruppe stand seiner Meinung nach ihm die Führerschaft zu. Die Weiber, wie er sie nannte, richteten sich jedoch nach Tongsem. Das störte ihn nicht nur, weil sie eine Frau war, sondern mehr noch, weil sie eine Tibeterin war, die alten, längst überholten Ansichten und Überlieferungen anhing. Kun schob sich nach vorne. »Willkommen! Ich bin Chaoling Kun und Vertreter der Volksrepublik China in dieser Runde.«

Seine Landsfrau Bao, eine mittelgroße, stämmige Person, blies verärgert die Luft durch die Nase. Ihr gefiel es nicht, wie Kun immer wieder versuchte, sich wichtigzumachen. Es gelang Manuela jedoch, sie aus der Ferne zu beruhigen.

»Ihr solltet bald aufbrechen, denn ihr habt noch tausend Höhenmeter zu überwinden, bis ihr das Tor vor euch seht«, erklärte sie der Gruppe auf magischem Weg.

»Ich spüre es schon seit einer Weile«, antwortete Hanako und schüttelte sich.

»Tausend Meter in die Höhe? Und wie weit zu gehen?«, fragte Ji.

»Etwa zwanzig Kilometer. Unter normalen Umständen würdet ihr diese an einem Tag schaffen. Aber so müsst ihr mit zwei oder drei rechnen!« Manuela hatte sich den Weg bis in die Nähe des Tores angesehen, sich aber von ihm ferngehalten, um die Wiedergänger, die dort Wache hielten, nicht zu alarmieren. Allerdings konnte den Geistern die Ansammlung der magisch Begabten in ihrer Nähe nicht entgangen sein, und Manuela stellte sich besorgt die Frage, wie sie reagieren würden.

Ji musterte sehnsüchtig die Yaks, die den Besitz der Gruppe über die Gebirgspfade hierhergetragen hatten. Aber sie begriff, dass die Tiere nicht zum Reiten taugten und den Aufstieg eher behindern würden. »Können wir nicht das Moped nehmen? Ich könnte einen nach dem anderen bis zum Tor fahren«, schlug sie vor.

»Das halte ich für keine gute Idee. Ihr müsstet euch trennen und würdet damit den Wiedergängern die Gelegenheit geben, euch einzeln anzugreifen. Nur wenn ihr zusammenbleibt, habt ihr eine Chance«, beschwor Manuela die Gruppe.

Doch Ji gab ihr Vorhaben erst auf, als sie in den Tank des Mopeds schaute und erkannte, dass er fast leer war. »Gehen wir gleich heute weiter, oder warten wir bis morgen?«, fragte sie missmutig.

Tongsem blickte zu dem schmalen Pass hoch, den sie bewältigen mussten. Dort trieben sich bereits einige Wiedergänger herum, um sie zu beobachten, griffen aber noch nicht an.

»Wir sollten aufbrechen«, entschied sie. »Noch länger zu warten nutzt nur unseren Feinden.«

Dabei horchte sie in die Ferne, und Manuela spürte, dass sie eine Antwort erwartete. »Ich stimme dir zu! Ji und Hanako waren die Letzten, die den Weg zu dir geschafft haben. Einige andere sind leider gescheitert.«

Manuela behielt die Bilder, die sie von den letzten Lebensminuten jener magisch Begabten empfangen hatte, für sich, um der Gruppe nicht den Mut zu nehmen. Allerdings waren jene nicht von Wiedergängern umgebracht worden, sondern von Menschen, die sich in den Besitz der schützenden Artefakte hatten setzen wollen.

»Wir brechen auf! Aber wir nehmen nicht viel mit. Nur ein wenig Yakdung für ein Lagerfeuer, warme Kleidung und sehr viel Mut!« Tongsem lächelte der kleinen Truppe aufmunternd zu. Bai reichte Ji und Hanako warme Steppjacken und -hosen sowie feste Stiefel und nahm dann ihren eigenen Packen auf den Rücken. Sie war kräftig und wollte, wo es nötig war, schwächeren Frauen beim Aufstieg helfen.

9

Die Geister blieben verdächtig still. Das wunderte die neun magisch Begabten ebenso wie Manuela. Diese bedauerte, dass sie nicht die gesamte Zeit geistig mit Tongsem und den anderen verbunden bleiben konnte, doch ihr Körper hielt es nur eine gewisse Zeit allein aus, und wenn sie in ihn zurückkehrte, brauchte sie trotz ihrer wachsenden Kraft Stunden, um sich von den Anstrengungen der mentalen Reise zu erholen. Ein weiteres Problem stellte der Zeitunterschied zu Tibet dar. Da sie große Teile der Nacht wach bleiben musste, kam ihr Schlafrhythmus völlig aus dem Takt, und ihre Laune sank auf einen Tiefpunkt. Nachdem sie Eleni Vezelios wegen einer nebensächlichen Angelegenheit angeraunzt hatte, machte Pater Fabian ihr Vorhaltungen.

Manuela hörte ihm genau drei Minuten zu und wollte ihm dann die Meinung sagen. Doch da tauchte Nils auf, fasste sie unter und führte sie beiseite. »Du solltest dich besser ausruhen, mein Schatz. Streiten bringt doch nichts! Die anderen meinen es nicht so, und sie wissen genau, wie viel du dir aufgeladen hast. Es wäre besser, du würdest das Tagesgeschäft Eleni oder Pater Fabian überlassen und dich voll auf die Geistertore konzentrieren. Wir brauchen dich, und zwar so frisch und munter wie möglich.«

»Wie soll ich frisch und munter sein, wenn jeder an mir zerrt und dieses und jenes von mir hören will«, fuhr Manuela auf, sah dann aber Nils' sanftes Lächeln und senkte den Kopf. »Entschuldigung, ich …«

»Du brauchst dich nicht zu entschuldigen«, unterbrach er sie. »Du wirst jetzt brav in dein Zimmer gehen, dich hinlegen und ein wenig schlafen. Wenn du möchtest, massiere ich dir den Nacken.«

»Das wäre nett von dir.« In diesem Augenblick musste Manuela sich zwingen, daran zu denken, dass Nils kein richtiger Mensch, sondern ein Wiedergänger war. Der Gedanke, dass er spätestens nach der Umpolung des letzten Geistertors auch wieder in die andere Welt gerissen werden würde, schmerzte.

Sie sah auf die Uhr und nahm sich genau drei Stunden Zeit, um sich auszuruhen. Danach musste sie sich wieder bei Tongsem melden.

10

Noch immer machten die Geister und Dämonen keine Anstalten, sie aufzuhalten. Tongsem und ihre Begleiter wussten dieses Verhalten nicht zu deuten und befürchteten eine Falle. Auch Manuela, die wieder Kontakt zu der Gruppe aufgenommen hatte, war verunsichert. Sie hatte erlebt, mit welcher Verbissenheit die Geister Europas und Amerikas ihre Tore verteidigt hatten.

»Wahrscheinlich werden sie sich kurz vor dem Tor mit aller Kraft auf euch stürzen, auch wenn viele von ihnen dabei zugrunde gehen werden. Da die schwachen Geister unter dem magischen Bann der Dämonen stehen, können diese sie bedenkenlos opfern«, erklärte Manuela.

Sie musste an sich halten, um die Gruppe nicht aufzufordern, schneller zu werden. Doch die neun standen am Rand der körperlichen Erschöpfung, und die Inderin Pratibha kämpfte in der dünnen Luft mit Atemnot.

Ji und Hanako fühlten sich nach dem langen Weg in dieser Höhe ebenfalls ausgelaugt. Trotzdem versuchten sie, niemand zur Last zu fallen und andere bei dem schwierigen Aufstieg zu unterstützen.

Als sie sich dem Tor auf weniger als einen Kilometer genähert hatten, konzentrierte Hanako sich und sandte ihr magisches Ebenbild nach vorne. Das gelblich strahlende, hoch in den Himmel ragende Tor wuchs vor ihr aus dem Boden, und für etliche Augenblicke nahm sie an, dass sie und die übrigen Mitglieder ihrer Gruppe einfach in seinen Rand hineinspazieren konnten. Doch als sie direkt davorstand, begriff sie, weshalb die Geister bisher nur zugesehen hatten. Fünf Schritte vor dem Tor war der Pfad zu Ende, und dort gähnte ein über hundert Meter tiefer Abgrund. Zwar konnte sie den Torring so nahe vor sich sehen, dass sie glaubte, nur die Hand ausstrecken zu müssen, um ihn zu berühren. Doch es war unmöglich, in ihn hineinzukommen. Jeder Versuch würde mit einem tödlichen Sturz in die Tiefe enden. Also waren sie kurz vor dem Ziel gescheitert.

Von diesem Wissen belastet kehrte Hanako in ihren Körper zurück und stapfte weiter. Warum sie es tat, wusste sie nicht, ebenso wenig, weshalb sie den anderen nicht sagte, dass sie genauso gut umkehren konnten.

Als die Gruppe den Abgrund erreichte, fühlten alle die Heiterkeit der Totengeister und Dämonen. Keine vier Meter trennten sie von ihrem Ziel, doch es hätten ebenso viele Kilometer sein können. Selbst wenn sie in den Abgrund vor ihren Füßen hätten steigen können, so war es unmöglich, vom Boden der Schlucht aus den Torring zu betreten, denn dessen unterer Rand schwebte etliche Meter über dem Grund und berührte nirgends die Felsen.

»Als ich diesen Ort das erste Mal mit meinen magischen Augen gesehen habe, war hier noch überall fester Felsboden«, sagte Tongsem bedrückt.

»Das haben die Geister gemacht, als sie genug Substanz angesammelt hatten, um arbeiten zu können. Wahrscheinlich haben sie gespürt, dass es unseren Freunden in Europa und Nordamerika gelungen ist, die Tore dort wieder umzupolen, und wollen dies hier unter allen Umständen verhindern.« Manuela ärgerte sich, dass sie nicht daran gedacht hatte. Schon eine simple Leiter oder ein paar kräftige Balken hätten ausgereicht, eine Brücke in den Torring zu bilden. Doch hier in dieser baumlosen Hochebene, aus der die höchsten Gipfel der Erde aufragten, war weit und breit kein geeignetes Holz zu finden.

»Vielleicht reichen die Stangen meines Zeltes«, schlug Tongsem vor.

Manuela wollte schon zustimmen, doch Hanako schüttelte den Kopf. »Wenn wir jetzt zum Zelt zurückkehren, brauchen wir vier Tage, bis wir wieder hier sind. Die Zeit dürfte den Geistern reichen, den Abgrund so zu verbreitern, dass wir das Tor auch mit den Stangen nicht erreichen können. Manuela, wie lange hat es bei euch gedauert, das Tor umzupolen?«

»Nicht sehr lange. Als wir begriffen haben, wie es geht, waren es nur ein paar Sekunden«, antwortete Manuela.

»Was willst du tun, Hanako?«, wollte Ji wissen.

»Ich bin dafür, dass wir Anlauf nehmen und in den Ring hineinspringen. Wir werden ein paar Sekunden lang fallen. Vielleicht reicht diese Zeit aus, um das Tor neu zu programmieren!«

»Das wäre Selbstmord!«, stieß Kun hervor.

Die Japanerin drehte sich mit einem traurigen Lächeln zu ihm um. »Willst du lieber warten, bis die Wiedergänger uns bei lebendigem Leib verspeisen? Wenn wir uns hier opfern, können wir vielleicht ganz Asien retten.«

Die wenigsten sahen so aus, als würden sie diesem Vorschlag gerne folgen. Auch Manuela wollte sich schon dagegen aussprechen, als sie sich daran erinnerte, dass im Innern des Torrings die normalen physikalischen Gesetze außer Kraft gesetzt waren.

»Es erfordert Mut, und ihr müsst präzise handeln«, sagte sie zögernd. »Daher werde ich mich mit Tongsem verbinden und euch anleiten. Es kann sein, dass ihr nicht einfach in die

Tiefe fallt, sondern wie durch zähen Schleim gleiten werdet. Damit hätten wir genug Zeit, um das Tor zu reparieren, und vielleicht überlebt ihr sogar. Immerhin ist es vom unteren Rand des Tores nicht weit bis zum Boden.«

»Vor allem aber sollten wir schnell sein, denn die Kerle da haben inzwischen bemerkt, dass sich hier etwas tut.« Hanako wies auf eine größere Anzahl von Geistern, die so nahe an sie herankamen, wie es der Schutzschild der magischen Artefakte zuließ.

»Sie wollten schlau sein und haben sich doch selbst hereingelegt. Kommt! Wir tun, was nötig ist!« Tongsem spürte, wie Manuelas Geist sich mit dem ihren verband, und fasste nach Hanakos und Jis Händen.

Nun traten auch die anderen langsam näher. Kun aber tippte sich an die Stirn. »Seid ihr denn alle verrückt geworden?«

»Wir opfern uns, damit unsere Brüder und Schwestern leben können«, gab Bao zurück und reihte sich mit ein. »Ich werde als Vertreterin unseres Volkes mitmachen! Seid ihr bereit?«

Die anderen Frauen nickten und traten einige Schritte zurück, um Anlauf zu nehmen.

»Bei drei springen wir«, rief Tongsem und begann zu zählen.

Die Wiedergänger in der Umgebung wurden mit jedem Wort nervöser und versuchten, sich auf die Gruppe zu stürzen und Felsbrocken auf sie zu werfen. Aber dazu kamen sie nicht nahe genug heran. Zwar wurde die Kraft der sechs Artefakte durch ihren Druck mit jeder Sekunde schwächer, aber noch hielt ihr Schirm stand.

Kaum hatte Tongsem bis drei gezählt, liefen die Frauen los und sprangen ins Nichts. Kun starrte ihnen nach und sah, wie sie gegen den feurigen Ring des Geistertors prallten und langsam darin versanken. Dann bemerkte er, dass die Dämonen voller Wut auf ihn zukamen, und erinnerte sich, dass er als einer der wenigen in der Gruppe kein Artefakt besaß, das ihn vor den Wiedergängern schützen konnte. Voller Panik nahm er Anlauf.

Er stolperte und stürzte, fiel aber kaum zwei Meter tief. Es war wie das Eintauchen in einen zähen Brei. Im ersten Moment glaubte Kun, er müsse ersticken, dann vernahm er die Rufe der anderen.

»Entspanne dich und atme ganz normal weiter. Du kannst es! Das hier ist nicht materiell, sondern geballte Magie. Sie tut dir nichts, wenn du nicht gegen sie ankämpfst«, rief Manuela ihm zu.

Unter Aufbietung aller Konzentration gelang es dem Mann, dem Rat seiner Begleiterinnen zu folgen, und er bekam wieder Luft. Im nächsten Moment fühlte er, wie er in die von den Frauen gebildete Geisterballung aufgekommen wurde.

Manuela übernahm die Führung und bündelte die Kräfte aller, um den mächtigen Strom der Magie aufzuhalten, der durch den Torring floss. Dabei spürte sie, dass einige starke Dämonen versuchten, ebenfalls in das Tor einzudringen, aber zurückgestoßen wurden. Sie waren stärker als alle, mit denen Manuela es bis jetzt zu tun gehabt hatte, und setzten jene magischen Kräfte ein, die ihnen geholfen hatten, den Berg um das Geistertor abzufräsen. Mit ihnen erschütterten sie die Felsen, um die Menschen unter einem Steinhagel zu begraben, und als das misslang, griffen sie mit ihren Zauberkräften in den Ring.

Mit einem Mal sah Manuela einen riesigen, von langen, scharfen Zähnen umrandeten Schlund auf sich zukommen, der sie in zwei Teile zu zerbeißen drohte. Nicht weit von ihr schrie Kun entsetzt auf, weil der Totenrichter des Westbergs ihn dazu verurteilte, bei lebendigem Leib ausgeweidet zu werden, und Tongsem weinte, weil sie als Grashüpfer wiedergeboren werden sollte.

»Nein!«, schrie Manuela. »Das sind Illusionen der Dämonen. Wehrt euch dagegen! Sie wollen uns auf diese Weise unfähig machen, unser Werk zu vollbringen!«

Dank ihrer Warnung schüttelten mehrere Frauen die Illusion ab und wirkten mit ihr zusammen erneut auf das Tor ein. Doch die kleine Pause hatte genügt, um die Magie wieder in voller Geschwindigkeit in die verkehrte Richtung fließen zu lassen. Daher mussten sie sie erneut bremsen, und diesmal fiel es ihnen schwer, denn der Magiestrom übertraf die Kraft des europäischen und nordamerikanischen Tors bei Weitem. Erst als Manuela Kun und die drei Frauen, die noch von den Schreckensbildern in ihren Köpfen gelähmt waren, geistig anschrie und die Dämonen mit einigen exorzistischen Formeln zurücktrieb, schlossen sich alle fest zusammen. Mit vereinten Kräften gelang es ihnen, den Fluss der Magie umzukehren und das Tor wieder so arbeiten zu lassen wie all die Jahrtausende vor der großen Katastrophe.

Als die ersten Geister durch das Tor gezogen wurden, jubelte Pratibha auf. »Wir haben es geschafft!«

»Das habt ihr«, antwortete Manuela bedrückt, weil sie nicht wusste, was jetzt mit den Mitgliedern dieser Gruppe geschehen würde.

Die neun sanken, wenn auch nur langsam, dem unteren Rand des Tores entgegen. Dort aber fanden sie einen unregelmäßigen Felsabsatz vor, über dem ein Teil der Wand eben erst herausgebrochen war. Immer noch rollten Steine zu Tal, und sie sahen, wie sich eine schmale Felsplatte senkte und ihre Spitze dicht vor dem Tor zur Ruhe kam. Es war eine sehr unsichere Brücke, die sich ihnen da bot, doch die Frauen strebten darauf zu. Wenn die Platte hielt, konnten sie die Talsohle erreichen, die etwa fünfzehn Meter tiefer lag.

Tongsem sprang, erreichte die Platte und fing Ji auf, die abzurutschen drohte. Auch die anderen halfen einander, das vorstehende Felsstück zu erreichen, und krochen vorsichtig über den wackelnden Steg bis dicht unter die Steilwand. Zum Glück war außer Kun, der sich beim Sprung ins Tor den Knöchel verstaucht hatte, niemand von ihnen verletzt. Bao und Tongsem halfen dem Exfunktionär auf den Felsabsatz, und alle kletterten nach einer kurzen Verschnaufpause über das lose Geröll nach unten.

Als alle auf dem sicheren Talgrund standen, blickten sie nach oben. Über ihnen wurden mehr und mehr Geister auf das Tor zugerissen und von ihm verschlungen. Es war ein trauriges Bild, denn viele wirkten so, als wären sie erst nach der großen Katastrophe gestorben. Daher graute es allen vor der Rückkehr in die Heimat.

Eine Weile standen sie wie gelähmt und starrten auf das Tor. Tongsem brach den Bann, indem sie den anderen riet, sich nur darauf zu konzentrieren, einen Weg aus der von den Geistern gegrabenen Schlucht zu finden.

Manuela löste sich von der Tibeterin, sah sich kurz um und wies auf eine Stelle, an der die Felsen eher sanft aufstiegen. Dann verabschiedete sie sich von jedem der Gruppe mit einem »Danke!« und strebte heimwärts. Sie hatte ihren Körper um einiges länger allein gelassen als sonst und sehnte sich nach heißem Kaffee, heißer Suppe und einem heißen Bad.

Neun
Antarktis

1

Manuelas Blick glitt über das versammelte Team. Die Anspannung jedes Einzelnen war greifbar. Während Nadja mit ihrem Stuhl wippte, knetete Pater Fabian seine langen Finger, als wäre ihm kalt. Sogar Nils, der sonst immer darauf achtete, cool zu wirken, sah sie zweifelnd an.

»Gibt es was Neues?«, fragte er.

»Wie kommst du darauf?«

»Ich sehe es dir an der Nasenspitze an. Es muss etwas Erfreuliches sein. Ist es Lesedi und ihren Leuten endlich gelungen, das Tor von Afrika zu erreichen?«

Manuela schüttelte bedauernd den Kopf. »Sie haben noch zweihundert Kilometer vor sich und werden immer wieder von beeinflussten Menschen angegriffen. Ich weiß nicht, ob sie es schaffen werden.«

Enttäuschung machte sich breit, doch Manuela war noch nicht am Ende angelangt. »Dafür ist es unseren Freunden in Südamerika gelungen, ihr Tor zu schließen – und das praktisch ohne meine Hilfe. Quidel hat sich mit indianischen Schamaninnen, afrobrasilianischen Medizinfrauen und sogar christlichen Mystikerinnen zusammengetan und die Sache erledigt. Wenn es ihnen irgendwie möglich ist, wollen sie uns beim antarktischen Tor helfen.«

Einige jubelten auf. Allerdings waren das jene neuen Teammitglieder, die nicht mit auf die lange, gefährliche Reise um den halben Erdball gehen würden. Manuela hatte beschlossen, vor allem jene magisch Begabten mitzunehmen, mit denen sie bereits eng zusammengearbeitet hatte, und das waren Pater Fabian, Nadja und Sandra. Eleni Vezelios würde ebenfalls mitkommen, da sie auch über weite Entfernungen eine magische Verbindung mit ihrer zwölfjährigen Tochter Kontakt halten konnte. Zudem würde Gabriel mit von der Partie sein – der ältere Herr hatte sich freiwillig gemeldet, weil er seiner Enkelin eine lebenswerte Welt hinterlassen wollte – sowie eine Frau mittleren Alters namens Annette, die ihr robust genug für diese Expedition erschien. Auch Nils würde sie zur Antarktis begleiten. Seine Aufgaben als Koordinator der Abteilung hatte er bereits an Frater Siegfried übergeben. Dieser hätte sich der Expedition zwar ebenfalls gerne angeschlossen, doch seine magischen Fähigkeiten waren zu gering, und er verstand auch nicht genug von der Seefahrt, um von Nutzen zu sein.

Nils hingegen sah sich bereits auf halbem Weg zur Antarktis und trat entsprechend auf. »Wie ich aus Kiel erfahren habe, könnten wir in einer Woche aufbrechen. Doch was machen wir mit dem Tor von Afrika? Wenn wir es offen zurücklassen, haben wir den Feind im Rücken.«

»Wir müssen Lesedi und ihren Leuten vertrauen. Ich habe im Norden Afrikas ein paar Frauen entdeckt, die ebenfalls magische Fähigkeiten besitzen. Sie werden sich Lesedis Trupp anschließen. Zwar befindet sich das Tor über dem Wasser, und man braucht ein Boot, um dorthin zu gelangen, aber ich hoffe, dass unsere Freunde eines organisieren können.«

Manuelas Tonfall ließ den Vorschlag, sich selbst um das Afrikator zu kümmern, gar nicht erst aufkommen. Um den Tschadsee zu erreichen, würden sie Hunderte von Kilometern durch die Sahara ziehen und dabei ein Gebiet nomadisierender Stämme queren müssen, die unter der geistigen Herrschaft altafrikanischer Dämonen standen. Dabei war Manuela durchaus bewusst, dass sie und ihr Team nicht umhinkämen, diese Strapazen auf sich zu nehmen, falls es der

Gruppe um Lesedi nicht gelang, das Tor von Afrika umzupolen.

»Sie werden es schaffen!«, sagte sie mehr zu sich als zu den anderen und sah dann Nils auffordernd an. »Also können wir in einer Woche mit der umgebauten *Gorch Fock* aufbrechen?«

»Ihr Hilfsmotor wird gerade gegen einen alten Schiffsdiesel ausgetauscht, was einige Umbauten notwendig macht. Wenn das geschehen ist, steht unserem Aufbruch nichts mehr im Weg. Man hat mir fest versprochen, dass es in einer Woche so weit ist.«

»Wie lange brauchen wir bis nach Kiel?«, fragte Manuela.

»Einen knappen Vormittag. Wir bekommen einen Sonderzug ganz für uns alleine«, antwortete Nils fröhlich.

Nicht nur er war der Meinung, dass dies ein großes Zugeständnis der Kanzlerin war. Auch die Tatsache, dass ihnen mit der *Gorch Fock* das Segelschulschiff der Bundesmarine zur Verfügung gestellt wurde, zeigte ihnen, welchen Stellenwert ihre Aktion besaß. Im Grunde war die *Gorch Fock* das größte noch funktionierende Kriegsschiff Deutschlands, denn all die modernen Fregatten wie die *Sachsen* lagen seit dem Tag der Katastrophe nutzlos herum. Mehrere Schiffe hatten von ihrer Besatzung auf See aufgegeben werden müssen, andere wurden vermisst.

Seufzend dachte Nils daran, dass auch noch künftige Generationen mit den Wunden leben würden müssen, die die große Katastrophe gerissen hatte.

Manuela unterbrach seine Betrachtungen mit der Frage, wie weit die internen Vorbereitungen fortgeschritten seien.

Der junge Wiedergänger grinste beinahe übermütig. »Wir haben alles, was wir brauchen. Das wären polarfeste Kleidung, Ski, leichte Zugschlitten, Energienahrung sowie Taschenlampen und Gaskocher. Letztere müssen aber mit Zündhölzern angezündet werden, da die elektronischen Zündungen nicht mehr funktionieren.«

»Hast du genug Zündhölzer besorgt?«, fragte Manuela.

»Das und etliche andere Dinge mehr! Ich habe mich von einem Fachmann beraten lassen, der mehrmals in der deutschen Neumayer-Station in der Antarktis gewesen ist. Er heißt Dr. Rautenberg und wird uns begleiten.«

»Sehr gut«, antwortete Manuela. »Ich schlage vor, dass du im Lauf der Woche mit dem gesamten Gepäck aufbrichst und die Organisation vor Ort übernimmst. Du wirst gewiss ebenfalls den Sonderzug nutzen können. Wir treffen uns zwei Tage vor der Abfahrt in Kiel.«

»Ich würde gerne jemand mitnehmen, der mit mir ein Auge auf die Sachen hat. In Mangelzeiten wie diesen bekommt fast alles Beine.«

»Ich fahre mit, wenn Manuela einverstanden ist.« Pater Fabian warf einen prüfenden Blick auf die junge Frau und sah sie zu seiner Erleichterung nicken.

»Dann ist ja alles geklärt. Ich gehe jetzt zur Kanzlerin, um ihr vom Erfolg der Südamerikanerinnen zu berichten.« Manuela wollte schon aufstehen, als Nils die Frage stellte, die die wenigen Männer im Team zunehmend beschäftigte.

»Weshalb gibt es eigentlich viel mehr magisch begabte Frauen als Männer?«

»Das dürfte genetisch bedingt sein«, erklärte Manuela nachdenklich. »Männer waren die längste Zeit der Evolutionsgeschichte Jäger. Wer da nicht ganz auf das Hier und Jetzt konzentriert war – was während einer Vision kaum möglich ist –, wurde leicht zu einem Opfer der Raubtiere oder von einem Mammut oder Nashorn zerstampft. Wahrscheinlich haben vor allem die Männer überlebt, die auf Zack waren und sich nicht ablenken ließen. Bei Frauen war dies anders. Ihre Visionen galten oft als Orakel. Denkt doch nur an die Priesterinnen von Delphi, die von den alten Griechen um Rat gefragt wurden.«

»Das heißt, die Männer haben solche Fähigkeiten verloren

oder gar nicht erst entwickelt, weil diese sich im harten Kampf ums Überleben als hinderlich erwiesen haben, während die Frauen sie an ihre Töchter weitervererben konnten? Die Natur ist wirklich ungerecht!« Nils sagte es in einem so bedauernden Ton, dass Manuela fast auf ihn hereingefallen wäre.

Als sie das begriff, packte sie einen der Äpfel, die auf dem Tisch lagen, und drohte, ihn Nils an den Kopf zu werfen. »Verschwinde, bevor ich dir zeige, wozu eine Frau imstande ist!«

Nils lachte jedoch nur und bat Pater Fabian, mit ihm zu kommen. »Wir sehen uns in Kiel!«, rief er, als er die Tür öffnete und das Zimmer verließ.

»Wir sehen uns in Kiel!« Manuela schüttelte sich, denn trotz der Schrecken, die über die bewohnten Kontinente gezogen waren, stellte das Geistertor in der Antarktis wohl die schlimmste Prüfung dar.

2

Die Tage bis zur Abreise flogen nur so dahin. Manuela nahm noch einmal auf magischem Weg Kontakt zu Lesedi, Jane Buffalo Woman, Ji, Tongsem, Quidel und anderen Begabten auf, um sich über die jeweilige Lage zu informieren. In Asien und Amerika hatte das Morden nach dem Schließen der Geistertore nachgelassen. Trotzdem waren die Menschen in den Ländern dort noch weit von einem geregelten Miteinander entfernt, und der größte Feind der dort Lebenden war der Versorgungsmangel. Doch diese Probleme mussten von den Menschen vor Ort gelöst werden.

Bedrohlicher war die Situation in Afrika. Lesedi und ihre Gruppe, die durch mehrere magisch Begabte weiter angewachsen war, strebten immer noch dem Tschadsee zu und vereinigte sich einen guten Tagesmarsch vor seinem Südufer mit den Frauen aus dem Norden des Kontinents, die Manuela zu ihnen geschickt hatte. Doch bevor die *Gorch Fock* ablegte, würde in Afrika nichts geschehen. Da es dann noch eine gute Woche dauern würde, bis das Schiff die Ostsee verlassen und durch die Nordsee in den Atlantik einfuhr, hatten sie noch etwas Zeit, bis sie eine Entscheidung fällen mussten. War das afrikanische Geistertor bis dahin noch nicht umgepolt, würden Manuela und ihre Leute sich zuerst um dieses kümmern. Allerdings bestand die Gefahr, dass sie danach nicht mehr in der Lage sein würden, ihren Weg in die Antarktis fortzusetzen. Dabei war es für die Menschheit überlebenswichtig, das am weitesten von der Heimat entfernte Tor zu schließen. Wenn die aus Europa, Amerika und Asien vertriebenen Geister sich dort erst eingenistet hatten, würde es kaum noch möglich sein, das Tor der Antarktis zu erreichen.

Die gesamte Zugfahrt von Berlin nach Kiel kaute Manuela auf diesem Problem herum. Man hatte ihnen tatsächlich einen Sonderzug zur Verfügung gestellt. Allerdings handelte es sich um eine alte Dampflokomotive, die zu ihrer aktiven Zeit im Güterverkehr eingesetzt worden war, mit einem einzigen Wagen. Da die elektronisch gesteuerte Heizung ausgefallen und noch kein anderes Heizsystem eingebaut worden war, lagen die Temperaturen im Waggon nur ein paar Grad über denen im Freien, wo immer noch dunkler Schnee vom Himmel fiel. Allerdings mischten sich nun einzelne weiß schimmernde Flocken darunter, und das erschien ihnen allen als gutes Zeichen.

Der Kaffee aus den Thermosflaschen und warme Kleidung ließen sie die Kälte ertragen, und als der Zug in Kiel einfuhr, hatten Sandra und Nadja, die beiden Jüngsten der Gruppe, beinahe ein Gefühl von Normalität, wie es seit der großen Katastrophe nicht mehr der Fall gewesen war.

Nils erwartete sie am Bahnhof. Auch er steckte in einem warmen Anorak und hatte Handschuhe angezogen. Breit grinsend hob er Sandra aus der Waggontür und stellte sie auf dem Bahnsteig ab.

»Na, seid ihr gut angekommen?«

Manuelas Mundwinkel zogen sich nach unten. »Das siehst du doch!«

Nils verdrehte die Augen, ohne dass sich seine Mundwinkel senkten. »Da will man etwas Nettes sagen und wird sofort angepflaumt. Das habe ich wirklich nicht verdient.«

»Es tut mir leid, aber meine Nerven sind zum Zerreißen angespannt.« Herzlich umarmte sie ihn kurz und drückte ihm einen Kuss auf die Wange.

»So mag ich es schon lieber«, sagte er und befahl den Dienstleuten, die für diesen Zweck angeheuert worden waren, das Gepäck der Gruppe zur *Gorch Fock* zu bringen.

»Die müssen doch hoffentlich nicht alles bis dorthin tragen?«, fragte Nadja besorgt.

»Keine Sorge, draußen stehen mehrere Handkarren bereit. Ihr werdet zu Fuß gehen müssen. Die Taxis in dieser Stadt sind leider ausgebucht!«

»Wir sollten Rikschas einführen, mit dir als Zugpferd«, spottete Manuela.

»Ich würde dich gerne ziehen«, erklärte er mit ungewohnter Ernsthaftigkeit. »Eine Vision hat mir gezeigt, dass ich es vielleicht sogar tun muss.«

»Seit wann hast du Visionen?«, fragte Nadja neugierig.

»Ich hatte sie hie und da auch schon früher. Aber seit meiner Rückkehr häufen sie sich. Wie es aussieht, haben meine Ahnen trotz ihrer magischen Befähigung darauf geachtet, nicht von einem Mammut in den Schnee getreten zu werden.« Nils grinste schon wieder, und da sie sich auf den Weg zum Hafen machten, erstarb das Gespräch.

Manuela interessierte sich brennend für Nils' Visionen

und beschloss, ihn in einer stillen Stunde an Bord danach zu fragen. Alles, was er an Wissen gesammelt hatte, konnte für ihre weiteren Pläne wichtig sein.

3

Früher hatte eine kleine Kernmannschaft an Bord der *Gorch Fock* den Nachwuchs der Bundesmarine ausgebildet. Die Gesichter, in die Manuela nun blickte, gehörten jedoch ebenso zu jungen Kadetten wie zu Soldaten, die bereits auf modernen Kriegsschiffen gedient hatten, und wettergegerbten Seebären, die nach ihrer Zeit bei der Bundesmarine dreißig Jahre und mehr auf Handelsschiffen und Fischkuttern gefahren waren. Sie alle waren Freiwillige und Überlebende der großen Katastrophe. Bei diesem Unglück hatte die Bundesmarine etliche Schiffe und deren Besatzungen verloren, und beim Angriff der Geisterarmee war sie weiter dezimiert worden.

Die Matrosen sahen in diesem Auftrag eine Möglichkeit, es dem unheimlichen Feind zurückzuzahlen. Daher hatten sich viele für diese Expedition gemeldet, und man hatte die Besten aus der Schar der Aspiranten aussuchen können. Vor diesen Männern lagen harte, arbeitsintensive Wochen, und niemand konnte ihnen die Frage beantworten, ob sie wieder heil nach Hause zurückkommen würden.

Manuela hatte von Nils erfahren, dass auf der *Gorch Fock* alte Motorwinden eingebaut worden waren, um den schweren Anker zu hieven und die großen Segel aufzuziehen. Die meiste Arbeit musste jedoch von Hand erledigt werden. Daher befanden sich doppelt so viele Leute an Bord wie früher. Aber zum Glück mussten sie nicht unter jenen Umständen reisen, die noch im neunzehnten Jahrhundert auf Segelschiffen üblich gewesen waren. Die Lebensmittelversorgung war ausgewogen, der Bordarzt verfügte über moderne Medikamente, und die Kleiderkammer war gut gefüllt.

»Es wird uns gelingen«, dachte Manuela, als sie den Kapitän begrüßte. Dieser schien nicht so recht zu wissen, wie er sich ihr gegenüber verhalten sollte. Die Zeiten, in denen Seeleute höchst abergläubisch gewesen waren, lagen noch nicht lange zurück, und die Ereignisse der letzten Wochen hatten ihm etliche Überlieferungen aus jener Zeit wieder ins Gedächtnis gerufen. Zudem musste er nun mehrere Frauen und Männer transportieren, denen unheimliche Kräfte nachgesagt wurden.

»Wenn das so weitergeht, glaube ich noch an den Klabautermann«, murmelte einer der Matrosen im Hintergrund und traf damit die Gemütslage seines Kapitäns.

Manuela ließ sich nicht beirren, sondern nickte den Männern freundlich zu und bat, in ihre Kabine gebracht zu werden.

Bei diesen Worten verzog der Kapitän das Gesicht. »Sie dürfen die *Gorch Fock* nicht mit einem Kreuzfahrtschiff vergleichen. Durch die zusätzlichen Mannschaften an Bord ist der Platz sehr beengt. Sie werden sich daher mit den weiblichen Mitgliedern Ihres Teams eine Kajüte teilen müssen. Für die Herren werden im Kartenraum Hängematten aufgehängt. Dort schlafen auch ein paar meiner Offiziere und Maaten.«

»Keine Sorge. Ich habe dafür gesorgt, dass ihr euch alle wohlfühlen werdet!«, erklärte Nils, der weitaus munterer wirkte als in den vergangenen Wochen.

»Ihm tut es gut, wieder unter Menschen zu sein«, dachte Manuela, und zum Glück weiß keiner an Bord, dass er einer der Wiedergänger ist. Sie selbst hatte zunehmend Mühe, sich an diesen Umstand zu erinnern.

»Welche Route nehmen wir?«, fragte sie ihn, nachdem sie

ihre Sachen in der winzigen Kabine verstaut hatte, die sie mit Sandra und den anderen Frauen teilen würde.

»Da die Schleusen des Nord-Ostsee-Kanals nicht schnell genug umgerüstet werden konnten, fahren wir um Jütland herum durch das Kattegat und den Skagerrak und dann durch die Nordsee und den Ärmelkanal in den Atlantik hinein. Anschließend geht es südwärts an Afrika vorbei, wenn auch nicht auf dem direkten Weg. Der Kapitän will die natürlichen Luftströmungen ausnützen, um den Dieselmotor so wenig wie möglich einsetzen zu müssen. Die *Gorch Fock* wird noch einmal am Ausgang der Nordsee in die Straße von Dover bei einem Tankschiff anlegen, das dort auf sie wartet. Danach sind wir auf uns allein gestellt. Wir werden in den ersten Tagen per Funk mit der Heimat verbunden sein, dann wird die Leistung unserer Sender und Empfänger zu schwach sein.«

»Ich sehe da kein Problem. Mindestens drei von uns sind in der Lage, den Kontakt auf magischem Weg aufrechtzuerhalten«, erklärte Manuela, die noch nicht begriff, worauf Nils hinauswollte.

Er versuchte, es ihr zu erklären. »Es geht um die Schiffsbesatzung. Sie kennt eure Fähigkeiten nicht und würde ihnen wahrscheinlich auch nicht vertrauen. In ihren Augen ist es eine Fahrt ins Nichts, fast wie damals bei Kolumbus. Zwar kennen sie im Gegensatz zu ihm ihr Ziel, doch um dorthin zu gelangen, werden sie altmodische Methoden anwenden müssen. Radar und ähnlich hilfreiche Dinge gibt es nicht mehr. Stattdessen muss der Kapitän unsere jeweilige Position mit dem Sextanten messen, und das ist bei dem durchwegs bedeckten Himmel fast unmöglich. Wenn man es so nimmt, fahren wir ebenso wie die *Titanic* mit nicht mehr als einem Ausguck im Krähennest.«

»Dann wollen wir hoffen, dass wir auf keinen Eisberg treffen!« Manuela wollte noch etwas hinzufügen, musste aber einen Streit zwischen Sandra und Nadja schlichten, die sich nicht einigen konnten, wer von ihnen die obere und wer die untere Koje bekam.

4

Zwei Tage später lief die *Gorch Fock* aus und fuhr, von dem alten Dieselmotor angetrieben, in die Ostsee hinein. Obwohl starker Seegang herrschte, kamen sie gut voran. Nicht so gut ging es allerdings Eleni und Nadja, die von der Seekrankheit gepackt in ihren Kojen lagen.

Manuela wusste nicht, wie sie den beiden helfen konnte, und holte schließlich Pater Fabian zu Hilfe. Dieser besorgte Eleni und Nadja ein paar Tabletten aus der Schiffsapotheke und betonte, wie wichtig ihre Teilnahme an dieser Expedition wäre. Seine Erklärung trug viel dazu bei, dass die beiden ihre Seekrankheit schließlich überwanden. Kaum hatte die *Gorch Fock* die Nordsee erreicht, saß Eleni in eine warme Decke gehüllt am Bug des Schiffes und blickte auf die grüngrauen Wellen hinaus, die von dem starken Wind aufgetürmt wurden. Nadja spielte mit Sandra Verstecken und war danach so hungrig, dass sie das, was sie während der letzten zwei Tage an Mahlzeiten versäumt hatte, fast auf einen Schlag nachholte.

Manuela lag meist in ihrer Koje und hielt magischen Kontakt zu der San-Medizinfrau. In Afrika stand die Entscheidung kurz bevor. Lesedi war mit ihren Begleitern bis zum Tschadsee gelangt und konnte das afrikanische Geistertor deutlich vor sich sehen. Der Weg dorthin wurde jedoch von einer Geisterarmee versperrt. Dank der Erfahrungen, die Manuela auf den anderen Kontinenten gesammelt hatte, wusste sie, dass die Kraft der magischen Schutzartefakte, die Lesedi und ihre Leute mit sich führten, niemals ausreichen würde, um eine Schneise durch diese Geisterarmee zu schlagen.

Auch Lesedi hatte dies begriffen und beriet sich mit den Leuten aus ihrer Sippe und jenen magisch Begabten, die unterwegs zu ihr gestoßen waren. Einen Ausweg fanden sie ebenso wenig wie Manuela.

»Wir dürfen nicht aufgeben!«, rief diese verzweifelt und war kurz davor, dem Kapitän zu befehlen, ins Mittelmeer einzufahren, um mit ihren Begleitern vielleicht das Zünglein an der Waage zu sein.

Da erreichte sie der verzweifelte Ruf der San. »Sie greifen an!«

So schnell wie diesmal hatte Manuelas Geist ihren Körper noch nie verlassen, und sie schoss mit irrsinniger Geschwindigkeit nach Südosten. Sie umkurvte das Geistertor und landete dann wenig Schritte vor Lesedi.

Diese starrte sie mit weit aufgerissenen Augen an. »Wie machst du das?«

»Was?«

»Ich kann dich sehen!«

Noch während Lesedi dies sagte, blickte Manuela an sich herab. Tatsächlich war sie zum ersten Mal für normale Augen sichtbar und hatte sogar so viel Substanz angenommen, dass sie einen der magischen Gegenstände in die Hand nehmen konnte. Es war zwar nur ein leichtes Stück, das aus der Schale eines Straußeneis geschnitzt worden war, aber sie fühlte sogar Unebenheiten in seiner Oberfläche. Offenkundig waren ihre Fähigkeiten gewachsen.

Bei dem Gedanken zuckte sie zusammen. Wenn sie hier halbstofflich vorhanden war, konnte sie möglicherweise sogar aktiv in den Kampf eingreifen. Sie blickte auf die Masse der Wiedergänger, die vom Willen ihrer Herren getrieben gegen das schützende Feld anrannten, das die magischen Talismane der Gruppe errichtet hatten, und trat einen Schritt nach vorne. Sogleich wichen die Geister schreiend vor ihr zurück. Sie machte einen weiteren Schritt, doch der fiel ihr bereits schwerer, und das Licht des aus der Schale eines Straußeneis geschnitzten Talismans wurde schwächer.

»So geht es also nicht. Aber ich habe schon einmal eine Gruppe von Wiedergängern verscheucht!« Manuela ließ den Gedanken nicht zu, dass es sich damals nur um ein paar wenige gehandelt hatte, während ihr nun Millionen gegenüberstanden. Zuerst schrie sie die Geister an, zu verschwinden. Für eine kurze Zeit hatte sie Erfolg, doch dann verstärkten die Dämonen ihren Einfluss auf ihre Sklaven, und diese hielten wieder stand.

Mit einem Mal spürte Manuela eine Hand, die sich in ihre Schulter krallte, und nahm im nächsten Augenblick Pater Fabians Anwesenheit wahr.

»Du bist doch Exorzist! Tu etwas!«, stöhnte sie.

Als sie sich nach dem Pater umsah, entdeckte sie ihn nicht. Er befand sich also noch auf der *Gorch Fock*. Für einen Augenblick war sie enttäuscht. Dann jedoch spürte sie, wie der Geistliche sich mit ihr verband, und sie hörte sich mit seiner Stimme einen Exorzismus vollziehen.

Die Worte schlugen wie Bomben zwischen den Wiedergängern ein. Selbst die Dämonen, die sich im Hintergrund gehalten hatten, wichen mit verzerrten Gesichtern zurück.

Manuela rief nun die bannenden Worte so laut, wie sie es vermochte, und bewegte sich Schritt für Schritt vorwärts. An den Schatten neben ihr erkannte sie, dass Lesedi und die anderen ihr folgten. Plötzlich bildete sich eine Gasse im Heer der Geister, und der See lag frei vor ihnen.

»Wir schaffen es«, rief Lesedi und wurde schneller. Auch Manuela begann zu rennen, denn sie sah, dass die Geister weiter hinten begannen, die Boote und Schiffe am Ufer zu zerstören.

»Verschwindet!«, schrie sie diese an und wiederholte mehrere exorzistische Formeln. Die Geister spritzten auseinander. Nur ein einzelner Dämon hielt noch stand und hackte auf ein Schiff ein.

Manuela schnaubte empört, als sie Pater Fabians Erzfeind erkannte. »Ich habe dich schon zweimal verjagt. Jetzt werde ich es für immer tun!« Mit diesen Worten eilte sie auf ihn zu und stieß alle Bannsprüche aus, die ihr und dem Pater in den Sinn kamen.

Am Tag der großen Katastrophe hatte der Dämon den Pater lächerlich gemacht und ihnen auch später immer wieder Knüppel zwischen die Beine geworfen. Jetzt aber stand ihm mit Manuela das größte magische Talent dieser Zeit gegenüber. Sie erhielt von Pater Fabian das gesamte exorzistische Wissen und von ihm und den anderen Mitgliedern ihres Teams auch alle Kraft, die diese ihr geben konnten. Obwohl sie nur halb stofflich anwesend war, wurde Manuela zu einer mächtigen Ballung Magie und setzte ihre Kräfte mit aller Entschlossenheit ein.

Diesem Angriff hatte ihr Feind nichts mehr entgegenzusetzen und wich zurück, sodass das sandige Ufer des Tschadsees frei vor ihnen lag. Doch nur ein einziges, eher winziges Boot war dem Vernichtungswillen der Geister entgangen. Manuela hielt es für zu klein, doch Lesedi und die anderen schoben es ohne Zögern ins Wasser und stiegen hinein. Noch während Manuela schwankte, ob sie den alten Kahn auch noch mit ihrem, wenn auch nur teilweise vorhandenen Gewicht belasten durfte, merkte sie, dass es weder Paddel noch Ruder gab, mit denen das Boot angetrieben werden konnte.

»Los, steig ein und schau dir den Außenbordmotor an!«, hörte sie Nils Stimme in ihren Gedanken. Sie richtete den Blick darauf und hörte ihn aufatmen. »Das Ding ist alt genug, um noch zu funktionieren. Du musst diesen Hebel dort umlegen und kräftig an diesem Strick ziehen.«

Manuela gehorchte, doch außer einem leichten Rattern tat sich nichts.

»Kräftiger!«, befahl Nils.

»Ich versuch's ja!« Wütend zerrte Manuela erneut an dem Seil, und diesmal lief der Motor für ein paar Sekunden an.

»Geht doch«, sagte Nils grinsend, während Manuela ein weiteres Mal an dem Strick riss. Der Motor sprang an, und sie gab auf Nils' Anweisung sofort Gas.

Das Boot fuhr tatsächlich los, lag aber so tief, dass Lesedi und ihre Freunde Wasser mit den Händen schöpfen mussten, damit es nicht volllief.

Während Manuela auf den Ring des Geistertors zuhielt, blickte sie sich kurz um. Am Ufer drängte sich ein groteskes Heer. Mittlerweile hatten die Dämonen und ihre Geister so viel Substanz gewonnen, dass kaum noch einer in der Lage war, zu fliegen. Erst als einige der mächtigsten Dämonen ihre Kräfte einsetzten und eine Handvoll Wiedergänger magisch in die Höhe hievten, gerieten Manuela, Lesedi und die anderen wieder in Gefahr.

Die Dämonen ließen ihre Sklaven über den Schirm der Schutzartefakte schweben und dort fallen. Der Weg durch den Schirm wurde für die lebenden Bomben zur Folter, und ihr Schreien hallte weit über den See hinaus. In ihrem Bemühen, aus der Nähe der heiligen Gegenstände zu kommen, verfehlten die Geister samt und sonders das Boot, doch ihr Aufprall erzeugte Wellen, die über die Bordwand schwappten.

»Ihr müsst das Wasser schneller aus dem Boot schöpfen, sonst gehen wir unter«, rief Manuela ihren Begleiterinnen zu.

Lesedi riss sich das Fell von der Schulter, mit dem sie sich gegen die Kälte gewappnet hatte, und verwendete es wie ein Gefäß. Die anderen folgten ihrem Beispiel, und so gelang es ihnen, das Boot auf dem Wasser zu halten.

Während das Geistertor immer näher kam, heulten die Geister und Dämonen am Ufer auf wie getretene Hunde. Pater Fabians Erzfeind raste hinter dem Boot her und stürzte sich kreischend in den Schutzkreis der Artefakte.

Manuela sah es in seiner rechten Hand aufblinken und schrie: »Vorsicht!«

Einer der San legte einen Pfeil auf die Sehne seines Bogens, schoss und traf den Dämon in die Hüfte. Der krümmte sich unwillkürlich und schlug einige Meter neben dem Boot ins Wasser. Vor Schmerzen heulend versuchte er, auf den Kahn zuzuschwimmen. Da traf ihn der nächste Pfeil. Im Grunde waren es nur Mückenstiche, die die Waffe des San ihm versetzte, doch unter der Ausstrahlung der magischen Gegenstände schwächten die Geschosse den Dämon. Zwar versuchte er weiterhin, dem Boot zu folgen, blieb aber immer weiter zurück. Schließlich brüllte er vor Wut, als Manuela genau in den leuchtenden Ring hineinfuhr, der das Tor umgab.

Wieder überkam Manuela das Gefühl, als bewege sie sich durch zähen Schleim. Diesmal aber war sie darauf vorbereitet und begann sofort damit, ihre Kräfte und die der anderen zu bündeln und in den Magicfluss des Torrings zu lenken.

Der Dämon des Paters spürte es und griff magisch nach ihnen. Sofort hatte Manuela das Gefühl, als breche eine Wasserwand über ihr nieder, um sie zu ertränken. Sie hörte die anderen schreien und rief sie mit energischer Stimme zur Ordnung.

»Das ist nur eine Illusion! Ihr müsst dagegen ankämpfen, sonst nimmt sie überhand, und ihr sterbt, weil ihr glaubt, ertrinken zu müssen.«

»Ich kann nicht mehr! Ich ersticke«, stöhnte die Albinofrau.

Da versetzte Lesedi ihr eine heftige Ohrfeige. »Hier ist kein Wasser, es sei denn unter unserem Boot! Du hast Manuela gehört. Wir können das Tor beherrschen!«

»Dann sollten wir schleunigst damit anfangen«, stieß Manuela hervor und stemmte sich gegen den magischen Strom des Torrings. Es war das vierte Tor, an dessen Umpolung sie beteiligt war, und es gelang ihr mit Lesedis Hilfe und der der anderen, auch in diesem den Fluss der Magie in die frühere Richtung zu lenken und es zu versiegeln, ohne dass es zu einem weiteren Zwischenfall kam. Sogar ihr Boot blieb weitestgehend unverändert und verwandelte sich nicht in ein Wasserungeheuer.

Die ersten Wiedergänger wurden bereits eingesaugt, als Pater Fabians Dämon neben Manuela auftauchte. In seiner Hand blitzte ein Messer auf und zuckte auf Manuela zu. Diese spürte noch einen scharfen Ruck, der sie fortriss, dann erlosch alles um sie herum.

5

Als Manuela erwachte, lag sie in ihrer Koje auf der *Gorch Fock*. Nadja, Sandra und Nils saßen neben ihr und wirkten sehr erleichtert, als sie die Augen aufschlug.

»Endlich!«, rief der Wiedergänger aus. »Wir dachten schon, wir würden dich verlieren.«

Manuela richtete sich mühsam auf und sah ihn verwirrt an. »Was ist geschehen?«

»Dieser verdammte Dämon wollte dich umbringen, um zu verhindern, dass du auch noch das antarktische Tor schließen kannst. Wir haben dich quasi im letzten Moment zurückgeholt«, klärte Nils sie auf.

»Aber was ist mit den anderen auf dem Boot?« Manuela befürchtete, dass es Pater Fabians Dämon gelungen sein könnte, Lesedi und die anderen zu töten.

Nils strich ihr beruhigend über die Stirn. »Bevor der Dämon dazu kam, auch nur einem von ihnen etwas anzutun, wurde er vom Sog des umgepolten Tores gepackt und in die andere Welt hineingezogen. Gefallen wird es ihm dort nicht, denn er hat bei seiner Aktion nicht nur seine gesamte Substanz verloren, die er sich hier zugelegt hat, sondern auch den größten Teil seiner früheren Kraft. Er dürfte jetzt kaum stärker sein als ein ganz normaler Mensch, der eben gestorben ist und drüben ankommt. Dabei war er auf dem besten Weg, ein mächtiger Dämon zu werden. Um wieder auf seinen alten Stand zu kommen, wird er einige Hundert, wenn nicht ein paar Tausend Jahre brauchen.«

»Schade, dass es ihn nicht ganz erwischt hat!« Manuela schüttelte die Erinnerung an die grässlichen Begegnungen mit einer heftigen Bewegung ab und blickte Nils lächelnd an. »Vergessen wir den Kerl. Ich habe Hunger!«

»Ich habe gehofft, dass du das sagst. Du hast nämlich bei dieser Aktion auch einiges an Substanz verloren. Zehn Kilo – um es genau zu sagen! Das sind mindestens neun Kilo zu viel.« Nils grinste dabei so spitzbübisch, dass Manuela sich fragte, ob das als kleine Gemeinheit gedacht gewesen war oder als gut verborgenes Kompliment.

»Außerdem hast du sehr lange geschlafen«, warf Sandra ein.

»Wie lange?

Nils wand sich ein wenig, bevor er Antwort gab. »Neun, fast zehn Tage. Wir kommen gut vorwärts und haben bereits den Äquator überschritten. Deine Äquatortaufe holen wir auf dem Heimweg nach.«

»Zehn Tage!« Manuela konnte es kaum glauben. Doch als sie an sich hinabschaute, sah sie selbst, wie schmal sie geworden war.

»Ich bin wirklich abgemagert«, stöhnte sie und nahm den Becher mit Kakao entgegen, den Nadja ihr reichte. Sie brauchte ihre Hilfe, um trinken zu können.

Nach dem ersten Schluck sah sie die anderen an. »Danke,

dass ihr mich rechtzeitig zurückgeholt habt. Der Kerl hätte mich verletzen können, obwohl ich nur als eine Art Wiedergänger dort gewesen bin.«

»Er hätte dich töten können«, sagte Nils leise und legte ihr die Hand auf ihre Schulter.

»Zum Glück hat er es nicht getan!« Manuela widmete sich wieder ihrem Kakao. Unterdessen war Eleni in die Kombüse gelaufen, um Hühnerbrühe mit Nudeln zu holen. Es war das Einzige, das der Bordarzt als erste Nahrung für Manuela erlaubt hatte. Was ihren Gesundheitszustand betraf, stand der gute Mann vor einem Rätsel. Nils hatte ihn während Manuelas geistigem Ausflug aus der Kabine geworfen, da er geglaubt hatte, sie wäre ins Koma gefallen und er müsse sie mit aller Macht wieder zu Bewusstsein bringen.

Manuela schnaubte ein wenig, als sie die Schüssel sah, begann die Suppe aber hungrig in sich hineinzulöffeln. »Bei der nächsten Mahlzeit will ich etwas Festeres zwischen die Zähne kriegen«, sagte sie zwischen zwei Löffeln.

»Bekommst du!«, versprach Nils und lächelte, wurde im nächsten Moment jedoch ernst. »Noch ein paar Tage, dann wird uns laut Kapitän der Wind die Ohren vom Kopf blasen. Wir müssen die brüllenden Vierziger und die rasenden Fünfziger durchqueren, um unser Ziel zu erreichen – von den heulenden Sechzigern ganz zu schweigen.«

»Wovon sprichst du?«, fragte Manuela verständnislos.

Nils rief sich in Erinnerung, dass sie keinerlei Erfahrung mit der Seefahrt hatte, und holte weiter aus. »So werden die fürchterlichen Stürme bezeichnet, die um die Antarktis herum toben. Die Namen haben sie von den Breitengraden, in denen sie zu finden sind. Vor uns liegt ein Meer, bei dem wir uns wünschen werden, wir hätten es nur mit Geistern und Dämonen zu tun. Doch unser ärgster Feind ist die Natur. Auch wenn wir zum Glück nicht um Kap Hoorn herumschippern müssen, hat es die Strecke, die wir zurücklegen müssen, gewaltig in sich. Da gibt es Eisberge, Orkane und Monsterwellen, die schon viele Schiffe versenkt haben. Wenn wir durchkommen, will der Kapitän uns in der Nähe der Vincennes-Bucht an Land setzen. Von dort aus sind es noch tausend Kilometer bis zum antarktischen Tor. Mitten im antarktischen Winter ist das ein höllischer Weg, der auch ohne feindselige Wiedergänger nur mit viel Glück bewältigt werden kann. Wir müssen das Geistertor nämlich während der südlichen Polarnacht erreichen. Das heißt, dass wir zuletzt nur noch eine bis zwei Stunden schwaches Dämmerlicht haben werden, den Rest des Tages ist es dann kohlrabenschwarz.«

»Okay, okay! Ich mache mein Testament«, stöhnte Manuela. »Oder noch besser, ich lege mich wieder hin und schlafe. Wecke mich auf, wenn wir Land erreicht haben.«

Nils' besorgte Miene wich dem gewohnten Grinsen. »Das würde ich ja gerne tun. Aber bis dahin wärst du verhungert. Du hast nichts mehr zuzusetzen, mein Schatz. Daher musst du mindestens dein altes Gewicht wiederhaben, bevor es losgeht. Eine kleine Speckschicht als Reserve wäre auch nicht zu verachten. Dort, wo wir hinkommen, hat es mindestens vierzig Grad im Schatten, minus natürlich. Nicht gerade eine angenehme Urlaubstemperatur.«

»Wir fahren nicht zum Vergnügen hin, sondern um das Tor umzupolen. Aber wenn du mich schon mästen willst, dann hol mir etwas Richtiges zu essen. Die Hühnersuppe füllt ja gerade mal den hohlen Zahn!«

6

Die Tatsache, dass das afrikanische Geistertor wieder funktionierte, ließ Manuela hoffnungsvoller in die Zukunft blicken. Nun konnte sie sich zurücklehnen und Nils' Rat befolgen, die verlorene Kraft wiederzugewinnen. In den nächsten Tagen taten Eleni, Nadja und Sandra alles, um ihr dabei zu helfen, und stritten sich mehrmals mit dem Schiffskoch, dem die Mengen, die eine ausgehungerte magisch Begabte essen konnte, unheimlich waren.

Nils las ihr derweil vor, berichtete ihr, welche Fortschritte die Reise machte, sprach aber auch die Probleme an, die sich inzwischen aufgetan hatten.

»Dr. Rautenberg, unser Antarktisexperte, befürchtet, dass sich die Wegstrecke bis zum Geistertor verdoppeln könnte. Da in der Antarktis Winter herrscht und die Durchschnittstemperaturen auf der Erde bis zu zehn Grad unter den Werten der Vorjahre liegen, nimmt er an, dass das Meer um die Antarktis weiträumig vereist ist.«

»Das klingt nicht gut«, antwortete Manuela, ohne sich ein rechtes Bild von den Bedingungen auf dem südlichsten Kontinent machen zu können. Bis jetzt hatte sie nur gelegentlich Fernsehberichte über die Antarktis gesehen, mit niedlichen Pinguinen und vermummten Wissenschaftlern. Doch wie es sein würde, Tag für Tag über das Inlandeis zu stapfen, entzog sich ihrer Vorstellungskraft. Sie überlegte, ob sie als Geist einen Erkundungsflug zum Geistertor machen sollte. Doch wenn die Wiedergänger dort eine Wache zurückgelassen hatten, würde sie ihr die Gelegenheit geben, ihre Kumpane zu alarmieren, und das erschien ihr zu gefährlich.

Während sie nachdenklich schwieg, stürzte Eleni herein. »Der Kapitän sagt, vor uns liegt eine Sturmfront, die wir nicht umfahren könnten!«

Die See war ohnehin schon außergewöhnlich unruhig gewesen, und als nun der Sturm Masten und Wanten zum Schwirren brachte, waren die Seeleute überzeugt, ihre letzte Stunde sei gekommen. Auch Nils, der nach oben gegangen war, war mulmig zumute angesichts der schwarzen Wolkentürme, die über der *Gorch Fock* aufragten. Blitze durchzuckten den Äther, und so mancher an Bord zog den Kopf ein, wenn der Donner den Schiffsrumpf erzittern ließ.

»Sie sollten unter Deck gehen«, riet der Kapitän ihm.

In dem Moment kam Manuela so hastig den Niedergang hoch, dass sie ausrutschte. »Herr Kapitän!«, brüllte sie über das Heulen des Sturms hinweg. »Drehen Sie ab! Sofort! Da kommt etwas Großes genau auf uns zu.«

»Was?«, fragte der Mann noch, da gellte eine Alarmpfeife über das Deck, und der Steuermann riss das Ruder herum, obwohl das Schiff dadurch quer zu den Wellen zu liegen kam und deren Kämme über das Deck fegten.

Der Kapitän wollte noch etwas sagen, starrte dann aber mit offen stehendem Mund auf das gewaltige Schiff, das vom Sturm getrieben auf die *Gorch Fock* zuschoss und nur wenige Meter von ihr entfernt vorbeitrieb. Es handelte sich um einen der größten Containerfrachter, die je gebaut worden waren. Ein Zusammenstoß mit diesem Kasten hätte das Ende der *Gorch Fock* bedeutet.

Das war auch dem Kapitän bewusst, und er sah sich mit verblüffter Miene zu Manuela um. »Ohne Ihre Warnung hätte der Rudergänger nicht rasch genug reagiert! Bei Gott, wenn ich an die armen Hunde denke, die an Bord des Containerriesen gewesen sein müssen!«

»Ein paar Mann der Besatzung leben noch«, flüsterte Manuela bedrückt.

»Die bedauernswerten Kerle müssen seit der großen Katastrophe auf der See treiben«, rief Nils erschüttert.

Der Kapitän zuckte zusammen. »Haben wir eine Chance,

dem Schiff zu folgen und die Leute zu bergen?«, fragte er seinen Steuermann.

Der wiegte zweifelnd den Kopf. »Bei diesem Sturm würde ich sagen: Nein! Der Frachter ist bereits außer Sicht. Außerdem können wir bei dem Wellengang kein Boot zu Wasser lassen.«

»Könnten Sie das Schiff ausmachen?«, fragte der Kapitän Manuela.

Diese sandte ihr magisches Auge aus und entdeckte den Frachter mehrere Seemeilen weiter im schlimmsten Bereich des Sturmes. Gewaltige Brecher hatten den Rumpf gepackt, überspülten die noch vorhandenen Container und rissen viele herab. Obwohl sie ein seemännischer Laie war, begriff sie, dass es nicht mehr lange dauern konnte, bis das Schiff sank. Doch als sie erklären wollte, wie die *Gorch Fock* dem Frachter folgen konnte, schob sich Pater Fabian zwischen sie und dem Kapitän.

»So leid es mir tut, aber wir haben eine Aufgabe zu erfüllen«, sagte er eindringlich. »Ich werde für die Männer an Bord beten. Doch wir können unser Schiff nicht aufs Spiel setzen. Wenn es uns nicht gelingt, das letzte Geistertor zu schließen, waren all unsere Anstrengungen vergebens und die Menschheit wird untergehen.«

»Wissen Sie, was Sie von uns verlangen?«, fuhr der Kapitän auf. »Die Männer auf dem Frachter sind Seeleute wie wir! Wie schnell treibt der Kasten da drüben?« Die Frage galt Manuela.

»Das Schiff ist jetzt schon mehr als zwanzig Kilometer von uns entfernt«, erklärte sie.

»Zwanzig Kilometer? Hm.« Der Kapitän ballte eine Hand zur Faust und fuhr durch die Luft. Bei der Geschwindigkeit, mit der der Frachter vor dem Wind hertrieb, würde es Tage dauern, bis sie ihn erreicht hatten. Bis dahin aber würden sie Hunderte, wenn nicht gar mehrere Tausend Seemeilen von ihrem Kurs abkommen und hätten sich zusätzlich in Gefahr gebracht. Trotz dieser Erkenntnis dauerte es etliche Sekunden, bis er sich zu einem Entschluss durchgerungen hatte.

»Wir halten weiter Kurs auf die Antarktis. Pater, ich stelle Ihnen heute Abend die Mannschaftsmesse zur Verfügung, damit Sie ein Gebet für die armen Kerle an Bord des Containerfrachters und für alle anderen Seeleute sprechen können, die in der großen Katastrophe das Leben verloren haben.«

Manuela spürte, wie schwer es dem gestandenen Kapitän fiel, diese Worte auszusprechen. Auch ihr tat es leid um die Männer, die nun endgültig zum Tod verurteilt worden waren. Doch in einem hatte Pater Fabian recht: Wenn es ihnen nicht gelang, auch noch das antarktische Tor zu schließen, war alles bisher Erreichte nichts wert.

7

Die brüllenden Vierziger und die rasenden Fünfziger machten ihrem Namen alle Ehre. Selbst die erfahrensten Seeleute konnten sich nicht daran erinnern, in diesen Breiten jemals solche Stürme erlebt zu haben. Alle paar Minuten rief die Pfeife des Maats die Matrosen aus ihren Hängematten, und sie mussten in die Wanten steigen, um Segel zu bergen oder zu setzen. Zum Glück halfen ihnen mehrere Motorwinden dabei, die von alten, längst ausgemusterten Schiffen geholt und hier eingebaut worden waren. Dennoch war es eine höllische Arbeit, und es kam noch schlimmer. Tag und Nacht war ein Gutteil der Mannschaft damit beschäftigt, das Eis mit Hämmern und Pickeln von den Masten und Tauen, der Reling und den Aufbauten zu klopfen, damit die *Gorch Fock* nicht kopflastig wurde und kenterte.

Nach zehn Tagen ununterbrochenen Kampfes gegen die Naturgewalten waren die Seeleute mit ihren Kräften am Ende. Der Kapitän stolperte in die Kajüte, in der Manuela sich mit den Mädchen und den anderen Frauen aufhielt, und ließ sich auf einen Stuhl fallen. Wasser tropfte von seinem Mantel und dem Südwester, der seinen Kopf bedeckte. Rasiert hatte er sich seit Tagen nicht mehr, und sein Gesicht wirkte vor Erschöpfung grau und eingefallen.

»Wir müssen ablaufen«, stöhnte er. »Unter diesen Verhältnissen halten wir keine drei Tage mehr durch.«

Manuela war von der ewigen Schaukelei des Schiffes übel, aber sie raffte sich auf und sah den Mann an. »Wenn wir jetzt aufgeben, werden wir keine zweite Chance mehr erhalten!«

»Ich schlage vor, wir halten auf die australische Küste zu und warten dort auf den antarktischen Sommer. Dann sind die Bedingungen günstiger«, widersprach der Mann.

Manuela schüttelte es. »Ausgerechnet nach Australien? Dort sind die Geister noch in voller Aktion. Wenn die uns bemerken, ist unser Schicksal besiegelt. Da das antarktische Tor als einziges noch offen steht, werden sie es mit Zähnen und Klauen verteidigen.«

»Bis Südamerika werden wir es nicht mehr schaffen. Und selbst wenn, wären wir genau auf der anderen Seite der Antarktis und müssten dann erneut die Sturmzone queren.«

Da der Kapitän sich nicht umstimmen lassen wollte, löste Manuela ihren Geist aus dem Körper und strebte als magisches Auge in die Höhe. Der Sturm war ein ausgewachsener Orkan mit tornadoähnlichen Wirbeln im Innern, welche die *Gorch Fock* auseinanderreißen konnten. Bei diesem Anblick hätte sie dem Kapitän am liebsten zugestimmt. Trotzdem sträubte sich alles in ihr, jetzt aufzugeben. Ihr Blick wanderte südwärts auf die Antarktis zu, und sie atmete auf, als sie keine dreihundert Kilometer entfernt eine ruhige Stelle entdeckte. Das Eis, das sich um die Antarktis gelegt hatte, bildete dort eine Bucht, die von hohen Eiswällen umschlossen war. Dorthin konnte die *Gorch Fock* sich in Sicherheit bringen. Außerdem brachte die extreme Kälte einen weiteren Vorteil mit sich: Es gab kaum treibende Eisberge.

Das erklärte sie dem Kapitän. Zunächst widersprach er, doch als Nils ihn daran erinnerte, wer von der Kanzlerin zum Leiter dieser Expedition ernannt worden war, gab der Mann nach.

»Also gut! Aber auf Ihre Verantwortung«, sagte er mürrisch und zog sich ins Ruderhaus zurück.

Nils sah ihm nach und schüttelte den Kopf. »Er kennt die *Gorch Fock* aus jenen Zeiten, in denen sie noch mit allem möglichen modernen Schnickschnack vollgestopft war. Jetzt reagiert das Schiff jedoch anders, als er es gewohnt ist, und damit kommt er nicht zurecht.«

»Das ist nicht gut«, fand Manuela und bat Eleni um eine weitere Magentablette.

Es blieb die letzte auf dieser Fahrt, denn schon am zweiten Tag erreichte das Schiff die von Manuela entdeckte Bucht im Eis. Unterwegs hatten sie nur wenige Eisberge gesehen, einige davon, die sich erst vor Kurzem gewälzt hatten, glänzten sogar noch weiß, während die meisten ebenso wie das Eis der Antarktis wie von einem Rußfilm überzogen waren. Nun lag dieser dunkle Eisrand, der die Antarktis umschloss, dicht vor ihnen.

Der Kapitän steuerte die *Gorch Fock* in die Eisbucht hinein, ließ aber mehr als einen Kilometer vom Rand entfernt Anker werfen.

»Ich muss verhindern, dass das Schiff vom Eis eingeschlossen wird. Das kann hier sehr schnell gehen«, erklärte er Nils, wobei er Manuela vollends ignorierte. »Daher sollten Sie und Ihre Leute so rasch wie möglich an Land gehen!«

Nils beugte sich über die Karten und drehte sich dann zu Manuela um. »Kannst du uns sagen, wo genau wir gelandet sind?«

Diese bildete ihr magisches Auge und schwebte in die Höhe. Anhand einiger gebirgiger Inseln gelang es ihr, ihre Position zu bestimmen, und zeigte, als sie ihren Geist wieder vollständig in sich aufgenommen hatte, auf eine Stelle der Karte.

»Wir sind hier!«

»Bist du sicher? Das wäre ein ganzes Stück weiter westlich als geplant.« Nils klang enttäuscht, doch Manuela machte eine beschwichtigende Handbewegung.

»Wir sind so nahe an das Tor herangekommen, wie es mit dem Schiff möglich ist. Weiter im Osten toben sich die heulenden Sechziger, wie der Kapitän sie nennt, ungehindert aus. Sobald wir von Bord sind, sollte die *Gorch Fock* versuchen, so rasch wie möglich zu den Haeard- und McDonald-Inseln oder den Kerguelen zu segeln. Dort gibt es einige geschützte Buchten. Wir melden uns, wenn wir wieder abgeholt werden wollen.«

»Wie sollen wir uns verständigen, wenn alle Begabten mit zum Tor ziehen?«, fragte Nils.

»Sandra muss an Bord bleiben. Zum einen wäre es unverantwortlich, ein siebenjähriges Mädchen auf die Reise über das Eis mitzunehmen, und zum anderen kann sie uns hier viel nützlicher sein.« Manuela lächelte der Kleinen zu und ging in die Hocke, um nicht von oben auf sie herabzusehen.

»Das ist für uns überlebenswichtig! Die große Aufgabe des Torschließens vor Augen hat sich noch keiner von uns darüber Gedanken gemacht, wie wir wieder von hier wegkommen. Wahrscheinlich haben wir uns alle vorgestellt, die *Gorch Fock* könne hier vor der Küste ankern und auf uns warten. Aber das ist unmöglich. Aus diesem Grund muss einer von uns, mit dem wir auf magischem Weg Verbindung aufnehmen können, auf dem Schiff bleiben. Du kannst mich überall erreichen und ich dich auch. Deshalb möchte ich, dass du diese Aufgabe übernimmst.«

Die Kleine beäugte sie misstrauisch. »Meinst du das auch ernst?«

»Völlig ernst! Wenn wir diese Sache hinter uns haben, werden wir stark entkräftet sein. Ich glaube nicht, dass ich in dem Zustand über mehrere Tausend Kilometer mit Eleni Kontakt aufnehmen kann. Dich aber kann ich auf dem gesamten Erdball erreichen!« Obwohl ihre Worte in erster Linie als Beruhigung für das Kind gedacht waren, spürte Manuela, dass sie die Wahrheit sagte. Sandra stellte tatsächlich die einzige Möglichkeit für sie dar, die *Gorch Fock* zurückzurufen.

Das Mädchen nickte tapfer. »Ich werde auf deinen Ruf warten, Manuela. Bitte bleibt nicht zu lange fort!«

Nach diesen Worten umarmte sie ihre große Freundin und sah dann zu Nils hoch. »Pass auf sie auf!«

»Das werde ich«, antwortete der Wiedergänger. Doch er hatte ein dumpfes Gefühl im Magen. Wenn das letzte Geistertor wieder richtig arbeitete, würde auch er unweigerlich in die andere Welt hineingezogen werden. Es tat weh, daran zu denken.

»Wir sollten aufbrechen«, mischte sich Pater Fabian ein, dem rührselige Abschiede ein Gräuel waren.

»Das sollten wir«, stimmte Nils ihm zu. »Achtet darauf, dass ihr gut angezogen seid und nichts vergesst. Wir treffen uns oben an Deck. Der Kapitän wird inzwischen das Beiboot ausbringen lassen.«

Er verließ die Kajüte und holte seine bereits gepackten Sachen. Der Pater folgte ihm, während Manuela, Eleni, Nadja und Annette sich noch einmal mit der Unterwäsche beginnend umzogen und schließlich in voluminöse Daunenhosen und -jacken gehüllt an Deck stiegen. Unter der Jacke trug Manuela die Taufschale, auch wenn sie nicht mehr so viel Vertrauen in das nur noch in einem geringen Umkreis wirkende Artefakt hatte. Doch da die Gruppe auch ohne Sandra immer noch aus sechs magisch Begabten bestand, war sie überzeugt, dass ihre gemeinsamen Kräfte ausreichten, sich die Wiedergänger vom Leib zu halten und das Tor umzupolen.

Der Antarktisexperte Dr. Rautenberg und die anderen Männer, die sie begleiten würden, warteten bereits an Deck. Außer Nils, Rautenberg und den magisch Begabten würden acht Matrosen der *Gorch Fock* mit in die Antarktis aufbrechen, um Ausrüstungsdepots für die Rückreise anzulegen. Fünfhundert Kilometer vor dem Tor sollten diese umkehren, sodass Manuela und ihre Gruppe auf dem letzten Stück auf sich allein gestellt sein würden. Dies war eine lange Strecke, zumal zu befürchten war, dass die Wiedergänger sie entdeckten. Bislang waren sie zwar noch auf keine Geister gestoßen. Trotzdem glaubte Manuela nicht, dass diese ihr letztes Tor unbewacht ließen.

Mit einem dicken Klumpen im Magen stieg sie die Strickleiter hinab ins Boot und starrte auf die Eisbarriere, die sie überwinden mussten. Der Kapitän hatte bereits einige Matrosen mit einem anderen Beiboot vorausgeschickt, welche Haken in das Eis hauten und Seile von oben herablassen sollten, um den Expeditionsteilnehmern den Aufstieg zu ermöglichen. Einer der Männer war bereits oben und befestigte die Leinen, mit der die Schlitten, die Ausrüstung und die Frauen hochgezogen werden sollten.

Manuela gefiel es gar nicht, wie ein Gepäckstück behandelt zu werden. Doch als sie sah, wie einer der Seeleute auf halbem Weg nach oben ausrutschte und ins Wasser stürzte, war sie froh, dass ihr so ein Unglück erspart bleiben würde.

Zwei Männer halfen ihrem triefnassen Kameraden aus dem Wasser und hüllten ihn in eine Decke. Mehr konnten sie im Augenblick nicht für ihn tun. Erst auf der *Gorch Fock* würde er die nassen Sachen ablegen und trockene Kleidung anziehen können.

Schon um den Verunglückten nicht zu lange warten zu lassen, beeilte Manuelas Gruppe sich und erreichte kurz darauf die vorbereitete Stelle. Dr. Rautenberg stieg als Erster aus und kletterte mithilfe des Sicherungsseils und eines Eispickels hinauf. Nils folgte ihm und kam ebenfalls gut oben an. Pater Fabian zögerte ein wenig, überwand sich dann aber und erklomm die Eisbarriere. Zwei Seeleute nahmen ihn in Empfang und verhinderten, dass er zurückrutschte.

Gabriel hingegen schüttelte den Kopf. »Für solche Scherze bin ich zu alt. Ich lasse mich lieber hochziehen.«

Kaum hatte er es gesagt, zog ein Matrose einen Gurt zwischen seinen Beinen durch, schlang einen anderen um seine Brust und klickte das Seil ein. Auf sein Zeichen hin begannen mehrere Männer zu ziehen, und Gabriel schwebte noch oben.

»So geht es also«, sagte Manuela sich und trat nach vorne, um als Nächste an die Reihe zu kommen.

8

In Fernsehberichten über die Antarktis hatte Manuela lächelnde Männer in roten oder blauen Anoraks gesehen. Jetzt merkte sie sehr rasch, wie wenig die Wirklichkeit mit diesen Bildern gemein hatte. Ein scharfer Wind pfiff über das Land und trieb graue Eiskristalle vor sich her. Diese setzten sich in jeder Lücke der Kleidung fest, verklebten die Augen und stachen wir tausend Nadeln durch die Haut.

Nadja begann bereits nach kurzer Zeit loszujammern. Ungeduldig drehte sich Dr. Rautenberg um. »Setzen Sie gefälligst Ihre Schutzbrillen auf! Die müssten zu Ihrer Ausrüstung gehören.«

Manuela hatte ihr Ausrüstungspaket bereits auf den Schlitten geladen, den sie ziehen sollte, und musste erst nach der Brille suchen. Mit den Fäustlingen war das fast unmöglich.

Schließlich zog sie diese aus, öffnete den Reißverschluss ihres Packens und kramte. Als sie die Brille endlich gefunden hatte und aufsetzen konnte, waren ihre Finger starr und taub vor Kälte. Obwohl sie ihre Handschuhe sofort wieder anzog, dauerte es einige Zeit, bis ihr wieder warm wurde.

Unterdessen hatte Nils Nadja, Eleni und Annette geholfen, die Brillen herauszuholen und aufzusetzen. Als Manuela ihn gekränkt ansah, weil sie auf sich selbst gestellt geblieben war, hob er lächelnd die Arme. »Sorry, aber du hast ausgesehen, als würdest du selbst mit dem Problem fertig. Das war bei den anderen Damen nicht der Fall.«

»Mit Ausreden seid ihr Männer ja schnell bei der Hand«, spottete Manuela und stemmte sich wieder in ihr Zuggeschirr. Zum Glück kam der Wind von der Seite, statt ihnen ins Gesicht zu blasen. Trotzdem war es ein kräftezehrender Ausflug. Dabei wurde die meiste Arbeit von Dr. Rautenberg und den Matrosen erledigt. Der Antarktisexperte ging an der Spitze der Gruppe und bewegte sich dabei so geschickt auf seinen Skiern, dass Manuela ihn glühend beneidete. Sie selbst war nie besonders sportlich gewesen und wurde von Nadja und Annette weit übertroffen. Nur Eleni tat sich noch schwerer als sie. Doch die Berlinerin biss die Zähne zusammen und bemühte sich, nicht hinter den anderen zurückzubleiben.

Als Dr. Rautenberg nach einer halben Ewigkeit endlich das Zeichen zum Anhalten gab, waren alle erleichtert. »Wir werden hier übernachten, wenn man das bei der herrschenden Dunkelheit sagen kann«, meinte er und spielte dabei auf die südliche Polarnacht an, die ihn und die Matrosen stark behinderte.

Manuela musste sich erst klarmachen, dass sie die Einzige war, die die Umgebung so gut ausmachen konnte, als herrsche eine frühe Dämmerung. Zwar konnten auch die anderen magisch Begabten etwas erkennen, aber nur im Umkreis von wenigen Metern. Rautenberg und die Matrosen hingegen waren auf zwei speziell angefertigte Laternen angewiesen, deren Brennstoff ebenfalls mitgeschleppt werden musste.

»Wie weit sind wir auf dieser ersten Etappe gekommen?«, wollte Pater Fabian wissen.

»Etwa zehn Kilometer«, antwortete Dr. Rautenberg. »Ich glaube nicht, dass wir in den nächsten Tagen viel mehr schaffen werden. Das hier ist die am wenigsten vorbereitete Gruppe Antarktisreisender, mit der ich je unterwegs war.«

Der Experte verschwieg dabei, dass er sich auf seinen bisherigen Expeditionen in die Antarktis zu Fuß selten mehr als einen Kilometer von dem jeweiligen Camp entfernt hatte. Längere Strecken hatte er mit Schneemobilen bewältigt, und noch größere Entfernungen mit Flugzeug oder Hubschrauber. Vor ihrem Aufbruch hatte er diese Tatsache verdrängt gehabt, nun aber erinnerte er sich recht deutlich und glaubte nicht mehr daran, die Gruppe sicher führen zu können.

Manuela spürte die Zweifel des Mannes, und da sie die Hintergründe nicht kannte, wunderte sie sich über den offenkundigen Sinneswandel. Allerdings war auch sie in großer Sorge. Wenn sie nur etwa zehn Kilometer pro Tag zurücklegten, würden sie weit über hundert Tage brauchen, um den Eisring und den restlichen Weg über das Festland bis in die Nähe der Dome-C-Station zu bewältigen. Weder ihre Lebensmittelvorräte noch der Brennstoff für die Laternen und die beiden Expeditionsherde würden auch nur annähernd so lange ausreichen.

»Wir müssen schneller werden«, erklärte sie daher und beschloss, die Strecke, die sie am nächsten Tag bewältigen wollte, magisch aufzuklären, solange die anderen schliefen.

Nadja ahnte, was sie vorhatte, und fasste nach ihrer Hand. »Ich komme mit dir. Du weißt ja, dass ich magisch sehr gut sehen kann!« Dies war eine leichte Untertreibung, denn wenn Nadja sich konzentrierte, konnte sie Dinge erkennen, die hinter anderen Gegenständen verborgen lagen. Mit ihr zusammen vermochte Manuela Gletscherspalten auszumachen, die sie am nächsten Tag umgehen mussten.

9

Bereits am zweiten Tag legten sie eine deutlich längere Strecke zurück, und Manuelas Hoffnung wuchs, ihr Ziel tatsächlich zu erreichen. Anders als Dr. Rautenberg, der mit Karte und Kompass arbeitete, um die richtige Route herauszufinden, brauchte sie keine Hilfsmittel, denn sie fühlte genau, wo das antarktische Tor sich befand. Gelegentlich musste sie den Wissenschaftler darauf hinweisen, weil dessen Kompass immer wieder verrücktspielte. Offensichtlich hatte die große Katastrophe auch das Magnetfeld der Erde erschüttert, und die magnetischen Pole begannen zu wandern.

»Ich vermute, dass die Kompassnadeln in ein paar Jahren nach Süden zeigen werden, weil die Magnetachse sich gedreht hat«, erklärte Nils.

»Stehen wir dann auf dem Kopf?«, fragte Nadja ganz harmlos.

Sofort begann Nils ihr zu erklären, dass das natürlich nicht der Fall sei, da nur die magnetischen Pole der Erde sich verändert hätten, nicht aber die Lage der Erde selbst. »Die kreist immer mit dem Nordpol nach oben um die Sonne«, setzte er in dem Bestreben hinzu, das Mädchen zu beruhigen.

Deren Kichern und Manuelas amüsiertes Glucksen machten ihm klar, dass die beiden genau wussten, worum es ging, und ihn ein wenig gefoppt hatten.

»Frauen!«, stöhnte er theatralisch und gesellte sich zu Pater Fabian, der mit düsteren Blicken über das Eisfeld starrte.

»Wann werden wir den eigentlichen Kontinent erreichen?«, fragte der Geistliche.

»Bei der jetzigen Geschwindigkeit in dreißig Tagen. Möglicherweise auch schneller. Unsere Frauen sind zäh. Da müssen wir aufpassen, dass wir nicht schlapp machen!«, erklärte Nils und blickte auf seine Uhr. »Es ist gleich achtzehn Uhr Ortszeit. Wir sollten bald unser Nachtlager aufschlagen.«

»In fünf Kilometern habe ich eine windgeschützte Stelle ausgemacht. Diese Strecke sollten wir noch schaffen«, mischte Manuela sich ein.

Nils blickte über die graue Eisfläche, über die der Sturm winzige Eiskristalle trieb, die auf der Haut wie Feuer brannten. »Das wird das Beste sein. Hier würden die Zelte weggeweht – falls wir sie überhaupt aufstellen könnten.«

Dr. Rautenberg schnaubte, denn er mochte es gar nicht, wenn andere auf seinem ureigensten Terrain besser Bescheid wussten als er. Doch auch er sah ein, dass sich eine geschützte Stelle besser als Lagerplatz eignete als die Fläche, auf der sie sich gerade befanden.

Tatsächlich erreichten sie, genau wie Manuela vorausgesagt hatte, nach mehreren Kilometern eine etwa hundert Meter durchmessende Vertiefung im Eis, über der eine halbkreisförmige Eisbarriere den Wind abhielt. Die Zelte waren rasch aufgebaut, und zwei der Männer von der *Gorch Fock* begannen damit, aus mitgeführtem Mineralwasser und Nahrungsextrakten das Abendessen zuzubereiten.

»Hoffentlich finden wir auf dem Festland altes, noch unverseuchtes Eis, das wir schmelzen und zum Kochen verwenden können, sonst werden unsere Vorräte knapp«, sagte einer von ihnen.

Manuela wollte schon ihren Geist weiter nach vorne wandern lassen, um nach unverseuchtem Eis Ausschau zu halten. Da zuckte sie wie unter einem Schlag zusammen und fand sich in einer kleinen, von Bergen umgebenen Bucht wieder.

Grauer Schnee fiel wie ein endloser Schleier vom Himmel und hüllte das ganze Land in Düsternis. Am Ende der Bucht lag ein Ort, der vielleicht einmal um die eintausend Einwohner gehabt hatte. Er war fast menschenleer, und nur der aus dem Kamin eines einzigen Hauses quellende Rauch verriet, dass hier noch jemand lebte. Nicht weit entfernt lag ein alter Küstenfrachter am Ufer, und ein halbes Dutzend Männer und etliche Frauen waren dabei, mit Kannen, Eimern und allen möglichen Gefäßen Diesel auf das Schiff zu schaffen und dessen Tank zu füllen.

Unter ihnen waren Quidel und einige weitere magisch Begabte aus Südamerika, die Manuela schon kannte. Nun erinnerte sie sich an deren Versprechen, ihr bei der Schließung des antarktischen Tores zu helfen. Wie es aussah, brach die Gruppe gerade auf. Aber sie würde die Ostküste des siebten Kontinents wahrscheinlich erst erreichen, wenn sie selbst bereits in Sichtweite des Tores waren.

»Bleibt zu Hause! Wir schaffen das schon«, sendete sie Quidel.

Diese blickte kurz auf und lächelte, antwortete aber nicht, sondern ging weiter und schüttete den Inhalt ihres Kruges in den Tank des alten Frachters.

Manuela begriff, dass sie diese Menschen nicht von ihrem Vorhaben abbringen konnte, und kehrte in ihren Körper zurück. Als sie wieder sie selbst war, saß sie im Zelt und wurde von Nadja und Nils gehalten, damit sie nicht umkippte.

»Lasst mich! Es geht schon wieder«, murmelte sie noch etwas benommen.

»Was hast du gesehen?«, fragte Nils neugierig.

»Die Südamerikanerinnen brechen gerade von einem abseits gelegenen Hafen auf, um uns zu unterstützen. Ich habe ihnen gesagt, sie sollen nicht losfahren. Aber sie hören nicht auf mich.«

Nils sah sie nachdenklich an. »Würdest du es tun? Ich wahrscheinlich nicht.«

»Du hast recht. Auch ich würde aufbrechen. Wenn uns etwas zustößt, gibt es wenigstens eine zweite Gruppe, die es vielleicht besser macht.«

10

Seltsamerweise löste der Aufbruch der magisch Begabten aus Südamerika in Manuela und ihren Begleitern das Gefühl aus, in einem Wettbewerb zu stehen. Ihre Tagesetappen wurden länger, und sie erreichten die eigentliche Küste des Kontinents drei Tage eher, als Nils prophezeit hatte. Bisher waren sie auf keinen einzigen Wiedergänger gestoßen und hofften, dies würde noch eine Zeit lang so bleiben. Aber keiner von ihnen rechnete damit, dass das Tor unbewacht sein könnte.

Mittlerweile standen alle gut auf den Skiern, und sie fühlten auch das Gewicht der Schlitten, die sie hinter sich herziehen mussten, nicht mehr so stark. Als Manuela in sich hineinhorchte, stellte sie fest, dass sie sich in einem besseren körperlichen Zustand befand als jemals zuvor. Auch bei Nadja, Eleni, Annette, Nils, dem Pater und Gabriel schien dies der Fall zu sein. Im Gegensatz zu ihnen bauten Dr. Rautenberg und die Matrosen der *Gorch Fock* immer mehr ab.

Doch auch sie zogen tiefer in den antarktischen Winter hinein, obwohl sich sonst selbst hartgesottene Polarforscher zu dieser Jahreszeit nur stundenweise aus ihren Unterkünften trauten.

Nach vier weiteren Tagesstrecken winkte Manuela Nils zu sich. »So kann es nicht weitergehen. Unsere Begleiter sind viel zu erschöpft, um unser Tempo mithalten zu können. Ich schlage vor, wir magisch Begabten laden alles auf unsere Schlitten und ziehen allein weiter. Dr. Rautenberg und die Matrosen können derweil in kurzen Etappen zum Meer zurückkehren.«

»Sie werden aber die *Gorch Fock* nicht mehr vorfinden. Die ist längst weitergesegelt«, wandte Nils ein.

»Sie sollen dort ein Lager aufschlagen und warten, bis wir zurückkommen. Wenn sie ihre Vorräte ein wenig strecken, müsste es gehen.« Sie schwieg einen Moment. »Es geht mir auch um die Wiedergänger. Je mehr Zeit wir ihnen lassen, ihre Verteidigung aufzubauen, umso schwerer wird es für uns, das Tor umzupolen. Sie brauchen nur das Eis um den unteren Rand wegfräsen. Wenn das Tor dann hundert Meter über uns schwebt, waren all unsere Anstrengungen umsonst.«

Das sah Nils ein. Als er Manuelas Überlegung den anderen vortrug, atmeten Rautenberg und die Seeleute erleichtert auf. Die durch den schwarzen Schnee dunkel gefärbte Antarktis wurde ihnen von Tag zu Tag unheimlicher, und sie waren erleichtert, ans Meer zurückkehren zu können. Dabei war ihnen bewusst, dass sie dort ohne jede Möglichkeit, mit jemand Kontakt aufzunehmen, wochenlang würden warten müssen, bis entweder Manuelas Gruppe erschien oder die *Gorch Fock* sie abholte.

11

Nachdem sie sich von den anderen getrennt hatten, begleitete Manuela in der Nacht in einer weiteren Vision ihre südamerikanischen Freunde. Der alte Frachter pflügte sich mühsam durch die Wogenkämme, zwischen denen das Schiff fast vollkommen verschwand, um kurz darauf wieder hochgerissen zu werden. Zwar konnte Manuela die genaue Position nicht bestimmen, doch sie hatte zunehmend das Gefühl, dass der Frachter nicht auf die Antarktis zuhielt, sondern Richtung Osten stampfte.

Als die Vision abbrach, richtete sich Manuela in ihrem Schlafsack auf. Nun begriff sie, was die magischen Frauen Südamerikas vorhatten. Deren Ziel war nicht die Antarktis, sondern Australien. Sie wollten sich den Wiedergängern dort als Köder darbieten in der Hoffnung, dass die Gruppe, die auf dem Weg zum Tor war, durch diese Aktion so lange wie möglich unbehelligt blieb.

Nach dieser Erkenntnis vermochte Manuela nicht mehr zu schlafen und weckte die anderen. »Wir sollten weiterziehen«, sagte sie. »Jetzt gilt es, schnell zu sein, und zwar sehr schnell!«

»Draußen sind es sechzig Grad minus, und der Sturm heult, dass es einem angst und bange werden kann«, wandte Eleni ein.

Manuela ließ sich nicht beirren. »Es wird am Morgen kaum wärmer sein, und der Sturm klingt auch nicht danach, als würde er in den nächsten Stunden abschwächen. Also können wir genauso gut jetzt aufbrechen, anstatt noch drei Stunden zu warten!«

Da Nils sich ihrer Meinung anschloss, krochen die anderen mit mürrischen Mienen aus ihren Schlafsäcken, zogen sich an und machten sich zum Aufbruch bereit.

Ihre Schlitten waren schwerer als in den Tagen, in denen die Matrosen ihnen geholfen hatten, doch sie merkten es kaum. Auch ertrugen sie die Kälte besser als erwartet.

»Das liegt an unseren magischen Fähigkeiten«, vermutete Nils. »Allerdings befürchte ich, dass uns der Kraftstrom stärkt, der noch von dem letzten Tor ausgeht. Wenn es umgepolt ist, werden wir höchstwahrscheinlich deutlich schwächer werden. Im Augenblick aber ist es ein glücklicher Umstand, dass wir von dem Magiestrom profitieren. Menschen ohne unsere Fähigkeiten könnten diese Reise nicht durchstehen.«

»Das hat man an Dr. Rautenberg und den Seeleuten gesehen«, stimmte ihm Pater Fabian zu.

»Wenn die Wiedergänger glauben, es könnte niemand den Weg bis zum antarktischen Tor bewältigen, eröffnet uns dies eine weitere Chance!« Mit diesen Worten stemmte sich Manuela noch stärker in das Zuggeschirr ihres Schlittens.

Die Strecke, die sie an diesem Tag zurücklegten, war trotz des immer stärker werdenden Sturms doppelt so lang wie ihre bisher längste Etappe. Erschöpft bauten sie die Zelte auf, nahmen ein nur durch seinen Energiewert interessantes Abendessen zu sich und krochen todmüde in die Schlafsäcke.

Manuela schlief sofort ein. Doch schon bald ging ihr Geist auf die Reise, und sie sah das antarktische Tor direkt vor sich. Es war nicht ganz so groß wie das europäische, aber immer noch von imponierenden Ausmaßen. Am meisten begeisterte sie die Tatsache, dass es zu fast einem Drittel im Eis steckte. Wenn die Wiedergänger es freilegen wollten, hatten sie einiges zu fräsen.

Auch diesmal wachte Manuela nach der Vision wieder auf, ließ aber die anderen schlafen. Sie selbst brauchte eine Weile, bis sie wieder müde genug war und wegdämmerte. Ihr letzter Gedanke ließ sie zufrieden lächeln: Sie mussten nur schnell genug sein, dann würden sie das Tor ohne Probleme umpolen können.

12

Am nächsten Tag spürten auch die anderen das Geistertor. Die Gesichter wurden ernster, und alle wünschten sich Flügel, um so rasch wie möglich hinzukommen. Doch noch lagen mehrere Hundert Kilometer Eiswüste vor ihnen, die bezwungen werden mussten. Manuela strebte mit aller Verbissenheit vorwärts, obwohl sie immer wieder Visionen bekam, die zum Glück aber nur so kurz waren, dass sie weitermarschieren konnte. In ihnen sah sie das südamerikanische Schiff. Es hielt direkt auf die große australische Bucht zu und war bereits von den ersten Wiedergängern entdeckt worden. Noch ließ man es in Ruhe, doch die magisch begabten Frauen an Bord nahmen bereits die Dämonen wahr, die ihre Geisterheere sammelten.

»Wir müssen noch schneller werden!«, erklärte Manuela, als sie wieder einmal aus einer nur Sekunden dauernden Vision erwachte.

»Wie stellst du dir das vor? Wir gehen Tag für Tag bis ans Ende unserer Kraft«, protestierte Nadja.

»Es geht um unsere südamerikanischen Freunde. Sie haben Australien erreicht und werden bald von den Dämonen und ihren Wiedergängern angegriffen.«

Nils klatschte vor Begeisterung in die Hände. »Ein geschickter Schachzug! Sie tun so, als würden sie das Geistertor in Australien vermuten, und verschaffen uns damit Zeit.«

»Aber sie werden die Angriffe nicht lange abwehren können, denn die Kraft ihrer Schutzartefakte erschöpft sich unter dem Druck der vielen Geister«, antwortete Manuela erregt. »Ich will nicht, dass sie für uns sterben!«

»Das will niemand!« Nils nickte ihr begütigend zu und begann, ein paar Sachen von ihrem und Nadjas Schlitten auf seinen zu verladen. Pater Fabian erleichterte Eleni Vezelios' Gepäck, während Annette abwehrte: »Es geht schon noch!«

»Sie werden anders reden, wenn wir erst einmal zwei Tage durchmarschiert sind. Und das müssen wir! Wenn wir nicht schnell genug sind, geraten Quidel und die anderen Freunde aus Südamerika in Teufels Küche. Sobald die Dämonen mit ihnen fertig sind, könnte es ihnen einfallen, doch einmal nach ihrem Tor zu schauen. Wo ein Schiff ist, mag es ja auch ein zweites geben. Und jetzt weiter! Wir haben nur noch zweihundert Kilometer vor uns.« Nils sagte nicht die ganze Wahrheit, denn es waren noch etliche Kilometer mehr.

Genau wie er legte sich die gesamte Gruppe verbissen in die Zuggeschirre und kämpfte nicht nur gegen die Widrigkeiten der Natur, sondern auch gegen die eigene Schwäche. Da sie nun Tagesetappen bewältigten, die weit über der Leistungsfähigkeit normaler Menschen lagen, erschöpfte sich auch ihre Kraft. Um die Schlitten zu erleichtern, ließen sie an einigen Stellen Teile ihrer Vorräte zurück, um sie auf dem Rückweg wieder einzusammeln. Dennoch wurde es ein Wettlauf mit der Zeit.

13

In Australien hatten die Dämonen inzwischen ihre Sklaven gegen das fremde Schiff in Marsch gesetzt. Ein Teil der Wiedergänger schwamm auf das Meer hinaus, um den alten Frachter zu entern, während andere von ihren magisch begabten Herren in die Luft gehoben und als Wurfbomben verwendet wurden.

Der Schirm, den die magischen Amulette der Südamerikanerinnen erzeugten, war erstaunlich stark, doch die Angriffe zehrten an ihm, und mit jeder Attacke der Wiedergänger nahm die Kraft der Artefakte ab.

»Sie halten höchstens noch einen Tag durch!«, rief Manuela, als sie in einer kurzen Rastpause aus einem nur wenige Minuten dauernden Schlaf erwachte.

Nils schätzte die Entfernung zum Tor und atmete tief durch. »Dann sollten wir aufbrechen. So weit kann es nicht mehr sein. Wir sehen das Ding ja schon vor uns. Also vorwärts!«

Sie nahmen sich nicht mehr die Zeit, die Zelte, die sie zum Schutz gegen den Sturm errichtet hatten, wieder abzubauen, sondern standen auf und gingen weiter. Nadja versuchte, das Tempo mitzuhalten, brach aber nach wenigen Kilometern vor ihrem Schlitten zusammen.

»Lass das blöde Ding stehen!«, wies Manuela sie an und zerrte sie hoch.

Eleni schlüpfte ebenfalls aus dem Zuggeschirr. »So schaffe ich es nicht mehr!«

»Lasst alle Schlitten hier stehen«, befahl Nils, da Pater Fabian auch schon wankte und Gabriel und Annette ebenfalls keine Kraft mehr zu haben schienen. Während die untersetzte Frau ihren Schlitten einfach zurückließ, kramte Gabriel in dem seinen und holte einen Beutel heraus. »Darin ist der Teddy meiner Enkelin. Sie hat ihn mir mitgegeben, als wir aufgebrochen sind. Jetzt werde ich ihn ihr wahrscheinlich nicht mehr zurückbringen können.«

Manuela bat Annette, sich um den alten Mann zu kümmern, und wandte sich Nils zu. »Den Schlitten mit den Ersatzzelten und dem Kocher sollten wir mitnehmen – und genug zu essen!«

»Ich kümmere mich darum! Und ihr macht jetzt, dass ihr zum Tor kommt! Du sagst doch, es wäre dringend.«

Mit dieser Bemerkung brachte Nils Manuela zum Lachen, und sie fühlte, wie frische Kräfte sie durchströmten. Die kamen von Nils, dessen war sie gewiss. Dabei wirkte er selbst ausgelaugt.

»Du hast doch gesagt, du hast mich in einer deiner Visionen ziehen müssen. Vielleicht ist es jetzt so weit!« Manuela strich Nils lächelnd über den voluminösen Anorak und wollte noch etwas hinzufügen, doch er schob sie vorwärts. »Beeile dich lieber, wenn du unsere südamerikanischen Freunde noch retten willst!«

»Aber wenn das letzte Tor wieder richtig funktioniert, wird es auch dich einziehen. Dabei wollte ich dir noch so viel sagen!« Manuela kamen die Tränen.

Mit einer sanften Geste wischte Nils sie ihr von den Wangen, bevor sie festfroren. »Wenn alles wieder in Ordnung gekommen ist, kannst du ja eine Séance veranstalten und mich rufen.«

»Das werde ich, und ich werde dir sagen, dass du der beste und liebste Mensch bist, den ich je getroffen habe.«

»Allein dafür hat es sich für mich gelohnt, zurückgekommen zu sein!« Nils verabschiedete sich kurz von den anderen, winkte Manuela noch einmal zu und lud alles auf seinen Schlitten, von dem er glaubte, dass es von der Gruppe als Erstes gebraucht wurde. Dann machte auch er sich auf den Weg.

Traurig blickte er hinter Manuela und ihren Begleitern her, die bereits weit vor ihm waren. In ihrer Gegenwart hatte er beinahe vergessen, dass er kein richtiger Mensch war, sondern ein Wiedergänger. Nun aber, kurz vor dem Ende, wurde ihm diese Tatsache erneut schmerzhaft bewusst.

Während Manuela sich darauf konzentrierte, einen Schritt vor den anderen zu setzen, zwang etwas in ihr sie, hie und da zurückzublicken. Sie fing auf, was Nils fühlte. Obwohl er stark geschwächt in der anderen Welt ankommen würde, hatte er ihr so viel von seiner magischen Kraft übertragen, wie es ihm möglich gewesen war. Nun wünschte sie, sie könne diese Kraft mit den anderen teilen. Nadja musste bereits von

Pater Fabian gestützt werden, und auch Eleni sah aus, als würde sie jeden Augenblick zusammenbrechen.

Als sie stolperte, hielt Manuela sie fest und fasste sie unter. »Wir haben es bald geschafft«, flüsterte sie und starrte nach vorne.

Das Tor ragte bereits hoch über ihnen auf. Sie mussten nur noch wenige Kilometer zurücklegen, um es zu erreichen – und es war kein Feind zu sehen.

»Das Ablenkungsmanöver wirkt!«, presste sie zwischen den Zähnen hervor und eilte weiter.

Vor ihrem inneren Auge sah sie Quidel und deren Freunde auf dem Schiff, dessen schützender Schirm unter der Wucht der Angriffe immer kleiner geworden war, sodass er kaum noch vom Bug zum Heck reichte. Sobald die Wiedergänger auf dem Deck Fuß fassen konnten, würden sie das Boot zum Kentern bringen.

Um ihre Begleiter anzuspornen, auch noch das Letzte zu geben, ließ Manuela sie an den Bildern teilhaben. Während sie weiterging, hörte sie, wie Pater Fabian die himmlischen Mächte im Gebet anflehte, Quidel beizustehen.

Plötzlich ragte das Tor vor ihnen auf, und es war tatsächlich weit und breit kein Geist in Sicht. Einen Augenblick stand Manuela starr und rang nach Atem. Ihre Lunge protestierte gegen die kalte Luft, die sie durch den Mund einsog, doch das war nebensächlich. Mit entschlossener Miene winkte sie den anderen zu, ihr in den Torring zu folgen.

14

Es war, als tauchten sie in flüssiges Eis. Manuela glaubte zu erstarren und geriet für einen Augenblick in Panik. Im nächsten Moment spürte sie, wie die Schale Johannes des Täufers sie wärmte und kämpfte ihre Angst nieder. Sie konzentrierte sich und sprach die anderen mit ihrer magischen Stimme an. »Spürt ihr den Fluss?«

Als die Freunde bejahen, bündelte sie ihre gesamte Kraft und die der anderen in der Taufschale, richtete sie dann auf den Ring und begann, den magischen Strom anzuhalten. Dabei nahm ein anderer Teil ihres Ichs Quidels verzweifelten Kampf gegen die angreifenden Wiedergänger wahr. »Halte durch, wir haben es gleich geschafft«, wollte sie der Frau senden, doch die magischen Wirbel um sie herum verhinderten jede weitere Vision.

Zunächst wirkte der Fluss der Magie wie festgefroren und widerstand den Versuchen, ihn umzusteuern. Mit aller Konzentration und dem warmen Licht, das der Taufschale noch innewohnte, sowie der Kraft, die ihr von Nadja, Pater Fabian, Eleni, Annette und Gabriel zuströmte, gelang es Manuela, ihn zu bremsen und schließlich in die andere Richtung zu drehen. Als auch die Sicherung des Tores gegen die Dämonen wiederhergestellt war, stieß Manuela ihre Begleiter dorthin, wo sie den Torrand vermutete. Kurz darauf stolperte auch sie ins Freie und zählte sofort nach. Zu ihrer Erleichterung waren alle herausgekommen.

Obwohl Pater Fabian schlotterte, als sitze er nackt im Eiswasser, lächelte er. »Ich hätte nie gedacht, dass mir sechzig Grad Minus warm vorkommen könnten. Doch gegen das, was ich da drin empfunden habe, ist diese Temperatur leicht zu ertragen.«

»Stimmt«, antwortete Manuela, die trotz des Artefakts

unter ihrer Jacke gefroren hatte, als hätte man sie in eine Extremkühlung gesteckt. Dann blickte sie in die Richtung, in der sie Australien wusste. »Allmählich müssten die ersten Wiedergänger und Dämonen hier auftauchen. Sonst haben wir ein Geistertor in Australien oder im Pazifik übersehen.«

»Bitte nicht!«, stöhnte Eleni.

Da jubelte Nadja auf. »Da kommen sie!«

Jetzt sah Manuela sie ebenfalls. Wie eine schwarze Wand wurden die Totengeister auf das Tor zu gerissen und verschwanden fluchend und kreischend darin.

Man konnte sogar einige der Dämonen erkennen, die bereits in Europa und dann in Afrika gehaust hatten. Jetzt wurden sie für immer in ihre eigene Welt verbannt.

Ein Aufflackern in ihrem Kopf und das Wort »Danke!« lenkte Manuelas Blick wieder auf die Situation vor Australiens Küste. Hatte es dort eben noch so ausgesehen, als müssten die Wiedergänger nur noch die Hände ausstrecken, um das alte Schiff in die Tiefe zu ziehen, so waren sie im nächsten Moment verschwunden gewesen. Quidels Freundinnen sahen sich noch verwirrt um, als erwarteten sie, dass die Feinde sich nur kurz zurückgezogen hätten, um mit neuer Kraft angreifen zu können. Die Indio-Frau aber hatte begriffen, dass es vorbei war.

Erleichtert verstärkte Quidel die Verbindung mit Manuela und ließ sich kurz berichten. »Habt ihr etwas dagegen, wenn wir die Küste der Antarktis anlaufen, um zu euch zu stoßen?«, fragte Quidel. »Unser Diesel reicht nicht mehr für die Rückkehr nach Puerto Coig!«

»Kommt bitte! Wir freuen uns auf euch!«, antwortete Manuela, die im Moment nicht daran dachte, welch langer, schwieriger Weg vor ihr und ihrer Gruppe lag. Zufrieden blickte sie nach oben zum Tor und teilte die Bilder mit Quidel. So konnten auch die Südamerikanerinnen sehen, wie die australischen und ozeanischen Wiedergänger in dichten Schwärmen eingesogen wurden. Das Ganze dauerte vielleicht eine halbe Stunde, dann erschienen nur noch einzelne Wiedergänger und einige Dämonen, die versucht hatten, sich mit ihren Kräften auf dieser Welt festzukrallen. Zehn Minuten später schloss sich der Torring bis auf eine kaum wahrnehmbare Öffnung.

Einen Augenblick später klang eine Stimme hinter Manuela auf. »He, Leute, ich habe die Zelte aufgeschlagen und etwas Suppe gekocht. Ihr mögt sicher etwas Warmes im Bauch!«

Manuela fuhr herum und starrte den Sprecher an. Es war tatsächlich Nils! Er lächelte unsicher und starrte immer wieder auf das Tor, als erwarte er, doch noch eingesogen zu werden. Schließlich zuckte er mit den Schultern. »Wie es aussieht, werde ich selbst hindurchgehen müssen«, sagte er zu sich selbst, doch Manuela bekam die Worte auf magischem Wege mit.

Bleib doch!, wollte sie rufen. Doch da hatte er sich bereits in Bewegung gesetzt und trat auf das Tor zu. Kurz davor drehte er sich noch einmal um und winkte. Dann machte er den entscheidenden Schritt – und wurde zurückgeschleudert.

Er kam vor Manuelas Füßen zu liegen und stöhnte. »Aua! Das hat wehgetan.

Manuela starrte zuerst ihn, dann das Tor und dann wieder ihn an. »Was war das?«

»Wenn ich boshaft wäre, würde ich sagen, dass selbst der Teufel Nils nicht haben will«, warf Pater Fabian ein. »Aber da ich das nicht bin, sage ich, dass der Himmel unserem Freund eine zweite Chance geschenkt hat. Es ist der Dank dafür, dass er sich, obwohl er ein Wiedergänger war, auf unsere Seite geschlagen und mit dafür gesorgt hat, dass die Menschheit gerettet wurde.«

»Er ist durch den Kontakt mit uns zu menschlich geworden, um durch das Tor gehen zu können!« Auch Nadja hatte sich ihre Gedanken gemacht und half nun Nils auf die Beine. »Ich freue mich, dass du bei uns bleiben kannst.«

»Ich mich auch!« Pater Fabian reichte Nils die Hand und drückte sie trotz der hinderlichen Polarhandschuhe, die beide trugen.

Nils' Blick suchte Manuelas. »Und du? Freust du dich nicht?«

Anstatt einer Antwort umarmte sie ihn und gab ihm einen Kuss. Dann wandte sie sich mit fröhlich blitzenden Augen an die anderen. »Wir sollten jetzt etwas essen und uns ein wenig ausruhen. Danach brechen wir auf. Es liegt noch ein weiter Weg vor uns!«

15

Seit den Tagen in der Antarktis war etwas mehr als ein Jahr vergangen. Manuela saß in ihrem Büro und blickte auf den kleinen Röhrenfernseher, der zu den ersten Geräten zählte, die nach alten Plänen hergestellt worden waren. Auf dem Bildschirm war die Kanzlerin zu sehen, die eben eine Ansprache an die Nation hielt.

»… gedenken wir der Toten, die durch die Katastrophe und deren Folgen gestorben sind«, erklärte sie gerade und machte eine kurze Pause.

»Obwohl wir in Deutschland etwas mehr als ein Drittel unserer Bevölkerung verloren haben, stehen wir im Gegensatz zu anderen Nationen, die mehr als achtzig Prozent der Einwohner zu beklagen haben, noch sehr gut da. In den USA zum Beispiel hat die Regierung in Washington bis jetzt weniger als ein Viertel des Territoriums wieder unter ihre Verwaltung bringen können, und in anderen Flächenstaaten sieht es ähnlich aus.«

Als sie weitersprach, blitzten ihre Augen unternehmungslustig auf. »Sprechen wir nun von der Zukunft. Wir sind gut gerüstet, denn wir konnten mit unseren Lebensmittelreserven die Ernteausfälle des letzten Jahres zum größten Teil ausgleichen und werden auch in Zukunft unsere Bürgerinnen und Bürger ernähren können. Außerdem konnten wir auf die technischen Errungenschaften vergangener Generationen zurückgreifen, so wie zukünftige Generationen einmal auf unser Know-how werden zurückgreifen können, wenn der Katastrophensatellit in geschätzten zweihundert Jahren abstürzen und in der Erdatmosphäre verglühen wird. Wir ...«

»Manuela, was ist? Du kommst noch zu spät zu deiner eigenen Hochzeit.« Nadjas Drängen brachte Manuela dazu, den Fernseher auszuschalten und aufzustehen. Sie lächelte dem Mädchen zu, das ebenso wie Sandra eine ihrer Brautjungfern war. Beide steckten in hübschen, rosafarbenen Kleidern und hielten kleine Sträußchen aus rosa Blüten in der Hand.

Auch Manuelas Brautkleid war rosa. Eigentlich hatte sie ein rotes Kleid anziehen wollen, während Eleni und Lieselotte auf Weiß bestanden hatten. Nach einem kurzen und beinahe heftigen Streit hatten sie sich in der Mitte getroffen.

Manuela schüttelte lächelnd den Kopf. Als wenn die Farbe eines Kleides so wichtig wäre! Andererseits wollte sie Nils natürlich gefallen. Was er wohl tragen würde? Jeans und ein oben offenes Hemd? Oder doch Anzug mit Krawatte?

»Du siehst prachtvoll aus. Da werden Nils die Augen aus dem Kopf fallen«, behauptete Lieselotte, als Manuela auf die Tür zuging.

»Hoffentlich nicht! Stell dir nur vor, ich müsste mich auf den Boden knien und nach seinen Augen suchen.«

»Du bist unmöglich«, gab Lieselotte zurück und begann zu kichern.

Das tat sie immer noch, als sie die kleine Kapelle erreichten, die in dem Gebäude, das ihnen gleichermaßen als Wohnhaus und Büro diente, eingerichtet worden war.

Hier hatten sich eine Menge Gäste eingefunden, und Manuela freute sich, als sie zwischen den Exorzisten, den magisch Begabten und sich würdig gebenden Regierungsbeamten auch Sandras Mutter entdeckte, die immer noch ein wenig verhärmt wirkte, sich aber von dem Hunger und den Misshandlungen in Maierhammers Lagern weitestgehend erholt hatte.

Als Manuela durch den Mittelgang schritt, sah sie Pater Fabian zum ersten Mal im Messornat und fand ihn imponierend. Dann fiel ihr Blick auf Nils. Er trug tatsächlich einen Anzug, allerdings in hellem Blau. Dazu hatte er sich eine rote Krawatte umgebunden. Vor der Katastrophe hätte er so nicht vor einem Pfarrer zur Hochzeit erscheinen dürfen. Doch seit jenen schrecklichen Wochen liebten die Menschen leuchtende Farben. Selbst die Kanzlerin scheute sich nicht, grellbunt gekleidet in der Öffentlichkeit aufzutreten.

Pater Fabians Wink, sie solle endlich vortreten, beendete Manuelas Sinnieren. Sie stellte sich mit Nils zusammen vor den Pater. Im gleichen Moment schälten sich hinter diesem schwach schimmernde Gestalten aus dem Nichts und winkten fröhlich. Manuela erkannte Jane Buffalo Woman und die Geister von Dancing Bear und Matthew, der inzwischen viel von seinem Übergewicht verloren hatte. Alle drei trugen die Festtagstracht der Cree-Indianer. Auch die Koreanerin Ji und Tongsem aus Tibet waren als Geister erschienen, ebenso Lesedi aus Afrika und Quidel, der Manuela im letzten Jahr am Rand der Antarktis begegnet war und die sie mit der *Gorch Fock* nach Hause gebracht hatte.

Sie hob die Hand und winkte zurück. Damit verwirrte sie den Pater einen Moment lang. Dann aber spürte er ebenfalls die Anwesenheit der magischen Geister und bemühte sich, die Trauung so feierlich wie möglich zu vollenden.

Als endlich die Ringe getauscht waren, sah Nils Manuela an. »Bist du glücklich?«, fragte er.

»Ich bin mehr als das. Ich bin zufrieden!«

Für einen Moment verunsicherte ihre Antwort den frischgebackenen Ehemann, dann begriff er, was Manuela hatte sagen wollen. Glück war ein Augenblicksgefühl, doch Zufriedenheit konnte ein Leben lang andauern.

»Für die Feier heute Abend hat sich übrigens auch die Kanzlerin angesagt, und der bayerische Ministerpräsident Hufnagel will samt Gattin extra aus der neuen bayrischen Landeshauptstadt Regensburg anreisen«, raunte er Manuela zu.

»Wir werden es überleben!« Manuela lachte leise und warf ihren Brautstrauß in die Luft. Amüsiert sah sie, wie Jane Buffalo Woman symbolisch danach griff, obwohl sie ihn als Geist nicht festhalten konnte. Doch wie es aussah, hatte sich zwischen ihr und Matthew etwas entsponnen, und Manuela hätte nicht dagegengewettet, dass sie demnächst selbst als Geist an einer Hochzeit teilnehmen würde.

»Jetzt aber wollte sie ihr eigenes Fest genießen«, sagte sie sich, umarmte Nils und küsste ihn. »Damit du auch weißt, dass ich glücklich bin«, sagte sie mit ihrer magischen Stimme und hörte die anderen magisch Begabten applaudieren.

SEI UNSER HELD!
PIPER FANTASY

Gleich mitmachen und die magische Welt der Piper Fantasy erleben! Neugierig? Dann auf zu www.piper-fantasy.de!

 Piper-Fantasy.de

PIPER

Mara Volkers
Die schwarze Königin
Roman. 480 Seiten.
Piper Taschenbuch

Rot – die Farbe des Bluts. Seit dem ersten Moment ist Daniela fasziniert von den Gemälden des Wiener Künstlers Urban, der nur eine einzige Farbe verwendet. Und was hat es mit dem verführerischen Model Monique auf sich? Ihrem erotischen Einfluss kann sich niemand entziehen, auch Daniela nicht. Als eine unheimliche Mordserie die Stadt erschüttert, deuten die Hinweise auf den Kreis des Künstlers. Die Suche nach der Wahrheit führt Daniela nicht nur zu mächtigen Geheimzirkeln und in eine Welt voller dunkler Obsessionen, sondern auch in die erotischen Abgründe ihrer eigenen Seele. Denn wahre Gier ist ebenso gefährlich wie unersättlich…

Mara Volkers
Die Reliquie
Roman. 512 Seiten.
Piper Taschenbuch

Der Bestseller der Autorin von »Die schwarze Königin« jetzt bei Piper im Taschenbuch! Im 13. Jahrhundert beherrschen Aberglauben, Furcht und Misstrauen den Alltag der Menschen. Die junge Bärbel muss gemeinsam mit ihrer Schwester ein neues Leben in der Burg des tyrannischen Grafen beginnen. Es ist eine Welt dunkler Geheimnisse und erotischer Obsessionen. Doch niemand ahnt, dass Bärbel ein magisches Erbe in sich trägt: die Macht über die Reliquie, ein heiliges Artefakt, das nicht nur die Schreckensherrschaft des Burgherrn beenden könnte, sondern Bärbel auch in höchste Gefahr bringt…

Thomas Finn
Weißer Schrecken
Roman. 496 Seiten.
Piper Taschenbuch

Fans von Stephen Kings »Es«, aufgepasst – dies wird der Winter des Schreckens! Die kalte Jahreszeit in Perchtal, einem einsamen Dorf im Berchtesgadener Land, scheint besinnlich wie immer. Bis eine Gruppe Jugendlicher einen grauenhaften Leichenfund macht: Ein junges Mädchen treibt unter dem Eis eines Sees, und es ähnelt den Zwillingen Miriam und Elke auf verblüffende Weise. Doch die beiden wissen nichts von einer Verwandten ... Bei ihren Nachforschungen stoßen die Freunde auf ein blutiges Geheimnis, das der Pfarrer des Dorfs hütet. Und sie schrecken dabei eine uralte Macht auf, die ihre Rückkehr in unsere Welt vorbereitet.

Ralf Isau
Der Mann, der nichts vergessen konnte
Thriller. 464 Seiten.
Piper Taschenbuch

Tim Labin kann, was sich viele Menschen wünschen: Er vergisst nichts, was er erlebt, sieht oder liest. Diese außergewöhnliche Fähigkeit hat ihn zum hochbegabten Wissenschaftler, Sprachgenie und Schachweltmeister gemacht. Nur an ein Ereignis aus seiner Kindheit kann Tim sich nicht erinnern – an die Nacht, in der seine Eltern ermordet wurden. Als er der faszinierenden Computerspezialistin JJ begegnet, führt sie ihn auf die Spur seiner Vergangenheit. Ein Geheimnis liegt darin verborgen, das von mächtigen Institutionen gehütet wird und dessen Enthüllung unsere Welt vollkommen verändern würde. Tim ist der einzige Mensch, der alle Puzzleteile zusammenfügen kann – falls er lange genug überlebt.

Susan Kearney
Die Geliebte des Zeitreisenden
Pentragon 1. Aus dem Amerikanischen von Michael Siefener. 400 Seiten. Piper Taschenbuch

Frischer Lesestoff für alle Romance-Fantasy-Fans: Der Abenteurer Lucan findet eine geheimnisvolle Sternenkarte, mit deren Hilfe er in die Galaxie Pendragon reist. Dort hofft er, den Heiligen Gral zu finden – die einzige Rettung für unsere bedrohte Erde. Als er die faszinierende Cael kennenlernt, die Hohepriesterin des Planeten, beginnt die Luft zu knistern. Auch Cael ist alles andere als abgeneigt ... Wäre da nicht ihr kleines Geheimnis, das nebenbei auch noch Lucans Welt retten könnte. Aber wie reagiert ein Mann, wenn er erfährt, dass seine Liebste ein Drache ist?

Kathryn Wesley
Das zehnte Königreich
Roman. Aus dem Amerikanischen von Frauke Meier. 528 Seiten. Piper Taschenbuch

Der zeitlose Bestseller endlich wieder im Taschenbuch! Virginia führt in New York ein einfaches Dasein als Kellnerin. Doch eines Tages nimmt sie eine Abkürzung durch den Central Park, und ihr Leben verändert sich von Grund auf: Hinter dem Park verbirgt sich eine magische Welt, in der Wünsche Wirklichkeit werden und wundersame Geschöpfe zum Leben erwachen. Eine Welt, die bedroht ist von einer dunklen Königin, doch zugleich eine Welt, in der man die wahre Liebe finden kann ...